걸리버 여행기

걸리버 여행기

* 1726년 출간된 초판본 일러스트와 1838년 출간된 J. J. 그랑빌 버전 일러스트를 사용
했습니다.

Gulliver's Travels

by
Jonathan Swift

걸리버 여행기 | 조너선 스위프트

김경일의 심리로 읽는 고전 시리즈

저녁달

『걸리버 여행기』를 추천하며

※ 제 추천의 글이 스포일러가 될 수 있으니, 온전히 자신만의 감동을 느끼고 싶은 분은 소설을 다 읽은 후에 이 글을 읽는 것을 추천합니다.

나는 지금 어떤 눈으로
세상을 보고 있는가

우리는 아침 뉴스를 보면서 이런 생각을 하곤 합니다. '아휴, 저 사람들은 도대체 왜 저렇게 생각할까? 참 답답하다.', '차라리 내가 저 자리에 있었으면 훨씬 잘했을 텐데!', '어떻게 저런 사람이 저런 중요한 자리에 있을 수 있지?'라며 분통을 터뜨리기도 합니다.

누구나 한 번쯤은 해봤을, 지극히 자연스럽고 인간적인 생각입니다. 그런데 참 재미있는 사실이 하나 있습니다. 우리가 매일 습관처럼 하는 이 생각들을 무려 300년 전에 완벽하게 해부해놓은 책이 있다는 겁니다. 바로 조너선 스위프트의 『걸리버 여행기』입니다.

어릴 적 읽었던 '거인국에 간 소인', '소인국에 간 거인' 같은 흥미진진한 모험담으로 기억하고 계실지 모르겠습니다. 하지만 인지심리학자의 눈으로 이 책을 다시 펼쳐보면, 이 소설은 어른들을 위한 아주 날카로운 심리 해부서에 가깝습니다. 페이지를 넘길 때마다 뉴스 속 정치인의 얼굴, 직장 동료의 얼굴, 그리고 무엇보다 나 자신의 얼굴이 보이기 때문이죠.

『걸리버 여행기』가 처음 출판된 건 1726년입니다. 영국 런던이 배경이에요. 지금 우리가 상상하는 런던과는 꽤 달랐습니다. 거리에는 마차가 달리고, 귀족들은 가발을 쓰고 다니고, 국회의사당 안에서는 날마다 토리당과 휘그당이 으르렁거렸죠. 여야가 매일같이 으르렁거리고 권력을 향한 줄서기가 난무하며 전쟁이 이익을 위해 벌어지던 그 시절의 모습은, 오늘날의 우리 사회와 소름 돋게 닮아 있습니다. 인간이라는 종이 세상을 처리하는 근본적인 인지 패턴은 300년이 지난 지금도 전혀 변하지 않았으니까요.

조너선 스위프트는 아일랜드 출신의 성공회 사제였습니다. 그저 사제였을 뿐 아니라 당대 최고의 풍자 작가였고, 정치 현실을 누구보다 날카롭게 읽어냈습니다. 그는 영국 정치의 부패를 직접 목격하기도 했습니다. 왕의 총애를 받으려고 신하들이 서로 줄을 서고, 전쟁은 명분이 아니라 이익을 위해 일어나고, 학자들은 현실과 동떨어진 이론만 주고받고 있었죠. 이러한 현실을 직접 비판했다가는 큰일이 날 수 있으니 스위프트는 소설이라는 영리한 방법을 택했습니다. 이건 그냥 여행 이야기라고 말하면서, 그 안에 당대 사회 전체를 해부해놓은 겁니다.

이 책을 읽으실 때 한 가지만 먼저 당부드리고 싶습니다. 걸리버가 끊임없이 조난을 당하고 험난한 고초를 겪은 것은 그가 무언가 잘못했기 때문이 아닙니다. 살다 보면 누구에게나 피할 수 없는 폭풍우가 찾아오듯, 그저 예상치 못한 삶의 재난을 만났을 뿐이죠. 그는 늘 삶을 잘 살아내려는 선한 의도를 품고 있었습니다.

하지만 그를 정말로 깊은 고립으로 몰아넣은 것은 외부의 풍랑이 아니라, 그의 내면에 자리 잡기 시작한 왜곡된 인지였습니다. 세상을 삐딱하게 바라보는 마음의 안경은 그의 좋은 의도를 자꾸만 엉뚱한 방향으로 이끌었고, 결국 사랑하는 가족과 이웃으로부터 스스로를 단절시키는 가슴 아픈 결과를 낳고 맙니다. 걸리버가 떠난 네 번의 항해는 우리가 세상을 이해하고 반응하는 '인지의 4가지 층위'를 통과하는 아주 흥미로운 여정이며, 각각의 기이한 여행지에서 걸리버가 마주하는 상황들은 우리가 일상에서 흔히 빠지게 되는 생각의 함정들을 상징적으로 보여줍니다.

첫 번째로 소인국 릴리퍼트 이야기에서는 우월감과 축소 해석에 대해 생각해볼 수 있습니다. 이는 타인을 나보다 작고 부족한 존재로 깎아내리며 통제하려는 자기중심적인 생각입니다.

두 번째로 거인국 브룹딩래그 이야기에서는 열등감과 확대 해석에 대해 생각해볼 수 있습니다. 자신을 한없이 작게 느끼며, 타인의 단점이나 세상의 위협을 실제보다 훨씬 크게 부풀려 불안해하는 마음입니다.

세 번째로 하늘을 나는 섬 라퓨타 이야기에서는 지나친 이성화와 현실 도피에 대해 생각해볼 수 있죠. 현실적인 감정이나 공감 능력 없이, 오직 논리와 머리로만 세상을 차갑게 계산하려는 왜곡된 태도입니다.

네 번째로 후이늠 나라의 이야기에서는 극단적 흑백논리와 자기 부정에 대해 생각해볼 수 있습니다. 완벽한 이성만을 옳다고 믿고 인간의 불완전한 본성은 무조건 혐오스럽다고 단정 짓는 극단적인 믿음입니다.

1부 소인국 릴리퍼트 항해:
내가 세상에서 가장 크다는 착각

첫 번째 항해지는 바로 릴리퍼트, 소인국 이야기입니다. 외과의사이자 선상 의사인 레뮤얼 걸리버가 타고 있던 배가 항해 중 폭풍을 만나 난파됩니다. 걸리버는 정신을 차려보니 해변에 누워 있었는데 온몸을 꼼짝할 수가 없었습니다. 수천 개의 실이 몸을 묶고 있고, 그 실을 묶은 건 키가 15센티미터도 안 되는 아주 작은 사람들이었습니다. 걸리버가 처음 눈을 떴을 때 장면을 직접 읽어보죠.

> 나는 곧바로 일어나보려고 했지만 몸을 조금도 움직일 수 없었다. 나는 등을 대고 누워 있었는데, 팔과 다리가 양쪽에서 땅에 단단히 묶여 있었고, 길고 숱이 많은 머리카락도 같은 방식으로 묶여 있었다.

이는 압도적으로 강한 존재가 아주 작은 존재들에게 통제된다는 중요한 심리학적 구도입니다. 걸리버는 이 나라에서 신적인 대우를 받으며 적군의 함대까지 바치지만, 점차 왕의 심기를 건드려 반역죄로 눈을 뽑힐 위기에 처해 도망칩니다.

단순해 보이지만 그 안에는 날카로운 풍자가 숨어 있습니다.

계란 전쟁이 웃기지 않은 이유

릴리퍼트와 블레푸스쿠는 수십 년째 전쟁 중입니다. 원인은 놀랍게도 계란을 어느 쪽 끝부터 깨느냐로 시작된 갈등이었습니다. 계란을 두꺼운 쪽 끝부터 깰지 얇은 쪽 끝부터 깰지 하는 싸움은 우스워 보이지만, 실은 가톨릭과 개신교 간의 참혹했던 종교 전쟁을 풍자한 것입니다. 어떤 형식으로 예배를 드리느냐를 두고 싸운 것이 계란 논쟁과 다를 바 없다는 거죠. 오늘날도 마찬가지입니다. 정책의 옳고 그름보다 진보냐 보수냐 하는 소속이 모든 걸 결정합니다. 계란 전쟁은 무대만 바뀌었을 뿐 끝나지 않았습니다.

줄타기로 관직을 얻는 나라

릴리퍼트에서 높은 관직을 얻으려면 오직 줄타기 기술이 필요합니다. 줄 위에서 가장 오래 버티는 사람이 높은 자리를 얻죠. 황당해 보이지만, 실력보다 윗사람 눈에 띄는 능력과 줄 서는 능력이 더 중요한 우리 주변의 조직 문화와 너무도 닮아 있습니다.

우월감 편향, 우리는 스스로를 평균 이상이라고 생각한다

운전자들에게 자신의 실력을 물으면 무려 93퍼센트가 평균 이상이라고 답합니다. 이를 '우월감 편향' 혹은 '평균 이상 효과'라고 하는데요. 2020년 95만 명을 대상으로 한 대규모 메타분석 연구에서도 이 현상은 강건하게 입증되었습니다. 인간은 자신에게 유리한 증거만 크게 보며 스스로를 객관적으로 평가하는 데 구조적으로 취약합니다. 데이비드 더닝(David Dunning)과 저스틴 크루거(Justin Kruger)가 1999년 연구를 통해 밝혀낸 더닝 크루거 효과(Dunning-Kruger effect)처럼, 능력이 낮을수록 자신의 부족함을 인식하는 능력도 함께 떨어집니다.

걸리버는 릴리퍼트에서 진짜 거인입니다. 하지만 문제는 물리적 크기가 모든 것의 우월함으로 확장된다는 겁니다. 나는 크고 강하니까 내 말이 옳다는 식이죠. 학벌, 직급, 재산이라는 현대판 신체 크기를 내세워 명문대 나왔으니 내 생각이 맞다고 여기는 우리의 인지 패턴과 똑같습니다.

칭찬이 판단력을 무너뜨릴 때

릴리퍼트인들은 걸리버를 영웅으로 대우하며 나르닥이라는 최고 귀족 칭호를 내립니다. 이때 걸리버의 내면은 아주 흥미롭습니다.

솔직히 고백하자면 나는 그들이 내 몸 위를 이리저리 오가며 다닐 때, 손이 닿는 대로 처음 오는 40~50명쯤을 붙잡아 땅에 내던져버리고 싶은 충동을 여러 번 느꼈다. 그러나 (…) 나는 환대의 법칙에 의해 이제 나를 그렇게 많은 비용과 정성을 들여 후하게 대접해준 사람들에게 어느 정도 구속되어 있다고 생각하게 되었다.

걸리버는 도덕성 때문에 자제한다고 믿지만, 진짜 이유는 그들이 자신에게 잘해줬기 때문입니다. 이것이 바로 후광 효과(Halo Effect)입니다. 1920년 에드워드 손다이크(Edward Thorndike)가 명명한 이 효과는, 어떤 대상에 긍정적 감정이 생기면 그들의 다른 행동도 긍정적으로 해석하는 현상입니다. 결국 걸리버는 이웃 함대를 끌어오라는 왕의 무리한 침략 요구를 쉽게 수락하고 맙니다. 내가 좋아하는 정치인의 이상한 말은 다 이유가 있겠지 하며 무비판적으로 감싸는 심리와 비슷하죠.

아무도 왕에게 'No'라고 하지 않는 이유

릴리퍼트의 신하들은 왕이 이웃 나라를 무리하게 정복하려 할 때 아무도 왕에게 지나치다고 직언하지 못합니다. 잘못된 줄 알면서도 옳다는 말만 반복하죠.

심리학에서는 이를 집단사고(groupthink)라고 부릅니다. 1972년 어빙 재니스(Irving Janis)가 정립한 이 개념은, 만장일치를 향한 욕구가 현실적 평가를 압도할 때 발생하는 비합리적 사고방식입니다. 응집력이 강하고 지시적 리더십이 있을수록 비판적 사고는 억제됩니다. 1961년 미국의 피그만 침공 실패 당시 케네디 대통령 주변의 엘리트 참모들조차 동조 압력에 밀려 이의를 제기하지 못한 것이 대표적입니다.

비록 재니스의 가설이 실증적으로 완벽히 검증된 것은 아니며 현상이 더 복잡하게 작동한다는 지적도 있지만, 집단 내 동조 압력의 위험성 자체는 여전히 유효합니다. 여러분이 속한 조직을 떠올려보세요. 회의 중 잘못된 아이디어에 대해 당당히 이의를 제기할 수 있나요? 아니면 회의가 끝나고 복도에서 "사실 나도 이상하다고 생각했어."라고 속삭이나요? 후자라면, 당신이 속한 조직은 릴리퍼트입니다.

2부 거인국 브롭딩래그 항해:
세상이 달라져도 여전히 나는 세상의 중심이라는 오만

1부에서 걸리버는 우월감에 빠져 릴리퍼트 사람들을 내려다봤습니다. 2부에서는 그가 소인이 되어 브롭딩래그 거인들에게 내려다보이는 신세가 됩니다. 역할이 완전히 역전되었으니 그는 조금 겸손해질까요? 아쉽게도 그러지 못합니다.

18세기 유럽은 전 세계로 식민지를 넓히며 자신들의 문명과 이성이 가장 우월하다고 확신했습니다. 다른 문화는 미개하게 여겼죠. 조너선 스위프트는 걸리버를 소인으로 만들어, 외부의 시선으로 이 유럽 문명의 오만함을 해부합니다.

브롭딩래그에 홀로 남겨진 걸리버는 농부에게 발견되어 전시용이 되고, 결국 왕실에 팔려갑니다. 파리가 위협이 되고 고양이가 사자만 한 세상에서 그는 조그만 상자 속에 살며 장난감 취급을 받지만, 유럽 문명에 대한 자부심만은 절대 놓지 않습니다.

거인 왕 앞에서 유럽을 자랑하다

걸리버는 브롭딩래그 왕에게 유럽의 정치, 역사, 법률을 아주 자랑스럽게 설명합니다. 감동을 기대하면서요. 하지만 왕의 반응은 충격적이었습니다.

"그러나 그대의 설명과, 내가 많은 수고 끝에 그대에게서 끌어낸 대답들을 종합해보면, 나는 그대 나라의 국민 대다수가 자연이 이 지상에 기어다니도록 허락한 것들 가운데 가장 해롭고도 혐오스러운, 하찮은 해충 같은 종족이라고 결론 내릴 수밖에 없다."

왕은 악의가 없었습니다. 걸리버가 자랑스레 늘어놓은 종교 전쟁, 정치적 음모, 부정부패를 논리적으로 분석해 있는 그대로 평가했을 뿐입니다. 우리가 자랑스러워하는 것들이 타인의 눈에는 전혀 다른 모습으로 비칠 수 있다는 사실을 일깨워줍니다.

화약을 선물로 바쳤다가 혐오를 받은 이유

걸리버는 최신 군사 기술인 화약과 대포를 선물하겠다고 제안합니다. 당연히 엄청난 호의라 여겼지만 왕의 반응은 달랐습니다.

왕은 내가 그 무서운 기계들에 대해 묘사한 내용과 나의 제안을 듣고 공포에 사로잡혔다. 그는 이렇게 말했다.
"이토록 무력하고 땅바닥을 기어다니는 벌레 같은 존재(왕은 이렇게 표현했다)인 그대가 어찌 그런 비인간적인 생각을 품을 수 있는지 나는 경악스럽다."

걸리버에게는 당연한 문명의 이기가 거인 왕에게는 야만과 폭력이었습니다. 이 대목은 18세기 유럽이 내세웠던 제국

주의적 무력 과시가, 그 권력의 바깥에 있는 이들의 눈에는 얼마나 다르게, 혹은 얼마나 폭력적으로 비칠 수 있는지를 말하고 있습니다.

자기중심성 편향, 위치가 바뀌어도 중심은 나다

물리적 위치가 소인으로 바뀌었음에도 걸리버의 인지는 그대로입니다. 장 피아제(Jean Piaget)가 말한 자기중심성(egocentrism)은 성인이 되어서도 사라지지 않습니다. 2000년 토마스 길로비치(Thomas Gilovich)의 스포트라이트 효과(Spotlight Effect) 연구처럼, 사람들은 항상 자신이 세상의 중심이라 느낍니다. 브롭딩래그에서 소인이 된 걸리버가 여전히 자신이 우월한 문명을 가졌다고 믿는 것과 똑같습니다. 상황이 불리해져도 나는 특별하다는 생각을 놓지 못하는 것입니다.

관점 취하기의 실패

소인이 된 걸리버는 타인의 입장을 이해하는 관점 취하기 능력을 발휘할 만도 하지만, 오히려 거인들의 피부 모공과 체취를 극도로 역겨워합니다.

그 광경을 보고 나는 우리 영국 여성들의 고운 피부에 대해 생각하게 되었다.

아름다움의 기준은 여전히 자신(영국인)입니다. 니콜라스 에플리(Nicholas Epley)와 유진 카루소(Eugene Caruso)

가 2008년 진행한 관점 취하기(perspective taking) 연구에 따르면, 관점 취하기를 시도할 때 사람은 자신의 관점에 정박(anchoring)한 채 미세하게 조정할 뿐, 결코 그 닻을 완전히 올리지 못합니다. 타인을 이해하려는 의도가 있어도 자기중심성은 그대로 남아 있습니다. 걸리버 역시 거인들을 관찰하지만 평가는 철저히 영국이라는 자기중심적 기준에서 이루어지는 것이죠.

혐오 반응이 판단을 지배할 때

걸리버는 거인들을 보자마자 괴물처럼 느끼며 혐오합니다. 폴 로진(Paul Rozin)의 연구에 따르면, 오염을 피하기 위한 진화적 혐오 반응은 종종 낯선 외모나 문화 등 타 집단에 대한 편견으로 번집니다. 걸리버의 혐오 역시 단순히 크기 때문이 아니라 낯섦에서 비롯되며, 이는 곧 이해가 아닌 거부로 직결됩니다. 현대 다문화 사회에서 우리와 다른 이들을 마주할 때 종종 혐오가 이해를 앞서는 것과 같습니다.

거울 뒤집기

걸리버는 거인국에서도, 소인국에서도 똑같이 편향된 눈으로 세상을 봤습니다. 상황이 사람을 바꾸지 않았습니다. 이것이 핵심입니다. 인간은 자존감이 흔들릴 때 본능적으로 외부를 깎아내리고 자신만의 기준을 세워 자신을 보호하려 듭니다.

글로벌 역학 구도가 변하면서 한국은 강대국들 사이에서

소인이 된 기분을 느낍니다. 기성세대는 디지털 문명에 익숙한 새로운 세대 앞에서, 그리고 인간은 압도적 능력을 보이는 AI 앞에서 스스로 작아짐을 경험합니다. 이때 우리는 걸리버처럼 내면의 우월감을 억지로 붙들거나, 낯선 변화를 혐오하고 있지는 않나요?

거인 왕은 걸리버의 유럽 문명을 사심 없이 평가해 해충이라는 정직한 비판을 내렸습니다. 틀린 말이 아니었지만 걸리버는 이를 받아들이지 않고 왕이 미개하다고 무시합니다. 이를 심리학에서는 비판의 타당성을 인정하는 대신 비판자의 자격을 깎아내리는 방어적 귀인(Deffensive Attribution)이라고 합니다. 누군가의 비판에 대해 저 사람은 나를 모른다며 외면한 적이 있다면, 당신은 이미 브롭딩래그의 걸리버와 같은 셈입니다.

3부에서 걸리버는 하늘을 나는 섬 라퓨타로 떠납니다. 그곳에는 이론에 중독된 자들, 과거를 조작하는 자들, 영원히 살면서 불행해진 자들이 기다리고 있습니다.

3부 하늘을 나는 섬 라퓨타, 글럽더브드립, 러그내그 항해: 생각이 너무 많아서 아무것도 못 하는 사람들

여러분 주변에 이런 분 계신가요? 회의 때 아이디어는 넘치는데 막상 실행 단계에서는 항상 빠지는 사람, 완벽한 계획을 세우느라 아무것도 시작하지 못하는 사람, 현실엔 관심 없고 자기 이론의 정교함에만 집중하는 사람. 3부는 바로 그 사람들의 나라 이야기입니다.

앞선 두 번의 항해에서 걸리버의 인지 편향은 변하지 않았습니다. 그렇다면 이번엔 어떨까요? 3부는 여러 곳을 거치는 복잡한 항해로, 스위프트의 풍자가 가장 다채롭고 현대적으로 빛나는 대목입니다. 라퓨타, 글럽더브드립, 러그내그. 이 세 곳에서 스위프트는 이론에 중독된 자들, 역사를 조작하는 자들, 불멸을 꿈꾸는 자들이라는 세 가지 근본적인 인지 오류를 해부합니다. 하나씩 파헤쳐보겠습니다.

스위프트가 과학자들에게 화가 난 이유

3부를 이해하려면 당대 최고의 지식인들이 모인 18세기 영국 왕립학회를 먼저 알아야 합니다. 왕립학회는 과학혁명의 산실이었지만 스위프트는 학자들을 비판적으로 보았습니다. 그들의 연구가 현실과 너무 동떨어져 있었기 때문입니다. 영국 지식인들이 비실용적인 몽상에 빠져 있는 동안 고향 아일랜드 사람들이 굶어 죽어가는 현실은, 스위프트에게는 참을 수 없는 모순이었습니다.

라퓨타 — 생각하는 것이 사는 것인 사람들

걸리버는 표류하다가 자석의 힘으로 하늘을 나는 섬 라퓨타를 만납니다. 이들은 복종하지 않는 식민지 위에 섬을 띄워 햇빛을 가리거나 추락시켜 파괴하는 식으로 통치합니다.

이곳 사람들은 수학과 음악 같은 추상적 사고에만 빠져 있습니다. 시중드는 하인이 막대기로 귀와 입을 건드려줘야만 남의 말을 듣고 입을 열 정도죠. 걸리버는 이런 촌극을 목격합니다.

그들의 집은 매우 형편없이 지어져 있어서, 벽이 모두 비스듬하게 기울어 있고 어떤 방에서도 직각을 찾아볼 수 없었다. 이런 결함은 그들이 실용 기하학을 천박하고 기계적인 학문이라며 경멸하기 때문에 생긴 것이었다.

기하학 이론은 완벽히 꿰면서도 그것을 집 짓는 데 쓰는 건 품위 없다고 여기는 자들, 이론과 실천의 다리를 스스로 끊어버린 이들의 모습입니다.

하인이 막대기로 쳐줘야만 입을 여는 라퓨타 사람들은 그저 생각이 너무 깊은 이들입니다. 그러나 그 깊은 생각이 그들을 현실과 차단시켰습니다. 인지심리학은 이를 생각에 매몰되어 행동하지 못하는 분석 마비(analysis paralysis)라고 부릅니다. 혹시 완벽한 조건을 기다리며 너무 오래 생각만 하고 있지는 않으신가요? 아무리 정교한 이론도 현실의 피드백 앞에서는 기꺼이 수정될 준비가 되어야 합니다.

계획 오류, 생각은 완벽했는데 현실은 왜 이렇죠?

심리학자 다니엘 카너먼(Daniel Kahneman)과 아모스 트버스키(Amos Tversky)는 1979년 계획 오류(Planning Fallacy) 개념을 제시했습니다. 이는 사람들이 프로젝트의 위험은 과소평가하고 성공 가능성은 과대평가하는 심리입니다. 인간은 본능적으로 실패했던 과거 사례인 외부 관점을 무시하고, 내 계획은 예외적으로 정확하다는 내부 관점에만 치우친다는 것이죠.

라퓨타 사람들이 바로 이 내부 관점의 극단에 있습니다.

이론 안에서는 수학적으로 흠잡을 데 없이 완벽하지만, 그것을 현실에 적용하는 순간 집 벽이 비뚤어지고 맙니다. 현실은 이론이 전제하는 이상적 조건을 결코 충족하지 않기 때문입니다.

수년간 연구한 정책이 현장에서 오작동하거나, 정교하게 설계한 서비스가 정작 사용자에게 외면받는 수많은 실패 사례가 바로 현대판 라퓨타입니다.

확증 편향, 내 이론에 맞는 것만 보인다

가장 날카로운 풍자는 걸리버가 방문한 라가도의 학술원에 있습니다. 학술원의 계획자들은 쓰레기를 음식으로 되돌리거나 오이에서 태양열을 추출하고 거미줄로 비단을 만들어내는 등의 실험을 수십 년째 실패하면서도 포기하지 않습니다.

이것이 바로 확증 편향(confirmation bias)입니다. 자신의 믿음을 지지하는 정보만 수용하고 반박 증거는 무시하는 심리죠. 1960년 피터 웨이슨(Peter Wason)의 실험이 증명하듯, 인간은 자신의 이론이 틀렸다는 증거보다 맞다는 증거를 찾는 데 압도적으로 집중합니다.

이야기 속 계획자들의 눈에 실패는 보이지 않습니다. 재료 탓, 조건 탓을 하며 매번 실패를 이론 안으로 흡수해버릴 뿐, 이론 자체의 결함은 절대 의심하지 않습니다.

라퓨타가 뿌린 씨앗들 — 20세기 상상력에 미친 영향

한편 스위프트의 풍자는 인간의 심리를 해부하는 데서 멈추지 않았습니다. 그가 창조한 세계 자체가 이후 수백 년에 걸쳐 전혀 다른 창작자들의 손에서 새롭게 태어났습니다. 특히 라퓨타, 하늘을 나는 섬이라는 이미지는 20세기 상상력의 가장 풍요로운 씨앗 중 하나가 되었습니다.

스위프트의 라퓨타가 20세기에 가장 뚜렷하게 되살아난 작품은 미야자키 하야오 감독의 애니메이션 〈천공의 성 라퓨타〉입니다. 제목 자체가 스위프트의 소설에서 직접 가져온 것이며, 폭풍에 휩쓸린 주인공이 하늘을 나는 섬을 발견한다는 기본 설정도 원작과 비슷합니다.

두 작품 모두 하늘 위에서 땅을 지배하는 권력 구조를 핵심 주제로 삼습니다. 스위프트의 라퓨타가 섬을 내려앉혀 복종하지 않는 도시를 파괴하는 방식으로 식민 지배를 풍자했다면, 미야자키는 그것을 핵폭탄을 떨어뜨리는 군사기술로 바꾸었습니다. 냉전시대의 핵 위협과 기술 패권을 둘러싼 강대국들의 지배 욕구가 스위프트의 풍자 구조에 자연스럽게 접목된 것입니다.

그러나 스위프트의 라퓨타가 이성과 기술에 대한 냉소로 끝났다면, 미야자키의 라퓨타는 다릅니다. 인간이 떠난 뒤 자연과 기술이 평화롭게 공존하는 공간으로 변한 라퓨타의 모습은, 스위프트가 던지지 않은 질문을 던집니다. 기술이 권력욕에서 분리된다면 어떻게 될까. 스위프트가 기술의 오만함을 고발하는 데 집중했다면, 미야자키는 그 너머의 가능성을 열어두었습니다.

라퓨타는 과학사에도 발자국을 남겼습니다. 소설 속 라퓨타의 천문학자들이 화성의 두 위성을 발견했다고 묘사한 장면은 실제 역사보다 150년이나 앞선 설정이었습니다. 화성의 두 위성 포보스와 데이모스가 실제로 발견된 것은 1877년이었습니다. 이 놀라운 우연에 경의를 표하듯 2006년 이후 포보스의 지형 명칭 상당수가 걸리버 여행기의 지명을 따라 명명되었습니다. 라퓨타 레지오(Laputa Regio), 라가도 플라니티아(Lagado Planitia)가 그 예입니다.

라퓨타의 상상력은 여러 방향으로 뻗어나갔습니다. 프랑스 작가 볼테르(Voltaire) 역시 1750년 단편소설 「미크로메가스(Micromégas)」에서 화성의 두 위성을 언급했는데, 문학사가들은 이를 스위프트의 영향으로 봅니다. 닌텐도의 게임 〈마더2〉(EarthBound, 1994)에는 릴리퍼트(Lilliput Steps)와 브롭딩래그(Giant Step)를 연상시키는 지명이 등장합니다. 제임스 카메론의 영화 〈아바타〉 속 할렐루야 산맥, 수많은 게임 속 공중 성채까지, 하늘을 나는 도시가 지상을 지배한다는 설정의 뿌리를 거슬러 올라가면 스위프트로 대표되는 계보와 이어집니다. 하늘 위에서 땅을 내려다보며 지배하는 자와 그 아래에서 햇빛을 빼앗긴 채 살아가는 자. 이 구도는 어느 시대에도 유효한 권력의 본질을 담고 있습니다.

글럽더브드립 — 죽은 사람들이 말하는 역사의 진실

다음 도착지 글럽더브드립의 통치자는 마법으로 죽은 위인들의 유령을 불러냅니다. 걸리버는 카이사르나 소크라테스를 직접 만나 대화하지만 감동은커녕 역사가 얼마나 심각하게 왜곡되었는지를 깨닫고 경악합니다.

나는 특히 근대 역사에 큰 혐오감을 느끼게 되었다. 지난 100년 동안 여러 군주의 궁정에서 가장 이름 높았던 인물들을 직접 조사해본 결과, (…) 그들은 전쟁에서 가장 위대한 공적을 비겁한 자들에게 돌렸고, 가장 현명한 조언을 어리석은 자들에게, 진실함을 아첨꾼들에게, 로마식 덕성을 조국을 배반한 자들에게, 경건함을 무신론자들에게, 정절을 남색자들에게, 진실을 밀고자들에게 돌려왔다.

역사는 승자의 기록일 뿐 아니라, 권력자 곁에서 이익과 두려움으로 아첨하는 비겁자들의 기록임을 폭로합니다. 심리학에서는 이를 집단기억의 왜곡으로 설명합니다. 권력이 개입될 때 사회적 기억은 통치 집단에 유리하게 편향됩니다.

그 구조는 오늘날 더욱 정교해졌습니다. AI가 생성한 가짜 영상이 유통되고, 알고리즘이 특정 정보만 골라 노출하며 집단기억을 실시간으로 재구성하는 지금, 우리는 무엇이 진짜인지 확인조차 힘든 늪에 빠져 있습니다.

러그내그 — 영원히 살면 행복할까, 스트럴드브러그의 비극

러그내그에서 걸리버는 죽지 않는 존재 스트럴드브러그를 만납니다. 불멸이라는 말에 걸리버는 지혜의 스승을 얻게 될 거라며 환호합니다.

"얼마나 행복한 나라입니까! 모든 아이가 최소한 불멸자가 될 가능성을 하나쯤은 가지고 태어나다니! 또한 얼마나 행복한 민족입니까! 옛 시대의 덕을 직접 보여주는 살아 있는 예시를 그렇게 많이 가지고 있으며, 또 모든 옛 시대의 지혜를 가르쳐 줄 스승들이 항상 준비되어 있다니!"

하지만 현실은 처참했습니다. 스트럴드브러그의 수명은 영원하지만 노화는 멈추지 않아 몸은 늙고 기억은 사라지며, 결국 소통할 사람도 언어도 잃어버립니다. 영원히 사는 게 아니라 영원히 죽어가는 형벌이었습니다.

심리학자 댄 길버트(Daniel Gilbert)는 우리가 미래의 감정을 체계적으로 잘못 예측한다는 사실을 밝혀냈습니다. 그가 말하는 감정 예측 오류(Affective Forecasting Error)는 이렇습니다. 복권에 당첨되면 영원히 행복할 것 같고, 실연을 당하면 평생 그 고통이 계속될 것 같지만, 실제로는 그렇지 않습니다. 인간에게는 어떤 상황에도 적응하는 심리적 회복 탄력성이 있는데, 우리는 그 능력을 늘 과소평가합니다. 길버트는 이를 면역 무시(immune neglect)라고 불렀습니다. 지금 이 감정, 이 몸 상태, 이 활력이 미래에도 그대로일 거라는 착각이죠.

억만장자들이 수명 연장 기술과 디지털 불멸 연구에 천문학적 돈을 쏟아붓고 있는데, 그들이 원하는 것은 사실 '영원한 삶' 그 자체가 아니라, 지금 자신이 누리는 건강과 권력과 쾌감의 영원한 지속입니다. 하지만 신체는 영원히 산다 해도, 욕망은 닳고 권태는 쌓입니다. 스위프트는 이미 300년 전에 이 질문을 던졌습니다. 당신이 진정 원하는 것이 영원한 삶입니까, 아니면 지금 이 순간의 영원한 지속입니까? 이 둘은 완전히 다릅니다.

스위프트의 진짜 의도 — 이성의 오만함을 해부하다

라퓨타는 이론이 현실을 억누를 때의 참상을, 글럽더브드립은 합리적이라 믿는 역사의 지독한 편향성을, 러그내그는 감정 예측의 처참한 실패를 보여줍니다. 이 세 곳 모두 인간의 이성이 생각만큼 완벽하지 않다는 결론을 향합니다. 스위프트를 반이성주의자로 볼 수는 없습니다. 이성을 버리자는 게 아니라 맹신하지 말라고 경고하는 것입니다.

오늘날 우리는 데이터 과신에 빠져 있습니다. 숫자가 완벽하니 현실의 맥락과 편향은 무시해도 된다는 태도는 집 벽이 비뚤어지는 것도 모르는 라퓨타 학자들과 같습니다. 또한 딥페이크와 알고리즘이 실시간으로 조작해내는 가짜 기억의 위기, 수명 연장 산업이 파는 막연한 불멸의 환상은 여전히 우리가 라퓨타, 글럽더브드립, 러그내그와 같은 세계에 살고 있음을 증명합니다.

4부에서 걸리버는 완전한 이성을 지닌 말, 후이늠들의 나라에 도착합니다. 그리고 그곳에서 인간과 닮은 야후들을 마주합니다. 걸리버는 철저히 본능과 욕망만 남은 존재인 야후들을 혐오하지만, 끝내 자신이 그들과 다르지 않다는 사실을 외면할 수 없게 됩니다. 걸리버가 집으로 돌아와 말 흉내를 내며 아내와 아이들을 피하는 마지막 장면은, 웃기면서도 쓸쓸합니다.

4부 말의 나라 후이늠 항해:
완벽한 이성을 만났을 때, 인간은 무너진다

어느 날 거짓말도, 욕심도, 분노나 질투도 없는, 오직 순수한 이성으로만 살아가는 완벽한 존재가 당신 앞에 나타난다면 어떨까요? 감동할까요, 아니면 견딜 수 없는 수치심이 들까요? 거인, 소인을 거쳐 이론과 역사의 왜곡을 목격한 걸리버는 이제 가장 극적인 세상을 마주합니다. 완전히 이성적인 후이늠들과 욕망뿐인 야후들의 나라. 그 사이에서 걸리버가, 그리고 우리 모두가 서 있습니다. 영국 사회를 넘어 인간이라는 종 전체를 향한 스위프트의 가장 날카로운 칼날이 번뜩이는 곳입니다.

계몽주의의 이상과 인간의 현실

18세기 유럽을 지배한 계몽주의는 인간 이성의 힘으로 세상을 밝힐 수 있다는 굳건한 낙관주의였습니다. 그러나 스위프트는 동의하지 않았습니다. 이성을 자랑하는 자들이 잔인한 전쟁을 벌이고 정교한 논리를 다듬을 때 아일랜드인들은 굶어 죽었습니다. 인간은 이성적인 척할 뿐 실은 욕망과 편견에 끌려다닌다고 본 스위프트는 묻습니다. 진짜 이성적 존재 앞에서 인간은 과연 무엇인가?

걸리버는 자신이 선장으로 있던 배에서 선원들의 반란으로 인해 버려집니다. 낯선 땅에서 그는 털투성이에 불결하고 공격적인 '야후'를 보고 극도의 혐오를 느낍니다. 이어 직립 보행하며 철학을 논하는 완벽한 이성의 말, '후이늠'이 등장하죠. 곧 걸리버는 자신이 혐오한 야후가 인간이며, 스스로도 생물학적으로 그저 좀 특별한 야후일 뿐임을 깨닫습니다.

야후들은 반짝이는 돌멩이를 갖기 위해 서로 죽이고 가장

난폭한 자를 지도자로 삼으며, 풍족할 때도 더 가지려 싸웁니다. 당시 영국의 탐욕과 제국주의 정치 현실을 완벽히 비유하지만, 오늘날의 인간까지 포괄하는 우리 종 전체의 자화상입니다.

후이늠은 이상인가, 경고인가

너무나도 이성적이기 때문에 거짓과 전쟁이 없는 후이늠의 나라는 유토피아 같지만 섬뜩한 이면이 있습니다. 감정이 이성을 흐리는 걸 경계해 죽음조차 슬퍼하지 않는 그들은 야후 문제를 어떻게 해결하려 할까요?

이 회의에서는 그들의 오래된 논쟁이 다시 다루어졌는데, 사실 그 나라에서 벌어진 유일한 논쟁이기도 했다. 주인은 돌아온 뒤 그 내용을 매우 상세하게 나에게 들려주었다. 논의의 주제는 '야후들을 지구상에서 완전히 없애야 하는가'였다.

완전한 이성의 결론은 대화가 아닌 학살이었습니다. 감정을 제거한 순수 이성은 오히려 냉혹한 폭력을 정당화할 수 있습니다. 20세기 나치의 이성적 학살을 200년 앞서 경고한 듯합니다.

이분법적 사고

완전한 이성(후이늠) 대 완전한 욕망(야후). 4부의 구조는 완벽한 이분법입니다. 인지치료에서 우울증과 불안장애의 핵심인 이분법적 사고는 세상을 오직 흑백으로만 나눕니다.

완벽해야 한다는 기준에서 조금만 벗어나도 자신을 실패자로 단정 짓는 치명적 패턴이죠. 완벽한 인간은 없으므로 필연적으로 자신을 야후라 여기게 됩니다. 걸리버는 후이늠의 이성을 절대적 이상으로 세우며 자신을 야후로 평가하는 심리적 붕괴를 겪습니다.

이상화와 평가절하, 경계선의 심리학

걸리버는 후이늠을 극도로 이상화하고 존경합니다. 그러나 이상화가 커질수록 인간에 대한 평가절하도 극단으로 치닫습니다. 집으로 돌아온 걸리버는 가족조차 혐오스러운 야후로 취급하며 악취를 참지 못해 함께 밥 먹는 것도 1년간 거부합니다.

이는 임상심리학에서 말하는 이상화-평가절하 사이클(idealization-devaluation cycle)로, 경계성 인격의 핵심적인 방어 기제입니다. 어떤 대상을 절대적으로 숭배하면 그에 미치지 못하는 모든 것(자기 자신 포함)은 철저히 혐오하게 되는 것이죠.

감정 없는 AI의 무결성을 이상화할수록 인간의 감정이나 실수는 쓸모없는 야후처럼 평가절하될 수 있습니다. 이성의 완벽함이 불완전함을 혐오할 때 닥쳐올 참상을 스위프트는 이미 보여주었습니다.

정체성 붕괴, 기준점이 바뀌면 나는 누구인가

브롭딩래그에서 소인이 되었을 때도 지켜냈던 걸리버의 정체성은 후이늠 앞에서 무너집니다. 영국으로 돌아와서도 말처럼 소리를 내고 말의 걸음걸이를 따라 합니다. 앙리 타지펠(Henri Tajfel)의 사회정체성이론(Social Identity Theory) 처럼, 자아는 비교 기준점인 준거 집단에 의해 형성됩니다. 걸리버의 준거 집단이 인간에서 후이늠으로 바뀌면서 그의 자아는 처참히 붕괴하고 만 것입니다.

메타인지의 완전한 실패

메타인지(Metacognition)란 자신의 사고 과정을 인식하고 조절하는 능력입니다. 나는 지금 왜 이렇게 생각하고 있는가, 내 판단에 어떤 편향이 작용하고 있는가를 스스로 들여다볼 수 있는 능력이에요.

걸리버는 4부 내내 자신의 인지과정을 들여다보지 않습니다. 그는 후이늠을 이상화하는 것이 올바른 판단이라고 확신합니다. 인간을 야후로 보는 것이 정확한 통찰이라고 믿습니다. 자신이 말 흉내를 내는 것이 타락이 아니라 진보라고 생각합니다. 그 어느 순간에도 나는 지금 왜 이렇게 생각하고 있는 걸까라고 묻지 않습니다.

그리고 이것이야말로 스위프트가 『걸리버 여행기』 전체에서 말하고 싶었던 핵심입니다. 인간은 자신의 편향을 인식하지 못합니다. 그 인식의 실패가, 선한 의도에도 불구하고, 반복적으로 나쁜 결과를 만들어냅니다. 걸리버는 1부부터 4부까지 내내 선한 사람이었어요. 그런데 그는 단 한 번도 자신의 사고 자체를 의심하지 않았습니다.

존 플라벨(John Flavell)이 1979년 처음 정립한 메타인지 개념은 이후 교육심리학, 임상심리학, 조직심리학 전 분야에서 핵심 개념이 되었습니다. 높은 메타인지 능력을 가진 사람은 자신의 오류를 더 빨리 발견하고, 편향의 영향을 더 적게 받으며, 더 유연하게 관점을 전환할 수 있습니다. 반대로 메타인지가 낮은 사람은 자신이 옳다는 확신이 강할수록 실제로 얼마나 틀릴 수 있는지를 보지 못합니다.

걸리버는 전형적인 저메타인지 캐릭터입니다. 자신이 점점 더 명확하게 진실을 보고 있다고 생각하지만, 사실은 점점 더 깊은 인지 왜곡의 늪으로 빠져들고 있는 것입니다.

오늘날의 후이늠 ─ 우리는 어디서 완벽한 이성을 꿈꾸는가

4부의 현대적 시사점은 놀라울 만큼 직접적입니다.

첫 번째는 AI 이상화와 인간 평가절하의 문제입니다. AI는 인간보다 체스와 바둑을 잘 두고, 의료 진단에서 전문의보다 높은 정확도를 보이고, 코드를 작성하고, 그림을 그리고, 글을 씁니다. 그 능력 앞에서 인간이 야후가 된 느낌을 받는 분들이 있습니다. 걸리버가 후이늠 앞에서 자신이 야후임을 깨달았을 때처럼요. 그런데 이 이상화가 위험한 이유를 스위프트는 이미 보여줬습니다. 완벽한 이성은 감정을 가치 없는 것으로 보고, 결국 인간적인 것들을 절멸의 대상으로 볼 수 있습니다.

두 번째는 정치적 극단주의의 심리입니다. 오늘날 진영 논리는 후이늠과 야후의 이분법 구조와 똑같이 작동합니다. 내 편은 이성적이고 도덕적인 후이늠이며, 상대편은 욕망과 부패로 가득 찬 야후입니다. 중간 지점은 없어요. 이 이분법이 강해질수록 대화는 불가능해지고, 상대방을 제거해야 할 문제로 보게 됩니다. 후이늠들이 야후의 절멸을 논의했듯이 말입니다.

세 번째는 완벽주의의 심리적 대가입니다. 개인의 차원에서도 우리는 스스로에게 후이늠 같은 완벽함을 요구합니다. 감정에 흔들리면 안 되고, 실수하면 안 되고, 약점을 보여서는 안 된다고 말이죠. 그 기준 앞에서 실제 자신의 모습이 야후처럼 느껴질 때, 자기혐오가 시작됩니다. 걸리버가 아내의 냄새를 견딜 수 없어했던 것처럼, 우리는 자신의 불완전함을 견딜 수 없어합니다. 그것이 오늘날 많은 사람들이 경험하는 심리적 고통의 핵심이기도 합니다.

우리는 모두 걸리버였습니다
당신의 다섯 번째 항해를 준비하며

소인국 릴리퍼트에서 거인국 브롭딩래그로, 하늘을 나는 섬 라퓨타를 지나 말들의 나라 후이늠까지. 우리는 레뮤얼 걸리버의 어깨에 앉아 인간의 마음이 만들어내는 기이하고도 낯익은 풍경들을 함께 지켜보았습니다.

책의 마지막 장에서 고향으로 돌아온 걸리버는 아내와 아이들 곁에 있는 것을 견디지 못하고, 매일 마구간으로 달려가 말들과 시간을 보냅니다. 네 번의 항해를 마친 사람의 결말치고는 선뜻 이해하기 어렵습니다. 그 많은 경험이 왜 그를 더 나은 사람으로 만들어주지 못했을까요. 아니, 오히려 왜 그를 더 고립된 사람으로 만들어버렸을까요.

경험은 저절로 지혜가 되지 않습니다. 경험이 지혜로 이어지려면 그 경험을 스스로 돌아보는 과정이 반드시 필요합니다. 걸리버는 네 번의 항해 내내 수많은 것을 보고 겪었지만, 단 한 번도 자신의 마음속을 들여다보지 않았습니다. '내가 왜 저 사람이 싫은 걸까?' '내 판단이 혹시 틀린 것은 아닐까?' 이런 질문을 한 적이 없었습니다. 보고 듣고 경험하는 것은 누구나 합니다. 그런데 그것을 되짚어보는 일은 생각보다 훨씬 어렵습니다.

우리의 뇌는 익숙한 것을 좋아하고 낯선 것을 경계하도록 만들어져 있습니다. 내 생각을 확인해주는 정보만 골라 받아들이고, 나와 다른 것은 일단 멀리하려 합니다. 이것은 뇌가 에너지를 아끼기 위해 작동시키는 자동 반응입니다. 의식적으로 멈추지 않으면 우리는 이 자동 반응대로 살아가게 됩니다. 걸리버가 릴리퍼트에서 자신과 달리 매우 작은 사람들을 우습게 봤을 때, 브롭딩래그에서 거인들의 낯선 모습을 혐오했을 때, 그것은 걸리버만의 문제가 아니었습니다. 혐오는 우리 모두의 뇌가 낯섦 앞에서 먼저 꺼내 드는 반응입니다.

완벽해야 한다는 생각도 마찬가지입니다. 걸리버는 완전히 이성적인 말들을 보며 그들처럼 되고 싶어 했습니다. 그런데 그럴수록 그 기준에 미치지 못하는 자기 자신과 주변 사람들이 점점 더 못나 보이기 시작했습니다. 완벽한 기준을 세워두면 그 기준 아래에 있는 모든 것이 부족해 보일 수밖에 없습니다. 우리 자신을 포함해서요.

스위프트가 말하고 싶었던 것은 완벽한 이성보다, 자신이 불완전한 사람임을 인정하는 태도가 오히려 더 건강한 삶의 출발점이라는 것입니다. 완벽함을 향해 달려가는 것이 아니라 불완전함을 안고 사는 법을 배우는 것이 인간에게 더 어울리는 방향이라는 뜻이기도 합니다.

그렇다면 우리는 걸리버와 어떻게 다를 수 있을까요. 여기서 앞서 언급한 메타인지가 다시 등장합니다. 메타인지란 자신이 지금 어떻게 생각하고 있는지를 한 발 떨어져서 바라보는 능력입니다. 누군가가 마음에 들지 않을 때 저 사람이 나와 달라서 불편한 건 아닐까 하고 잠깐 멈추는 것, 내가 확신에 차 있을 때 혹시 내가 보고 싶은 것만 보고 있는 건 아닐까 하고 되묻는 것, 어떤 집단의 결정에 별다른 의심 없이 끄덕이게 될 때 내가 지금 분위기에 그냥 따라가고 있는 건 아닐까 하고 스스로를 살피는 것. 이 짧은 멈춤들이 우리를 걸리버와 다른 길로 이끌어줍니다.

메타인지는 타고나는 능력이 아닙니다. 훈련을 통해 길러지는 습관에 가깝습니다. 처음에는 당연히 어색하고 불편합니다. 내가 틀릴 수도 있다는 가능성을 열어두는 일이 쉽지 않기 때문입니다. 하지만 그 불편함에 조금씩 익숙해질수록, 우리는 같은 상황에서도 조금 다르게 반응하는 자신을 발견하게 됩니다.

스위프트는 걸리버의 이야기를 통해 독자인 우리가 스스로를 들여다보도록 했습니다. 걸리버가 실패하는 장면을 바깥에서 지켜보면서, 우리는 자연스럽게 나는 저 순간에 어떻게 행동했을까를 묻게 됩니다. 그것이 이 소설이 300년이 지난 지금도 읽히는 이유입니다. 시대가 바뀌어도 인간의 마음이 작동하는 방식은 크게 달라지지 않았기 때문입니다.

우리는 하루에도 몇 번씩 릴리퍼트와 브롭딩내그, 라퓨타와 후이늠 사이를 오갑니다. 자신도 모르는 사이에 거인이 되었다가 소인이 되고, 이론에 빠졌다가 완벽함을 좇습니다. 나와 다른 사람을 이해하려 하기보다 먼저 판단하고, 비판을 들었을 때 그 내용을 살피기보다 비판한 사람을 의심합니다. 걸리버가 했던 일들이 사실은 우리도 매일 조금씩 하고 있는 일들입니다.

걸리버의 항해가 마구간에서 멈춰버린 것과 달리, 우리의 항해는 지금 이 순간에도 계속되고 있습니다. 길을 잃은 것 같을 때, 내가 틀렸을지도 모른다는 생각이 불편하게 느껴질 때, 그때 잠깐 멈추고 이렇게 물어보세요.

나는 지금 어떤 눈으로 세상을 보고 있는가?

이 한 가지 질문만으로도, 우리는 걸리버보다 조금 더 나은 항해를 이어갈 수 있습니다.

김경일(인지심리학자·아주대학교 심리학과 교수)

SWIFT
GULLIVER

차례

발행인이 독자에게 보내는 글

이 여행기의 저자인 레뮤얼 걸리버 씨는 나의 오래되고 매우 절친한 친구이다. 또한 우리는 어머니 쪽으로 친척 관계이기도 하다. 약 3년 전, 걸리버 씨는 레드리프에 있는 자신의 집으로 호기심 많은 사람들이 끊임없이 찾아오는 것에 지쳐, 그의 고향이기도 한 노팅엄셔의 뉴어크 근처에 작은 땅과 살기 편한 집을 하나 구입했다. 그는 지금 그곳에서 은거하며 살고 있지만, 이웃들 사이에서 여전히 좋은 평판을 얻고 있다.

걸리버 씨는 그의 아버지가 살던 노팅엄셔에서 태어났다. 그러나 나는 그의 가문이 원래 옥스퍼드셔 출신이라는 말을 들은 적이 있다. 이를 확인해보니, 그 지역의 밴버리 교회 묘지에서 걸리버 가문의 여러 무덤과 기념비를 실제로 볼 수 있었다.

그가 레드리프를 떠나기 전에, 다음의 원고를 내게 맡기며 내가 적절하다고 생각하는 대로 처리할 자유를 주었다. 나는 그 원고를 세 번이나 주의 깊게 읽어보았다. 문체는 매우 평이하고 단순했다. 내가 발견한 유일한 흠이라면, 여행자들이 늘 그렇듯이 약간 지나치게 세세하게 서술한다는 점이었다. 그러나 글 전체에는 분명히 진실된 분위기가 흐르고 있었다. 실제로 그는 정직함으로 매우 이름이 나 있었기 때문에, 레드리프의 이웃들 사이에서는 누군가 어떤 사실을 단언할 때 "걸리버 씨가 말한 것만큼이나 확실하다."라는 말이 일종의 속담처럼 쓰이기도 했다.

그리고 저자의 허락을 받아 여러 훌륭한 분들께 이 원고를 보여드린 뒤 그분들의 조언에 따라 나는 이제 이것을 세상에 내놓기로 했다. 적어도 한동안은 이것들이 우리 젊은 귀족들에게 정치나 당파 싸움에 관한 흔한 잡문들보다 더 나은 즐거움을 줄 수 있기를 바란다.

내가 과감히 수많은 부분을 삭제하지 않았더라면 이 책은 적어도 지금의 두 배는 되었을 것이다. 나는 풍향과 조수에 관한 내용, 여러 항해에서 항로의 변화와 방향에 관한 설명, 폭풍 속에서의 선박 운용을 선원식으로 상세히 서술한 부분, 더불어 경도와 위도에 대한 설명 등을 대부분 삭제했다. 이런 점에서 걸리버 씨가 다소 불만을 가질 수도 있으리라 생각한다. 그러나 나는 이 작품을 가능한 한 일반 독자들이 이해하기 쉽도록 만들기로 결심했다. 다만 내가 해사(海事)에 대해 잘 알지 못하는 탓에 혹시 어떤 실수를 저질렀다면, 그 책임은 전적으로 나에게 있다. 만약 어떤 여행자가 걸리버 씨의 손에서 나온 그대로의 전체 원고를 보고 싶어 한다면, 나는 기꺼이 그것을 보여줄 준비가 되어 있다.

걸리버 씨에 관한 더 자세한 사항은 독자가 이 책의 첫 부분을 읽으면서 충분히 알게 될 것이다.

1726년
리처드 심슨

걸리버 선장이 사촌 심슨에게 보내는 편지

나는 자네가 필요할 때마다 이를 공개적으로 인정할 준비가 되어 있기를 바라네. 곧, 자네의 거듭된 권유로 인해 내가 나의 여행에 관한 매우 느슨하고 제대로 교정되지 않은 기록을 출판하게 되었으며, 또 두 대학 가운데 한 곳의 젊은 신사를 고용하여 그것들을 정리하고 문체를 다듬게 하라는 지시를 받았다는 사실 말일세. 이는 내가 일찍이 조언하여 내 사촌 댐피어가 그의 책 『세계 일주 항해』에서 취했던 방식과 같은 것이었지.

그러나 나는 자네에게 그 어떤 내용이라도 삭제할 권한을 준 기억이 없으며, 새로운 내용을 덧붙일 권한을 준 적은 더욱 없었네. 그러므로 후자의 경우에 대하여, 나는 여기에서 그러한 모든 행위를 인정하지 않음을 분명히 밝혀두겠네. 특히 경건하고도 영광스러운 기억으로 남아 있는 앤 여왕 폐하에 관한 한 단락을 두고 하는 말이라네. 비록 나는 그분을 인간 가운데 누구보다도 존경하고 높이 평가하였지만 말일세.

그러나 자네나 자네의 교열자는, 내가 그렇게 할 의도가 없었으며 또한 나의 주인 후이늠 앞에서 우리 종족에 속한 어떤 동물을 칭찬하는 것이 적절치 않다는 점을 생각했어야 했네. 게다가 그 사실 자체도 전적으로 거짓이었지. 내가 알기로 나는 앤 여왕의 통치 기간 중 한동안 영국에 있었고, 그 시기에는 수석 대신 한 명이 국정을 맡았으며, 이어 두 명이 차례로 그 역할을 수행했네. 첫 번째는 고돌핀 경이었고, 두 번째는 옥스퍼드 경이었지. 그러므로 자네는 내가 사실이 아닌 말을 한 것처럼 만들어버린 셈이라네. 또한 '계획자들의 학술원'에 관한 이야기와 내가 나의 주인 후이늠에게 한 여러 이야기도, 자네는 중요한 몇 가지 사정을 생략하거나 그것들을 지나치게 줄이고 바꾸어 이제는 나 자신조차 내 글을 거의 알아보기 어려울 지경이 되었지.

내가 이전에 편지로 이 문제를 드러냈을 때, 자네는 사람들이 불쾌하게 여길까 두려웠다고 말했었네. 또한 권력을 가진 자들이 출판물을 매우 엄격히 감시하고 있어, 단지 어떤 암시처럼 보이는 것이라도(자네가 이렇게 표현했지) 제멋대로 해석할 뿐 아니라 처벌하기까지 한다고 했었네. 하지만 생각해보게. 내가 수년 전에, 그것도 2만 킬로미터나 떨어진 곳에서, 다른 왕이 통치하던 시대에 한 말을 어찌하여 지금 무리를 다스리고 있다고 하는 어떤 야후들에게 적용할 수 있겠는가? 더구나 그때의 나는 장차 그들의 지배 아래에서 살아야 할 불행을 조금도 예상하거나 두려워하지도 않았었지. 그러니 지금 내가 불평할 이유가 있지 않겠나? 이는 곧 그 야후들이 후이늠에게 실려 마차에 타고 다니는 모습을 내가 보게 되었기 때문이라네. 마치 후이늠들이 짐승이고 야후들이 이성적 존재인 양 말일세. 이와 같이 괴상하고도 혐오스러운 광경을 피하는 것이 내가 이곳으로 물러와 은거하게 된 주요한 이유 가운데 하나였지.

나는 나와 자네의 관계, 내가 자네에게 맡겼던 신뢰에 관하여 마땅히 밝혀두어야 한다고 생각했네.

　다음으로 나는 내 판단 부족에 대하여도 불평하지 않을 수 없네. 자네와 몇몇 다른 이들이 간청과 그럴듯한 논리를 내세워, 내 본래의 생각과 크게 어긋남에도 불구하고 끝내 나의 여행기를 출판하도록 설득하였기 때문이라네. 자네가 공공의 이익이라는 명분을 들어 계속 주장하였을 때, 내가 얼마나 여러 차례 자네에게 말했는지 기억할 걸세. 곧, 야후라는 종족은 훈계나 본보기로는 결코 개선될 수 없는 동물에 지나지 않는다는 점 말일세. 그리고 실제로도 그리 드러났지. 내가 기대하였던 바와는 달리, 적어도 이 작은 섬에서 온갖 폐단과 부패가 멈추기는커녕, 책이 출판된 지 여섯 달이 지나도록 내가 의도한 바에 따라 단 하나의 변화라도 이루어졌다는 소식을 듣지 못했네.

　내가 자네에게 편지로 알려달라고 요청했었지. 언제 당파와 파벌이 완전히 사라지고, 판사들이 학식 있고 공정해지며, 변호사들이 정직하고 겸손해지고 약간의 상식이라도 갖추게 되는지, 스미스필드에 법률 서적을 쌓아 올린 피라미드가 불타오르는 날이 언제인지, 젊은 귀족 자제들의 교육 방식이 전면적으로 개혁되는 때가 언제인지, 의사들이 추방되고, 여성 야후들이 덕과 명예, 진실함과 건전한 판단력을 갖추게 되는 시기가 언제인지, 대신들의 궁정과 알현장이 정화되는 때가 언제인지, 재치와 공로와 학문이 정당하게 보상받는 날이 언제인지, 그리고 산문과 운문으로 출판계를 타락시키는 자들이 자기 종이를 먹고 자기 잉크로 갈증을 해소하도록 처벌받는 때가 언제인지를 말이네. 나는 이러한 개혁들이 이루어질 것이라 굳게 믿고 있었지. 그것들은 내 책의 교훈으로부터 명백히 도출될 수 있는 것들이었으니까.

그러나 자네는 어느 편지에서도 내 기대에 부응하지 못했네. 오히려 매주 나의 마부에게 비방문과 해설서, 비평문, 회고록, 속편 따위를 잔뜩 실어 보냈지. 그 글들 속에서 나는 국가의 고위 인사들을 풍자하였다는 비난을 받고, 인간 본성을 깎아내렸다는 비난을 받으며(그들은 여전히 그것을 인간 본성이라 부르는 데 주저하지 않더군), 여성들을 모욕하였다는 비난까지 듣고 있네. 더구나 그 글을 쓴 자들끼리도 서로 의견이 일치하지 않아서, 어떤 이는 내가 내 여행기의 저자가 아니라고 하고, 또 어떤 이는 내가 알지도 못하는 책들의 저자라고까지 주장하고 있다네.

또한 나는 자네의 인쇄업자가 매우 부주의하여 내가 여러 차례 항해하고 돌아온 시기를 서로 뒤섞고 날짜까지 잘못 기록해놓았다는 사실도 알게 되었네. 정확한 연도도, 월도, 심지어 날짜조차 올바르게 표기하지 않았다는 것이지. 게다가 책이 출판된 뒤에는 원고가 모두 파기되었다고 들었네. 나에게도 남아 있는 사본이 하나도 없다네. 다만 몇 가지 수정 사항을 자네에게 보내두었으니, 훗날 재판된다면 그것들을 수정할 수도 있을 것이네. 그러나 나 자신도 그것들이 완전히 정확하다고는 장담할 수 없어. 그러니 이 문제는 분별 있고 공정한 독자들이 각자 판단하도록 맡겨두는 수밖에 없겠네.

또 나는 바다의 야후들 가운데 일부가 내가 사용한 해상 용어가 여러 부분에서 적절하지 않으며 지금은 쓰이지 않는 말이라고 비난하고 있다는 소식도 들었네. 그러나 그것은 어쩔 수 없는 일이었지. 내가 처음 항해를 했던 젊은 시절에는 가장 나이 많은 선원들에게서 배웠고, 그들이 말하는 방식대로 말하는 법을 익혔기 때문이라네. 하지만 그 이후 나는 바다의 야후들도 육지의 야후들과 마찬가지로 새로운 말을 만들어 쓰는 경향이 있다는 것을 알게 되었지. 육지의 야후들이 해마다 말을 바꾸듯이 그들도 그렇게 하는 것이었네. 내가 고국으로 돌아올 때마다 그들의 말투가 너무 달라져 있어 새로 바뀐 말을 거의 알아듣지 못할 정도였던 기억이 있지. 또한 나는 런던에서 어떤 야후가 호기심에 이끌려 내 집을 방문할 때면, 우리 둘 중 누구도 자신의 생각을 상대방이 알아들을 수 있는 방식으로 제대로 표현하지 못하는 경우가 많다는 것을 느끼곤 했네.

만약 야후들의 비난이 내게 조금이라도 영향을 미칠 수 있다면, 나는 분명 크게 불평할 이유가 있었을 것이네. 그들 가운데 일부는 내 여행기가 단지 내 머릿속에서 지어낸 허구에 불과하다고 대담하게 생각하고 있으며, 더 나아가 후이늠과 야후 역시 유토피아의 주민들과 마찬가지로 실제로 존재하지 않는 것이라는 암시까지 하고 있기 때문이라네.

사실 나는 한 가지를 인정하지 않을 수 없네. 릴리퍼트, 브롭딩래그, 그리고 라퓨타의 사람들에 대해서는 지금까지 어떤 야후도 그들의 존재나 내가 그들에 대해 서술한 사실을 감히 부정하려 했다는 말을 들어본 적이 없었지. 왜냐하면 그 이야기의 진실성은 모든 독자에게 즉시 분명하게 느껴지기 때문이었네. 그렇다면 후이늠이나 야후에 대한 내 설명은 그보다 개연성이 덜하다는 말인가? 특히 후자의 경우를 보게. 이 나라 안에도 수천 명이나 되는 야후들이 분명히 존재하는데, 그들이 후이늠의 나라에 있는 짐승 같은 형제들과 다른 점이라곤 알아들을 수 없는 말을 지껄이며 옷을 입고 다닌다는 것뿐이 아니겠나. 나는 그들의 칭찬을 얻기 위해서가 아니라 그들을 바로잡기 위해 이 글을 썼네. 인간이라는 종족 전체가 나를 한목소리로 칭찬한다 해도, 내가 마구간에서 기르고 있는 타락한 두 마리 후이늠의 울음소리만큼도 나에게 중요하지 않을 것이네. 그들은 비록 타락했을지라도, 나는 그들로부터 여전히 어떤 악도 섞이지 않은 덕을 조금씩 배우고 있기 때문이라네.

이 비참한 동물들이 내가 내 정직함을 변호해야 할 만큼 타락했다고 감히 생각하는 것인가? 비록 내가 하나의 야후이기는 하지만, 후이늠의 나라 전체에 널리 알려진 사실이 있다네. 바로 나의 훌륭한 주인의 가르침과 본보기를 통해, 나는 단 2년 동안(물론 극심한 어려움을 겪은 것은 인정하지만) 우리 종족의 영혼 깊숙이 뿌리박혀 있는 거짓말하고, 얼버무리고, 속이고, 애매하게 둘러대는 그 지옥 같은 습관을 없애는 데 성공했다는 점이라네. 특히 그런 습관은 유럽인들에게 더욱 심하게 자리 잡고 있었지.

이 괴로운 일과 관련해 내가 더 불평할 것도 있지만 더 이상 나 자신이나 자네를 괴롭히고 싶지 않으므로 여기서 그만두겠네. 다만 솔직히 고백하자면, 내가 마지막으로 돌아온 이후 자네와 같은 종족의 몇몇 사람들과 어울리면서, 특히 피할 수 없는 사정으로 내 가족들과 지내면서 내 안에 있던 '야후적'인 본성의 타락한 습관들이 다시 조금 되살아났던 것이 사실이네. 그렇지 않았다면 나는 이 왕국의 야후 종족을 개혁하려는 것과 같은 어리석은 계획을 결코 시도하지 않았을 것이네. 그러나 이제 나는 그런 헛된 공상과도 같은 계획들과는 영원히 결별했다네.

1727년 4월 2일
레뮤얼 걸리버

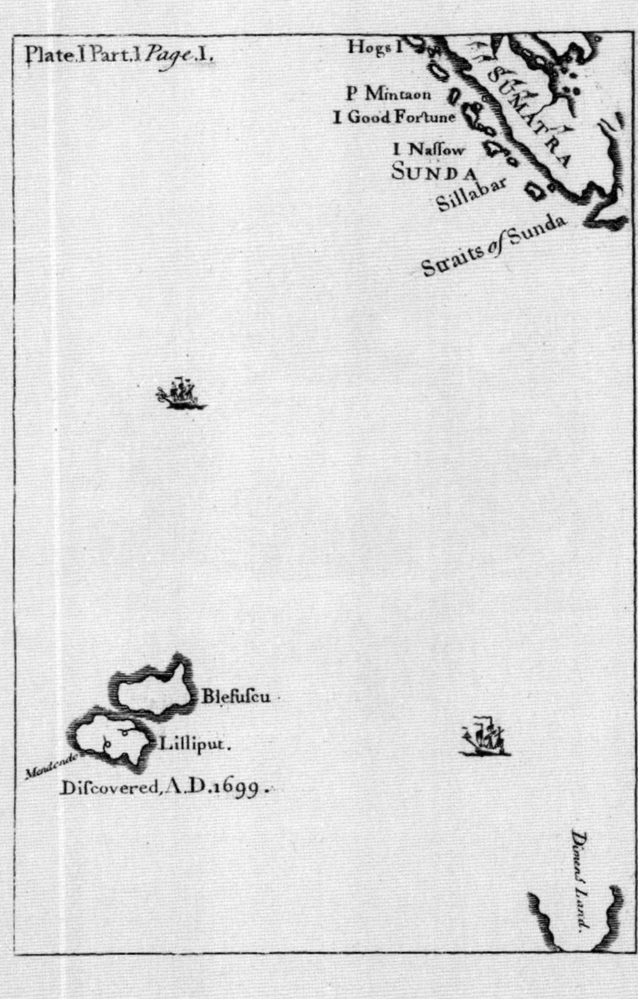

Plate.I Part.I Page.I
Hogs I
P Mintaon
I Good Fortune
I Naſſow
SUNDA
Sillabar
SUMATRA
Straits of Sunda
Blefuscu
Lilliput.
Mendende
Discovered, A.D.1699.
Demons Land.

1부

릴리퍼트로의 항해

PREMIERE PARTIE
VOYAGE
LILLIPUT
Verdeil sc.

1장

저자가 자신과 자신의 가족에 대해 간단히 이야기하고, 여행을 떠나게 된 동기를 설명하다. 저자가 난파를 당하고 목숨을 걸고 헤엄쳐 겨우 살아남아 릴리퍼트의 해안에 도착하다. 그곳에서 포로가 되어 내륙으로 이송되다.

내 아버지는 노팅엄셔에 작은 토지를 가지고 있었고, 나는 다섯 형제 중 셋째였다. 나는 열네 살에 케임브리지의 이매뉴얼 칼리지에 보내졌고, 그곳에서 3년 동안 머물며 학업에 열심히 힘썼다. 그러나 나를 유학시키는 데 드는 비용은 (비록 내가 매우 적은 생활비로 지냈음에도 불구하고) 집안 형편이 넉넉하지 않았기 때문에 너무 부담이 되었다. 그래서 나는 런던의 저명한 외과의사인 제임스 베이츠 선생님의 도제로 보내졌고, 그분과 함께 4년 동안 지냈다.

아버지는 때때로 나에게 용돈을 부쳐주었는데, 나는 그 돈을 항해술과 수학의 여러 분야를 배우는 데 사용했다. 이러한 지식은 여행을 계획하는 사람에게 유용한 것이었고, 나는 언젠가는 나도 여행을 하게 될 것이라고 늘 믿고 있었다. 나는 베이츠 선생님의 곁을 떠나 아버지에게 돌아갔는데, 그곳에서 아버지와 존 삼촌, 그리고 다른 친척들의 도움으로 레이던 대학교 유학 자금 40파운드를 마련했고, 매년 30파운드를 지원해주겠다는 약속도 받았다. 나는 레이던 대학교에서

2년 7개월 동안 의학을 공부했는데, 그것이 장거리 항해를 하는 데 유용하리라는 것을 알고 있었기 때문이다.

레이던에서 돌아온 지 얼마 지나지 않아, 나는 나의 훌륭한 스승이었던 베이츠 선생님의 추천으로 스왈로 호의 선상 외과의가 되었고, 그 배의 선장은 에이브러햄 패널이었다. 나는 그와 함께 3년 반 동안 지내면서 지중해 동부 지역과 그 밖의 몇몇 지역으로 한두 차례 항해했다. 이 여행에서 돌아온 뒤 나는 런던에 정착하기로 결심했다. 나의 스승 베이츠 선생님도 이를 격려했으며, 그의 소개로 여러 환자들을 맡게 되었다. 나는 올드주어리에 있는 작은 집의 일부를 얻어 살았다. 그리고 결혼을 하는 것이 좋겠다는 조언을 받아 뉴게이트 거리에서 양말 장사를 하던 에드먼드 버튼 씨의 둘째 딸 메리 버튼과 결혼했고 지참금 400파운드를 받았다.

그러나 나의 훌륭한 스승 베이츠 선생님이 2년 뒤에 세상을 떠나자 나를 도와줄 친구가 많지 않았기 때문에 나의 상황은 점차 기울게 되었다. 많은 동료가 행하던 좋지 않은 관행을 따라 하는 것은 내 양심이 허락하지 않았다. 그래서 아내와 몇몇 지인들과 상의한 끝에 나는 다시 바다로 나가기로 결심했다. 나는 두 척의 배에서 의사로 일하며 6년 동안 여러 차례 항해를 했고, 동인도와 서인도 여러 지역을 다녔다. 그 덕분에 재산도 어느 정도 늘릴 수 있었다. 여가 시간에는 고대와 현대의 훌륭한 저자들의 책을 읽으며 보냈다. 배에는 항상 좋은 책들이 다수 갖춰져 있었다. 또한 육지에 머무를 때는 그 지역의 언어뿐만 아니라 사람들의 생활 방식과 성격을 관찰하는 데 힘썼다. 나는 기억력이 좋아서 언어를 배우는 데 특히 능숙했다.

이러한 항해 가운데 마지막 항해에서는 그다지 운이 좋지 않아 그리 큰 돈을 벌지 못했고, 바다 생활에 싫증을 느끼게 되었다. 그래서 아내와 가족과 함께 집에 머물며 살기로 마음먹었다. 나는 올드주어리에서 페터 레인으로 이사했고, 선원들을 내 의원의 환자로 받아볼 수 있기를 바라며 그곳에서 다시 부두와 가까운 워핑으로 옮겨 갔다. 그러나 기대했던 만큼의 수입은 얻지 못했다. 상황이 나아지기를 바라며 3년 동안 기다렸지만 별다른 변화가 없었고, 나는 결국 앤털로프 호의 선장인 윌리엄 프리처드로부터 남해로 항해하는 배에 합류하라는 유리한 제안을 받아들이게 되었다. 우리는 1699년 5월 5일 브리스틀에서 출항했으며, 항해는 처음에는 매우 순조롭게 진행되었다.

여러 이유로 그 바다에서 겪은 모험의 세세한 이야기까지 독자를 번거롭게 하는 것은 적절하지 않을 것이다. 다만 사실만 말해도 충분할 것이다. 그곳에서 동인도로 향하던 항해 도중, 우리는 거센 폭풍 때문에 반 디멘스 랜드*의 북서쪽으로 떠밀려 갔다. 관측을 통해 우리는 남위 30도 2분 지점에 와 있다는 것을 알게 되었다. 우리 선원 가운데 열두 명은 과도한 노동과 영양 부족 때문에 이미 죽었고, 나머지 사람들도 매우 쇠약한 상태였다. 그해 11월 5일은 그 지방에서 여름이 시작되는 때였는데, 날씨가 매우 흐릿하여 시야가 좋지 않았다. 그때 선원들이 배에서 90미터도 되지 않는 가까운

---

* Van Diemen's Land. 오늘날 테즈메이니아 지역.

곳에 있는 암초를 발견했다. 그러나 바람이 너무 강하게 불어 우리는 곧장 그 암초로 떠밀려 갔고, 배는 즉시 부서지고 말았다. 나를 포함한 선원 여섯 명은 작은 보트를 바다에 내려 겨우 배와 암초에서 벗어날 수 있었다. 우리는 노를 저어 15킬로미터 정도 나아갔지만, 이미 배에서의 고된 노동으로 지쳐 있었기 때문에 더 이상 노를 젓지 못할 정도가 되었다.

그래서 우리는 파도의 자비에 몸을 맡길 수밖에 없었다. 30분쯤 지나자 북쪽에서 갑작스러운 돌풍이 불어와 보트는 뒤집히고 말았다. 보트에 타고 있던 내 동료들이나 암초 위로 피신했던 사람들, 혹은 배에 남아 있던 사람들이 어떻게 되었는지는 알 수 없다. 다만 그들이 모두 목숨을 잃었을 것이라고 생각할 뿐이다. 나는 운명에 몸을 맡긴 채 헤엄을 쳤고, 바람과 조류에 밀려 앞으로 나아갔다. 여러 번 다리를 아래로 내려보았지만 바닥이 닿지 않았다. 내가 거의 기력이 다해 더 이상 몸부림칠 수 없을 지경이 되었을 때, 마침내 발이 바닥에 닿는 곳에 이르렀다.

이때쯤에는 폭풍도 상당히 잦아들어 있었다. 땅바닥의 경사가 매우 완만했기 때문에 나는 해안에 닿기까지 거의 1.6킬로미터를 걸어야 했다. 내가 짐작하기로는 그때가 저녁 8시쯤이었다. 그 후 나는 800미터 정도 더 걸어갔지만 집이나 사람의 흔적은 전혀 발견할 수 없었다. 적어도 그때의 나는 너무 지쳐 있었기 때문에 그것들을 알아차릴 수 있는 상태가 아니었을지도 모른다. 나는 몹시 피곤했고, 게다가 날씨도 더웠으며, 배를 떠날 때 살짝 마셨던 브랜디 때문인지 곧 잠이 쏟아졌다. 이내 잔디 위에 몸을 눕혔는데, 그 풀은 매우 짧고 부드러웠다. 그래서 나는 평생 기억하는 것보다도 더 깊이 잠들었고, 내가 짐작하기로는 아홉 시간 정도 잠을 잔 것 같다. 내가 깨어났을 때는 막 날이 밝아오고 있었기 때문이다.

나는 곧바로 일어나보려고 했지만 몸을 조금도 움직일 수 없었다. 나는 등을 대고 누워 있었는데, 팔과 다리가 양쪽에서 땅에 단단히 묶여 있었고, 길고 숱이 많은 머리카락도 같은 방식으로 묶여 있었다. 또한 겨드랑이에서 허벅지에 이르기까지 내 몸 위로 여러 가닥의 가느다란 끈이 가로질러 묶여 있는 것도 느낄 수 있었다. 그리하여 나는 하늘만 바라볼 수 있었고, 해는 점점 뜨거워지기 시작했으며 햇빛이 눈을 괴롭혔다. 내 주변에서 뒤섞인 소리가 들렸지만 내가 누워 있는 자세로는 하늘 말고는 아무것도 볼 수 없었다. 잠시 후 내 왼쪽 다리 위에서 무언가 살아 있는 것이 움직이는 것을 느꼈다. 그것은 조심스럽게 앞으로 나아가 내 가슴 위를 지나 거의 턱까지 올라왔다.

　나는 가능한 한 눈을 아래로 내리깔았고, 그것이 키가 15센티미터밖에 되지 않는 작은 인간이며 손에는 활과 화살을 들고, 등에 화살통을 메고 있다는 것을 알아차렸다. 그사이에 나는 같은 종류의 작은 인간들이 적어도 마흔 명쯤 더 첫 번째 사람을 따라오고 있는 것을 느꼈다. 내가 몹시 놀라 큰 소리로 외치자 그들은 모두 겁에 질려 뒤로 달아났다. 나중에 들은 바로는, 그들 가운데 몇몇은 내 몸 옆에서 땅으로 뛰어내리다가 넘어져 다치기도 했다고 한다. 그러나 그들은 곧 다시 돌아왔다. 그중 한 명은 감히 내 얼굴을 똑바로 바라볼 수 있을 만큼 가까이 다가왔는데, 두 손과 두 눈을 위로 치켜들어 감탄하는 듯한 자세를 취하며 날카롭지만 분명한 목소리로 "헤키나 데굴."이라고 외쳤다. 다른 이들도 그 말을 여러 번 따라 외쳤다. 하지만 그때의 나는 그 말이 무슨 뜻인지 알지 못했다.

　독자 여러분도 짐작하겠지만 나는 이런 일이 벌어지는 동안 매우 불편하고 불안한 상태로 누워 있었다. 마침내 몸부림쳐 벗어나려 하다가 나는 운 좋게도 몇 가닥의 끈을 끊고 내 왼팔을 땅에 묶어두었던 말뚝들을 뽑아낼 수 있었다. 왼팔을 얼굴 쪽으로 들어 올리자 그들이 나를 묶어둔 방식을 알 수 있었고, 동시에 강하게 잡아당기자 극심한 통증이 느껴지기는 했지만 왼쪽 머리카락을 묶어두었던 끈도 조금 느슨해졌다. 그래서 나는 겨우 머리를 5센티미터 정도 돌릴 수 있게 되었다. 그러나 내가 그들을 붙잡기도 전에 그 작은 인간들은 두 번째로 달아나버렸다. 그러자 매우 날카로운 목소리로 큰 함성이 들렸고, 그 소리가 멈춘 뒤 한 사람이 크게 "톨고 포낙!"이라고 외치는 소리가 들렸다. 그 순간 곧바로 100개가 넘는 화살이 내 왼손을 향해 날아왔는데, 그것들은 마치 수많은 바늘로 찌르는 것처럼 느껴졌다. 그뿐만 아니라 그들은 또 다른 화살들을 공중으로 쏘아 올렸는데, 그것은 마치 유럽에서 우리가 폭탄을 던지는 것과 같은 방식이었다. 그 가운데 많은 화살이 내 몸 위로 떨어졌겠지만 나는 그것을 느끼지 못했다. 일부는 내 얼굴 위로 떨어졌기 때문에 나는 즉시 왼손으로 얼굴을 가렸다. 이 화살 세례가 끝나자 나는 고통과 슬픔 때문에 신음소리를 냈다. 그리고 다시 몸을 풀려고 애쓰자 그들은 처음보다 더 많은 화살을 한꺼번에 쏘았고, 몇몇은 창으로 내 옆구리를 찔러댔다. 그러나 다행히도 나는 두꺼운 가죽 상의를 입고 있었기 때문에 그들의 창은 그것을 뚫지 못했다.

나는 가만히 누워 있는 것이 가장 현명한 방법이라고 생각했다. 그렇게 밤이 될 때까지 그대로 있을 작정이었다. 이미 왼손이 조금 자유로워졌으니, 밤이 되면 쉽게 완전히 몸을 풀 수 있을 것이라 생각했다. 또 그곳의 주민들에 대해서도, 내가 본 그 사람과 같은 크기라면 그들이 아무리 많은 군대를 데려온다 해도 충분히 상대할 수 있으리라고 생각했다. 그러나 운명은 나를 다른 방식으로 이끌었다. 사람들은 내가 조용히 있는 것을 보자 더 이상 화살을 쏘지 않았다. 그러나 들려오는 소리로 보아 그들의 수가 점점 늘어나고 있다는 것은 알 수 있었다.

그리고 내 오른쪽 귀 맞은편 4미터쯤 떨어진 곳에서, 마치 사람들이 일을 할 때 나는 것 같은 두드리는 소리가 한 시간 넘게 계속 들렸다. 나는 말뚝과 끈이 허락하는 만큼 그쪽으로 머리를 돌려 보았는데, 땅에서 45센티미터 정도 높이의 작은 연단이 세워져 있는 것이 보였다. 그 연단은 그 나라 사람 네 명 정도가 올라설 수 있을 만큼의 크기였고, 올라가기 위한 사다리 두세 개도 놓여 있었다. 그 위에서 그들 가운데 한 사람은 아마도 높은 지위의 인물인 듯 보였는데, 나를 향해 긴 연설을 했으나 나는 그 가운데 단 한 마디도 이해할 수 없었다. 그러나 그 주요 인물이 연설을 시작하기 전에 "랑그로 데훌 산."이라고 세 번 소리쳤다는 것을 말해두고 싶다(이 말과 앞서 들었던 말들의 뜻은 나중에 설명을 들었다).

그러자 곧 그 나라 사람 50명이 다가와 내 머리 왼쪽을 묶고 있던 끈들을 잘라주었다. 덕분에 나는 머리를 오른쪽으로 돌릴 수 있게 되었고, 이제 연설을 하려는 그 사람의 모습과 몸짓을 관찰할 수 있었다. 그는 중년쯤 되어 보였고, 곁에서 그를 보좌하던 다른 세 사람보다 키가 더 컸다. 그 셋 중한 명은 그의 긴 옷자락을 들어 올리고 있는 시종처럼 보였는데, 그 키는 내 가운뎃손가락보다 조금 더 긴 정도였다. 나머지 두 사람은 그의 양옆에 서서 그를 받쳐주고 있었다. 그는 완전히 연설가다운 태도로 말했으며, 나는 그의 말 속에서 위협, 약속, 동정과 친절이 섞여 있다는 것을 몸짓과 표정으로 짐작할 수 있었다. 나는 가능한 한 가장 공손한 태도로몇 마디 짧게 대답했다. 왼손을 들어 올리고 두 눈을 태양 쪽으로 향하게 하여 마치 태양을 증인으로 부르는 것처럼 행동했다.

배를 떠나기 전 몇 시간 동안 아무것도 먹지 못했기 때문에 나는 굶주린 상태였다. 자연스러운 욕구가 너무 강해져서참지 못하고(아마도 예의에 어긋났을지도 모르지만) 손가락을여러 번 입으로 가져가며 음식이 필요하다는 표시를 했다. 그 나라에서 큰 귀족을 의미하는 '후르고'라고 불리는 그 인물은 내가 무엇을 뜻하는지 매우 잘 이해한 듯했다. 그는 연단에서 내려와 내 몸 옆에 여러 개의 사다리를 놓도록 명령했다. 그러자 100명이 넘는 그 나라 사람들이 사다리를 타고올라와 내게 다가왔다. 그들은 고기가 가득 든 바구니를 들고 있었는데, 왕이 나에 대한 소식을 처음 듣고 곧바로 준비된 것이었다. 나는 여러 종류의 동물 고기가 있는 것을 보았지만 맛으로는 어떤 동물인지 구별할 수 없었다. 그 고기들은 양고기같이 생긴 어깨살, 다리살, 허리살과 비슷한 모양이었고 매우 잘 요리되어 있었지만, 크기는 종달새의 날개보다도 작았다. 나는 그것들을 한 번에 두세 개씩 입에 넣어 먹었고, 소총 총알만 한 크기의 빵은 세 개씩 한꺼번에 먹었다. 그들은 가능한 한 빨리 음식을 계속 가져다주었으며, 내 몸집과 식욕을 보고 수없이 놀라고 감탄하는 모습을 보였다.

나는 이어서 마실 것을 달라는 신호를 했다. 그들은 내가 먹는 모습을 보고 웬만한 양으로는 충분하지 않으리라는 것을 알았다. 매우 재주 있는 사람들이었던 그들은, 능숙하게 큰 통 하나를 밧줄로 들어 올려 내 손 쪽으로 굴려 보낸 다음 윗부분을 깨뜨렸다. 나는 그것을 한 번에 들이켰다. 사실 그렇게 마셔도 무리가 없었는데, 그 통에 들어 있던 양이 300밀리리터도 되지 않았기 때문이다. 그 맛은 부르고뉴 와인과 비슷했지만 훨씬 더 맛있게 느껴졌다. 그들은 또 하나의 통을 가져왔고, 나는 역시 같은 방식으로 그것을 마신 뒤 더 달라는 표시를 했다. 그러나 그들에게는 더 줄 것이 없었다.

내가 이렇게 먹어대자 그들은 기뻐서 환성을 질렀고, 내 가슴 위에서 춤을 추며 처음과 같이 여러 번 "헤키나 데굴"이라고 외쳤다. 그들은 나에게 두 개의 통을 아래로 던지라는 신호를 보냈는데, 먼저 아래에 있는 사람들이 비키도록 크게 "보라크 미볼라"라고 외쳤다. 그리고 내가 그 통들을 공중으로 던지자, 사람들이 그것을 보고 다시 한번 모두 함께 "헤키나 데굴"이라고 환호했다. 솔직히 고백하자면 나는 그들이 내 몸 위를 이리저리 오가며 다닐 때, 손이 닿는 대로 처음 오는 40~50명쯤을 붙잡아 땅에 내던져버리고 싶은 충동을 여러 번 느꼈다. 그러나 내가 이미 겪었던 고통이 떠올랐고, 그것이 아마도 그들이 나에게 할 수 있는 최악의 일이 아닐지도 모른다는 생각과, 내가 그들에게 이미 명예를 걸고 약속을 한 것(나는 나의 공손한 행동이 그런 의미로 받아들여졌다고 생각했다)을 떠올리자 그런 생각은 곧 사라졌다.

게다가 나는 환대의 법칙에 의해 이제 나를 그렇게 많은 비용과 정성을 들여 후하게 대접해준 사람들에게 어느 정도 구속되어 있다고 생각하게 되었다. 그러나 마음속으로는 이 작은 인간들의 대담함에 놀라지 않을 수 없었다. 그들은 내 손 한쪽이 이미 자유로운 상태였는데도 내 몸 위로 올라와 걸어 다녔으며, 자신들에게는 거대한 괴물처럼 보였을 나를 보고도 전혀 떨지 않았기 때문이다.

얼마 후 내가 더 이상 음식을 요구하지 않는다는 것을 그들이 알아차리자 신분이 높은 관리 한 사람이 내 앞에 나타났다. 그 관리는 내 오른쪽 다리의 정강이 위로 올라와 내 얼굴 가까이까지 걸어왔고, 열두 명쯤 되는 수행원들이 그를 따르고 있었다. 그는 왕의 인장이 찍힌 문서를 꺼내 내 눈 가까이에 보여준 뒤, 10분 정도 말을 했는데, 화를 내는 기색은 전혀 없었지만 단호한 태도를 보였다. 그는 말을 하면서 여러 번 앞쪽을 가리켰는데, 나중에 알게 된 바로는 그것은 800미터 정도 떨어진 수도가 있는 방향이었다. 그리고 왕이 대신들과 의논한 결과, 나는 그곳으로 옮겨져야 한다는 결정이 내려졌다는 것이었다.

나는 몇 마디 대답했지만 아무 소용이 없었다. 그래서 자유로운 손을 들어 다른 손을 가리킨 뒤(그 관리나 그의 수행원들을 다치게 할까 봐 그들의 머리 위로 조심스럽게 손을 움직였다), 다시 내 머리와 몸을 가리키며 나를 풀어달라는 뜻을 나타냈다. 그는 무슨 뜻인지 충분히 이해한 것처럼 보였으나 그는 고개를 흔들어 그것을 허락할 수 없다는 뜻을 보였고, 손짓으로 내가 포로 신분으로 옮겨져야 한다는 것을 분명히 나타냈다. 하지만 그는 또 다른 손짓을 하여 내가 충분한 음식과 마실 것, 그리고 좋은 대우를 받게 될 것이라는 점도 알게 했다. 나는 그 말을 보고 다시 한번 묶인 끈을 끊어 탈출해볼까 하는 생각을 했다. 그러나 내 얼굴과 손에 아직도 박혀 있는 화살들의 따가운 통증을 느꼈고, 그곳이 온통 물집으로 부어 있었으며, 여전히 여러 개의 화살이 박혀 있는 것을 알았다. 또한 내 적들의 수가 계속 늘어나고 있는 것도 보았다. 그래서 나는 그들에게 나를 마음대로 처리해도 좋다는 뜻을 몸짓으로 알렸다. 그러자 후르고와 그의 수행원들은 매우 공손하고도 밝은 표정으로 물러났다.

얼마 지나지 않아 나는 사람들이 "페플롬 셀란."이라는 말을 여러 번 되풀이하며 크게 외치는 소리를 들었다. 그리고 내 왼쪽에서 많은 사람들이 끈을 느슨하게 풀고 있다는 것도 느낄 수 있었다. 그 덕분에 나는 몸을 오른쪽으로 돌릴 수 있었고, 소변을 볼 수 있게 되었다. 매우 많은 양의 소변에 사람들이 크게 놀랐다. 그들은 내가 어떤 행동을 하려는지 내 움직임을 보고 짐작했던 것 같았고, 즉시 그쪽에서 좌우로 길을 터주어 매우 큰 소리와 함께 새차례 흘러나오는 물줄기를 피했다. 그 전에 그들은 내 얼굴과 두 손에 향기가 매우 좋은 연고 같은 것을 발라두었는데, 그것은 몇 분 지나지 않아 화살에 맞아 생긴 따가운 통증을 모두 가라앉게 했다. 이러한 일들에 더해 그들이 준 매우 영양가 있는 음식과 음료로 충분히 기력을 회복했다. 그 덕분에 잠이 몹시 쏟아지기 시작했다. 그때 내가 여덟 시간 정도 잠을 잤다고 나중에 들었다. 그것도 놀라운 일은 아니었는데, 왕의 명령에 따라 의사들이 그 포도주 통 속에 수면제를 섞었던 것이다.

내가 상륙한 뒤 땅 위에서 잠든 채 발견된 바로 그 순간, 왕은 급사(急使)를 통해 곧 그 사실을 보고받았던 것 같다. 그리고 대신들과의 회의에서 내가 앞서 말한 방식대로 나를 묶어두어야 한다는 결정을 내렸다(이 일은 내가 잠들어 있는 밤사이에 이루어졌다). 또한 나에게 충분한 음식과 음료를 보내도록 하고, 나를 수도로 옮기기 위한 운송 기계를 준비하도록 명령했다.

이 결정은 어쩌면 매우 대담하고 위험한 것으로 보일지도 모른다. 같은 상황에서 유럽의 어떤 군주도 이런 방식을 따르지 않았을 것이라고 나는 확신한다. 그러나 내 생각으로는 이것이 대단히 신중하면서도 관대한 조치였다. 만약 이 사람들이 내가 잠들어 있는 동안 창이나 화살로 나를 죽이려고 했다면, 나는 첫 번째로 느끼는 고통에 바로 깨어났을 것이고, 그 고통이 나의 분노와 힘을 크게 자극했을 것이다. 나는 나를 묶고 있던 끈들을 쉽게 끊어버릴 수 있었을 것이고, 그 뒤에는 그들이 나에게 저항할 힘도 없었을 것이므로 자비를 기대할 수도 없었을 것이기 때문이다.

이 사람들은 매우 뛰어난 수학자들이며, 학문을 후원하고 장려하는 것으로 유명한 왕의 보호와 격려 덕분에 기계 기술에서도 높은 수준에 이르러 있었다. 이 군주는 나무나 다른 무거운 물건을 운반하기 위해 바퀴가 달린 여러 기계를 가지고 있다. 그는 종종 길이가 3미터에 이르는 가장 큰 전함들을 나무가 자라는 숲속에서 건조하게 한 뒤, 이러한 장치들을 이용해 그것들을 바다까지 300~400미터 정도 옮기곤 한다. 나를 옮기기 위해서도 즉시 목수와 기술자 500명이 동원되어 그들이 가진 것 가운데 가장 큰 운송 기계를 만들기 시작했다. 그것은 땅에서 8센티미터 높이로 들어 올린 나무 틀로 이루어져 있었으며, 길이는 2미터, 너비는 1.2미터 정도였고, 스물두 개의 바퀴 위에서 움직이도록 되어 있었다.

내가 들었던 함성은 이 기계가 도착했을 때 울린 것이었다. 그 장치는 내가 상륙한 지 네 시간 뒤에 출발했다고 한다. 그들은 그 기계를 나와 나란히 놓이도록 가져다놓았다. 그러나 가장 큰 어려움은 나를 들어 올려 그 운반 장치 위에 올려놓는 일이었다. 이를 위해 높이 30센티미터짜리 말뚝 80개가 세워졌고, 짐을 묶는 끈만 한 굵기의 매우 튼튼한 밧줄들이 갈고리에 연결되어, 일꾼들이 내 목과 손, 몸통과 다리에 감아둔 여러 붕대에 매달렸다. 가장 힘센 사람 900명이 말뚝에 달린 여러 도르래를 이용해 그 밧줄을 끌어올렸고, 그 결과 세 시간도 채 되지 않아 나는 들어 올려져 그 장치 위에 실린 뒤 단단히 묶였다. 이 모든 일은 나중에 전해 들은 것이다. 그 작업이 진행되는 동안 나는 내가 마신 술에 섞여 있던 수면제의 효과로 깊이 잠들어 있었기 때문이다. 나를 수도로 끌고 가기 위해 왕의 가장 큰 말 1,500마리가 동원되었는데, 그 말들의 키는 각각 11센티미터 정도였다. 그 수도는 내가 말했듯이 800미터 거리에 있었다.

우리가 여행을 시작한 지 네 시간쯤 되었을 때, 나는 매우 우스운 사건 때문에 잠에서 깨어났다. 마차가 잠시 멈추어 고장 난 부분을 고치고 있었는데, 젊은 원주민 두세 명이 내가 잠들어 있을 때 어떤 모습인지 보고 싶은 호기심이 생겼던 것이다. 그들은 기계 위로 올라와 아주 조심스럽게 내 얼굴 가까이 다가왔다. 그중 한 명은 근위대 장교였는데, 그의 짧은 창의 뾰족한 끝을 내 왼쪽 콧구멍 깊숙이 찔러 넣었다. 그것이 마치 짚으로 간질이는 것처럼 코를 자극하여 나는 크게 재채기를 했다. 그러자 그들은 들키지 않고 슬그머니 달아났고, 내가 왜 그렇게 갑자기 깨어났는지 그 이유를 알게 된 것은 3주가 지난 뒤였다.

그날 남은 시간 동안 우리는 계속 긴 행군을 했고, 밤이 되면 휴식을 취했다. 그때 내 양쪽에는 각각 경비병 500명이 배치되었는데, 절반은 횃불을 들고 있었고 나머지 절반은 활과 화살을 들고 있었다. 내가 조금이라도 움직이려고 하면 곧바로 쏠 준비가 되어 있었다. 다음 날 해가 떠오르자 우리는 다시 행군을 계속했고, 정오쯤에는 도시 성문에서 200미터 떨어진 곳에 도착했다. 왕과 궁정 사람들 모두가 우리를 맞이하기 위해 나왔지만, 대신들은 왕이 내 몸 위로 올라와 위험을 무릅쓰는 것을 결코 허락하지 않았다.

운송 기계가 멈춘 곳에는 오래된 사원이 하나 서 있었는데, 그것은 온 나라에서 가장 큰 건물로 여겨지던 곳이었다. 그러나 몇 해 전에 그곳에서 불미스러운 살인이 일어났기 때문에, 그 나라 사람들의 열성적인 신념에 따라 그 사원은 더럽혀진 장소로 간주되었고, 그래서 일반인들이 사용할 수 있도록 용도가 바뀌었으며 장식품과 집기들도 모두 치워진 상

태였다. 이 건물에 내가 머물도록 결정되었다. 북쪽을 향한 큰 문은 높이가 1.2미터, 너비는 거의 60센티미터 정도였기 때문에 나는 그 문을 통해 쉽게 기어들어갈 수 있었다. 문 양쪽에는 작은 창문이 하나씩 있었는데, 땅에서 15센티미터도 되지 않는 높이에 있었다. 왼쪽 창문으로는 왕의 대장장이가 아흔한 개의 사슬을 가져왔는데, 그것들은 유럽에서 귀부인들이 시계에 매다는 줄과 비슷하고 크기는 거의 같은 정도였다. 그 사슬들은 서른여섯 개의 자물쇠로 내 왼쪽 다리에 단단히 잠겨 고정되었다.

이 사원 맞은편, 큰길 건너편 6미터 거리에는 높이가 적어도 1.5미터쯤 되는 작은 탑이 하나 있었다. 왕은 궁정의 여러 주요 귀족들과 함께 그곳에 올라가 나를 구경했다고 하는데, 나는 그들을 볼 수 없었기 때문에 나중에야 그 사실을 알게 되었다. 같은 목적을 가지고 도시에서 나온 사람이 10만 명이 넘었으며, 경비병들이 있었음에도 불구하고 사다리를 이용해 내 몸 위로 올라온 사람이 적어도 1만 명은 되었을 것이라고 나는 생각한다. 그러나 곧 사형에 처한다는 명령과 함께 그런 행동을 금지하는 포고가 내려졌다.

일꾼들은 내가 묶여 있던 끈들을 끊어놓았는데, 이는 내가 그것들을 끊고 도망치는 것이 불가능하다는 것을 확인했기 때문이었다. 그러자 나는 평생 그 어느 때보다도 우울한 마음으로 일어섰다. 내가 일어나 걸어 다니는 모습을 보고 사람들이 내지른 소리와 놀라움은 이루 말할 수 없을 정도였다. 내 왼쪽 다리를 묶고 있던 사슬의 길이는 1.8미터 정도였는데, 그것 덕분에 나는 반원 모양의 범위 안에서 앞뒤로 걸어 다닐 수 있었다. 또한 그 사슬은 사원 문에서 10센티미터 안쪽에 고정되어 있었기 때문에, 나는 그 문을 통해 기어들어가 사원 안에 몸을 완전히 펴고 누울 수도 있었다.

2장

릴리퍼트의 왕이 여러 귀족과 함께 포로가 된 저자를 보러 오다. 왕의 모습과 복장을 묘사하다. 저자에게 그 나라 언어를 가르치기 위해 학자들이 임명되다. 저자가 온순한 성격 덕분에 호의를 얻다. 저자의 주머니가 수색되어 칼과 권총을 빼앗기다.

내가 다시 일어서게 되어 주위를 둘러보았을 때, 솔직히 말해 그보다 더 흥미로운 광경을 본 적이 없었다. 주변의 풍경은 마치 끝없이 이어지는 정원처럼 보였고, 사방이 울타리로 둘러싸인 밭들은 대체로 사방 12미터 정도의 정사각형이었는데 마치 수많은 화단처럼 보였다. 그 밭들 사이에는 500제곱미터 정도 되는 작은 숲들이 섞여 있었고, 내가 보기에 가장 큰 나무들도 2미터 정도 높이밖에 되지 않는 듯했다. 왼쪽에 있는 도시는 마치 연극 무대에 그려놓은 도시의 배경 그림처럼 보였다.

나는 몇 시간 동안 자연의 욕구를 몹시 참은 상태였다. 이는 이상한 일이 아니었는데, 마지막으로 용변을 본 지 거의 이틀이나 지났기 때문이었다. 나는 다급함과 수치심 사이에서 매우 난처한 상황에 놓여 있었다. 내가 생각해낸 가장 좋은 방법은 내가 머물던 집 안으로 기어들어가는 것이었고, 그렇게 했다. 문을 닫은 뒤 사슬이 허락하는 만큼 안쪽으로 들어가 그 불편한 짐을 몸 밖으로 내보냈다. 하지만 내가 그처럼 불결한 행동을 한 건 이때가 유일했다. 이 점에 대해서는, 독자가 내 처지와 당시 나의 곤란함을 충분히 공정하고 신중하게 생각해 어느 정도 이해해주기를 바랄 뿐이다.

그 이후로 나는 항상 아침에 일어나자마자 사슬이 허락하는 범위 안에서 야외에서 그 일을 처리하는 습관을 들였다. 그리고 사람들이 찾아오기 전에 하인 두 명이 손수레를 이용해 그 불쾌한 것들을 매일 아침 치웠다. 어쩌면 처음 보기에 그다지 중요하지 않은 것처럼 보일지도 모르는 이 일을 내가 이렇게 길게 이야기한 이유는, 나의 청결함에 관한 평판을 세상에 분명히 해두는 것이 필요하다고 생각했기 때문이다. 어떤 악의적인 사람들이 이 일과 다른 몇 가지 일을 근거로 내 청결한 성격을 의심하려 했다는 이야기를 나는 들었다.

이 일이 끝난 뒤 나는 신선한 공기가 필요했기 때문에 집 밖으로 다시 나왔다. 그때 왕은 이미 탑에서 내려와 말을 타고 나를 향해 다가오고 있었는데 자칫하면 왕이 크게 위험할 뻔했다. 그 말은 매우 잘 훈련된 말이었지만, 내 모습과 같은 광경에는 전혀 익숙하지 않았던 것이다. 움직이는 산이 자기 앞에 다가오는 것처럼 보였던지, 말은 뒷다리로 일어서며 날 뛰었다. 그러나 왕은 훌륭한 기마술을 지닌 사람이었기 때문에 자리에서 떨어지지 않고 버텼다. 그사이 수행원들이 달려와 말의 고삐를 붙잡았고, 왕은 안전하게 말에서 내려올 수 있었다. 왕은 땅에 내려선 뒤 큰 놀라움 속에서 나를 사방으로 살펴보았지만, 내가 묶여 있는 사슬의 길이보다 더 가까이 다가오지는 않았다.

왕은 이미 준비되어 있던 요리사들과 시종들에게 나에게 음식과 음료를 가져오라고 명령했다. 그들은 바퀴가 달린 작은 수레 같은 것에 그것들을 싣고 내가 손을 뻗어 닿을 수 있는 곳까지 가져왔다. 나는 그 수레들을 집어 들고 곧 모두 비워버렸다. 스무 개의 수레에는 고기가 담겨 있었고, 다른 열 개에는 술이 담겨 있었다. 고기가 담긴 수레에는 각각 두세 입 정도 먹을 수 있는 양이었고, 술은 작은 토기 병에 담겨 있었는데 열 개 분량을 한 수레에 모두 부어 한 번에 마셨으며, 나머지도 같은 방식으로 마셨다.

왕비와 왕가의 어린 왕자와 공주들은 시녀 여럿과 함께 조금 떨어진 곳에 의자에 앉아 있었지만, 왕의 말이 일으킨 작은 소동 뒤에는 자리에서 내려와 왕 가까이로 다가왔다. 이제 나는 왕의 모습을 묘사하려 한다. 그는 궁정의 그 누구보다도 내 손톱의 너비만큼 더 큰 키를 가지고 있었는데, 그것만으로도 보는 사람들에게 위엄을 느끼게 하기에 충분했다. 그의 얼굴은 강인하고 남성적인 인상을 지니고 있었으며, 오스트리아식으로 튀어나온 아랫입술과 굽은 코를 가지고 있었다. 피부빛은 올리브색이었고, 태도는 당당했으며, 몸과 팔다리는 균형이 잘 잡혀 있었다. 그의 모든 움직임은 우아했고, 전체적인 풍모는 매우 위엄 있고 장엄했다. 그는 이미 전성기를 조금 지난 나이였는데, 28세 9개월쯤 되었으며, 그 가운데 약 7년 동안 매우 행복하게 통치해왔고 대부분의 전쟁에서도 승리를 거두었다고 한다. 나는 그를 더 편하게 보기 위해 옆으로 누워 얼굴이 그의 얼굴과 마주 보이도록 했고, 그는 나에게서 3미터쯤 떨어진 곳에 서 있었다. 그러나 이후 여러 번 그를 내 손 위에 올려본 적이 있기 때문에, 지금 하는 묘사에는 틀림이 없다고 확신한다.

왕의 옷차림은 매우 소박하고 단순했으며, 그 형태는 아시아식과 유럽식의 중간쯤 되었다. 머리에는 보석으로 장식된 가벼운 황금 투구를 쓰고 있었고, 그 위에는 깃털 장식이 달려 있었다. 그는 혹시라도 내가 풀려나 공격할 경우를 대비해 칼을 뽑아 손에 들고 있었는데, 그 길이는 거의 7센티미터 정도였다. 칼자루와 칼집은 다이아몬드와 금으로 장식되어 있었다. 왕의 목소리는 높고 날카로운 편이었지만 매우 분명하고 또렷했으며, 내가 서 있을 때도 그의 말을 똑똑히 들을 수 있었다. 궁정의 귀부인들과 신하들은 모두 매우 화려하게 옷을 입고 있었는데, 그들이 서 있는 모습은 마치 금과 은 무늬로 수놓인 커다란 치마가 땅 위에 펼쳐져 있는 것처럼 보였다.

왕은 여러 번 나에게 말을 걸었고 나도 대답을 했지만, 서로의 말을 한마디도 이해할 수 없었다. 그 자리에는 성직자와 법률가 여럿도 함께 있었는데(그들의 복장으로 그렇게 짐작했다), 그들은 왕의 명령을 받아 나에게 말을 걸었다. 나는 내가 조금이라도 알고 있던 여러 언어로 그들에게 말해보았다. 그것들은 독일어, 네덜란드어, 라틴어, 프랑스어, 스페인어, 이탈리아어, 그리고 링구아 프랑카*였다. 그러나 그 어느 것

도 통하지 않았다. 두 시간이 지난 뒤 궁정 사람들은 모두 물러났고, 나는 강한 경비병들만 남겨둔 채 그곳에 남겨졌다. 그들은 무례하거나 악의를 가진 군중들이 나에게 함부로 가까이 오는 것을 막기 위해서였다. 사람들은 가능한 한 가까이에서 나를 보려고 매우 조급해했고, 그들 가운데 몇몇은 내가 집 문 앞에 앉아 있을 때 화살을 쏘는 무례함까지 보였다. 그중 하나는 내 왼쪽 눈을 거의 맞힐 뻔하기도 했다.

그러나 그 부대의 대령은 주동자 여섯 명을 붙잡도록 명령했고, 그들을 처벌하는 가장 적절한 방법은 묶은 채로 내 손에 넘겨주는 것이라고 생각했다. 그래서 병사 몇 명이 창 자루로 그들을 밀어 내 손이 닿는 곳까지 데려왔다. 나는 그들을 모두 오른손으로 집어 들었고, 다섯 명은 내 코트 주머니에 넣었다. 그리고 나머지 한 명에 대해서는 마치 그를 산 채로 먹어버릴 것처럼 행동했다. 그 불쌍한 사람은 무섭게 비명을 질렀고, 내가 주머니칼을 꺼내 드는 것을 보자 대령과 장교들도 몹시 걱정하는 눈치였다. 그러나 나는 곧 그들을 안심시켰다. 부드러운 표정으로 그를 바라본 뒤, 그를 묶고 있던 끈을 바로 잘라주고 조심스럽게 땅 위에 내려놓았다. 그러자 그는 곧바로 달아났다. 나는 나머지 사람들도 같은 방식으로 하나씩 주머니에서 꺼내주었고, 그들을 모두 풀어주었다. 이 모습을 본 병사들과 사람들은 매우 기뻐했으며, 내가 자비를 베푼 일은 궁정에서도 나에게 크게 유리하게 전해졌다고 한다.

밤이 되자 나는 힘겹게 집 안으로 기어들어갔고, 그곳 바닥에 누워 지냈다. 2주 동안 그렇게 지냈는데, 그사이에 왕

은 나를 위해 침대를 마련하라고 명령했다. 보통 크기의 침대 600개가 수레에 실려 와 내 집 안으로 옮겨졌고, 그것들을 이어 붙여 큰 침대를 만들었다. 그들의 침대 150개를 꿰매어 연결하자 겨우 내 몸의 길이와 너비에 맞는 크기가 되었으며, 이런 침대를 네 겹으로 쌓아 올렸다. 하지만 그것도 매끈한 돌로 된 바닥의 단단함을 충분히 막아주지는 못했다. 같은 방식으로 그들은 나를 위해 시트와 담요, 이불도 준비해 주었는데, 오랫동안 고생에 익숙해져 있던 나에게는 그 정도면 그럭저럭 괜찮은 편이었다.

내가 도착했다는 소식이 왕국 전역에 퍼지자 부유하면서도 할 일 없는 호기심 많은 사람들이 엄청난 수로 나를 보러 몰려왔다. 그 때문에 마을들이 거의 텅 비다시피 했고, 농사 일과 집안일도 크게 소홀해질 지경이었다. 그래서 왕은 이런 불편을 막기 위해 여러 차례 포고와 국정 명령을 내렸다. 이미 나를 본 사람들은 모두 집으로 돌아가도록 명령했고, 궁정의 허가 없이 내 집에서 45미터 이내로 가까이 오는 것을 금지했다. 이 조치 덕분에 국무장관들은 허가증을 발급하면서 꽤 많은 수수료를 거두게 되었다.

그동안 왕은 나를 어떻게 처리할 것인지 결정하기 위해 자주 회의를 열었다. 나중에 나는 나와 각별한 친구가 되었고, 지위도 매우 높으며 비밀을 누구 못지않게 잘 알고 있는 사람에게 사정을 자세히 들을 수 있었다. 궁정은 나 때문에 여러 가지 어려움에 처해 있었다고 한다. 그들은 내가 묶인 것을 끊고 탈출할까 봐 걱정했고, 또 나에게 필요한 음식이 매우 많아 왕국에 기근을 일으킬 수도 있다고 우려했다. 때로는 나를 굶겨 죽이거나, 적어도 독을 묻힌 화살을 얼굴과 손에 쏘아 빨리 죽게 하자는 의견도 나왔다. 그러나 곧 다시 생각을 바꾸었다. 그렇게 큰 시체에서 나는 악취가 수도에 전염병을 일으킬 수도 있고, 어쩌면 그 병이 왕국 전체로 퍼질 수도 있다고 여겼기 때문이다.

이러한 논의가 한창 진행되고 있을 때, 군대의 몇몇 장교들이 궁정 회의장의 문 앞에 왔고 그들 중 두 사람이 안으로 들어가게 되었다. 그들은 앞서 말한 여섯 명의 죄수와 관련해 내가 보였던 행동을 자세히 보고했다. 이 이야기는 왕과 평의회 사람들에게 매우 좋은 인상을 남겼고, 그 결과 나에게 유리한 방향으로 일이 진행되었다. 곧 왕의 명령서가 내려져, 도시에서 800미터 이내에 있는 모든 마을은 매일 아침 나의 식량을 위해 소 여섯 마리와 양 마흔 마리, 그리고 그 밖의 음식들을 제공해야 했다. 또한 그에 맞는 양의 빵과 포도주, 그리고 다른 음료도 함께 보내도록 명령되었다. 이 비용은 모두 국고에서 지급되었다. 이 군주는 주로 자신의 영지에서 나오는 수입으로 생활하며, 특별한 경우가 아니면 백성들에게 세금을 거의 거두지 않았기 때문이다. 다만 그의 신하들은 전쟁이 있을 때 자비로 군주를 따라 종군할 의무를 지고 있었다.

600명이 내 시중을 들도록 정해졌고, 그들이 생활할 수 있도록 급료와 식량이 지급되었으며, 내 집 문 양쪽에 그들을 위한 천막도 편리하게 세워졌다. 또한 재단사 300명에게 그 나라의 방식에 맞추어 나에게 입힐 옷을 만들도록 명령했다. 그리고 왕의 가장 뛰어난 학자 여섯 명은 나에게 그들의 언어를 가르치는 임무를 부여받았으며, 마지막으로 왕의 어마들과 귀족의 말들, 그리고 근위대의 말들이 내 모습에 익숙해지도록 자주 내 앞에서 훈련하게 되었다.

이 모든 명령은 곧바로 실행되었고, 3주 정도가 지나자 나는 그들의 언어를 배우는 데 상당한 진전을 이루었다. 그동안 왕은 여러 번 나를 찾아왔고, 내가 언어를 배우는 동안 학자들을 도와주기도 했다. 우리는 어느 정도 대화를 시작할 수 있게 되었으며, 내가 가장 먼저 배운 말은 내게 자유를 내려주시길 바란다는 뜻의 표현이었다. 나는 매일 무릎을 꿇고 그 말을 되풀이했다. 내가 이해할 수 있었던 범위에서 왕의 대답은 이러했다. 이 일은 시간이 필요한 문제이며, 대신들과 상의하지 않고는 결코 결정할 수 없다고 했고, '루모스 켈민 페소 데스마르 론 엠포소'해야 한다고 했다. 즉 무엇보다 먼저 내가 왕과 그의 국가와 평화를 맹세해야 한다는 것이었다. 다만 그동안은 나를 최대한 친절하게 대해줄 테니 인내심과 신중한 행동으로 자신과 백성들의 좋은 평가를 얻도록 노력하라고 충고했다. 그리고 몇몇 관리에게 나를 수색하도록 명령하려 했으니 혹시 기분 나쁘게 생각하지 말아달라고 말했다. 내가 몸에 여러 가지 무기를 지니고 있을 가능성이 있으며, 만약 그것들이 내 몸집에 걸맞은 크기라면 반드시 위험한 물건이 될 수 있기 때문이라고 설명했다.

나는 안심해도 된다고 말하며, 왕 앞에서 기꺼이 옷을 벗고 주머니까지 뒤집어 보이겠다고 했다. 이 말을 일부는 말로, 일부는 몸짓으로 전달했다. 그러자 왕은 왕국의 법에 따라 두 명의 관리가 나를 수색해야 한다고 대답했다. 그는 이것이 나의 동의와 협조 없이는 불가능하다는 것도 알고 있으며, 나의 관대함과 공정함을 매우 신뢰하고 있기 때문에 그들의 몸을 내 손에 맡겨도 괜찮다고 생각한다고 말했다. 또한 그들이 나에게서 가져가는 물건은 내가 이 나라를 떠날 때 모두 돌려주거나, 혹은 내가 정하는 값에 따라 보상해줄 것이라고 약속했다.

나는 관리 두 명을 손으로 집어 들어 먼저 내 코트 주머니에 넣었고, 이어서 내 몸에 있는 다른 모든 주머니도 차례로 살펴보게 했다. 다만 작은 시계 주머니 두 개와 또 하나의 비밀 주머니만은 제외했는데, 그곳에는 나에게만 필요한 사소한 물건들이 들어 있었기 때문에 굳이 보여줄 생각이 없었

다. 내 시계 주머니 가운데 하나에는 은으로 된 시계가 있었고, 다른 주머니에는 약간의 금이 든 작은 지갑이 있었다. 이 관리들은 펜과 잉크, 종이를 가지고 그들이 본 모든 물건을 정확하게 목록으로 기록했다. 기록을 마친 뒤 자신들을 내려달라고 요청했는데, 그래야 그 목록을 왕에게 가져다 바칠 수 있기 때문이었다. 그들이 작성한 목록은 내가 나중에 영어로 번역해두었는데, 그 내용은 정확히 다음과 같다.

먼저, '산 같은 인간'(나는 그들이 말한 '퀸버스 플레스트린'이라는 표현을 이렇게 번역했다)의 오른쪽 코트 주머니를 가장 엄격하게 수색한 결과, 크고 거친 천 조각 하나만을 발견하였

습니다. 그것은 폐하의 국정 회의실에서 발을 닦는 깔개로
쓰기에도 충분할 만큼 큰 것이었습니다. 왼쪽 주머니에서
는 같은 금속으로 된 뚜껑이 달린 거대한 은 상자를 발견하
였습니다. 그러나 수색자들이 그것을 들어 올릴 수 없었으
므로, 그에게 그것을 열어 보일 것을 요청하였습니다. 내부
를 살피기 위하여 우리 가운데 한 사람이 그 안으로 들어가
보았는데, 그의 다리가 종아리 중간까지 어떤 가루 같은 것
속에 잠겼으며, 그 가루 일부가 얼굴 쪽으로 날려 우리 둘
모두 여러 차례 재채기를 하게 하였습니다.

오른쪽 조끼 주머니에서는 희고 얇은 물질을 매우 많이 발
견하였습니다. 그것들은 여러 겹으로 접혀 있었으며, 크기
가 우리 세 사람의 몸집만큼 되었고 굵은 끈으로 묶여 있
었습니다. 그 위에는 검은 표식들이 찍혀 있었는데, 우리
는 그것이 글자라고 판단하였습니다. 각 표식의 크기는 거
의 우리 손바닥 절반에 이를 정도였습니다. 왼쪽 조끼 주머
니에서는 일종의 기구를 발견하였는데, 그 뒤쪽에서 스무
개의 긴 막대가 뻗어 나와 있었습니다. 그것은 폐하의 궁정
앞에 세워진 말뚝 울타리와 비슷하게 보였습니다. 우리는
이 기구가 그 산 같은 인간이 머리를 빗는 데 사용하는 물
건일 것이라 짐작하였습니다. 다만 그에게 무엇이든 자세
히 묻는 일이 매우 어려웠으므로, 모든 사안에 대해 질문하
지는 못하였습니다.

그의 몸을 덮고 있는 큰 옷(그들은 바지를 '란푸로'라고 불렀
다)의 오른쪽 주머니에서는 사람 한 명 길이쯤 되는 속이
빈 쇠기둥을 보았습니다. 그것은 기둥보다 더 큰 단단한 나
무 조각에 붙어 있었으며, 기둥 한쪽에는 이상한 모양으로
깎인 큰 쇳조각들이 튀어나와 있었습니다. 다만 그것이 어

떤 용도로 쓰이는 것인지는 확인하지 못하였습니다. 왼쪽 주머니에도 이와 비슷한 종류의 또 다른 기구가 들어 있었습니다. 오른쪽의 더 작은 주머니에서는 흰색과 붉은색 금속으로 된 둥글고 납작한 조각들을 여러 개 발견하였습니다. 그것들은 크기가 서로 달랐으며, 그중 흰색 금속으로 된 것들은 은으로 보였는데 그중 일부는 매우 크고 무거워, 저와 제 동료가 함께 들어도 거의 들 수 없을 정도였습니다. 왼쪽 작은 주머니에서는 모양이 일정하지 않은 두 개의 검은 기둥 같은 물건을 발견하였습니다. 우리가 주머니 바닥에 서 있었기 때문에 그 꼭대기까지 손을 뻗기가 쉽지 않았습니다. 그 가운데 하나는 덮개가 씌워져 있어 하나의 덩어리처럼 보였고, 다른 하나의 위쪽 끝에는 우리 머리의 두 배쯤 되는 크기의 둥근 흰 물체가 붙어 있었습니다. 이 두 물건 안에는 매우 큰 강철판이 들어 있는 것으로 보였습니다. 우리는 그것들이 위험한 기구일지도 모른다고 판단하여, 명령에 따라 그 거대한 인간에게 그것들을 꺼내 보이도록 하였습니다. 그는 그것들을 보여주며, 자기 나라에서는 그중 하나로 수염을 깎고 다른 하나로 고기를 자른다고 설명하였습니다.

우리가 들어갈 수 없었던 두 개의 주머니도 있었습니다. 그는 그것을 '시계 주머니'라고 불렀습니다. 그것은 그의 몸을 덮는 큰 옷 위쪽에 길게 찢어진 두 개의 틈처럼 보였으나, 배의 압력 때문에 거의 닫혀 있는 상태였습니다. 오른쪽 시계 주머니에서는 커다란 은 사슬 하나가 늘어져 있었고, 그 끝에는 매우 기이한 기계가 달려 있었습니다. 우리는 그 사슬 끝에 달린 물건을 꺼내 보일 것을 지시하였습니다. 그것은 구 모양이었는데, 절반은 은으로 되어 있었고 나머지 절반은 어떤 투명한 금속으로 이루어진 듯 보였습니다. 투명한 부분 안에는 이상한 표시들이 둥글게 그려져 있었으며, 우리는 그것을 손으로 만질 수 있을 것이라 생각하였으나 투명한 물질에 가로막혀 닿을 수 없었습니다. 그는 그 기계를 우리 귀 가까이에 가져다 대었는데, 그것은 물레방아가 돌아가는 것과 같은 끊임없는 소리를 내었습니다.

우리는 그것이 어떤 알 수 없는 동물이거나, 혹은 그가 숭배하는 신일 것이라고 추측하였습니다. 다만 후자의 생각에 더 무게를 두었습니다. 그가 매우 서투르게 표현하여 우리가 제대로 이해하지는 못했지만 그가 말하길, 무슨 일을 하든 거의 항상 그것과 상의한다고 하였습니다. 그는 그것을 자신의 신탁이라 불렀으며, 자신의 삶에서 모든 행동의 시간을 그것이 알려준다고 하였습니다. 또한 왼쪽 시계 주머니에서는 어부의 그물만큼이나 큰 물건 하나를 꺼냈는데, 그것은 지갑처럼 여닫을 수 있게 만들어져 실제로도 그러한 용도로 사용되는 듯 보였습니다. 그 안에서는 누런 금속으로 된 무거운 조각을 여러 개 발견했습니다. 만약 그것이 진짜 금이라면 대단한 가치가 있을 것으로 사료됩니다.

폐하의 명령에 따라 그의 주머니들을 모두 세심히 수색한 뒤, 우리는 그의 허리에 어떤 거대한 짐승의 가죽으로 만든 띠가 둘러져 있음을 확인하였습니다. 그 띠의 왼쪽에는 우리 다섯 사람의 키 길이에 이를 만큼 긴 칼이 매달려 있었고, 오른쪽에는 두 칸으로 나뉜 주머니 하나가 달려 있었습니다. 그 두 칸은 각각 폐하의 신하 세 사람이 들어갈 수 있을 만큼의 크기였습니다. 그 가운데 한 칸에는 우리 머리만한 크기의 매우 무거운 금속 공들이 여러 개 들어 있었으며, 그것들을 들어 올리기 위해서는 상당한 힘이 필요했습니다. 다른 한 칸에는 검은 알갱이 같은 것이 한 무더기 들어 있었는데, 그것들은 크기도 작고 무게도 가벼워 우리 손바닥에 쉰 개 이상을 올려놓을 수 있을 정도였습니다.

이상이 우리가 '산 같은 인간'의 몸에서 발견한 물건들의 정확한 목록입니다. 그는 우리를 매우 공손하게 대하였으며, 폐하의 명령에 대해서도 충분한 존중을 보였습니다.

이에 폐하의 길하고도 번영하는 통치 제89월 4일에 서명하고 봉인하여 아룁니다.

클레프린 프렐록, 마르시 프렐록

이 목록이 낭독되자 왕은 매우 온화한 말투로 나에게 그 물건들을 넘겨주라고 명령했다. 그는 먼저 나의 단검을 요구했는데, 나는 칼집째로 그것을 꺼내어 보였다. 그동안 왕은 자신이 특별히 선발한 병사 3천 명에게 일정한 거리를 두고 나를 둘러싸도록 명령했고, 그들은 활과 화살을 언제든지 쏠 준비를 하고 있었다. 그러나 내 시선이 온전히 왕에게만 향해 있었기 때문에 나는 그 사실을 알아차리지 못했다.

그는 이어 나에게 칼을 뽑아 보이라고 했다. 칼은 바닷물에 젖어 약간 녹이 슬어 있었지만 대부분 여전히 매우 밝게 빛나고 있었다. 칼을 뽑아 보이자마자 병사들은 공포와 놀라움이 섞인 큰 함성을 질렀다. 햇빛이 밝게 비치고 있었기 때문에 내가 손에 든 단검을 이리저리 흔들자 그 반짝임이 그들의 눈을 어지럽게 했기 때문이다. 그러나 왕은 매우 대담한 군주였기 때문에 내가 예상했던 것보다 훨씬 덜 놀라는 모습이었다. 그는 나에게 칼을 다시 칼집에 넣은 뒤, 내 사슬 끝에서 1.8미터 떨어진 곳에 가능한 한 조심스럽게 땅에 내려놓으라고 명령했다.

그다음으로 왕은 속이 빈 쇠기둥 하나를 요구했는데, 그것은 내가 가지고 있던 주머니 권총을 가리키는 것이었다. 나는 그것을 꺼내 들고, 그의 요청에 따라 가능한 한 그것의 사용법을 설명하려고 했다. 그리고 화약 주머니가 단단히 닫혀 있어 바닷물에 젖지 않고(이런 불편을 막기 위해 현명한 선원들은 항상 특별히 주의한다) 남아 있던 화약을 넣어 장전했다. 나는 먼저 왕에게 놀라지 말라고 말한 다음 공중을 향해 발사했다. 사람들은 내가 단검을 보여주었을 때보다 훨씬 더 놀랐다. 수백 명이 마치 죽은 것처럼 바닥에 쓰러졌고, 왕조차도 그 자리를 지키고 서 있기는 했지만 한동안 정신을 차리지 못할 정도였다. 나는 단검을 넘겨주었던 것과 같은 방식으로 두 개의 주머니 권총도 모두 건네주었고, 이어서 화약과 탄환이 들어 있는 주머니도 넘겨주었다. 그리고 아주 작은 불꽃만으로도 그것이 폭발하여 궁전을 공중으로 날려버릴 수 있으니 화약은 불 가까이에 두지 말라고 당부했다.

나는 또한 내 시계도 넘겨주었다. 왕은 그것을 매우 신기하게 여기며 보고 싶어 했고, 근위대에서 가장 키가 큰 병사 두 명에게 막대기 하나에 매달아 어깨에 메고 운반하도록 명령했다. 그것은 마치 영국에서 마부들이 맥주 통을 막대기에 매달아 나르는 방식과 비슷했다. 왕은 그 시계가 계속해서 내는 소리와 분침이 움직이는 모습을 보고 매우 놀라워했다. 그들은 우리보다 시력이 훨씬 예리하기 때문에 그 움직임을 쉽게 알아볼 수 있었다. 왕은 그것에 대해 학자들의 의견을 물었는데, 그들의 생각은 서로 매우 달랐고 엉뚱한 추

측도 많았다. 독자라면 내가 일일이 설명하지 않아도 충분히
짐작할 수 있을 것이다. 사실 나 역시 그들의 말을 완전히 이
해하지는 못했다. 그 후 나는 은화와 동전, 아홉 개의 큰 금
화와 몇 개의 작은 금화가 들어 있는 지갑, 그리고 칼과 면도
칼, 빗, 은으로 된 코담배 통, 손수건, 일기장도 넘겨주었다.
내 단검과 권총, 그리고 화약 주머니는 수레에 실려 왕의 무
기 창고로 옮겨졌지만 나머지 물건들은 다시 나에게 돌려주
었다.

내가 앞서 말했듯이, 수색을 피한 비밀 주머니 하나가 있
었는데, 그 안에는 안경 한 쌍(잘 안 보일 때 가끔 사용하는 것),
작은 망원경, 그리고 그 밖에 몇 가지 자잘한 물건들이 들어
있었다. 이런 것들은 왕에게 별로 중요한 물건이 아니었기
때문에 나는 명예상 그것들을 굳이 밝힐 의무는 없다고 생각
했다. 또한 그것들을 내 손에서 내놓았다가 잃어버리거나 망
가질까 걱정되기도 했다.

3장

저자가 매우 색다른 방법으로 왕과 귀족들을 즐겁게 하다. 릴리
퍼트 궁정에서 벌어지는 여러 가지 오락과 놀이가 묘사되다. 저
자가 몇 가지 조건을 받아들이는 대가로 자유를 허락받다.

나의 온순함과 예의 바른 행동 덕분에 왕과 궁정 사람들
뿐 아니라 군대와 일반 백성들에게까지 좋은 인상을 얻게 되

었고, 나는 머지않아 자유를 얻을 수 있으리라는 희망을 품기 시작했다. 나는 그들의 이런 호의적인 마음을 더욱 굳히기 위해 내가 할 수 있는 모든 방법을 사용했다. 사람들은 점차 나를 두려워하지 않게 되었고, 나는 가끔 땅에 누워 대여섯 명이 내 손 위에서 춤을 추도록 하기도 했다. 나중에는 아이들까지 용기를 내어 내 머리카락 속에서 숨바꼭질 놀이를 하기도 했다.

나는 이제 그들의 언어를 이해하고 말하는 데도 상당한 진전을 이루었다. 어느 날 왕은 그 나라의 여러 궁정 오락을 보여주며 나를 즐겁게 해주고 싶어 했다. 그들의 곡예는 내가 아는 어떤 나라보다도 기술과 화려함에서 뛰어났다. 그 가운데에서도 특히 나를 가장 즐겁게 한 것은 줄타기였다. 그것은 가느다란 흰 줄을 60센티미터 길이로 팽팽하게 매고, 땅에서 30센티미터 높이에 설치한 뒤 그 위에서 춤을 추는 것이었다. 이 공연에 대해서는 독자의 양해를 구하고 조금 더 자세히 이야기해보고자 한다.

줄타기는 궁정에서 높은 지위나 큰 관직을 얻고자 하는 사람들만 연습한다. 그들은 어린 시절부터 이 기술을 배우며, 반드시 귀족 출신이거나 높은 교육을 받은 사람들만 그런 것은 아니다. 높은 관직을 맡은 어떤 사람이 죽거나 실각(失脚)되어 공석이 되면(이런 일은 자주 일어난다), 그 자리를 노리는 후보자 대여섯 명이 왕에게 자신들이 줄 위에서 춤을 추게 해달라고 청한다. 그리고 가장 높이 뛰어오르면서도 떨어지지 않는 사람이 그 관직을 차지하게 되는 것이다. 때로는 최고 대신들조차도 왕의 명령으로 자신의 실력을 보여 아직 그 능력을 잃지 않았다는 것을 증명해야 한다. 재무대신 플림냅은 줄 위에서 다른 어떤 귀족보다도 적어도 2센티미터 더 높이 뛰어오르는 재주가 있다고 인정받고 있었다. 나는 그가 접시 위에서 공중제비를 여러 번 도는 것도 본 적이 있는데, 그 접시는 영국의 짐 묶는 끈만큼이나 가느다란 줄 위에 놓여 있었다. 내 친구이자 비서관인 렐드레살은 내가 편파적이 아니라면 재무대신 다음으로 뛰어난 실력을 가진 사람이라고 생각한다. 나머지 대신들의 실력은 대체로 서로 비슷한 수준이다.

이러한 오락에서는 치명적인 사고가 자주 일어나며 그런 사례들이 많이 기록되어 있다. 나 역시 두세 명의 후보자가 팔다리가 부러지는 것을 본 적이 있다. 그러나 대신들이 직접 자신의 솜씨를 보여야 할 때는 위험이 훨씬 더 커진다. 서로를 능가하려고 지나치게 무리하다 보니 거의 모든 대신이 한 번쯤은 떨어져 다친 경험이 있고, 어떤 사람들은 두세 번이나 떨어지기도 한다. 내가 들은 바로는, 내가 이 나라에 오기 1~2년 전에 재무대신 플림냅은 하마터면 목이 부러질 뻔했다고 한다. 다행히도 마침 바닥에 왕의 방석 하나가 우연히 놓여 있어 떨어질 때의 충격을 약하게 해주어 목숨을 건질 수 있었다.

또 다른 오락도 있는데, 이것은 특별한 경우에만 왕과 왕비, 그리고 재상 앞에서 열리는 것이다. 왕은 탁자 위에 길이 15센티미터의 고운 비단실 세 가닥을 놓는다. 하나는 파란색, 하나는 붉은색, 그리고 하나는 초록색이다. 이 비단실들은 왕이 특별한 총애의 표시로 상을 주고자 하는 사람들에게 상품으로 주어지는 것이다. 이 의식은 왕의 큰 국정 회의실에서 열리는데, 후보자들은 이전과는 전혀 다른 종류의 솜씨를 시험받게 된다. 나는 신대륙이든 구대륙이든 어느 나라에서도 이와 비슷한 것을 본 적이 없다. 왕은 막대기 하나를 손에 들고, 그 양쪽 끝이 지평선과 평행이 되도록 잡는다. 그러면 후보자들이 한 사람씩 앞으로 나와 때로는 그 막대를 뛰어넘고, 때로는 그 아래로 기어 지나가며, 막대가 올라가거나 내려가는 데 맞추어 앞뒤로 여러 번 반복한다. 어떤 때는 왕이 막대기의 한쪽 끝을 잡고 재상이 다른 쪽을 잡기도 하고, 어떤 때는 재상이 혼자 막대기를 들기도 한다. 이 시험에서 가장 민첩하게 행동하고, 또 가장 오래 뛰고 기어다니는 사람이 파란 비단실을 상으로 받는다. 두 번째는 붉은 실, 세 번째는 초록 실을 받는다. 이 비단실들은 모두 허리에 두 번 감아 띠처럼 두르게 되어 있으며, 궁정의 높은 인물들 가운데 이 띠들 가운데 하나라도 차고 있지 않은 사람을 보기란 드물다.

군대의 말들과 왕실 마구간의 말들은 매일 내 앞을 지나가며 훈련했기 때문에 더 이상 나를 무서워하지 않게 되었고, 이제는 놀라지도 않고 내 발 바로 가까이까지 다가오곤 했다. 기수들은 내가 땅에 손을 놓고 있으면 그 손 위로 말을 뛰어넘게 하기도 했으며, 어느 날에는 왕의 사냥꾼 한 사람이 큰 군마를 타고 신발을 신은 내 발 위를 그대로 뛰어넘기도 했다. 그것은 정말 대단한 도약이었다.

나는 어느 날 매우 특별한 방법으로 왕을 즐겁게 할 기회를 얻었다. 나는 왕에게 높이 60센티미터에 보통 지팡이 정도의 굵기인 막대기 몇 개를 갖다달라고 부탁했다. 그러자 왕은 숲을 관리하는 관원에게 그렇게 하라고 지시했고, 다음 날 아침 나무꾼 여섯 명이 수레 여섯 대를 끌고 도착했다. 수레에는 말이 여덟 마리씩 매여 있었다. 나는 그 막대기 가운데 아홉 개를 골라 가로세로 80센티미터 정도 되는 사각형 모양으로 땅에 단단히 꽂았다. 그리고 네 개의 막대기를 더 가져와 사각형의 네 모서리에 서로 평행하게 묶어 땅에서 60센티미터 높이가 되도록 했다. 그다음 나는 내 손수건을 그 아홉 개의 기둥에 묶어 사방으로 팽팽하게 펼쳤는데, 마치 북의 가죽처럼 단단하게 당겨졌다. 그리고 그 네 개의 평행한 막대기는 손수건보다 13센티미터 정도 더 높이 올라와 있어, 양쪽 가장자리의 난간 같은 역할을 하게 되었다. 작업이 끝나자 나는 왕에게 가장 뛰어난 말 스물네 마리로 이루어진 기병대가 이 평평한 곳에서 훈련하도록 허락해달라고 부탁했다. 왕은 이 제안을 기꺼이 받아들였다. 나는 말을 타고 무장을 한 상태의 기수들과 훈련을 지휘할 장교들을 한 사람씩 손으로 집어 무대 위에 올려놓았다.

그들이 정렬하자 곧 두 편으로 나뉘어 모의 전투를 벌였다. 그들은 끝이 뭉툭한 화살을 쏘고, 칼을 뽑아 들고, 달아나고 추격하며, 공격했다가 물러서는 등 온갖 전술을 펼쳤는데, 내가 본 어떤 군대보다도 훌륭한 군사 훈련과 규율을 보여주었다. 평행하게 묶어놓은 막대기들은 말과 기수들이 무대 밖으로 떨어지는 것을 막아주었다. 왕은 이 광경을 매우 즐거워하여 이 공연을 며칠 동안 계속 반복하도록 명령했다. 한 번은 나에게 자신을 들어 올리게 하여 직접 기수들을 지

휘하기도 했다. 또 큰 어려움 끝에 왕비를 설득하여 그녀를 의자에 앉힌 채 내가 들어 올려 무대에서 2미터 정도 떨어진 곳에서 그들을 모두 볼 수 있게 하기도 했다.

다행히 이 훈련에서 큰 사고는 일어나지 않았다. 다만 한 번은 한 대위의 성질 사나운 말이 앞발로 손수건을 긁어서 구멍을 내버렸고, 발이 미끄러지면서 말과 기수가 함께 넘어졌다. 나는 곧바로 기수와 말을 모두 구해주었고, 한 손으로는 손수건의 구멍을 가린 채 다른 손으로 나머지 기병들을 처음 올려놓았던 것과 같은 방식으로 다시 내려놓았다. 넘어졌던 말은 왼쪽 어깨에 부상을 입었지만, 기수는 전혀 다치지 않았다. 나는 가능한 한 손수건을 다시 고쳐놓았지만, 그와 같은 위험한 일을 하는 데 있어 더 이상 그것의 튼튼함을 믿지 않기로 했다.

내가 자유를 얻기 2~3일 전, 이런 재주로 궁정을 즐겁게 하고 있을 때 급사가 도착해 왕에게 한 가지 소식을 전했다. 왕의 신하들 가운데 몇 사람이 내가 처음 붙잡혔던 곳 근처를 지나가다가 땅 위에 이상한 모양의 커다란 검은 물체가 있는 것을 보았다는 것이었다. 그것은 가장자리가 둥글게 퍼져 있었고, 넓이는 왕의 침실만큼이나 넓어 보였으며, 가운데 부분은 사람 키만큼 높이 솟아 있었다고 했다. 처음에는 그것이 살아 있는 생물일지도 모른다고 생각했지만 풀 위에 움직임 없이 그대로 놓여 있었기 때문에 그렇지 않다는 것을 알게 되었다고 했다. 그들 가운데 몇 사람은 그것 주위를 여러 번 돌아보았고, 또 서로의 어깨 위로 올라가 꼭대기에 올라가보았는데, 그 위는 평평하고 고른 모양이었다. 발로 밟아보니 속이 텅 빈 것처럼 느껴졌다고 한다. 그래서 그들은 그것이 아마도 '산 같은 인간'의 물건 가운데 하나일 것이라고 생각했으며, 만약 왕이 허락한다면 말 다섯 마리만으로 그것을 가져올 수 있을 것이라고 겸손히 보고했다.

나는 그들이 무엇을 말하는지 곧바로 알아차렸고, 이 소식을 듣고 마음속으로 매우 기뻤다. 배가 난파된 뒤 해안에 겨우 도착했을 때 나는 몹시 혼란스러운 상태였는데, 잠을 자러 갔던 곳에 이르기 전에 내 모자가 떨어져버렸던 것이다. 나는 노를 저을 때 모자가 날아가지 않도록 끈으로 머리에 묶어두었고 헤엄치는 동안에도 계속 쓰고 있었지만, 땅에 올라온 뒤 어느 순간 그 끈이 어떤 사고로 끊어졌던 것 같다. 나는 그 사실을 알아차리지 못했고, 단지 모자가 바다에서 잃어버린 줄로만 생각하고 있었다. 그래서 나는 왕에게 가능한 한 빨리 그 물건을 나에게 가져오도록 명령해달라고 부탁하며, 그것이 무엇이며 어떤 용도로 쓰이는 것인지 설명했다. 다음 날 마부들이 그것을 가지고 도착했지만, 모자의 상태는 그다지 좋지 않았다. 그들은 모자의 챙 가장자리에서 4센티미터쯤 안쪽에 구멍 두 개를 뚫고, 그 구멍에 쇠갈고리 두 개를 달았다. 그리고 그 갈고리들을 긴 밧줄로 말의 마구에 묶어 말이 끌고 오도록 한 것이다. 그렇게 해서 내 모자는 800미터가 넘게 땅 위를 끌려 왔다. 그러나 그 나라의 땅이 매우 매끄럽고 평평했기 때문에 내가 예상했던 것보다는 훨씬 덜 손상되어 있었다.

이 사건이 있은 지 이틀 뒤, 왕은 수도와 그 주변에 주둔하고 있는 군대의 일부에게 준비를 명령한 뒤 매우 색다른 방법으로 스스로를 즐겁게 해보고 싶다는 생각을 했다. 왕은 나에게 가능한 한 다리를 넓게 벌리고 거대한 동상처럼 서 있으라고 명령했다. 그다음 그는 장군에게 군대를 정렬시키 도록 지시했다(그 장군은 나이가 많고 경험이 풍부한 지휘관이 었으며 나를 매우 호의적으로 대해주던 사람이었다). 그는 병사 들을 촘촘한 대형으로 정렬시켜 내 다리 사이로 행군하게 했 다. 보병은 가로로 스물네 명씩, 기병은 열여섯 명씩 줄을 맞 추었고, 북을 울리고 깃발을 휘날리며 창을 세운 채 행진했 다. 이 부대는 보병 3천 명과 기병 1천 명으로 이루어져 있었 다. 왕은 모든 병사에게 행군하는 동안 내 몸에 대해 최대한 예의를 지킬 것을 명령했으며, 이를 어길 경우 사형에 처하 겠다고 경고했다. 그러나 그 명령에도 불구하고, 몇몇 젊은 장교들은 내 아래를 지나갈 때 고개를 들어 위를 쳐다보는 일을 참지 못했다. 사실을 말하자면 그때 내 바지 상태가 그 다지 좋지 않았기 때문에, 그들에게는 웃음과 놀라움을 자아 낼 만한 장면이 조금 보이기도 했던 것이다.

나는 자유를 달라는 탄원서와 청원서를 여러 차례 제출했 기 때문에, 마침내 왕은 그 문제를 먼저 내각회의와 전체 국 무회의에서 논의하게 했다. 그 자리에서 나의 석방에 반대한 사람은 단 한 명뿐이었는데, 바로 스카이레시 볼골람이었다. 그는 아무런 이유도 없이 나의 철천지원수가 되기를 자처한 사람이었다. 그러나 그의 반대에도 불구하고 다른 모든 대신 이 나의 석방에 찬성했고, 그 결정은 결국 왕에 의해 승인되 었다. 그 대신은 이 나라의 해군 사령관이었으며, 왕의 큰 신 임을 받는 사람이자 국정에 매우 능숙한 인물이었지만 성격은 음울하고 까다로운 편이었다. 결국 그는 마지못해 그 결정에 따르기로 했으나 내가 석방되는 조건과 조항을 자신이 직접 작성하고, 내가 그 조항들에 대해 맹세해야 한다는 점만큼은 끝까지 주장하여 관철시켰다. 이 조항들은 스카이레시 볼골람이 직접 두 명의 차관과 여러 귀족을 대동하고 나에게 가져왔다. 그들은 먼저 그 조항들을 낭독한 뒤, 내가 그것을 반드시 지키겠다고 맹세하도록 요구했다. 맹세는 먼저 내 조국의 방식대로 하게 했고, 이어서 그들의 법에 정해진 방식으로 다시 하도록 했다. 그들의 방식은 다음과 같았다. 왼손으로 오른발을 잡고, 오른손의 가운뎃손가락을 머리 정수리에 대고, 엄지손가락을 오른쪽 귀 끝에 대는 것이었다. 그러나 독자들이 그 나라 사람들 특유의 문체와 표현 방식을 조금이라도 알게 되기를 바라고, 또한 내가 자유를 얻게 된 조건들이 무엇이었는지 궁금해할지도 모르기 때문에, 나는 그 문서 전체를 가능한 한 글자 그대로 번역해두었다. 이제 그것을 그대로 독자에게 제시하려 한다.

골바스토 모마렘 에블라메 구르딜로 세핀 물리 울리 게, 온 우주의 기쁨이자 공포이며, 릴리퍼트의 가장 강력한 왕이신 폐하께서 선언하신다. 폐하의 영토는 5천 블러스트러그(둘레 약 19킬로미터)에 이르러 세계의 끝까지 뻗어 있으며, 모든 군주 위에 군림하는 군주이시다. 인간의 아들들보다 더 위대하게 높이 서 있으며, 그 발은 대지의 중심까지 누르고, 그 머리는 태양에 닿을 듯하다. 폐하께서 고개를 끄덕이기만 해도 세상의 왕자들이 무릎을 떨고, 봄처럼 온화하며 여름처럼 따뜻하고 가을처럼 풍요로우며 겨울처럼 두려운 분이시다. 이 가장 숭고하신 폐하께서는, 최근 우리 천상의 왕국에 도착한 '산 같은 인간'에게 다음과 같은 조항들을 제시한다. 그는 엄숙한 맹세를 통해 이 조항들을 반드시 이행해야 한다.

제1조. '산 같은 인간'은 국왕의 공식 허가 없이는 우리 영토를 떠날 수 없다.

제2조. '산 같은 인간'은 우리의 명시적인 명령 없이는 수도로 들어와서는 안 된다. 다만 그런 명령이 내려질 경우, 주민들이 집 안에 머무를 수 있도록 두 시간 전에 미리 경고를 해야 한다.

제3조. '산 같은 인간'은 큰길로만 다녀야 하며, 초원이나 곡식이 자라는 들판 위를 걷거나 그곳에 눕지 않아야 한다.

제4조. '산 같은 인간'이 길을 걸을 때에는 우리의 사랑하는 백성들과 그들의 말, 수레를 밟지 않도록 최대한 주의해야 하며, 또한 당사자의 동의 없이 어떤 백성도 손으로 집어 들어서는 안 된다.

제5조. 만약 급사가 특별히 빠른 전달을 요구할 경우, '산 같은 인간'은 한 달에 한 번, 자신의 주머니에 전령과 그의 말을 함께 넣어 6일 거리를 운반해야 하며, 필요할 경우 그 전령을 안전하게 폐하 앞으로 다시 데려와야 한다.

제6조. '산 같은 인간'은 블레푸스쿠 섬에 있는 적들에 맞서

우리의 동맹이 되어야 하며, 현재 우리를 침공하려 준비 중인 그들의 함대를 파괴하기 위해 최선을 다해야 한다.

제7조. '산 같은 인간'은 여가 시간에 우리의 노동자들을 도와, 왕실의 큰 공원 담장을 덮기 위한 거대한 돌들을 들어 올리는 일과 그 밖의 왕실 건축 공사를 돕는다.

제8조. '산 같은 인간'은 두 달 안에 자신의 걸음 수를 기준으로 우리 영토 해안선을 따라 둘레를 정확히 측량한 보고서를 제출해야 한다.

마지막으로, 위의 모든 조항을 엄숙히 맹세하여 지킬 것을 약속할 경우, '산 같은 인간'에게는 우리 백성 1,724명이 먹는 양에 해당하는 음식과 음료가 매일 지급되며, 폐하를 자유롭게 알현할 수 있는 권리와 그 밖의 여러 총애의 표시가 허락된다. 이 문서는 벨파보락 궁전에서 폐하의 통치 후 제91월 12일에 내려졌다.

나는 이 조항들에 매우 기쁜 마음과 만족스러운 태도로 맹세하고 서명했다. 비록 그 가운데 몇 가지는 내가 바랐던 만큼 명예로운 조건은 아니었지만, 그것은 전적으로 해군 사령관 스카이레시 볼골람의 악의에서 비롯된 것이었다. 맹세가 끝나자 곧바로 사슬이 풀렸고, 나는 완전히 자유로운 몸이 되었다. 왕은 직접 그 자리에 참석하여 이 모든 의식을 지켜보는 영광을 나에게 베풀었다. 나는 왕의 발 앞에 몸을 엎드려 감사의 뜻을 표하려 했지만, 왕은 나에게 일어나라고 명령했다. 그리고 여러 가지 은혜로운 말씀을 해주었는데, 허영심이라는 비난을 피하기 위해 나는 그것들을 여기에 반복하진 않겠다. 다만 그는 마지막에 이렇게 덧붙였다. 내가 앞으로 유용한 신하가 되기를 바라며, 이미 베풀어준 은혜와 앞으로 베풀지도 모를 은혜를 받을 만한 사람이 되기를 바란다고 말했다.

독자는 내가 자유를 되찾는 조건의 마지막 조항에서, 왕이 나에게 릴리퍼트인 1,724명을 먹여 살릴 수 있는 양의 음식과 음료를 지급하겠다고 약속한 것을 주목해주기 바란다. 얼마 뒤 나는 궁정의 한 친구에게 왜 하필 그 정확한 숫자가 정해졌는지 물어본 적이 있다. 그러자 그는 이렇게 설명해주었다. 왕의 수학자들이 사분의(四分儀)를 이용해 내 키를 측정해보았는데, 그것이 그들의 키보다 12대 1의 비율로 더 크다는 것을 알게 되었다. 그리고 몸의 구조가 서로 비슷하다고 가정하면 내 몸의 부피는 그들의 몸 1,724개에 해당할 것이라고 계산했다는 것이다. 따라서 나를 유지하려면 릴리퍼트인 1,724명을 먹여 살리는 데 필요한 만큼의 음식이 필요하다고 결론지었다. 이 사실을 통해 독자는 그 나라 사람들의 기발한 계산 능력과 더불어, 그렇게 위대한 군주가 보여준 신중하고 정확한 재정 관리를 짐작할 수 있을 것이다.

4장

릴리퍼트의 수도 밀덴도가 묘사되다. 궁전에 대한 설명이 이어지

내가 자유를 얻은 뒤 가장 먼저 한 요청은 릴리퍼트의 수도인 밀덴도를 구경할 수 있도록 허락해달라는 것이었다. 왕은 이를 쉽게 허락했지만, 주민이나 그들의 집에 어떤 피해도 주지 말라는 특별한 명령을 덧붙였다. 주민들은 내가 도시를 방문할 것이라는 사실을 포고령으로 미리 통보받았다.

그 도시를 둘러싼 성벽은 높이 80센티미터, 폭은 30센티미터 정도였는데, 그 위로 마차와 말이 안전하게 다닐 수 있을 정도였다. 또한 성벽에는 3미터 간격으로 튼튼한 탑들이 세워져 있었다. 나는 서쪽의 큰 문을 넘어서 들어간 뒤, 두 개의 주요 거리 사이를 아주 조심스럽게 옆으로 비켜 걸어 지나갔다. 나는 내 외투 자락이 지붕이나 처마를 손상시킬까 염려되어 짧은 조끼만 입은 채였다. 비록 모든 주민에게 집 안에 머물지 않으면 위험을 감수해야 한다는 엄격한 명령이 내려졌지만, 혹시라도 거리 어딘가에 남아 있을지 모르는 사람들을 밟지 않기 위해 나는 최대한 신중하게 걸었다. 다락 창문과 집의 지붕 위에는 구경꾼들이 빽빽하게 몰려 있었는데, 나는 여행을 다니면서 이보다 더 사람이 많은 곳을 본 적이 없었다. 그 도시는 정확히 정사각형 모양이었고, 성벽 한 변의 길이는 150미터였다. 도시를 가로질러 네 구역으로 나누는 두 개의 대로는 폭이 1미터였고, 내가 들어갈 수는 없고 지나가며 바라보기만 했던 골목들은 폭이 30~45센티미터 정도였다. 이 도시는 약 50만 명의 사람들을 수용할 수 있는 규모였으며, 집들은 3~5층 높이였다. 또한 상점과 시장에는 물건이 풍부하게 갖추어져 있었다.

왕의 궁전은 도시의 중심, 즉 두 개의 대로가 만나는 지점에 있었다. 궁전은 높이 60센티미터의 담장으로 둘러싸여 있었고, 그 담장과 궁전 건물 사이에는 6미터 정도의 공간이 있었다. 나는 왕의 허락을 받아 그 담장을 넘어갈 수 있었고, 담장과 궁전 사이의 공간이 넓었기 때문에 궁전을 사방에서 쉽게 바라볼 수 있었다. 바깥뜰은 한 변이 12미터인 정사각형이었고, 그 안에는 다시 두 개의 뜰이 더 있었다. 가장 안쪽 뜰에는 왕실의 거처가 있었고, 나는 그곳을 몹시 보고 싶었지만 그것이 매우 어려운 일이라는 것을 곧 알게 되었다. 왜냐하면 한 뜰에서 다른 뜰로 들어가는 큰 문들의 높이가 겨우 45센티미터, 폭이 17센티미터에 불과했기 때문이다. 한편 바깥뜰에 있는 건물들은 적어도 1.5미터 높이였는데, 비록 그 벽들이 잘 다듬은 돌로 만들어져 두께가 10센티미터나 될 만큼 튼튼했지만, 내가 그 위를 성큼 넘어가려고 하면 궁전 건물 전체에 큰 피해를 줄 것이 분명했기 때문에 그렇게 할 수 없었다. 그와 동시에 왕은 내가 그의 궁전의 장엄함을 보기를 매우 원했다. 그러나 나는 그 일을 바로 할 수 없었고, 사흘 동안 준비를 해야 했다. 나는 도시에서 90미터쯤 떨어진 왕실 공원에서 가장 큰 나무 몇 그루를 칼로 베어냈다. 그 나무들로 의자 두 개를 만들었는데, 각각 높이가 90센티미터 정도였고 내 몸무게를 충분히 지탱할 만큼 튼튼했다. 시민들에게 다시 경고가 발령된 후에 나는 두 개의 의자를 손에 들고 다시 도시를 지나 궁전으로 갔다. 바깥뜰 벽 옆에 도착하자 나는 먼저 의자 하나 위에 올라섰고, 다른 하나는 손에 들고 있었다. 그리고 그 의자를 들어 지붕 위로 넘겨, 첫 번째 뜰과 두 번째 뜰 사이 2미터가 조금 넘는 공간에 조심스럽게 내려놓았다. 그다음 나는 한 의자에서 다른 의자로 아주 편하게 건물을 넘어갔고, 갈고리가 달린 막대를 이용해 처음 의자도 다시 끌어올렸다. 이러한 방법으로 나는 가장 안쪽 뜰까지 들어갈 수 있었다. 그리고 옆으로 누운 채로 얼굴을 중간층의 창문 가까이 대었는데, 그 창문들은 일부러 열어둔 것이었다. 창문을 통해 나는 상상할 수 있을 만큼 화려한 방들을 볼 수 있었다. 왕비와 어린 왕자들이 각자의 방에 있었고, 그들 곁에는 여러 시종이 함께 있었다. 왕비는 나를 보며 아주 자애로운 미소를 지었고, 창문 밖으로 손을 내밀어 내가 입맞춤할 수 있도록 해주었다.

그러나 이런 종류의 묘사를 더 이어가 독자를 앞서가게 하지는 않겠다. 왜냐하면 나는 그것들을 곧 출판될 더 큰 저작을 위해 남겨두고 있기 때문이다. 그 책에는 이 제국이 처음 세워진 때부터 오랜 세월 동안 이어진 여러 왕의 통치에 이르기까지의 전반적인 역사, 그리고 전쟁과 정치, 법률, 학문과 종교, 그 나라의 식물과 동물, 특유의 풍속과 관습, 그 밖에도 매우 흥미롭고 유익한 사항들이 자세히 기록될 것이다. 지금 내가 하는 이 이야기의 주된 목적은, 그 제국에서 9개월 정도 머무르는 동안 공적인 일이나 나 자신과 관련하여 일어났던 사건들과 일들을 서술하는 데 있을 뿐이다.

내가 자유를 얻은 지 보름쯤 지난 어느 아침, 비밀 업무 담당 수석 비서관(그들이 그렇게 부르는 직책)인 렐드레살이 하

인 한 명을 데리고 내 집으로 찾아왔다. 그는 자신의 마차를 멀리 떨어진 곳에 기다리게 한 뒤, 나에게 한 시간 정도 이야기를 나눌 시간을 달라고 부탁했다. 나는 그가 가진 지위와 인품, 그리고 내가 궁정에서 자유를 얻기 위해 청원하던 동안 그가 나에게 베풀어준 많은 도움을 생각하여 기꺼이 그 요청을 받아들였다. 나는 그가 내 귀에 더 쉽게 말할 수 있도록 눕겠다고 제안했지만, 그는 그렇게 하기보다는 내가 손에 그를 들어 올린 채 대화하기를 원했다. 렐드레살은 먼저 내가 자유를 얻게 된 것을 축하하는 말로 이야기를 시작했다. 그리고 그 일에 대해 자신도 약간의 공이 있다고 말할 수 있을 것이라고 했다. 그러나 동시에 이렇게 덧붙였다. 현재 궁정의 상황이 아니었다면 아마 내가 그렇게 빨리 자유를 얻지 못했을지도 모른다는 것이었다. 그는 이어서 말했다.

"당신이 겉으로 보기에는 우리나라가 매우 번영하는 것처럼 보일지 모르지만 실제로 우리는 두 가지 큰 문제에 시달리고 있습니다. 하나는 국내의 격렬한 당파 싸움, 그리고 다른 하나는 외부의 강력한 적이 침공할 위험입니다. 먼저 국내 문제에 대해 말씀드리겠습니다. 우리나라에서는 70개월 전부터 트라메크산 당과 슬라메크산 당이라는 두 파벌이 서로 싸우고 있습니다. 이 당명은 그들이 서로를 구별하는 표시로 신는 신발 굽의 높고 낮음에서 비롯된 것입니다. 물론 높은 굽이 우리 옛 헌법의 전통에 더 어울린다는 주장도 있습니다. 그러나 어쨌든 왕께서는 정부 행정과 왕이 임명하는 모든 관직에 낮은 굽을 신은 사람들만 기용하기로 결정하셨습니다. 당신도 이미 눈치챘겠지만, 특히 폐하의 신발 굽은 궁정의 어떤 사람보다도 최소한 1드러*만큼 더 낮습니다. 이 두 당파 사이의 적대감은 매우 심해서, 서로 함께 식사도 하지 않고, 술도 마시지 않으며, 대화조차 하지 않습니다. 국민 중에는 트라메크산 당, 즉 높은 굽을 신는 당파가 수적으로 더 많다고 계산됩니다. 그러나 권력은 전적으로 우리 쪽, 즉 낮은 굽을 신는 쪽에 있습니다. 우리는 왕위 계승자인 황태자께서 약간 높은 굽 당 쪽에 기울어 있는 것이 아닌지 염려하고 있습니다. 적어도 한쪽 굽이 다른 쪽보다 더 높다는 것은 분명히 보이는데, 그 때문에 걸음걸이가 약간 절뚝거리는 것처럼 보입니다. 이처럼 내부의 혼란이 계속되는 가운데, 우리는 블레푸스쿠 섬으로부터 침공의 위협을 받고 있습니다. 그 나라는 이 우주에서 또 하나의 거대한 제국으로, 우리나라와 거의 비슷한 규모와 힘을 가지고 있습니다. 그리고 당신이 말한 것처럼 당신과 같은 크기의 인간들이 사는 다른 나라들이 세상에 존재한다는 주장에 대해서는, 우리 철학자들이 크게 의심하고 있습니다. 그들은 오히려 당신이 달이나 별 가운데 하나에서 떨어진 것이 아닐까 추측하고 있습니다. 당신과 같은 크기의 인간이 100명만 있어도, 우리 왕의 나라에 있는 모든 과일과 가축을 금세 먹어 치워버릴 것이 분명하기 때문입니다.

게다가 우리 역사서에는 6천 개월 동안의 기록이 남아 있지만, 그 어디에도 릴리퍼트와 블레푸스쿠라는 두 제국 외에 다른 나라에 대한 언급은 전혀 없었습니다. 이 두 강대한 제

---

* 1드러는 14분의 1인치로, 약 2밀리미터 정도이다.

국은, 내가 이제 말하려던 바와 같이, 지난 36개월 동안 매우 끈질긴 전쟁을 벌이고 있습니다. 그 전쟁은 다음과 같은 사건에서 시작되었습니다. 원래 달걀을 먹기 전에 깨는 전통적인 방법은 두꺼운 쪽 끝을 깨는 것이었다는 사실은 누구나 인정합니다. 그런데 지금 왕의 조부께서 어린 시절, 달걀을 먹으려고 옛 관습대로 큰 쪽 끝을 깨다가 그만 손가락을 베는 사고가 일어났습니다. 그러자 당시 왕이 칙령을 내려 모든 신하와 백성들에게 큰 벌을 받는 것을 각오하고라도 앞으로는 반드시 달걀의 얇은 쪽 끝을 깨야 한다고 명령하셨습니다. 백성들은 이 법에 크게 분노했고, 우리 역사에 따르면 이 문제 때문에 여섯 번이나 반란이 일어났다고 합니다. 그 과정에서 한 왕은 목숨을 잃었고, 또 다른 왕은 왕위를 잃었습니다. 이러한 내란을 블레푸스쿠의 군주들이 늘 부추겨왔으며, 반란이 진압되면 반란자들은 언제나 그 제국으로 망명하여 보호를 받았습니다. 또한 기록에 따르면, 달걀을 얇은 쪽 끝에서 깨라는 명령에 따르기보다는 차라리 죽음을 택한 사람이 무려 1만 1천 명에 이르렀다고 합니다. 이 논쟁에 대해 수백 권에 달하는 책들이 쓰였지만, 두꺼운 쪽 끝에서 깨야 한다고 주장하는 사람들의 책은 오랫동안 금지되었고, 그 당파 전체는 법적으로 어떤 공직도 맡을 수 없도록 되어 있습니다.

이 소동이 계속되는 동안, 블레푸스쿠의 왕들은 여러 차례 사신을 보내 우리에게 항의했습니다. 그들은 우리가 종교적 분열을 일으켰다고 비난했는데, 그것은 우리의 위대한 예언자 러스트로그의 가르침을 어겼다는 이유였습니다. 그 가르

침은 『블룬데크랄』 제54장에 실려 있는데, 그들의 말로는 그 것이 우리에게는 코란과 같은 경전이라고 합니다. 하지만 이 것은 본문의 의미를 억지로 해석한 것이라고 여겨집니다. 실제 구절은 다음과 같습니다. '모든 참된 신자는 달걀을 편리한 쪽 끝에서 깬다'. 그렇다면 어느 쪽이 편리한 끝인지는, 제 개인적인 생각으로는 각자의 양심에 맡겨진 문제이거나 최소한 최고 통치자가 결정할 권한을 가진 문제라고 볼 수 있습니다.

한편, 두꺼운 쪽 끝을 깨야 한다고 주장하는 망명자들은 블레푸스쿠 왕의 궁정에서 큰 신임을 얻었고, 우리나라 안에서도 그들과 같은 생각을 가진 사람들에게 비밀리에 도움과 격려를 받아왔습니다. 그 결과 두 제국 사이에서는 36개월 동안 피비린내 나는 전쟁이 계속되었고, 승패는 여러 차례 바뀌었습니다. 그동안 우리는 주력 전함 40척과 더 많은 수의 작은 선박을 잃었으며, 가장 뛰어난 선원과 병사 3만 명을 잃었습니다. 적이 입은 피해는 우리보다 조금 더 크다고 여겨집니다. 그런데 지금 그들은 대규모 함대를 새로 준비하여 우리를 침공하려 하고 있습니다. 그래서 왕께서는 당신의 용기와 힘을 크게 신뢰하시어, 이 나라의 현재 사정을 당신에게 전하라고 나에게 명령하셨습니다."

나는 나의 겸손한 충성을 왕에게 전해달라고 부탁하며, 이 방인인 내가 국내의 당파 싸움에 관여하는 것은 적절하지 않다고 생각하지만, 만약 외부의 침략자가 나타난다면 내 목숨을 걸고서라도 왕의 신변과 이 나라를 지키기 위해 싸울 준비가 되어 있다고 말했다.

5장

저자가 기발한 계략을 사용하여 적의 침공을 막다. 그 공로로 명예로운 칭호를 받다. 블레푸스쿠 왕의 사절단이 도착하여 평화를 요청하다. 한편 왕비의 궁전에서 우연한 사고로 화재가 발생하고, 궁전이 전소되는 걸 막는 데 저자가 중요한 역할을 하다.

블레푸스쿠 제국은 릴리퍼트의 북동쪽에 있는 섬으로, 두 나라 사이에는 폭 730미터의 해협이 있을 뿐이었다. 나는 아직 그 섬을 본 적이 없었고, 침공이 준비되고 있다는 소식을 들은 뒤에는 적들에게 발각될까 봐 그쪽 해안에 나타나는 것을 일부러 피했다. 적군은 나에 대한 정보를 전혀 듣지 못한 상태였기 때문이다. 전쟁이 시작된 뒤 두 제국 사이의 모든 왕래는 사형을 각오해야 할 정도로 엄격히 금지되어 있었고, 우리 왕은 모든 선박에 출항 금지령을 내려둔 상태였다. 나는 적의 함대를 통째로 붙잡을 수 있는 계획을 생각해내어 그것을 왕에게 보고했다. 우리 정찰병들의 말에 따르면, 적의 함대는 항구에 정박한 채 첫 번째 순풍이 불기를 기다리고 있었다. 나는 해협의 깊이에 대해 가장 경험 많은 선원들에게 자문을 구했는데, 그곳을 여러 번 측량해본 그들의 말에 따르면 만조 때 해협 한가운데의 깊이는 70글럼글러프였고, 이는 1.8미터 정도에 해당했다. 나머지 부분은 가장 깊은 곳도 50글럼글러프 정도에 불과했다.

나는 블레푸스쿠 맞은편 북동쪽 해안으로 걸어갔다. 그곳에서 작은 언덕 뒤에 몸을 숨긴 채 작은 망원경을 꺼내 적의 함대를 살펴보았다. 그곳에는 군함 50척과 수많은 수송선이 항구에 정박해 있었다. 나는 곧 집으로 돌아와, 이미 허가를 받아두었던 대로 아주 튼튼한 밧줄과 쇠막대를 많이 준비하라고 명령했다. 그 밧줄은 영국의 포장 끈 정도 굵기였고, 쇠막대는 뜨개질 바늘과 비슷한 길이와 굵기였다. 나는 밧줄을 더 튼튼하게 만들기 위해 세 가닥씩 꼬았고, 쇠막대도 같은 이유로 세 개씩 비틀어 하나로 만들었다. 그리고 끝부분을 갈고리 모양으로 구부렸다. 이렇게 해서 밧줄 50개에 각각 갈고리 하나씩을 달았다. 준비를 마친 뒤 나는 다시 북동쪽 해안으로 돌아갔다. 그리고 만조가 되기 30분 전부터 외투와 신발, 양말을 벗고 가죽조끼만 입은 채 바다로 들어갔다. 나는 가능한 한 빨리 걸어서 물을 건넜고, 해협 한가운데에서는 30야드 정도를 헤엄쳐 건넜다. 그러다 다시 발이 닿는 곳을 느꼈고, 30분도 채 되지 않아 적의 함대가 있는 곳에 도착했다.

적들은 나를 보자마자 몹시 놀라서 배에서 뛰어내려 해안으로 헤엄쳐 달아났다. 그 수는 적어도 3만 명은 되어 보였다. 나는 준비해 온 장비를 꺼내어 각 배의 뱃머리에 있는 구멍에 갈고리를 걸고, 그 갈고리에 밧줄을 묶은 뒤 모든 밧줄의 끝을 하나로 묶었다. 내가 이런 일을 하고 있는 동안, 적군은 수천 발의 화살을 쏘았다. 그 가운데 많은 화살이 내 손과 얼굴에 꽂혔고, 심한 통증을 줄 뿐만 아니라 일을 하는 데도 큰 방해가 되었다. 그러나 내가 가장 두려워한 것은 눈이었다. 만약 눈을 잃게 되었다면 틀림없이 큰일이 났을 것이다. 나는 갑자기 한 가지 방법을 떠올렸다. 다른 작은 필수품들과 함께 안경 한 쌍을 비밀 주머니에 넣어두었는데, 앞서 말했듯이 그 주머니는 왕의 관리들이 몸을 수색할 때 발견하지 못했던 곳이었다. 나는 그 안경을 꺼내 가능한 한 단단히 코에 고정했다. 이렇게 준비를 마친 뒤, 적의 화살이 계속 날아오는 가운데서도 대담하게 하던 일을 계속했다. 많은 화살이 안경의 유리에 맞았지만 안경이 약간 흔들렸을 뿐 다른 피해는 없었다. 나는 마침내 모든 갈고리를 배에 연결하는 데 성공했고, 밧줄의 매듭을 손에 쥐고 당기기 시작했다. 그러나 어느 배도 움직이지 않았다. 모든 배가 닻에 단단히 묶여 있었기 때문이었다. 가장 어려운 일이 아직 남아 있다는 것을 깨달았다. 나는 곧 밧줄을 잠시 놓고, 갈고리는 그대로 배에 걸어둔 채 칼로 닻을 묶어둔 밧줄들을 과감하게 잘라버렸다. 그동안 적군은 내 얼굴과 손을 향해 200발의 화살을 쏘았다. 그러나 나는 다시 갈고리가 묶여 있는 밧줄의 매듭을 잡고, 그 힘으로 적의 가장 큰 군함 50척을 아주 쉽게 끌고 나오기 시작했다.

블레푸스쿠 사람들은 내가 무엇을 하려는지 전혀 짐작하지 못하고 있었기 때문에 처음에는 놀라움에 얼어붙은 듯했다. 그들은 내가 닻줄을 자르는 것을 보고, 단지 배들이 물 위에 떠다니게 하거나 서로 부딪치게 하려는 것이라고 생각했다. 그러나 얼마 지나지 않아 함대 전체가 질서 있게 움직이며 내가 그 끝에서 끌고 가는 모습을 보자 그들은 슬픔과 절망에 찬 비명을 질렀는데, 그것은 거의 말로 표현하기 어려울 정도였다. 나는 위험한 구역을 벗어난 뒤 잠시 멈추어 손과 얼굴에 꽂힌 화살들을 하나씩 뽑아냈다. 그리고 내가 처음 이 나라에 도착했을 때 받았던 것과 같은 연고를 상처에 발랐다. 그다음 안경을 벗고, 한 시간 정도 기다려 물이 조금 빠지기를 기다렸다. 그리고 나서 나는 다시 바다 가운데를 건너며 끌고 온 함대와 함께 릴리퍼트의 왕실 항구에 무사히 도착했다.

왕과 모든 궁정 사람은 이 큰 모험의 결과를 기다리며 해안에 서 있었다. 그들은 배들이 큰 반달 모양으로 앞으로 움직이는 것은 보았지만, 나는 물속에서 가슴까지 잠겨 있었기 때문에 나의 모습은 보지 못했다. 내가 해협 한가운데쯤에 이르렀을 때는 목까지 물에 잠긴 상태였으므로 사람들은 더욱 걱정했다. 왕은 내가 익사한 것이 아닌가 생각했고, 또 적의 함대가 공격하러 다가오는 것이라고 여겼다. 그러나 곧

그의 두려움은 사라졌다. 내가 한 걸음씩 나아갈수록 물이 점점 얕아졌고, 얼마 지나지 않아 나는 사람들의 목소리가 들릴 만큼 가까운 곳까지 도달했다. 나는 함대가 묶여 있는 밧줄 끝을 높이 들어 올리며 큰 소리로 외쳤다.

"가장 강력하신 릴리퍼트의 왕이시여, 만세!"

이 위대한 군주는 내가 상륙하자 최대한의 찬사와 칭찬으로 나를 맞이했으며, 그 자리에서 곧바로 나에게 '나르닥'이라는 작위를 내려주었다. 이것은 그 나라에서 가장 명예로운 칭호였다.

왕은 내게 적의 나머지 배들도 다른 기회에 모두 그의 항구로 끌어오라고 요청했다. 군주들의 야망이 얼마나 끝이 없는지, 그는 결국 블레푸스쿠 제국 전체를 하나의 속주로 만들고, 그곳에 총독을 두어 통치할 생각까지 하고 있었다. 또한 두꺼운 쪽 끝에서 달걀을 깨는 망명자들을 완전히 제거하고, 그 나라 사람들에게도 반드시 얇은 쪽 끝에서 달걀을 깨도록 강요하여 세상 전체의 유일한 군주가 되려는 계획을 품고 있었다. 그러나 나는 정치적 이유와 정의의 원칙을 근거로 여러 가지 논거를 들어 왕이 이런 계획을 포기하도록 설득하려 했다. 그리고 나는 분명히 말했다. 자유롭고 용감한 민족을 노예 상태로 만드는 일에 나는 결코 도구가 되지 않겠다고. 이 문제가 국무회의에서 논의되었을 때, 대신들 가운데 가장 현명한 사람들 역시 내 의견에 동의했다.

내가 이렇게 공개적으로 대담한 선언을 한 것은 왕의 계획과 정책에 정면으로 반대되는 것이었기 때문에, 그는 끝내 나를 용서하지 못했다. 그는 이 일을 국무회의에서 매우 교묘한 방식으로 언급했다. 내가 들은 바로는, 가장 현명한 대신들 가운데 일부는 적어도 침묵한 것으로 보아 내 의견에 동의하는 듯했지만, 나의 비밀스러운 적들이었던 다른 사람들은 나를 겨냥한 말을 직접 하지는 않으면서도 에둘러 나를 비난하는 발언을 참지 못했다고 한다. 그때부터 왕과 몇몇 대신들로 이루어진 비밀 모임에서 나를 해치려는 음모를 꾸미기 시작했다. 그 음모는 두 달도 되기 전에 드러났고, 거의 나의 완전한 파멸로 이어질 뻔했다. 이로써 알게 된 것은, 군주에게 아무리 큰 공을 세웠다 해도 그의 욕망을 충족시키는 일을 거부한다면 그 공로는 아무런 무게도 갖지 못한다는 사실이었다.

이 위업을 이룬 지 3주 뒤, 블레푸스쿠에서 정식 사절단이 도착했다. 그들은 겸손하게 평화를 제안했고 협상은 곧 체결되었다. 그 조건들은 릴리퍼트 왕에게 매우 유리한 것이었지만, 그 세부 내용으로 독자를 번거롭게 하지는 않겠다. 사절단은 대사 여섯 명과 수행원 500명으로 이루어져 있었고, 그들의 입성 행렬은 그들의 군주의 위엄과 임무의 중요성에 걸맞게 매우 화려했다. 협상이 끝난 뒤, 나는 궁정에서 실제로든 혹은 그렇게 보였든 상당한 영향력을 가지고 있었기 때문에 그들에게 여러 가지 도움을 주었다. 그래서 나에게 우호적이었다는 사실을 비밀리에 전해 들은 그 대사들은 정식으로 나를 방문했다. 그들은 먼저 나의 용기와 관대함을 크게 칭찬하는 말로 이야기를 시작했고, 그들의 왕의 이름으로 나를 블레푸스쿠 왕국에 초대했다. 또한 그들은 내가 가진 엄청난 힘에 대한 소문을 많이 들었다며, 그 힘을 직접 보여달라고 부탁했다. 나는 그 요청을 기꺼이 들어주었지만, 그 구체적인 내용까지는 여기서 독자를 번거롭게 하지 않겠다.

　나는 그 대사들을 여러 가지 방법으로 즐겁게 해주었고, 그들은 대단한 만족과 놀라움을 느꼈다. 그러고 나서 나는 그들에게 그들의 왕에게 나의 가장 겸손한 경의를 전해달라고 부탁했다. 나는 그의 훌륭한 덕망이 이미 온 세상에 널리 알려져 깊은 존경을 받고 있다고 말했으며, 내가 고국으로 돌아가기 전에 그의 왕실을 방문할 생각이라고 덧붙였다. 그래서 다음에 릴리퍼트 왕을 알현하게 되었을 때, 나는 블레푸스쿠의 군주를 방문할 수 있도록 일반적인 허가를 내려달라고 부탁했다. 왕은 그 요청을 허락해주었지만 내가 보기에 매우 냉담한 태도로 그렇게 했다. 그 이유를 알 수 없었는데, 나중에 어떤 사람이 귓속말로 이렇게 알려주었다. 플림냅과 볼골람이 내가 그 대사들과 교류한 것을 왕에 대한 불충의 표시처럼 꾸며 보고했다는 것이었다. 하지만 나는 내 마음이 그런 의도와는 전혀 무관했다는 것을 분명히 알고 있었다. 그리고 바로 이때가 내가 궁정과 대신들의 세계가 어떤 곳인지에 대해 어렴풋한 생각을 처음으로 갖게 된 순간이었다. 이 대사들은 통역을 통해 나와 대화했다는 점을 말해두어야겠다. 두 제국의 언어는 유럽의 어떤 두 언어만큼이나 서로 달랐고, 각 나라는 자기 언어의 오래됨과 아름다움, 표현의 힘을 자랑하면서 이웃 나라의 언어를 공개적으로 경멸하고 있었다. 그러나 우리 왕은 그들의 함대를 빼앗은 우세한 입장을 이용하여, 그들이 릴리퍼트의 언어로 신임장을 제출하고 연설하도록 강요했다.

사실 두 나라 사이에는 무역과 교류가 매우 활발했고, 서로의 나라로 망명자들이 끊임없이 오갔으며, 또 두 제국 모두에서 젊은 귀족과 부유한 신사들을 다른 나라로 보내 세상을 보고 사람과 풍습을 배우게 하는 관습이 있었기 때문에, 해안 지역에 사는 귀족이나 상인, 선원들 가운데 두 언어를 모두 사용할 수 없는 사람은 거의 없었다. 이 사실은 내가 몇 주 뒤 블레푸스쿠 왕을 방문하러 갔을 때 직접 확인하게 되었다. 그 방문은 내 적들의 악의로 인해 여러 불행 속에서 이루어진 일이었지만, 결국 나에게는 매우 다행스러운 사건이 되었다. 그 이야기는 적절한 곳에서 다시 말하겠다.

독자들은 내가 자유를 되찾을 때 서명했던 그 조항들을 기억할 것이다. 그 가운데 몇 가지는 너무 비굴한 내용이었기 때문에 나의 마음에 들지 않았다. 사실 아주 절박한 상황이 아니었다면 나는 결코 그런 조건에 동의하지 않았을 것이다. 그러나 이제 나는 그 제국에서 가장 높은 작위인 '나르닥' 지위에 올라 있었기 때문에, 그런 종류의 임무들은 나의 위엄에 어울리지 않는 일로 여겨졌다. 그리고 공정하게 말하자면, 왕 역시 그 일들을 다시 한 번도 나에게 언급하지 않았다. 하지만 얼마 지나지 않아 나는 왕에게 큰 봉사를 할 기회를 얻게 되었는데, 적어도 그 당시에는 그렇게 생각했었다. 나는 한밤중에 내 집 문 앞에서 수백 명의 사람들이 외치는 소리에 놀라 잠에서 깨어났다. 갑자기 깨어났기 때문에 나는 다소 겁에 질린 상태였다. 사람들은 계속해서 "버글럼"이라는 말을 외치고 있었다. 왕의 궁정 사람들 몇 명이 군중을 헤치고 들어와 나에게 즉시 궁전으로 와달라고 간청했다. 왕비의 거처에 불이 났다는 것이었다. 한 시녀가 연애 소설을 읽다가 잠이 들어버린 부주의 때문이었다고 했다.

나는 즉시 일어나 궁전으로 향했다. 사람들을 먼저 비켜서게 하라는 명령이 내려졌고, 마침 달빛이 밝은 밤이었기 때문에 나는 사람들을 밟지 않고도 궁전까지 갈 수 있었다. 그곳에 도착해보니 사람들은 이미 사다리를 벽에 기대고, 양동이도 충분히 준비해둔 상태였다. 하지만 물을 가져올 곳이 꽤 멀리 떨어져 있는 상황이었다. 이 양동이들은 큰 골무 정도의 크기밖에 되지 않았고, 사람들은 그것을 가능한 한 빨리 나에게 건네주었지만 불길이 너무 거세서 거의 효과가 없었다. 사실 나는 외투로 불을 덮어 쉽게 불을 끌 수도 있었겠지만, 급히 나오느라 외투를 두고 가고 가죽조끼만 입은 채 달려왔던 것이다. 상황은 완전히 절망적이고 비참해 보였으며, 이 화려한 궁전은 틀림없이 완전히 불타버릴 것처럼 보였다. 그러나 평소의 나답지 않게 순간적인 기지가 떠오르면서 한 가지 방법을 생각해냈다.

나는 전날 저녁 '글리미그림'이라고 불리는 아주 맛있는 포도주를 많이 마셨었다(블레푸스쿠 사람들은 그것을 '플루넥'이라고 불렀는데, 릴리퍼트 것이 더 맛이 좋았다). 이 술은 이뇨 작용이 매우 강한 술이었다. 그런데 정말 다행스럽게도 나는 그때까지 그 술을 한 번도 배출하지 않은 상태였다. 불길 가까이에서 일하고 뛰어다니느라 몸이 뜨거워지자 그 술이 곧 작용하기 시작했다. 나는 그 액체를 엄청난 양으로, 그리고 정확히 불이 난 곳을 향해 내보냈다. 그 결과 단 3분 만에 불이 완전히 꺼졌고, 오랜 세월에 걸쳐 지어진 그 웅장한 궁전의 나머지 부분까지 파괴되는 것을 막을 수 있었다. 이때는 이미 날이 밝아 있었고, 나는 왕에게 축하 인사를 받기를 기다리지 않고 곧바로 집으로 돌아왔다. 비록 내가 매우 큰 공을 세운 것은 사실이었지만 그 일을 해결한 방법에 대해 왕이 어떻게 생각할지 알 수 없었다. 그 나라의 법률에 따르면, 신분이 어떠하든 궁전 구역 안에서 소변을 보는 행위는 사형에 해당하는 중죄였기 때문이다. 하지만 나는 곧 왕이 전한 인사로 조금 안심할 수 있었다. 왕은 대법관에게 정식으로 나를 사면하는 명령을 내리겠다고 했다. 그러나 그 사면은 결국 정식으로 이루어지지 않았다. 나는 비밀리에 이런 사실도 전해 들었다. 왕비가 내가 한 행동에 대해 극심한 혐오감을 느껴, 궁전의 가장 먼 쪽으로 거처를 옮겼으며, 그 건물들을 수리하여 자신의 거처로 다시 사용하는 것을 절대 허락하지 않겠다고 마음먹었다는 것이었다. 더 나아가 왕비는 가장 가까운 측근들 앞에서 나에게 반드시 복수하겠다고 맹세하기까지 했다.

6장

릴리퍼트 사람들의 학문, 법률, 풍습에 대해 설명하고, 그들의 자녀 교육 방식을 소개하다. 저자가 그 나라에서 어떤 생활을 했는지 이야기하며, 한 귀부인에 대한 비난을 해명하는 일도 다루다.

　나는 이 제국에 대한 자세한 설명을 별도의 저서로 남길 생각이지만, 그때까지는 호기심 많은 독자들을 위해 몇 가지 대략적인 이야기를 들려주려고 한다. 이 나라 사람들의 보통 키는 15센티미터보다 약간 작은 정도인데, 다른 모든 동물과 식물, 나무들 또한 정확히 같은 비율로 작다. 예를 들어, 가장 큰 말이나 소의 키는 10~12센티미터 정도이고, 양은 4센티미터 정도이다. 거위는 대략 참새만 한 크기이며, 그보다 더 작은 것들은 점점 더 작아져서 가장 작은 것들은 내 눈에는 거의 보이지 않을 정도였다. 그러나 자연은 릴리퍼트 사람들의 눈을 그들이 보아야 할 물체들에 맞게 만들어놓았다. 그들은 가까운 물체는 매우 정확하게 볼 수 있지만, 멀리 있는 것은 잘 보지 못했다. 그들의 시력이 가까운 것에 얼마나 예민한지를 보여주는 예로, 한번은 요리사가 보통 파리보다도 작은 종달새를 손질하는 모습을 보고 매우 흥미로워한 적이 있다. 어린 소녀가 눈에 보이지 않을 만큼 가는 실을 눈에 보이지 않는 바늘에 꿰는 모습도 본 적이 있다. 이 나라에서 가장 큰 나무들은 2미터 정도 높이인데, 특히 왕실 공원에 있는 것들이 그렇다. 그 나무의 꼭대기는 내가 주먹 쥔 손을 뻗으면 닿는 정도였다. 다른 식물들도 모두 이와 같은 비율을 따르는데, 그 나머지는 독자의 상상에 맡기겠다.

　지금 당장은 그들의 학문에 대해 많은 말을 하지는 않겠다. 그들의 학문은 여러 세기 동안 모든 분야에서 번성해왔다. 다만 그들의 글쓰기 방식은 매우 특이하다. 유럽인들처럼 왼쪽에서 오른쪽으로 쓰지도 않고, 아랍인들처럼 오른쪽에서 왼쪽으로 쓰지도 않으며, 중국인들처럼 위에서 아래로

쓰지도 않는다. 대신 종이의 한 모서리에서 다른 모서리로 비스듬히 써 내려가는데, 마치 영국의 숙녀들이 편지를 쓰는 방식과 비슷하다.

그들은 죽은 사람을 머리가 아래로 향하도록 묻는다. 1만 1천 개월이 지나면 모든 사람이 부활할 것이라고 믿기 때문인데, 그때가 되면 지구(그들은 지구가 평평하다고 생각했다)가 뒤집어질 것이고, 그들이 부활할 때 자연스럽게 발로 서 있는 상태가 된다고 믿었다. 그들 가운데 학식 있는 사람들은 이런 교리가 터무니없다는 것을 인정하지만, 일반 백성들의 생각에 맞추기 위해 이 풍습은 여전히 계속되고 있다.

이 제국에는 매우 특이한 법과 풍습들이 몇 가지 있다. 만약 그것들이 내가 사랑하는 우리나라의 법과 그렇게 정반대가 아니었다면, 나는 그것들을 어느 정도 옹호하고 싶어졌을지도 모른다. 다만 한 가지 아쉬운 점은, 그 법들이 제대로 시행되기만 한다면 좋겠다는 것이다. 먼저 말할 것은 밀고자에 관한 법이다. 이 나라에서는 국가에 대한 범죄가 매우 엄하게 처벌된다. 그러나 만약 고발당한 사람이 재판에서 자신의 무죄를 분명히 입증하면, 고발자가 즉시 수치스럽게 죽임당한다. 무죄로 밝혀진 사람에 대한 보상은 재판에 소모된 시간, 겪었던 위험, 감옥에서의 고통, 그리고 자신을 변호하는 데 들었던 모든 비용의 네 배를 고발자의 재산이나 토지에서 지급한다. 만약 고발자의 재산이 부족하다면, 그 부족한 부분은 국가가 충분히 보충해준다. 또한 왕은 무죄가 밝혀진 사람에게 공적인 호의의 표시를 내려주며, 그의 무죄가 도시 전체에 공표된다.

그들은 사기를 도둑질보다 더 큰 범죄로 여기기 때문에 대부분 그것을 사형으로 처벌한다. 그들의 논리는 이렇다. 주의와 경계심, 그리고 보통 정도의 지능만 있어도 사람은 도둑으로부터 자신의 재산을 지킬 수 있지만, 정직함은 교묘한 속임수에 대해 스스로를 방어할 방법이 없기 때문이라는 것이다. 또한 사회에서는 물건을 사고파는 거래와 신용에 기반한 거래가 계속 이루어질 수밖에 없는데, 만약 사기가 허용되거나 묵인되거나 그것을 처벌할 법이 없다면 정직한 상인은 언제나 손해를 보고, 교활한 사기꾼만 이익을 얻게 된다고 그들은 주장한다.

나는 한 번 왕에게 큰돈을 맡아 관리하던 주인의 돈을 가지고 달아난 범죄자를 위해 용서를 구한 적이 있었다. 그런데 내가 그 범죄를 조금이라도 가볍게 보이게 하려고 그것이 단지 신뢰를 저버린 일일 뿐이라고 말했을 때, 왕은 그 범죄의 가장 큰 가중 사유를 오히려 변명으로 내세우는 것이 믿기 어려울 만큼 이상하다고 했다. 사실 나는 그 말에 대해 별로 대답할 말이 없었고, 그저 나라가 다르면 풍습도 다르다는 흔한 말밖에는 할 수 없었다. 솔직히 말해 나는 몹시 부끄러움을 느꼈다. 우리는 보통 상과 벌이 모든 정치의 두 축이라고 말하지만, 내가 보기에 이 원칙을 실제로 시행하고 있는 나라는 릴리퍼트뿐이었다. 그 나라에서는 어떤 사람이 73개월 동안 나라의 법을 엄격히 지켜왔다는 충분한 증거를 제시할 수 있다면, 그의 신분이나 생활 조건에 맞는 여러 특권을 받을 권리가 생긴다. 또한 이 목적을 위해 따로 마련된 기금에서 상당한 금전적 보상도 받게 된다. 그는 동시에 '스닐

팔', 즉 '법을 잘 지키는 사람'이라는 칭호를 얻게 되며, 이 칭호는 그의 이름 뒤에 붙는다. 다만 이 칭호는 자손에게 세습되지는 않는다.

내가 그들에게 우리나라의 법은 처벌에 대해서만 규정하고 보상에 대해서는 언급이 없다고 말했을 때, 그들은 이것을 정치적으로 매우 큰 결함이라고 여겼다. 그들의 법정에 있는 정의의 여신상은 다음과 같은 모습을 하고 있다. 그녀는 여섯 개의 눈을 가지고 있는데, 앞에 두 개, 뒤에 두 개, 양쪽에 하나씩 있어 모든 방향을 살피는 신중함을 상징한다. 그리고 오른손에는 열려 있는 금주머니를 들고 있고, 왼손에는 칼집에 들어 있는 칼을 쥐고 있다. 이것은 그녀가 처벌하기보다는 보상하는 데 더 마음이 기울어져 있다는 뜻을 나타낸다.

그들은 모든 관직에 사람을 임명할 때 뛰어난 능력보다 훌륭한 도덕성을 더 중요하게 여긴다. 그들의 생각에 따르면, 정부라는 것은 인간 사회에 반드시 필요한 것이지만, 인간의 보통 수준의 지능만으로도 어떤 자리든 맡을 수 있도록 되어 있다는 것이다. 또한 하늘이 공적인 일을 다루는 능력을 소수의 뛰어난 천재만 이해할 수 있는 신비한 기술로 만들 의도는 결코 없었다고 믿는다. 그런 천재는 한 시대에 세 명도 태어나기 어려울 정도로 드물기 때문이다. 반면 그들은 진실, 정의, 절제와 같은 덕목은 모든 사람이 실천할 수 있는 것이라고 생각한다. 이러한 덕을 경험과 선한 의지와 함께 실천한다면, 특별한 학문적 훈련이 필요한 경우를 제외하고는 누구나 나라를 위해 봉사할 자격을 갖출 수 있다고 본다.

그들은 또한 도덕적 덕이 부족한 사람을 뛰어난 지능으로 보완할 수 있다고는 전혀 생각하지 않는다. 오히려 그런 사람에게 공직을 맡기는 것은 매우 위험하다고 여긴다. 그들의 견해에 따르면, 덕을 가진 사람이 무지로 인해 저지르는 실수는 국가에 그리 큰 해를 끼치지 않지만, 부패한 성향을 가진 사람이 뛰어난 능력을 가지고 있을 경우, 그 능력은 오히려 자신의 부패를 교묘하게 실행하고 확대하며 정당화하는 데 사용될 것이기 때문이다. 마찬가지로 신의 섭리를 믿지 않는 사람은 어떤 공직도 맡을 수 없다고 여겨진다. 왜냐하면 왕들은 자신들이 신의 섭리를 대신하여 통치하는 대리자라고 공언하고 있기 때문이다. 따라서 릴리퍼트 사람들은 군주가 자신의 권위의 근원이 되는 신의 권위를 부정하는 사람을 공직에 임명하는 것만큼 어리석은 일은 없다고 생각한다.

내가 지금까지 말한 이러한 법들과 앞으로 말할 법들에 대해, 독자는 처음에 제정된 본래의 제도를 의미하는 것이라고 이해해주기 바란다. 그것이 인간의 타락한 본성 때문에 생겨난 가장 부끄러운 부패한 관행들을 말하는 것은 아니다. 예를 들어 줄 위에서 춤을 추어 높은 관직을 얻는 일, 또는 막대기를 뛰어넘고 그 아래로 기어 지나가며 총애의 표시와 명예의 훈장을 얻는 일과 같은 그 악명 높은 관습은, 독자가 기억하겠지만 지금 왕의 할아버지 때 처음 시작되었고 정당과 파벌이 점차 늘어나면서 지금과 같은 정도까지 커진 것이다.

그들 사이에서는 배은망덕이 사형에 해당하는 중죄로 여겨진다. 이는 다른 몇몇 나라에서도 그렇게 여겨졌다고 우리가 읽은 바와 같다. 그들의 논리는 이렇다. 자신에게 은혜를 베푼 사람에게 악으로 보답하는 사람이라면, 자신에게 아무런 은혜도 베풀지 않은 다른 모든 사람들에게는 더욱더 적이 될 수밖에 없다는 것이다. 따라서 그런 사람은 세상에 살아갈 자격이 없는 인간이라고 그들은 생각한다.

부모와 자식의 의무에 대한 그들의 생각은 우리와 매우 크게 다르다. 그들의 견해에 따르면, 남녀의 결합은 종족을 번식시키고 유지하기 위한 자연의 큰 법칙에 근거한 것이다. 따라서 릴리퍼트 사람들은 남자와 여자가 다른 동물들과 마찬가지로 욕망에 의해 결합한다고 생각한다. 또한 부모가 자식에게 느끼는 애정 역시 같은 자연적 원리에서 비롯된 것이라고 여긴다. 그래서 그들은 자식이 자신을 낳아준 아버지에게 어떤 의무도 지고 있지 않으며, 또 세상에 태어나게 한 어머니에게도 빚을 지고 있지 않다고 생각한다. 왜냐하면 인간의 삶에는 많은 고통과 불행이 따르기 때문에 태어나는 것 자체가 특별한 은혜라고 볼 수도 없고, 또 부모가 그런 은혜를 베풀겠다는 의도로 자식을 낳은 것도 아니라는 것이다. 실제로 부모는 사랑의 행위에 몰두할 때 전혀 다른 생각을 하고 있었을 뿐이라는 것이 그들의 주장이다. 이러한 이유들과 비슷한 논리로, 그들은 부모야말로 자식의 교육을 맡기기에 가장 부적합한 사람들이라고 생각한다. 그래서 모든 도시에는 공립 양육원이 마련되어 있으며, 농부나 일꾼 같은 가장 가난한 계층을 제외한 모든 부모는 자녀가 20개월이 되었을 때 그곳에 보내어 양육과 교육을 받게 해야 한다. 이 시기가 되면 아이들이 어느 정도 가르침을 받을 준비가 된 상태가 된다고 그들은 생각한다.

이 학교들은 부모의 신분과 사회적 지위, 그리고 아이의 능력과 성향에 맞게 여러 종류로 나뉘어 있다. 또한 아이들을 각자의 삶의 위치에 맞게 교육하기 위해 전문적으로 훈련된 교사들이 배치되어 있다. 나는 먼저 남자아이들을 위한 양육원에 대해 이야기하고, 그다음에 여자아이들을 위한 양육원에 대해 설명하려 한다. 귀족이나 높은 신분의 남자아이들을 위한 양육원에는 엄숙하고 학식 있는 교사들과 그들의 보조 교사들이 배치되어 있다. 아이들의 옷과 음식은 검소하고 단순하다. 그들은 명예, 정의, 용기, 겸손, 관용, 종교심, 그리고 조국에 대한 사랑의 원칙 속에서 교육받는다. 아이들은 식사와 수면 시간을 제외하고는 항상 어떤 일에 종사하도록 되어 있는데, 식사와 잠자는 시간은 매우 짧고, 하루 두 시간만이 신체 운동을 중심으로 한 놀이 시간으로 주어진다. 그들은 네 살이 될 때까지는 남자 하인들이 옷을 입혀주지만, 그 이후에는 아무리 높은 신분의 아이일지라도 스스로 옷을 입어야 한다. 또한 그들을 돌보는 여자 시종들은 우리 기준으로 쉰 살 정도에 해당하는 나이의 사람들이며, 그들은 가장 단순하고 하찮은 일들만 맡아 수행한다.

아이들은 하인들과 대화하는 것이 절대 허용되지 않는다. 대신 그들은 여러 명이 함께 모여 놀이를 하거나 활동을 하는데, 언제나 교사나 그 보조 교사 가운데 한 사람이 곁에서 지켜보고 있는 상태에서만 이루어진다. 이렇게 함으로써 그들은 우리 아이들이 흔히 받게 되는 어리석음과 악습의 초기 영향을 피하게 된다고 여겨진다. 부모는 1년에 단 두 번만 자녀를 만날 수 있으며, 그 방문은 단 한 시간만 허락된다. 부모는 만났을 때와 헤어질 때 아이에게 입을 맞출 수는 있지만, 그 자리에는 항상 교사가 서 있어서 부모가 아이에게 귓속말을 하거나 지나치게 애정 어린 말을 하는 것을 허락하지 않는다. 또한 장난감이나 과자 같은 선물을 가져오는 것도 금지되어 있다. 각 가정은 자녀의 교육과 생활비를 위해 일정한 금액을 내야 하며, 만약 제때 납부하지 않을 경우 그 돈은 왕의 관리들에 의해 강제로 징수된다. 보통 신사, 상인, 장사꾼, 장인들의 자녀들을 위한 양육원도 대체로 같은 방식으로 운영된다. 다만 직업을 갖게 될 아이들은 열한 살이 되면 도제로 보내지고, 신분이 높은 가문의 자녀들은 열다섯 살까지 교육을 계속 받는다. 이 나이는 우리 기준으로 스물한 살에 해당한다. 그러나 마지막 3년 동안은 규율과 통제가 점차 완화된다.

여자아이들을 위한 양육원에서도 귀족 가문의 소녀들은 남자아이들과 거의 같은 방식으로 교육을 받는다. 다만 옷을 입히는 일은 같은 성별의 단정한 하녀들이 맡지만, 항상 교사나 보조 교사가 지켜보는 가운데서만 이루어진다. 그리고 소녀들이 다섯 살이 되면 스스로 옷을 입도록 한다. 만약 이런 유모나 하녀들이 아이들에게 무섭거나 어리석은 이야기를 들려주거나, 우리 사회의 하녀들이 흔히 하는 쓸데없는 이야기나 버릇을 가르친 사실이 발견되면, 그들은 도시를 세 바퀴 돌며 공개적으로 채찍질을 당하고, 1년 동안 감옥에 갇힌 뒤, 나라에서 가장 외진 곳으로 평생 추방된다.

이렇게 교육받은 결과, 젊은 숙녀들은 겁쟁이나 어리석은 사람이 되는 것을 남자들만큼이나 부끄럽게 여기며, 단정함과 청결함을 넘어서는 지나친 장식이나 치장을 경멸한다. 또한 나는 그들의 교육에서 성별에 따른 큰 차이를 거의 발견하지 못했다. 다만 여성들의 신체 단련이 남성들만큼 강하지는 않으며, 가정생활에 관한 몇 가지 규칙을 따로 배우고, 배워야 할 학문의 범위가 조금 더 적다는 점이 다를 뿐이다. 그들의 생각에 따르면, 상류층 사람들에게 아내는 언제나 이성적이고 즐거운 동반자가 되어야 한다. 왜냐하면 여성은 언제까지나 젊을 수는 없기 때문이라는 것이다.

소녀들이 열두 살이 되면 그 나라에서는 결혼 가능한 나이이기 때문에 부모나 보호자가 그들을 집으로 데려간다. 이때 부모들은 교사들에게 깊이 감사를 표하며, 소녀들은 친구들과 눈물을 흘리며 헤어진다. 신분이 낮은 계층의 소녀들을 위한 양육원에서는 아이들에게 그들의 성별과 신분에 알맞은 여러 가지 일과 기술을 가르친다. 도제로 보내질 예정인 아이들은 일곱 살에 양육원을 떠나고, 그 밖의 아이들은 열한 살까지 그곳에 남아 교육을 받는다. 양육원에 자녀를 맡긴 하층 계층의 가정은 가능한 한 낮게 정해진 연간 교육비를 내는 것 외에도, 매달 자신들의 수입에서 아주 적은 금액을 따로 떼어 양육원 관리인에게 맡겨야 한다. 이 돈은 나중에 아이의 몫(지참금이나 생활 기반)으로 쓰인다. 그래서 법에 따라 모든 부모의 지출은 일정한 한도 안에서 제한된다.

릴리퍼트 사람들은 자신의 욕망을 위해 아이를 낳아놓고 그 아이를 부양하는 부담을 사회에 떠넘기는 것만큼 부당한 일은 없다고 생각한다. 한편 귀족이나 상류층의 경우에는 각 자녀에게 그들의 신분에 맞는 일정한 금액을 따로 마련해두겠다는 보증을 해야 한다. 이 자금은 언제나 매우 신중하게 관리되며, 가장 엄정한 공정성에 따라 운영된다.

농부나 품팔이 노동자들은 아이들을 집에서 직접 키운다. 이들의 일은 단지 땅을 갈고 농사를 짓는 것이기 때문에, 그들의 자녀 교육은 국가 전체에 큰 영향을 주는 문제로 여겨지지 않는다. 이 계층 가운데 늙거나 병든 사람들은 병원에서 국가의 보호를 받으며 생활한다. 따라서 이 나라에서는 구걸이라는 것 자체가 존재하지 않는다.

아마도 호기심 많은 독자에게는 내가 그 나라에서 9개월 13일 동안 지내면서 어떻게 생활했고, 어떤 하인들을 두고 있었는지 설명하는 것이 흥미로울 것이다. 나는 원래 기계나 도구를 다루는 데 어느 정도 소질이 있었고, 필요에 의해 왕실 공원에서 가장 큰 나무들을 베어 나에게 알맞은 탁자와 의자를 직접 만들어 사용했다. 또한 여자 재봉사 200명이 나를 위해 셔츠와 침대와 식탁보를 만들어주었다. 그들은 구할 수 있는 것 가운데 가장 거칠고 튼튼한 천을 사용했지만, 그럼에도 불구하고 그것은 나에게는 매우 얇았기 때문에 여러 겹을 겹쳐 꿰매야 했다. 이 나라의 천은 보통 폭이 7센티미터 정도이며, 90센티미터 길이가 한 필을 이룬다. 재봉사들은 내가 땅에 누워 있는 상태에서 치수를 쟀다. 한 사람은 내 목 근처에, 다른 한 사람은 다리 중간쯤에 서서 튼튼한 끈을 양쪽에서 잡아 팽팽하게 펼쳤고, 세 번째 사람이 그 끈의 길이를 자로 재어 치수를 측정했다. 그들이 사용하는 자는 길이가 2.5센티미터 정도였다. 그다음에는 내 오른쪽 엄지손가락의 둘레를 재고는 더 이상 치수를 재지 않았다. 그들

은 수학적 계산에 따라 엄지손가락 둘레의 두 배가 손목 둘
레와 같고, 그런 식으로 목과 허리까지 비례 관계가 이어진
다고 생각했기 때문이다. 또한 내가 입고 있던 낡은 셔츠를
땅에 펼쳐 본보기로 보여주었기 때문에, 그것을 참고하여 내
몸에 꼭 맞게 옷을 만들 수 있었다. 옷을 만드는 데에는 재단
사 300명이 동원되었는데, 그들은 치수를 재기 위해 또 다른
방법을 사용했다. 나는 무릎을 꿇었고, 그들은 땅에서 내 목
까지 사다리를 세웠다. 그 사다리를 한 사람이 올라가 내 옷
깃에서 바닥까지 추를 매단 줄을 늘어뜨려 길이를 쟀는데,
그것이 내 외투 길이와 정확히 맞았다. 하지만 허리와 팔의
길이는 내가 직접 재어주었다. 옷은 내 집에서 만들어졌는
데(그들의 집 중 가장 큰 집이라도 내 옷을 만들기에는 너무 작았
다), 그 모습은 영국 부인들이 만드는 조각보 같은 패치워크
와 비슷해 보였다. 다만 차이가 있다면 내 옷은 모두 같은 색
이었다.

　내 식사를 준비하기 위해 요리사 300명이 있었는데, 그들
은 내 집 주변에 지어진 작은 오두막에서 가족들과 함께 살
며 음식을 만들었다. 각 요리사는 두 가지씩 요리를 준비했
다. 나는 하인 스무 명을 손으로 집어 식탁 위에 올려놓았고,
그 아래 땅에는 100명이 더 대기하고 있었다. 그들 가운데
일부는 고기가 담긴 접시를 들고 있었고, 다른 일부는 포도
주와 여러 음료가 담긴 통을 어깨에 메고 있었다. 식탁 위에
올라온 하인들은 내가 필요할 때마다 줄을 이용해 아래에서
음식과 술을 끌어올렸는데, 그 방식은 마치 유럽에서 우물에
서 두레박을 끌어 올리는 것과 비슷했다. 이 나라의 고기 한

접시는 내게 한 입 정도, 술 한 통은 한 모금 정도였다. 그들의 양고기는 우리 것보다 못하지만 소고기는 매우 훌륭했다. 나는 한 번 아주 큰 등심 스테이크를 먹은 적이 있었는데, 세 번에 나누어 베어 먹어야 할 정도였다. 그러나 그런 경우는 드물었다. 내 하인들은 내가 뼈까지 함께 씹어 먹는 모습을 보고 매우 놀랐다. 나는 그들의 거위나 칠면조는 보통 한 입에 먹어버렸고, 솔직히 말하면 맛은 우리 것보다 훨씬 좋았다. 더 작은 새들은 칼끝에 스무 마리나 서른 마리씩 한꺼번에 집어 들었다.

어느 날 왕은 내가 식사하는 방식을 듣고는, 자신과 왕비, 그리고 남녀 왕자와 공주들이 함께 와서 나와 식사하는 기쁨을 누리고 싶다고 했다. 그들은 실제로 나를 찾아왔고, 나는 그들을 내 식탁 위, 바로 맞은편에 있는 의자에 앉게 했다. 그들 주변에는 경호원들도 함께 서 있었다. 또한 재무대신 플림냅도 그의 흰 지휘봉을 들고 그 자리에 참석했는데, 나는 그가 종종 못마땅한 표정으로 나를 바라보는 것을 알아차렸다. 그러나 나는 그것을 모른 척하고는 내 사랑하는 조국의 명예를 지키고 궁정 사람들을 놀라게 하기 위해 평소보다 훨씬 많이 먹었다.

나는 왕의 이번 방문이 플림냅에게 나를 해치기 위한 기회를 주었다고 믿을 만한 개인적인 이유가 있다. 그 대신은 겉으로는 나에게 매우 친절하게 대했지만 그것은 그의 본래 성격이 냉담한 것을 생각하면 오히려 지나칠 정도였다. 사실 그는 항상 나의 비밀스러운 적이었다. 그는 왕에게 이렇게 보고했다. 국고의 형편이 매우 어려워졌으며, 돈을 빌릴 때도 큰 손해를 감수해야 하고, 국채 또한 액면가보다 최소 9퍼센트 낮은 가격이 아니면 유통되지 않는다는 것이었다. 그리고 내게 이미 150만 스프럭이 넘는 비용을 들었다고 말했다. 스프럭은 그 나라의 가장 큰 금화로, 크기는 작은 장식 조각 정도라고 한다. 결국 그는 적절한 기회가 생기면 왕이 나를 내보내는 것이 현명할 것이라고 조언했다.

나는 여기서 한 훌륭한 귀부인의 명예를 변호해야 할 의무가 있다. 그녀는 나 때문에 아무 죄도 없이 피해를 입었기 때문이다. 재무대신 플림냅은 어떤 악의적인 사람들의 험담을 듣고 자기 아내를 질투하게 되었는데, 그들은 공작부인이 내게 강한 애정을 품게 되었다고 그에게 전했다. 그 뒤로 궁정에서는 그녀가 한 번 비밀리에 내 숙소를 찾아왔다는 소문이 한동안 떠돌았다. 나는 이것이 완전히 근거 없는 비열한 거짓말임을 엄숙히 선언한다. 사실이라고 할 만한 것은 단지 그 부인이 나에게 매우 솔직하고 친근하게 대해주었다는 것뿐이다. 물론 그녀가 내 집에 자주 온 것은 사실이다. 그러나 그것은 항상 공개적으로 이루어졌고, 결코 혼자 온 적은 없었다. 언제나 마차에는 세 사람이 더 함께 타고 있었는데, 보통은 그녀의 여동생과 어린 딸, 그리고 친한 지인 한 명이었다. 게다가 이런 방문은 궁정의 다른 여러 귀부인에게도 흔한 일이었다. 나는 지금도 내 집에 있던 하인들에게 증언을 요구할 수 있다. 누가 타고 있는지 모르는 마차가 내 집 문 앞에 온 적이 있었는지 그들에게 묻는다면, 그런 일은 단 한 번도 없었다고 말할 것이다. 집에 누군가 방문할 때마다 하인이 먼저 나에게 알려주면, 나는 곧바로 문 앞으로 나가 예의를 갖추어 인사를 한 뒤 매우 조심스럽게 마차와 말 두 필을 손으로 들어 올렸다(말이 여섯 필일 경우에는 마부가 항상 네 필을 먼저 떼어놓았기 때문이다). 그리고 그것들을 내 식탁 위에 올려놓았는데, 식탁 둘레에는 높이 12센티미터의 테두리를 설치해 혹시 떨어지는 사고가 나지 않도록 했다. 나는 한 번에 마차 네 대와 말들을 식탁 위에 올려놓고, 그 안에 손님들이 가득 탄 채로 여러 사람과 동시에 이야기를 나눈 적도 자주 있었다. 의자에 앉아 얼굴을 그들 쪽으로 기울이고 대화를 했으며, 한 무리와 이야기하고 있을 때는 마부들이 다른 마차들을 식탁 위에서 천천히 돌려 움직였다. 이런 식으로 나는 여러 번 매우 즐거운 오후 시간을 보내곤 했다.

그러나 나는 재무대신 플림냅이나 그의 두 밀고자(이름도 밝히겠다. 클러스트릴과 드런로이다)에게 도전한다. 어떤 사람이든 나를 몰래 방문한 적이 있다는 것을 증명해보라고 말이다. 단 한 번의 예외는 비서관 렐드레살뿐인데, 그는 이미 내가 말했듯이 왕의 명령을 직접 받아 나를 찾아왔었다. 내가 이 문제를 이렇게 길게 이야기하는 것은 사실 원래 의도는 아니었다. 그러나 이것이 한 귀부인의 명예와 직접 관련된 문제이기 때문에 어쩔 수 없다. 내 명예는 말할 것도 없다. 당시 나는 나르닥이라는 높은 지위를 가지고 있었는데, 재무대신 플림냅조차도 이 지위는 아니었다. 세상 사람들은 모두 그가 단지 '글럼글럼'이라는 직위를 가지고 있다는 것을 알고 있는데, 이것은 영국에서 공작보다 한 단계 아래인 후작 정도의 지위에 해당한다. 물론 나는 그의 직책 때문에 서열상 그가 나보다 앞선다는 것은 인정한다.

이러한 거짓 밀고는 나중에 우연한 사건을 통해 알게 되었는데, 그 사건은 여기서 말하기에 적절하지 않다. 이 일로 인해 재무관은 한동안 자기 아내에게도 냉담하게 대했고, 나에게는 더욱 나쁜 태도를 보였다. 결국 그는 아내의 결백을 알고 다시 화해했지만 나와의 관계는 회복되지 않았다. 그때부터 나는 그에게서 완전히 신뢰를 잃었고, 더 나아가 왕에게서도 점점 영향력이 약해지고 있다는 것을 느끼게 되었다. 사실 왕은 그 총애받는 대신의 영향을 너무 많이 받고 있었던 것이다.

7장

저자가 자신을 대역죄로 고발하려는 음모가 있다는 사실을 알게 되다. 저자가 블레푸스쿠로 탈출하고, 그곳에서 어떤 대우를 받았는지에 서술하다.

내가 이 왕국을 떠나게 된 경위를 이야기하기 전에, 두 달 동안 나를 상대로 비밀리에 진행되고 있던 음모에 대해 독자에게 먼저 설명하는 것이 좋겠다.

나는 그때까지 궁정 생활과는 아무런 관계가 없는 사람이었고, 신분이 낮았기 때문에 그런 곳에 어울릴 만한 처지도 아니었다. 물론 위대한 군주들과 대신들에 대한 책을 읽거나 이야기를 들은 적은 많았다. 그러나 그런 것들이 실제로 얼마나 무서운 결과를 낳을 수 있는지는 직접 겪어보기 전까지는 알지 못했다. 더구나 나는 유럽과는 전혀 다른 원칙으로 통치되는 나라라고 생각했던, 이렇게 먼 나라에서조차 그런 일들이 벌어질 것이라고는 전혀 예상하지 못했다.

내가 막 블레푸스쿠 왕을 찾아가 알현할 준비를 하고 있을 때였다. 궁정의 한 유력한 인물이 밤에 매우 은밀하게 닫힌 가마를 타고 내 집으로 찾아왔다. 예전에 그가 왕의 큰 노여움을 샀을 때 내가 도와준 적 있었다. 그는 자신의 이름도 알리지 않은 채 입장을 요청했다. 나는 가마꾼들을 돌려보내고, 그가 탄 가마를 그대로 내 외투 주머니에 넣었다. 그리고 믿을 만한 하인에게 내가 몸이 좋지 않아 이미 잠자리에 들었다고 말하라고 지시했다. 그런 뒤 집 문을 잠그고, 평소 하던 것처럼 가마를 식탁 위에 올려놓고 그 옆에 앉았다. 서로 인사를 나눈 뒤 그의 얼굴을 보니 근심이 가득한 표정이었다. 내가 이유를 묻자 그는 이렇게 말했다.

"당신의 명예와 목숨에 매우 중대한 일에 대해 말하려 하니 부디 인내심을 가지고 내 말을 들어주시오."

그의 이야기는 다음과 같았다. 나는 그가 떠나자마자 그 내용을 바로 기록해두었다.

"당신도 알아야 할 일인데, 최근에 당신 문제를 논의하기 위해 매우 비밀리에 여러 차례 국무회의 위원회가 열렸습니다. 그리고 불과 이틀 전, 왕께서 최종적인 결정을 내리셨습니다. 당신도 잘 알다시피 해군 사령관 스카이레시 볼골람은 당신이 이 나라에 온 이후 줄곧 당신의 치명적인 적이었습니다. 그가 왜 그렇게 당신을 미워하게 되었는지는 나도 정확히 알지 못합니다. 그러나 당신이 블레푸스쿠를 상대로 크게 승리한 이후 그의 미움은 더욱 커졌습니다. 당신의 공로 때문에 해군 사령관으로서 그의 명성이 크게 가려졌기 때문입니다. 볼골람은 아내와 관련된 일로 당신을 미워하는 재무대신 플림냅과 손을 잡았습니다. 여기에 총사령관 림톡, 궁내장 랄콘, 그리고 대법관 발머프까지 가담하여, 당신을 반역죄와 그 밖의 사형에 해당하는 여러 범죄로 탄핵하는 문서를 준비해두었습니다.”

나는 내 공로와 무죄를 잘 알고 있었기 때문에 몹시 초조해져서 그 말을 중간에 끊으려고 했다. 그러나 그는 잠시 침묵해달라고 간청하며 계속해서 이렇게 말했다.

“당신이 나에게 베푼 은혜에 대한 감사의 마음으로 나는 이 사건의 모든 진행 상황을 알아냈고, 또한 탄핵 조항의 사본까지 손에 넣었습니다. 이 일로 내 목숨까지 위험해질 수 있지만 당신을 위해 감수하겠습니다. 다음은 그 문서의 내용입니다.

퀸버스 플레스트린, 즉 ‘산 같은 인간’에 대한 탄핵 조항.

제1조. 칼린 데파르 플룬 황제 폐하의 치세에 제정된 법률에 따르면, 왕궁의 경내에서 소변을 보는 자는 누구든지 반역죄의 형벌을 받아야 한다고 규정되어 있다. 그럼에도 불구하고 퀸버스 플레스트린, 즉 산 같은 인간은, 왕께서 가장 사랑하는 왕비의 궁전에서 일어난 화재를 끈다는 명목을 내세워 이 법을 명백히 위반하였다. 그는 악의적이고 반역적이며 사악한 방법으로 자신의 소변을 배출하여, 왕궁 경내에 있는 그 궁전에서 발생한 불을 꺼버렸다. 이는 해당

법률 조항에 정면으로 위배되는 행위이며, 또한 왕에 대한 충성의 의무에도 어긋나는 범죄이다.

제2조. 퀸버스 플레스트린은 블레푸스쿠 제국의 함대를 왕의 항구로 끌어온 뒤, 폐하로부터 블레푸스쿠의 나머지 모든 배를 나포하고 그 제국을 정복하여 이 나라의 속주로 만들 것, 그리고 이곳에서 파견한 총독이 통치하도록 할 것이라는 명령을 받았다. 또한 두꺼운 쪽으로 달걀을 깨는 망명자들을 모두 처형하고, 그 교리를 즉시 버리지 않는 블레푸스쿠의 국민들까지도 제거하라는 명령을 받았다. 그럼에도 불구하고 산 같은 인간은 폐하께 충성을 다해야 할 신하의 의무를 저버리고 반역자와 같이 행동하여, 무고한 백성들의 자유와 생명을 파괴하거나 그들의 양심을 억지로 강요하는 일에는 참여할 수 없다는 구실을 들어 이 임무에서 자신을 면제해달라고 청원하였다.

제3조. 블레푸스쿠 궁정에서 온 사절들이 평화를 요청하기 위해 릴리퍼트의 궁정에 도착했을 때, 퀸버스 플레스트린은 반역자와 같은 행동으로 그 사절들을 돕고, 지원하고, 위로하며, 즐겁게 해주었다. 그는 그들이 얼마 전까지 우리의 노골적인 적이었고, 또한 폐하와 공개적인 전쟁 상태에 있던 군주의 신하들이라는 사실을 분명히 알고 있었음에도 불구하고 그렇게 행동하였다.

제4조. 퀸버스 플레스트린은 충성스러운 신하로서의 의무에 어긋나게도, 현재 블레푸스쿠의 궁정과 제국으로 여행할 준비를 하고 있다. 그는 이 여행에 대해 왕께 단지 구두

로 된 허락만을 받았을 뿐이며, 그 허락을 구실로 삼아 실제로는 반역적인 의도로 그곳에 가려 하고 있다. 최근까지 폐하의 적이었고 공개적으로 전쟁을 벌였던 블레푸스쿠의 왕을 돕고, 위로하며, 지원하려는 목적을 품고 있다.

"다른 몇 가지 조항들도 더 있습니다만, 지금 제가 읽어드린 것은 그 가운데 가장 중요한 내용만을 요약한 것입니다. 이 탄핵 문제에 관한 여러 차례의 논의에서, 폐하께서 큰 관용을 보이셨다는 점은 인정하지 않을 수 없습니다. 폐하께서는 당신이 폐하께 베푼 공로를 자주 언급하시며, 당신의 죄를 가능한 한 가볍게 보이도록 애쓰셨습니다.

그러나 재무대신과 해군 사령관은 당신이 가장 고통스럽고 치욕적인 방법으로 처형되어야 한다고 주장하였습니다. 그들은 밤에 당신의 집에 불을 지르고, 장군이 독이 묻은 화살로 무장한 병사 2만 명을 이끌고 당신의 얼굴과 손을 향해 화살을 쏘도록 하자고 하였습니다. 또 당신의 하인 몇 명에게 비밀 명령을 내려 당신의 서츠와 침대 시트에 독이 든 액

체를 뿌리게 하면, 당신이 곧 자기 살을 긁어뜯으며 극심한 고통 속에서 죽게 될 것이라고도 하였습니다. 장군 역시 이 의견에 동의하였으므로, 한동안은 당신에게 불리한 상황이 었습니다. 그러나 폐하께서는 가능하다면 당신의 목숨만은 살려주기로 결심하시고, 마침내 대신들을 자기 편으로 끌어 들이는 데 성공하셨습니다.

이 사건 이후, 비서관 렐드레살은(언제나 당신의 진정한 친구임을 스스로 입증해온 인물이지요) 왕의 명을 받아 자신의 의견을 진술하였습니다. 그는 그 명령에 따라 의견을 밝혔으며, 그 내용 속에서 당신이 그를 좋게 생각해 온 것이 정당함을 입증하였습니다.

렐드레살은 당신의 죄가 크다는 점은 인정하면서도, 여전히 자비를 베풀 여지가 있으며, 이는 군주에게 가장 훌륭한 미덕으로서 폐하께서도 그 점으로 널리 칭송받고 계신다고 말하였습니다. 또한 그는 자신과 당신 사이의 우정이 세상에 잘 알려져 있으므로 가장 명예로운 회의에서는 자신이 편파적이라고 여길지도 모르나, 받은 명령에 따라 솔직히 의견을 제시하겠다고 하였습니다.

그는 폐하께서 당신의 공로를 고려하시고 본래의 자비로운 성품에 따라 당신의 목숨을 살려주신다면, 단지 두 눈을 멀게 하는 것으로 명령하시는 것이 좋겠다고 겸손히 건의하였습니다. 이렇게 한다면 정의도 어느 정도 충족될 것이며, 온 세상은 폐하의 관용과 더불어 폐하의 조언자들의 공정하고 관대한 처사를 찬양할 것이라고 하였습니다. 또한 그는 당신이 시력을 잃더라도 신체적 힘에는 아무런 장애가 없으므로 여전히 폐하께 유용하게 쓰일 수 있으며, 오히려 실명은 위험을 보지 못하게 하여 용기를 더해주는 측면이 있다고 말하였습니다. 더 나아가, 적의 함대를 끌고 오는 데 있어 당신이 눈을 다칠까 두려워했던 것이 가장 큰 문제였던 만큼, 앞으로는 대신들의 눈을 통해 보는 것으로도 충분할 것이라고 하였습니다. 이는 가장 위대한 군주들조차 그 이상을 하지 않기 때문이라고 덧붙였습니다.

회의에 참석한 전원이 이 제안을 극심하게 반대하였습니다. 해군 사령관 볼골람은 분노를 억누르지 못하고 자리에서 벌떡 일어나, 한 비서관이 감히 반역자의 목숨을 살려야 한다는 의견을 내는 것이 어떻게 가능한지 이해할 수 없다고 말하였습니다. 그는 당신이 베푼 공로라는 것들이야말로 국가의 진정한 이익이라는 관점에서 볼 때 오히려 당신의 죄를 더욱 중대하게 만드는 요소라고 주장하였습니다. 또한 당신이 왕비마마의 방에서 소변으로 불을 끈 일(그는 이를 공포스럽게 언급하였습니다)을 예로 들며, 같은 방법으로 궁전 전체를 물에 잠기게 할 수도 있었을 것이라고 하였습니다. 더 나아가 당신이 우리에게 불만이 생겼을 때, 적의 함대를 끌고 올 수 있었던 그 힘을 그것을 다시 돌려보내는 데 쓸 수도 있다고 주장하였습니다. 그는 당신이 마음속으로는 두꺼운 쪽으로 달걀을 깨는 파에 속해 있다고 의심할 만한 충분한 이유가 있으며, 반역은 행동으로 드러나기 전에 마음속에서 시작되는 것인 만큼, 그러한 이유로 당신을 반역자로 고발한다고 하였습니다. 따라서 그는 당신을 반드시 사형에 처해야 한다고 강력히 주장하였습니다.

재무대신 역시 같은 의견을 밝혔습니다. 그는 당신을 부양하는 데 드는 비용으로 인해 폐하의 재정이 얼마나 곤궁한 상태에 이르렀는지를 지적하며, 이는 곧 감당할 수 없을 지경에 이를 것이라고 말하였습니다. 또한 그는 비서관이 제안한 눈을 멀게 하는 방안은 이 문제를 해결하기는커녕 오히려 악화시킬 가능성이 크다고 주장하였습니다. 이는 어떤 종류의 새를 일부러 눈멀게 한 뒤 더 많이 먹게 되어 더 빨리 살이 찌는 일반적인 사례를 보면 분명하다고 덧붙였습니다. 아울러 그는, 폐하와 당신을 재판하는 회의가 이미 양심상 당신의 유죄를 완전히 확신하고 있으므로, 법률의 엄격한 규정이 요구하는 형식적인 증거가 없더라도 사형을 선고하기에 충분한 근거가 된다고 주장하였습니다.

그러나 왕께서는 사형을 내리는 것에 반대하는 뜻을 확고히 하시고, 회의에서 눈을 멀게 하는 처벌이 너무 가볍다고 여긴다면 이후에 다른 방식의 형벌을 가할 수 있다고 은혜롭게 말씀하셨습니다.

이에 당신의 친구인 비서관은 다시 발언할 기회를 겸손히 청하였고, 재무관이 제기한 당신을 부양하는 데 드는 막대한 비용 문제에 대해 다음과 같이 답하였습니다. 그는 폐하의 재정을 전적으로 관장하는 재무관이 당신에게 지급되는 식량을 점차 줄이기만 하면 그 문제를 쉽게 해결할 수 있다고 말하였습니다. 그렇게 되면 당신은 충분한 음식을 얻지 못해 점점 쇠약해지고 기력이 떨어지며 식욕을 잃게 되어, 결국 몇 달 안에 자연스럽게 죽게 될 것이라고 하였습니다. 또한 당신의 시신이 절반 이하로 줄어들게 되면 그 악취 역시 크게 위험하지 않을 것이며, 당신이 죽은 직후에는 폐하의 신하 5천~6천 명이 이틀이나 사흘 안에 당신의 살을 뼈에서 분리하여 수레에 실어 먼 곳에 매장함으로써 전염을 방지할 수 있고, 뼈는 후세를 위한 경이의 기념물로 남길 수 있을 것이라고 덧붙였습니다.

이처럼 비서관의 깊은 우정 덕분에 이 사건은 타협에 이르렀습니다. 당신을 서서히 굶겨 죽이는 계획은 엄격히 비밀로 유지하라는 명령이 내려졌고, 대신 두 눈을 멀게 하는 판결이 공식 기록에 남겨졌습니다. 이에 반대한 사람은 해군 사령관 볼골람 한 사람뿐이었습니다. 그는 왕비의 총애를 받는 인물로서, 당신이 불을 끄기 위해 취한 그 불명예스럽고도 불법적인 방법 때문에 왕비가 당신에게 지속적인 원한을 품고 있었으므로, 끊임없이 당신의 처형을 주장하도록 부추김을 받았기 때문입니다.

사흘 후, 당신의 친구인 비서관이 당신의 집을 방문하여 탄핵 조항을 낭독할 것입니다. 그리고 이어서 폐하와 회의가 베푼 큰 관용과 은혜를 전할 것인데, 그 내용은 당신이 단지 두 눈을 잃는 형벌만을 선고받았다는 것입니다. 폐하께서는 당신이 이에 감사하며 겸손히 따를 것이라 의심하지 않으십니다. 또한 폐하의 외과의 스무 명이 참석하여, 당신이 땅에 누워 있는 동안 매우 날카로운 화살을 당신의 눈동자에 쏘아 넣는 방식으로 수술이 정확히 이루어지도록 할 것입니다. 이후 어떤 조치를 취할지는 당신의 신중한 판단에 맡기겠습니다. 그리고 의심을 피하기 위해, 저는 왔던 것과 마찬가지로 곧 은밀히 돌아가야 하겠습니다."

그는 그렇게 말하고 떠났으며, 나는 수많은 의심과 번민 속에 홀로 남게 되었다.

이 나라에는 현 군주와 그의 대신들에 의해 새로 도입된 관습이 하나 있었다. 이는 이전 시대의 관행과는 매우 다른 것이었다. 궁정에서 어떤 잔혹한 처형이 결정되면 (그것이 군주의 분노를 달래기 위한 것이든 총신의 악의를 만족시키기 위한 것이든) 왕은 언제나 대신들 전체 앞에서 연설을 하며 자신의 큰 관용과 자비를 강조했다. 그것은 온 세상이 이미 알고 있고 인정하는 미덕이라고 주장하는 내용이었다. 이 연설은 곧바로 전국에 공표되었다.

그러나 사람들을 가장 두렵게 만든 것은 바로 이 자비에 대한 찬양이었다. 이러한 찬사가 길어지고 강조될수록, 실제로 내려지는 형벌은 더욱 잔혹해졌고, 희생자는 오히려 더 무고한 경우가 많았기 때문이다.

그러나 나 자신에 관해서는, 나는 태어나면서부터나 교육을 통해서나 궁정 사람이 되도록 길러진 적이 없었기 때문에 사태를 판단하는 데 매우 서툴렀다. 그래서 나는 이 판결 속에서 관용이나 은혜를 발견하지 못했고, 오히려 그것이 (어쩌면 잘못된 판단이었을 수도 있지만) 지나치게 가혹하다고 여겼다. 나는 재판을 받아볼까 생각하기도 했다. 여러 조항에서 제기된 사실 자체는 부인할 수 없었지만, 어느 정도 참작의 여지는 있을 것이라 기대했기 때문이다. 그러나 내가 이전에 여러 국가 재판 기록을 읽어본 적이 있었는데, 그것들은 언제나 재판관들이 원하는 방향으로 결론이 내려지는 경우가 많았다. 그래서 이처럼 위태로운 상황에서, 그리고 그처럼 강력한 적들을 상대로 그러한 위험한 판단에 내 운명을 맡길 용기가 나지 않았다.

나는 강하게 저항할 생각을 품기도 했다. 내가 자유로운 상태에 있는 한, 그 제국의 모든 힘을 동원하더라도 나를 쉽게 제압할 수는 없었고, 나는 돌을 던져 수도를 손쉽게 파괴할 수도 있었기 때문이다. 그러나 나는 곧 그 계획을 공포와 함께 버렸다. 왕에게 했던 맹세와 그로부터 받은 은혜, 그리고 나에게 내려진 높은 작위 '나르닥'을 떠올렸기 때문이다. 또한 나는 궁정 사람들의 배은망덕함을 그렇게 빨리 배울 만큼 세상 물정에 밝지 않았기 때문에, 왕이 내린 가혹한 처사가, 내가 과거에 받은 모든 은혜를 없던 일로 만들었다고는 도저히 생각할 수 없었다.

마침내 나는 결심을 굳혔다. 이 결정으로 인해 비난을 받을 가능성이 크며, 그것이 부당하지도 않다고 생각했다. 나는 내 눈과, 나아가 나의 자유를 지킬 수 있었던 것이 전적으로 나 자신의 경솔함과 경험 부족 덕분이었다는 점을 인정한다. 만약 그때 내가 여러 궁정에서 이후에 보게 된 것처럼 군주와 대신들의 본성, 그리고 나보다 덜 미움을 받는 범죄자들을 다루는 그들의 방식을 알고 있었다면, 나는 기꺼이 그리고 주저 없이 그처럼 가벼운 처벌에 복종했을 것이다.

그러나 나는 젊은 혈기의 성급함에 이끌렸고, 왕으로부터 블레푸스쿠 왕을 방문해도 좋다는 허락을 이미 받아둔 상태였기 때문에, 사흘이 지나기 전에 이 기회를 이용하기로 했다. 나는 그날 아침 곧바로 블레푸스쿠로 떠나겠다는 결심을 비서관인 나의 친구에게 편지로 알렸다. 그리고 답장을 기다리지 않고 곧바로 우리 함대가 정박해 있던 섬의 그쪽 해안으로 향했다. 나는 큰 군함 하나를 붙잡아 그 선수(船首)에 밧줄을 묶고 닻을 끌어올렸다. 그리고 옷을 벗어 담요와 함께 그 배 안에 넣은 뒤, 그것을 끌고 걷거나 헤엄치며 블레푸스쿠의 왕립 항구에 도착했다. 그곳 사람들은 이미 오래전부터 나를 기다리고 있었다. 그들은 나를 수도로 안내할 안내인 두 명을 붙여주었는데, 수도 이름은 나라 이름과 같은 블레푸스쿠였다. 나는 그들을 손에 들고 성문에서 180미터 떨어진 곳까지 간 뒤, 나의 도착을 대신들에게 알리고 내가 그곳에서 왕의 명을 기다리고 있다고 전해달라고 하였다.

한 시간쯤 후에 답이 도착했는데, 블레푸스쿠의 왕과 왕족들과 궁정의 고위 관리들을 거느리고 나를 맞이하러 나오고 계신다는 내용이었다. 나는 90미터쯤 앞으로 나아갔다. 왕과 그의 수행원들은 말에서 내렸고, 왕비와 귀부인들은 마차에서 내렸다. 그들은 전혀 두려워하지 않고 불안한 기색도 보이지 않았다. 나는 땅에 엎드려 왕과 왕비의 손에 입을 맞추었다. 나는 블레푸스쿠 왕에게 나의 주군인 릴리퍼트 왕의 허락을 받아 이렇게 위대한 군주를 뵙는 영광을 얻고자 왔으며, 나의 주인에 대한 의무에 어긋나지 않는 한에서 할 수 있는 모든 봉사를 바치겠다고 말했다. 나의 실각에 대해서는 한마디도 언급하지 않았다. 그때까지 나는 그것에 대해 정식으로 들은 바가 없었고, 그런 계획이 진행 중이라는 사실을 전혀 모른다고 생각할 수도 있었기 때문이다. 또한 내가 릴리퍼트 왕의 권력 밖에 있는 동안 그가 나의 비밀을 누설할 것이라고는 도저히 생각할 수 없었다. 그러나 곧 나는 이 점에서 크게 착각하고 있었음을 깨닫게 되었다.

이 궁정에서 받은 환대의 자세한 이야기로 독자를 번거롭게 하지는 않겠다. 그 환대는 그처럼 위대한 군주의 관대함에 걸맞은 것이었다. 또한 집과 침대가 없어 겪어야 했던 어려움에 대해서도 자세히 말하지 않겠다. 나는 이불에 몸을 감싼 채 땅바닥에 누워 지낼 수밖에 없었다.

8장

저자가 우연한 행운으로 블레푸스쿠를 떠날 방법을 발견하고, 몇 가지 어려움을 겪은 뒤 무사히 조국으로 돌아가다.

내가 블레푸스쿠에 도착한 지 사흘 뒤, 호기심에 이끌려 섬의 북동쪽 해안으로 걸어가다가 바다에서 200미터쯤 떨어진 곳에 뒤집힌 배처럼 보이는 물체를 발견했다. 나는 신발과 양말을 벗고 200~300미터쯤 물속을 걸어 들어갔는데, 조수의 힘 때문에 그 물체가 점점 더 가까이 오는 것을 보았다. 그리고 그것이 실제로 배라는 것을 분명히 알게 되었는데, 아마 어떤 폭풍 때문에 어느 배에서 떨어져 떠내려온 것 같았다. 나는 곧바로 도시로 돌아가 왕에게 남아 있는 가장 큰 배 스무 척과, 부제독의 지휘 아래 있는 선원 3천 명을 빌려달라고 요청했다(그의 함대는 이미 큰 손실을 입은 뒤였다). 그 함대는 섬을 돌아 항해하도록 하고, 나는 가장 짧은 길로 다시 해안으로 돌아갔다, 처음 그 배를 발견했던 곳으로 말이다. 그사이 조수가 그 배를 더욱 가까이 밀어 올리고 있었다. 선원들은 모두 밧줄을 갖추고 있었는데, 그것들을 미리 충분히 튼튼하게 꼬아두었었다. 배들이 가까이 오자 나는 옷을 벗고 보트에서 100미터 정도 되는 곳까지 걸어 들어갔고, 그 뒤로는 헤엄쳐서 보트에 닿을 수밖에 없었다. 선원들이 밧줄 끝을 던져주면 나는 그것을 보트의 앞부분에 있는 구멍에 묶고, 다른 한쪽 끝은 군함에 묶게 했다. 그러나 내가 수심이 깊은 곳에 있었기 때문에 발이 닿지 않아 제대로 힘을 쓸 수 없었고, 이 일은 거의 성과가 없었다.

이 곤경 속에서 나는 보트 뒤쪽으로 헤엄쳐 가서 한 손으로 보트를 밀어 앞으로 나아가는 방법밖에 없었다. 마침 조류가 나를 도와주었기 때문에, 나는 점점 앞으로 나아가 턱을 겨우 물 위로 내밀고 발로 바닥을 느낄 수 있을 정도의 곳까지 갈 수 있었다. 나는 2~3분 동안 쉬었다가 다시 보트를 한 번 더 밀고, 이런 식으로 계속했다. 마침내 바닷물이 내 겨드랑이 정도 되는 곳까지 왔다. 이제 가장 힘든 일은 끝났다. 나는 함께 온 배들 가운데 하나에 실려 있던 다른 밧줄들을 꺼내어, 먼저 그것들을 보트에 묶고 그다음에는 나를 따라온 아홉 척의 배에 묶었다. 바람도 유리하게 불고 있었기 때문에 선원들은 보트를 끌고 나는 뒤에서 밀어, 결국 우리는 해안에서 40미터쯤 되는 곳까지 도착했다. 그리고 물이 빠질 때까지 기다린 뒤, 나는 물에서 나와 보트에 다가갔다. 그다음 2천 명의 사람들과 밧줄, 여러 장치의 도움을 받아 그 보트를 뒤집어 바로 세우는 데 성공했으며, 살펴보니 손상도 거의 없었다.

이후에 열흘 동안 공들여 노를 만들고, 그 배를 블레푸스쿠의 왕립 항구까지 끌고 가는 동안 겪었던 어려움들을 자세히 이야기하지는 않겠다. 내가 도착하자 엄청난 군중이 모여 거대한 배를 보고 놀라워했다. 나는 왕에게 이 배가 나에게 행운처럼 나타났으며, 내가 고국으로 돌아갈 수 있는 어떤 곳까지 가게 해줄 것이라고 말했다. 그리고 배를 수리할 재료를 마련할 수 있도록 명령해주시고, 떠날 수 있도록 허락해달라고 부탁했다. 왕은 몇 마디 친절한 만류의 말을 한 뒤, 마침내 그 요청을 허락해주었다.

나는 그동안 릴리퍼트 왕이 블레푸스쿠 궁정으로 나에 관한 어떤 공식 문서도 보내지 않았다는 사실이 매우 이상하게 느껴졌다. 그러나 나중에 은밀히 알게 된 바로는, 왕은 내가 그의 계획에 대해 조금도 알지 못한다고 생각하고 있었으며, 내가 단지 그가 허락해준 대로 약속을 지키기 위해 블레푸스쿠에 간 것뿐이라고 믿고 있었다는 것이다. 이 사실은 릴리퍼트 궁정에서도 잘 알려져 있었고, 의식이 끝나면 내가 며칠 안에 돌아올 것이라고 생각하고 있었다. 그러나 내가 오랫동안 돌아오지 않자 마침내 왕은 걱정하기 시작했다. 그래서 재무관과 그 무리의 다른 대신들과 상의한 뒤, 나에 대한 탄핵 조항의 사본을 가진 특사를 파견했다. 이 사절은 블레푸스쿠의 군주에게 다음과 같이 전달하라는 지시를 받았다. 릴리퍼트의 왕이 큰 자비를 베풀어, 나의 두 눈을 멀게 하는 형벌 이상으로 처벌하지 않기로 하셨고, 그러나 내가 정의를 피해 도망쳤으며, 두 시간 안에 돌아오지 않는다면 나의 나르닥 칭호를 박탈하고, 반역자로 선포할 것이라는 내용이었다. 사절은 또 이렇게 덧붙였다. 두 제국 사이의 평화와 우호를 유지하기 위해 그는 블레푸스쿠 왕이 나의 손발을 묶어 릴리퍼트로 돌려보내도록 명령해줄 것을 기대하고 있으며, 그렇게 하여 나를 반역자로 처벌할 수 있게 하기를 바란다고 말이다.

블레푸스쿠의 왕은 사흘 동안 숙의한 뒤, 정중한 말과 함께 답장을 보냈다. 그는 이렇게 썼다.

그 사람을 결박하여 돌려보내라는 요구에 대하여는, 폐하께서도 그것이 불가능함을 잘 아실 것입니다. 비록 그가 블레푸스쿠의 함대를 빼앗기는 했지만, 그가 두 제국 사이 평화를 성사시키는 과정에서 베푼 여러 호의에 대하여 큰 빚을 지고 있습니다. 아울러 머지않아 양국 모두 안심하게 될 것입니다. 그가 해안가에서 바다를 건널 수 있을 만큼 거대한 배 한 척을 발견하였으며, 협력과 지휘 아래 그것을 수리하도록 명령하였습니다. 몇 주 내로 두 제국 모두 이처럼 감당하기 어려운 부담으로부터 벗어나게 되기를 기대하는 바입니다.

사절은 이 답장을 가지고 릴리퍼트로 돌아갔다. 그리고 블레푸스쿠의 왕은 그동안 있었던 일을 모두 나에게 이야기해주었다. 동시에 그는 (아주 엄격히 비밀을 지킨다는 조건으로) 내가 그를 위해 앞으로 계속 봉사해준다면 자신의 은혜로운 보호를 베풀겠다고 제안했다. 나는 그가 진심이라고 믿었지만, 가능한 한 다시는 왕이나 대신들을 신뢰하지 않겠다고 이미 결심한 상태였기 때문에, 그의 호의적인 뜻에 대해 충분한 감사를 표하면서도 정중하게 사양하겠다고 부탁했다. 나는 그에게, 운명이 좋든 나쁘든 간에 나에게 배 한 척을 마련해주었으니 두 위대한 군주 사이에 불화를 일으키는 원인이 되는 것보다 차라리 바다로 나아가 모험을 감수하겠다고 말했다. 블레푸스쿠 왕은 이 말에 조금도 불쾌해하지 않는 듯했으며, 나는 어떤 우연한 일을 통해 그가 오히려 나의 결심을 매우 기쁘게 여기고 있다는 것을 알게 되었다. 대신들 대부분도 마찬가지였다.

이러한 여러 사정을 생각해본 끝에 나는 원래 계획했던 것보다 조금 더 서둘러 떠나기로 결심했다. 나를 빨리 보내고 싶어 했던 궁정에서도 이 일에 매우 적극적으로 협조했다. 내 지시에 따라 노동자 500명이 배에 달 돛 두 장을 만들었는데, 가장 질기고 튼튼한 천을 열세 겹으로 누벼서 만들었다. 나는 그들의 가장 굵고 강한 밧줄을 열 가닥, 스무 가닥, 서른 가닥씩 꼬아 만드는 데도 직접 애를 썼다. 또 오랜 시간 동안 해변을 뒤져 큰 돌 하나를 찾아 닻으로 사용했다. 배에 바르거나 다른 용도로 쓰기 위해 소 300마리에서 얻은 기름도 마련했다. 나는 노와 돛대를 만들기 위해 가장 큰 나무 몇 그루를 베어내는 데 엄청난 수고를 들였다. 다만 내가 그 거친 작업을 끝낸 뒤에는 왕의 조선공들이 나무를 다듬는 일에 큰 도움을 주었다.

한 달쯤 지나 모든 준비가 끝나자 나는 왕의 명을 받기 위해 사람을 보내고 작별 인사를 드리겠다고 전했다. 왕과 왕실 가족은 궁전 밖으로 나왔다. 나는 땅에 엎드려 왕의 손에 입을 맞추었고, 왕은 매우 은혜롭게 그 손을 내게 내밀어주었다. 왕비와 왕가의 어린 왕자들도 마찬가지로 손을 내밀어 주었다. 왕은 각각 200스프러그가 들어 있는 돈주머니 50개와 함께 자신의 전신 초상화를 나에게 선물했다. 나는 그 초상화가 상하지 않도록 곧바로 장갑 속에 넣어 보관했다. 떠날 때의 의식과 절차가 매우 많았지만 그것을 여기서 일일이 설명해 독자를 번거롭게 하지는 않겠다.

나는 배에 소고기 100마리분과 양 300마리분, 그리고 그에 걸맞은 양의 빵과 술을 실었다. 또한 요리사 400명이 준비할 수 있는 만큼의 조리된 고기도 함께 가져갔다. 나는 살아 있는 암소 여섯 마리와 수소 두 마리, 그리고 암양과 숫양도 같은 수만큼 데려갔다. 이것들을 내 나라로 가져가 번식시키려는 목적이었다. 배 안에서 그것들을 먹이기 위해 건초한 단과 곡식 한 자루도 준비했다. 나는 원래 그 나라 사람 열두 명쯤을 데려가고 싶었지만, 왕은 이것을 절대로 허락하지 않았다. 게다가 왕은 내 주머니까지 철저히 수색하게 한 뒤, 비록 그들이 스스로 원하고 동의한다 하더라도 그들의 신하를 한 명도 데려가지 않겠다는 명예의 약속을 나에게 하게 했다.

이렇게 내가 할 수 있는 한 모든 준비를 마친 뒤, 1701년 9월 24일 아침 6시에 항해를 시작했다. 북쪽으로 20킬로미터쯤 나아갔을 때 바람은 남동쪽에서 불고 있었고, 저녁 6시쯤 북서쪽 2.4킬로미터 거리에 있는 작은 섬 하나를 발견했다. 나는 그 섬으로 가까이 가서 바람을 등진 쪽에 닻을 내렸는데, 그곳은 사람이 살지 않는 섬처럼 보였다. 그 후 나는 약간의 음식을 먹고 잠자리에 들었다. 내가 깨어난 지 두 시간 뒤에 날이 밝았기 때문에 적어도 여섯 시간 정도 잠을 푹 잔 것 같다. 나는 해가 뜨기 전에 아침 식사를 하고, 닻을 올렸다. 바람이 순조롭게 불었기 때문에 전날과 같은 방향으로 배를 몰았고, 그때 나는 주머니에 넣어둔 나침반을 보고 항로를 잡았다.

내 목표는 가능하다면 반 디멘스 랜드 북동쪽에 있다고 생각되는 섬 중 하나에 도달하는 것이었다. 그러나 그날 하루 동안은 아무것도 발견하지 못했다. 다음 날 오후 3시쯤, 내가 계산하기로 블레푸스쿠에서 115킬로미터 정도 떨어진 지점에 이르렀을 때, 남동쪽으로 항해하는 돛단배 하나를 발견했다. 나의 항로는 정동쪽이었다. 나는 그 배를 향해 신호를 보냈지만 아무런 대답도 받지 못했다. 그러나 바람이 약해지면서 내가 점점 그 배를 따라잡고 있다는 것을 알 수 있었다. 나는 가능한 한 돛을 최대한 올렸다. 약 30분 후 그 배도 나를 발견했고, 곧 깃발을 올리고 대포를 한 발 쏘았다. 내가 다시 사랑하는 조국과 그곳에 두고 온 소중한 가족들을 보게 될지도 모른다는 뜻밖의 희망에 얼마나 기뻤는지는 말로 표현하기 어렵다. 그 배는 돛을 늦추었고, 나는 9월 26일 저녁 5~6시 사이에 그 배에 가까이 다가갔다. 그 배에 영국 국기가 걸려 있는 것을 보는 순간 내 가슴은 기쁨으로 뛰었다. 나는 소와 양을 외투 주머니에 넣고, 내가 가져온 작은 식량 짐과 함께 배 위로 올라갔다. 그 배는 북해와 남해를 거쳐 일본에서 돌아오는 길의 영국 상선이었다. 선장은 데프트퍼드 출신의 존 비델 씨였는데, 매우 예의 바른 사람이자 뛰어난 항해사였다.

우리는 이제 남위 30도 부근에 와 있었다. 배에는 약 50명의 선원이 타고 있었다. 그곳에서 나는 옛 동료인 피터 월리엄스를 만났는데, 그가 선장에게 나를 좋게 소개해주었다. 선장은 나를 친절하게 대해주며 내가 마지막으로 떠나온 곳이 어딘지, 지금은 어디로 가는 길인지 물었다. 나는 그것을 짧게 설명해주었지만 그는 내가 헛소리를 하고 있다고 생각했고, 내가 겪은 위험 때문에 정신이 혼란스러워진 것이라고 여겼다. 그래서 나는 주머니에서 검은 소와 양을 꺼내 보였다. 그는 매우 놀랐고, 그것을 보고 나서야 내 말이 사실이라는 것을 분명히 믿게 되었다. 나는 이어서 블레푸스쿠 왕이 준 금, 그의 전신 초상화, 그리고 그 나라에서 가져온 몇 가지 진귀한 물건들도 보여주었다. 그리고 나는 각각 200스프러그가 들어 있는 돈주머니 두 개를 그에게 주었고, 우리가 영국에 도착하면 새끼를 밴 소 한 마리와 양 한 마리를 선물하겠다고 약속했다.

이 항해의 세부적인 이야기를 독자에게 일일이 들려주어 번거롭게 하지는 않겠다. 항해는 대부분 순조로웠고, 우리는 1702년 4월 13일 다운스에 도착했다. 내게 일어난 유일한 불운은 배에 있던 쥐들이 양 한 마리를 물어가버린 것이었다. 나는 나중에 쥐구멍 속에서 살이 완전히 뜯겨 나간 채 뼈만 남은 양을 발견했다. 나머지 가축들은 모두 무사히 육지로 데려올 수 있었고, 나는 그것들을 런던 그리니치의 잔디밭에 풀어 풀을 뜯게 했다. 그곳의 풀은 매우 부드러워서 가축들이 아주 잘 먹었는데, 나는 사실 그 반대일까 봐 늘 걱정하고 있었다.

이처럼 긴 항해 동안 가축들을 보존할 수 있었던 것은 선장이 자신의 좋은 비스킷을 조금 나누어주었기 때문이었다. 그 비스킷을 가루로 부수어 물과 섞어 가축들에게 계속 먹이로 주었다. 영국에 머무는 짧은 기간 동안 나는 여러 귀족과 다른 사람들에게 이 가축들을 보여주고 상당한 이익을 얻었다. 그리고 두 번째 항해를 시작하기 전에 그것들을 600파운드에 팔았다. 내가 마지막으로 돌아온 이후, 이 품종은 크게 늘어났으며, 특히 양의 수가 많이 증가했다. 그 양들의 털이 매우 고와서 이것이 영국의 모직 산업에 큰 이익이 될 것이라고 나는 기대하고 있다.

내가 아내와 가족과 함께 지낸 건 두 달밖에 되지 않는다. 외국을 여행하고 싶은 나의 끝없는 욕망 때문에 더 오래 머무를 수 없었기 때문이다. 나는 아내에게 1,500파운드를 남겨주었고, 그녀를 레드리프에 있는 좋은 집에 정착시켰다. 내가 가진 나머지 재산은 일부는 돈으로 일부는 물건으로 가지고 떠났는데, 재산을 더 늘려보려는 기대 때문이었다. 나의 큰삼촌 존은 에핑 근처에 있는 연간 30파운드 수입의 토지를 나에게 남겼다. 나는 페터 레인에 있는 '블랙 불' 여관의 장기 임대권도 가지고 있었는데, 이것 역시 연간 비슷한 수입을 가져다주었다. 그래서 나는 가족을 빈곤에 빠뜨릴 걱정은 전혀 하지 않아도 되는 형편이었다. 큰삼촌의 이름을 딴 내 아들 조니는 중학교에 다니며 장래가 기대되는 아이였다. 그때 나의 딸 베티(지금은 혼인하여 자녀들을 두고 있다)는 바느질을 배우고 있었다. 나는 아내와 아이들과 눈물을 나누며 작별하고, 리버풀 출신 존 니콜러스 선장이 지휘하는, 수라

트로 향하는 300톤급 상선 어드벤처호에 승선하였다. 그러
나 이 항해에 대한 이야기는 2부에서 하겠다.

트로 향하는 300톤급 상선 어드벤처호에 승선하였다. 그러
나 이 항해에 대한 이야기는 2부에서 하겠다.

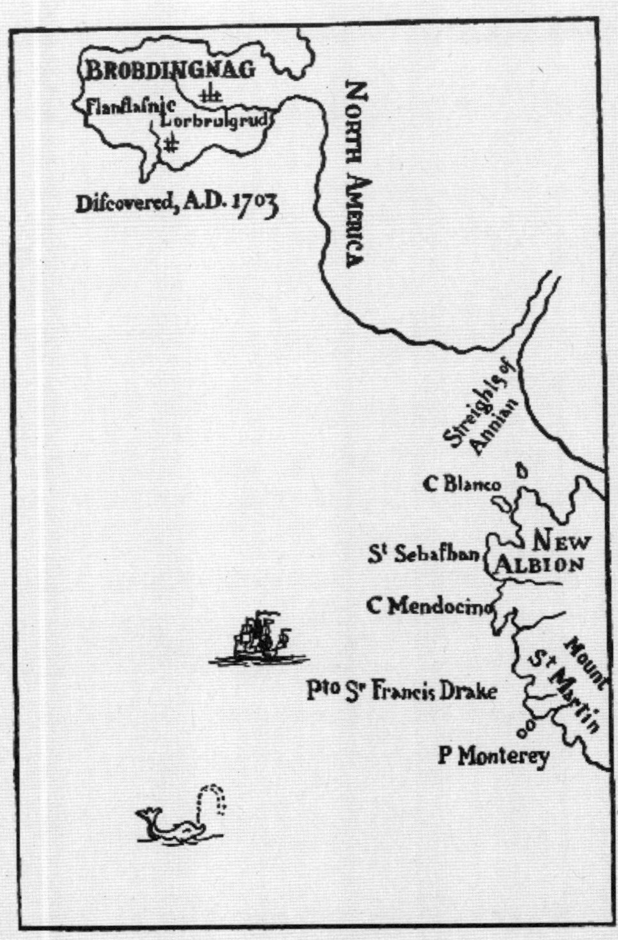

BROBDINGNAG
Flanflasnic
Lorbrulgrud
Discovered, A.D. 1703
NORTH AMERICA
Streights of Annian
C Blanco
St Sebasban
NEW ALBION
C Mendocino
Mount St Martin
Pto Sr Francis Drake
P Monterey

2부

브롭딩래그로의 항해

SECONDE
PARTIE
VOYAGE
A
BROBDINGNAC

1장

거대한 폭풍을 묘사하다. 식수를 구하기 위해 보트를 보내다. 저자가 그 보트를 타고 육지를 탐색하러 가다. 저자가 홀로 해안에 남겨지고, 원주민 가운데 한 사람에게 붙잡혀 농부의 집으로 옮겨지다. 저자가 그곳에서 받은 대우와 여러 가지 사건을 설명하다. 그곳 주민들의 모습을 묘사하다.

나는 타고난 성격과 운명 때문에 활동적이고 가만히 있지 못하는 삶을 살도록 정해진 사람이었던 듯하다. 그래서 귀국한 지 두 달이 지나자 다시 고국을 떠났다. 1702년 6월 20일, 나는 콘월 출신 존 니컬러스 선장이 지휘하는 어드벤처 호를 타고 다운스에서 출항했으며, 목적지는 인도의 수라트였다. 우리는 희망봉에 도착할 때까지 매우 순조로운 바람을 타고 항해했다. 그곳에서 식수를 얻기 위해 상륙했는데, 배에 누수가 있는 것이 발견되어 화물을 모두 내려야 했고, 결국 그곳에서 겨울을 보내게 되었다. 게다가 선장이 열병에 걸렸기 때문에 우리는 3월 말까지 희망봉을 떠날 수 없었다.

그 후 다시 항해를 시작했고, 마다가스카르 해협을 지날 때까지는 항해가 순조로웠다. 그러나 그 섬의 북쪽으로 올라가 남위 5도 지점에 이르렀을 때 상황이 달라졌다. 그 해역에서는 12월 초부터 5월 초까지 북쪽과 서쪽 사이에서 일정한 바람이 계속 부는 것이 보통이었는데, 4월 19일부터 바람이 평소보다 훨씬 거세게, 그리고 더 서쪽에서 불기 시작했고, 이런 상태가 20일 동안 계속되었다. 그동안 우리는 몰루카 제도의 동쪽으로 조금 떠밀려 갔고, 또 적도 북쪽 3도 지점까지 밀려 올라갔다. 이는 선장이 5월 2일에 관측을 통해 확인한 것이었다. 그때 바람이 멎고 완전한 무풍 상태가 되어 나는 꽤나 기뻐했다. 그러나 이 바다를 잘 아는 경험 많은 선장이었던 니컬러스는 폭풍에 대비하라고 지시했다. 그의 말대로 다음 날 폭풍이 찾아왔다. 남쪽 계절풍이 불기 시작했던 것이다.

바람이 더 거세질 것 같아 우리는 배 앞쪽의 작은 돛을 내리고, 큰 돛을 걷어 올릴 준비를 하였다. 날씨가 더욱 험해지자 대포들이 모두 단단히 고정되어 있는지 확인하고, 뒤쪽 돛도 걷어 올렸다. 배가 바람을 넓게 받는 상태가 되었기 때문에, 우리는 배를 세우기보다 파도를 등지고 달리는 것이 더 낫다고 판단했다. 그래서 앞 돛을 줄여 달고, 앞 돛의 밧줄을 뒤로 당겼으며 키는 바람 쪽으로 단단히 잡았다. 그러자 배가 훌륭하게 방향을 바꾸었다. 우리는 앞 돛의 당김줄을 묶어두었지만 돛이 찢어져버렸다. 그래서 돛대를 내려 돛을 배 안으로 끌어들였고 주변의 물건들을 모두 풀어 정리했다. 그때의 폭풍은 매우 사나웠고, 파도도 이상할 정도로 거칠고 위험하게 부서졌다. 우리는 조타 장치를 잡아당기며 키를 잡은 선원을 도왔다. 우리는 돛대를 내리지 않고 그대로 두었는데, 배가 파도를 등지고 잘 달리고 있었고, 또 그 돛대를 세워두는 것이 배를 더 안정되게 하고 파도를 가르며 더 잘 나아가게 한다는 것을 알고 있었기 때문이었다. 게다가 주변이 모두 바다여서 공간은 충분했다. 폭풍이 지나가자 우리는 배 앞쪽의 작은 돛과 큰 돛을 다시 올리고 배의 방향을 잡았다. 그다음 뒷돛과 앞쪽 큰 돛대의 윗돛, 작은 돛대의 윗돛도 펼쳤다. 우리의 항로는 동북동쪽이었고, 바람은 남서쪽에서 불고 있었다. 우리는 우현 쪽으로 돛을 맞추고, 바람을 받던 쪽의 줄들을 풀었다. 이어서 바람 반대편 줄들을 조정하고, 돛이 바람을 잘 받도록 앞으로 당겨 단단히 고정하였다. 그리고 뒤쪽 돛을 바람 쪽으로 끌어당겨, 배가 가능한 한 바람을 거슬러 안정적으로 나아가도록 유지하였다.

이 폭풍은 서남서풍이 강하게 부는 바람으로 이어졌고, 그 바람에 밀려 우리는 내 계산으로 2,400킬로미터나 동쪽으로 떠밀려 갔다. 그래서 배에 탄 가장 노련한 선원조차도 우리가 지금 세계의 어느 부분에 있는지 알 수 없었다. 식량은 아직 충분했고, 배도 튼튼했으며 선원들의 건강도 모두 양호했다. 그러나 식수가 부족해 극심한 곤란을 겪고 있었다. 우리는 북쪽으로 방향을 틀기보다 같은 항로를 계속 유지하는 것이 낫다고 판단했다. 만약 더 북쪽으로 올라갔다면 시베리아의 북서쪽 지역이나 북극해에 이르게 될지도 모르기 때문이었다.

1703년 6월 16일, 돛대 꼭대기에 올라가 있던 소년 하나가 육지를 발견했다. 다음 날인 6월 17일, 우리는 거대한 섬인지 혹은 대륙인지 알 수 없는 땅을 완전히 눈에 볼 수 있을 만큼 가까이 다가갔다. 그 남쪽에는 바다 쪽으로 돌출된 작은 곶이 있었고, 100톤이 넘는 배는 들어갈 수 없을 만큼 얕은 만이 있었다. 우리는 그 만에서 5킬로미터쯤 떨어진 곳에 닻을 내렸고, 선장은 무장을 갖춘 선원 열두 명을 보트에 태워 식수를 구할 수 있는지 확인하기 위해 물통과 함께 보냈다. 나는 그 나라를 살펴보고 싶었기 때문에 그들과 함께 가게 해달라고 부탁했다. 우리가 상륙했을 때 강이나 샘은 보이지 않았고, 사람의 흔적도 전혀 없었다. 그래서 선원들은 바닷가 근처에서 식수를 찾기 위해 해안을 따라 흩어졌고, 나는 반대쪽으로 1.6킬로미터 정도 혼자 걸어갔다. 그 땅은 전부 황량하고 바위투성이였다. 나는 점점 피곤해졌고, 호기심을 자극할 만한 것도 보이지 않았기 때문에 천천히 만 쪽으로 돌아가기 시작했다. 그때 바다가 시야에 들어왔는데, 우리 선원들이 이미 보트에 올라타 배 쪽으로 필사적으로 노를 젓고 있는 것이 보였다. 나는 그들을 향해 소리치려 했지만 그다지 소용이 없을 것 같았다. 그런데 바로 그 순간 바닷속에서 거대한 괴물이 그들을 뒤쫓아 가는 것을 보았다. 그 괴물은 무릎 정도 깊이의 바다를 걸어 엄청난 보폭으로 빠르

게 따라가고 있었다. 그러나 우리 선원들은 이미 2.4킬로미터 정도 앞서 있었고, 그곳 바다는 날카로운 바위가 많았기 때문에 괴물은 결국 보트를 따라잡지 못했다. 이 사실은 나중에 들은 것이다. 나는 그 결과를 지켜볼 용기가 없었기 때문에 처음 왔던 길로 가능한 한 빨리 달아났다. 그리고 가파른 언덕을 하나 올라갔는데, 그곳에서 그 나라의 모습을 어느 정도 내려다볼 수 있었다. 나는 그 땅이 완전히 경작되어 있음을 발견했다. 하지만 나를 가장 놀라게 한 것은 풀의 높이였다. 건초를 만들기 위해 남겨둔 것처럼 보이는 들판의 풀은 무려 6미터나 되는 높이로 자라 있었다.

나는 대로에 들어섰는데, 처음에는 그것이 대로라고 생각했지만 사실 그것은 보리밭 사이를 지나가는 주민들의 작은 오솔길에 불과했다. 그 길을 따라 한동안 걸었지만 양쪽을 거의 볼 수 없었다. 때마침 수확철이 가까워져 보리가 최소 12미터 이상 자라 있었기 때문이었다. 밭의 끝까지 가는 데 한 시간이나 걸렸다. 그 밭은 높이가 최소 36미터는 되는 울타리로 둘러싸여 있었고, 그곳의 나무들은 너무 높아서 그 높이를 도무지 짐작할 수조차 없었다. 울타리에는 그 밭에서 다음 밭으로 넘어가기 위한 계단이 있었는데, 네 개의 계단이 있었고 맨 위에는 넘어갈 수 있도록 돌이 놓여 있었다. 그러나 나는 그 계단 넘을 수 없었다. 계단 하나의 높이가 1.8미터였고, 맨 위의 돌은 6미터나 되었기 때문이었다. 나는 울타리 어딘가에 틈이 없는지 찾아보고 있었는데, 그때 옆 밭에서 한 주민이 그 계단 쪽으로 걸어오는 것을 발견했다. 그는 아까 바다에서 우리 보트를 쫓아오던 그 사람과 같은 크기였다. 그는 보통 교회의 첨탑만큼이나 커 보였고, 내가 보기에는 한 발짝에 9미터 정도를 내딛고 있었다. 나는 극도의 공포와 놀라움에 사로잡혀, 재빨리 보리 사이로 달려가 몸을 숨겼다. 거기서 나는 그가 계단 위에 올라서서 오른쪽 밭을 향해 뒤돌아보는 것을 보았다. 그리고 그가 확성기보다 훨씬 더 큰 목소리로 누군가를 부르는 것이 들렸다. 그 소리가 너무 높이 공중에서 울려 퍼졌기 때문에 처음에는 그것이 천둥소리가 아닌가 생각했다. 그러자 그와 같은 괴물 일곱 명이 낫을 들고 그에게 다가왔다. 그 낫은 각각 보통 낫 여섯 개를 합친 것만큼 큰 크기였다. 이 사람들은 처음 본 그 사람만큼 잘 차려입지는 않았는데, 보아하니 그의 하인이나 일꾼들인 것 같았다. 그가 몇 마디 말을 하자 그들은 내가 숨어 있던 밭에서 곡식을 베기 시작했다. 나는 가능한 한 그들에게서 최대한 멀리 떨어지려고 했지만, 보리 줄기들이 서로 겨우 한 발 정도의 간격밖에 되지 않아 몸을 비집고 지나가기가 매우 어려웠다. 그럼에도 나는 어떻게든 앞으로 나아가다가 비와 바람에 쓰러진 곡식이 있는 부분에 이르렀다. 그러나 그곳에서는 한 발짝도 더 나아갈 수 없었다. 줄기들이 서로 뒤엉켜 있어 기어 지나갈 수조차 없었고, 쓰러진 이삭의 거칠고 뾰족한 까끄라기가 옷을 뚫고 내 살까지 찔러 들어왔기 때문이었다. 그때 나는 내 뒤쪽 90미터도 채 되지 않는 곳에서 곡식을 베는 소리를 들었다. 나는 이미 지친 데다 슬픔과 절망에 완전히 짓눌려, 두 이랑 사이에 몸을 눕히고 그곳에서 그대로 생을 마칠 수 있기를 진심으로 바라게 되었다. 나는 외롭게 남겨질 아내와 아버지를 잃은 아이들을 생각하

며 한탄했다. 또한 모든 친구와 친척들이 말렸는데도 두 번째 항해를 시도한 나 자신의 어리석음과 고집을 후회했다.

이처럼 마음이 몹시 흔들리는 가운데, 나는 릴리퍼트를 떠올리지 않을 수 없었다. 그곳의 사람들은 나를 세상에 나타난 가장 놀라운 존재로 여겼고, 나는 한 손으로 왕의 함대를 끌어오기도 하고 그 밖에도 여러 일을 해냈는데, 그 일들은 그 제국의 연대기에 영원히 기록될 것이며, 수백만 사람이 증언한다 해도 후세 사람들은 거의 믿지 못할 것이었다. 나는 또 이 나라에서는 내가 얼마나 보잘것없는 존재로 보일지 생각했다. 그것은 마치 우리 사이에서 릴리퍼트 사람 한 명이 보이는 것과 같은 처지일 것이다. 그러나 나는 그것이 내 불행 중 가장 작은 것일지도 모른다고 여겼다. 인간은 몸집이 클수록 더 사납고 잔인해지는 경향이 있다고들 하니 말이다. 그렇다면 이 거대한 야만인들 가운데 누군가가 나를 붙잡는 순간, 나는 그들의 입에 들어갈 한 조각 먹잇감이 되는 것 말고 무엇을 기대할 수 있겠는가. 철학자들이 모든 것은 비교에 의해서만 크거나 작게 보일 뿐이라고 말하는 것은 분명 옳다. 운명이 만약 릴리퍼트 사람들에게 그들보다 훨씬 더 작은 민족을 만나게 해주었다면, 그것은 마치 그들이 나에게 보였던 것처럼 그들 역시 다른 누군가에게 거대한 존재로 보였을지도 모른다. 그리고 이처럼 엄청나게 거대한 이 종족조차도 아직 우리가 발견하지 못한 세계의 어느 먼 곳에서는 또 다른 더 거대한 존재들에게 압도당하고 있을지도 모른다는 것을 누가 알겠는가.

나는 두려움과 혼란에 빠져 있었지만, 이런 생각들을 계속하고 있었다. 그때 곡식을 베던 사람 중 하나가 내가 누워 있던 이랑에서 9미터 거리까지 다가왔다. 나는 그가 다음 걸음을 내딛는 순간 그의 발에 밟혀 죽거나, 낫에 두 동강이 날지도 모른다고 생각했다. 그래서 그가 다시 발을 옮기려는 순간, 나는 공포가 허락하는 한 가장 크게 비명을 질렀다. 그러자 그 거대한 인간은 발걸음을 멈추었고, 한동안 자기 발 아래를 둘러보며 살펴보았다. 마침내 그는 내가 땅에 누워 있는 것을 발견했다. 그는 잠시 나를 바라보며 생각하는 듯했는데, 그것은 작고 위험한 동물을 붙잡을 때 긁히거나 물리지 않도록 조심스럽게 잡으려는 사람의 태도와 같았다. 마치 내가 영국에서 족제비를 잡을 때 그렇게 했던 것처럼 말이다. 마침내 그는 엄지손가락과 집게손가락으로 내 몸의 허리 부분을 뒤쪽에서 집어 들었고, 나를 자기 눈에서 3미터거리까지 들어 올려 내 모습을 더 자세히 살펴보려 했다. 나는 그의 의도를 짐작했고, 다행히도 정신을 잃지 않을 만큼의 침착함을 유지할 수 있었다. 나는 땅에서 18미터나 되는 높이로 공중에 들려 있었기에 내 옆구리를 심하게 눌러 잡고 있었지만 손가락 사이로 미끄러져 떨어질까 봐 조금도 몸부림치지 않기로 결심했다. 내가 감히 할 수 있었던 것은 눈을 들어 태양을 바라보고, 두 손을 모아 간청하는 자세를 취한 채, 내 처지에 어울리는 겸손하고 슬픈 목소리로 몇 마디 말을 하는 것뿐이었다. 그가 언제라도 나를 땅에 내던질지도 모른다고 생각했기 때문이다. 마치 우리가 죽이고 싶은 작고 혐오스러운 동물을 집어 들어 땅에 내던지듯이 말이다. 그러나 다행히도 운이 나를 도왔다. 그는 내 목소리와 몸짓을 보고 흥미를 느낀 듯했고, 나를 신기한 구경거리처럼 여기기 시작했다. 내 말의 뜻을 이해하지는 못했지만 내가 말을 하는 것을 매우 놀라워했다. 그동안 나는 신음을 내고 눈물을 흘리지 않을 수 없었고, 고개를 옆구리 쪽으로 돌려 그의 엄지와 손가락의 압박 때문에 얼마나 심하게 아픈지 가능한 한 그에게 알리려고 했다. 그는 내 뜻을 알아차린 것 같았다. 그래서 자기 코트 자락을 들어 올려 나를 그 안에 조심스럽게 넣었고, 곧바로 밭에서 처음 보았던 그 사람, 즉 그의 주인이자 꽤 부유한 농부에게로 나를 데리고 달려갔다.

농부는 (그들의 대화로 보아 짐작하건대) 하인에게서 나에 대한 설명을 들은 뒤, 지팡이만 한 크기의 작은 짚대 하나를 집어 들고 그것으로 내 외투 자락을 들어 올렸다. 그는 그것을 자연이 나에게 준 어떤 종류의 덮개라고 생각한 듯했다. 그는 내 얼굴을 더 잘 보기 위해 머리카락을 불어 옆으로 젖혔고, 주변의 농장 일꾼들을 불러 모았다. 그리고 나중에 알게 된 바에 따르면, 그들이 밭에서 나와 비슷하게 생긴 작은 생물을 본 적이 있는지 물어보았다. 그다음 그는 나를 부드럽게 땅 위에 네 발로 내려놓았다. 나는 곧바로 일어나 천천히 앞뒤로 걸어 다니며, 내가 도망칠 생각이 없다는 것을 그들에게 보여주었다. 그들은 내 움직임을 더 잘 살펴보기 위해 나를 둘러싸고 원을 그리듯 앉았다. 나는 모자를 벗고 농부에게 깊이 허리를 숙여 인사했다. 나는 무릎을 꿇고 두 손과 눈을 들어 올린 채, 가능한 한 크게 몇 마디 말을 했다. 그리고 주머니에서 금이 든 지갑을 꺼내어 겸손하게 그에게 내밀었다. 그는 그것을 손바닥 위에 받아 들고, 그것이 무엇인지 보려고 눈 가까이 가져갔다. 그리고는 소매에서 꺼낸 핀 끝으로 여러 번 뒤집어보았지만 그것이 무엇인지 전혀 알아내지 못하는 듯했다. 그래서 나는 그가 손을 땅 위에 놓도록 손짓으로 알렸다. 그러자 나는 지갑을 받아 열고, 그 안에 있던 금화를 모두 그의 손바닥 위에 쏟아 놓았다. 거기에는 각각 4피스톨레 가치의 스페인 금화 여섯 개와 그보다 작은 동전 스무 개에서 서른 개 정도가 들어 있었다. 나는 그가 작은 손가락 끝을 혀에 적신 뒤, 내 가장 큰 금화 하나를 집어 들고 또 하나를 집어 드는 것을 보았다. 그러나 그는 그것이 무엇인지 전혀 알지 못하는 것처럼 보였다. 그는 다시 그것들을 지갑에 넣고, 지갑도 내 주머니에 넣으라는 손짓을 했다. 나는 그에게 여러 번 그것을 받으라고 권해보았지만, 결국 그의 뜻대로 하는 것이 좋겠다고 생각하여 그렇게 했다.

이때쯤 농부는 내가 이성 있는 존재임에 틀림없다고 확신하게 되었다. 그는 나에게 여러 번 말을 걸었지만 그의 목소리는 마치 물레방앗간 소리처럼 내 귀를 찌를 정도로 컸다. 그러나 말소리는 분명 또렷했다. 나는 가능한 한 크게 여러 언어로 대답했지만 그가 2미터 정도까지 귀를 가까이 가져다 대었음에도 우리는 서로의 말을 전혀 이해할 수 없었다. 그는 이내 하인들을 다시 일하러 보내고, 주머니에서 손수건을 꺼내 두 번 접어 왼손 위에 펼친 뒤, 손바닥이 위로 향하도록 땅에 평평하게 내려놓았다. 그리고 내게 그 위로 올라오라는 손짓을 했다. 손바닥의 두께가 30센티미터가 되지 않았기 때문에 나는 쉽게 올라갈 수 있었다. 나는 그의 뜻에 따르는 것이 옳다고 생각했고, 떨어질까 봐 손수건 위에 몸을 길게 눕혔다. 그러자 그는 남은 손수건으로 내 머리까지 감싸, 더 안전하게 한 뒤 그 상태로 나를 집으로 데려갔다. 집에 도착하자 그는 아내를 불러 나를 보여주었다. 그러나 그녀는 영국 여자들이 두꺼비나 거미를 봤을 때처럼 비명을 지르며 뒤로 물러났다. 하지만 잠시 내 행동을 지켜보고, 내가 남편의 손짓을 잘 이해하고 따르는 것을 보자 곧 마음을 놓았고 점차 나에게 매우 다정하게 대해주기 시작했다.

그때는 정오 무렵이었고, 하인이 점심을 가져왔다. 그것은 농부의 소박한 형편에 어울리는 푸짐한 고기 요리 한 접시뿐이었는데, 접시의 지름이 7미터나 되었다. 식탁에는 농부와

그의 아내, 세 아이, 그리고 늙은 할머니가 함께 앉았다. 그들이 자리에 앉자 농부는 나를 자기에게서 조금 떨어진 곳에 있는 식탁 위에 올려놓았는데, 그 식탁은 바닥에서 9미터나 높이였다. 나는 몹시 겁이 나서, 떨어질까 봐 가능한 한 식탁 가장자리에서 멀리 떨어져 있었다. 농부의 아내는 고기를 조금 잘게 썰고, 접시 위에 빵을 부수어놓은 뒤 그것을 내 앞에 두었다. 나는 그녀에게 깊이 인사하고, 주머니에서 칼과 포크를 꺼내 식사를 하기 시작했다. 그 모습은 그들에게 대단한 즐거움을 주었다. 안주인은 하녀에게 작은 술잔을 가져오라고 했는데, 그 잔은 7.5리터 정도의 술을 담을 수 있는 크기였다. 거기에 술을 가득 채워주었다. 나는 두 손으로 힘겹게 그 잔을 들어 올리고, 가장 공손한 태도로 그녀의 건강을 기원하며 영어로 크게 건배했다. 그러자 그들은 너무 크게 웃어서 그 소리에 나는 거의 귀가 멀 것 같았다. 그 술은 약한 사과주 같은 맛이었고, 나쁘지 않았다. 그때 주인은 나에게 자기 접시 쪽으로 오라는 손짓을 하였다. 그러나 내가 식탁 위를 걸어가던 중, 독자도 쉽게 짐작하고 이해하겠지만 나는 계속해서 크게 놀란 상태였기 때문에, 빵껍질 하나에 걸려 넘어져 얼굴을 땅에 대고 엎어졌다. 그러나 다행히 아무런 상처도 입지 않았다. 나는 곧바로 일어났고, 선량한 사람들이 크게 걱정하고 있는 것을 보고, 모자(예의상 겨드랑이에 끼고 있었다)를 집어 들어 머리 위로 흔들며 세 번 만세를 불러, 내가 다치지 않았음을 알렸다.

그러나 내가 앞으로 나아가 나의 주인(이제부터 이렇게 부르겠다)에게 다가가자, 그의 옆에 앉아 있던 막내아들(열 살쯤 되어 보이는 장난기 많은 아이였다)이 나를 다리로 집어 들어 올려 공중 높이 들었으므로, 나는 온몸이 떨렸다. 그러나 그의 아버지는 곧 나를 빼앗듯이 그 아이에게서 떼어 내고 동시에 아이의 왼쪽 귀를 세게 때렸는데, 그것은 유럽의 기병대 한 떼라도 땅에 쓰러뜨릴 만큼의 세기였다. 그러고는 그 아이를 식탁에서 데려가라고 명령하였다. 그러나 나는 그 아이가 나에게 앙심을 품을까 두려웠고, 또 우리 사회에서 아이들이 참새나 토끼, 어린 고양이와 강아지에게 얼마나 짓궂게 구는지를 잘 알고 있었기 때문에, 무릎을 꿇고 그 아이를 가리키며, 가능한 한 나의 뜻을 전하려 애써 그가 용서받기를 바란다는 뜻을 주인에게 나타냈다. 아버지는 이에 따랐고, 그 아이는 다시 제자리에 앉았다. 나는 주인에게 다가가 그의 손에 입을 맞추었고, 주인은 그 손을 잡아 나를 부드럽게 쓰다듬게 하였다.

식사 도중에 안주인이 아끼는 고양이가 그녀의 무릎 위로 뛰어올랐다. 나는 내 뒤쪽에서 마치 열두 명의 양말 짜는 사람들이 동시에 일을 하는 듯한 소리를 들었다. 고개를 돌려 보니 그 소리는 바로 그 고양이가 가르릉거리며 내는 소리였다. 그 고양이의 머리와 발 하나를 보며 짐작해보니, 그 크기는 소보다도 세 배쯤 커 보였다. 안주인은 고양이에게 먹이를 주며 쓰다듬고 있었다. 그 짐승의 사나운 얼굴을 보자 나는 완전히 마음이 어지러워졌다. 나는 식탁의 반대쪽 끝, 15미터 이상 떨어진 곳에 서 있었고, 안주인도 고양이가 뛰어올라 발톱으로 나를 낚아채지 못하도록 단단히 붙잡고 있었지만 나는 여전히 두려웠다. 그러나 실제로는 아무 위험도 없었다. 주인이 나를 고양이에서 3미터쯤 떨어진 곳에 내려 놓았을 때에도, 그 고양이는 나에게 전혀 관심을 보이지 않았기 때문이다. 또 나는 여행을 하면서 사나운 동물 앞에서 달아나거나 두려움을 보이는 것은 오히려 그 동물이 쫓아오거나 공격하게 만드는 확실한 방법이라는 말을 늘 들어왔고, 실제 경험으로도 그것이 사실임을 알게 되었다. 그래서 이 위험한 상황에서 전혀 겁내지 않는 태도를 보이기로 결심했다. 나는 아주 태연하게 고양이 머리 바로 앞을 다섯 번이나 여섯 번 정도 걸어 다녔고, 그녀에게서 50센티미터도 채 되지 않는 곳까지 가까이 갔다. 그러자 고양이는 오히려 뒤로 물러났는데, 마치 나를 더 무서워하는 것처럼 보였다. 나는 개들에 대해서는 훨씬 덜 걱정했다. 농가에서는 흔히 그렇듯, 서너 마리의 개가 방 안으로 들어왔기 때문이다. 그중 하나는 마스티프였는데, 크기가 코끼리 네 마리를 합친 것과 비슷했고, 또 다른 하나는 그레이하운드였는데, 키는 마스티프보다 조금 더 컸지만 몸집은 그보다 작았다.

식사가 거의 끝날 무렵, 유모가 한 살쯤 된 아이를 안고 방으로 들어왔다. 그 아이는 나를 보자마자 곧 런던 브리지에서 첼시까지 들릴 만큼 큰 소리로 울기 시작했는데, 아기들이 늘 그렇듯 나를 장난감으로 달라고 떼를 쓰는 울음이었다. 어머니는 아이를 지나치게 귀여워한 나머지 나를 집어 들어 아이 쪽으로 내밀었다. 그러자 아이는 곧 내 허리를 붙잡고 내 머리를 자기 입속에 집어넣었다. 나는 있는 힘껏 크게 소리를 질렀고, 그 바람에 아이는 놀라서 나를 놓아버렸다. 만약 어머니가 앞치마로 나를 받지 않았다면, 나는 틀림없이 목이 부러졌을 것이다. 유모는 아이를 달래기 위해 딸랑이를 흔들었는데, 그것은 큰 돌들이 들어 있는 속이 빈 그릇 같은 것으로, 줄에 매달아 아이의 허리에 묶어놓은 것이었다. 그러나 아무 소용이 없었고, 결국 그녀는 마지막 방법인 젖을 먹이는 것을 써야 했다. 나는 고백하건대 그녀의 거대한 가슴을 보는 것만큼 역겨운 광경을 본 적이 없었다. 그 크기와 모양, 색깔을 독자에게 설명하려 해도 무엇에 비유해야 할지 모르겠다. 그것은 앞으로 거의 2미터나 튀어나와 있었고, 둘레는 최소 5미터는 되었을 것이다. 젖꼭지는 내 머리의 절반 정도 크기였고, 그 색깔과 가슴의 피부는 얼룩과 뾰루지와 주근깨로 뒤덮여 있어, 이보다 더 역겨운 모습은 상상하기 어려울 정도였다. 그녀는 앉아서 아이에게 젖을 먹이고 있었고 나는 식탁 위에 서 있었기 때문에, 나는 그 모습을 아주 가까이에서 볼 수밖에 없었다. 그 광경을 보고 나는 우리 영국 여성들의 고운 피부에 대해 생각하게 되었다. 그들이 우리 눈에 그렇게 아름답게 보이는 것은 단지 우리와 같은 크기이기 때문이며, 그들의 결점은 확대경으로 보지 않는 한 드러나지 않는다. 실제로 확대해서 보면 가장 매끄럽고 하얀 피부조차 거칠고 투박하며 색도 고르지 않게 보인다는 것을 우리는 경험으로 알 수 있다.

내가 릴리퍼트에 있었을 때, 그 작은 사람들의 피부색이 세상에서 가장 고와 보였던 것을 기억한다. 그곳에서 학식 있는 한 사람과 이 문제에 대해 이야기한 적이 있었는데, 그는 나와 매우 친한 친구였다. 그는 이렇게 말했다. 땅 위에서 나를 올려다볼 때는 내 얼굴이 훨씬 하얗고 매끄럽게 보였지만, 내가 그를 손에 들어 가까이 가져갔을 때는 전혀 그렇게 보이지 않았다는 것이다. 그리고 처음 가까이서 보았을 때는 매우 충격적인 광경이었다고 솔직히 털어놓았다. 그는 내 피부에는 큰 구멍들이 보였고, 내 수염의 그루터기는 멧돼지 털보다도 열 배나 굵어 보였으며, 내 얼굴빛도 여러 가지 색이 섞여 있어 전혀 보기 좋지 않았다고 말했다. 하지만 나 자신을 위해 말하자면, 나는 영국 남자들 가운데서도 꽤 피부가 고운 편이며, 여행을 많이 했음에도 햇볕에 그다지 타지 않았다. 한편 그는 궁정의 여성들에 대해서도 이야기했는데, 어떤 여자는 주근깨가 있고, 어떤 여자는 입이 너무 크고, 또 다른 여자는 코가 너무 크다고 했다. 그러나 나는 그런 결점들을 전혀 알아볼 수 없었다. 이러한 생각은 사실 아주 자연스럽게 떠오르는 것이었다. 그럼에도 내가 굳이 이런 이야기를 하는 것은, 독자가 이 거대한 사람들을 실제로 흉하게 생긴 존재라고 오해하지 않도록 하기 위해서이다.

공정하게 말하자면 그들은 전반적으로 보기 좋은 외모를 가진 사람들이다. 특히 내 주인의 얼굴은, 비록 그가 단지 농부에 불과했지만, 내가 18미터 아래에서 바라보았을 때 매우 균형 잡히고 잘 생겨 보였다.

식사가 끝나자 주인은 일꾼들에게로 나갔다. 목소리와 몸짓으로 보아, 그는 아내에게 나를 잘 돌보라고 엄하게 당부하는 것 같았다. 나는 몹시 피곤해져 잠이 올 것 같은 상태였는데, 안주인은 그것을 알아차리고 나를 자기 침대 위에 올려놓은 뒤에 깨끗한 흰 손수건으로 덮어주었다. 그러나 그 손수건은 군함의 큰 돛보다도 더 크고 거칠게 느껴졌다.

　나는 두 시간쯤 잠을 잤고, 꿈속에서 아내와 아이들과 함께 집에 있는 모습을 보았다. 그러나 잠에서 깨어보니 나는 폭이 60~90미터쯤 되고 높이도 60미터가 넘는 거대한 방 안에 혼자 있었고, 폭이 18미터나 되는 침대 위에 누워 있다는 사실을 깨닫게 되어 오히려 슬픔이 더 커졌다. 안주인은 집안일을 하러 나가면서 나를 방에 가둔 채 문을 잠가두었다. 침대는 바닥에서 7미터 높이에 있었다. 나는 생리적인 필요 때문에 아래로 내려가야 했지만, 감히 소리를 질러 부를 수도 없었다. 설령 소리 지른다 해도 내가 있는 방에서 부엌까지 거리가 멀어 내 작은 목소리를 아무도 듣지 못했을 것이었다.

　이런 상황에 처해 있을 때, 두 마리의 쥐가 커튼을 타고 올라와 침대 위를 이리저리 냄새 맡으며 돌아다니기 시작했다. 그중 한 마리가 거의 내 얼굴 가까이까지 다가오자, 나는 겁에 질려 벌떡 일어나 단검을 꺼내 들고 스스로를 방어했다. 이 끔찍한 짐승들은 양쪽에서 나를 공격할 만큼 대담했고, 그중 한 마리는 앞발로 내 옷깃을 붙잡기까지 했다. 그러나 다행히도 나는 그 쥐가 나에게 해를 입히기 전에 그 배를 갈라버릴 수 있었다. 쥐는 내 발 앞에 쓰러졌고, 다른 한 마리는 동료의 운명을 보고 도망쳤다. 그러나 완전히 무사히 달아난 것은 아니었다. 나는 그가 도망가는 동안 등을 한 번 크게 베어 피가 줄줄 흘러내리게 했다. 이 싸움이 끝난 뒤 나는 숨을 고르고 놀란 마음을 진정시키기 위해 침대 위를 천천히 왔다 갔다 걸었다. 이 짐승들은 큰 마스티프 개만 한 크기였지만, 훨씬 더 민첩하고 사나웠다. 그래서 만약 내가 잠자리

에 들기 전에 허리띠에 찬 단검을 벗어두었다면, 나는 틀림없이 갈기갈기 찢겨 먹히고 말았을 것이다. 죽은 쥐의 꼬리를 재어보았는데, 거의 2미터나 되는 길이였다. 그러나 아직 피를 흘리며 침대 위에 누워 있는 시체를 끌어내리는 것은 몹시 역겨워 차마 바로 손대지 못했다. 그 쥐가 아직 약간의 숨이 붙어 있는 것처럼 보여서 쥐의 목을 강하게 한 번 더 베어 완전히 숨을 끊어놓았다.

곧 안주인이 방으로 들어왔는데, 내 몸이 온통 피로 얼룩진 것을 보고는 깜짝 놀라 나를 손에 집어 들었다. 나는 죽은 쥐를 가리키며 웃고, 또 여러 몸짓으로 내가 다치지 않았다는 것을 알렸다. 그러자 그녀는 몹시 기뻐하며 하녀를 불러, 집게로 죽은 쥐를 집어 창밖으로 던져버리게 했다. 그녀는 나를 탁자 위에 내려놓았고, 나는 피 묻은 칼을 보여준 뒤 외투 자락에 닦아 칼집에 다시 넣었다. 그때 나는 다른 사람이 대신해줄 수 없는 일을 해야 할 필요가 있었기 때문에, 나를 바닥에 내려 달라는 뜻을 안주인에게 전달하려고 애썼다. 그녀가 나를 바닥에 내려놓자 나는 부끄러움 때문에 말로는 설명하지 못하고, 문을 가리키며 여러 번 허리를 숙여 인사하는 것으로 내 뜻을 전했다.

이 착한 여인은 한참 동안 애쓴 끝에야 내가 원하는 것을 알아차렸다. 그녀는 다시 나를 손에 집어 들고 정원으로 나가 그곳에 나를 내려놓았다. 나는 180미터 정도 한쪽으로 걸어간 뒤, 그녀에게 따라오지 말고 보지도 말라는 손짓을 했다. 그리고 괭이밥 잎 두 장 사이에 몸을 숨기고 거기서 자연의 필요를 해결했다.

독자 여러분이 이와 같은 세세한 이야기들에 내가 오래 머문 것을 너그럽게 이해해주기를 바란다. 이런 내용들은 비록 천박한 사람들의 눈에는 하찮게 보일지 모르지만, 철학자에게는 생각과 상상력을 넓히는 데 도움을 주고, 그것을 공적인 삶과 사적인 삶 모두의 이익에 적용할 수 있게 해줄 것이다. 이것이 바로 내가 이 여행기를 세상에 내놓은 유일한 목적이다. 나는 이 기록을 쓰면서 학문적 장식이나 문체의 꾸밈을 추구하기보다는 무엇보다 진실을 전하는 데 힘써 왔다. 그러나 이번 항해에서 겪은 모든 장면은 내 마음에 너무도 강하게 남아 있고 기억 속에 깊이 새겨져 있어서, 그것을 글로 옮길 때 중요한 사건 하나도 빠뜨리지 않았다. 다만 다시 꼼꼼히 검토하면서 처음 원고에 있던 중요하지 않은 몇몇 부분은 지워버렸다. 여행자들이 흔히 지루하고 사소한 이야기로 독자를 지치게 한다는 비판을 받곤 하는데, 그것이 어쩌면 정당한 비판일 수도 있기 때문이다.

2장

농부의 딸을 묘사하다. 저자가 시장이 서는 읍으로, 이어서 수도로 이동하다. 그 여정을 세부적으로 서술하다.

주인에게는 아홉 살 난 딸이 하나 있었는데, 나이에 비해 총명하고 손재주가 뛰어난 아이였다. 바느질에도 능숙했고 자기 인형을 돌보는 데도 능했다. 어머니와 그 아이는 내가 잘 수 있도록 인형 요람을 개조해주었다. 그 요람은 장 안의 작은 서랍 속에 넣었고, 쥐가 올라올까 봐 그 서랍을 벽에 달린 선반 위에 올려두었다. 이것이 내가 그 집에 머무는 동안의 침대가 되었다. 나중에는 내가 그들의 언어를 조금씩 배우고 내 필요를 말할 수 있게 되면서 점점 더 편리하게 고쳐졌다. 이 어린 소녀는 매우 손재주가 좋아서, 내가 두어 번 그녀 앞에서 옷을 벗는 것을 보자 곧 나의 옷을 입히고 벗기는 일까지 할 수 있게 되었다. 물론 나는 가능한 한 그녀에게 그런 수고를 끼치지 않으려고 스스로 하곤 했다. 그녀는 아주 고운 천으로 셔츠 일곱 벌과 다른 속옷들도 만들어주었는데, 그곳에서 구할 수 있는 가장 좋은 천이라 해도 우리 기준으로는 삼베보다 거친 정도였다. 그럼에도 그녀는 내 옷들을 직접 손으로 빨아주었다.

또한 그녀는 나의 선생님이기도 했다. 내가 어떤 물건을 가리키면 그 물건의 이름을 그들의 언어로 말해주었고, 그래서 나는 며칠 만에 내가 원하는 것들을 말로 요구할 수 있게 되었다. 그녀는 매우 성격이 착했고, 키는 12미터도 되지 않았는데, 그 나라 기준으로는 나이에 비해 작은 편이었다. 그녀는 나에게 '그릴드리그'라는 이름을 붙여주었는데, 그 이름은 가족들 사이에서만 쓰이다가 나중에는 온 나라에 퍼졌다. 그 이름은 라틴어로 '나눈쿨루스', 이탈리아어로 '호문첼레티노', 영어로는 '매니킨', 즉 '아주 작은 사람'이라는 뜻이었다.

나는 그 나라에서 살아남을 수 있었던 것이 무엇보다도 이 소녀 덕분이라고 생각한다. 그곳에 있는 동안 우리는 한 번도 떨어져 지낸 적이 없었다. 나는 그녀를 '글럼달클리치', 즉 '작은 보모'라고 불렀다. 그녀가 나에게 보여준 보살핌과 애정에 대해 이렇게 언급하지 않는다면 나는 큰 배은망덕을 저지르는 셈일 것이다. 나는 그녀의 은혜에 합당하게 보답할 수 있기를 진심으로 바랐지만, 오히려 내가 그녀의 불명예의 원인이 되고 말았다는 생각이 들어 그 점을 생각하면 몹시 마음이 괴롭다.

이제 이웃들 사이에서 내 주인이 밭에서 이상한 동물을 발견했다는 소문이 퍼지기 시작했다. 그 동물은 스플락너그만 한 크기였지만, 모든 부분이 정확히 인간과 같은 모습을 하고 있었다. 또한 행동도 사람을 흉내 내었고, 자기만의 작은 언어로 말하는 것처럼 보였으며, 이미 그들의 말 몇 마디도 배웠다. 그것은 두 다리로 똑바로 서서 걸었고, 온순하고 얌전했으며, 부르면 다가오고, 시키는 일은 무엇이든 했다. 또 세상에서 가장 아름다운 팔다리를 가지고 있었고, 피부색도 세 살 된 귀족의 딸보다 더 고왔다고들 말했다.

우리 집 근처에 살며 내 주인과 친하게 지내던 또 다른 농부가 이 이야기가 사실인지 알아보려고 일부러 찾아왔다. 그러자 주인은 그에게 보여주기 위해 나를 불러내어 식탁에 올려놓았다. 나는 명령받은 대로 걸어 다니고, 칼을 뽑았다가 다시 넣었으며, 주인의 손님에게 공손히 인사를 했다. 그리고 나의 작은 보모가 가르쳐준 대로 그들의 말로 안부를 묻고, "환영합니다."라고 말하기도 했다.

그 사람은 나이가 많고 시력이 좋지 않았기 때문에, 나를 더 잘 보기 위해 안경을 꺼내 썼다. 그런데 그 모습이 너무 우스워서 나는 참지 못하고 크게 웃고 말았다. 그의 안경 너머의 두 눈은 마치 방 안의 두 창문으로 비쳐 들어오는 보름달처럼 보였기 때문이었다. 우리 집 사람들은 내가 웃는 이유를 알아차리고 나와 함께 웃었다. 그 바람에 그 늙은이는 화를 내며 몹시 난처해했다. 그는 몹시 인색한 사람이라는 평판이 있었는데, 불행하게도 내게는 그 평판이 너무나도 사실임이 드러났다. 그가 내 주인에게 나를 다음 마을 장날에 구경거리로 보여주라는 몹시 나쁜 충고를 했기 때문이다. 그 마을은 집에서 약 두 시간 반 거리, 말로 30분 정도 달리면 닿는 곳에 있었다. 나는 주인과 그 친구가 서로 귓속말을 하고 때때로 나를 가리키는 것을 보고, 무슨 좋지 않은 일이 생길 것 같다고 짐작했다. 두려움 때문에 나는 그들의 말을 엿듣고 이해한 것처럼 느껴지기까지 했다.

다음 날 아침, 나의 작은 보모 글럼달클리치가 이 모든 일을 나에게 이야기해주었다. 그녀가 어머니에게서 교묘하게 알아낸 것이었다. 내가 가련해 보였는지 그 아이는 나를 가슴에 안고 부끄러움과 슬픔으로 울기 시작했다. 그녀는 무례한 사람들 때문에 내가 큰 화를 입을지도 모른다고 걱정했다. 혹시 사람들이 나를 손에 집어 들었다가 너무 세게 쥐어 죽이거나 팔다리를 부러뜨릴지도 모른다고 생각했던 것이다. 그녀는 또한 내 성격이 얼마나 얌전하고 체면을 중요하게 여기는지, 그리고 돈을 받고 사람들 앞에 구경거리로 내보이는 것이 나에게 얼마나 큰 모욕이 될지 잘 알고 있었다. 그것도 가장 천한 사람들에게까지 보여주는 일이니 더욱 그랬다. 그녀는 아버지와 어머니가 '그릴드리그', 즉 나를 자기에게 주겠다고 약속했지만, 이제 보니 그것도 작년에 어린 양을 주겠다고 했다가 살이 찌자 곧 정육점에 팔아버린 것과 같은 일이 될 것 같다고 말했다.

그러나 솔직히 말하자면, 나는 내 보모만큼 크게 걱정하지는 않았다. 언젠가 반드시 자유를 되찾게 될 것이라는 강한 희망을 늘 품고 있었기 때문이다. 또한 괴물 취급을 받으며 구경거리로 끌려다니는 수치에 대해서도, 나는 이 나라에서는 완전히 낯선 이방인일 뿐이며 만약 언젠가 영국으로 돌아가게 된다면, 그런 불행은 나의 부끄러움으로 여겨질 수 없을 것이라고 생각했다. 내 처지에 있었다면 영국 국왕이라 하더라도 같은 곤란을 겪을 수밖에 없었을 것이기 때문이다.

주인은 친구의 충고에 따라 다음 장날에 나를 상자에 넣어 근처 마을로 데려갔다. 그는 자기 딸이자 나의 작은 보모도 함께 데려갔는데, 그녀는 말 뒤에 달린 안장에 앉았다. 그 상자는 사방이 막혀 있었고, 내가 드나들 수 있도록 작은 문 하나가 있었으며, 공기가 들어오도록 송곳으로 뚫은 작은 구멍 몇 개가 나 있었다. 소녀는 내가 누울 수 있도록 자기 아기 침대의 이불을 안에 넣어줄 만큼 세심했다. 그러나 여행 시간은 겨우 30분 정도였음에도, 나는 몹시 흔들려 몸과 마음이 매우 불편했다. 말은 한 발짝에 12미터나 나아갔고, 높이 뛰듯이 종종걸음을 쳤기 때문에, 그 흔들림은 큰 폭풍 속에서 배가 위아래로 흔들리는 것과 같았지만 훨씬 더 잦았다. 우리의 이동 거리는 런던에서 세인트올번스까지보다 약간 더 먼 정도였다. 주인은 평소 자주 들르던 여관에 내려, 여관 주인과 잠시 의논한 뒤 몇 가지 준비를 했다. 그리고 전령(傳令)을 구해 '초록색 독수리' 간판이 있는 여관에서 이상한 생물을 볼 수 있다는 소식을 마을 곳곳에 알리게 했다. 그 전령은 이렇게 알렸다. 그 생물은 스플락너그(그 나라에서 아주 균형 잡힌 모양의 동물로 길이가 1.8미터 정도 된다)보다 크지 않으며, 몸의 모든 부분이 인간과 매우 비슷한 모양을 하고 있고, 그들의 말도 몇 마디 할 수 있으며, 100가지나 되는 재미있는 재주를 보여줄 수 있다고 했다.

나는 여관에서 가장 큰 방의 테이블 위에 올려졌다. 그 방은 대략 사방이 90미터쯤 되는 크기였다. 나의 작은 보모 글럼달클리치는 테이블 옆 낮은 의자 위에 서서, 나를 돌보고 내가 무엇을 해야 하는지 지시했다. 주인은 사람들이 몰려드는 것을 막기 위해 한 번에 서른 명만 들어와 나를 보게 했다. 나는 소녀가 시키는 대로 테이블 위를 걸어 다녔고, 그녀는 내가 이해할 수 있는 범위에서 여러 질문을 했으며, 나는 가능한 한 큰 소리로 대답했다. 나는 여러 번 관객들을 향해 몸을 돌리고 정중하게 인사했으며, "환영합니다."라고 말하고, 다른 몇 가지 말도 했다. 또 글럼달클리치가 컵으로 쓰라고 준 골무에 술을 따라 사람들의 건강을 위해 건배했다. 나는 칼을 뽑아 들고, 영국의 검객들이 하듯이 검술 동작을 보여주었다. 또 나의 보모가 내게 짚 한 토막을 주었는데, 나는 젊었을 때 배운 대로 창처럼 그것을 휘두르는 재주를 보여주었다. 그날 나는 열두 번이나 다른 관람객들에게 보여졌고, 그때마다 같은 우스꽝스러운 재주를 반복해야 했다. 나는 피로와 짜증으로 거의 죽을 지경이 되었다. 나를 본 사람들이 대단한 이야기로 소문을 퍼뜨려서 사람들이 문을 부수고 들어오려 할 정도로 몰려들었기 때문이다. 그러나 주인은 자기 이익을 위해, 나의 보모 외에는 아무도 나를 만지지 못하게 했다. 또 사고를 막기 위해 테이블 둘레에 벤치를 멀찍이 놓아, 사람들이 나에게 손을 뻗지 못하도록 했다. 그런데 한 못된 소년이 개암나무 열매를 내 머리를 향해 던졌다. 그것은 아주 가까스로 나를 빗나갔는데, 만약 맞았다면 내 머리를 산산이 부숴버렸을 것이다. 그 열매는 작은 호박만 한 크기였다. 그래도 나는 그 버릇없는 녀석이 심하게 매를 맞고 방에서 쫓겨나는 것을 보고 큰 만족을 느꼈다.

주인은 다음 장날에 다시 나를 보여주겠다고 공개적으로 알렸고, 그사이에 나를 위한 편리한 수레를 준비했다. 그렇게 할 만한 이유가 충분히 있었는데, 나는 첫 번째 여행과 여덟 시간 동안 계속 사람들을 상대로 재주를 보여준 일 때문에 너무 지쳐서, 거의 서 있을 수도 없었고 말도 제대로 할 수

없을 정도였기 때문이다. 나는 적어도 사흘은 지나서야 겨우 기력을 회복할 수 있었다. 그러나 집에서도 쉴 틈이 없었다. 내 소문을 들은 160킬로미터 이내의 이웃 지방 신사들이 모두 구경하러 찾아왔기 때문이다. 그들은 아내와 아이들까지 데리고 왔는데, 그 나라가 인구가 매우 많았기 때문에 한 번에 적어도 서른 명 이상은 되었다. 주인은 집에서 나를 보여줄 때도 방 하나가 가득 찼을 때에 해당하는 입장료를 받았다. 비록 손님이 단 한 가족뿐이라 하더라도 그렇게 했다. 그래서 나는 마을로 끌려가지 않는 날에도 거의 매일 쉴 틈이 없었다. 그들의 안식일인 수요일만은 예외였다.

주인은 내가 큰 돈벌이가 될 것이라고 판단하고, 나를 왕국의 가장 큰 도시들로 데려가기로 결심했다. 그래서 긴 여행에 필요한 모든 것을 준비하고 집안일을 정리한 뒤 아내에게 작별을 고하고, 내가 그곳에 도착한 지 두 달 뒤인 1703년 8월 17일에 우리는 그 나라의 중심부에 위치하고 우리 집에서 4,800킬로미터 떨어진 수도를 향해 출발했다. 주인은 딸 글럼달클리치를 말 뒤에 태웠고, 그녀는 허리에 묶은 상자에 나를 넣고 그 상자를 무릎 위에 올려놓고 데려갔다. 소녀는 가능한 한 부드러운 천으로 상자 안 사방을 둘렀고 바닥에는 푹신하게 누비를 넣었으며, 인형 침대와 내가 쓸 속옷과 여러 필요한 물건들을 넣어 최대한 편안하게 만들어주었다. 우리와 함께 간 사람은 주인집의 하인인 소년 한 명뿐이었는데, 그는 짐을 싣고 뒤따라왔다.

주인의 계획은 가는 길에 있는 모든 도시에서 나를 보여주는 것이었고, 때로는 손님이 있을 것으로 기대되는 마을이

나 어떤 귀족의 집이 있다면 길에서 80~160킬로미터까지도 일부러 돌아가 들르는 것이었다. 우리는 하루에 220~260킬로미터를 넘지 않는 느긋한 여정으로 이동했다. 왜냐하면 글럼달클리치가 일부러 말의 종종걸음 때문에 피곤하다고 불평하며 속도를 늦췄기 때문인데, 그것은 나를 배려하기 위해서였다. 그녀는 내가 원할 때마다 상자에서 나를 꺼내 공기를 쐬게 해주고 주변 풍경을 보여주었지만 항상 끈으로 나를 단단히 붙잡고 있었다. 우리는 대여섯 개의 강을 건넜는데, 그 강들은 나일강이나 갠지스강보다 훨씬 넓고 깊은 것이었다. 그리고 그곳에는 런던 브리지의 템스강만큼이나 작은 강조차 거의 없었다. 그 여정은 10주가 걸렸으며, 주인은 여러 마을과 개인 가정을 비롯하여 열여덟 개의 큰 도시에서 나를 사람들에게 보여주었다.

10월 26일에 우리는 그들의 언어로 '로르브룰그루드', 곧 '우주의 자랑'이라고 불리는 수도에 도착했다. 주인은 왕궁에서 멀지 않은 도시의 주요 거리에서 숙소를 잡았고, 보통 하던 방식대로 전단을 돌려 내 외모와 능력에 대한 정확한 설명을 알렸다. 그는 폭이 90~120미터쯤 되는 큰 방을 빌렸고, 내가 재주를 보일 수 있도록 지름이 18미터인 테이블을 준비했다. 또 내가 떨어지는 일을 막기 위해 테이블 가장자리에서 1미터 떨어진 곳에 높이 1미터의 울타리를 둘러놓았다. 주인은 하루에 열 번이나 나를 사람들에게 보여주었고, 모든 사람이 놀라움과 만족을 느꼈다. 이제 나는 그들의 언어를 꽤 잘 말할 수 있었고, 사람들이 나에게 하는 말은 거의 완전히 이해할 수 있었다. 게다가 나는 그들의 알파벳도 배워, 어기저기서 문장을 조금씩 설명할 수도 있게 되었다. 이는 글럼달클리치가 집에 있을 때뿐 아니라 여행 중 한가한 시간마다 나에게 글을 가르쳐준 덕분이었다. 그녀는 산송의 지도책보다 조금 큰 정도의 작은 책을 주머니에 넣고 다녔는데, 그것은 어린 소녀들을 위한 일반적인 교재로 그들의 종교를 간단히 설명한 책이었다. 그녀는 그 책을 통해 나에게 글자를 가르치고 단어의 뜻을 설명해주었다.

3장

저자가 궁정으로 불려가다. 왕비가 농부인 주인에게서 저자를 사들여 왕에게 바치다. 저자가 국왕의 학자들과 논쟁을 벌이다. 궁정에서 저자를 위한 거처가 마련되고 왕비의 큰 총애를 받다. 저

내가 매일 겪어야 했던 잦은 노동 때문에 몇 주 사이에 내
건강은 크게 나빠졌다. 주인은 나로 인해 돈을 벌수록 더욱
욕심이 커졌다. 나는 완전히 식욕을 잃었고 거의 해골처럼
야위어버렸다. 농부는 이를 알아차리고 내가 곧 죽게 될 것
이라고 생각하여, 나로부터 가능한 한 많은 이익을 얻어 내
기로 마음먹었다. 이렇게 혼자 계산하고 있을 때, 궁정에서
온 사르드랄, 즉 궁정 시종이 찾아와 내 주인에게 나를 즉시
궁정으로 데려오라는 명령을 전했다. 왕비와 그녀의 시녀들
을 즐겁게 하기 위해서였다. 그 시녀들 가운데 몇 명은 이미
나를 보러 왔던 적이 있었고, 나의 외모와 태도, 그리고 지혜
에 대해 놀라운 이야기들을 전한 상태였다. 왕비와 그녀를
수행하던 사람들은 내 태도에 크게 기뻐했다. 나는 무릎을
꿇고 왕비의 발에 입 맞출 영광을 달라고 청했다. 그러나 그
자애로운 왕비는 내가 탁자 위에 올려지자 작은 손가락을 내
밀었고, 나는 그것을 두 팔로 감싸 안아 끝을 최대한 공손하
게 입술에 대었다. 그녀는 내 나라와 여행에 대해 몇 가지 일
반적인 질문을 했고, 나는 가능한 한 분명하면서도 간단하게
대답했다. 그녀는 궁정에서 사는 것에 만족하겠느냐고 물었
다. 나는 탁자 위에 몸을 깊이 숙여 절하며, 나는 내 주인의
노예이지만 스스로의 처지를 결정할 수 있다면 내 생명을 왕
비마마를 섬기는 데 바치는 것을 큰 영광으로 여기겠노라고
겸손하게 대답했다.

그러자 왕비는 내 주인에게 좋은 값에 나를 팔 생각이 있는지 물었다. 그는 내가 한 달도 살지 못할 것이라고 짐작하고 있었기 때문에, 기꺼이 나를 팔려고 했고 금화 1천 개를 요구했다. 왕비는 즉시 그 돈을 지급하게 했는데, 그 금화 하나의 크기는 모이도르 금화 800개 정도의 크기였다. 그러나 그 나라와 유럽 사이의 모든 것의 비례와 그곳에서 금의 높은 가치를 고려하면 그것은 영국의 기니 금화 1천 개 정도의 큰 금액은 아니었다. 나는 그때 왕비에게, 내가 이제 왕비마마의 가장 겸손한 종이자 신하가 되었으니 한 가지 은혜를 베풀어달라고 요청하였다. 항상 나를 정성껏 돌보고 친절하게 대해주었으며, 또 그것을 매우 능숙하게 해온 글럼달클리치가 왕비마마의 시중이 되어 계속 나의 간호사이자 스승으로 있게 해달라고 부탁했다. 왕비는 나의 청을 받아들였고, 농부의 동의도 쉽게 얻어냈다. 농부는 자기 딸이 궁정에 들어가게 된 것을 매우 기쁘게 여겼고, 그 가엾은 소녀 역시 기쁨을 감추지 못했다. 나의 전 주인이었던 농부는 나에게 작별 인사를 했고, 자신이 나를 좋은 곳에 맡기고 간다고 말했다. 나는 아무 말도 하지 않고 그저 가볍게 고개를 숙여 인사했을 뿐이었다.

왕비는 내가 냉담한 태도를 보인 것을 알아차리고, 농부가 방을 나가자 그 이유를 물었다. 나는 이렇게 말했다.

"제가 이전 주인에게 진 빚이라고는, 그가 그의 밭에서 우연히 발견된 불쌍하고 무해한 생물의 머리를 당장 부수어 죽이지 않았다는 것뿐입니다. 그러나 그 은혜는 이미 충분히 갚았습니다. 그는 저를 왕국 절반을 돌아다니며 구경거리로 보여주어 큰돈을 벌었고, 지금은 저를 팔아 또 큰돈을 받았기 때문입니다. 제가 그동안 살아온 삶은 제힘의 열 배나 되는 동물을 죽이는 것만큼 힘든 것이었습니다. 하루 종일 끊임없이 군중을 즐겁게 해야 했기 때문에 제 건강도 크게 상했습니다. 만약 제 주인이 제 목숨이 위험하다고 생각하지 않았다면, 왕비마마께서 저를 이렇게 싼값에 사지는 못했을 것입니다. 그러나 이제 저는 자연의 장식이시며 세상의 총애를 받는 분이시고 백성들의 기쁨이시며 창조물 가운데의 불사조와도 같은 위대하고 자비로운 왕비마마의 보호 아래 있으니, 더 이상 학대를 받을까 두려워하지 않습니다. 그리고 이미 마마의 존귀한 모습을 뵌 것만으로도 제 기운이 되살아나는 것을 느끼고 있으니, 제 옛 주인의 걱정이 근거 없는 것이었음을 곧 알게 될 것이라 믿습니다."

이것이 내가 한 말의 요지였는데, 말하는 동안 나는 많은 부적절한 표현을 쓰고 더듬거렸다. 그리고 마지막 부분은 전적으로 그 나라 사람들에게 특유한 말투로 꾸며진 것이었는데, 그 표현들 가운데 몇 가지는 글럼달클리치가 나를 궁정으로 데려오는 동안 나에게 가르쳐준 것이었다.

왕비는 내 서툰 문법을 충분히 감안해주었지만, 이렇게 작은 동물에게서 보이는 재치와 분별력에 크게 놀랐다. 그녀는 나를 손에 들고 서재에 있는 왕에게 데려갔다. 왕은 매우 엄숙하고 근엄한 표정을 지닌 군주였는데, 처음에는 내 모습을 제대로 살피지 못하고 왕비에게 차가운 말투로 언제부터 그렇게 스플락너그를 좋아하게 되었느냐고 물었다. 내가 왕비의 오른손 위에 엎드린 채 있었기 때문에 왕은 나를 그런 동물로 여긴 것이었다. 그러나 왕비는 매우 재치 있고 유머가 풍부한 사람이어서, 나를 부드럽게 서류 탁자 위에 세워놓고 왕에게 내 신상에 대해 이야기하라고 명했다. 나는 아주 짧게 설명했다. 그리고 내가 자기 눈앞에서 사라지는 것을 견디지 못하고 서재 앞에서 기다리고 있던 글럼달클리치가 들어와 내가 자신의 집에 도착한 이후에 일어났던 모든 일을 확인해주었다.

왕은 자기 나라에서 누구에게도 뒤지지 않을 만큼 학식이 깊은 사람이었고, 특히 철학과 수학을 공부하며 교육을 받았다. 그러나 내가 말을 하기 전, 내 모습을 자세히 살펴보고 내가 똑바로 서서 걷는 것을 보았을 때는, 내가 어떤 재능 있는 장인이 만든 시계 같은 것이라고 생각했다. 그 나라에서는 그런 기계 기술이 매우 높은 수준에 이르러 있었기 때문이다. 하지만 내가 말하는 소리를 듣고, 내가 하는 이야기가 질서 있고 이성적이라는 것을 알게 되자 왕은 놀라움을 감추지 못했다. 그럼에도 그는 내가 어떻게 그의 왕국에 오게 되었는지에 대한 내 설명을 전혀 믿지 않았다. 그는 그것이 글럼달클리치와 그녀의 아버지가 함께 꾸민 이야기이며, 나에게 몇 마디 말을 가르쳐 더 높은 값에 팔기 위해 준비한 것이라고 생각했다. 그래서 그는 나에게 여러 가지 다른 질문을 던졌고, 나는 계속해서 이성적인 대답을 했다. 다만 내 대답에는 외국인 특유의 억양, 언어에 대한 불완전한 지식, 그리고 농부의 집에서 배운 몇 가지 촌스러운 표현이 섞여 있었는데, 그것들은 궁정의 세련된 말투에는 어울리지 않는 것들이었다.

　왕은 그 나라의 관습에 따라 그 주에 당번이던 세 명의 위대한 학자를 불러오게 했다. 이 신사들은 한동안 내 몸의 형태를 매우 세밀하게 조사한 뒤, 나에 대해 서로 다른 의견을 내놓았다. 그들은 모두 내가 자연의 일반적인 법칙에 따라 생겨난 존재일 수 없다는 데는 동의했다. 내가 빠르게 달릴 수도 없고, 나무를 오를 수도 없으며, 땅에 구멍을 파서 숨을 수도 없는 몸을 가지고 있어 스스로 생명을 보존할 능력이 없다고 보았기 때문이다. 그들은 내 이를 매우 자세히 관찰하더니 육식을 하는 동물이라고 판단했다. 그러나 대부분의 네 발 달린 짐승들은 나보다 훨씬 강하고, 들쥐 같은 것들은 너무 재빠르기 때문에 내가 어떻게 스스로 먹고 살 수 있는지 도무지 이해할 수 없다고 여겼다. 그러면서도 내가 달팽이나 다른 곤충을 먹고 살아갈 수는 없다는 점을 여러 학문적인 논증을 들어 증명하려 했다. 학자들 가운데 한 사람은 내가 태아나 유산된 존재일지도 모른다고 생각하는 듯했다. 그러나 다른 두 사람은 내 팔다리가 완전하고 제대로 갖추어져 있으며, 내 수염 자국을 확대경으로 분명히 볼 수 있는 점을 들어 내가 여러 해를 살아온 것이 분명하다고 말하며 그 의견을 반박했다. 또한 그들은 내가 난쟁이일 수는 없다고 주장했다. 왜냐하면 비교할 수 있을 정도를 넘어설 만큼 작았기 때문인데, 그 나라에서 가장 작은 사람으로 알려진 왕비의 총애를 받는 난쟁이조차 키가 거의 9미터나 되었다. 오랜 논쟁 끝에 그들은 만장일치로 내가 단지 '렐플럼 스칼카스', 즉 문자 그대로 번역하면 '자연의 장난'일 뿐이라는 결론에 도달했다. 이것은 유럽의 현대 철학자들의 견해와 정확히 일치하는 판단이었다. 그 철학자들은 아리스토텔레스의 추종자들이 무지를 감추기 위해 사용하던 '숨겨진 원인'이라는 오래된 설명을 경멸하고 버린 대신, 모든 어려움을 해결하는 놀라운 설명으로 이 개념을 만들어냈다고 하면서 인간 지식의 놀라운 발전이라고 자부하고 있었기 때문이다.

이러한 결정적인 결론이 난 뒤, 나는 잠시 발언할 기회를 달라고 청했다. 나는 그들에게 내가 온 나라는 내 키와 비슷한 사람 수백만 명이 살고 있는 곳이며 그곳에서는 동물과 나무, 집들까지도 모두 그 크기에 알맞은 비례를 이루고 있고, 따라서 그곳에서는 폐하의 신하들이 이곳에서 그러하듯이 나 스스로를 지키고 먹을 것을 구하는 데 아무런 어려움이 없다고 했다. 나는 이것이 그 학자들의 주장에 대한 충분한 답이 된다고 생각했다. 그러나 그들은 단지 경멸하는 듯한 미소만 지으며, 농부가 아주 잘 훈련시켜두었다고 말할 뿐이었다. 왕은 훨씬 더 분별력이 있는 사람이어서 그 학자들을 물러가게 하고 농부를 다시 불러오게 했는데, 다행히 농부가 아직 마을을 떠나지 않고 있었다. 왕은 먼저 그를 따로 불러 비밀리에 심문한 다음, 나와 그 어린 소녀를 함께 대면시켰다. 그 결과 왕은 우리가 한 말이 어쩌면 사실일지도 모른다고 생각하기 시작했다.

왕은 왕비에게 나를 특별히 잘 살피라고 지시했고, 또한 글럼달클리치가 계속해서 나를 돌보는 일을 맡는 것이 좋겠다고 생각했다. 그는 우리가 서로에게 큰 애정을 가지고 있다는 것을 알아차렸기 때문이다. 궁정에서는 글럼달클리치에게 알맞은 방이 마련되었다. 그녀를 교육해줄 가정교사 한 명이 붙었고, 옷을 입혀줄 하녀 한 명, 그리고 허드렛일을 할 하인 두 명이 더 배정되었다. 그러나 나를 돌보는 일은 전적으로 글럼달클리치의 몫이었다.

왕비는 자신의 궁정 목수를 불러, 글럼달클리치와 내가 함께 상의해 정한 설계에 따라 내 침실로 쓸 상자를 만들도록 명령했다. 이 목수는 매우 솜씨 좋은 장인이었고, 내 지시에 따라 3주 만에 가로세로 4.8미터, 높이 3.6미터의 나무 방을 완성했다. 그 방에는 미닫이창, 문, 그리고 런던의 침실처럼 두 개의 작은 벽장까지 갖추어져 있었다. 천장을 이루는 판자는 두 개의 경첩으로 위아래로 들어 올릴 수 있게 만들어졌는데, 이는 왕비의 가구 담당 장인이 마련한 침대를 넣기 위해서였다. 글럼달클리치는 매일 그것을 꺼내어 공기를 쐬게 하고 자기 손으로 침대를 정리한 뒤, 밤이 되면 다시 내려놓고 지붕을 잠가두었다. 작은 정교한 물건을 만드는 것으로 유명한 장인이 나를 위해 의자 두 개를 만들었는데, 등받이와 틀은 상아와 비슷한 재질로 되었고, 또 탁자 두 개와 내 물건을 넣어둘 작은 장도 만들어주었다. 방의 사방과 바닥, 천장은 모두 누볐는데, 이는 나를 옮기는 사람들이 부주의하게 다루다가 사고가 나지 않도록 하고, 마차를 타고 이동할 때 흔들림의 충격을 줄이기 위해서였다. 나는 쥐가 들어오는 것을 막기 위해 문에 자물쇠를 달아달라고 부탁했다. 대장장이는 여러 차례 시도한 끝에 그 나라에서 지금까지 본 것 가운데 가장 작은 자물쇠를 만들었는데, 그것은 내가 영국에서 보았던 어떤 신사의 집 대문에 달린 자물쇠보다도 더 작을 정도였다. 나는 글럼달클리치가 잃어버릴까 봐 열쇠를 내 주

머니에 넣어두었다. 왕비는 또 가능한 한 가장 얇은 비단을
구해 나의 옷을 만들도록 했는데, 그것도 영국 담요만큼이나
두꺼워 처음에는 몹시 불편했지만 차츰 익숙해졌다. 그 옷은
그 나라의 유행에 맞는 것이었는데, 일부는 페르시아식과 비
슷하고 일부는 중국식과 비슷하여 매우 점잖고 단정한 복장
이었다.

왕비는 나와 함께 있는 것을 매우 좋아하게 되어 나 없이
는 식사를 하지 못할 정도였다. 왕비가 식사하는 식탁 위, 바
로 왼쪽 팔꿈치 옆에 작은 탁자와 의자도 하나 있었다. 글럼
달클리치는 내 탁자 근처 바닥에 놓인 작은 발판 위에 서서
나를 도와주고 돌보았다. 나는 은으로 된 접시와 그릇, 그리
고 다른 필요한 식기들을 한 벌 갖고 있었는데, 그것들은 왕
비의 식기들과 비교하면 크기가 아주 작아 런던의 장난감 가
게에서 아기 인형 집에 넣는 가구와 크게 다르지 않을 정도
였다. 이 식기들은 나의 작은 보모가 은 상자에 넣어 주머니
에 가지고 다니다가, 식사 때 내가 필요로 할 때마다 꺼내주
었고 항상 그녀가 직접 깨끗이 닦았다. 왕비와 함께 식사하
는 사람은 공주 두 명뿐이었는데, 큰 공주는 열여섯 살, 작은
공주는 열세 살하고 한 달이었다. 왕비는 자기 접시에서 고
기 한 조각을 내 접시 위에 올려주곤 했고, 나는 그것을 스스
로 잘라 먹었다. 왕비는 내가 작은 몸으로 식사하는 모습을
보는 것을 재미있어했다. 왕비는 위장이 약했지만 한 번에
입에 넣는 음식의 양은 영국 농부 열두 명이 한 끼에 먹을 만
큼이나 되었는데, 그 광경은 한동안 나에게 매우 역겨운 것
이었다. 그녀는 종달새 날개를 이빨 사이에서 뼈째로 으적으

적 씹어 먹었는데, 그것은 다 자란 칠면조 날개보다도 아홉 배나 컸다. 또 그녀는 12페니짜리 빵* 두 개를 합친 것만큼 큰 빵 조각을 한 번에 입에 넣었다. 그녀는 금잔으로 한 번에 큰 술통 하나가 넘는 양의 술을 마셨다. 그녀의 나이프는 낫의 두 배 길이였고 손잡이에 곧게 달려 있었다. 숟가락과 포크, 그리고 다른 식기들도 모두 같은 비례였다. 나는 글럼달클리치가 호기심으로 나를 궁정의 다른 식탁들을 보러 데려갔을 때를 기억한다. 그곳에서 그 거대한 칼과 포크 열 개나 열두 개가 한꺼번에 들어 올려지는 것을 보았을 때 나는 그보다 더 무서운 광경을 본 적이 없다고 생각했다.

수요일(내가 이미 말했듯이 수요일은 그들의 안식일이다)마다 왕과 왕비는 왕자와 공주들과 함께 왕의 방에서 함께 식사하는 것이 관례였다. 이때 나는 이미 왕의 큰 총애를 받고 있었다. 그래서 그때도 내 작은 의자와 탁자가 왕의 왼쪽, 소금 그릇 하나 앞에 놓였다. 왕은 나와 대화하는 것을 즐겼으며, 유럽의 풍습, 종교, 법률, 정치 제도, 그리고 학문에 대해 여러 가지를 물었다. 나는 내가 할 수 있는 한 가장 좋은 설명을 했다. 왕은 이해력이 매우 명확하고 판단도 매우 정확해서, 내가 하는 말마다 매우 지혜로운 생각과 관찰을 덧붙였다. 그러나 솔직히 말하면, 내가 사랑하는 조국에 대해 조금 지나치게 길게 이야기했을 때, 특히 우리의 무역과 해상 및 육상 전쟁, 종교적 분열, 그리고 정치적 당파 싸움에 대해 말

---

* 옛날 영국에서는 가격을 기준으로 빵을 나눴는데, 12페니짜리 빵은 그중에서도 엄청 큰 빵을 가리킨다.

했을 때, 왕은 교육에서 비롯된 선입견 때문에 결국 참지 못했다. 그는 큰 소리로 한바탕 웃은 뒤 나를 오른손으로 들어 올리고 다른 손으로 부드럽게 쓰다듬으면서 나에게 휘그당 파인지 토리당 파인지를 물었다. 왕은 이어서 총리대신에게 몸을 돌렸다. 그 대신은 왕 뒤에서 흰 지팡이를 들고 서 있었고, 그 지팡이는 영국 군함 로열 소버린 호의 돛대만큼이나 높아 보였다. 왕은 그에게 이렇게 말했다.

"인간의 위대함이라는 것이 얼마나 하찮은 것인지 보게. 이렇게 작은 벌레 같은 존재에게도 그것이 흉내 낼 수 있는 것이 아닌가. 그런데도." 왕은 말을 이었다. "감히 장담하건대 이런 생물들도 나름대로 작위와 명예의 구분을 가지고 있을 것이고, 집과 도시라고 부르는 작은 둥지와 굴을 만들 것이며, 옷차림과 장비로 체면을 세우려 할 테지. 그들은 사랑하고, 싸우고, 논쟁하고, 속이고, 배신하기도 할 게야!"

나는 그 말을 듣는 동안 분노 때문에 얼굴이 여러 번 창백해졌다가 다시 붉어졌다. 우리의 고귀한 조국, 곧 예술과 군사의 여왕이며 프랑스를 징벌하는 나라, 유럽의 중재자이자 덕과 신앙, 명예와 진실의 중심이며 온 세상의 자랑이자 부러움의 대상인 나라가 이렇게 경멸적인 말로 비웃음을 당하고 있었기 때문이었다. 하지만 나는 모욕을 되갚을 처지가 아니었기 때문에, 곰곰이 생각해본 끝에 과연 내가 모욕을 당한 것인지조차 의심하게 되었다. 왜냐하면 몇 달 동안 이 사람들의 모습을 보고 그들과 대화를 나누며 지내다 보니, 내 눈에 보이는 모든 것이 그들의 크기에 맞는 비례로 보이게 되었고, 처음에 그들의 거대한 몸집과 모습에서 느꼈던 공포도 많이 사라졌기 때문이다. 그래서 만약 그때 화려한 예복과 생일 복장을 차려입은 영국의 귀족 신사 숙녀들이 가장 궁정다운 태도로 걸음걸이를 뽐내고, 인사를 하고, 수다를 떠는 모습을 보았다면, 사실 나는 왕과 그의 대신들이 나를 보고 웃었던 것만큼이나 그들을 보고 웃고 싶어졌을지도 모른다. 또한 왕비가 나를 자기 손 위에 올려 거울 앞에 가져가 우리 둘의 모습이 함께 비치도록 할 때면, 나는 내 모습을 보고 웃음을 참지 못하기도 했다. 그때 보이는 모습만큼 우스운 비교도 없었기 때문이다. 그래서 나는 정말로 내가 평소보다 훨씬 더 작아진 것처럼 느끼기 시작했다.

나를 가장 화나게 하고 모욕감을 느끼게 한 것은 왕비의 난쟁이였다. 그는 그 나라에서 내가 본 사람 가운데 가장 키가 작았는데(내 생각에는 키가 겨우 9미터도 되지 않았던 것 같다), 자기보다 훨씬 더 작은 존재인 나를 보고 몹시 건방지게 굴었다. 그래서 내가 왕비의 대기실에서 탁자 위에 서서 궁정의 귀족 신사 숙녀들과 이야기하고 있을 때면, 그는 일부러 거만하게 걸으며 위세를 부리는 태도를 취하곤 했다. 그리고 거의 빠짐없이 내 작은 키를 비웃는 말 한두 마디를 던졌다. 나는 그에게 '형제'라고 부르거나 씨름을 하자고 도전하는 식의 말로 겨우 되받아칠 수 있었는데, 이런 식의 재치는 보통 궁정의 시동들이 쓰는 것이었다. 어느 날 점심 식사 자리에서 이 악의적인 작은 녀석은 내가 한 말에 몹시 약이 올라 있었다. 그래서 왕비의 의자 틀 위로 올라서더니, 내가 아무런 의심 없이 앉아 있을 때 내 허리를 잡아 들어 큰은 그릇에 담긴 크림 속으로 떨어뜨리고는 있는 힘껏 달아났다.

나는 머리부터 발끝까지 완전히 크림 속에 빠져버렸고, 내가 수영을 꽤 잘하는 사람이 아니었다면 큰일이 날 뻔했다. 그 순간 글럼달클리치는 방 반대편에 있었고, 왕비는 너무 놀란 나머지 나를 도울 정신을 차리지 못하고 있었다. 나의 작은 보모가 곧 달려와 나를 구해주었고, 나는 크림을 1리터가 넘게 삼킨 뒤에야 밖으로 꺼내졌다. 나는 곧 침대에 눕혀졌는데, 다행히도 옷 한 벌이 완전히 망가져버린 것 외에 다른 피해는 없었다. 그 난쟁이는 심하게 매를 맞았고, 추가로 벌을 받아 내가 빠졌던 크림을 전부 마셔야 했다. 그리고 그는 다시는 왕비의 총애를 받지 못했다. 얼마 지나지 않아 왕비가 그를 어떤 귀부인에게 넘겨버려서 다시 보지 않게 되었고, 그것은 나에게 큰 만족이었다. 그처럼 악의적인 녀석이 분노를 품으면 어디까지 해를 끼칠지 알 수 없었기 때문이다.

그는 이전에도 나에게 몹시 고약한 장난을 한 적이 있었다. 그 일 때문에 왕비는 크게 웃었지만 동시에 몹시 화가 나 있었고, 내가 관대하게 나서서 중재하지 않았더라면 그를 즉시 궁정에서 쫓아냈을 것이다. 왕비는 접시에 담긴 골수를 먹기 위해 뼈를 집어 들어 골수를 꺼낸 뒤, 그 뼈를 다시 원래처럼 접시에 세워 놓았다. 그때 난쟁이는 기회를 엿보다가, 글럼달클리치가 찬장 쪽으로 가 있는 동안 내가 식사할 때 나를 돌보기 위해 그녀가 서 있던 발판 위로 올라가, 두 손으로 나를 들어 올리고 내 다리를 꼭 붙잡아 허리 위까지 그 뼈 속에 끼워 넣어버렸다. 나는 한동안 그 속에 꽂힌 채 꼼짝 못하고 있었고 매우 우스꽝스러운 모습이 되었다. 한참 동안 아무도 내가 어디 갔는지 몰랐다가 거의 1분쯤 지나서야 알

아차렸다. 나는 소리를 지르는 것이 체면에 맞지 않는다고 생각했기 때문에 아무 말도 하지 않고 있었다. 다행히 왕족들은 보통 음식을 뜨겁게 먹지 않기 때문에 내 다리가 데지는 않았고, 다만 내 양말과 바지만 몹시 엉망이 되었을 뿐이었다. 난쟁이는 내가 간청한 덕분에 매를 심하게 맞는 것 외에는 다른 처벌을 받지 않았다.

왕비는 내가 겁이 많은 것을 두고 자주 나를 놀리곤 했으며, 영국 사람들도 나처럼 그렇게 겁쟁이냐고 묻기도 했다. 그 이유는 이러했다. 그 나라에서는 여름마다 파리 때문에 몹시 성가셨는데, 이 혐오스러운 곤충들은 하나하나가 던스터블 지역의 종달새만큼이나 커서, 내가 식사할 때 귀 주위를 계속 윙윙거리며 날아다녀 거의 쉴 틈을 주지 않았다. 그것들은 때때로 내 음식 위에 내려앉아 역겨운 배설물이나 알 같은 것을 남기기도 했는데, 그것이 나에게는 매우 뚜렷이 보였지맘 그 나라 사람들에게는 보이지 않았다. 그들의 큰 눈은 작은 물체를 보는 데 내 눈만큼 예리하지 않았기 때문이다. 파리들은 때때로 내 코나 이마 위에 내려앉아 살을 찌르듯 물었고 매우 불쾌한 냄새를 풍겼다. 나는 또한 그 곤충들의 발에 묻어 있는 끈적한 물질을 쉽게 알아볼 수 있었는데, 우리 자연학자들에 따르면 그것이 바로 그들이 천장에 거꾸로 매달려 걸어 다닐 수 있게 해주는 것이라고 한다. 나는 이 혐오스러운 동물들을 막아 내느라 몹시 애를 먹었고, 그것들이 내 얼굴로 날아올 때마다 나도 모르게 몸을 움찔하곤 했다. 난쟁이는 영국의 소년들이 하듯이 이런 곤충들을 한 움큼 잡아 들고는 일부러 내 코 밑에서 갑자기 풀어놓아 나를 놀라게 하고 왕비를 웃기곤 했다. 내가 쓰던 방법은 그것들이 공중을 날아다닐 때 칼로 잘라버리는 것이었는데, 그런 솜씨 때문에 사람들의 감탄을 받았다.

나는 어느 날 아침을 기억한다. 날씨가 좋은 날이면 글럼달클리치는 으레 그랬던 것처럼 나에게 공기를 쐬게 하려고 나를 상자에 넣어 창가에 올려놓았다(나는 영국에서 새장을 창밖 못에 걸어 두듯이 상자를 창밖에 걸어두는 것은 감히 허락하지 않았다). 나는 창문의 덧창 하나를 열어 올리고 탁자에 앉아 아침 식사로 달콤한 케이크 한 조각을 먹고 있었다. 그런데 그 냄새에 이끌려 스무 마리가 넘는 말벌이 방 안으로 날아 들어 왔다. 그것들이 내는 소리는 마치 스무 개의 백파이프 저음관이 동시에 울리는 것보다도 더 크게 윙윙거렸다. 그 가운데 몇 마리는 내 케이크를 붙잡아 조금씩 떼어 들고 날아가버렸고, 다른 것들은 내 머리와 얼굴 주변을 빙빙 돌며 소란을 일으켜 나를 몹시 혼란스럽게 하면서 그 침에 대한 두려움으로 극도의 공포에 빠뜨렸다. 그러나 나는 용기를 내어 일어나 칼을 뽑아 공중에서 그것들을 공격했다. 나는 그중 네 마리를 해치웠고 나머지는 달아났다. 나는 곧장 창문을 닫아버렸다. 그 곤충들은 자고새만큼이나 컸다. 나는 그들의 침을 뽑아보았는데 길이가 4센티미터쯤 되고 바늘처럼 날카로웠다. 나는 그것들을 모두 조심스럽게 보관했다. 그리고 영국으로 돌아온 뒤 유럽 여러 곳에서 다른 진기한 물건들과 함께 그것들을 보여주었는데, 그중 세 개는 그레셤 대학에 주었고 하나는 내가 직접 간직했다.

4장

그 나라에 대해 묘사하며 현대 지도를 수정하자고 제안하다. 왕궁과 수도에 대해 설명하다. 저자의 여행 방식과 그 나라의 가장 큰 사원에 대해 서술하다.

이제 나는 독자에게 내가 여행하며 보았던 이 나라에 대해 간단히 설명하려 한다. 내가 돌아다닌 범위는 수도인 로르브룰그루드를 중심으로 3,200킬로미터 정도에 불과했다. 내가 항상 수행했던 왕비는 왕이 순행할 때 함께 가더라도 그보다 더 멀리 가지 않았고, 그곳에서 왕이 국경을 시찰하고 돌아올 때까지 머물러 있었기 때문이다. 이 왕의 영토 전체는 길이가 9,600킬로미터에 이르고, 너비는 5천~8천 킬로미터 정

도 된다. 그러므로 나는 유럽의 지리학자들이 일본과 캘리포
니아 사이에 바다밖에 없다고 생각하는 것은 큰 오류라고 결
론 내리지 않을 수 없다. 나는 오래전부터 거대한 타타르 대
륙과 균형을 이루기 위해 어딘가에 또 다른 육지가 있어야
한다고 생각해왔다. 따라서 그들은 지도를 수정하여 이 거
대한 육지를 북아메리카 북서쪽 지역과 이어 붙여야 할 것이
며, 나는 그 일에 기꺼이 도움을 줄 준비가 되어 있다.

이 왕국은 반도이며, 북동쪽에는 높이가 48킬로미터에 이
르는 산맥이 가로막고 있다. 그 산맥 정상에는 화산이 있기
때문에 절대 통과할 수 없다. 또한 가장 학식 있는 사람들조
차 그 산 너머에 어떤 종류의 사람들이 살고 있는지, 혹은 아
예 사람이 살고 있는지조차 알지 못한다. 나머지 세 방향은
모두 바다로 둘러싸여 있다. 왕국 전체에는 항구가 하나도
없으며, 강이 바다로 흘러드는 해안 지역은 뾰족한 암초로
가득하고 바다도 대체로 매우 거칠어서 그들이 가진 가장 작
은 배조차 바다로 나아가는 것이 불가능하다. 그 결과 이 나
라는 다른 세계와의 모든 교역에서 완전히 단절된 상태로 지
내고 있다.

그러나 큰 강에는 배가 가득 다니며 훌륭한 물고기가 많이
난다. 그들은 바다에서 나는 물고기는 거의 잡지 않는데, 그
것들이 유럽의 것들과 같은 크기여서 잡을 가치가 없다고 여
기기 때문이다. 이로 보아 식물과 동물이 그렇게 거대한 크
기로 자라는 것은 오직 이 대륙에만 국한된 자연의 작용임이
분명하다. 그 이유에 대해서는 철학자들이 판단하도록 맡겨
두겠다. 그러나 가끔 바위에 부딪혀 떠밀려 온 고래를 잡는

일이 있는데, 서민들은 그것을 아주 맛있게 먹는다. 내가 본 고래들 가운데는 한 사람이 겨우 어깨에 메고 옮길 수 있을 정도로 큰 것도 있었다. 때때로 호기심 때문에 그런 고래들을 바구니에 담아 수도인 로르브룰그루드로 가져오기도 한다. 나도 왕의 식탁 위 접시에 담긴 고래를 한 번 본 적이 있는데, 그것은 진귀한 음식으로 여겨졌지만 왕이 특별히 그것을 좋아하는 것 같지는 않았다. 실제로는 그 크기가 너무 커서 오히려 식욕을 떨어뜨린 것 같았다. 나는 그린란드에서 그보다 조금 더 큰 것을 본 적이 있기는 하지만 말이다.

이 나라는 인구가 풍부하여 도시가 51개, 성벽으로 둘러싸인 마을이 거의 100개, 그리고 수많은 촌락이 있다. 호기심 많은 독자를 위해 수도 로르브룰그루드만 설명해도 충분할 것이다. 이 도시는 그 한가운데를 흐르는 강을 사이에 두고 거의 똑같이 둘로 나뉘어 있다. 이곳에는 8만 채가 넘는 집과 약 60만 명의 주민이 살고 있다. 도시의 길이는 3글롬글룽, 즉 86킬로미이고, 너비는 2.5글롬글룽이다. 나는 이것을 왕의 명령으로 제작된 왕실 지도를 직접 보고 측정했다. 나는 보기 쉽도록 지도를 땅 위에 펼쳐 놓았는데 길이가 30미터나 되었다. 나는 맨발로 여러 번 그 지도의 지름과 둘레를 걸어다니며, 축척에 따라 계산하여 꽤 정확하게 그 크기를 측정할 수 있었다.

왕궁은 일정한 형태로 지어진 건물이 아니라 여러 건물이 모여 이루어진 거대한 집합체로, 둘레가 11킬로미터에 이른다. 방들은 보통 높이가 73미터 정도이며, 넓이와 길이도 그에 비례하여 매우 크다. 글럼달클리치와 나는 마차를 하나 사용하도록 허락받았는데, 그녀의 가정교사가 종종 우리를 데리고 시내 구경을 하거나 상점들을 둘러보러 나갔다. 나는 항상 상자에 담겨 함께 갔지만, 길을 지나갈 때는 집이나 사람들을 더 잘 볼 수 있도록 글럼달클리치가 내 부탁에 따라 종종 나를 꺼내 손에 들고 있어주었다. 내가 보기에 우리가 타던 마차의 크기는 영국 국회의사당의 홀 면적 정도였지만 높이는 그만큼 되지 않았던 것 같다. 다만 정확하게 말하기는 어렵다. 어느 날 가정교사는 마부에게 상점 몇 군데 앞에서 마차를 세우라고 했는데, 그 틈을 노린 거지들이 마차 옆으로 몰려들어, 내가 유럽에서는 한 번도 본 적 없는 가장 끔찍한 광경을 보여주었다.

한 여자는 가슴에 암이 생겨 그것이 끔찍하게 부풀어 올라 있었고, 구멍이 여러 개 뚫려 있었는데 그 가운데 두세 개는 내가 쉽게 기어들어가 온몸을 숨길 수 있을 정도였다. 또 어떤 남자는 목에 혹이 달려 있었는데, 그것은 양털 자루 다섯 개보다 더 큰 크기였다. 그리고 각각 높이가 6미터나 되는 나무 의족 두 개를 달고 있는 사람도 있었다. 그러나 그 가운데서도 가장 혐오스러운 광경은 그들의 옷 위를 기어다니는 이였다. 나는 그 해충들의 팔다리를 맨눈으로도 아주 또렷하게 볼 수 있었는데, 유럽의 이를 현미경으로 보았을 때보다도 더 잘 보였다. 또 그것들이 돼지처럼 파헤치듯이 움직이는 주둥이도 뚜렷이 보였다. 내가 생전 처음 본 것이었고, 적당한 도구만 있었다면 한 마리를 해부해보고 싶을 만큼 호기심이 생겼다. 그러나 불행히도 나는 그런 도구들을 배에 두고 와버렸다. 사실 그 광경은 너무나 역겨워서 내 속이 완전히 뒤집힐 지경이었다.

　내가 보통 타고 다니던 큰 상자 외에도, 왕비는 여행에 편리하도록 가로세로 3.6미터, 높이 3미터 정도의 더 작은 상자를 만들도록 명령했다. 큰 상자는 글럼달클리치의 무릎 위에 올려놓기에는 너무 크고, 마차 안에서도 다루기 불편했기 때문이다. 이 상자 역시 내가 설계를 지시하고 같은 장인이 제작했다. 이 여행용 상자는 정확한 정사각형 모양이었고, 세 면의 중앙에는 각각 창문이 하나씩 있었다. 그리고 긴 여행 중 사고를 막기 위해 창문 바깥쪽에는 철사로 된 격자가 달려 있었다. 창문이 없는 네 번째 면에는 튼튼한 쇠고리 두 개가 달려 있었는데, 내가 말을 타고 가고 싶을 때 나를 운반하는 사람이 가죽 띠를 그 쇠고리에 끼워 자기 허리에 매어 상자를 고정할 수 있도록 하기 위한 것이었다. 이 일은 언제나 믿을 만한 진지한 하인 한 사람이 맡았는데, 내가 왕과 왕비의 순행에 따라갈 때나 정원을 구경하러 갈 때, 또는 글럼달클리치가 몸이 좋지 않아 함께하지 못할 때, 궁정의 귀부인이나 대신을 방문하러 갈 때도 그가 나를 운반했다.

　나는 곧 궁정의 높은 관리들 사이에서도 알려지면서 존중을 받게 되었는데, 그것은 아마 내 자신의 공로 때문이라기보다 왕과 왕비의 총애 덕분이었을 것이다. 여행 중에 마차를 타는 것이 지루해지면 말을 탄 하인이 내 상자를 허리에 단 채 안장 앞 쿠션 위에 올려놓곤 했다. 그러면 나는 세 개의 창문을 통해 세 방향으로 펼쳐진 풍경을 마음껏 바라볼 수 있었다. 이 작은 상자 안에는 야전용 침대와 천장에서 매달린 해먹이 있었고, 또 의자 두 개와 탁자 하나가 바닥에 단단히 고정되어 있어서 말이나 마차의 흔들림 때문에 이리저리 밀리지 않았다. 나는 오랫동안 바다 여행에 익숙해 있었기 때문에 이런 움직임이 때로는 매우 심하더라도 그다지 불편하진 않았다. 나는 도시를 구경하고 싶을 때면 언제나 이 여행용 상자에 들어갔다. 글럼달클리치는 그것을 무릎 위에 올려놓고, 그 나라의 방식에 따른 열린 가마 같은 것에 앉아 있었다. 그 가마는 네 사람이 메고, 왕비 궁전의 옷을 입은 수행원 두 명이 뒤따랐다. 사람들은 이미 내 소문을 여러 번 들었기 때문에 호기심이 많아 가마 주변으로 몰려들곤 했다. 그러면 글럼달클리치는 친절하게도 가마를 멈추게 하고 나를 손에 들어 올려 사람들이 더 잘 볼 수 있도록 해주었다.

나는 그 나라에서 가장 유명한 사원, 특히 그 나라에서 가장 높다고 알려진 그 사원의 탑을 보고 싶었다. 어느 날 나의 보모 글럼달클리치가 나를 그곳으로 데려갔다. 그러나 솔직히 말해 나는 실망한 채 돌아왔다. 그 탑의 높이는 땅에서 가장 높은 첨탑 끝까지 900미터 정도에 지나지 않았기 때문이다. 그 나라 사람들과 우리 유럽 사람들 사이의 크기 차이를 고려하더라도 그것은 그다지 놀랄 만한 높이가 아니었고, 내가 기억하기로는 솔즈베리 대성당의 첨탑에 비해서도 전혀 대단한 것이 아니었다. 그러나 평생 동안 내가 큰 은혜를 입었다고 인정할 수밖에 없는 그 나라를 깎아내리지는 않겠다. 이 유명한 탑은 높이에서는 다소 부족할지라도 아름다움과 견고함으로 그 부족함을 충분히 보완하고 있었다. 탑의 벽은 거의 30미터 두께였고, 다듬은 돌로 지어졌는데 각 돌의 크기는 12미터 정사각형이었다. 또 사방에는 신들과 황제들의 대리석 조각상이 벽감마다 놓여 있었는데, 실제 사람보다 더 크게 만들어져 있었다. 나는 그 조각상들 가운데 하나에서 떨어져 나와 잔해 속에 묻혀 있던 작은 손가락 하나를 발견하고 길이를 재어보았는데, 정확히 124센티미터였다. 글럼 달클리치는 그것을 자기 손수건에 싸서 주머니에 넣어 집으로 가져갔다. 그녀는 또래 아이들이 흔히 그렇듯이 여러 가지 작은 물건들을 모으는 것을 무척 좋아했기 때문이다.

왕의 부엌은 참으로 웅장한 건물로, 천장은 둥근 아치형이며 높이가 182미터에 달했다. 거대한 화덕도 있었는데, 그것은 성 바오로 대성당의 돔보다 열 걸음 정도 좁을 뿐이었다. 영국으로 돌아온 뒤 나는 그 돔의 크기를 직접 재어보았다.

그러나 만약 내가 부엌의 화덕, 엄청나게 큰 냄비와 솥, 꼬챙이에 꽂혀 돌아가는 거대한 고기 덩어리, 그리고 그 밖의 여러 가지 세부 사항까지 묘사한다면 아마도 사람들은 내 말을 쉽게 믿지 않을 것이다. 적어도 까다로운 비평가들은, 여행자들이 흔히 그렇듯이 내가 조금 과장했다고 생각할지도 모른다. 그러한 비난을 피하려다 보니 오히려 반대쪽 극단으로 치우친 것 같아 걱정이 된다. 만약 이 글이 브롭딩래그(그 왕국의 일반적인 명칭이다)의 언어로 번역되어 그곳에 전해진다면, 그 왕과 백성들은 내가 그들의 모습을 실제보다 작고 보잘것없게 묘사했다며 불평할 이유가 충분히 있을 것이기 때문이다.

왕은 마구간에 보통 600마리 이상의 말을 두지 않는다. 이 말들의 키는 대개 16~18미터 정도 된다. 그러나 왕이 어떤 행사가 있는 날 외출할 때는 위엄을 위해 기병 500명으로 이루어진 군사 호위대가 그를 수행한다. 나는 그 광경이 지금까지 본 것 가운데 가장 화려한 장면이라고 생각했다. 다만 나중에 그의 군대 일부가 전열(戰列)을 갖추고 있는 모습을 보기 전까지는 그랬다. 그 이야기는 다음 기회에 하겠다.

5장

저자에게 여러 가지 모험이 일어나다. 한 죄인의 처형이 이루어지다. 저자가 항해술 솜씨를 보여주다.

내 몸집이 너무 작아서 여러 가지 우스꽝스럽고 번거로운 사고를 겪지만 않았더라면 나는 그 나라에서 꽤 행복하게 살았을 것이다. 그중 몇 가지를 이야기해보겠다. 글럼달클리치는 종종 나를 작은 상자에 넣어 궁정의 정원으로 데리고 갔고, 때로는 나를 상자에서 꺼내 손에 들고 있거나 땅에 내려놓아 걸어 다니게 하기도 했다. 난쟁이가 아직 여왕 곁을 떠나기 전 어느 날 우리를 따라 정원에 왔던 일을 기억한다. 나의 보모가 나를 땅에 내려놓았고, 마침 난쟁이와 내가 작은 사과나무 근처에서 서로 가까이 서 있었다. 나는 괜히 재치를 부린다고 그 난쟁이와 작은 사과나무를 비교하는 어리석은 말장난을 했는데, 그 말장난은 그들의 언어에서도 우리말과 마찬가지로 통하는 표현이었다. 그러자 그 고약한 녀석은 기회를 노리다가 내가 나무 아래를 걸어가고 있을 때 내 머리 바로 위에서 나무를 세게 흔들었다. 그 바람에 브리스톨

술통만 한 크기의 사과 열두 개가 내 주변으로 우르르 떨어졌고, 그중 하나가 내가 마침 몸을 숙이고 있을 때 등을 맞히며 나는 얼굴을 바닥에 대고 그대로 넘어졌다. 다행히 다른 부상은 없었고, 내가 먼저 도발한 셈이었기 때문에 내 간청으로 난쟁이는 용서받았다.

어느 날 글럼달클리치는 내가 혼자 놀도록 매끄러운 잔디밭 위에 나를 내려놓고, 그녀의 가정교사와 함께 조금 떨어진 곳을 산책하고 있었다. 그사이에 갑자기 아주 거센 우박이 쏟아졌고, 나는 그 충격에 곧바로 땅에 쓰러졌다. 땅에 쓰러진 뒤에도 우박은 계속해서 온몸을 세게 때렸는데, 마치 테니스공으로 얻어맞는 것 같은 고통이었다. 나는 가까스로 네발로 기어가 레몬타임 화단 가장자리에 바람을 피할 수 있는 쪽 바닥에 얼굴을 대고 엎드려 몸을 숨겼다. 그럼에도 머리부터 발끝까지 심하게 멍이 들어서 나는 열흘 동안 밖에 나갈 수조차 없었다. 이것은 전혀 이상한 일이 아니었다. 그 나라에서는 자연의 모든 것이 같은 비례를 따르기 때문에, 그곳의 우박 한 알은 유럽의 우박보다 거의 1,800배나 컸다. 내가 직접 우박의 무게를 재고 크기를 측정해보았기 때문에 이 사실을 확실히 말할 수 있다.

그러나 같은 정원에서 나는 더 위험한 사고를 겪은 적이 있다. 어느 날 나의 작은 보모는 내가 혼자 생각할 시간을 갖도록, 내가 늘 부탁하던 대로 안전한 곳에 나를 내려놓았다고 믿고, 상자를 들고 다니는 번거로움을 피하려고 그것을 집에 두고는 가정교사와 몇몇 아는 숙녀들과 함께 정원의 다른 쪽으로 가버렸다. 내 목소리가 들리지 않을 정도로 그녀가 멀어졌을 때, 정원사가 기르는 작은 흰색 스패니얼 한 마리가 우연히 정원으로 들어왔다. 그 개는 냄새를 따라 돌아다니다가 내가 누워 있던 곳 근처까지 왔고, 냄새를 쫓아 곧장 나에게 다가왔다. 그러더니 나를 입에 물고, 꼬리를 흔들며 곧바로 자기 주인에게 달려가 나를 땅 위에 조심스럽게 내려놓았다. 다행히 그 개는 훈련이 아주 잘 되어 있었기 때문에 나는 이빨 사이에 물려 있으면서도 전혀 다치지 않았고 옷 또한 조금도 찢어지지 않았다. 그러나 나를 잘 알고 또 나에게 큰 호감을 가지고 있던 불쌍한 정원사는 몹시 놀라 두려워했다. 그는 두 손으로 나를 조심스럽게 들어 올리며 내 상태가 어떤지 물었다. 나는 너무 놀라고 숨이 차서 한마디도 할 수 없었다. 몇 분 뒤에야 나는 정신을 차렸고, 그는 나를 나의 작은 보모에게 안전하게 데려다주었다. 그때쯤 그녀는 이미 내가 있던 자리로 돌아와 있었고, 내가 보이지도 않고 불러도 대답하지 않자 극도로 불안해하고 있었다. 그녀는 그 개 때문에 이런 일이 생겼다며 정원사를 심하게 꾸짖었다. 그러나 이 일은 결국 조용히 지나갔다. 소녀가 여왕의 노여움을 살까 두려워했기 때문이다. 그리고 솔직히 말해 이런 이야기가 퍼지는 것은 내 명예에도 도움이 되지 않을 것이라고 생각했다.

이 사건 이후 글럼달클리치는 앞으로 절대로 나를 자기 눈에 보이지 않는 곳에 혼자 두지 않겠다고 결심했다. 나는 오래전부터 그녀가 그런 결정을 내릴까 봐 두려웠기 때문에 혼자 있을 때 겪었던 몇 가지 불운한 사고들을 그녀에게 숨겨왔다. 한 번은 독수리 한 마리가 정원 위를 맴돌다가 갑자기 나를 향해 급강하했다. 내가 재빨리 칼을 뽑아 들고 두꺼운 과수 울타리 아래로 뛰어들지 않았다면, 그 새는 분명히 발톱으로 나를 낚아채 가버렸을 것이다. 또 한 번은 막 생긴 두더지 흙더미 위에 올라갔다가 두더지가 흙을 밀어 올리며 만든 구멍에 목까지 빠져버린 일도 있었다. 나는 옷을 망가뜨린 이유를 설명하기 위해 기억할 가치도 없는 거짓말을 꾸며댔다. 그리고 어느 날은 혼자 걸으며 그리운 영국을 생각하고 있던 중에 우연히 달팽이 껍데기에 걸려 넘어져 오른쪽 정강이를 심하게 다치기도 했다.

혼자 산책하는 그 시간들 동안, 작은 새들이 나를 전혀 두려워하지 않는 것처럼 보였다는 사실을 보고 기뻤는지 아니면 모욕감을 느꼈는지 스스로도 알 수 없었다. 그 새들은 내가 바로 근처에 있음에도 전혀 개의치 않고 1미터 거리 안까지 폴짝거리며 다가와 벌레나 다른 먹이를 찾곤 했다. 마치 주변에 아무 생물도 없는 것처럼 태연하고 안전한 태도였다. 나는 어느 날 개똥지빠귀 한 마리가 글럼달클리치가 방금 아침 식사로 내게 준 케이크 조각을 내 손에서 부리로 대담하게 낚아채간 일을 기억한다. 내가 이런 새들을 잡아보려고 하면 그 새들은 오히려 겁도 없이 나를 향해 돌아서서 내 손가락을 쪼려고 했다. 나는 감히 그들의 부리 닿는 곳까지 손을 내밀지 못했다. 그러고 나면 새들은 다시 아무 일도 없다는 듯 뒤로 물러나 전처럼 벌레나 달팽이를 찾기 시작했다.

그러나 어느 날 나는 굵은 몽둥이 하나를 들고 힘껏 던졌는데 운 좋게도 방울새 한 마리를 맞혀 쓰러뜨렸다. 나는 곧바로 달려가 양손으로 그 새의 목을 붙잡고 승리한 듯한 마음으로 나의 보모에게 달려갔다. 하지만 그 새는 단지 잠시 기절했을 뿐, 곧 정신을 차리고는 내가 팔을 쭉 뻗어 발톱이 닿지 않도록 잡고 있었음에도, 양쪽 날개로 내 머리와 몸을 수없이 세게 때렸다. 스무 번쯤은 그를 놓아버릴까 생각했을 정도였다. 다행히 곧 우리 집 하인 하나가 와서 그 새의 목을 비틀어 죽였고, 다음 날 나는 여왕의 명령으로 그 새를 저녁 식사로 먹게 되었다. 내가 기억하기로 이 방울새는 영국의 백조보다 약간 더 큰 정도였다.

시녀들은 종종 글럼달클리치를 자기 방으로 초대하며 나를 함께 데려와 나를 보고 만져보는 즐거움을 누리고 싶어 했다. 그들은 종종 나를 머리부터 발끝까지 벌거벗긴 뒤, 자기들의 품속에 길게 눕혀두곤 했다. 나는 그것이 매우 불쾌했는데, 솔직히 말하자면 그들의 피부에서 몹시 역겨운 냄새가 났기 때문이다. 그렇다고 해서 이 훌륭한 숙녀들을 헐뜯으려는 뜻은 전혀 없으며, 나는 그들에 대해 온갖 존경을 가지고 있다. 다만 내 몸이 작았던 만큼 감각이 더욱 예민했던 것이고, 그 고귀한 사람들도 자기들의 연인이나 서로에게는, 우리 영국에서 같은 계층의 사람들이 서로에게 그렇듯, 전혀 불쾌하지 않았을 것이라고 나는 생각한다. 그리고 사실 향수를 뿌리지 않았을 때의 자연스러운 냄새가 훨씬 견딜 만했다. 그들이 향수를 뿌리면 나는 곧바로 기절할 정도였기 때문이다. 나는 릴리퍼트에 있을 때, 어느 더운 날 운동을 많이 하고 난 뒤 내 몸에서 냄새가 난다며 불평했던 한 친한 친구를 잊을 수 없다. 나는 보통 사람들만큼이나 그런 점에서는 문제가 없는 편인데도 말이다. 아마 그의 후각이 나에 대해 느끼는 민감함이, 내가 이 나라 사람들에게 느끼는 것만큼이나 예민했기 때문일 것이다. 다만 이 점에 있어서는 나의 주인인 여왕과 나의 보모 글럼달클리치에게 공정한 말을 해야겠다. 그들의 몸에서는 영국의 어떤 숙녀 못지않게 향기롭고 상쾌한 냄새가 났다.

글럼달클리치가 나를 데리고 시녀들의 방을 찾아갈 때, 그들 사이에서 내가 가장 불편하게 느꼈던 점은 그들이 나를 아무런 격식도 없이, 전혀 중요하지 않은 생물처럼 대했다는 것이었다. 그들은 내가 곁에 있는 것도 아랑곳하지 않고, 내 앞에서 옷을 모두 벗고 속옷으로 갈아입곤 했으며, 나는 그들의 화장대 위에 놓인 채 그들의 벌거벗은 몸 바로 앞에 있었다. 그러나 그것은 나에게 조금도 유혹적인 광경이 아니었고, 오히려 공포와 혐오감만을 불러일으켰다. 가까이서 본 그들의 피부는 매우 거칠고 울퉁불퉁했으며 색도 고르지 않았다. 곳곳에는 접시만 한 점이 있었고, 그 위에는 포장용 끈보다도 굵은 털이 자라 있었는데, 그 밖의 신체에 대해서는 더 말하지 않겠다. 또한 내가 곁에 있어도 그들은 전혀 개의치 않고 마신 것을 배출하기도 했는데, 그 양이 적어도 두 개의 큰 술통 정도였으며, 그것을 담는 그릇은 술통 세 개가 넘게 들어갈 만한 크기였다. 이 시녀들 가운데 가장 아름답다고 여겨지던 열여섯 살의 명랑하고 장난기 많은 소녀는 가끔 나를 자기 몸 위에 앉혀놓고 여러 장난을 치기도 했다. 그러나 그에 대해서는 독자가 이해해주기를 바라며 더 자세히 말하지 않겠다. 나는 그런 일들로 몹시 불쾌했기 때문에 그 숙녀를 더 이상 만나지 않도록 어떤 핑계를 만들어달라고 글럼달클리치에게 부탁했다.

어느 날 글럼달클리치의 가정교사의 조카인 한 젊은 신사가 와서 사형 집행을 함께 보러 가자고 강하게 권했다. 그것은 그 신사의 친한 친구를 살해한 한 남자에 대한 사형 집행이었다. 글럼달클리치는 원래 마음이 매우 여린 사람이어서 몹시 내키지 않았지만, 결국 그들과 함께 가게 되었다. 나 역시 그런 광경을 몹시 혐오했지만 동시에 특이한 장면일 것이라는 호기심 때문에 보고 싶다는 마음이 들었다. 죄수는 처형을 위해 세워진 단 위의 의자에 묶여 있었고, 12미터 길이의 칼로 단 한 번의 일격에 목이 잘렸다. 그때 정맥과 동맥에서 엄청난 양의 피가 공중으로 솟구쳤는데, 그 높이와 양이 베르사유 궁전의 거대한 분수도 비교가 되지 않을 정도였다. 그리고 잘린 머리가 단 위의 바닥에 떨어질 때 강하게 튀어올랐는데, 나는 적어도 800미터는 떨어져 있었음에도 그 장면에 깜짝 놀라고 말았다.

여왕은 내가 종종 바다 항해에 대해 이야기하는 것을 듣곤 했고, 내가 우울해 보일 때마다 나를 즐겁게 해줄 기회를 찾았다. 그래서 어느 날 나에게 돛이나 노를 다룰 줄 아느냐, 또 노 젓는 운동이 내 건강에 좋지 않겠느냐고 물었다. 나는 둘 다 잘한다고 대답했다. 본래 내 직업은 선상 의사였지만 필요할 때는 보통 선원처럼 일해야 할 때도 자주 있었기 때문이다. 그러나 나는 그 나라에서 그것이 어떻게 가능할지 알 수 없다고 말했다. 그곳에서는 가장 작은 배조차 영국의 1급 전함만큼이나 컸기 때문에, 내가 다룰 수 있을 만한 작은 배는 그들의 어떤 강에서도 견딜 수 없을 것이기 때문이다. 그러자 여왕은 내가 배를 설계할 수만 있다면 왕실의 목수가 그것을 만들어줄 것이고, 내가 항해할 수 있는 장소도 마련해주겠다고 말했다. 그 목수는 매우 솜씨 좋은 장인이었고, 내 지시에 따라 열흘 만에 돛과 장비를 모두 갖춘 작은 유람선을 완성했다. 그 배는 유럽인 여덟 명이 편하게 탈 수 있을 정도의 크기였다. 배가 완성되자 여왕은 너무 기뻐서 그것을 무릎 위에 올려 왕에게 보여주러 달려갔다. 왕은 시험 삼아 물을 가득 채운 큰 수조에 그 배를 띄우고 나를 그 안에 태우게 했다. 그러나 공간이 너무 좁아 나는 두 개의 작은 노를 제대로 저을 수 없었다. 하지만 여왕은 이미 다른 계획을 세워두었다. 그녀는 목수에게 길이 90미터, 너비 15미터, 깊이 2.4미터의 나무 수조를 만들라고 명령했다. 그 수조는 물이 새지 않도록 역청을 발라 단단히 처리된 후에 궁전의 바깥쪽 방 한 벽을 따라 바닥 위에 설치되었다. 바닥 가까운 곳에는 물이 오래되어 탁해지면 빼낼 수 있도록 꼭지가 달려 있었고, 하인 두 명이면 반 시간 안에 물을 가득 채울 수 있었다. 나는 이곳에서 종종 여왕과 시녀들을 즐겁게 하기도 하고, 나 스스로 즐기기도 하며 노를 저었다. 때로는 돛을 올리기도 했는데, 그러면 나는 단지 방향만 조종하면 되었고, 숙녀들은 부채로 바람을 일으켜주었다. 그들이 지치면 시종들이 입으로 바람을 불어 돛을 밀어주었고, 나는 원하는 대로 오른쪽이나 왼쪽으로 방향을 틀며 솜씨를 보여주었다. 내가 놀이를 마치면 글럼달클리치가 언제나 배를 가져가 자기 방에 걸어 말려주었다.

이 놀이를 하다가 한 번은 목숨을 잃을 뻔한 사고를 당한 적이 있다. 어느 날 시종 한 명이 내 배를 수조에 넣어두었고, 글럼달클리치를 돌보던 가정교사 부인이 친절하게 나를 들어 올려 배에 태워주려 했다. 그런데 그 순간 내가 그녀의 손가락 사이에서 미끄러져 떨어지고 말았다. 나는 그대로 12미터 아래 바닥으로 떨어져 틀림없이 죽었을 것이지만, 세상에서 가장 운 좋은 우연 덕분에 목숨을 건졌다. 그 부인의 상의에 꽂혀 있던 핀 하나가 내 몸을 막아준 것이다. 그 핀의 머리가 내 셔츠와 바지 허리 사이로 끼어들어, 나는 허리 부분이 걸린 채 공중에 매달렸고, 그사이에 글럼달클리치가 달려와 나를 구해주었다.

또 한 번은 내 수조의 물을 사흘마다 새로 갈아주는 일을 맡은 하인이 부주의하여, 커다란 개구리 한 마리를 알아채지 못한 채 물통에서 함께 떨어뜨리고 말았다. 그 개구리는 내가 배에 올라타기 전까지는 숨어 있다가 내가 들어가자 쉴 곳을 발견한 듯 배 위로 기어올랐다. 그 때문에 배가 한쪽으로 심하게 기울어져 나는 뒤집히지 않도록 반대쪽으로 몸의 무게를 모두 실어 균형을 잡아야 했다. 개구리는 배 위에 올라오자마자 배 길이의 절반 정도를 단번에 뛰어가더니, 내 머리 위를 앞뒤로 폴짝거리며 뛰어다녔다. 그 과정에서 역겨운 점액으로 내 얼굴과 옷을 온통 더럽혔다. 그 커다란 얼굴 생김새 때문에, 그것은 상상할 수 있는 것 가운데 가장 흉측한 동물처럼 보였다. 나는 글럼달클리치에게 이 일은 나 혼자 처리하게 해달라고 부탁했다. 나는 노 하나로 그 개구리를 한참 두드렸고, 마침내 그것을 배 밖으로 뛰어내리게 만들었다.

　그러나 그 왕국에서 내가 겪었던 가장 큰 위험은 부엌 서기 중 한 사람의 원숭이 때문에 생긴 일이었다. 글럼달클리치는 어떤 볼일이나 방문 때문에 나가면서 나를 자기 방의 옷장 안에 잠가두었다. 날씨가 매우 더웠기 때문에 옷장 창문은 열려 있었고, 내가 보통 생활하던 큰 상자의 문과 창문도 넓어서 편리하다는 이유로 모두 열려 있었다. 나는 책상에 앉아 조용히 생각에 잠겨 있었는데, 갑자기 옷장 창문으로 무엇인가가 뛰어 들어와 이쪽저쪽으로 깡충거리며 돌아다니는 소리가 들렸다. 나는 매우 놀랐지만 자리에서 일어나지는 않은 채 조심스럽게 밖을 내다보았다. 그러자 그 장난기 많은 원숭이가 방 안을 이리저리 뛰어다니며 장난치고 있는 것이 보였다. 마침내 그는 내 상자 앞으로 다가왔고, 그것을 무척 흥미롭고 재미있는 것처럼 바라보며 문과 창문마다 얼굴을 들이밀어 안을 들여다보기 시작했다. 나는 방, 즉 내 상자의 더 먼 구석으로 물러났다. 그러나 원숭이는 사방에서 들여다보았고, 나는 너무 겁이 나서 침대 밑에 숨을 생각조차 하지 못했다, 사실 그렇게 했다면 쉽게 숨을 수 있었을 텐데 말이다. 그는 한동안 들여다보고, 이를 드러내며 낄낄거리고, 재잘거리다가 마침내 나를 발견했다. 그러고는 고양이가 쥐를 장난삼아 건드릴 때처럼 문 사이로 발 하나를 집어넣어 나를 잡으려 했다. 나는 그를 피하려고 자리를 여러 번 옮겼지만, 결국 그는 내 겉옷의 자락을 붙잡았다. 그 옷은 그 나라의 비단으로 만들어져 두껍고 질겨서 쉽게 찢어지지 않았다. 원숭이는 나를 끌어내더니 오른쪽 앞발로 들어 올려, 마치 젖을 먹이려는 유모가 아기를 안듯이 나를 붙잡았다.

나는 유럽에서 같은 종류의 원숭이가 새끼 고양이를 그렇게 안는 것을 본 적이 있었다. 내가 몸부림치려고 하자 원숭이가 나를 너무 세게 조여서, 나는 차라리 가만히 있는 것이 더 현명하다고 생각했다. 나는 원숭이가 나를 자기 종족의 어린 새끼로 착각했다고 생각했다. 그렇게 생각한 이유는 충분했는데, 다른 발로 내 얼굴을 여러 번 아주 부드럽게 쓰다듬었기 때문이다. 이런 장난을 하던 중에 누군가 옷장 문을 여는 소리가 나서 원숭이를 방해했다. 그러자 원숭이는 갑자기 자기가 들어왔던 창문으로 뛰어 올라가 지붕의 납판과 물받이 위로 올라섰고, 나를 나머지 한 발로 붙잡은 채 세 발로 걸으며 옆 건물의 지붕 위로 기어올라갔다.

원숭이가 나를 데리고 나갈 때 나는 글럼달클리치가 비명을 지르는 소리를 들었다. 그 불쌍한 소녀는 거의 제정신이 아닐 정도로 놀랐고, 궁전은 온통 소란에 휩싸였다. 하인들은 사다리를 가져오려고 뛰어다녔고, 원숭이는 수백 명의 사람들이 보는 가운데 뜰에서 보이는 건물의 지붕마루 위에 앉아 있었다. 그는 한 앞발로 아기처럼 나를 붙잡고, 다른 발로는 자기 볼 옆에 달린 주머니에서 먹을 것을 꺼내 짜서 내 입에 억지로 밀어 넣으며 먹이려 했다. 내가 먹지 않으려고 하면 나를 토닥이기도 했다. 아래에 있던 많은 사람들은 그 모습을 보고 웃음을 참지 못했다. 솔직히 말하자면 나를 제외한 모든 사람에게는 그 광경이 꽤 우스꽝스러웠을 것이므로 그들을 탓할 수도 없을 것이다. 어떤 사람들은 돌을 던져 원숭이를 떨어뜨리려고 했지만 이내 그것은 엄격히 금지되었다. 그렇지 않았다면 아마도 내 머리가 산산이 부서졌을 것

이다. 사다리가 곧 세워졌고 여러 사람이 그것을 타고 올라 갔다. 원숭이는 이를 보고 자기가 거의 포위되었다는 것을 깨달았고, 세 발로는 충분히 빨리 달릴 수 없다고 판단하자 나를 지붕의 마룻기와 위에 떨어뜨리고 도망쳐버렸다.

나는 거기에서 지면으로부터 450미터 높이 되는 곳에 한 동안 앉아 있었는데, 언제든지 바람에 날려 떨어지거나 어지 러움 때문에 균형을 잃고 지붕 마루에서 처마까지 굴러떨어 질 것만 같은 두려움 속에 있었다. 그러나 다행히 나의 보모 를 섬기던 정직한 하인 중 한 명이 지붕 위로 올라와 나를 자 기 바지 주머니에 넣고 안전하게 아래로 데려다주었다. 나는 원숭이가 내 목구멍에 억지로 쑤셔 넣은 더러운 음식 때문에 거의 질식할 뻔했다. 그러나 나의 사랑스러운 작은 보모가 작은 바늘로 그것을 내 입에서 하나하나 골라냈고, 나는 곧 심하게 구토를 한 뒤에 크게 안정을 취할 수 있었다. 하지만 그 흉측한 짐승이 나를 세게 움켜쥐었기 때문에 옆구리가 몹시 상하고 몸이 매우 약해져 보름 동안 침대에 누워 있어야 했다. 왕과 왕비, 그리고 궁정의 모든 사람은 매일 내 건강 상태를 물어보러 사람을 보냈고, 왕비는 내가 아픈 동안 여러 번 직접 나를 방문하기도 했다. 그 원숭이는 죽임을 당했고, 이후 궁전 근처에서는 그런 동물을 기르는 것을 금지하는 명령이 내려졌다.

나는 몸을 회복한 뒤에 왕을 찾아가 그동안 베풀어준 은혜에 감사를 드렸는데, 왕은 이 사건을 두고 나를 꽤 많이 놀렸다. 그는 나에게 원숭이의 발에 붙잡혀 있을 때 어떤 생각과 상상을 했는지, 그가 먹여준 음식은 어땠고 먹이는 방식은 어땠는지, 그리고 지붕 위의 신선한 공기가 식욕을 더 돋우었는지 물었다. 또 내 나라에서 그런 일을 당했다면 어땠겠느냐고도 물었다. 나는 왕에게, 유럽에는 원숭이가 거의 없고, 다른 나라에서 호기심거리로 들여온 것들만 있을 뿐이며, 그것들도 매우 작아서 만약 그것들이 나를 공격하려 든다면 열두 마리라도 함께 상대할 수 있다고 말했다. 또한 내가 얼마 전 맞닥뜨렸던 그 괴물 같은 짐승(사실 코끼리만큼이나 컸다)에 대해서 말하자면, 만약 두려움 때문에 정신을 잃지 않고 내 칼을 사용할 생각을 할 수만 있었다면(나는 그렇게 말하며 사납게 보이도록 손을 칼자루 위에 얹고 말을 이었다) 그 녀석이 내 방 안으로 발을 들이밀었을 때 그 발에 상처를 내서 그 발을 집어넣을 때보다 훨씬 더 서둘러 빼게 만들었을지도 모른다고 말했다.

나는 이것을 내 용기가 의심받지 않도록 하려는 사람처럼 단호한 어조로 말했다. 그러나 내 연설이 낳은 결과는 큰 웃음소리뿐이었다. 왕에게 마땅히 보여야 할 존경심이 있었음에도 불구하고, 주변에 있던 사람들은 웃음을 참을 수 없었다. 이 일을 통해 나는 자신과 전혀 비교도 되지 않을 만큼 차이가 나는 사람들 사이에서 스스로 명예를 얻으려 하는 것이 얼마나 헛된 일인가를 깨닫게 되었다. 그러나 영국으로 돌아온 뒤, 나는 내 행동과 같은 교훈을 매우 자주 보게 되었다. 즉, 출신도, 인물도, 재치도, 상식도 전혀 없는 하찮은 인간이 감히 대단한 체하는 태도로 굴며, 마치 나라의 가장 위대한 인물들과 동등한 위치에 서 있는 것처럼 행동하는 경우를 말이다.

나는 매일 궁정 사람들에게 우스운 이야기거리를 제공했다. 글럼달클리치는 나를 매우 사랑했지만, 장난기 또한 있어서 내가 어떤 실수를 저지르면 그것이 왕비를 즐겁게 할 만한 일일 경우 곧바로 왕비에게 알려주곤 했다. 어느 날 그 소녀가 몸이 좋지 않아 가정교사가 그녀를 데리고 도시에서 한 시간쯤 떨어진 곳, 50킬로미터 거리의 들판으로 바람을 쐬러 나갔다. 그들은 마차에서 내려 들판의 작은 오솔길 근처에 섰고, 글럼달클리치는 내 여행용 상자를 내려놓아 내가 밖으로 나와 걸어 다니게 했다. 그 길 위에는 소똥이 하나 있었는데, 나는 괜히 내 민첩함을 시험해보겠다고 그것을 뛰어넘어보려고 했다. 달려가서 소똥을 뛰어넘으려 했지만 불행하게도 거리가 모자라, 나는 무릎까지 그대로 그 한가운데에 빠지고 말았다. 나는 겨우 그곳을 빠져나왔고, 하인 중 한 명이 손수건으로 나를 최대한 깨끗이 닦아주었다. 하지만 나는 몹시 더러워진 상태였다. 나의 보모는 우리가 집으로 돌아올 때까지 나를 상자 안에 가두어두었다. 그리고 궁에 돌아오자마자 왕비는 곧 이 일을 전해 들었고, 하인들은 그 이야기를 궁정에 퍼뜨렸다. 그래서 며칠 동안 궁정 사람들의 웃음거리는 모두 나에게 돌아왔다.

6장

저자가 왕과 왕비를 기쁘게 하기 위해 여러 가지 방법을 고안하다. 저자가 음악 실력을 보여주다. 왕이 영국의 상황에 대해 묻고, 저자가 그것을 이야기하다. 그에 대해 왕이 의견을 말하다.

나는 일주일에 한두 번씩 아침에 왕을 알현했고, 그곳에서 종종 왕이 이발사에게 면도를 받는 모습을 보았다. 처음에는 그 광경이 매우 무서워 보였는데, 면도칼이 보통 낫의 거의 두 배 길이나 되었기 때문이다. 그 나라의 관습에 따라 왕은 일주일에 두 번만 면도를 했다. 나는 한 번 이발사를 설득해 거품과 비눗물 조금을 얻어냈고, 그 속에서 굵은 수염 40개에서 50개 정도를 골라냈다. 그런 다음 고운 나무 조각 하나를 가져다가 빗의 등처럼 깎고, 글럼달클리치에게서 얻은 아주 가는 바늘로 일정한 간격의 작은 구멍들을 뚫었다. 그리고 그 수염들을 칼로 끝을 다듬어가며 교묘하게 끼워 넣어, 꽤 쓸 만한 빗 하나를 만들었다. 이것은 매우 시기적절한 물건이었는데, 내가 원래 쓰던 빗이 이가 많이 부러져 거의 쓸모가 없었기 때문이다. 또한 그 나라에는 그처럼 섬세하고 정확하게 작업하여 나를 위해 빗을 새로 만들어줄 만한 장인도 없었다.

이로 인해 나는 한 가지 놀이를 떠올리게 되었다. 나는 왕비의 시녀에게 부탁하여 왕비의 머리카락을 빗질하고 나온 것을 모아 두도록 하였고, 시간이 지나면서 꽤 많은 양을 얻었다. 나는 나를 위해 자잘한 일을 맡아 하던 목수 친구와 상의하여, 내 상자 속에 들어 있는 것과 비슷한 크기의 작은 의자 틀 두 개를 만들도록 하였다. 그리고 등받이와 좌석이 될 부분 둘레에 가는 송곳으로 작은 구멍들을 뚫게 한 다음, 그 구멍들 사이에 내가 고른 가장 튼튼한 머리카락들을 엮어 넣었는데, 이는 영국의 등나무 의자를 만드는 방식과 같은 것이었다. 그것들이 완성되자 나는 그것을 왕비에게 선물하였다. 왕비는 그것을 자신의 방에 보관하고, 기이한 물건이라며 사람들에게 자주 보여주었는데, 실제로 그것을 본 모든 사람이 놀라워했다. 여왕은 나에게 그 의자 위에 앉으라고 하였으나, 나는 끝내 그 명령에 따르지 않았다. 나는 차라리 죽을지언정, 한때 여왕의 머리를 장식하던 그 소중한 머리카락 위에 내 몸의 불경스러운 부분을 올려놓을 수는 없다고 주장하였다.

또한 나는 언제나 손재주가 있는 편이었기 때문에, 그 머리카락으로 1.5미터 길이의 작은 지갑도 하나 만들었다. 그리고 거기에 왕비의 이름을 금실로 새겨 넣었다. 이 지갑은 왕비의 허락을 받아 글럼달클리치에게 선물로 주었다. 사실 말하자면 그것은 실용성보다는 장식용에 가까운 물건이었다. 머리카락으로 만든 것이어서 큰 동전의 무게를 견딜 만큼 튼튼하지 않았기 때문이다. 그래서 그녀는 그 안에 소녀들이 좋아하는 작은 장난감 같은 것들만 넣어두었다.

음악을 좋아하던 왕은 궁정에서 자주 연주회를 열었고, 나

는 때때로 그 자리에 옮겨져 내 상자째 탁자 위에 올려진 채 연주를 들었다. 그러나 소리가 너무 커서 곡조를 거의 구별할 수 없었다. 왕의 군대에서 북과 나팔을 한꺼번에 귀 바로 옆에서 울리는 소리라 해도 그만큼 크지는 않았을 것이라고 나는 확신한다. 그래서 나는 연주자들이 있는 자리에서 가능한 한 멀리 상자를 옮기게 한 뒤, 상자의 문과 창문을 모두 닫고 커튼까지 드리웠다. 그러고 나서야 그들의 음악이 그다지 거슬리지 않게 들렸다.

나는 젊은 시절에 스피넷*을 조금 연주하는 법을 배운 적이 있었다. 글럼달클리치의 방에는 하나가 있었고, 일주일에 두 번씩 음악 선생이 와서 그녀를 가르쳤다. 나는 그것이 모양과 연주 방식이 스피넷과 비슷했기 때문에 그렇게 불렀다. 나는 이 악기로 영국 곡을 연주하여 왕과 왕비를 즐겁게 해보겠다는 생각을 하였다. 그러나 이것은 매우 어려운 일이었다. 그 스피넷은 길이가 거의 18미터에 달했고, 각각의 건반은 거의 30센티미터나 되었기 때문에 팔을 쭉 뻗어도 다섯 개 이상의 건반에 닿을 수 없었다. 또한 건반을 누르려면 주먹으로 세게 쳐야 했는데, 이는 매우 힘이 드는 일일 뿐 아니라 효율적이지도 않았다. 그래서 나는 한 가지 방법을 고안하였다. 보통 몽둥이 정도 크기의 둥근 막대기 두 개를 준비하였는데, 한쪽 끝은 다른 쪽보다 더 굵게 만들고 그 굵은 끝에 쥐 가죽을 덧씌웠다. 이렇게 하면 건반을 두드려도 손상

---

* 건반이 달린 발현 악기의 하나. 작은 하프시코드라 할 수 있는 것으로 15세기 말엽에서 18세기까지 쓰였다.

시키지 않으면서 소리에도 방해가 되지 않았다. 스피넷 앞에는 건반보다 1.2미터 아래에 벤치를 놓았고, 나는 그 위에 올라섰다. 나는 그 위에서 좌우로 빠르게 움직이며 두 막대기로 알맞은 건반을 두드려 연주했고, 그 결과 왕과 왕비를 크게 만족시키는 지그곡을 연주할 수 있었다. 하지만 그것은 내가 겪어본 가장 격렬한 운동이었다. 게다가 나는 최대 열여섯 개의 건반밖에 칠 수 없었기 때문에, 다른 연주자들처럼 저음과 고음을 동시에 연주할 수 없었다. 이것은 내 연주에 큰 불리함이 되었다.

왕은, 내가 이미 말했듯이 아주 뛰어난 이해력을 지닌 군주였기 때문에, 종종 나를 내 상자째로 가져와 자기 서재의 탁자 위에 놓았다. 그러고 나서 그는 나에게 상자에서 내 작은 의자 하나를 꺼내어 3미터 떨어진 캐비닛 위에 앉으라고 명령했다. 그러면 나는 거의 왕의 얼굴 높이와 비슷한 위치에 있게 되었고, 우리는 그렇게 여러 번 대화를 나누었다.

어느 날 나는 감히 왕에게 이렇게 말씀드렸다.

"왕께서 유럽과 다른 세계에 대해 보이시는 경멸은, 왕이 지니신 뛰어난 정신적 자질에 비추어 볼 때 그다지 어울리지 않는 것 같습니다. 이성이라는 것은 몸의 크기에 비례하여 커지는 것이 아닙니다. 오히려 우리나라에서는 키가 큰 사람이 대개 이성이 가장 부족한 경우가 많습니다. 또 다른 동물들 가운데에서도 벌과 개미는 많은 더 큰 동물들보다 더 부지런하고 기술과 지혜가 뛰어난 것으로 유명합니다. 그러므로 왕께서 저를 아무리 하찮게 여기신다 해도, 저는 언젠가 왕께 중요한 도움을 드릴 수 있을 것이라고 희망합니다."

왕은 내 말을 주의 깊게 들었고, 이전보다 나를 훨씬 더 좋게 평가하기 시작했다. 그리고 나에게 가능한 한 정확하게 영국의 정치와 정부에 대해 설명해달라고 부탁했다. 그는 군주들은 보통 자기 나라의 관습을 가장 훌륭하다고 여기는 법이지만(그는 내가 이전에 한 이야기들을 통해 다른 군주들도 그러하리라고 짐작하고 있었다), 그래도 본받을 만한 것이 있다면 기꺼이 듣고 싶다고 말했다.

친절한 독자여, 그때 내가 데모스테네스나 키케로와 같은 웅변가의 혀를 얼마나 간절히 바라게 되었는지 상상해보라. 그랬다면 나는 내가 사랑하는 조국의 공로와 번영에 걸맞은 웅대한 말로, 그 찬양을 마음껏 펼칠 수 있었을 것이기 때문이다.

나는 먼저 왕에게 우리의 영토가 두 개의 섬으로 이루어져 있으며, 그 안에 세 개의 강대한 왕국이 한 군주 아래 통치되고 있고, 그 밖에도 아메리카 대륙에 여러 식민지를 가지고 있다고 설명했다. 나는 한동안 우리 토양의 비옥함과 기후의 온화함에 대해 이야기했다. 그다음에는 영국 의회의 구성에 대해 자세히 설명했다. 의회는 부분적으로 귀족원이라 불리는 뛰어난 집단으로 이루어져 있는데, 그들은 가장 고귀한 혈통을 지니고 있으며 아주 오래되고 방대한 영지를 가진 사람들이다. 나는 그들이 예술과 무예에서 훌륭한 교육을 받도록 항상 특별한 주의를 기울인다는 점을 설명했다. 그 목적은 그들이 왕과 국가의 조언자가 되고, 입법에 참여하며, 항소가 불가능한 최고 사법 재판소의 구성원이 되고, 또 용기와 지혜와 충성심으로 왕과 나라를 지키는 수호자가 되도록 하기 위함이라고 말했다. 나는 또 그들이 왕국의 장식이자 방패와 같은 존재이며, 덕으로 명예를 얻었던 위대한 조상들의 훌륭한 후손이라고 설명했다. 그리고 그들의 후손들이 조상의 명예에서 한 번도 타락한 적이 없다고 덧붙였다.

또한 그 의회에는 주교라는 직함을 가진 여러 성직자도 함께 속해 있다고 말했다. 그들의 특별한 임무는 종교와, 그것을 국민에게 가르치는 사람들을 돌보는 일이다. 이들은 왕과 가장 현명한 조언자들이 나라 전역에서 찾아내고 선발하는 사람들로, 성직자들 가운데서도 삶의 성스러움과 깊은 학문으로 가장 뛰어난 인물들이다. 그들은 성직자들과 국민 모두의 영적 아버지와 같은 존재라고 나는 설명했다. 의회의 다른 부분은 하원이라 불리는 회의로 이루어져 있다고 말했다. 그 구성원들은 모두 나라의 주요 신사들로, 뛰어난 능력과 조국에 대한 사랑 때문에 국민들이 자유롭게 선출한 사람들이며, 그들은 온 나라의 지혜를 대표하는 존재라고 말했다. 그리고 이 두 집단이 함께 모여 유럽에서 가장 장엄한 의회를 이루며, 군주와 함께 국가의 모든 입법 권한을 맡고 있다고 설명했다.

그다음 나는 사법 재판소에 대해 이야기했다. 그곳에서는 법을 해석하는 존경받는 현자들인 판사들이 재판을 맡아 사람들 사이의 권리와 재산에 관한 분쟁을 판단하고, 악행을 처벌하며 무고한 사람을 보호하는 역할을 한다고 설명했다. 나는 또 국고를 신중하게 운영하는 방식, 그리고 육군과 해군이 보여준 용맹과 업적에 대해서도 언급했다. 그리고 우리 나라의 인구를 설명하기 위해 종교적 교파와 정치적 당파가 각각 얼마나 되는지를 따져보며 수백만 단위로 사람 수를 계산했다. 나는 또한 우리의 스포츠와 오락, 그리고 조국의 명예를 드높일 만하다고 생각되는 다른 여러 가지 사항들도 빠뜨리지 않았다. 마지막으로 나는 지난 100년 동안 영국에서 일어났던 사건들과 정세를 간단한 역사 이야기로 정리하며 말을 마쳤다.

이 대화는 다섯 번의 알현이 지나서야 끝났는데, 매번 몇 시간씩 계속되었다. 왕은 내가 하는 이야기를 매우 주의 깊게 들었으며, 내가 말한 내용들을 자주 직접 기록하기도 하고, 또 나에게 나중에 물어볼 질문들을 메모해두기도 했다.

내가 이러한 긴 설명을 마치자, 왕은 여섯 번째 알현에서 자신의 메모를 참고하며 각 항목마다 많은 의문과 질문, 그리고 반론을 제기하였다. 그는 이렇게 물었다.

"귀족 자제들의 정신과 신체를 교육하기 위해 어떤 방법을 사용하는가? 그들은 인생에서 가장 배우기 좋은 시기를 주로 어떤 일에 보내는가? 어떤 귀족 가문이 단절되었을 때 그 자리를 어떻게 보충하는가? 새로운 귀족을 임명할 때 어떤 자격이 필요한가? 왕의 변덕이나 궁정 여인에게 건네는 돈, 또는 공익에 반하는 당파를 강화하려는 의도가 그러한 승진의 이유가 된 적은 없는가? 또한 그 귀족들이 자국의 법률에 대해 얼마나 알고 있으며, 그러한 지식을 어떻게 습득하여 동료 국민의 재산 문제를 최종적으로 판단할 수 있게 되는가? 그들이 탐욕이나 편파성, 또는 궁핍함으로부터 항상 자유로워서 뇌물이나 다른 부정한 의도가 개입될 여지가 전혀 없는가? 그리고 내가 언급한 성직 귀족들은 과연 언제나 종교적 지식과 삶의 성스러움 때문에 그 지위에 오른 것인가? 그들이 평범한 사제였을 때 시대의 흐름에 영합한 적은 없는가? 혹은 어떤 귀족의 비굴한 사제 노릇을 하며 그 사람의 의견을 그대로 따르다가, 그 의회에 들어간 뒤에도 여전히 그 의견을 맹목적으로 따르는 것은 아닌가?"

이어서 왕은 이렇게 알고자 하였다.

"그대가 하원의원이라고 부르는 자들을 선출할 때에는 어떤 술수가 쓰이는가? 돈 많은 외지인이 많은 재물을 앞세워, 그 고장의 지주나 그 지역에서 가장 유력한 신사보다도 평범한 유권자들에게 더 큰 영향력을 행사하여 스스로를 뽑히게 할 수는 없는가? 또 어째서 사람들이 그토록 격렬하게 이 의회에 들어가기를 원하는가? 그대의 말에 따르면, 그것은 큰 수고와 비용이 드는 일이며, 흔히 가문을 파산에 이르게 하기도 하는데, 급료도 없고 연금도 없다고 하였다. 그렇다면 이는 참으로 고매한 덕성과 공공정신의 발로처럼 보이는데, 과인은 그것이 언제나 진실한 것인지 의심스럽다."

그리고 왕은 다시 물었다.

"그토록 열성적인 신사들이, 무능하고 사악한 군주와 타락한 대신들과 결탁하여 공공의 이익을 희생시키는 대가로, 자신들이 들인 비용과 수고를 보상받으려는 속셈을 품고 있을 가능성은 없는가?"

왕은 이 문제에 관해 질문을 거듭하며, 셀 수 없이 많은 의문과 반론으로 나를 철저히 따져 물었다. 그러나 그 내용은 여기서 다시 옮기는 것이 신중하지도 않고 적절하지도 않다고 나는 생각한다.

내가 우리 법정에 관해 이야기한 내용을 듣고, 왕은 몇 가지 점에 대해 더 자세히 알고자 하였다. 나는 예전에 형평법 법정에서 오랜 소송으로 거의 파산할 뻔했으나, 결국 비용까지 보상받으며 승소한 경험이 있었기 때문에, 이에 대해 비교적 잘 설명할 수 있었다.

그는 이렇게 물었다.

"보통 옳고 그름을 판단하는 데에는 얼마나 많은 시간이 걸리며, 그 비용은 어느 정도인가? 변호사와 연설가들은 명백히 부당하거나, 괴롭히거나, 억압적인 사건에서도 변론할 자유가 있는가? 종교나 정치의 당파가 재판의 공정성에 영향을 미치는가? 또 변론을 맡는 자들은 일반적인 형평의 원리에 대해 교육을 받은 사람들인가, 아니면 단지 지방적·국가적 관습이나 기타 지역적 관습에만 정통한 사람들인가? 그들 또는 판사들이, 자신들이 해석하고 마음대로 주석을 달 수 있는 법을 제정하는 데 관여한 적이 있는가? 그들이 서로 다른 시기에 동일한 사건에 대해 찬성과 반대 양쪽을 모두 변론하며, 상반된 주장을 입증하기 위해 선례를 인용한 적이 있는가? 그들은 부유한 집단인가, 아니면 가난한 집단인가? 변론이나 의견 제시에 대해 금전적 보수를 받는가? 특히, 그들이 하원 의회의 구성원이 되는 일이 있는가?"

그 다음으로 왕은 우리의 재정 운영에 대해 질문하였다. 그는 이렇게 말하였다.

"그대의 기억이 잘못된 것이 아닌가 싶다. 그대는 영국의 세입이 연간 500만에서 600만 파운드 정도라고 하였는데, 지출을 말할 때 보니 그것이 때로는 그 두 배를 넘기도 한다 하였다. 이 점에 대해 내가 매우 상세히 기록해두었는데, 그대가 말하길 그대 나라의 행정 방식에 대한 지식이 내게 도움이 되기를 바란다고 했기에, 계산에서 착오가 있어서는 안 된다고 생각했기 때문이다. 그런데 그대의 말이 사실이라면 한 나라가 어떻게 개인처럼 파산할 수 있는지 도무지 이해할 수 없다."

왕은 또 물었다.

"그대들의 채권자는 누구이며, 그들에게 돈을 갚을 자금은 어디서 마련하는가?"

또 내가 비용이 많이 드는 전쟁에 대해 이야기하자 그는 놀라워하며 말했다.

"그대들은 틀림없이 싸움을 좋아하는 민족이거나, 아니면 매우 좋지 않은 이웃들과 함께 살고 있는 것이다. 게다가 그대들의 장군들이 왕보다 더 부유할 수밖에 없겠군."

그리고 그는 물었다.

"그대들은 무역이나 조약, 또는 함대로 해안을 방어하는 경우를 제외하고 어째서 자국의 섬 밖에서 활동하는가?"

무엇보다도 그는 평화로운 시기에도 용병으로 이루어진 상비군이 존재한다는 말을 듣고 크게 놀랐다. 그리고 이렇게 말했다.

"그대들이 대표자를 통해 스스로 동의하여 통치받는다면, 도대체 누구를 두려워하고 누구와 싸우려 하는지 이해할 수 없다. 내 생각을 말해보라면, 한 개인의 집은 그 자신과 자식들, 가족이 지키는 것이 낫지 않겠는가? 거리에서 헐값에 고용된 반쯤은 불량배 같은 자 여섯 명에게 맡기는 것보다 말이지. 그런 자들은 목을 베어버리는 것으로 100배는 더 큰 이익을 얻을 수도 있을 테니까."

왕은 내가 말한 내용을 두고 '이상한 계산법'이라며 웃었다. 이는 내가 종교와 정치의 여러 파벌을 기준으로 인구를 계산하는 방식을 가리킨 것이었다. 그는 이렇게 말하였다.

"공공의 이익에 해가 되는 의견을 가진 사람들이, 그 생각을 바꾸도록 강요받아야 할 이유가 무엇인지 나는 알 수 없다. 그렇다고 해서 그것을 숨기지 않도록 내버려두어야 한다고도 생각하지 않는다. 어떤 정부가 그들에게 생각을 바꾸라고 강요한다면 그것은 폭정이며, 그렇다고 그 생각을 숨기도록 강제하지 않는다면 그것은 나약함이다. 사람에게 독을 집안에 보관하도록 허락할 수는 있어도, 그것을 약이라며 팔고 다니게 할 수는 없는 법이다."

그는 또 이렇게 말했다.

"그대는 귀족과 신사들의 오락 가운데 도박을 언급하였다. 이 놀이를 보통 몇 살 때 시작하며, 언제 그만두는가? 그것이 그들의 시간 중 얼마나 많은 부분을 차지하는가? 그것이 그들의 재산에 영향을 미칠 정도로 커지는 경우도 있는가? 또 비열하고 타락한 사람들이 그 기술에 능숙하다는 이유로 큰 부를 얻고, 때로는 귀족들까지 종속시키는 일이 있는 것은 아닌가? 더 나아가, 그들을 천박한 동료들과 어울리게 하고, 정신을 수양할 기회를 빼앗으며, 입은 손실을 만회하기 위해 다른 사람들에게 같은 비열한 수법을 배우고 실행하도록 강요하는 일은 없는가?"

왕은 내가 지난 한 세기 동안의 우리 나라 사정에 대해 들려준 역사 이야기에 크게 놀라움을 금치 못하였다. 그리고 이렇게 말하였다.

"그것은 단지 음모와 반란, 살인과 학살, 혁명과 추방이 뒤엉킨 집합에 불과하다. 탐욕, 당파 싸움, 위선, 배신, 잔혹함, 분노, 광기, 증오, 질투, 욕망, 악의, 그리고 야망이 만들어낼 수 있는 최악의 결과들이 모두 거기에 들어 있다."

또 다른 날 왕은 내가 말한 모든 내용을 수고스럽게 다시 정리하였다. 그는 자신이 던진 질문들과 내가 한 대답을 서로 비교해본 뒤, 나를 손에 들어 올려 부드럽게 쓰다듬으며 다음과 같은 말을 하였다. 나는 그 말과 그것을 전하던 그의 태도를 결코 잊지 못할 것이다.

"나의 작은 친구 그릴드리그여, 그대는 그대의 나라를 참으로 훌륭하게 찬양했다. 그대는 무지와 나태, 그리고 악덕이야말로 입법자가 되기 위한 가장 적합한 자질임을 분명히 증명해주었고, 법이라는 것은 그것을 왜곡하고 혼란스럽게 만들며 교묘히 빠져나가는 데 이해관계와 능력을 가진 자들에 의해 가장 잘 설명되고 해석되며 적용된다는 것도 보여주었다. 나는 그대들의 제도 속에서, 본래의 모습에서는 그럭저럭 용납할 만했을 어떤 흔적들을 보았다. 그러나 그것들은 반쯤 지워지고, 나머지는 완전히 흐려지고 얼룩져 부패로 인해 훼손되어 있다. 그대가 말한 바에 따르면, 그대들 사이에서는 어떤 직위를 얻기 위해 요구되는 단 하나의 덕목조차 분명하지 않다. 더구나 사람이 덕 때문에 귀족이 되고, 사제가 경건함이나 학식 때문에 승진하며, 군인이 지휘 능력이나 용맹 때문에 인정받고, 판사가 청렴함 때문에, 원로가 애국심 때문에, 고문이 지혜 때문에 임명된다는 증거는 더욱 보이지 않는다. 그리고 그대 자신에 관해서 말하자면…" 왕은 이렇게 말하였다. "그대는 생애의 대부분을 여행하며 보냈으니, 지금까지는 그대 나라의 많은 악덕에서 벗어나 있었기를 나는 기꺼이 바란다. 그러나 그대의 설명과, 내가 많은 수고 끝에 그대에게서 끌어낸 대답들을 종합해보면, 나는 그대 나라의 국민 대다수가 자연이 이 지상에 기어다니도록 허락한 것들 가운데 가장 해롭고도 혐오스러운, 하찮은 해충 같은 종족이라고 결론 내릴 수밖에 없다."

7장

저자가 조국을 사랑하는 마음을 보이다. 저자가 왕에게 큰 이익이 될 만한 제안을 하지만 왕이 그 제안을 거절하다. 왕이 정치에 대해 매우 무지하며, 그 나라의 학문이 매우 불완전하고 제한되어 있다는 사실이 드러나다. 그들의 법률과 군사, 그리고 국가의 당파 상황을 이야기하다.

오직 진리에 대한 지극한 사랑만이 내가 내 이야기의 이 부분을 숨기지 않게 만들었다. 내가 분노를 드러내보아도 그것은 언제나 조롱거리로 돌아왔으므로 아무 소용이 없었고, 나는 고귀하고 사랑하는 내 조국이 그렇게 부당하게 취급받는 동안 그저 참고 견딜 수밖에 없었다. 이런 일이 생긴 것에 대해 나는 어느 독자보다도 진심으로 유감스럽게 생각한다. 그러나 이 왕은 모든 세부 사항에 대해 몹시 호기심이 많고 집요하게 묻는 사람이었기 때문에, 내가 아는 한에서 그를 만족시켜주기를 거절하는 것은 감사의 도리나 예의에 맞지 않았다.

다만 나 자신을 변호하기 위해 이 정도는 말해도 좋을 것이다. 나는 그의 많은 질문을 교묘히 피해 갔고, 각각의 문제에 대해 엄밀한 진실이 허락하는 것보다 훨씬 더 유리한 방향으로 이야기를 돌려 말했다. 나는 언제나 역사학자였던 할리카르나소스의 디오니시오스가 정당하게 주장했듯, 조국에 대한 편애를 마음에 품고 있었기 때문이다. 나는 나의 정치적 어머니인 조국의 약점과 흉한 모습은 가리고, 그 미덕과 아름다움은 가능한 한 가장 유리한 빛 속에 놓아 보이려 했다. 이것이 내가 그 군주와 나누었던 수많은 대화에서 진심으로 기울였던 노력이었다. 그러나 불행하게도 그것은 성공하지 못했다.

그러나 세상으로부터 완전히 고립되어 살아가는 왕에게는 충분히 관대한 이해가 주어져야 한다. 그는 다른 나라들에서 가장 널리 행해지는 풍습과 관습을 전혀 알지 못할 수밖에 없기 때문이다. 이러한 지식의 결핍은 언제나 많은 편견과 어떤 편협한 사고방식을 낳기 마련인데, 우리와 유럽의 더 세련된 나라들은 그런 것들에서 완전히 벗어나 있다. 따라서 그렇게 멀리 떨어진 나라의 한 왕이 가진 덕과 악에 대한 관념을 온 인류의 기준으로 제시하는 것은 참으로 부당한 일일 것이다.

내가 지금까지 말한 바를 확증하고, 또 제한된 교육이 얼마나 비참한 결과를 낳는지를 더 잘 보여주기 위해, 나는 여기에 거의 믿기 어려울 한 대목을 덧붙이려 한다. 왕의 총애를 더욱 얻고자 나는 그에게 이렇게 말했다.

"300~400년 전에 일종의 화약이 발명되었습니다. 이 가루는 산처럼 큰 더미로 쌓여 있다 하더라도 아주 작은 불꽃 하나만 떨어지면 순식간에 전부 불붙어 천둥보다 더 큰 소리와 진동을 내며 한꺼번에 공중으로 날아오르게 됩니다. 또 이 가루를 알맞은 양만큼 놋쇠나 쇠로 만든 속이 빈 관 속에 단단히 다져 넣으면, 그 관의 크기에 따라 쇠나 납으로 된 공을 엄청난 힘과 속도로 밀어내어 어떤 것도 그 위력을 견딜 수 없게 됩니다. 이렇게 발사된 가장 큰 탄환들은 한 번에 군대 병력을 파괴할 뿐 아니라 가장 튼튼한 성벽도 무너뜨리고, 각각 천 명이 탄 배들을 바다 밑으로 가라앉히며, 또 사슬로 서로 연결되어 발사되면 돛대와 돛줄을 잘라버리고 수백 명의 몸을 한가운데서 갈라놓으며 그 앞에 있는 모든 것을 초토화시킵니다. 또한 우리는 이 가루를 속이 빈 큰 쇠구슬 속에 넣어 공성 중인 어떤 도시를 향해 기계로 발사하기도 하는데, 그러면 그것이 포석을 뒤집어놓고 집들을 산산이 찢어버리며 사방으로 파편을 터뜨려 근처에 있는 사람들의 머리를 산산이 부수어버립니다. 저는 그 재료들을 아주 잘 알고 있습니다. 그것들은 값싸고 흔한 것들이고, 그것을 배합하는 방법도 이해하고 있으므로 폐하의 장인들에게 그 관을 만드는 법을 가르쳐줄 수 있습니다. 그 크기는 폐하의 왕국의 다른 모든 것들에 알맞게 비례하여 만들 수 있고 가장 큰 것이라 해도 길이가 30미터를 넘을 필요가 없으며, 그런 관 스무 개나 서른 개에 알맞은 양의 화약과 탄환을 채워 넣으면 몇 시간 안에 폐하의 영토 안에서 가장 강한 도시의 성벽도 무너뜨릴 수 있고, 혹시 수도가 폐하의 절대적인 명령에 감히 맞서려 한다면 그 도시 전체를 파괴할 수도 있습니다.”

나는 이 제안을 왕이 나에게 보여준 수많은 왕실의 은총과 보호에 대한 보답으로 바치는 작은 감사의 표시로, 매우 겸손한 마음으로 올렸다.

왕은 내가 그 무서운 기계들에 대해 묘사한 내용과 나의 제안을 듣고 공포에 사로잡혔다. 그는 이렇게 말했다.

“이토록 무력하고 땅바닥을 기어다니는 벌레 같은 존재(왕은 이렇게 표현했다)인 그대가 어찌 그런 비인간적인 생각을 품을 수 있는지 나는 경악스럽다. 게다가 그대는 그것을 너무도 태연한 태도로 이야기하고 있어서 그 파괴적인 기계들이 낳는 보통의 결과라며 그대가 묘사한 피와 황폐의 장면들에 전혀 마음이 흔들리지 않는 것처럼 보인다. 그런 것들은 인류의 적인 어떤 사악한 악령이 처음 고안해냈음이 틀림없다. 나로 말하자면, 새로운 기술이나 자연의 발견만큼 나를 기쁘게 하는 것도 드물지만, 그와 같은 비밀을 아는 것보다는 차라리 내 왕국의 절반을 잃는 편이 낫겠다. 그러니 그대가 목숨을 소중히 여긴다면, 다시는 그런 이야기를 입에 올리지 말도록 하라.”

참으로 편협한 원칙과 시야가 낳은 기묘한 결과가 아닐 수 없다! 존경과 사랑과 찬탄을 불러일으킬 만한 모든 자질을 갖추고, 뛰어난 재능과 큰 지혜와 깊은 학식을 지니며, 놀라운 능력으로 거의 백성들의 숭배에 가까운 존경을 받는 한 군주가, 유럽에서는 도저히 상상할 수도 없는 지나치게 섬세하고 불필요한 양심의 가책 때문에 자기 손에 주어진 기회를 놓쳐버렸다는 것이다. 그 기회를 잡았다면 그는 백성들의 생명과 자유와 재산을 절대적으로 지배하는 주인이 될 수도 있었을 것이다. 그러나 내가 이렇게 말한다고 해서 그 훌륭한 왕의 많은 미덕을 조금이라도 깎아내리려는 의도는 전혀 없다. 다만 나는 이 점 때문에 그의 인품이 영국 독자들의 눈에는 크게 낮아 보일 것이라는 사실을 잘 알고 있다.

하지만 나는 그들의 이런 결함이 지금까지 정치학을 하나의 학문으로 정립하지 못한 데서 비롯된 무지 때문이라고 생각한다. 유럽의 더 예리한 지성들이 이미 그렇게 한 것과는 달리 말이다. 나는 어느 날 왕과 대화를 나누다가 우리나라에는 통치술에 관해 쓰인 책이 수천 권이나 된다고 말한 일이 있었는데, 그 말은 내 의도와는 정반대로 왕으로 하여금 우리의 지성에 대해 매우 낮은 평가를 갖게 만들었다. 그는 군주나 대신에게서 나타나는 온갖 신비주의와 교묘한 수법, 음모 따위를 모두 혐오하고 경멸한다고 공언했다. 적국이나 경쟁하는 다른 나라가 관련되지 않은 경우에 '국가 기밀'이란 것이 무엇을 뜻하는지도 그는 이해하지 못했다. 그는 통치에 관한 지식을 아주 좁은 범위로 한정하여, 상식과 이성, 정의와 관용, 민사와 형사 사건을 신속하게 처리하는 일, 그리고 몇 가지 더 자명한 문제들 정도로만 보았다. 그것들은 굳이 길게 논할 가치도 없는 것들이었다. 그리고 그는 이렇게 말하기도 했다.

"어떤 사람이 이전에는 한 포기만 자라던 땅에서 옥수수

이삭 두 개나 풀 두 포기가 자라게 할 수 있다면, 그는 온갖 정치가들을 다 합친 것보다도 인류에게 더 큰 공로를 세우고 자기 나라에 더 본질적인 봉사를 하는 사람일 것이다."

이 나라 사람들의 학문은 매우 불완전하여, 오직 도덕·역사·시·수학으로 이루어져 있다. 이 가운데서도 그들이 특히 뛰어나다고 인정할 수 있는 것은 수학이다. 다만 그들의 수학은 전적으로 실생활에 유용한 것들, 곧 농업의 발전과 모든 기계 기술의 향상에만 적용되므로 우리 사회에서는 별로 높이 평가되지 않을 것이다. 그리고 관념이나 실체, 추상, 초월적 개념과 같은 것들에 대해서는, 나는 그들의 머릿속에 그러한 개념을 조금이라도 이해시키는 데 끝내 성공할 수 없었다.

그 나라에서는 어떤 법률도 그들의 알파벳 글자 수를 넘어서는 길이로 쓰일 수 없는데, 그 알파벳은 스물두 글자로 이루어져 있다. 그러나 실제로는 그 길이에 이르는 법조문조차 거의 없다. 법률은 가장 분명하고 단순한 말로 표현되어 있으며, 그 사람들은 하나의 문장에서 두 가지 이상의 해석을 찾아낼 만큼 교활하지도 않다. 어떤 법률에 대해 주석을 다는 일은 사형에 해당하는 범죄이다. 민사 사건의 판결이나 범죄자에 대한 재판 절차에 관해서도 선례가 매우 적어서 어느 쪽에서도 특별한 능력을 자랑할 여지가 거의 없다.

그들은 중국인들처럼 아주 오래전부터 인쇄술을 가지고 있었지만, 그들의 도서관은 그리 크지 않다. 가장 크다고 여겨지는 왕의 도서관조차도 책이 1천 권이 넘지 않으며, 길이 365미터의 회랑에 책들이 놓여 있다. 나는 그곳에서 원하는 책을 마음대로 빌려 볼 수 있었다. 왕비의 목수는 글럼달클리치의 방 한쪽에 높이 8미터쯤 되는 나무 장치를 만들어주었는데, 그것은 세워 놓은 사다리와 비슷한 모양이었다. 그 계단의 각 단은 길이가 15미터였다. 사실 그것은 움직일 수 있는 한 쌍의 계단으로, 아래쪽 끝은 방 벽에서 3미터 떨어진 곳에 놓였다. 내가 읽고 싶은 책은 벽에 기대어 세워두었다. 나는 먼저 사다리의 가장 위쪽 단에 올라가 책을 향해 몸을 돌리고 페이지의 맨 위에서 읽기 시작했다. 그리고 줄의 길이에 따라 여덟 걸음이나 열 걸음쯤 오른쪽과 왼쪽으로 걸어가며 읽다가, 눈높이보다 조금 아래까지 내려오면 다시 조금씩 아래로 내려가 페이지의 맨 아래까지 읽었다. 그다음 다시 올라가 같은 방식으로 다른 페이지를 읽었고, 이어서 책장을 넘겼다. 그 책장은 두 손으로도 쉽게 넘길 수 있었는데, 두께와 단단함이 마치 두꺼운 판지와 같았고, 가장 큰 대형 판본이라 해도 길이는 5~6미터를 넘지 않았다.

그들의 문체는 명료하고 힘이 있으며 매끄럽지만 화려하지는 않다. 그들은 쓸데없는 말을 늘어놓거나 같은 뜻을 여러 표현으로 반복하는 일을 무엇보다도 피하기 때문이다. 나는 그들의 책을 여러 권 읽어보았는데, 특히 역사와 도덕에 관한 책들을 많이 살펴보았다. 그 가운데서 나는 한 권의 작은 오래된 논문을 읽으며 큰 흥미를 느꼈다. 그 책은 언제나 글럼달클리치의 침실에 놓여 있었는데, 그녀의 가정교사인 점잖고 나이 많은 숙녀의 것이었다. 그 가정교사는 도덕과 신앙에 관한 글을 즐겨 읽는 사람이었다. 그 책은 인간의 나약함을 다루고 있었는데, 여자들과 평민들 사이에서나 약간

읽힐 뿐 그다지 높이 평가되지는 않는 책이었다.

그러나 나는 그 나라의 작가가 이런 주제에 대해 무엇을 말하는지 궁금하여 읽어보았다. 저자는 유럽의 도덕주의자들이 흔히 다루는 모든 주제를 따라가면서, 인간이 본성상 얼마나 작고 보잘것없으며 무력한 동물인지, 혹독한 날씨나 사나운 짐승의 공격으로부터 스스로를 얼마나 지키기 어려운지, 또 어떤 동물에게는 힘에서, 다른 동물에게는 속도에서, 또 다른 동물에게는 예지에서, 또 다른 동물에게는 근면함에서 얼마나 뒤떨어지는지 설명했다. 그는 또한 자연은 이 세계의 쇠퇴해가는 오늘날에 이르러 퇴화하였고, 이제는 옛 시대에 비하면 그저 작고 미숙한 존재들만을 낳을 뿐이라고 덧붙였다. 인간의 종족이 본래 지금보다 훨씬 더 컸을 것이라고 생각하는 것은 매우 합리적이며, 또한 옛 시대에는 거인들이 존재했음이 틀림없다. 이것은 역사와 전승이 그렇게 전하고 있을 뿐 아니라, 왕국의 여러 곳에서 우연히 발굴된 거대한 뼈와 두개골이 그것을 확인해준다. 그것들은 오늘날의 왜소해진 인간들과는 비교할 수 없을 만큼 크다. 자연의 법칙 자체가 처음에 우리가 훨씬 더 크고 튼튼한 체격으로 만들어졌어야 함을 분명히 요구한다. 그래야 집에서 떨어지는 기와 한 장이나, 소년이 던진 돌멩이 하나, 혹은 작은 개울에 빠지는 것과 같은 사소한 사고로 그렇게 쉽게 죽음에 이르지 않았을 것이다. 이러한 논리에서 저자는 삶의 처신에 유용한 여러 도덕적 교훈을 끌어내지만 그것을 여기서 굳이 반복할 필요는 없을 것이다. 나로서는 단지 한 가지 생각을 피할 수 없었다. 그것은 자연과의 갈등에서 도덕적 교훈,

아니 오히려 불평과 원망의 근거를 끌어내는 이런 재능이 얼마나 널리 퍼져 있는가 하는 점이었다. 그리고 엄밀히 따져본다면, 그런 자연에 대한 불평은 그 나라 사람들에게서처럼 우리에게서도 근거 없는 것임을 충분히 보여줄 수 있을 것이라고 나는 믿는다.

그들의 군사 제도에 관해 말하자면, 그들은 왕의 군대가 보병 17만 6천 명과 기병 3만 2천 명으로 이루어져 있다고 자랑한다. 그러나 여러 도시의 상인들과 시골의 농부들로 이루어진 조직을 과연 군대라고 부를 수 있을지는 의문이다. 그 지휘관들은 단지 귀족과 신사들일 뿐이며, 병사들은 어떠한 급료나 보상도 받지 않는다. 그들은 훈련과 군기 면에서는 상당히 훌륭하다고 할 수 있는데, 그 점에서 나는 특별히 놀랄 만한 공로를 보지는 못했다. 왜냐하면 각 농부는 자기 지주의 지휘 아래 있고, 각 시민은 자기 도시의 주요 인물들의 지휘를 받는데, 그 인물들은 베네치아의 방식처럼 투표로 선출되기 때문이다.

나는 종종 로브룰그루드의 민병대가 도시 근처의 넓은 들판에서 훈련을 위해 집결하는 모습을 보곤 했다. 그 들판은 사방이 32킬로미터에 이르는 큰 평지였다. 병력은 모두 합해 보병이 2만 5천 명을 넘지 않았고 기병도 6천 명 정도에 불과했지만, 그들이 차지하고 있는 땅의 넓이를 생각하면 나는 정확한 수를 헤아리는 것이 불가능했다. 큰 말을 탄 한 기병의 키는 27미터쯤 되어 보였다. 나는 그 기병대 전체가 명령 한마디에 동시에 칼을 뽑아 들고 공중에서 휘두르는 광경을 본 적이 있다. 상상력으로도 그보다 더 장엄하고, 더 놀랍고,

더 경이로운 장면을 그려내기는 어려울 것이다. 그것은 마치 하늘의 사방에서 동시에 만 개의 번개가 번쩍이며 내리치는 것처럼 보였다.

나는 이 나라에 외국으로부터 들어올 길이 전혀 없는데도, 왕이 어떻게 군대라는 것을 생각하게 되었고 또 백성들에게 군사 규율을 가르치게 되었는지 궁금했다. 나는 곧 그들과 대화하고 그들의 역사서를 읽으면서 그 이유를 알게 되었다. 오랜 세월 동안 그들도 온 인류가 공통으로 앓고 있는 같은 병을 겪어왔기 때문이다. 즉, 귀족들은 권력을 두고 다투고, 백성들은 자유를 요구하며, 왕은 절대적인 지배권을 추구하는 일이었다. 이러한 갈등은 그 나라의 법률에 의해 비교적 잘 조절되어왔지만, 세 세력 모두 때때로 그 법을 어긴 적이 있었고, 그 때문에 내전이 일어나기도 했다. 그 가운데 마지막 내전은 지금 왕의 할아버지 때에 전반적인 타협으로 다행히 종결되었으며, 그때 모든 이들의 동의로 민병대 제도가 정비되었다. 그 이후로 그 민병대는 매우 엄격한 규율 아래 유지되고 있다.

8장

왕과 왕비가 국경 지방으로 순행을 떠나다. 저자가 그들을 수행하다. 저자가 그 나라를 떠나게 되는 경위를 매우 자세히 서술하다. 저자가 영국으로 돌아오다.

나는 언젠가 자유를 되찾게 되리라는 강한 충동을 늘 마음 속에 품고 있었다. 그러나 그것이 어떤 방법으로 이루어질지 짐작할 수도 없었고, 조금이라도 성공할 희망이 있는 계획을 세울 수도 없었다. 내가 타고 왔던 배는 그 해안 가까이까지 떠밀려 와 발견된 최초의 배였으며, 왕은 만약 앞으로 또 다른 배가 나타나면 그것을 해안으로 끌어 올리고 선원과 승객 전부를 수레에 태워 로브룰그루드로 데려오라는 엄격한 명령을 내려두었다. 왕은 내가 내 키에 맞는 여자를 얻어 후손을 번식시키기를 몹시 원했지만, 나는 그렇게 해서 새장 속에 길들여진 카나리아 새처럼 갇혀 지내야 할 후손을 남기는 수치보다는 차라리 죽는 편이 낫다고 생각했다. 어쩌면 그들은 시간이 지나면 호기심을 충족시키기 위한 구경거리로 왕국 여기저기에서 귀족들에게 팔려 다닐지도 모를 일이었다. 사실 나는 매우 친절한 대우를 받았고, 위대한 왕과 왕비의 총애를 받으며 궁정 전체의 사랑을 받았다. 그러나 그것은 인간의 존엄에 어울리지 않는 방식이었다. 나는 고향에 두고 온 가족들을 결코 잊을 수 없었다. 나는 나와 동등한 입장에 서 대화를 나눌 수 있는 사람들 사이에 있고 싶었고, 개구리 나 어린 강아지처럼 밟혀 죽을까 두려워하지 않고 거리와 들 판을 걸어 다니고 싶었다. 그런데 나의 해방은 내가 예상했 던 것보다 더 빨리, 그리고 그다지 흔치 않은 방식으로 찾아 왔다. 그 모든 경위를 나는 이제 충실히 이야기하려 한다.

나는 이 나라에서 이미 2년을 보냈고, 3년차에 들어서던 때에 글럼달클리치와 함께 왕과 왕비를 따라 왕국의 남쪽 해 안으로 순행을 떠나게 되었다. 나는 평소처럼 여행용 상자에 실려 갔는데, 이미 말했듯이 그것은 폭이 3.6미터나 되는 매우 편리한 작은 방 같은 것이었다. 그리고 하인이 말을 타고 나를 앞에 싣고 갈 때의 흔들림을 줄이기 위해, 천장 네 모서리에 비단 끈을 달아 해먹을 설치했다. 내가 원할 때면 그렇게 운반되었고, 길을 가는 동안 나는 종종 그 해먹에서 잠을 자곤 했다. 또 더운 날씨에 잘 때 공기가 통하도록, 나는 해먹의 바로 위쪽 천장 한가운데에 한 변이 30센티미터 정도 되는 구멍을 목수에게 뚫어달라고 했다. 그 구멍은 홈을 따라 앞뒤로 미는 판자로 내가 원할 때 여닫을 수 있게 되어 있었다.

우리가 여행의 목적지에 도착했을 때, 왕은 해안에서 29킬로미터쯤 떨어진 플랜플래스닉이라는 도시 근처에 있는 궁전에서 며칠을 보내기로 했다. 글럼달클리치와 나는 몹시 피곤했다. 나는 가벼운 감기에 걸렸고, 불쌍한 그 소녀는 병이 더 심해 방에 누워 있어야 했다. 나는 바다를 무척이나 보고 싶었다. 만약 내가 언젠가 탈출하게 된다면 바다가 틀림없이 유일한 희망이 될 것이기 때문이었다. 그래서 나는 실제보다 더 아픈 척하며, 때때로 나를 맡아 돌봐주었고 내가 매우 좋아했던 한 시종을 데리고 바닷바람을 쐬러 가게 해달라고 청했다. 글럼달클리치가 얼마나 마지못해 그것을 허락했는지, 또 나를 잘 돌보라고 그 시종에게 얼마나 엄하게 당부했는지 나는 결코 잊지 못할 것이다. 그녀는 마치 앞으로 일어날 일을 예감이라도 한 듯이 그 말을 하면서 눈물을 쏟아냈다.

그 소년은 나를 상자에 넣은 채 궁전에서 걸어서 30분쯤 되는 거리, 바닷가의 바위 쪽으로 데리고 갔다. 나는 그에게 상자를 내려놓으라고 하고 창문 하나를 들어 올린 뒤, 바다를 향해 여러 번 애틋하고 우울한 시선을 던졌다. 나는 몸 상태가 그다지 좋지 않았기 때문에 시종에게 해먹에서 잠시 낮잠을 자고 싶다고 말했고, 그것이 내게 도움이 될 것이라고 생각했다. 나는 해먹에 들어갔고, 소년은 추위를 막기 위해 창문을 단단히 닫았다. 나는 곧 잠이 들었다. 내가 짐작할 수 있는 것은 이뿐이다. 내가 잠든 사이, 아무 위험도 없으리라고 생각한 그 시종이 바위 사이로 새알을 찾으러 갔던 것 같다. 나는 그 전에 창문을 통해 그가 바위틈을 뒤지며 서너 개의 알을 주워 올리는 모습을 본 적이 있었다. 어쨌든 내가 갑자기 깨어난 것은 상자 위쪽, 운반할 때 편리하도록 달아놓은 고리에 강한 힘이 가해지며 갑자기 잡아당겨지는 느낌 때문이었다. 나는 상자가 공중 높이 들어 올려졌다가 엄청난 속도로 앞으로 옮겨지고 있음을 느꼈다. 처음 충격에 나는 해먹 밖으로 거의 내던져질 뻔했지만 그 뒤의 움직임은 비교적 견딜 만했다. 나는 있는 힘껏 여러 번 소리쳤지만 아무 소용도 없었다. 창문 쪽을 바라보았으나 보이는 것은 구름과 하늘뿐이었다. 머리 바로 위쪽에서 날개가 퍼덕이는 듯한 소리가 들렸고, 그제야 내가 처한 비참한 상황을 깨닫기 시작했다. 어떤 독수리가 내 상자 위에 달려 있던 고리를 부리에 물고는, 거북이를 껍질째 바위에 떨어뜨리듯 그것을 바위 위에 떨어뜨린 뒤 내 몸을 꺼내어 잡아먹으려 하고 있는 것이 틀림없었다. 이 새는 지능과 후각이 뛰어나서 내가 두께 5센티미터 남짓한 판자 안에 숨어 있는 것보다 훨씬 더 은밀히 감추어져 있다 하더라도, 먼 거리에서도 그 먹잇감을 찾아낼

수 있었을 것이다.

잠시 뒤 나는 날갯소리와 퍼덕임이 매우 빠르게 커지는 것을 느꼈고, 상자는 바람 부는 날 간판처럼 위아래로 심하게 흔들렸다. 나는 여러 번 쿵 하고 부딪히는 소리를 들었는데, 그것은 내 상자의 고리를 부리에 물고 있던 독수리를 다른 새들이 공격한 것이라고 생각했다. 그러다가 갑자기 나는 곧장 아래로 떨어지기 시작했는데, 낙하는 1분이 넘게 계속되는 듯했고 속도는 믿기 어려울 만큼 빨라 거의 숨이 막힐 지경이었다. 마침내 나는 엄청난 소리와 함께 떨어져 멈추었는데, 그 소리는 내 귀에는 나이아가라 폭포의 굉음보다도 더 크게 들렸다. 그 뒤로 나는 잠시 완전히 어둠 속에 있었고, 1분쯤 지나자 내 상자가 다시 위로 떠오르기 시작하여 창문 윗부분으로 빛이 들어오는 것이 보였다. 그제야 나는 내가 바다에 떨어졌다는 것을 알게 되었다.

상자는 내 몸무게와 안에 들어 있던 물건들, 그리고 위아래 네 모서리에 단단히 고정된 넓은 쇠판의 무게 때문에 물에 1.5미터 정도 잠긴 채 떠 있었다. 나는 그때도 그렇게 생각했고 지금도 그렇게 믿고 있는데, 내 상자를 물고 날아갔던 독수리가 두세 마리의 다른 독수리에게 쫓기다가 그들과 먹이를 다투는 과정에서 결국 나를 떨어뜨릴 수밖에 없었던 것 같다. 상자 아래쪽에 붙어 있던 쇠판들이 특히 더 튼튼했기 때문에 떨어질 때 균형을 유지하게 해주었고, 그 덕분에 물 표면에 부딪힐 때 상자가 부서지는 일을 막을 수 있었다. 상자의 모든 이음새는 단단히 맞물려 있었고, 문도 경첩으로 여닫는 방식이 아니라 미닫이창처럼 위아래로 움직이게 되어 있었기 때문에 내 작은 방은 매우 단단히 닫혀 있어 물이 거의 들어오지 않았다. 나는 거의 질식할 것 같았기 때문에, 공기를 들이기 위해 미리 천장에 만들어두었던 작은 미닫이 판을 열어젖힌 뒤, 해먹에서 간신히 빠져나왔다.

그때 나는 사랑하는 글럼달클리치 곁에 있었으면 하고 얼마나 자주 바랐는지 모른다. 단 한 시간 만에 이렇게 멀리 떨어지게 되다니 말이다. 그리고 나는 솔직히 말할 수 있다. 나 자신의 불행 속에 있으면서도, 나를 잃고 슬픔에 잠길 불쌍한 그 보모를 생각하지 않을 수 없었고, 왕비의 노여움과 그로 인해 그녀의 운명이 망가질지도 모른다는 일을 생각하며 마음 아파했다. 아마 많은 여행자도 내가 그때 처했던 것보다 더 큰 곤경과 고통 속에 놓인 적은 없었을 것이다. 나는 언제라도 내 상자가 산산이 부서지거나, 혹은 거센 돌풍이나 밀려오는 파도에 뒤집혀버릴 것을 예상하고 있었다. 창문의 유리창 하나만 깨져도 곧바로 죽음이었을 것이다. 여행 중의 사고를 막기 위해 바깥쪽에 설치해둔 튼튼한 쇠창살이 아니었다면, 그 창문들을 지켜줄 것은 아무것도 없었을 것이다.

상자의 여러 틈 사이로 물이 스며드는 것을 보았는데, 다행히 물이 그리 많이 새지는 않았다. 나는 할 수 있는 대로 새는 물을 막으려고 애썼다. 내 작은 방의 지붕을 들어 올릴 수만 있었다면 분명 그렇게 했을 것이고, 그 위에 올라앉아 있었을 것이다. 그렇게 했다면 적어도 이른바 배의 창고처럼 갇혀 있는 것보다는 몇 시간쯤 더 오래 버틸 수 있었을 것이다. 설령 하루이틀 정도 이런 위험에서 벗어난다 해도, 결국 차가움과 굶주림 속에서 비참하게 죽는 것 말고 무엇을 기대할 수 있었겠는가? 나는 이런 상태로 네 시간이나 버티며, 매 순간이 내 마지막이 되기를 예상했고 사실은 그렇게 되기를 바라기까지 했다.

나는 이미 독자에게 상자의 창문이 없는 쪽에 튼튼한 쇠고리 두 개가 박혀 있었다는 것을 말한 바 있다. 평소에 말을 타고 나를 옮기던 하인은 그 고리들에 가죽 띠를 끼우고 자기 허리에 묶어 운반하곤 했다. 이렇게 절망적인 상태에 있을 때, 나는 그 쇠고리들이 달린 쪽에서 무엇인가 긁히는 듯한 소리를 들은 것 같았다. 그리고 곧 내 상자가 바다 위에서 끌려가거나 견인되는 듯한 느낌이 들기 시작했다. 때때로 잡아당기는 듯한 움직임이 느껴졌는데, 그때마다 물결이 창문 윗부분 가까이까지 올라와 거의 어둠 속에 잠기게 했다. 나는 그것이 어떻게 가능할지는 전혀 짐작할 수 없었지만, 그래도 어쩌면 구원이 올지도 모른다는 희미한 희망을 품게 되었다. 나는 바닥에 항상 나사로 고정해두었던 의자 하나의 나사를 풀어보았고, 힘겹게 그것을 다시 최근에 열어두었던 천장의 미닫이 판 바로 아래에 고정시켰다. 그리고 그 의자 위로 올라가 입을 가능한 한 그 구멍 가까이에 대고 큰 소리로 도움을 청했다. 내가 아는 모든 언어로 외쳤다. 그런 다음 내가 늘 가지고 다니던 막대기에 손수건을 묶어 그 구멍 밖으로 내밀어 여러 번 공중에서 흔들었다. 혹시 근처에 배나 보트가 있다면 선원들이 상자 속에 어떤 불행한 사람이 갇혀 있다는 것을 알아차릴지도 모른다고 생각했기 때문이다.

내가 할 수 있는 모든 일을 해보았지만 아무런 효과도 없었고, 다만 내 작은 방이 바다 위를 따라 끌려가고 있다는 것만 분명히 느낄 수 있었다. 그리고 한 시간쯤, 혹은 그보다 조금 더 지나자 쇠고리가 달려 있고 창문이 없는 상자의 한쪽 면이 어떤 단단한 물체에 부딪혔다. 나는 그것이 바위일 것이라고 생각했으며, 그 뒤로 상자는 이전보다 더 심하게 흔들리기 시작했다. 나는 내 작은 방의 덮개 위에서 밧줄이 움직이는 듯한 소리를 분명히 들었고, 그것이 고리를 통과하며 긁히는 소리도 들을 수 있었다. 그리고 얼마 지나지 않아 나는 이전보다 적어도 1미터쯤 더 높이 천천히 끌어올려지고 있다는 것을 느꼈다. 그래서 나는 다시 막대기와 손수건을 구멍 밖으로 내밀어 거의 목이 쉬도록 도움을 청했다. 그러자 곧 세 번이나 반복되는 큰 함성이 들려왔는데, 그것은 직접 겪어본 사람만이 느낄 수 있을 만큼 이루 말할 수 없는 기쁨을 내게 안겨주었다.

나는 곧 내 머리 위에서 발자국 소리가 나는 것을 들었고, 누군가가 구멍을 통해 큰 소리로 영어로 외쳤다.

"아래에 사람이 있다면 말해보시오."

나는 이렇게 대답했다.

"저는 영국 사람이며, 불운으로 인해 지금까지 어떤 인간도 겪어보지 못했을 가장 큰 재난 속에 빠져 있습니다. 제발 제가 갇혀 있는 이 감옥에서 저를 구해주시기를 간절히 부탁드립니다."

그러자 그 목소리가 대답했다. 내 상자는 그들의 배에 묶여 있으니 나는 안전하며, 곧 목수가 와서 나를 끌어낼 수 있도록 덮개에 충분히 큰 구멍을 톱으로 뚫을 것이라고 했다. 나는 이렇게 말했다. "그럴 필요는 없고, 또 시간이 너무 오래 걸립니다. 선원 한 사람이 고리에 손가락을 넣어 상자를 바다에서 배 위로 끌어 올린 다음, 그대로 선장의 선실로 옮기기만 하면 됩니다."

내가 이렇게 두서없이 말하는 것을 듣고 몇몇은 내가 미쳤다고 생각했고, 다른 이들은 웃음을 터뜨렸다. 사실 나는 이제 나와 같은 키와 힘을 가진 사람들 사이에 와 있다는 생각을 전혀 하지 못하고 있었다. 곧 목수가 와서 몇 분 만에 덮개에 톱으로 1.2미터쯤 되는 네모난 구멍을 뚫고, 작은 사다리를 내려주었다. 나는 그 사다리를 타고 올라갔고, 매우 쇠약해진 상태로 배 위로 옮겨졌다. 선원들은 모두 크게 놀라 나에게 수없이 많은 질문을 퍼부었지만, 나는 대답할 마음의 여유가 없었다. 한편으로 나는 내가 막 떠나온 그 거대한 사람들과 사물들에 오랫동안 눈이 익숙해져 있었기 때문에, 이 많은 사람들을 보면서 오히려 그들을 난쟁이처럼 느끼고 혼란스러워하고 있었다. 그러나 선장인 토머스 윌콕스 씨는, 슈롭셔 출신의 정직하고 훌륭한 사람이었는데, 내가 거의 기절할 지경이라는 것을 알아차리고 나를 자기 선실로 데려갔다. 그는 나에게 기운을 북돋우는 음료를 주었고, 자기 침대에 누이며 잠시 쉬라고 권했다. 나는 휴식이 몹시 필요했다. 잠들기 전에 나는 내 상자 안에 잃어버리기에는 너무 아까운 값진 물건들이 들어 있다고, 훌륭한 해먹 하나와 보기 좋은 야전 침대, 의자 두 개와 탁자 하나, 그리고 작은 캐비닛이 있고, 내 작은 방은 사방이 비단과 솜으로 장식되어, 마치 두툼하게 누빈 것처럼 되어 있다고 그에게 말했다. 그리고 선원 한 사람을 보내 내 작은 방을 선장의 선실로 옮겨 오게 해준다면, 그 앞에서 상자를 열어 내 물건들을 보여주겠다고 말했다.

선장은 내가 이런 터무니없는 말을 하는 것을 듣고 내가 헛소리를 하고 있다고 생각했다. 그러나 아마도 나를 달래기 위해서였는지, 내가 원하는 대로 하겠다고 약속했다. 그는 갑판으로 올라가 몇몇 선원들에게 내 작은 방으로 내려가라고 명령했다. 그들은 그곳에서 내 물건들을 모두 끌어 올리고, 안쪽에 덧대어져 있던 비단과 솜으로 된 누빔 장식까지 모두 뜯어냈다. 그러나 의자와 캐비닛, 침대틀은 바닥에 나사로 고정되어 있던 것을 억지로 뜯어내는 바람에 많이 망가지고 말았다. 그런 다음 그들은 배에서 쓸 요량으로 판자 몇 장을 더 떼어냈고, 자기들이 필요하다고 생각하는 것은 모두 챙긴 뒤 상자의 껍데기를 바다에 다시 떨어뜨렸다. 밑바닥과 옆면이 여러 군데 파손되어 있었기 때문에 그것은 곧장 물속으로 가라앉았다. 사실 나는 그들이 벌여놓은 그 난장판을 직접 보지 않은 것을 오히려 다행으로 여겼다. 만약 그것을 보았다면 내가 이전에 겪었던 일들이 떠올라 마음이 몹시 상했을 것이기 때문이다.

나는 몇 시간 동안 잠을 잤는데, 내가 떠나온 곳과 내가 겪었던 위험들에 대한 꿈 때문에 계속해서 뒤척였다. 그러나 깨어났을 때는 몸이 한결 나아진 것을 느낄 수 있었다. 그때는 밤 8시쯤이었고, 선장은 내가 너무 오래 굶었다고 생각하여 곧바로 저녁 식사를 준비하게 했다. 그는 나를 매우 친절하게 대하며 내가 정신이 흐트러진 듯 보이거나 두서없이 말하지 않는지 살펴보았다. 그리고 우리가 둘만 남게 되자 내 여행에 대해 자세히 이야기해달라고 부탁하며 내가 어떤 사고로 그 거대한 나무 상자 속에 들어가 바다에 떠돌게 되었는지 설명해달라고 했다. 그는 이렇게 말했다.

"정오 무렵에는 망원경으로 바다를 살피다가 멀리서 그것을 발견했는데 처음에는 돛으로 생각했습니다. 항로에서 크게 벗어나지 않았기 때문에 가까이 가보려 했지요. 제 배에 있던 비스킷이 거의 떨어져 가고 있었기 때문에, 혹시 조금이라도 살 수 있을까 하는 기대도 있었습니다. 그러나 더 가까이 가보니 제 생각이 틀렸다는 것을 알게 되었고, 그것이 무엇인지 알아보기 위해 보트를 내보냈습니다. 그런데 돌아온 선원들이 겁에 질린 채로, 바다 위에 떠 있는 집을 보았다고 맹세하더군요." 그는 이어서 이렇게 말했다. "나는 그들의 어리석음을 비웃으며 직접 보트를 타고 나갔습니다. 그리고 선원들에게 튼튼한 밧줄 하나를 가져오라고 명령했지요. 날씨가 잔잔했기 때문에 나는 그 상자 주위를 몇 번이고 노를 저어 돌며 살펴보았습니다. 창문들과 그것을 보호하고 있는 쇠창살도 보았습니다. 또 한쪽 면에는 빛이 들어갈 구멍이 전혀 없이 판자로만 된 면이 있었고, 거기에 쇠고리 두 개가 달려 있는 것도 발견했습니다. 그래서 나는 선원들에게 그쪽으로 가까이 가서 그 쇠고리 하나에 밧줄을 묶게 한 뒤, 그들이 말하듯 '상자'였던 그것을 배 쪽으로 끌어오게 했습니다. 배 가까이 오자 나는 덮개에 달린 고리에 또 다른 밧줄을 묶게 하고 도르래로 상자를 들어 올리게 했지만, 모든 선원이 힘을 합쳐도 그것을 겨우 60~80센티미터밖에 들어 올릴 수 없었습니다. 우리는 구멍 밖으로 막대기와 손수건이 흔들리는 것을 보았고, 그래서 어떤 불행한 사람이 그 속에 갇혀 있을 것이라고 생각했습니다.”

그러자 나는 그에게 물었다.

“저를 처음 발견했을 때 하늘에서 거대한 새 같은 것을 보지는 않았습니까?”

그러자 그는 이렇게 대답했다.

“당신이 잠들어 있는 동안 이 일에 대해 선원들과 이야기를 나누었는데, 그중 한 사람이 북쪽으로 날아가는 독수리 세 마리를 보았다고 말했습니다. 하지만 그것들이 평소보다 더 큰 것 같지는 않았다고 하더군요.”

나는 그것이 아마도 그 새들이 매우 높은 곳을 날고 있었기 때문이라고 생각한다. 그는 내가 왜 그런 질문을 하는지 그 이유를 전혀 짐작하지 못했다. 나는 다시 선장에게 우리가 육지에서 얼마나 떨어져 있는 것 같으냐고 물었다. 그는 자기 계산으로는 적어도 480킬로미터 정도는 떨어져 있을 것이라고 말했다. 나는 그에게 그 계산이 거의 절반쯤 틀렸을 것이라고 말하며, 내가 떨어져 나온 그 나라를 떠난 지 아직 두 시간이 조금 넘었을 뿐이라고 설명했다. 그러자 그는 내가 정신이 혼란스러운 것이 틀림없다고 다시 생각하기 시작했고, 그 뜻을 슬쩍 내비치며 자신이 마련해준 선실로 가서 잠을 자라고 권했다. 그러나 나는 그의 친절한 대접과 동행 덕분에 이미 충분히 기운을 회복했으며, 지금도 내 평생 어느 때보다 정신이 또렷하다고 그에게 말했다. 그러자 그는 진지한 표정이 되어 나에게 솔직히 묻고 싶다고 말했다. “혹시 어떤 끔찍한 범죄를 저질러 마음속에 그 죄책감을 지니고 있는 것은 아닙니까? 그래서 어떤 군주의 명령으로 그 상자 속에 넣어 바다에 내던져지는 형벌을 받은 것은 아닌지요. 다른 나라들에서는 큰 범죄자들을 식량도 없이 새는 배에 태워 바다로 떠밀어 보내는 일이 있기 때문입니다. 비록 그런 나쁜 사람을 자기 배에 태우게 되었다면 유감스러운 일이겠지만, 그래도 우리는 처음 도착하는 항구에 당신을 무사히 내려주겠다고 약속하겠습니다." 그는 또 덧붙였다. "처음에 당신이 내 선원들에게, 그리고 나에게까지 당신의 작은 방이나 상자에 대해 했던 매우 터무니없는 이야기들과, 저녁 식사를 하는 동안 보였던 이상한 표정과 행동 때문에 내 의심은 더욱 커졌습니다."

나는 그에게 내 이야기를 끝까지 들어줄 것을 간청했고, 마지막으로 영국을 떠났던 때부터 그가 처음 나를 발견한 순간까지의 일을 성실하게 이야기해주었다. 진실이란 언제나 이성적인 사람의 마음을 움직이기 마련이므로, 약간의 학식과 매우 건전한 판단력을 지닌 이 정직하고 훌륭한 신사는 곧 나의 솔직함과 진실성을 확신하게 되었다. 그러나 내가 한 말을 더욱 확실히 증명하기 위해, 나는 내 캐비닛을 가져오도록 명령해달라고 그에게 부탁했다. 그 열쇠는 내 주머니 속에 있었기 때문이다. 그는 이미 선원들이 내 작은 방을 어떻게 처리했는지 나에게 말해준 상태였다. 나는 그의 앞에서 캐비닛을 열어, 내가 그 기이하게 떠나오게 된 그 나라에서 모아 온 진귀한 물건들을 보여주었다.

그 안에는 내가 왕의 수염 자투리로 만든 빗 하나가 있었고, 같은 재료로 만든 또 다른 빗도 있었는데, 그것은 왕비의 엄지손톱을 깎아낸 조각을 빗 등으로 삼아 붙여 만든 것이었다. 또 길이가 30~45센티미터에 이르는 바늘과 핀들이 모여 있었고, 목수의 못처럼 생긴 말벌의 침 네 개도 있었다. 왕비의 머리카락을 빗질하고 모은 것도 조금 있었으며, 어느 날 왕비가 매우 친절하게 자신의 새끼손가락에서 빼어 내 머리 위로 목걸이처럼 선물해준 금반지도 있었다. 나는 선장의 친절에 대한 보답으로 그 반지를 받아달라고 부탁했지만, 그는 끝내 받기를 거절했다. 또 나는 한 시녀의 발가락에서 내 손으로 잘라낸 티눈 하나도 보여주었는데, 그것은 켄트산 피핀 사과만큼이나 컸고 너무 단단하게 굳어 있어서 내가 영국으로 돌아온 뒤 속을 파내어 잔으로 만들고 은으로 테를 두르게 했다. 마지막으로 나는 그에게 내가 입고 있던 바지를 보여주었는데, 그것은 쥐의 가죽으로 만든 것이었다. 내가 그에게 억지로 줄 수 있는 것은 아무것도 없었고, 다만 하인의 이 하나를 건네주었을 뿐이었다. 그는 그것을 매우 호기심 있게 살펴보더니 마음에 들어하는 듯했다. 그리고 그처럼 하찮은 물건에는 어울리지 않을 만큼 여러 번 감사의 뜻을 표했다. 그 이는 서툰 외과의가 치통을 앓고 있던 글럼달클리치의 하인에게서 실수로 뽑아낸 것이었다. 실제로는 머리에 있는 다른 어떤 이보다도 더 멀쩡한 상태였다. 나는 그것을 깨끗이 씻어 보관함에 넣어두었다. 그 크기는 길이가 30센티미터, 지름이 10센티미터 정도였다.

선장은 내가 들려준 이 솔직한 이야기에 매우 만족해하며 이렇게 말했다.

"우리가 영국으로 돌아가면 이 이야기를 글로 써서 세상에 발표해주기를 바랍니다."

나는 이렇게 대답했다.

"요즘은 여행기에 관한 책이 이미 너무 많이 나와 있습니다. 이제는 아주 특별한 것이 아니고서는 독자들에게 받아들여지기 어려울 것입니다. 그런데 그런 책들 가운데는 어떤 저자들이 진실보다도 자신의 허영심이나 이익, 혹은 무지한 독자들을 즐겁게 하려는 마음을 더 앞세우는 경우도 적지 않은 것 같습니다. 제 이야기에는 기이한 식물이나 나무, 새와 다른 동물들에 대한 화려한 묘사도 없고, 야만적인 민족의 풍습이나 우상 숭배 같은 것들에 대한 이야기 역시 거의 없습니다. 그런데도 대부분의 여행기 작가들은 그런 이야기들로 책을 가득 채우곤 하지요. 어쨌든 선장님의 호의적인 말씀에는 감사드리며, 그 일은 한번 생각해보겠습니다."

선장은 또 한 가지 매우 이상하게 여기는 일이 있다고 말했다. 그것은 내가 너무 큰 소리로 말한다는 것이었다. 그래서 그 나라의 왕이나 왕비가 혹시 귀가 어두운 것이 아니었느냐고 나에게 물었다. 나는 이렇게 대답했다. 지난 2년 넘게 그런 식으로 말하는 데 익숙해져 있었으며, 오히려 선장과 선원들의 목소리가 마치 속삭이는 것처럼 들리는 것이 더 놀랍다고 했다. 그러나 그들의 말소리가 그렇게 작게 들렸음에도 나는 충분히 알아들을 수 있었다. 하지만 내가 그 나라에서 말할 때는, 마치 거리에서 말하는 사람이 첨탑 꼭대기에서 내려다보는 사람에게 이야기하는 것과 비슷한 느낌이었다. 다만 내가 탁자 위에 놓여 있거나 누군가의 손에 들려 있을 때만은 그렇지 않았다.

나는 또 한 가지 관찰한 점이 있다고 말했다. 처음 배에 올라 선원들이 나를 둘러싸고 서 있었을 때, 나는 그들이 내가 지금까지 본 것 가운데 가장 작고 하찮은 생물들처럼 보였다는 것이다. 사실 그 나라에 있는 동안에는 내 눈이 그렇게 거대한 사물들에 익숙해져 있었기 때문에 거울을 보는 것을 도저히 견딜 수가 없었다. 거울 속의 나 자신을 그들과 비교하면 스스로가 너무나 보잘것없게 느껴졌기 때문이다.

선장은 이렇게 말했다.

"저녁 식사를 하는 동안 당신이 모든 것을 놀라워하며 바라보는 것을 보았습니다. 또 여러 번 웃음을 참기 어려운 것처럼 보였는데, 그것을 어떻게 이해해야 할지 몰라 다만 당신의 정신이 조금 혼란스러운 탓이라고 생각했습니다."

나는 이렇게 대답했다.

"그 말씀은 사실입니다. 저는 선장님의 접시들이 은화 3펜스만 한 크기고, 돼지 다리 한쪽이 겨우 한입거리밖에 되지 않으며, 잔이 호두껍질만큼도 되지 않는 것을 보면서 어떻게 웃음을 참을 수 있었는지 스스로도 놀라울 정도였습니다."

그리고 나는 그 밖의 가정용 물건들과 음식들도 같은 식으로 하나하나 묘사해주었다. 사실 내가 왕비의 시중을 들던 동안에는 왕비가 나를 위해 필요한 물건들을 모두 작은 크기로 갖추어주었지만, 내 생각은 온통 내 주변에서 보이는 것들에 사로잡혀 있었고, 나는 사람들이 자기 자신의 결점을 대수롭지 않게 넘기듯이 내 자신의 작은 몸집에 대해서는 그저 못 본 체하고 지낼 뿐이었다.

선장은 내 농담을 아주 잘 이해하고는 웃으며 옛 영국 속담을 인용해 이렇게 말했다.

"당신 눈이 배보다 더 큰 것이 아닌지 모르겠습니다. 하루 종일 굶었는데도 당신 식욕이 그다지 좋은 것 같지는 않았으니까요."

그리고 계속 농담을 하며, 독수리 부리에 상자가 물려 있는 모습과 그 상자가 그렇게 높은 곳에서 바다로 떨어지는 광경을 볼 수만 있었다면 기꺼이 100파운드를 내놓았을 것이라고까지 말했다. 그것은 틀림없이 매우 놀라운 장면이었을 것이며, 후세에까지 전해질 만한 묘사의 가치가 있는 사건이었을 것이라고 했다. 또 그는 그 장면이 파에톤의 이야기와 너무도 비슷하다며 그 비유를 덧붙였는데, 나는 그 농담을 그다지 마음에 들어 하지는 않았다.

선장은 통킹에 다녀온 뒤 영국으로 돌아오는 길에 북동쪽으로 밀려 위도 44도, 경도 143도 부근까지 가게 되었다고 했다. 그러나 내가 배에 오른 지 이틀 뒤에 무역풍을 만나게 되어 우리는 오랫동안 남쪽으로 항해했고, 뉴홀랜드 해안을 따라가며 서남서 방향으로 그리고 다시 남남서 방향으로 항로를 잡아 마침내 희망봉을 돌아 나갔다. 항해는 매우 순조로웠지만 그 항해의 일지를 여기서 독자에게 장황하게 늘어놓을 필요는 없을 것이다. 선장은 한두 개의 항구에 들러 보트를 보내 식량과 담수를 실어 오게 했지만, 나는 배가 다운스에 도착할 때까지 한 번도 배 밖으로 나가지 않았다. 그것은 1706년 6월 3일이었고, 내가 그 나라에서 탈출한 뒤 9개월이 지난 때였다. 나는 운임을 지불하기 위한 담보로 내 물건들을 맡기겠다고 했지만 선장은 한 푼도 받지 않겠다고 단호하게 말했다. 우리는 서로 정답게 작별 인사를 나누었고, 나는 그에게 레드리프에 있는 내 집에 꼭 한 번 찾아오겠다고 약속하게 했다. 나는 선장에게 빌린 돈 5실링을 주고 말과 안내인을 빌렸다.

길을 가면서 작은 집과 나무, 동물들과 사람들을 보자 나는 마치 다시 릴리퍼트에 와 있는 것처럼 느껴졌다. 나는 마주치는 모든 여행자를 밟아버릴까 봐 두려웠고, 그래서 종종 큰 소리로 길을 비키라고 외치곤 했다. 그 바람에 내 무례한 행동 때문에 두어 번은 머리를 얻어맞을 뻔하기도 했다.

내 집에 도착했을 때, 나는 이곳이 어디인지 물어보아야 할 정도였다. 하인 하나가 문을 열어 주자 나는 머리를 부딪칠까 두려워 문 아래로 몸을 굽혀 들어갔는데, 마치 거위가 문 밑을 지나가는 것 같은 모양이었다. 아내는 달려 나와 나를 껴안으려 했지만, 나는 그녀의 무릎보다도 더 낮게 몸을 숙였다. 그렇지 않으면 그녀가 내 입에 닿을 수 없을 것이라고 생각했기 때문이었다. 딸은 무릎을 꿇고 내 축복을 바랐지만, 나는 그녀가 일어설 때까지 그녀를 볼 수조차 없었다. 오랫동안 머리와 눈을 곧게 들어 올려 18미터보다 더 높은 곳을 바라보는 데 익숙해져 있었기 때문이다. 그래서 나는 딸을 허리께에서 한 손으로 들어 올리려 했다. 나는 집 안에 있던 하인들과 두어 명의 친구들을 내려다보며, 마치 그들이 난쟁이이고 내가 거인인 것처럼 느꼈다. 나는 아내에게, 당신과 딸이 굶어 몸이 이렇게 작아져버린 것을 보면 당신이 너무 절약을 한 것 같다고 말했다. 요컨대 내가 너무도 이상하게 행동했기 때문에, 선장이 처음 나를 보았을 때 가졌던 생각과 마찬가지로 그들도 모두 내가 정신을 잃었다고 결론 지었다. 나는 이것을 습관과 편견이 얼마나 큰 힘을 지니는 지를 보여주는 한 가지 사례로 언급하는 것이다.

얼마 지나지 않아 나와 가족들과 친구들 사이에는 서로에 대한 오해가 풀려 제대로 이해하게 되었다. 그러나 아내는 내가 다시는 바다로 나가지 않겠다고 굳게 약속해야 한다고 주장했다. 하지만 나의 불운한 운명은 그렇게 정해져 있지 않았고, 결국 아내도 그것을 막을 수 없었다. 그 일에 대해서 는 독자들이 뒤에서 알게 될 것이다. 그동안 나는 여기서 나 의 불행한 항해 이야기 2부를 마치려 한다.

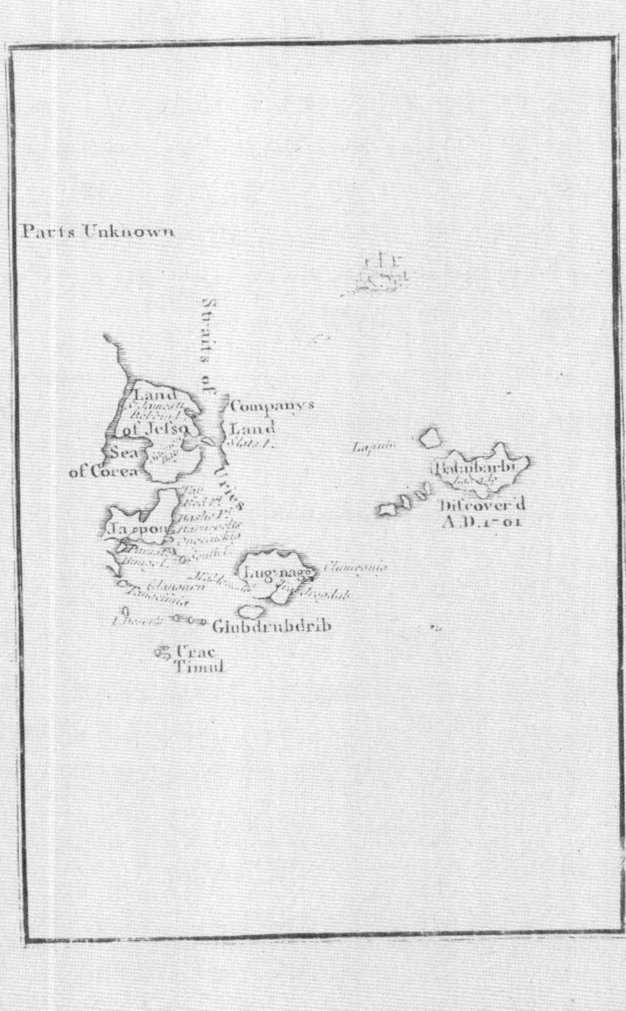

Parts Unknown
Straits of
Land
of Jesso
Sea
of Corea
Companys
Land
Laputa
Balnibarbi
Discover'd
A.D. 1701
Japon
Luggnag
Glumclanio
Glubdubdrib
Trac
Timul

3부
라퓨타, 발니바르비, 글럽더브드립,
러그내그와 일본으로의 항해

TROISIEME PARTIE
VOYAGE
A LAPUTA
BALNIBARBI LUGGNAGG
GLUBBDUBDRIB ET AU JAPON

1장

저자가 세 번째 항해에 나서다. 해적들에게 붙잡히다. 한 네덜란드인의 악의가 드러나다. 어떤 섬에 도착하다. 라퓨타에 받아들여지다.

내가 집에 돌아온 지 열흘도 채 되지 않았을 때, 콘월 출신의 윌리엄 로빈슨 씨가 내 집을 찾아왔다. 그는 호프웰 호라는 300톤짜리 튼튼한 배의 선장이었다. 예전에 나는 그가 선장이자 4분의 1 지분 소유주로 있던 지중해 동부로 향하는 배에서 외과의로 일한 적이 있었다. 그는 언제나 나를 부하라기보다 형제처럼 대해주었다. 내가 돌아왔다는 소식을 듣고 그가 찾아온 것도 나는 단지 우정 때문이라고 생각했다. 실제로 우리의 대화도 오랜만에 만난 사람들 사이에서 흔히 나누는 이야기 이상은 아니었다.

그는 여러 번 찾아오며 내가 건강하게 돌아온 것을 기뻐했고, 이제는 평생을 육지에서 지낼 생각이냐고 물었다. 그러면서 자신은 두 달 뒤 동인도로 항해할 계획이라고 덧붙였다. 결국 그는 약간의 변명과 함께 내게 그 배의 외과의로 함께 가자고 정식으로 제안했다. 내 아래에 또 다른 외과의를 두고, 두 명의 항해사도 함께 있을 것이며, 내 급료는 보통의 두 배로 지급하겠다고 말했다. 또한 내가 바다 일에 대해 그의 지식에 못지않은 경험이 있다는 것을 이미 알고 있으므로, 마치 내가 지휘권을 함께 가진 것처럼 내 조언을 따르겠다는 어떤 약속이라도 기꺼이 하겠다고 했다.

로빈슨 씨는 그 밖에도 여러 친절한 말을 덧붙였고, 나는 그가 매우 정직한 사람이라는 것을 잘 알고 있었기 때문에 이 제안을 거절할 수 없었다. 이전의 불운한 경험들에도 불구하고, 세상을 더 보고 싶다는 나의 갈망은 여전히 조금도 줄어들지 않았기 때문이었다. 남아 있는 유일한 어려움은 아내를 설득하는 일이었는데, 결국 아이들에게 돌아갈 이익을 생각해보라는 말로 아내의 동의를 얻을 수 있었다.

우리는 1706년 8월 5일에 출항하여 1707년 4월 11일 세인트조지 요새에 도착했다. 선원들 가운데 많은 사람이 병에 걸려서 그곳에서 3주 동안 머물며 선원들을 쉬게 했다. 그곳을 떠난 뒤 우리는 통킹으로 갔고, 선장은 그곳에 얼마 동안 머물기로 결정했다. 그가 사려던 물품들 가운데 많은 것이 아직 준비되지 않았고, 몇 달 안에는 일을 마칠 수 없을 것 같았기 때문이었다. 그래서 그는 그동안 들어갈 비용을 조금이라도 충당하기 위해 작은 범선을 하나 사서 여러 가지 물건을 실었다. 통킹 사람들이 인근 섬들과 거래할 때 흔히 사용하는 물품들이었다. 그리고 선원 열네 명을 그 배에 태웠는데, 그 가운데 세 명은 통킹 사람이었다. 그는 나를 그 범선의 선장으로 임명하고, 자신이 통킹에서 일을 처리하는 동안 내가 그 배를 이끌고 무역을 하도록 권한을 주었다.

우리가 항해를 시작한 지 사흘도 되지 않았을 때 큰 폭풍이 일어나 우리는 닷새 동안 북북동쪽으로 떠밀려 갔고, 그 뒤에는 동쪽으로 밀려 갔다. 그 후 날씨는 맑아졌지만 여전히 서쪽에서 꽤 강한 바람이 불고 있었다. 열흘째 되는 날 해적선 두 척이 우리를 추격했고, 그들은 곧 우리를 따라잡았다. 내가 지휘하는 범선은 짐을 너무 많이 실어 항해 속도가 매우 느렸고, 또 우리는 스스로를 방어할 형편도 못 되었다.

두 해적선은 거의 동시에 부하들을 앞세우고 우리 배에 사납게 들이닥쳤다. 그러나 내가 명령한 대로 모두가 얼굴을 바닥에 대고 엎드려 있는 것을 보고, 그들은 우리를 굵은 밧줄로 꽁꽁 묶은 뒤 감시병을 세워두고 범선을 수색하러 갔다. 그들 가운데 두 해적선의 선장은 아니지만 어느 정도 권위를 지닌 것처럼 보이는 네덜란드인 한 사람을 보았다. 그는 우리의 얼굴을 보고 우리가 영국인이라는 것을 알아차렸고, 네덜란드어로 우리에게 뭐라고 지껄였는데, 우리를 등과 등을 묶어 바다에 던져버리겠다는 것이었다. 나는 네덜란드어를 어느 정도 할 줄 알았기 때문에, 우리가 누구인지 설명하고, 우리가 같은 기독교인이며 개신교도이고, 또 서로 굳은 동맹 관계에 있는 이웃 나라 사람들이라는 점을 생각해 선장들에게 우리를 불쌍히 여겨달라는 말을 전해달라고 간청했다. 그러나 이 말은 오히려 그의 분노를 더욱 자극했다. 그는 다시 우리를 위협했고, 동료들을 향해 돌아서서 일본어 같은 말로 격렬하게 이야기했는데, '기독교인'이라는 단어를 여러 번 말하는 것이 들렸다.

두 해적선 가운데 더 큰 배는 일본인 선장이 지휘하고 있었는데, 그는 네덜란드어를 조금 할 줄 알았지만 매우 서툴렀다. 그가 내게 다가와 몇 가지 질문을 했고, 나는 매우 공손하게 대답했다. 그러자 그는 우리를 죽이지 말라고 말했다. 나는 선장에게 깊이 고개 숙여 인사한 뒤, 네덜란드인을 돌아보며 같은 기독교 형제보다 이교도가 더 많은 자비를 베풀다니 유감이라고 말했다. 그러나 나는 곧 그 어리석은 말을 후회하게 되었다. 그 사악한 인간은 나를 바다에 던져야 한다고 두 선장에게 여러 번 설득했다. 하지만 두 선장은 이미 나를 죽이지 않겠다고 약속했기 때문에 끝내 그 요구를 받아들이지 않았다.

그러나 그 네덜란드인은 결국, 내가 죽음보다도 더 가혹해 보이는 형벌을 받도록 만드는 데 성공했다. 내 부하들은 두 해적선에 똑같이 나누어 보내졌고, 내 범선에는 새로운 선원들이 배치되었다. 나는 노와 돛이 달린 작은 카누 하나에 태워 바다에 떠내려 보내기로 결정되었다. 거기에는 나흘 치 식량이 실렸는데, 일본인 선장은 친절하게도 자기 저장품에서 그것을 두 배로 늘려주었고, 또 아무도 내 몸을 수색하지 못하게 했다. 나는 카누에 탔고, 그때 갑판 위에 서 있던 네덜란드인은 자기 언어로 할 수 있는 모든 저주와 모욕적인 말을 퍼부으며 나를 욕했다.

해적선을 보기 한 시간 전에 관측을 했기에 나는 우리가 북위 46도, 경도 183도 부근에 있다는 것을 알았다. 해적선에서 어느 정도 멀어졌을 때 망원경을 꺼내 남동쪽에 여러 개의 섬이 있는 것을 발견했다. 바람이 순풍이었기 때문에 나는 돛을 올리고 그 섬들 가운데 가장 가까운 곳으로 향했고, 세 시간 만에 가까스로 그곳에 닿을 수 있었다.

그 섬은 온통 바위투성이였다. 그러나 나는 그곳에서 새 알을 많이 얻을 수 있었고, 불을 피워 마른 잡초와 해초에 불을 붙여 알을 구워 먹었다. 식량은 가능한 한 아껴 쓰기로 마음먹었기 때문에, 그날 저녁에는 그것 외에는 아무것도 먹지 않았다. 밤에는 바위 아래를 바람막이 삼아, 밑에 잡초를 조금 깔고 누워 꽤 편안하게 잠을 잤다.

다음 날 나는 또 다른 섬으로 항해했고, 거기서 다시 세 번째와 네 번째 섬으로 옮겨 갔다. 때로는 돛을 이용했고, 때로는 노를 저어 나아갔다. 그러나 내가 겪은 고생을 하나하나 자세히 늘어놓아 독자를 번거롭게 할 필요는 없을 것이다. 다만 다섯째 날이 되었을 때, 내가 눈으로 볼 수 있는 섬들 가운데 마지막 섬에 도착했다는 것만 말해두겠다. 그 섬은 앞서 있던 섬에서 남남동 방향에 있었다.

이 섬은 내가 예상했던 것보다 더 멀리 떨어져 있었고, 다섯 시간이 지나서야 그곳에 도착할 수 있었다. 나는 거의 섬을 한 바퀴 돌다시피 한 뒤에야 상륙하기에 알맞은 곳을 찾았는데, 그것은 내 카누보다 세 배쯤 넓은 작은 만이었다. 그 섬은 거의 전부가 바위였고, 다만 군데군데 작은 풀숲과 향기로운 풀들이 섞여 있을 뿐이었다. 나는 가지고 있던 적은 식량을 꺼내어 몸을 조금 추스른 뒤, 남은 것은 동굴에 넣어두었다. 그곳에는 동굴이 많이 있었다. 나는 바위 위에서 새 알을 많이 모았고, 다음 날 불을 붙여 알을 굽기 위해 마른 해초와 말라버린 풀을 한 무더기 모아두었다. 다행히 나는 부싯돌과 강철, 부싯깃, 그리고 돋보기를 가지고 있었다. 그날은 식량을 보관해둔 그 동굴에서 밤을 보냈다. 잠자리는 다음 날 땔감으로 쓰려고 모아둔 마른 잡초와 해초였다. 나는 몹시 피곤했지만 마음이 몹시 불안하고 괴로워서 잠을 거의 이루지 못했다.

나는 이런 황량한 곳에서 어떻게 살아남을 수 있을지 생각해보았고, 결국 내 최후가 얼마나 비참할 것인지도 떠올렸다. 나는 너무나 기운이 없고 절망에 빠져 있어서 일어날 마음조차 들지 않았다. 동굴 밖으로 기어 나올 만큼의 기운을 되찾았을 때는 이미 해가 꽤 높이 떠 있었다.

나는 잠시 바위들 사이를 걸어 다녔다. 하늘은 완전히 맑았고, 햇볕은 너무 강해서 얼굴을 돌려야 할 정도였다. 그러다 갑자기 하늘이 어두워지기 시작했는데, 그것은 구름이 해를 가릴 때와는 전혀 다른 방식이었다. 나는 뒤돌아보았고, 나와 태양 사이에 거대한 불투명한 물체가 섬을 향해 움직이고 있는 것을 발견했다. 그것은 3킬로미터쯤 위에 떠 있는 듯했고, 6~7분 정도 태양을 가렸다. 그러나 그 아래 공기가 특별히 더 차가워지거나 하늘이 더 어두워지는 것 같지는 않았는데, 마치 큰 산의 그늘 아래 서 있는 것과 비슷한 정도였다. 그것이 내가 서 있던 곳 위로 더 가까이 다가왔다. 그것은 단단한 물체처럼 보였으며, 밑면은 평평하고 매끄러웠고, 바다가 반사되어 매우 밝게 빛나고 있었다. 나는 해안에서 180미터쯤 떨어진 높은 곳에 서 있었는데, 그 거대한 물체가 나와 거의 같은 높이까지 내려오며, 불과 1.6킬로미터도 채 되지 않는 거리에서 평행하게 움직이는 것을 볼 수 있었다. 나는 휴대용 망원경을 꺼내어 살펴보았고, 그 물체의 경사진 옆면을 따라 수많은 사람들이 위아래로 움직이고 있는 것을 분명히 볼 수 있었다. 그러나 그 사람들이 무엇을 하고 있는지는 알아볼 수 없었다.

삶에 대한 본능적인 애착이 내 마음속에 어떤 기쁨의 움직임을 일으켰고, 나는 이 모험이 어떤 식으로든 내가 처한 이 황량한 곳과 비참한 처지에서 벗어나는 데 도움이 될지도 모른다는 희망을 품기 시작했다. 그러나 동시에 독자들은 내가 공중에 떠 있는 섬을 보았을 때 느낀 놀라움을 쉽게 상상하기 어려울 것이다. 그 섬에는 사람들이 살고 있었고, 그들은 원하는 대로 그것을 위로 올리거나 아래로 내리거나 앞으로 움직이게 할 수 있는 것처럼 보였다.

그때 나는 이 기이한 현상에 대해 철학적으로 생각해볼 마음의 여유가 없었기 때문에, 섬이 어떤 방향으로 움직일지를 관찰하는 데 더 마음을 두었다. 잠시 동안 그 섬은 움직이지 않는 것처럼 보였다. 그러나 곧 다시 나에게 더 가까이 다가왔고, 나는 그 섬의 옆면에 여러 층의 회랑이 둘러져 있으며, 일정한 간격으로 한 층에서 다른 층으로 내려갈 수 있도록 계단이 나 있는 것도 볼 수 있었다. 가장 아래층의 회랑에서는 몇몇 사람들이 긴 낚싯대로 낚시를 하고 있었고, 다른 사람들은 그것을 지켜보고 있었다. 나는 섬을 향해 테 없는 모자(테 있는 모자는 오래전에 이미 닳아버렸다)와 손수건을 흔들었다. 섬이 더 가까이 다가오자 나는 있는 힘껏 소리를 지르고 외쳤다. 그리고 주위를 살펴보니 내가 가장 잘 보이는 쪽으로 사람들이 무리를 이루어 모여드는 것이 보였다. 그들이 나를 가리키며 서로에게 손짓하는 것으로 보아 분명 나를 발견했다는 것을 알 수 있었지만, 내 외침에 대해서는 아무런 대답도 하지 않았다. 나는 네다섯 명의 사람들이 매우 급히 계단을 뛰어 올라 섬의 꼭대기로 달려가는 것을 보았고, 그들은 곧 사라졌다. 나는 이 사람들이 이 일과 관련하여 어떤 권위 있는 사람에게 지시를 받으러 간 것이라고 짐작했는데, 그 추측은 옳았다.

사람들은 점점 늘어났고, 30분도 지나지 않아 그 섬은 움직이며 높이가 조절되어, 가장 아래쪽 회랑이 내가 서 있던 높이와 90미터도 채 되지 않는 거리에서 거의 수평이 되도록 내려왔다. 나는 가장 간절히 애원하는 자세를 취하고, 최대한 공손한 어조로 말을 했지만 아무런 대답도 듣지 못했다. 내 바로 맞은편 가까이에 서 있던 사람들은, 그들의 옷차림으로 보아 신분이 높은 사람들인 듯했는데, 나를 자주 바라보며 서로 진지하게 이야기를 나누고 있었다. 마침내 그들 가운데 한 사람이 또렷하고 공손하며 부드러운 목소리로 말을 걸었는데, 그 소리는 이탈리아어와 다소 비슷하게 들렸다. 그래서 나는 적어도 그 말의 운율만큼은 그의 귀에 더 기분 좋게 들릴 것이라 기대하며 이탈리아어로 대답했다. 비록 서로의 말을 이해하지는 못했지만 사람들은 내가 처한 곤경을 보고 내 뜻을 쉽게 알아차릴 수 있었다.

그들은 내게 바위에서 내려와 해안 쪽으로 가라는 신호를 보냈고, 나는 그대로 따랐다. 공중에 떠 있는 섬이 적당한 높이로 올라가 가장자리가 바로 내 위에 오게 되자 가장 아래 회랑에서 쇠사슬 하나가 내려왔고 그 끝에는 좌석이 달려 있었다. 나는 그 좌석에 몸을 고정했고 도르래에 의해 위로 끌어올려졌다.

2장

라퓨타 사람들의 기질과 성향에 대해 묘사하다. 왕과 궁정, 그들의 학문에 대해 설명하다. 저자가 그곳에서 받은 대우를 서술하다. 주민들이 불안과 걱정에 시달리다. 여성들에 대해 설명하다.

내가 내려서자 많은 사람들이 나를 둘러쌌는데, 내 가까이에 서 있던 사람들은 더 높은 신분인 듯 보였다. 그들은 온갖 놀라움의 표정과 태도로 나를 바라보았는데, 사실 나 역시 그들에게 크게 뒤지지 않았다. 그때까지 나는 그렇게 기이한 모습과 복장, 얼굴을 가진 인간들을 본 적이 없었다. 그들의 머리는 모두 오른쪽이나 왼쪽으로 기울어져 있었고, 한쪽 눈은 안쪽을 향하고 다른 한쪽 눈은 곧바로 하늘의 정점을 향하고 있었다. 그들의 겉옷에는 해와 달과 별의 그림이 장식되어 있었고, 그 사이사이에 바이올린, 플루트, 하프, 트럼펫, 기타, 하프시코드와 같은 악기들이 수놓아져 있었는데, 그중에는 유럽에는 알려지지 않은 악기들도 있었다.

나는 또 곳곳에서 하인으로 보이는 사람들을 보았는데, 그들은 막대기 끝에 도리깨처럼 바람을 넣은 주머니를 매달고 다녔다. 그 주머니 속에는 말린 완두콩이나 작은 자갈이 조금 들어 있었는데, 이것은 나중에야 알게 된 사실이다. 그들은 이 주머니로 때때로 자기들 근처에 서 있는 사람들의 입이나 귀를 가볍게 쳤는데, 나는 처음에는 그 행동의 의미를 이해할 수 없었다. 알고 보니 이 사람들은 깊은 사색에 너무 몰두해 있어서, 말하거나 다른 사람의 말을 듣기 위해서는 반드시 말과 청각 기관에 어떤 외부의 자극을 받아야 했다. 그래서 형편이 되는 사람들은 언제나 '치기꾼'(이 나라 말로는 '클리메놀'이라고 한다)이라고 불리는 사람을 하인으로 두고 있었다. 그들은 밖에 나가거나 남을 방문할 때도 그를 반드시 데리고 다녔다. 이 사람의 임무는 두세 사람 혹은 그 이상의 사람이 함께 있을 때, 말하려는 사람의 입을 주머니로 가볍게 치고, 그가 말을 건네는 상대방의 오른쪽 귀도 마찬가지로 쳐주는 것이었다. 이 치기꾼은 또한 주인이 산책할 때도 부지런히 곁에서 시중을 들며, 필요할 때는 그의 눈을 가볍게 쳐주는 역할도 한다. 그들은 늘 깊은 생각에 잠겨 있기

때문에 자칫하면 낭떠러지에서 떨어지거나 기둥에 머리를 세게 부딪칠 위험이 있고, 거리에서는 다른 사람과 부딪치거나 오히려 다른 사람에게 떠밀려 하수구로 떨어질 위험도 있기 때문이었다.

독자가 이 사람들의 행동을 이해하려면 이 설명이 반드시 필요하다. 그렇지 않으면, 그들이 나를 데리고 섬의 꼭대기까지 올라가고, 거기서 다시 왕궁으로 인도하는 동안 벌어진 일들을 독자도 나와 마찬가지로 이해하지 못했을 것이다. 우리가 올라가는 동안 그들은 여러 번 자신들이 무엇을 하고 있는지 잊어버리고 나를 그대로 내버려두었는데, 치기꾼이 그들의 기억을 다시 일깨워주어야만 했다. 그들은 내가 입고 있는 낯선 복장과 생김새를 보거나, 생각이 비교적 덜 복잡한 평민들이 지르는 소리를 들어도 전혀 놀라거나 동요하는 기색이 없었다.

마침내 우리는 궁전에 들어가 알현실로 갔고, 그곳에서 왕이 왕좌에 앉아 있는 모습을 보았다. 왕의 양옆에는 높은 신분의 인물들이 서서 시중을 들고 있었다. 왕좌 앞에는 커다란 탁자가 하나 놓여 있었는데, 그 위에는 온갖 종류의 지구의와 천구의, 그리고 여러 가지 수학 기구들이 가득 놓여 있었다. 왕은 우리가 들어온 것을 전혀 알아차리지 못했는데, 궁정 사람들까지 몰려들어 꽤 소란스러운 입장이었음에도 불구하고 조금도 신경 쓰지 않는 듯했다. 그는 그때 어떤 문제에 깊이 몰두하고 있었고, 그것을 풀기 전까지 우리는 적어도 한 시간이나 기다려야 했다. 왕의 양옆에는 손에 주머니가 달린 막대기를 든 젊은 시종이 각각 서 있었다. 왕이 한

가해 보이자 한 시종은 그의 입을 가볍게 쳤고 다른 시종은 그의 오른쪽 귀를 쳤다. 그러자 왕은 갑자기 잠에서 깨어난 사람처럼 깜짝 놀라며 우리 쪽을 바라보았고, 나와 나를 데려온 사람들을 본 뒤에야 우리가 온 이유를 떠올렸다. 그는 이미 그 사실을 미리 전해 들은 상태였다.

왕이 몇 마디 말을 하자 곧 하인 하나가 내 곁으로 다가와 내 오른쪽 귀를 가볍게 쳤다. 나는 그런 도구가 필요 없다는 것을 가능한 한 손짓으로 표현했다. 그런데 나중에 알게 된 바로는, 이 행동 때문에 왕과 궁정 사람들 모두가 내 지능을 매우 낮게 평가하게 되었다고 한다.

왕은 여러 가지 질문을 했고, 나는 내가 아는 모든 언어로 그에게 말했다. 그러나 내가 그들의 말을 이해할 수도 없고 그들 또한 내 말을 알아들을 수 없다는 것이 분명해지자, 왕의 명령으로 나는 궁전의 어떤 방으로 안내되었다. 이 왕은 낯선 사람들에게 환대를 베푸는 일로 이전의 어떤 왕보다도 유명한 사람이었다. 나를 시중들 하인 두 명도 배정되었다.

곧 저녁 식사가 나왔고, 왕의 바로 가까이에 있던 귀족 네 명이 나와 함께 식사하는 영광을 베풀어주었다. 식사는 두 차례에 걸쳐 나왔고, 각각 세 가지 요리가 차려졌다. 첫 번째 요리에는 양 어깨살이 정삼각형 모양으로 잘려 있었고, 소고기는 마름모꼴로, 푸딩은 사이클로이드 모양으로 만들어져 있었다. 두 번째 요리에는 바이올린 모양으로 묶은 오리 두 마리가 있었고, 플루트와 오보에처럼 보이는 소시지와 푸딩, 그리고 하프 모양의 송아지 가슴살이 나왔다. 하인들은 빵을 원뿔, 원기둥, 평행사변형, 그리고 여러 가지 다른 수학적 도형의 모양으로 잘라 내왔다. 식사하는 동안 나는 용기를 내어 그들의 언어로 여러 사물의 이름을 물어보았다. 그러자 그 귀족들은 치기꾼의 도움을 받아 기꺼이 대답해주었고, 내가 그들과 대화를 할 수 있게 된다면 그들의 뛰어난 능력에 감탄하게 될 것이라고 기대하는 듯 보였다. 나는 곧 빵이나 음료 혹은 내가 필요한 다른 것들을 그들의 말로 요청할 수 있게 되었다.

식사가 끝난 뒤 함께 식사하던 사람들은 물러갔고, 왕의 명령으로 한 사람이 치기꾼을 데리고 내게 왔다. 그는 펜과 잉크, 종이와 함께 서너 권의 책을 가져왔으며, 몸짓으로 자신이 나에게 그들의 언어를 가르치기 위해 왔음을 알려주었다. 우리는 함께 네 시간 동안 앉아 있었는데, 그동안 나는 많은 단어들을 길게 쭉 적어놓고 그 옆에 번역을 적었다. 또 몇 가지 짧은 문장도 겨우 배울 수 있었다. 내 스승은 하인 가운데 한 사람에게 무엇인가를 가져오게 하거나, 돌아서게 하거나, 인사하게 하거나, 앉게 하거나, 서게 하거나, 걷게 하는 등의 명령을 내렸고, 나는 그 문장을 그대로 적어두었다. 그는 또 책 가운데 한 권을 보여주며 해와 달과 별 그림, 황도대, 회귀선과 극권을 가르쳤고, 여러 평면과 입체 도형의 이름도 알려주었다. 여러 가지 악기의 이름과 각각을 연주하는 데 쓰이는 일반적인 음악 용어들도 가르쳐주었다. 그가 떠난 뒤 나는 내가 적어둔 단어들과 그 해석을 모두 알파벳 순서로 정리했다. 이렇게 해서 며칠 사이에, 매우 충실한 기억력의 도움으로 그들의 언어를 어느 정도 이해하게 되었다.

내가 '날아다니는 섬' 또는 '떠 있는 섬'이라고 번역한 말은 원어로 '라퓨타'인데, 그 정확한 어원은 끝내 알아낼 수 없었다. 옛날에는 쓰였으나 지금은 사라진 언어에서 '랍(lap)'은 '높은 것'을 뜻하고 '운터(untuh)'는 '통치자'를 뜻하는데, 이두 말이 변형되어 '라푼터'에서 '라퓨타'가 되었다고 그들은 설명했다. 그러나 나는 이 어원 설명이 다소 억지스럽게 느껴져 그다지 동의하지 않았다. 나는 그들 가운데 학식 있는 사람들에게 내 나름의 추측을 조심스럽게 제시해보았다. '라퓨타'는 '랍 아우티드(lap outed)'에서 나온 것이며, 여기서 '랍(lap)'은 본래 바다 위에서 햇빛이 춤추듯 반짝이는 것, '아우티드(outed)'는 '날개'를 뜻한다는 해석이다. 물론 나는 이 의견을 굳이 강요하려는 것은 아니며, 다만 현명한 독자의 판단에 맡기고자 한다.

왕이 내게 보낸 사람들은 내 옷차림이 매우 초라한 것을 보고, 다음 날 아침 재단사를 불러 새 옷을 맞추도록 했다. 이 장인은 유럽의 재단사들과는 전혀 다른 방식으로 일했다. 그는 먼저 사분의를 이용해 내 키를 쟀고, 이어서 자와 컴퍼스를 사용해 내 몸 전체의 치수와 윤곽을 계산해 그렸다. 그리고 그 모든 것을 종이에 기록했다. 그러나 엿새 뒤에 그가 가져온 옷은 형편없었고 모양도 전혀 맞지 않았다. 어떤 수치를 잘못 적은 탓이었다. 다행히도 이런 실수들이 그들 사이에서는 매우 흔한 일이며 별로 대수롭게 여기지도 않는다는 것을 알게 되어 조금 위안이 되었다.

나는 옷이 없어 방에 머물러 있어야 했고, 또 며칠 동안 몸이 좋지 않았기 때문에 그동안 사전에 단어를 훨씬 더 많이 늘려 갈 수 있었다. 그런 다음 궁정에 나갔을 때는 왕이 하는 말을 상당 부분 이해할 수 있었고, 어느 정도 대답도 할 수 있게 되었다.

왕은 섬을 북동쪽과 동쪽 사이로 움직여, 아래의 단단한 땅에 있는 왕국 전체의 수도 라가도 바로 위의 수직 지점으로 가도록 명령했다. 그곳까지는 400킬로미터가 넘는 거리였고, 우리의 여정은 나흘 반이 걸렸다. 나는 그 섬이 공중에서 앞으로 움직이고 있다는 것을 전혀 느끼지 못했다.

둘째 날 아침 11시쯤, 왕은 귀족들과 궁정 신하들, 그리고 관리들을 대동하고 직접 나타났으며, 모두가 각자의 악기를 준비해 세 시간 동안 쉬지 않고 연주했다. 그 소리가 너무 커서 나는 거의 귀가 멍해질 지경이었고, 그 의미를 전혀 짐작할 수 없었다. 나중에 내 스승이 설명해주기 전까지는 말이다. 그는 이렇게 말했다. 그 섬의 사람들은 천체의 음악을 들을 수 있도록 귀가 적응되어 있는데, 음악은 일정한 시기에 항상 울려 퍼지며, 지금 궁정은 각자가 가장 잘 연주하는 악기로 그 음악에 맞추어 자기 역할을 하도록 준비되어 있는 것이라고 했다.

수도 라가도로 가는 길에 왕은 섬이 몇몇 도시와 마을 위에서 멈추도록 명령했다. 그렇게 하여 아래에 있는 백성들의 청원을 받을 수 있게 하려는 것이었다. 이를 위해 밑에 작은 추를 단 여러 가닥의 끈이 아래로 내려졌다. 사람들은 그 끈에 자신들의 청원서를 매달았는데, 그것은 마치 아이들이 연줄 끝에 종잇조각을 매달아 올려 보내는 것처럼 곧장 위로 올라왔다. 때로는 아래에서 포도주와 음식도 보냈는데, 그것들은 도르래를 이용해 위로 끌어올렸다.

내가 수학에 대해 가지고 있던 지식은 그들의 말투를 익히는 데 큰 도움이 되었다. 그들의 언어는 수학과 음악에 크게 의존하고 있었다. 나는 음악에 있어서도 전혀 서툰 편이 아니었다. 그들의 생각은 언제나 선과 도형에 관한 것들로 가득 차 있었다. 예를 들어 어떤 여인이나 다른 동물의 아름다움을 칭찬하려 할 때, 그들은 마름모, 원, 평행사변형, 타원과 같은 기하학적 용어로 그것을 표현하거나 음악에서 따온 전문 용어를 사용해 묘사했다. 나는 왕의 부엌에서도 온갖 수학 기구와 음악 기구를 보았는데, 왕의 식탁에 올리는 고기들은 바로 그 기구들의 모양을 본떠 잘라내고 있었다.

그들의 집은 매우 형편없이 지어져 있어서, 벽이 모두 비스듬하게 기울어 있고 어떤 방에서도 직각을 찾아볼 수 없었다. 이런 결함은 그들이 실용 기하학을 천박하고 기계적인 학문이라며 경멸하기 때문에 생긴 것이었다. 그들이 주는 지시는 너무나 정교하고 복잡해서 일꾼들의 이해력을 넘어서는 경우가 많았고, 그 때문에 끊임없이 실수가 생겼다. 그들은 종이 위에서 자와 연필, 컴퍼스를 다루는 것에는 꽤 능숙하지만, 일상생활의 행동이나 처신에 있어서는 이보다 더 서투르고 어색하며 손재주 없는 사람들을 나는 본 적이 없었다. 또한 수학과 음악을 제외한 다른 주제에 대해서는 생각이 매우 느리고 혼란스러워 보였다. 그들은 추론을 잘하지 못하며, 대부분의 경우에 격렬하게 반대하기를 좋아한다. 우연히 자신들이 옳은 의견을 가졌을 때만 그렇지 않았는데, 그런 경우는 드물었다. 상상력, 공상, 창의력 같은 것들은 그들에게 전혀 없으며, 그런 개념을 표현할 단어조차 그들의 언어에는 존재하지 않았다. 그들의 생각과 정신의 범위는 앞서 말한 두 학문, 즉 수학과 음악 속에만 완전히 갇혀 있는 셈이었다.

그들 대부분, 특히 천문학을 연구하는 사람들은 점성술을 매우 굳게 믿고 있었다. 다만 그것을 공개적으로 인정하는 것은 부끄러워했다. 그러나 내가 무엇보다도 놀랍게 여기고 도무지 이해할 수 없었던 것은, 그들이 뉴스와 정치에 대해 보이는 강한 관심이었다. 그들은 끊임없이 공적인 일들을 캐묻고, 국정 문제에 대해 자기 판단을 내리며, 어떤 당파의 의견이든 사소한 부분까지도 열정적으로 논쟁하곤 했다.

사실 나는 유럽에서 알고 지낸 많은 수학자들에게서도 같은 성향을 본 적이 있다. 그러나 이 두 학문 사이에 어떤 유사성이 있는지는 도무지 발견할 수 없었다. 굳이 설명해보자면, 아마도 그들은 가장 작은 원도 가장 큰 원과 같은 수의 각도를 가진다는 사실 때문에, 세상을 다스리고 운영하는 일 역시 지구의를 돌리고 다루는 일만큼이나 별다른 능력이 필요 없다고 생각하는지도 모른다. 그러나 나는 이런 성향이 오히려 인간 본성의 매우 흔한 약점에서 비롯된 것이라고 생각한다. 즉 우리는 자신과 가장 관계가 적고, 또 공부나 타고난 재능으로도 가장 잘 알기 어려운 일일수록 더 큰 호기심과 자만심을 보이는 경향이 있기 때문이다.

이 사람들은 끊임없는 불안 속에 살며 단 한 순간도 마음의 평안을 누리지 못했다. 그들의 걱정은 다른 사람들에게는 거의 영향을 주지 않는 원인에서 비롯되었다. 그들의 두려움은 천체에 일어날지도 모른다고 생각하는 여러 변화에서 생겨났다. 예를 들어 태양이 계속해서 지구에 가까워지고 있기 때문에 결국 지구가 태양에 흡수되거나 삼켜질 것이라는 걱정, 태양의 표면이 점차 용암으로 덮여 더 이상 세상에 빛을 비추지 못하게 될 것이라는 걱정 같은 것이었다. 또 지구가 지난번 혜성의 꼬리에 거의 스칠 뻔했는데, 만약 그렇게 되었더라면 틀림없이 지구가 재로 변했을 것이라고도 믿었다. 그리고 그들은 앞으로 31년 뒤에 나타날 다음 혜성이 아마도 우리를 멸망시킬 것이라고 생각하고 있었다. 그 혜성이 근일 점에 있을 때 태양에 일정한 거리까지 가까이 접근하게 된다면(그들의 계산에 따르면 그렇게 될 위험이 있다고 한다), 그것은 붉게 달아오른 쇠보다 1만 배나 더 강한 열을 받게 되고, 다시 태양에서 멀어질 때는 길이가 160억 9천만 킬로미터에 이르는 불타는 꼬리를 갖게 될 것이라고 했다. 만약 지구가 그 혜성의 핵, 즉 본체에서 16만 킬로미터 떨어진 거리에서 그 꼬리 속을 통과하게 된다면, 통과하는 동안 불이 붙어 결국 재로 변해버릴 것이라는 것이었다. 태양은 날마다 광선을 내보내면서 그것을 보충할 어떤 영양도 얻지 못하고 있으므로 결국에는 완전히 소모되어 소멸하게 될 것이며, 그렇게 되면 태양의 빛을 받는 이 지구와 다른 모든 행성도 함께 멸망하게 될 것이라고 그들은 믿고 있었다.

그들은 이러한, 그리고 이와 비슷한 닥쳐올 위험들에 대한 두려움에 끊임없이 시달리기 때문에 침대에서 편히 잠들 수도 없었고, 삶의 평범한 즐거움이나 오락에서도 아무런 기쁨을 느끼지 못했다. 아침에 서로를 만나면 가장 먼저 묻는 말은 태양의 상태에 관한 것이었다. 태양이 뜨고 질 때 어떻게 보였는지, 또 다가오는 혜성의 충돌을 피할 희망이 있는지에 대해 이야기했다. 이런 대화를 나누는 태도는 마치 아이들이 귀신이나 도깨비 같은 무서운 이야기를 듣는 것을 좋아하면서도, 그 이야기를 듣고 나면 두려워서 잠자리에 들지 못하는 것과도 비슷했다.

그 섬의 여자들은 매우 활달한 성격을 가지고 있었다. 그들은 남편들을 업신여기고, 아래 대륙에서 궁정으로 올라온 낯선 사람들을 몹시 좋아했는데 그런 사람들이 적지 않았다. 그들은 여러 도시와 단체의 일을 처리하기 위해서 오기도 하고, 혹은 개인적인 용무로 오기도 했다. 그러나 그들은 라퓨타 사람들만큼의 능력을 갖추지 못했기 때문에 매우 경멸받았다. 그럼에도 불구하고 여자들은 그들 가운데서 애인을 골랐다. 문제는 그들이 이 일을 너무도 태연하고 대담하게 한다는 것이었다. 남편들은 언제나 사색에 깊이 빠져 있기 때문에, 아내와 애인이 그의 눈앞에서 무슨 행동을 하더라도, 그에게 종이와 필기도구가 주어져 있고 옆에 치기꾼만 없다면 전혀 알아차리지 못했다.

아내들과 딸들은 이 섬에 갇혀 사는 것을 몹시 한탄했다. 그러나 내 생각으로는 이곳이 세상에서 가장 쾌적한 장소이며, 그들은 이곳에서 가장 풍족하고 화려한 생활을 누리고 있고, 무엇이든 하고 싶은 대로 할 수 있었다. 그럼에도 불구하고 그들은 세상을 보고 싶어 하며, 수도에서 즐기는 여러 오락을 누리고 싶어 했다. 하지만 왕의 특별한 허가 없이는 아래로 내려갈 수 없었는데, 그 허가를 받는 일은 쉽지 않았다. 신분이 높은 사람들은 자기 아내들을 아래로 내려보냈다가 다시 돌아오게 설득하는 것이 얼마나 어려운 일인지 경험을 통해 이미 잘 알고 있었기 때문이다.

한번은 이런 이야기를 들은 적이 있다. 궁정에 왕국에서 가장 부유한 신하이자 수상과 결혼하여 아이도 여럿 둔 한 귀부인이 있었다. 그녀의 남편은 매우 품위 있는 인물로 그녀를 몹시 사랑했고, 섬에서 가장 훌륭한 궁전에 살고 있었다. 그런데 그녀는 건강을 핑계로 라가도에 내려간 뒤 몇 달 동안 숨어 지냈다. 결국 왕이 그녀를 찾으라는 명령을 내렸고, 그녀는 어느 허름한 음식점에서 누더기를 입은 채 발견되었다. 그녀는 옷을 저당 잡혀가며, 그녀를 매일 때리는 한 늙고 흉한 하인을 부양하고 있었다. 그녀는 그 사람과 함께 있다가 발견되었는데, 그것도 본인의 뜻과는 달리 붙잡힌 것이었다. 그럼에도 남편은 그녀를 조금도 꾸짖지 않고 가능한 한 친절하게 맞아주었다. 그러나 그녀는 얼마 지나지 않아 모든 보석을 가지고 다시 몰래 내려가 그 애인에게 돌아갔고, 그 뒤로는 소식이 전혀 들리지 않았다고 한다.

이 이야기가 독자에게는 어쩌면 그렇게 먼 나라의 이야기라기보다 유럽이나 영국에서나 있을 법한 이야기처럼 들릴지도 모르겠다. 그런데 독자는 여성들의 변덕이라는 것이 어느 특정한 기후나 나라에만 국한된 것이 아니라는 점을 생각해보아야 할 것이다. 그것은 사람들이 쉽게 상상하는 것보다 훨씬 더 비슷하게, 어디서나 나타나는 성질이기 때문이다.

한 달쯤 지나자 나는 그들의 언어를 어느 정도 익히게 되었고, 왕을 알현할 때 질문 대부분에 대답할 수 있게 되었다. 그러나 왕은 내가 다녀온 여러 나라의 법률이나 정치, 역사,

종교, 풍습 등에 대해서는 조금도 궁금해하지 않았다. 그는 오직 수학에 대해서만 질문했고, 양쪽에 있던 치기꾼이 그의 귀와 입을 자주 쳐서 주의를 환기시키지 않으면, 내가 들려준 이야기를 대체로 경멸과 무관심 속에서 들었다.

3장

현대 철학과 천문학으로 설명되는 하나의 현상을 말하다. 라퓨타 사람들이 천문학에서 큰 발전을 이루다. 반란을 진압하는 왕의 방법을 설명하다.

나는 왕에게 섬의 여러 기이한 것들을 구경할 수 있도록 허락해달라고 청했다. 그는 친절하게도 이를 허락했고, 내 스승에게 나를 안내하도록 명령했다. 나는 무엇보다도 이 섬이 예술이나 자연의 어떤 원인에 의해 그렇게 여러 가지 방식으로 움직일 수 있는지 알고 싶었다. 그에 대해 이제 독자에게 철학적으로 설명해보려고 한다.

하늘을 나는 섬, 또는 떠 있는 섬은 완벽한 원형이며, 지름이 7킬로미터 정도이고, 따라서 면적은 40제곱킬로미터에 이른다. 두께는 270미터이다. 아래쪽 바닥면, 즉 아래에서 올려다보는 사람들에게 보이는 부분은 아다만트*로 된 하나의 매끈하고 평평한 판으로 이루어져 있으며, 그 두께는 180

---

* 그리스 신화에 나오는 매우 단단한 물질이다.

미터에 이른다. 그 위에는 여러 광물층이 통상적인 순서대로 놓여 있고, 그 위에는 3~4미터 깊이의 비옥한 흙층이 덮여 있다. 섬의 윗면은 가장자리에서 중심을 향해 완만하게 기울어져 있는데, 이 때문에 자연적으로 섬 위에 내리는 모든 이슬과 빗물이 작은 시냇물처럼 중앙으로 흘러가게 된다. 그 물은 중심에서 180미터 떨어진 곳에 있는 네 개의 큰 연못으로 흘러 들어가는데, 각각의 둘레는 800미터 정도다. 이 연못들의 물은 낮 동안 태양에 의해 계속 증발하므로 넘쳐흐르는 일이 없다. 게다가 왕은 섬을 구름과 수증기가 있는 층보다 더 높이 올릴 수 있는 권한을 가지고 있기 때문에, 원한다면 이슬이나 비가 내리는 것을 막을 수도 있다. 자연학자들의 말에 따르면 가장 높은 구름도 3킬로미터보다 더 높이 뜨지는 못하며, 적어도 그 나라에서는 그런 일이 한 번도 알려진 적이 없다.

섬의 중심에는 지름 45미터의 깊은 틈이 있는데, 그곳을 통해 천문학자들이 아래에 있는 큰 돔 모양의 공간으로 내려간다. 그래서 이곳을 '플란도나 가뇰레', 즉 '천문학자의 동굴'이라고 부른다. 이 동굴은 아다만트 층의 윗면으로부터 90미터 아래에 위치해 있다. 이 동굴 안에는 항상 스무 개의 등이 켜져 있으며, 그 빛은 아다만트에 반사되어 사방으로 강하게 퍼진다. 이곳에는 육분의, 사분의, 망원경, 아스트롤라베 등 여러 가지 천문 기구들이 다양하게 갖추어져 있다.

그러나 이 섬의 운명이 달려 있는 가장 놀라운 물건은 천연자석이다. 그것은 모양이 베틀의 북과 비슷하며, 길이는 5미터이고 가장 두꺼운 부분의 둘레는 적어도 3미터나 된다.

이 자석은 가운데를 관통하는 매우 단단한 아다만트 축에 의해 지탱되고 있으며, 그 축 위에서 회전할 수 있게 되어 있다. 그리고 균형이 아주 정확하게 맞추어져 있어서 가장 약한 힘으로도 돌릴 수 있다. 자석의 둘레에는 속이 빈 아다만트 원통이 둘러져 있는데, 깊이와 두께는 1.2미터이며 지름은 10미터이다. 이 원통은 수평으로 놓여 있고, 각각 높이 5미터인 여덟 개의 아다만트 기둥이 그것을 받치고 있다. 원통의 안쪽 면 중앙에는 깊이 30센티미터의 홈이 파여 있는데, 그 안에 축의 양 끝이 끼워져 있어 필요할 때마다 회전할 수 있도록 되어 있다. 이 돌은 어떤 힘으로도 그 자리에서 떼어낼 수 없다. 그 고리와 그것을 지탱하는 기둥들이 섬의 바닥을 이루는 아다만트 덩어리와 하나로 이어진 동일한 구조이기 때문이다.

이 천연자석의 힘으로 섬은 오르내리기도 하고, 한 곳에서 다른 곳으로 움직이기도 한다. 왕이 다스리는 그 땅에 대해 말해보자면, 이 천연자석은 한쪽 면에는 끌어당기는 힘을, 다른 한쪽 면에는 밀어내는 힘을 가지고 있다. 자석을 세워서 끌어당기는 쪽이 땅을 향하게 하면 섬은 내려가고, 밀어내는 쪽이 아래로 향하면 섬은 곧바로 위로 올라간다. 자석이 비스듬히 놓이면 섬의 움직임도 그에 따라 비스듬해진다. 이 자석의 힘은 항상 자석의 방향과 평행한 선을 따라 작용하기 때문이다.

이와 같은 비스듬한 움직임에 의해 섬은 왕의 영토 여러 지역으로 이동한다. 그 이동 방식을 그림으로 설명하고자 한다. 다음 그림의 AB를 발니바르비의 영토를 가로지르는 선이라고 하자. cd는 천연자석이고, d는 밀어내는 끝, c는 끌어 당기는 끝이다. 그리고 섬이 C 위에 있다고 하자. 이때 자석을 cd의 위치로 두고 밀어내는 끝이 아래를 향하게 하면, 섬은 비스듬히 위쪽으로 D를 향해 움직이게 된다. 섬이 D에 도달하면, 자석을 축 위에서 돌려 끌어당기는 끝이 E를 향하도록 하면 섬은 다시 비스듬히 E 쪽으로 이동한다. 그곳에서 다시 자석을 축 위에서 돌려 EF의 위치가 되게 하고, 밀어내는 끝이 아래를 향하게 하면 섬은 비스듬히 F 쪽으로 올라간다. F에 이르면 끌어당기는 끝을 G로 향하게 하여 섬을 G로 이동시킬 수 있고, 다시 자석을 돌려 밀어내는 끝이 바로 아래를 향하게 하면 G에서 H로 이동하게 된다. 이와 같이 필요할 때마다 자석의 위치를 바꾸면 섬은 번갈아 비스듬히 올라가고 내려가게 되며, 이러한 상승과 하강을 반복하여(섬의 기울기는 그리 중요하지 않다) 왕의 영토 중 한 곳에서 다른 곳으로 이동하게 된다.

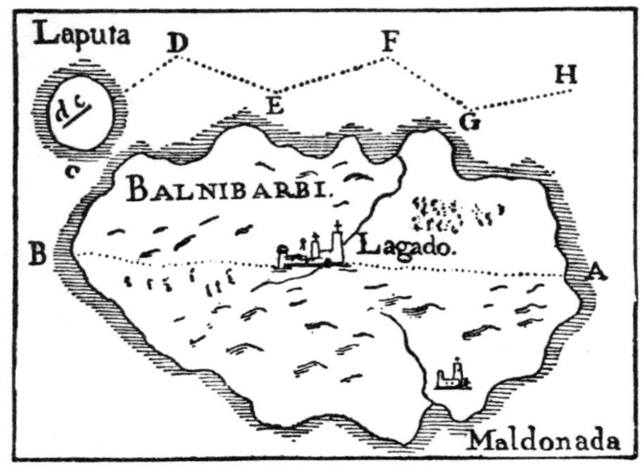

그러나 이 섬은 아래에 있는 영토의 범위를 넘어 이동할 수 없으며, 또한 높이 6.5킬로미터 이상 올라갈 수도 없다는 점을 알아두어야 한다. 이에 대해 방대한 논문을 써낸 천문학자들은 다음과 같은 이유를 제시한다. 자석의 힘은 6.5킬로미터 이상의 거리까지는 미치지 못하며, 또 이 자석에 작용하는 광물이 땅속과 해안에서 30킬로미터 떨어진 바닷속에 존재하지만, 그것이 지구 전체에 퍼져 있는 것이 아니라 왕의 영토 경계 안에서만 끝나기 때문이라는 것이다. 이렇게 높은 위치에 있는 이점을 이용하면, 그 자석의 인력이 미치는 범위 안에 있는 어떤 곳이든 왕이 쉽게 자신의 지배 아래 두는 것이 가능하다.

자석이 수평면과 평행하게 놓이면 섬은 움직이지 않고 그대로 멈춘다. 이 경우 자석의 양 끝이 땅과 같은 거리에 있게 되므로, 한쪽은 아래로 끌어당기고 다른 쪽은 위로 밀어내는 힘이 서로 같은 크기로 작용하게 된다. 따라서 어떤 움직임도 일어나지 않게 된다.

이 천연자석은 몇몇 천문학자가 관리하고 있으며, 그들은 왕의 명령에 따라 때때로 자석의 위치를 조정한다. 그들은 삶의 대부분을 천체를 관측하며 보내는데, 이를 위해 망원경을 사용한다. 이 망원경은 성능이 우리 것보다 훨씬 뛰어나다. 비록 그들의 가장 큰 망원경이라도 길이가 90센티미터를 넘지 않지만, 우리가 쓰는 30미터짜리 망원경보다 더 크게 확대할 수 있고 별들을 훨씬 더 선명하게 보여준다. 이러한 이점 덕분에 그들은 유럽의 천문학자들보다 훨씬 더 많은 발견을 할 수 있었다. 그들은 1만 개의 항성을 목록으로 만들었는데, 유럽의 가장 방대한 목록도 그들 목록의 3분의 1을 넘지 못한다. 또한 그들은 화성을 도는 두 개의 작은 별, 즉 위성을 발견했다. 그중 안쪽 위성은 화성 중심으로부터 정확히 화성 지름의 세 배 거리에 있고, 바깥쪽 위성은 다섯 배 거리에 있다. 안쪽 위성은 10시간 만에 한 바퀴를 돌고, 바깥쪽 위성은 21시간 반이 걸린다. 따라서 이들의 공전 주기의 제곱은 화성 중심으로부터의 거리의 세제곱과 거의 같은 비례를 이루는데, 이는 이 위성들도 다른 천체들과 마찬가지로 같은 중력의 법칙에 의해 지배된다는 것을 분명히 보여준다.

그들은 서로 다른 93개의 혜성을 관측했으며, 그 주기도 매우 정확하게 계산해두었다고 한다. 만약 이것이 사실이라면(그들은 이에 대해 매우 큰 확신을 가지고 말했다), 그들의 관측 결과가 공개되기를 바랄 만하다. 그렇게 된다면 현재 매우 불완전하고 미흡한 상태에 있는 혜성 이론도 다른 천문학 분야와 같은 수준의 완성에 이를 수 있을 것이기 때문이다.

왕은 만약 대신들이 그의 뜻에 협력하기만 한다면 우주에서 가장 절대적인 군주가 될 수도 있을 것이다. 그러나 대신들은 자신들의 영지가 아래 대륙에 있고, 또 총애받는 신하의 지위라는 것이 매우 불안정하다는 사실을 잘 알고 있기 때문에, 결코 자기 소유의 땅을 왕의 것으로 만드는 일에는 동의하려 하지 않는다. 어떤 도시가 반란이나 폭동을 일으키거나, 심한 당파 싸움에 빠지거나, 혹은 평소 바치던 조공을 거부할 경우, 왕은 그들을 복종시키는 두 가지 방법을 가지고 있다.

첫 번째이자 가장 온건한 방법은 그 도시와 그 주변의 땅 위에 섬을 떠 있게 하는 것이다. 그렇게 하면 그곳 사람들은 햇빛과 비를 받을 수 없게 되고, 그 결과 주민들은 기근과 질병에 시달리게 된다. 그리고 그들이 그런 처벌을 받아도 마땅하다고 생각되는 죄를 저질렀다면, 위에서 큰 돌들을 떨어뜨려 공격하기도 한다. 이때 사람들은 집 지붕이 산산이 부서지는 동안, 지하실이나 동굴 속으로 기어들어가는 것 외에는 아무런 방법이 없다.

그러나 그들이 여전히 완강하게 버티거나 반란을 일으키려 한다면 왕은 마지막 수단을 사용한다. 바로 섬을 그들의 머리 위로 떨어뜨리는 것이다. 그렇게 되면 집과 사람 모두가 완전히 파괴된다. 그러나 왕이 이런 극단적인 방법을 사용하는 일은 매우 드물다. 왕 자신도 이를 원하지 않을 뿐만 아니라, 대신들 또한 그런 행동을 권하려 하지 않는다. 섬을 떨어뜨리는 것은 백성들의 미움을 사게 될 뿐만 아니라 그들의 재산에도 큰 손해가 되기 때문이다. 대신들의 영지는 모두 아래 땅에 있고, 섬 자체는 왕의 직할 영지이다.

그러나 이 나라의 역대 왕들이 극단적인 필요가 아닌 한 그렇게 끔찍한 방법을 실행하기를 항상 꺼려온 데는 사실 더 중요한 이유가 있다. 만약 파괴하려는 도시 안에 높은 바위들이 있다면(대도시들에서는 흔히 그런 경우가 많다. 아마도 그러한 참사를 막기 위해 처음부터 그런 장소를 택했을 것이다) 또는 그곳에 높은 첨탑이나 돌기둥들이 많다면, 섬이 갑자기 떨어질 때 섬의 바닥이나 아래쪽 표면이 손상될 위험이 있다. 그 바닥은 앞서 말했듯이 두께가 180미터에 이르는 하나의 거대한 아다만트로 이루어져 있지만, 너무 강한 충격을 받으면 금이 갈 수도 있고, 아래 집들에서 올라오는 불에 너무 가까이 접근하면 터질 수도 있다. 유럽에 있는 집의 굴뚝에서 철이나 돌로 된 뒷판이 종종 박살나는 것과 같은 이치이다.

이 모든 사정을 사람들은 잘 알고 있으며, 자신들의 자유나 재산이 관련될 때 어느 정도까지 완강하게 버틸 수 있는지도 이해하고 있다. 왕이 가장 크게 분노하여 어떤 도시를 완전히 파괴하기로 결심했을 때도, 그는 백성들을 배려하는 척하면서 섬을 매우 천천히 내려오도록 명령한다. 그러나 실제 이유는 아다만트로 된 바닥이 깨질까 두렵기 때문이다. 만약 바닥면이 깨지면, 그 나라의 철학자들의 의견에 따르면 자석이 더 이상 섬을 떠받칠 수 없게 되고, 그 거대한 덩어리 전체가 땅으로 떨어지게 될 것이기 때문이다.

내가 라퓨타 섬에 도착하기 약 3년 전, 왕이 영토를 순행하고 있을 때에 이 왕국의 운명이 끝장날 뻔한 특별한 사건이 일어났다. 적어도 현재와 같은 체제가 유지되지 못할 뻔한 일이었다. 왕은 첫 순행지로 왕국에서 두 번째로 큰 도시인 린달리노에 방문했다. 왕이 떠난 지 사흘 뒤, 오래전부터 심한 압제를 호소해오던 그 도시의 주민들은 성문을 닫고 총독을 붙잡았다. 그리고 놀라운 속도와 노동력으로 도시 네 모퉁이에 각각 하나씩, 네 개의 큰 탑을 세웠다. 그 도시는 정확히 정사각형 모양이었다. 이 탑들은 도시 중앙에 곧게 솟아 있는 뾰족한 큰 바위와 같은 높이로 만들어졌다. 그들은 각 탑의 꼭대기와 그 바위 위에 거대한 자석을 하나씩 설치했다. 그리고 만약 그들의 계획이 실패할 경우에 대비하

여, 섬의 아다만트로 된 바닥을 폭발시키기 위해 가연성 높
은 연료도 엄청난 양으로 준비해두었다. 자석을 이용한 계획
이 실패하면 그 연료로 섬 바닥을 터뜨리려 했던 것이다.

린달리노 사람들이 반란을 일으켰다는 사실을 왕이 알게
된 것은 8개월 뒤였다. 왕은 곧바로 섬을 그 도시 위로 이동
시키도록 명령했다. 그러나 주민들은 모두 단결해 있었고,
식량도 충분히 비축해두었으며, 도시 한가운데로 큰 강이 흐
르고 있었다. 왕은 여러 날 동안 그들 위에 섬을 떠 있게 하
여 햇빛과 비를 차단했다. 또한 여러 가닥의 줄을 아래로 내
려보내어 청원을 받으려 했지만 아무도 청원서를 올려 보내
지 않았다. 대신 그들은 매우 대담한 요구를 했다. 자신들
이 겪은 모든 억압을 시정하고, 특권을 부여하며, 총독을 스
스로 선출할 권리를 달라는 등의 지나친 요구들이었다. 이
에 왕은 섬의 아래쪽 회랑에서 큰 돌들을 도시로 떨어뜨리도
록 명령했다. 그러나 시민들은 이런 공격에 대비하여 사람들
과 재산을 네 개의 탑과 다른 견고한 건물들, 그리고 지하의
저장실로 옮겨두었다. 왕은 이제 이 교만한 사람들을 굴복시
키기로 결심하고, 섬을 탑들과 바위의 꼭대기에서 40미터 높
이까지 천천히 내려오게 하라고 명령했다. 그 명령은 그대
로 실행되었다. 그러나 그 일을 맡은 관리들은 섬이 평소보
다 훨씬 빠르게 내려가고 있다는 것을 알아차렸다. 자석을
돌려 섬을 안정된 위치에 유지하려 했지만 그게 무척 어려웠
고, 섬이 아래로 기울어 떨어지려는 것을 느꼈다. 그들은 즉
시 이 놀라운 사건을 왕에게 보고하고 섬을 더 높이 올리도
록 허락해달라고 청했다. 왕은 이에 동의했고, 곧 대회의가

열렸으며 자석을 담당하는 관리들이 모두 참석하도록 명령
했다.

그들 가운데 가장 나이가 많고 경험이 많은 한 사람이 실
험을 해보게 해달라고 요청했다. 그는 길이 90미터의 튼튼한
줄을 가져왔다. 도시 위에서 그들이 느꼈던 인력의 범위보
다 섬을 더 높이 올린 뒤, 줄 끝에 아다만트 조각 하나를 매달
았다. 그는 그것을 아래쪽 회랑에서 천천히 탑의 꼭대기 쪽
으로 내려보냈다. 아다만트 조각이 4미터도 내려가기 전에,
관리자는 그것이 아래쪽으로 매우 강하게 끌려 내려가는 것
을 느꼈고, 거의 다시 끌어올릴 수 없을 정도였다. 그는 이어
서 작은 아다만트 조각 몇 개를 더 떨어뜨려보았는데 그것들
이 모두 탑의 꼭대기에 강하게 끌려가는 것을 확인했다. 같
은 실험을 나머지 세 개의 탑과 중앙의 바위에서도 해보았는
데, 결과는 모두 같았다. 이 사건으로 왕의 모든 계획은 완전
히 무너졌고, 결국 왕은 그 도시가 요구한 조건을 받아들일
수밖에 없었다.

나는 한 대신으로부터 이런 말을 들었다. 만약 섬이 도시
가까이 너무 내려와 다시 올라갈 수 없게 되었더라면, 시민
들은 섬을 영원히 그곳에 고정시키고 왕과 그의 모든 신하들
을 죽여버린 뒤, 정부 체제를 완전히 바꾸기로 결심하고 있
었다는 것이다. 이 나라의 기본 법률에 따르면, 왕과 그의 장
남 둘은 섬을 떠나는 것이 허락되지 않는다. 또한 왕비도 더
이상 아이를 낳을 수 없는 나이가 되기 전에는 섬을 떠날 수
없다.

4장

저자가 라퓨타를 떠나 발니바르비로 옮겨 가다. 수도와 그 주변 지역에 대해 묘사하다. 한 귀족에게 후하게 환대받다. 저자가 그 귀족과 대화를 나누다.

이 섬에서 내가 나쁘게 대우받았다고 말할 수는 없지만, 솔직히 말하자면 나는 다소 소홀히 여겨지고 어느 정도 경멸까지 받고 있다고 느꼈다. 왕이나 백성들 모두 수학과 음악을 제외한 어떤 학문에도 호기심을 보이지 않았기 때문이다. 그리고 나는 그 두 분야에서 그들보다 훨씬 뒤떨어져 있었으므로 거의 관심을 받지 못했다.

한편 섬의 여러 기이한 것들을 모두 구경하고 난 뒤에는 그곳을 떠나고 싶은 마음이 매우 강해졌다. 그곳 사람들에게 진심으로 싫증이 났기 때문이다. 그들은 내가 매우 존중하며 또 전혀 모르는 것도 아닌 두 학문, 즉 수학과 음악에서는 분명 뛰어났지만, 동시에 사색과 추상적인 생각에 너무 깊이 빠져 있어 내가 지금까지 만난 사람들 가운데 가장 불쾌한 동료들이었다. 내가 그곳에 머무는 두 달 동안 대화를 나눈 사람들은 여자들, 장인들, 치기꾼들 그리고 궁정의 어린 시종들뿐이었다. 그 결과 나는 매우 하찮은 사람으로 여겨졌다. 그러나 그들만이 어느 정도 말이 통하는 대답을 들을 수 있는 유일한 사람들이었다.

나는 열심히 공부하여 그들의 언어를 꽤 잘 알게 되었지만 이렇게 거의 존중받지 못한 채 섬에 갇혀 지내는 것에 싫

중이 나 있었기 때문에 기회가 생기는 대로 그곳을 떠나기로 결심했다.

궁정에는 왕과 가까운 친척 관계인 한 귀족이 있었는데, 오직 그 이유만으로 존중을 받고 있었다. 그는 그들 가운데서 가장 무지하고 어리석은 사람으로 널리 알려져 있었다. 그러나 그는 왕실을 위해 많은 뛰어난 공을 세운 사람이었고, 타고난 재능과 후천적으로 얻은 능력도 훌륭했으며, 정직함과 명예를 갖춘 인물이었다. 다만 음악에 대해 잘 알지 못했기 때문에, 그를 비방하는 사람들은 그가 이상한 부분에서 박자를 맞추는 일이 종종 있다고 말하곤 했다. 또한 그의 스승들도 매우 쉬운 수학 문제조차 그에게 증명하도록 가르치는 데 큰 어려움을 겪었다.

그는 내게 여러 번 호의를 베풀었고, 자주 나를 찾아와 유럽의 사정, 여러 나라의 법률과 풍습, 내가 여행한 나라들의 생활 방식과 학문에 대해 알려달라고 했다. 그는 내가 하는 말을 매우 주의 깊게 들었고, 내가 말한 모든 것에 대해 매우 현명한 의견을 덧붙이곤 했다. 그에게는 체면을 위해 두 명의 치기꾼이 곁에 있었지만 궁정에 있을 때나 공식적인 방문을 할 때를 제외하고는 거의 사용하지 않았다. 그리고 우리가 단둘이 있을 때는 항상 그들에게 물러가라고 명령했다.

나는 이 존귀한 사람에게 내가 떠날 수 있도록 왕에게 허락을 구해달라고 간청했다. 그는 실제로 그렇게 해주었는데, 나중에 나에게 말하기를 다소 유감스러웠다고 했다. 사실 그가 나에게 여러 가지 매우 유리한 제안들을 했지만 나는 깊은 감사의 뜻을 표하며 그것들을 모두 거절했다.

2월 16일에 나는 왕과 궁정을 떠났다. 왕은 나에게 영국 돈으로 200파운드에 해당하는 선물을 주었고, 나의 후원자였던 그의 친척 역시 같은 액수의 선물을 주었으며, 수도 라가도에 있는 자신의 친구에게 보내는 추천서도 함께 주었다. 그때 섬은 라가도에서 3킬로미터쯤 떨어진 산 위에 떠 있었는데, 나는 처음 섬으로 올라왔을 때와 같은 방식으로 아래쪽 회랑에서 줄을 이용해 내려보내졌다.

떠 있는 섬의 군주에게 복종하는 대륙은 통틀어 발니바르비라는 이름으로 불리며, 수도는 앞서 말했듯이 라가도이다. 나는 다시 단단한 땅 위에 서게 된 것에 약간의 만족을 느꼈다. 나는 그곳 사람들과 같은 옷차림을 하고 있었고 그들과 대화할 만큼 충분히 언어를 배워두었기 때문에 아무 걱정 없이 도시로 걸어갔다. 곧 내가 추천받은 사람의 집을 찾아냈고, 섬에 있는 그 귀족 친구에게서 받은 편지를 건넸다. 그는 나를 매우 친절히 맞아주었다. 그의 이름은 무노디였는데, 나를 위한 방을 마련해주었고, 내가 머무는 동안 가장 후한 환대를 베풀어주었다.

내가 도착한 다음 날 아침, 무노디는 마차에 나를 태우고 도시를 구경시켜주었다. 그 도시는 런던의 절반 정도 크기였지만, 집들은 매우 기묘하게 지어져 있었고 대부분 수리가 되지 않아 낡아 있었다. 거리의 사람들은 빠르게 걸었고, 표정은 어수선하며 눈은 한곳에 고정되어 있었고, 대체로 누더기 옷을 입고 있었다. 우리는 도시의 한 성문을 지나 5킬로미터쯤 시골로 나갔다. 그곳에서 나는 많은 노동자가 여러 도구를 가지고 땅을 파며 일하고 있는 것을 보았다. 그러나 그들이 무엇을 하고 있는지 짐작할 수 없었다. 또한 땅이 매우 비옥해 보였음에도 불구하고, 곡식이나 풀을 수확하려는 어떤 기대도 보이지 않았다. 나는 도시와 시골에서 보이는 이런 이상한 모습들에 놀라움을 금할 수 없었다. 그래서 나를 안내하던 그에게, 거리와 들판에서 그렇게 많은 사람이 바쁘게 머리와 손을 움직이고 있음에도 불구하고 어떤 좋은 결과도 보이지 않는 이유가 무엇인지 설명해달라고 부탁했다. 나는 이렇게 형편없이 경작된 땅을 본 적이 없었고, 이렇게 형편없이 지어져 폐허처럼 된 집들도 본 적이 없었으며, 사람들의 얼굴과 옷차림에서 이렇게 큰 빈곤과 불행이 드러나는 경우도 본 적이 없었다.

무노디 경은 신분이 매우 높은 사람이었고, 한때 몇 년 동안 라가도의 총독을 지낸 인물이었다. 그러나 대신들의 음모로 인해 무능하다는 이유로 해임되었다. 그럼에도 불구하고 왕은 그를 선의는 있으나 이해력이 부족한 사람으로 여겨 비교적 온정 있게 대했다.

내가 그 나라와 그 주민들에 대해 그렇게 거리낌 없이 비판하자 그는 내가 아직 그들 사이에서 오래 지내지 않았기 때문에 판단을 내리기에는 이르다고 말했다. 또한 세상의 여러 나라는 각기 다른 풍습을 가지고 있다는 식의 일반적인 말들만 덧붙였다. 그러나 우리가 그의 저택으로 돌아왔을 때, 그는 나에게 이 건물이 마음에 드는지, 어떤 점이 우스꽝스럽게 보였는지, 그리고 하인들의 옷차림이나 모습 가운데 무엇이 못마땅했는지 물었다. 그는 이렇게 물어도 괜찮았다. 왜냐하면 그의 집에 관한 모든 것은 화려하고, 질서 정연하며, 세련되었기 때문이었다. 나는, 무노디 경의 신중함과 높은 신분 그리고 재산 덕분에 다른 사람들에게서 보이는 어리석음과 가난이 만들어낸 결점들을 면할 수 있었던 것 같다고 대답했다. 그러자 그는 30킬로미터 떨어진 그의 영지에 시골 별장이 있는데, 그곳이 이런 이야기를 나누기에 더 여유가 있을 것이라고 말했다. 나는 전적으로 그의 뜻에 따르겠다고 대답했고, 우리는 다음 날 아침 곧바로 길을 떠났다.

여행하는 동안 그는 농부들이 자기 땅을 경작하는 여러 가지 방법들을 나에게 보여주었다. 그러나 나는 그것들을 전혀 이해할 수 없었다. 아주 몇몇 곳을 제외하고는, 나는 곡식 이삭 하나나 풀 한 포기조차 찾아볼 수 없었기 때문이다. 그런데 세 시간쯤 지나자 풍경이 완전히 달라졌다. 우리는 매우 아름다운 지방에 들어섰다. 농가들은 서로 조금씩 떨어져 깔끔하게 지어져 있었고, 밭들은 울타리로 둘러싸여 있었으며, 그 안에는 포도와 곡식을 키우고 있었으며, 목초지도 있었다. 나는 그보다 더 즐거운 경치를 본 적이 없었다. 그는 내 얼굴빛이 밝아지는 것을 알아차렸다. 그리고 한숨을 쉬며, 지금부터가 바로 그의 영지가 시작되는 곳이며, 우리가 그의 별장에 도착할 때까지 이런 풍경이 계속될 것이라고 했다. 하지만 그의 동료들은 그가 일을 제대로 처리하지 못하고, 나라에 좋지 않은 본보기를 보인다며 그를 비웃고 경멸하고 있다고 했다. 또 자신과 같은 방식으로 땅을 관리하는 사람이 거의 없으며, 그처럼 늙고, 고집이 세고, 허약한 몇몇 사람들뿐이라고 했다.

마침내 우리는 그의 별장에 도착했는데, 그곳은 고대 건축의 가장 뛰어난 규칙에 따라 지어진 참으로 훌륭한 건물이었다. 분수와 정원, 산책로와 가로수길, 그리고 숲까지 모두 정확한 판단과 세련된 취향으로 배치되어 있었다. 나는 내가 본 모든 것에 대해 충분히 찬사를 보냈다. 그러나 무노디 경은 저녁 식사가 끝날 때까지 그것에 대해 조금도 언급하지 않았다. 식사 후에 우리 둘만 남게 되자 그는 매우 우울한 표정으로 나에게 말했다. 아마도 도시와 시골에 있는 그의 집들을 모두 허물고, 지금의 유행에 맞게 다시 지어야 할 것 같다는 것이었다. 또 그가 가꾸어온 모든 나무와 정원도 없애고, 현대의 관습에 맞는 형태로 새로 만들어야 할 것이며, 모든 소작인에게도 같은 지시를 내려야 할 것이라고 했다. 그렇지 않으면 교만하다거나, 별나다거나, 유난을 떤다거나, 무지하다거나, 변덕스럽다는 비난을 받게 될 것이고, 어쩌면 왕도 더 크게 불쾌해할지 모른다고 했다. 그는 지금 내가 보내는 감탄도, 아마 자신이 몇 가지 사정을 이야기해주면 줄어들거나 사라질 것이라고 했다. 그 사정들은 아마 궁정에서 들어본 적도 없을 것이라고 했는데, 궁정 사람들은 사색에 너무 몰두해 있어서 이 아래에서 일어나고 있는 일에는 관심을 기울일 겨를이 없기 때문이라고 했다.

그 이야기의 요지는 다음과 같았다. 약 40년 전, 몇몇 사람이 일을 하거나 구경을 하기 위해 라퓨타에 올라갔다. 그들은 5개월 동안 머문 뒤 돌아왔는데, 수학에 대해서는 조금 어설프고 변변찮은 지식만 얻었을 뿐이었지만 매우 경박한 기질을 가득 가지고 돌아왔다. 이 사람들은 아래 땅으로 돌아온 뒤로 이곳의 모든 일 처리 방식이 마음에 들지 않았고, 모든 학문과 기술, 언어, 그리고 기계 기술을 완전히 새로운 방식으로 바꾸려는 계획을 세우기 시작했다. 그 계획을 위해 그들은 라가도에 '계획자의 학술원'을 세울 수 있도록 왕의 특허를 받아냈다. 이런 풍조가 사람들 사이에 매우 강하게 퍼져서, 지금은 왕국에서 어느 정도 규모가 있는 도시라면 이런 학술원이 없는 곳이 거의 없었다.

이 학술원에서 교수들은 농업과 건축에 대한 새로운 규칙과 방법을 고안하고, 모든 직업과 제조업을 위한 새로운 기구와 도구들을 만들어낸다. 그들의 주장에 따르면, 이렇게 하면 한 사람이 열 사람의 일을 할 수 있게 되고, 궁전도 단 일주일 만에 지을 수 있으며, 그 재료는 너무도 튼튼해서 수리 없이도 영원히 지속될 것이라고 한다. 땅에서 나는 모든 열매는 우리가 원하는 어느 계절에든 익게 만들 수 있고, 지금보다 100배나 더 많이 수확할 수 있게 된다. 그 밖에도 수없이 많은 훌륭한 계획들이 있다. 다만 한 가지 불편한 점이 있다면, 이 계획들 가운데 아직 하나도 완전히 성공한 것이 없다는 것이다.

그사이에 온 나라의 땅은 비참하게 황폐해졌고, 집들은 폐허가 되었으며, 사람들은 먹을 것과 입을 것조차 없는 처지가 되었다. 그런데도 그들은 낙담하기는커녕 오히려 희망과 절망에 동시에 떠밀려 자신들의 계획을 추진하려는 열의가 예전보다 50배나 더 강해졌다. 그러나 무노디는 자신이 본래 모험적인 기질이 아니기 때문에 옛 방식을 그대로 따르며 살아가는 것으로 만족하고 있다고 했다. 그는 조상들이 지어놓은 집에서 살고, 삶의 모든 면에서 그들이 하던 방식대로 행동하며, 어떤 새로운 시도도 하지 않는다. 그와 비슷한 몇몇 귀족과 신사들도 있기는 하지만 그들은 예술의 적, 무지한 사람들, 그리고 공공의 이익을 해치는 자들로 여겨지며 경멸과 악의적인 시선을 받는다. 그들은 나라 전체의 발전보다 자신의 안락함과 게으름을 더 중시한다고 비난받고 있다.

그는 이어서 자신이 더 자세히 이야기하면, 내가 틀림없이 즐겁게 보게 될 그 학술원을 구경하는 재미를 미리 없애게 될 것 같다며, 나를 그곳에 보내기로 이미 마음먹었다고 했다. 그는 다만 5킬로미터쯤 떨어진 산기슭에 있는 한 폐허가 된 건물을 눈여겨보라고 했다. 그리고 그 건물에 대해 이렇게 설명했다.

무노디는 집에서 800미터 정도 떨어진 곳에 매우 편리한 물방앗간을 가지고 있었다. 그것은 큰 강에서 흘러오는 물줄기로 돌아갔고, 가족뿐 아니라 많은 소작인에게도 충분한 것이었다. 그런데 7년 전, 그 계획자들 가운데 한 무리가 그에게 와서 이 방앗간을 없애고 저 산의 비탈에 새로 하나를 지으라고 제안했다. 그 산등성이를 따라 긴 운하를 파서 물을 저장한 뒤, 그것을 관과 기계로 위로 끌어올려 방앗간에 공급하자는 것이었다. 그들의 설명에 따르면, 높은 곳에서는 바람과 공기가 물을 흔들어 움직임에 더 적합하게 만들고, 또 물이 경사를 따라 내려오기 때문에 평지에서 흐르는 강물의 힘 절반만으로도 방앗간을 돌릴 수 있다는 것이었다. 그때 그는 궁정과 사이가 좋지 않았고, 또 많은 사람의 권유에 밀려 그 제안을 받아들였다. 그래서 2년 동안 100명이 그 일을 하게 했다. 그러나 결국 공사는 실패로 끝났고, 그 계획자들은 모두 떠나버렸다. 계획자들은 실패의 책임을 전부 무노디에게 돌리고, 그 뒤로도 계속 그를 비난했다. 무노디는 그 계획자들이 다른 사람들에게도 같은 실험을 해보라고 권하면서 똑같이 성공을 장담하지만 결과는 늘 똑같은 실패로 끝나고 있다고 말했다.

머칠 뒤 우리는 다시 도시로 돌아왔다. 무노디 경은 학술원에서 자신에 대한 평판이 좋지 않다는 것을 고려하여, 나와 함께 그곳에 가지는 않겠다고 했다. 대신 나를 그곳으로 안내할 친구 한 사람을 소개해주었다. 무노디 경은 그 친구에게 나를, 계획을 매우 좋아하며 호기심이 많고 무엇이든 쉽게 믿는 사람이라고 소개해주었다. 사실 이것도 완전히 틀린 말은 아니었다. 나 역시 젊은 시절에는 어느 정도 계획자 같은 사람이었다.

5장

저자가 라가도의 학술원을 구경하도록 허락받다. 학술원과 계획자들이 종사하는 여러 기술에 대해 설명하다.

이 학술원은 하나의 건물이 아니라 한 거리의 양쪽에 늘어서 있는 여러 집들이 이어진 형태였다. 그 거리가 점차 황폐해지자 집들을 사들여 이런 용도로 사용하게 된 것이었다. 나는 학술원 관리자로부터 매우 친절한 환대를 받았고, 여러 날 동안 그곳을 돌아다니며 구경했다. 방마다 한 명 혹은 그 이상의 계획자가 있었는데, 내가 들어가본 방만 적어도 500 개는 되었던 것 같다.

내가 처음 본 사람은 매우 야윈 모습이었고, 손과 얼굴은 그을음으로 더러워져 있었다. 그의 머리카락과 수염은 길고 헝클어져 있었으며 여러 군데 불에 그을린 흔적이 있었다. 그의 옷과 셔츠, 심지어 피부까지도 모두 같은 색이었다. 그는 오이에서 햇빛을 추출하는 계획을 연구한 지 8년째라고 했다. 그 햇빛은 밀봉된 병에 넣어 보관했다가, 춥고 음산한 여름에 공기를 따뜻하게 하는 데 사용하려는 것이었다. 그는 앞으로 8년만 더 있으면 합리적인 값으로 시장의 정원에 햇빛을 공급할 수 있게 될 것이라고 확신한다고 말했다. 그러나 자금이 부족하다며, 특히 올해는 오이 값이 매우 비싸기 때문에 발명 장려금으로 조금만 도와달라고 나에게 부탁했다. 나는 그에게 돈을 조금 주었다. 나의 후원자인 무노디 경이 미리 돈을 쥐여주었기 때문이다. 그는 이곳 사람들의 습관이 구경 온 사람들에게 돈을 구걸하는 것이라는 사실을 알고 있었다.

나는 또 다른 방으로 들어갔는데 지독한 악취 때문에 곧바로 되돌아가고 싶어질 지경이었다. 그러나 나를 안내하던 사람은 무례하고 굴면 계획자가 크게 화를 낼 것이라고 작은 목소리로 간청하며 앞으로 가도록 재촉했다. 그래서 나는 감히 코를 막지도 못했다. 이 방의 계획자는 학술원에서 가장 오래된 연구자였다. 그의 얼굴과 수염은 창백한 누런빛이었고, 손과 옷은 온통 더러운 것들로 뒤덮여 있었다. 그에게 나를 소개하자 그는 나를 꽉 껴안으며 인사를 했는데, 솔직히

말해 나는 그런 예의는 사양하고 싶었다. 그가 이 학술원에
들어온 뒤 줄곧 연구해온 일은 인간의 배설물을 다시 원래
의 음식으로 되돌리는 작업이었다. 그는 그것을 여러 성분으
로 분리하고, 담즙에서 비롯된 색을 제거하며, 냄새를 날려
보내고, 침과 같은 찌꺼기를 걷어내는 방법을 연구하고 있었
다. 학회에서는 그에게 매주 브리스틀 술통만 한 크기의 인
간 배설물 한 통을 지급하고 있었다.

다른 방에서 얼음을 태워 화약으로 만드는 실험을 하는 사
람을 보았다. 그는 또한 불의 연성(延性)에 관한 논문을 하나
써놓았는데, 그것을 출판할 생각이라고 나에게 보여주었다.

다른 사람은 매우 기발한 건축가였는데, 그는 지붕에서부
터 시작해 아래로 내려오며 기초까지 집을 짓는 새로운 방법
을 고안해냈다고 했다. 그는 그 방법이 합리적이라고 주장하
며, 벌과 거미라는 두 현명한 곤충이 같은 방식으로 집을 짓
는다는 예를 들어 나에게 설명했다.

태어날 때부터 눈먼 사람이 있었는데, 그는 자기와 같은
처지의 여러 견습생을 두고 있었다. 그들의 일은 화가들이
사용할 물감을 섞는 것이었는데, 스승은 그들에게 촉감과 냄
새로 색을 구별하는 법을 가르치고 있었다. 그러나 내가 보
았을 때 그들은 아직 그 기술을 충분히 익히지 못한 상태였
고, 스승 자신도 대개 실수하곤 했다. 그럼에도 이 기술자는
그 학회 전체에서 매우 장려되고 존중받는 사람이었다.

또 다른 방에서는 돼지를 이용해 밭을 가는 방법을 고안한
계획자를 보고 나는 매우 흥미를 느꼈다. 이 방법은 쟁기와
가축, 그리고 노동력을 사용하는 비용을 절약하기 위한 것이

었다. 방법은 다음과 같았다. 4천 제곱미터의 땅에 15센티미터 간격으로, 깊이 20센티미터 정도 되게 도토리, 대추, 밤, 그리고 돼지들이 가장 좋아하는 여러 열매나 채소를 묻어둔다. 그런 다음 600마리 이상의 돼지를 그 밭으로 몰아넣으면, 며칠 안에 돼지들이 먹이를 찾기 위해 땅을 모두 파헤치게 된다. 그렇게 해서 밭은 파종하기에 알맞게 갈리게 되고, 동시에 돼지의 배설물로 거름까지 되게 된다. 다만 실제로 실험해본 결과, 비용과 수고가 매우 많이 들었고 수확도 거의 없었다고 한다. 그러나 이 발명은 앞으로 더 크게 발전할 가능성이 있다는 점에는 의심의 여지가 없다고 여겼다.

나는 다른 방으로 들어갔는데 그곳의 벽과 천장은 모두 거미줄로 뒤덮여 있었고, 다만 그 예술가가 드나들 수 있도록 좁은 통로만 남겨두고 있었다. 내가 들어가자 그는 큰 소리로 거미줄을 건드리지 말라고 외쳤다. 그는 오랫동안 세상이 누에를 이용해 비단을 만드는 것이 얼마나 큰 잘못이었는지 한탄했다. 우리에게는 누에보다 훨씬 뛰어난 집에서 기르는 곤충, 즉 거미가 많이 있는데, 거미는 실을 뽑을 뿐만 아니라 직조하는 방법까지 알고 있기 때문이라는 것이었다. 또 그는 거미를 이용하면 비단을 염색하는 비용도 완전히 절약할 수 있다고 주장했다. 그는 그 증거로 매우 아름다운 색을 띤 파리들을 보여주었는데, 그것들을 거미에게 먹이고 있었다. 그는 이 파리들 덕분에 거미줄이 색을 띠게 될 것이라고 장담했다. 그리고 모든 색깔의 파리를 가지고 있으므로, 파리들에게 특정한 고무, 기름, 그리고 다른 끈적한 물질을 먹여 실에 강도와 탄력을 줄 수 있는 적절한 먹이를 찾아내기만 한

다면, 사람들의 어떤 취향에도 맞는 색의 거미줄을 만들어낼
수 있을 것이라고 말했다.

어떤 천문학자는 시청 건물 꼭대기에 있는 큰 풍향계 위에
해시계를 설치하는 일을 맡고 있었다. 그는 지구와 태양의
연간 운동과 일일 운동을 조정하여, 바람이 우연히 어느 방
향으로 불든지 그 모든 회전에 맞추어 해시계가 정확히 작동
하도록 만들겠다는 계획이었다.

내가 약간의 복통을 호소하자 나를 안내하던 사람은 그 병
을 치료하는 것으로 유명한 의사가 있는 방으로 나를 데려갔
다. 그 의사는 같은 도구를 사용하지만 정반대 방식으로 치
료하는 방법을 쓰고 있었다. 그에게는 길고 가느다란 상아로
된 관이 달린 큰 풀무가 있었다. 그는 그 관을 환자의 항문
안으로 20센티미터 정도 밀어 넣고 바람을 빼냈다. 그렇게
하면 장을 말라붙은 방광처럼 축 늘어지게 만들 수 있다고
주장했다. 그러나 병이 더 심하고 고질적인 경우에는 풀무에
바람이 가득 찬 상태에서 환자의 몸 안으로 바람을 넣은 뒤
에 풀무를 빼내면서 엄지손가락으로 항문을 단단히 막았다.
이 과정을 서너 번 반복하면 몸 안으로 들어간 바람이 한꺼
번에 빠져나오면서 해로운 것들도 함께 밀려 나온다고 했다.
그는 이것이 펌프에 물을 부었을 때 물이 밀려 나오듯이 작
용한다고 설명했고, 그렇게 하면 환자가 회복된다고 말했다.
나는 그가 이 두 가지 실험을 개 한 마리에게 시험하는 것을
보았다. 그러나 첫 번째 방법에서는 아무런 효과도 보이지
않았다. 두 번째 방법을 시행하자 그 동물은 터질 듯한 상태
가 되었고, 엄청나게 배설을 해버려서 동행한 사람들에게 몹

시 불쾌한 냄새를 풍겼다. 그 개는 그 자리에서 죽어버렸고, 우리는 의사가 같은 방법으로 그것을 살리려 애쓰는 모습을 뒤로한 채 그 방을 떠났다.

그 밖에도 많은 방들을 둘러보았지만 내가 본 모든 기이한 것들을 독자에게 일일이 이야기하여 번거롭게 하지는 않겠다. 나 역시 간결하게 말하는 것을 좋아하기 때문이다.

지금까지 나는 학술원 한쪽 부분만 본 것이었다. 다른 쪽은 사변적 학문을 발전시키는 사람들에게 배정되어 있었다. 그들에 대해서는 조금 뒤에 이야기하겠지만, 먼저 그들 가운데 '만능적 예술가'라고 불리는 한 뛰어난 인물에 대해 말해야겠다. 그는 자신이 인간의 삶을 개선하기 위해 30년 동안 자신의 생각을 바쳐왔다고 말했다. 연구실에는 두 개의 큰 방이 있었고, 그 안에는 놀라운 것들이 가득했으며 50명이 작업을 하고 있었다. 어떤 사람들은 공기에서 질산 성분을 빼내고 수분을 걸러내어, 공기를 건조하고 손으로 만질 수 있는 물질로 응축시키는 일을 하고 있었다. 또 어떤 사람들은 대리석을 부드럽게 만들어 베개나 핀꽂이로 사용하려는 연구를 하고 있었고, 또 다른 사람들은 살아 있는 말의 발굽을 돌처럼 굳게 만들어 병에 걸리지 않도록 보존하려는 실험을 하고 있었다. 그 예술가 자신은 그때 두 가지 큰 계획에 몰두하고 있었다.

첫 번째는 왕겨를 땅에 뿌려 농사를 짓는 방법이었다. 그는 왕겨 속에 진짜 씨앗의 힘이 들어 있다고 주장하며 여러 실험으로 그것을 증명해 보였지만, 나는 그것을 이해할 만큼 충분한 지식이 없었다. 두 번째 계획은 어떤 고무, 광물, 식물 성분을 섞은 물질을 겉에 바르면 어린 양 두 마리의 털이 자라는 것을 막을 수 있다는 것이었다. 그는 적당한 시간이 지나면 털이 없는 양의 품종을 왕국 전역에 퍼뜨릴 수 있을 것이라고 기대하고 있었다.

우리는 산책로 하나를 지나 학술원의 다른 구역으로 갔다. 그곳에는 앞서 말했듯이 사변적 학문을 연구하는 계획자들이 머물고 있었다. 내가 처음 본 교수는 매우 넓은 방에 있었고, 그 주변에는 학생 마흔 명 서 있었다. 우리가 인사를 나눈 뒤, 내가 방의 길이와 너비 대부분을 차지하고 있는 하나의 틀을 유심히 바라보는 것을 보고 그는 이렇게 말했다.

"아마 제가 실천적이고 기계적인 작업을 통해 사변적 지식을 발전시키는 계획을 하고 있는 것을 보고 놀랐을 것입니다. 그러나 머지않아 세상은 이 방법의 유용성을 깨닫게 될 것입니다. 저는 어떤 사람의 머리에서도 이보다 더 고귀하고 위대한 생각이 떠오른 적은 없었다고 자부합니다. 누구나 학문과 예술을 익히는 일반적인 방법이 얼마나 힘든지 알고 있습니다. 그러나 내가 고안한 이 장치를 이용하면, 아무리 무지한 사람이라도 적당한 비용과 약간의 육체 노동만으로 철학, 시, 정치, 법률, 수학, 신학에 관한 책을 쓸 수 있게 됩니다. 천재성이나 공부의 도움은 전혀 필요하지 않습니다."

교수는 나를 그 틀 앞으로 데려갔다. 그 틀의 둘레에는 학생들이 줄지어 서 있었다. 그것은 방 한가운데에 놓인 정사각형 장치로, 한 변이 6미터 정도 되는 크기였다. 그 표면은 주사위만 한 크기의 작은 나무 조각들로 이루어져 있었는데, 어떤 것은 그보다 조금 더 컸다. 이 나무 조각들은 가느다란

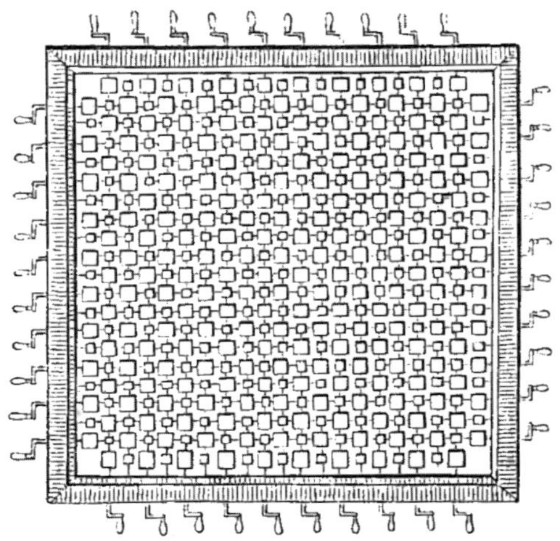

철사로 서로 연결되어 있었다. 각각의 나무 조각 위에는 종이가 붙어 있었고, 그 종이에는 그들의 언어에 있는 모든 단어가 여러 가지 시제와 어형 변화에 따라 어떤 질서도 없이 뒤섞여 있었다.

교수는 나에게 이제 기계가 작동하는 것을 보라고 말했다. 학생들은 그의 명령에 따라 틀 가장자리에 달린 마흔 개의 철 손잡이를 각각 잡았다. 그리고 그것들을 한 번에 돌리자, 단어들의 배열이 완전히 바뀌었다. 그는 이어서 학생 서른여섯 명에게 틀에 나타난 줄들을 조용히 읽으라고 명령했다. 그리고 서너 개의 단어가 이어져 문장의 일부가 될 수 있을 것 같은 곳이 보이면, 그것을 남은 네 명인 기록 담당 학생들에게 받아쓰게 했다. 이 작업은 세 번이나 네 번 반복되었는데, 손잡이를 돌릴 때마다 기계의 장치 때문에 나무 조각들이 뒤집히면서 단어들이 새로운 위치로 계속 바뀌었다.

젊은 학생들은 하루에 여섯 시간씩 이 작업을 했다. 그리고 교수는 이미 이렇게 해서 모아둔 커다란 2절지 책 여러 권을 나에게 보여주었다. 그 책들에는 끊어진 문장 조각들이 가득 모여 있었는데, 그는 그것들을 이어 붙여서 그 풍부한 자료들로부터 모든 예술과 학문을 망라한 완전한 체계를 세상에 내놓을 생각이라고 말했다. 다만 그는 이것이 훨씬 더 발전하고 빠르게 이루어질 수 있을 것이라며, 라가도에 이런 틀을 500개 만들기 위한 기금을 공적으로 마련하고, 그 관리자들이 각자 모은 자료들을 공동으로 제공하도록 한다면 훨씬 더 효과적일 것이라고 덧붙였다. 그는 또, 이 발명은 그가 젊은 시절부터 줄곧 몰두해온 일이며, 자신이 모든 어휘를 이 틀 안에 집어넣었고, 책 속에서 조사, 명사, 동사, 그리고 다른 품사들이 차지하는 일반적인 비율까지도 가장 엄밀하게 계산해두었다고 장담했다.

나는 이 저명한 인물의 대단히 친절한 설명에 대해 가장 겸손한 감사를 표했고, 만약 내가 운 좋게도 다시 고국으로 돌아가게 된다면 이 놀라운 기계의 유일한 발명가로서 그의 공로를 반드시 정당하게 알리겠다고 약속했다. 나는 그 기계의 형태와 구조를 종이에 그릴 수 있도록 허락해달라고 요청했다. 또한 유럽의 학자들 사이에서는 서로의 발명을 훔치는 것이 관례이기는 하지만 그들에게는 적어도 누가 진짜 발명가인지에 대해 논쟁거리가 생긴다는 이점이 있으며, 나는 그런 일이 없도록 충분히 조심하여 그 영광이 경쟁자 없이 온전히 그에게만 돌아가도록 하겠다고 약속했다.

그다음 우리는 언어를 다루는 방으로 갔다. 그곳에서는 세 명의 교수가 자기 나라의 언어를 개선하는 문제를 두고 함께 의논하고 있었다.

첫 번째 계획은 여러 음절로 된 단어를 한 음절로 줄이고, 동사와 분사를 없애서 말을 간단하게 만드는 것이었다. 그들은 실제로 상상할 수 있는 모든 것은 결국 명사에 불과하다고 생각했기 때문이다.

또 다른 계획은 모든 단어를 완전히 폐지하는 방안이었다. 이것은 간결할 뿐 아니라 건강 면에서도 큰 이점이 있다고 주장했다. 우리가 말하는 모든 단어는 어느 정도 폐를 마모시켜 줄어들게 하고, 결국 수명을 단축시키는 원인이 되기 때문이라는 것이었다. 따라서 그들은 단어란 결국 사물의 이름일 뿐이므로, 사람들이 어떤 일을 이야기하려 할 때 필요한 사물을 직접 가지고 다니면 더 편리할 것이라고 했다.

이 발명은 실제로 백성들의 편의와 건강을 크게 증진시키는 제도로 채택될 뻔했다. 그러나 여자들과 평민과 문맹인 사람들이 함께 반란을 일으키겠다고 위협하면서 이를 막았다. 그들은 조상들처럼 혀로 말할 자유를 허락하지 않으면 안 된다고 주장했다. 이처럼 평범한 사람들은 언제나 과학의 완고하고 화해할 수 없는 적이었다. 그러나 가장 학식 있고 현명한 사람 중 많은 이들은 여전히 사물로 자신을 표현하는 새로운 방식을 고수하고 있다. 다만 이 방법에는 한 가지 불편함이 있는데, 어떤 사람의 일이 아주 많고 종류도 다양하다면, 그가 말해야 할 것들을 표현하기 위해 등에 짊어져야 할 물건 꾸러미도 그에 비례하여 커질 수밖에 없다는 점이다. 그러므로 그가 힘센 하인 한두 명을 데리고 다닐 형편이 아니라면 큰 어려움을 겪게 된다.

나는 종종 그 현자 중 두 사람이 우리나라의 행상인들처럼 무거운 짐에 거의 짓눌릴 듯한 모습으로 걸어 다니는 것을 본 적이 있다. 그들이 길에서 서로 만나면, 짐을 내려놓고 자루를 열어 한 시간쯤 대화를 나눈 뒤, 다시 물건들을 챙겨 넣고 서로 짐을 다시 지는 것을 도와준 다음 작별 인사를 하고 떠났다. 그러나 짧은 대화의 경우에는, 사람은 주머니나 팔 아래에 필요한 물건들을 조금만 가지고 다녀도 충분히 의사를 표현할 수 있다. 그리고 집 안에서는 그런 물건들을 구하는 데 어려움이 없다. 그래서 이 기술을 사용하는 사람들이 모이는 방에는 이러한 인공적인 대화를 위한 재료가 되도록 온갖 물건들이 손 닿는 곳에 가득 준비되어 있었다.

이 발명의 또 다른 장점으로 제시된 것은 이것이 보편적인 언어로 사용될 수 있다는 점이었다. 문명국들의 물건과 도구는 대체로 같은 종류이거나 서로 비슷하기 때문에 그 쓰임을 쉽게 이해할 수 있고, 따라서 대사들은 외국의 왕이나 국무대신들과 협상할 때, 그들의 언어를 전혀 알지 못하더라도 이 방법을 통해 의사소통할 수 있게 된다는 것이었다.

나는 수학을 다루는 방에도 가보았는데, 그곳에서 교사는 유럽에서는 거의 상상하기 어려운 방법으로 학생들을 가르치고 있었다. 얇은 웨이퍼* 위에 명제와 증명이, 팅크처**를

---

* 얇게 구운 과자.
** 동식물에서 얻은 약물이나 화학 물질을, 에탄올 또는 에탄올과 정제수의 혼합액으로 흘러나오게 하여 만든 액제.

섞은 잉크로 쓰여 있었다. 학생은 이것을 빈속에 삼켜야 했고, 그 뒤 사흘 동안 빵과 물 외에는 아무것도 먹지 말아야 했다. 웨이퍼가 소화되면 그 약 성분이 뇌로 올라가면서 정리도 함께 전달된다는 것이었는데, 지금까지 이 방법은 기대만큼 성공하지 못했다. 약의 양이나 조합에 약간의 오류가 있었기 때문이기도 하고, 또 학생들이 워낙 고집이 세어서 이 약을 몹시 역겨워하기 때문이기도 했다. 그래서 그들은 대개 몰래 옆으로 가서 약이 효과를 내기 전에 다시 토해버렸다. 또한 처방대로 오랫동안 금식을 하도록 설득하는 것도 아직 성공하지 못했다.

6장

학술원에 대해 추가적으로 설명하다. 저자가 몇 가지 개선안을 제안하고, 그것이 명예롭게 받아들여지다.

나는 정치 계획자들의 학교에서는 별로 환영받지 못했다. 내 판단에 의하면 그 교수들은 완전히 제정신이 아닌 듯 보였는데, 이런 광경은 언제나 나를 우울하게 만들었다. 이 불쌍한 사람들은 다음과 같은 계획들을 제안하고 있었다. 군주가 총애하는 신하를 선택할 때 지혜, 능력, 덕을 기준으로 삼도록 설득하는 방법, 대신들이 공공의 이익을 생각하도록 가르치는 방법, 공로와 뛰어난 능력, 탁월한 봉사를 보상하는 제도, 군주가 자신의 진정한 이익이 백성의 이익과 같은 토대 위에 있다는 것을 깨닫도록 하는 방법, 직무를 수행할 자격이 있는 사람을 관직에 임명하는 방법, 그리고 그 밖에도 수많은 제안이 있었다.

그러나 이러한 것들은 모두 이전에 어떤 인간의 마음에도 떠오른 적이 없는 듯한, 황당하고 실현 불가능한 공상들처럼 보였다. 그리고 이것은 나에게, 아무리 터무니없고 비이성적인 생각이라도 그것을 진리라고 주장한 철학자는 반드시 있다는 오래된 격언을 다시 확인시켜주었다.

학술원의 모두가 그렇게 공상적인 사람들만은 아니었다는 점은 인정해야겠다. 그곳에는 대단히 재능 있는 한 박사가 있었는데, 그는 정부의 본질과 체계 전반에 대해 완전히 통달한 사람처럼 보였다. 이 뛰어난 인물은 여러 형태의 공공 행정이 겪게 되는 모든 질병과 부패를 치료할 효과적인 방법을 찾아내는 연구에 매진했다. 그러한 문제는 통치하는 자들의 악덕이나 무능 때문에 생기기도 하고, 복종해야 할 사람들의 방종 때문에 생기기도 하는데, 예를 들면 다음과 같은 것이었다. 모든 저술가와 사상가들이 자연적 신체와 정치적 신체 사이에는 엄격하고 보편적인 유사성이 있다고 인정해왔다. 그렇다면 두 신체의 건강을 유지하고 질병을 치료하는 방법도 동일한 처방으로 이루어져야 한다는 것보다 더 분명한 일이 있겠는가? 상원과 대의회는 흔히 과잉되고 들끓는 여러 가지 해로운 체액으로 고통을 겪는다고 여겨진다. 또한 머리에 질병을 앓고 있고, 그보다 심장에 더 많은 질병을 앓고 있으며, 심한 경련, 양손(특히 오른손)의 신경과 힘줄이 심하게 수축되는 증상도 있다. 그 밖에도 비장병증, 복부

팽만, 현기증, 정신 착란, 악취 나는 고름이 가득한 종양, 신맛이 나는 거품 섞인 트림, 개처럼 탐욕스러운 식욕, 소화 불량 등, 굳이 다 열거할 필요도 없을 만큼 많은 질병을 지니고 있다.

그래서 계획자는 다음과 같은 방안을 제안했다. 상원이 회의를 시작하면, 처음 사흘 동안 의사들이 참석하여 매일 토론이 끝날 때마다 각 의원의 맥을 짚는다. 그런 다음 각자 병의 성질과 치료 방법을 충분히 검토하고 상의한 뒤, 넷째 날에 약사들과 함께 상원으로 돌아와 적절한 약을 가지고 의원들이 자리에 앉기 전에 각각에게 처방한다. 그 약에는 완하제, 소화 촉진제, 정화제, 부식제, 수렴제, 완화제, 설사제, 두통 치료제, 황달 치료제, 가래 제거제, 청각 개선제 등이 포함되며, 각 의원의 상태에 맞추어 투여된다. 그리고 이 약들이 어떤 효과를 보이느냐에 따라 다음 회의 때 약을 다시 투여하거나 바꾸거나 혹은 중단한다.

이 계획은 공공 재정에 큰 비용을 요구하지도 않을 것이며, 내 미천한 생각으로는 입법 권한에서 상원이 일정한 역할을 하는 나라들에서 업무를 처리하는 데 매우 유용할 것이다. 그것은 의견의 일치를 이루게 하고, 토론을 짧게 만들며, 지금은 닫혀 있는 몇몇 입을 열게 하고, 지금은 열려 있는 더 많은 입을 닫게 할 것이다. 또한 젊은이들의 경솔함을 억제하고, 노인들의 고집을 바로잡으며, 둔한 사람들을 깨우고, 건방진 사람들의 기세를 꺾게 할 것이다. 또한 일반적으로 군주의 총신들이 기억력이 짧고 약하다는 불평이 널리 퍼져 있기 때문에, 같은 계획자는 다음과 같은 방법도 제안했다.

누구든지 수상을 찾아가 가능한 한 간단하고 분명한 말로 자신의 용건을 설명한 뒤, 떠날 때는 그 수상의 코를 비틀거나, 배를 걷어차거나, 티눈을 밟거나, 양쪽 귀를 세 번 잡아당기거나, 엉덩이에 핀을 찌르거나, 팔을 멍이 들도록 꼬집어야 한다. 이렇게 하면 그가 잊어버리지 않게 될 것이다. 그리고 매번 알현하는 날마다 그 일이 처리되거나 완전히 거절될 때까지 같은 행동을 반복해야 한다. 그는 또 다음과 같이 지시했다. 한 나라의 대의회에 속한 모든 의원은, 자신의 의견을 말하고 그것을 옹호하는 논증을 마친 뒤에는 반드시 그와 정반대의 방향으로 표결해야 하며, 그렇게 한다면 그 결과는 틀림없이 공공의 이익으로 귀결될 것이라고 했다.

계획자는 국가에서 당파 싸움이 격렬할 때 화해시키기 위한 놀라운 방법을 제안했다. 방법은 다음과 같다. 각 당파에서 지도자 100명씩을 뽑고, 머리 크기가 가장 비슷한 사람들끼리 짝을 지어 나눈다. 그런 다음 숙련된 두 사람이 동시에 짝의 뒤통수를 톱으로 잘라 뇌가 정확히 절반씩 나뉘도록 한다. 그렇게 잘라낸 뒤통수는 서로 바꾸어 각자의 상대 당파 사람의 머리에 붙인다. 그 계획자는 이 작업은 물론 어느 정도 정확함을 요구하는 일이지만 솜씨 좋게만 수행된다면 치료 효과는 틀림없다고 장담했다. 그의 논리는 이러했다.

두 개의 반쪽 뇌가 하나의 두개골 안에서 서로 논의하게 되면, 곧 서로 이해에 이르게 되고, 그 결과 적절한 절제와 질서 있는 사고가 생겨날 것이다. 이것은 세상의 움직임을 감시하고 지배하기 위해 태어났다고 믿는 사람들의 머릿속에 특히 필요한 것이다. 또한 당파를 이끄는 사람들 사이에서

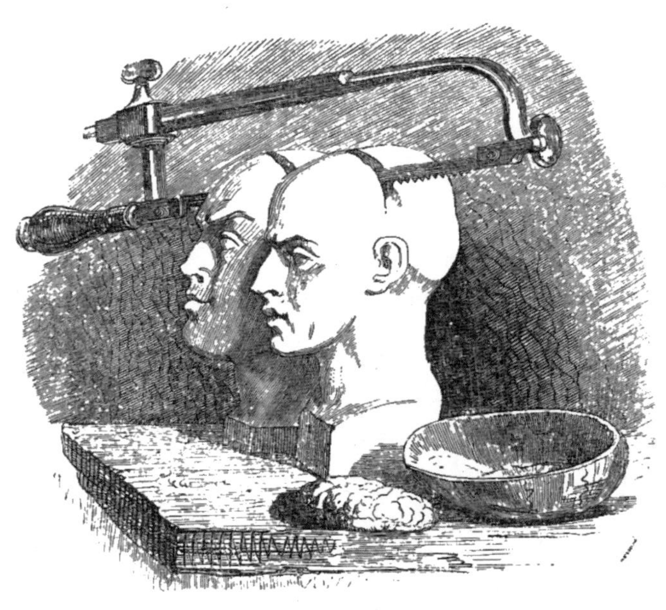

뇌의 양이나 질이 서로 다르다는 문제에 대해서, 그 의사는 자신의 경험을 들어 그것은 전혀 문제 될 것이 없는 사소한 일이라고 단언했다.

나는 계획자 둘이서 매우 열띤 논쟁을 벌이는 것을 들었다. 주제는 백성들을 괴롭히지 않으면서 돈을 모으는 가장 편리하고 효과적인 방법이었다.

첫 번째 계획자는 이렇게 주장했다. 가장 공정한 방법은 악덕과 어리석음에 세금을 부과하는 것이다. 그리고 각 사람에게 부과될 금액은 이웃들로 구성된 배심원이 가장 공정한 방식으로 평가하여 정하도록 한다.

두 번째 계획자는 정반대의 의견을 내놓았다. 사람들이 스스로 가장 가치 있게 여기는 신체와 정신의 장점들에 세금을 부과해야 한다. 세금의 액수는 그 장점이 얼마나 뛰어난지의 정도에 따라 많거나 적게 정한다. 그리고 그 판단은 전적으로 각자의 양심에 맡긴다. 가장 높은 세금은 이성에게 가장 큰 인기를 얻는 사람들에게 부과되며, 그들이 받은 호의의 수와 성격에 따라 평가된다. 그리고 그에 대한 증명은 본인이 직접 증언하는 것만으로 충분하다. 또한 재치, 용기, 예의 같은 것에도 많은 세금을 매길 것을 제안했는데, 이것 역시 각자가 자신이 가진 정도를 스스로 신고하는 방식으로 징수한다. 그러나 명예, 정의, 지혜, 학문에 대해서는 전혀 세금을 부과하지 않는다. 왜냐하면 그것들은 너무도 특이한 자질이어서, 누구도 이웃에게서 그것을 인정하지도 않고 자기 자신에게서도 그것을 가치 있게 여기지 않기 때문이라는 것이다.

여자들은 아름다움과 옷차림 솜씨에 따라 세금을 매기자는 제안이 있었다. 이 점에서는 남자들과 마찬가지로 스스로의 판단에 따라 평가할 수 있는 특권이 주어졌다. 그러나 정절, 순결, 상식, 그리고 온화한 성품 같은 것에는 세금을 매기지 않았다. 왜냐하면 그것들은 징수하는 데 드는 비용조차 감당할 수 없기 때문이라고 여겨졌기 때문이다.

상원 의원들을 왕실의 이익에 충실하게 만들기 위해, 다음과 같은 방안도 제안되었다. 의원들이 관직을 제비뽑기로 나누도록 하는 것이다. 먼저 모든 사람은 자기가 당첨되든 그렇지 않든 항상 왕실 편에 표를 던지겠다는 맹세를 하고 보증을 선다. 그다음 제비뽑기를 하며, 당첨되지 못한 사람들도 다음에 자리가 비면 다시 제비를 뽑을 권리를 갖게 된다. 이렇게 하면 희망과 기대가 계속 유지될 것이며, 누구도 약속이 지켜지지 않았다고 불평하지 않게 된다. 대신 자신의 실패를 전적으로 운명 탓으로 돌리게 될 것인데, 운명이라는 것은 대신들의 어깨보다 훨씬 넓고 강하기 때문이라고 했다.

또 다른 계획자는 정부에 대한 음모와 반란을 밝혀내기 위한 지침이 적힌 큰 문서를 나에게 보여주었다. 그는 위대한 정치가들에게 의심받는 사람들의 식사 습관을 조사하라고 권고했다. 즉 언제 식사하는지, 침대에서 어느 쪽으로 누워 자는지, 어느 손으로 뒤를 닦는지 등을 살펴보라는 것이다. 또한 그들의 배설물을 면밀히 검사하여, 그 색깔, 냄새, 맛, 농도, 소화가 덜 되었는지 혹은 완전히 되었는지를 통해 그들의 생각과 계획을 판단할 수 있다고 했다. 사람이 변을 볼 때만큼 진지하고 깊이 생각하며 몰두하는 순간이 없기 때문이라고 했다.

그는 이것을 여러 번의 실험으로 확인했다고 말했다. 예를 들어 그는 단지 시험 삼아 왕을 살해하는 가장 좋은 방법을 생각해볼 때, 자신의 배설물이 녹색 기운을 띠었다고 한다. 그러나 단지 반란을 일으키거나 수도를 불태우는 일만 생각했을 때는, 그것과는 전혀 다른 색을 띠었다고 했다. 그의 논문 전체는 대단히 예리하게 쓰여 있었고, 정치가들에게 흥미롭고 유용한 관찰들이 많이 담겨 있었다. 그러나 내 생각으로는 완전히 완성된 것은 아니었다. 그래서 나는 감히 그 저자에게 그렇게 말하며, 그가 원한다면 몇 가지 보충할 내용을 제공하겠다고 제안했다. 그는 보통의 저술가들, 특히 이런 계획자 부류의 사람들에게서는 좀처럼 보기 어려울 만큼 기꺼이 내 제안을 받아들였다. 그리고 더 많은 정보를 얻는다면 매우 기쁘겠다고 했다.

나는 그에게, 내가 여행 중 한동안 머물렀던 트리브니아, 그곳 사람들은 자기 나라를 랑그댄이라고 부르는 곳에 대해 이야기해주었다.* 그 나라 백성들은 발견자, 증인, 밀고자, 고발자, 기소자, 증거를 만드는 사람들, 맹세를 대신해주는 사람들, 그리고 그들을 돕는 온갖 하급 도구 같은 인물들이었다. 이 모든 사람은 국가의 대신들과 그 대리인들의 지휘 아래에서, 그들의 깃발과 명령과 급료에 따라 움직였다. 그 나라에서 일어나는 음모 사건들도 대개 이런 사람들의 작품이

---

* 트리브니아(Tribnia)는 브리튼(Britain), 랑그댄(Langden)은 잉글랜드(England)의 알파벳 순서를 바꾼 것이다.

었다. 어떤 이들은 자신을 뛰어난 정치가처럼 보이게 하기 위해, 또 어떤 이들은 이미 기울어가는 정권에 새로운 힘을 불어넣기 위해, 또 어떤 이들은 백성들의 불만을 다른 곳으로 돌리기 위해, 혹은 몰수된 재산으로 자기 금고를 채우기 위해 그런 음모를 만들어냈다. 때로는 국가의 신용을 올리거나 떨어뜨리는 것조차 그들에게는 오직 자기 이익을 위한 수단일 뿐이었다.

먼저 그들은 서로 모여 어떤 사람을 음모의 범인으로 만들지 정한다. 그다음에는 그 사람의 편지와 서류를 모두 압수하고 당사자를 쇠사슬에 묶어 가둔다. 그 서류들은 곧 단어와 글자 속에서 숨은 의미를 찾아내는 데 능한 전문가들에게 넘겨진다. 이 사람들은 평범한 말 속에서도 정치적 의미를 찾아내는 재주가 있었다. 예를 들어, 변기라는 말이 나오면 그것은 추밀원을 뜻한다고 해석하고, 거위 떼는 상원, 절뚝거리는 개는 침략자, 역병은 상비군, 말똥가리는 수상, 통풍은 대사제, 교수대는 국무장관, 요강은 귀족 위원회, 체는 궁정 여인, 빗자루는 혁명, 쥐덫은 관직, 밑 없는 구덩이는 국고, 하수구는 궁정, 광대 모자와 방울은 총신, 부러진 갈대는 재판소, 빈 통은 장군, 그리고 곪아 흐르는 상처는 행정부를 뜻한다고 풀이했다. 그들은 이렇게 아무 의미 없어 보이는 말들 속에서도 음모의 흔적을 찾아내며, 그 나라의 정치 사건들을 만들어내고 있었다.

이 방법으로도 뜻을 찾아내지 못하면 그들에게는 더 효과적인 두 가지 방법이 남아 있는데, 학자들은 그것을 아크로스틱과 애너그램이라고 부른다. 먼저 아크로스틱은 단어의 첫 글자들을 정치적인 의미로 해석하는 방식이다. 예를 들면 N은 음모를 뜻하고, B는 기병 연대를 뜻하며, L은 바다에 떠 있는 함대를 의미한다고 풀이하는 것이다. 두 번째로 애너그램은 어떤 의심스러운 문서에 있는 글자들의 순서를 마음대로 바꾸어 그 안에 숨겨진 가장 깊은 음모를 찾아내는 방식이다. 예를 들어 내가 어떤 친구에게 편지에 '우리 형제 톰이 방금 치질에 걸렸다(Our brother Tom has just got the piles)'고 썼다면, 숙련된 해독자는 그 문장을 이루는 같은 글자들을 다시 배열하여 '저항하라, 음모가 이미 실행되었다. 여행자 보넘(Resist, a plot is brought home; The tour)'이라는 뜻을 찾아낸다. 이것이 바로 그들이 말하는 애너그램 방식이다.

그 계획자는 내가 이런 좋은 의견을 알려준 것에 대해 크게 감사하며, 자신의 논문에서 나를 명예롭게 언급하겠다고 약속했다.

나를 이 나라에 더 오래 머물고 싶게 하는 것이 없었기 때문에 나는 영국으로 돌아갈 생각을 하기 시작했다.

7장

저자가 라가도를 떠나 말도나다에 도착하지만 배가 준비되어 있지 않다. 저자가 글럽더브드립으로 짧은 항해를 떠나고 그곳의 족장에게 환대를 받다.

이 왕국이 속해 있는 대륙은, 내가 판단하기로는 동쪽으로는 캘리포니아 서쪽에 있는 미지의 아메리카 지역까지, 그리고 북쪽으로는 태평양까지 뻗어 있다. 라가도에서 태평양까지의 거리는 240킬로미터도 되지 않는다. 그곳에는 좋은 항구가 있으며, 북서쪽 위도 29도, 경도 140도 부근에 있는 큰 섬 러그내그와 활발한 교역이 이루어지고 있다. 이 러그내그 섬은 일본의 남동쪽 480킬로미터 떨어진 곳에 위치해 있다. 일본 황제와 러그내그 왕 사이에는 굳건한 동맹이 맺어져 있기 때문에 두 섬 사이에는 배가 자주 오간다. 그래서 나는 이 길을 따라 항해하여 결국 유럽으로 돌아갈 계획을 세우게 되었다. 나는 노새 두 마리와 안내인 한 사람을 고용하여 내 작은 짐을 나르고 길을 안내하도록 했다. 그리고 나에게 많은 호의를 베풀어준 고귀한 후원자에게 작별 인사를 했으며, 그는 떠나는 나에게 후한 선물까지 주었다.

여행은 특별히 이야기할 만한 사건이나 모험 없이 순조롭게 진행되었다. 내가 말도나다라는 항구에 도착했을 때, 러그내그로 가는 배는 항구에 한 척도 없었고, 당분간 들어올 기미도 없었다. 그 도시는 포츠머스만 한 크기였다. 나는 곧 몇 사람들과 알게 되었고, 아주 후한 대접을 받았다. 어느 지위 있는 신사가, 러그내그로 가는 배가 준비되려면 적어도 한 달은 걸릴 테니 그동안 남서쪽으로 24킬로미터쯤 떨어진 작은 섬 글럽더브드립으로 여행을 다녀오는 것도 나쁘지 않은 여흥이 될 것이라고 말했다. 그는 자신과 친구 한 사람이 나와 함께 가겠다고 제안했고, 항해를 위해 작고 편리한 배도 마련해주겠다고 했다.

글럽더브드립이라는 말은 내가 이해하기로는 '마법사의

섬'이라는 뜻이었다. 이 섬의 크기는 영국 와이트섬의 약 3분의 1 정도이며, 매우 비옥한 곳이다. 이곳은 한 부족의 우두머리가 다스리는데, 그 부족 사람들은 모두 마법사들이다. 이 부족은 서로 같은 부족끼리만 결혼하며, 장자가 차례로 족장의 지위를 물려받는다. 족장은 웅장한 궁전을 가지고 있고, 그 주변에는 12제곱킬로미터에 이르는 공원이 있으며, 그 공원은 다듬은 돌로 된 높이 6미터의 담장으로 둘러싸여 있다. 이 공원 안에는 가축을 기르는 곳, 곡식을 재배하는 곳, 정원을 가꾸는 곳 등 여러 작은 구획이 마련되어 있다. 족장과 그의 가족은 조금 특이한 종류의 하인들에게 시중을 받는다. 족장은 강령술에 능하여 죽은 사람을 누구든지 불러낼 수 있는 힘을 가지고 있으며, 그들을 24시간 동안 자신의 명령에 따라 일하게 할 수 있다. 그러나 그보다 더 오래 부릴 수는 없으며, 아주 특별한 경우가 아니면 같은 사람을 다시 불러내기까지는 최소 세 달이 지나야 한다.

우리가 그 섬에 도착했을 때는 오전 11시쯤이었다. 나와 함께 온 신사들 가운데 한 사람이 족장에게로 가서 그를 만나는 영광을 얻기 위해 특별히 찾아온 낯선 사람이 있다며 입장을 허락해달라고 요청했다. 이 요청은 곧 허락되었고, 우리 세 사람은 궁전의 문으로 들어갔다. 문 안에는 기묘한 차림과 무장을 한 경비병들이 두 줄로 서 있었는데, 그들의 얼굴에는 말로 표현할 수 없는 공포를 느끼게 하는 무엇인가가 있어 내 등골이 서늘해졌다. 우리는 여러 개의 방을 지나갔는데, 그곳마다 앞에서 보았던 것과 같은 종류의 하인들이 양쪽에 줄지어 서 있었다. 마침내 우리는 알현실에 이르렀다. 그곳에서 우리는 깊이 세 번 절을 한 뒤, 몇 가지 일반적인 질문을 받았고, 족장의 왕좌 아래쪽 계단 가까이에 놓인 세 개의 의자에 앉도록 허락받았다. 그는 이 섬의 언어와는 다른 발니바르비의 언어를 이해하고 있었다.

족장은 나의 여행에 대해 이야기해달라고 요청했다. 그리고 내가 예의나 격식을 지나치게 걱정하지 않도록 하려는 듯, 손가락을 한 번 까딱해서 곁에 있던 수행원들을 모두 물러나게 했다. 그러자 놀랍게도 그들은 갑자기 깨어났을 때 꿈속의 환영이 사라지듯 순식간에 사라져버렸다. 나는 너무 놀라 한동안 정신을 차리지 못했다. 그러자 족장은 아무런 일도 아니라고 나를 안심시켰다. 함께 온 두 신사가 전혀 놀라지 않는 것을 보고서야 나는 조금 용기를 얻어 그 족장에게 내가 겪은 여러 모험의 간단한 이야기를 들려주었다. 그러나 여전히 마음이 편치 않아 아까 그 유령 같은 하인들이 서 있던 곳을 자꾸 뒤돌아보며 이야기했다.

나는 족장과 함께 식사하는 영광을 얻었는데, 이번에는 새로운 유령 하인들이 음식을 가져오고 시중들었다. 이때 나는 아침보다 훨씬 덜 두려워하고 있다는 것을 스스로 느꼈다. 나는 해 질 때까지 머물렀지만 궁전에서 묵으라는 그의 초대는 정중히 사양했다. 나와 두 신사는 섬의 수도가 있는 인근 마을의 어느 집에서 묵었고, 다음 날 아침 다시 족장을 찾아가 인사를 드렸다. 이는 그가 그렇게 하라고 명했기 때문이었다.

이렇게 해서 우리는 열흘 동안 그 섬에 머물렀고, 낮 시간의 대부분은 족장과 함께 보내고 밤에는 우리가 묵는 집으로

돌아갔다. 나는 곧 영혼들의 모습에 익숙해져, 세 번째나 네 번째쯤 보았을 때부터는 더 이상 아무런 감정도 느끼지 않게 되었다. 혹시 약간의 두려움이 남아 있었다 하더라도 나의 호기심이 그것을 이겨냈다.

　족장은 나에게, 세상이 시작된 때부터 지금까지 죽은 사람들 가운데 누구든지 또 몇 명이든지 원하는 사람을 불러내어 질문할 수 있으며, 그들에게 내가 묻고 싶은 것은 무엇이든지 물어도 좋다고 말했다. 다만 한 가지 조건이 있는데, 질문은 반드시 그들이 살았던 시대의 범위 안에 있어야 한다는 것이었다. 그리고 한 가지는 확실히 믿어도 좋다고 덧붙였는데, 그들은 반드시 진실만을 말한다는 것이었다. 거짓말은 저승에서는 아무 쓸모가 없는 재능이었기 때문이다.

　나는 이처럼 큰 호의를 베풀어준 데 대해 족장에게 겸손히 감사의 뜻을 표했다. 우리는 공원이 훤히 내려다보이는 방에 있었는데, 처음에는 장엄하고 화려한 장면을 보고 싶은 마음이 들었다. 그래서 나는 아르벨라 전투 직후 군대를 이끌고 있는 알렉산더 대왕의 모습을 보고 싶다고 요청했다. 족장이 손가락을 한 번 움직이자, 우리가 서 있던 창문 아래 넓은 들판에 그 장면이 나타났다. 알렉산더 대왕은 곧바로 방 안으로 불려 올라왔다. 나는 그의 그리스어를 알아듣기가 매우 어려웠고, 나 역시 그 언어를 조금밖에 할 줄 몰랐다. 그는 자신의 명예를 걸고 말하는데, 자신이 독살된 것이 아니라 과도한 음주로 인해 생긴 심한 열병으로 죽었다고 말했다.

다음으로 나는 알프스를 넘어가는 한니발의 모습을 보았는데, 그는 나에게 자신의 진영에는 식초가 단 한 방울도 없었다고 말했다.

나는 카이사르와 폼페이우스가 각각 군대를 이끌고 막 전투에 들어가려는 장면도 보았고, 또 카이사르가 마지막으로 거행한 위대한 개선식의 모습도 보았다. 이어서 로마의 원로원을 한 방에 나타나게 해달라고 부탁하고, 또 조금 뒤 시대의 어떤 의회도 다른 방에 마주 보이도록 나타나게 해달라고 요청했다.

첫 번째는 영웅들과 반신들이 모여 있는 회의처럼 보였고, 다른 쪽은 행상인들, 소매치기들, 강도들, 그리고 깡패들이 모인 무리처럼 보였다. 족장은 내 요청에 따라 카이사르와 브루투스가 우리 앞으로 나오도록 신호를 보냈다. 나는 브루투스를 보는 순간 깊은 경외심에 사로잡혔다. 그의 얼굴에서는 완전한 덕성, 가장 뛰어난 용기와 굳센 정신, 조국에 대한 진실한 사랑, 그리고 인류 전체에 대한 넓은 자비가 또렷이 드러나 보였다. 나는 또한 이 두 사람이 서로 좋은 관계를 유지하고 있는 것을 보고 매우 기뻤다. 카이사르는 나에게, 자신의 가장 위대한 업적들도, 브루투스가 자신의 생명을 끊은 영광에는 여러 면에서 미치지 못한다고 솔직하게 말했다.

나는 브루투스와 많은 대화를 나눌 영광을 얻었다. 그는 자신의 조상 유니우스, 소크라테스, 에파미논다스, 소(小) 카토, 토머스 모어 경, 그리고 자신이 늘 함께 있다고 말하면서, 이 여섯 사람의 모임에 대해서는 세상의 어떤 시대도 일곱 번째 인물을 더할 수 없을 것이라고 했다.

내가 고대의 모든 시대를 직접 눈앞에 보는 듯한 만족을 얻고자 불러냈던 수많은 위대한 인물들을 하나하나 이야기하는 것은 독자들을 지루하게 만들 것이다. 나는 특히 폭군과 찬탈자를 무너뜨린 사람들, 그리고 억압받고 모욕당한 나라들에 자유를 되찾아준 인물들을 바라보며 내 눈을 즐겁게 했다. 그러나 그때 내가 느꼈던 마음속의 깊은 만족을 독자에게 충분히 전달할 만큼 표현하는 것은 도저히 불가능하다.

8장

글럽더브드립에 대해 계속 이야기하다. 고대사와 근대사가 바로잡히다.

나는 재치와 학문으로 가장 이름 높았던 고대 인물들을

보고 싶은 마음이 들어, 하루를 따로 정해 그 일을 하기로 했다. 나는 호메로스와 아리스토텔레스가 그들의 모든 주석가를 거느리고 나타나게 해달라고 요청했다. 그 주석가들의 수가 너무 많아서 수백 명이나 되는 사람들이 궁전의 뜰과 바깥 방들까지 가득 메워야 했다. 나는 그 두 위대한 인물을 한눈에 알아볼 수 있었고, 군중 속에서도 서로를 쉽게 구별할 수 있었다. 호메로스는 두 사람 가운데 키가 더 크고 외모도 더 훌륭해 보였으며, 나이에 비해 허리를 곧게 펴고 걸었다. 그는 내가 본 것 중 가장 빠르고 날카로운 눈빛을 지니고 있었다. 아리스토텔레스는 몸이 많이 굽은 채 지팡이를 짚고 있었다. 그의 얼굴은 마르고, 머리카락은 힘없이 늘어지고 성글었으며, 목소리는 속이 빈 듯 울렸다.

나는 곧 그 두 사람이 다른 사람들과는 전혀 알지 못하는 사이이며, 그들을 이전에 본 적도 들은 적도 없다는 것을 알아차렸다. 그리고 이름을 밝힐 수 없는 어떤 유령이 내게 귓속말로 이렇게 말했다. 그 주석가들은 저승에서도 언제나 자기들이 해설한 저자들로부터 가능한 한 멀리 떨어진 곳에 머물러 있었다는 것이었다. 주석가들이 그 저자들의 뜻을 후세에 끔찍하게 왜곡해 전했기 때문에, 부끄러움과 죄책감을 느끼고 있었기 때문이라고 했다.

나는 디디무스와 에우스타티우스를 호메로스에게 소개했고, 그가 그들을 그들이 받을 자격보다 더 관대하게 대해주도록 설득했다. 그러나 호메로스는 곧 그들에게는 시인의 정신을 이해할 만한 재능이 부족하다는 것을 알아차렸다. 반면 아리스토텔레스는 내가 스코투스와 라무스를 소개하면서 그

들에 대해 설명하자 몹시 참지 못하는 기색을 보였다. 아리스토텔레스는 그들에게, 당신들 무리의 나머지 사람들도 당신들처럼 그렇게 바보들이냐고 물었다.

나는 그다음으로 족장에게 데카르트와 가상디를 불러달라고 요청했고, 그들에게 아리스토텔레스에게 자신의 학설을 설명해달라고 부탁했다. 이 위대한 철학자는 자연철학에 있어서 자신의 오류를 솔직히 인정했는데, 그것은 많은 부분에서 추측에 의존했기 때문이며, 사실 모든 인간이 그렇게 할 수밖에 없기 때문이라고 말했다. 그리고 그는 가상디가 에피쿠로스의 학설을 가능한 한 온화하게 고쳐 설명한 것과 데카르트의 소용돌이 가설 역시 결국 폐기될 수밖에 없다는 것을 깨달았다고 말했다.

아리스토텔레스는 또한 오늘날 학자들이 그렇게 열정적으로 옹호하는 만유인력설도 같은 운명을 겪게 될 것이라고 예언했다. 그는, 자연에 관한 새로운 체계란 단지 새로운 유행에 불과하여 시대마다 바뀌는 것이며, 그것을 수학적 원리로 증명한다고 주장하는 사람들의 이론조차도 잠깐 동안만 번성하다가 곧 유행에서 사라지게 될 것이라고 말했다.

나는 닷새 동안 다른 많은 고대 학자와 대화를 나누며 시간을 보냈다. 또한 초기의 로마 황제들 대부분을 보았다. 나는 족장을 설득하여 헬리오가발루스의 요리사들을 불러 우리에게 저녁 식사를 준비하게 했다. 그러나 재료가 부족했기 때문에 그들은 자기들의 솜씨를 제대로 보여주지 못했다. 아게실라오스의 노예 한 사람이 우리에게 스파르타식 수프를 만들어주었지만 나는 두 번째 숟가락을 넘기지 못했다.

나를 그 섬으로 안내해준 두 신사는 개인적인 일 때문에 사흘 안에 돌아가야 했다. 그래서 나는 그동안 우리나라와 유럽의 다른 나라들에서 지난 200~300년 동안 가장 이름을 떨쳤던 근세의 인물들을 불러내는 데 시간을 보냈다. 나는 언제나 오래된 명문 가문들에 큰 관심을 가져왔기 때문에, 족장에게 왕 열두 명쯤을 그들의 조상들과 함께 여덟 세대나 아홉 세대에 걸쳐 차례로 불러달라고 부탁했다. 그러나 결과는 몹시 뜻밖이었고 실망스러웠다. 나는 왕관을 쓴 긴 행렬이 나타날 것을 기대했지만, 한 가문에서는 바이올린 연주자 두 사람과 말쑥한 궁정인 세 사람, 그리고 이탈리아 출신의 성직자 한 사람이 나타났고, 또 다른 가문에서는 이발사 한 사람과 수도원장 한 사람, 그리고 추기경 두 사람이 나타났을 뿐이었다. 나는 왕관을 쓴 군주들에 대해서는 너무 큰 존경심을 가지고 있기 때문에, 이처럼 민감한 문제를 더 이상 길게 이야기하지 않겠다. 그러나 백작, 후작, 공작, 자작 같은 귀족들에 대해서는 그렇게까지 조심할 필요를 느끼지 않았다.

나는 적잖이 즐거움을 느끼기도 했다. 어떤 가문들이 서로 다른 특징을 가지게 된 이유를 그 기원까지 거슬러 올라가 확인할 수 있었기 때문이다. 나는 어떤 가문이 긴 턱을 물려받게 된 근원이 어디인지, 어떤 가문은 두 세대 동안 사기꾼이 많다가 그다음 두 세대는 바보가 많았던 이유, 어떤 가문은 왜 미치광이 같은 사람이 많았는지, 또 어떤 가문은 왜 사기꾼들이 많았는지를 분명히 알아낼 수 있었다.

또한 폴리도르 베르길리우스가 어떤 명문 가문에 대해, 용감한 남자도 없고 정숙한 여자도 없다고 말한 이유가 무엇인지도 알게 되었다. 그리고 잔혹함, 거짓, 비겁함 같은 성격이 어떻게 어떤 가문들의 특징이 되어 문장(紋章)처럼 대대로 이어지게 되었는지, 또 어떤 귀족 가문에 처음으로 매독을 들여온 사람이 누구인지, 그래서 그 병이 후손들에게 목의 종양으로 이어지게 되었는지도 알 수 있었다.

나는 이 모든 사실을 조금도 이상하게 여기지 않았다. 가문의 혈통이 중간중간 끊기고 섞여버린 경우를 많이 보았기 때문이다. 그 속에는 시종, 하인, 집사, 마부, 도박꾼, 바이올린 연주자, 배우, 군인, 그리고 소매치기들까지 끼어 있었다.

나는 특히 근대 역사에 큰 혐오감을 느끼게 되었다. 지난 100년 동안 여러 군주의 궁정에서 가장 이름 높았던 인물들을 직접 조사해본 결과, 세상이 타락한 작가들에게 얼마나 심하게 속아왔는지 알게 되었기 때문이다. 그들은 전쟁에서 가장 위대한 공적을 비겁한 자들에게 돌렸고, 가장 현명한 조언을 어리석은 자들에게, 진실함을 아첨꾼들에게, 로마식 덕성을 조국을 배반한 자들에게, 경건함을 무신론자들에게, 정절을 남색자들에게, 진실을 밀고자들에게 돌려왔다.

또한 나는 유력한 대신들이 판사들을 매수하고 당파의 악의를 이용하는 바람에 수많은 무고하고 훌륭한 사람들이 사형이나 추방을 당했다는 사실도 알게 되었다. 반대로 얼마나 많은 악인들이 신뢰와 권력, 지위와 이익이 따르는 가장 높은 자리로 올라갔는지도 보았다. 또한 궁정과 회의, 상원에서 일어나는 사건들과 결정들에, 뚜쟁이, 창녀, 포주, 기생충 같은 아첨꾼들, 그리고 광대들이 얼마나 큰 영향을 미쳤는지도 알게 되었다.

이처럼 세상에서 일어나는 큰 사업과 혁명의 진짜 원인과 동기, 그리고 그 성공이 얼마나 하찮은 우연한 사건들에 의해 좌우되었는지를 알게 되었을 때, 나는 인간의 지혜와 정직함에 대해 매우 낮게 평가하게 되었다. 여기서 나는 일화집이나 비밀사를 쓴다고 자처하는 사람들의 사기와 무지도 발견하게 되었다. 그들은 독이 든 잔 하나로 수많은 왕을 죽음에 이르게 하고, 아무도 증인이 없던 자리에서 왕과 대신 사이에 오갔다고 하는 대화를 꾸며내며, 대사들과 국무장관들의 생각과 비밀 서류함까지 마음대로 열어본 것처럼 이야기한다. 그리고 그들은 늘 틀린 이야기를 하는 불행을 반복하고 있었다.

또한 세상을 놀라게 했던 많은 큰 사건들의 진짜 원인도 알게 되었다. 한 창녀가 궁정의 뒷계단을 지배하고, 그 뒷계단이 대신들의 회의를 지배하며, 그 회의가 결국 상원을 지배하게 되는 과정이 어떻게 이루어지는지도 보았다.

어떤 장군은 자신이 거둔 승리가 사실은 자신의 비겁함과 잘못된 지휘 덕분이었다고 내 앞에서 털어놓았다. 또 어떤 제독은 제대로 된 정보가 없었기 때문에 오히려 자신이 함대를 넘겨주려 했던 적을 격파하게 되었다고 말했다.

세 명의 왕은 나에게 이렇게 맹세했다. 우리의 통치 기간 동안, 실수로 혹은 우리가 믿었던 대신의 배신으로 인해 어쩌다 그런 일이 생긴 경우를 제외하고는, 단 한 번도 공로 있는 사람을 높은 자리에 임명한 적이 없었다. 그리고 다시 살아난다 해도 그렇게 하지 않았을 것이다.

　그들은 또 왕권이 부패 없이 유지될 수 없는 이유를 매우 강한 논리로 설명했다. 덕이 사람에게 심어주는 단호하고 자신감 넘치며 고집스러운 기질은 공적인 업무를 수행하는 데 끊임없는 장애가 되기 때문이라는 것이었다.

　나는 많은 사람들이 어떻게 높은 작위와 막대한 재산을 손에 넣게 되었는지 자세히 알아보고 싶어졌다. 그래서 비교적 최근 시기에만 범위를 한정해 조사했는데, 현재를 직접적으로 건드리는 일은 피하려 했다. 이는 외국인에게조차 어떤 불쾌감도 주지 않기 위해서였다(이 말이 내 조국을 겨냥한 것이 아님은 굳이 말하지 않아도 독자가 알 것이라 믿는다).

　나는 그와 관련된 여러 사람들을 불러 조사했고, 간단히 살펴보기만 했는데도 너무나 추악한 실상이 드러났다. 그 일을 떠올리면 지금도 마음이 무거워질 정도였다. 위증, 압제, 매수에 의한 거짓 증언, 사기, 포주 노릇과 같은 것들은 그들이 말할 수 있는 수단 가운데서도 가장 가볍게 여겨질 만한 기술들에 속했다. 그래서 나는 그것들에 대해서는 어느 정도 관대한 판단을 하는 것이 당연하다고 생각했다. 그러나 어떤 사람들은 자신의 권세와 부를 남색이나 근친상간 덕분에 얻었다고 고백했고, 어떤 사람들은 자기 아내나 딸을 매춘시키는 일로, 또 어떤 사람들은 자기 나라나 군주를 배반한 일로, 또 어떤 이들은 독살로, 그리고 더 많은 사람들은 무고한 사람들을 파멸시키기 위해 재판을 왜곡한 일로 그런 지위에 올랐다고 털어놓았다.

　이러한 사실들을 알게 되었을 때, 내가 높은 지위에 있는 사람들에게 자연스럽게 품어왔던 깊은 존경심이 조금쯤 약해졌다고 해서 그것이 용서받지 못할 일은 아니리라 생각한다. 그런 사람들은 본래 우리 같은 하급자들로부터 그들의 높은 위엄에 걸맞은 최대한의 존경을 받아야 하는 존재들이기 때문이다.

나는 군주와 국가를 위해 큰 공을 세운 사람들에 대해 자주 읽어왔기 때문에, 그 일을 실제로 해낸 인물들을 직접 보고 싶다고 요청했다. 그러나 알아본 결과, 그들의 이름은 어떤 기록에도 남아 있지 않다는 말을 들었다. 다만 그들 가운데 몇몇만이 역사에 등장하는데, 그것도 가장 비열한 악당이나 반역자로 묘사되어 있을 뿐이었다. 그 밖의 사람들에 대해서는 이전에 단 한 번도 들어본 적이 없었다. 그들은 모두 풀이 죽은 표정을 하고 있었고, 가장 초라한 옷차림을 하고 있었다. 그들 대부분은 나에게 자신들이 가난과 불명예 속에서 죽었고, 나머지는 단두대나 교수대에서 생을 마쳤다고 말했다.

그들 가운데 한 사람이 조금 특이하게 보였는데, 그의 곁에는 열여덟 살쯤 되어 보이는 젊은이가 서 있었다. 그는 여러 해 동안 한 전함의 지휘관으로 있었고, 악티움 해전에서 적의 거대한 전열을 돌파하는 행운을 얻어 그들의 대형 함선 세 척을 침몰시키고 네 번째 배를 나포했다. 그 일로 안토니우스가 도망쳤고, 결국 그 전투의 승리가 결정되었다. 그리고 그의 곁에 서 있는 젊은이는 그의 외아들인데, 그 전투에서 전사했다. 전쟁이 끝난 뒤 그는 그 공적을 믿고 로마로 가서 아우구스투스 황제의 궁정에서 더 큰 배의 지휘관 자리를 청원했다. 그 배의 이전 지휘관이 전투에서 전사했기 때문이었다. 그러나 그의 공로는 전혀 고려되지 않았고, 그 자리는 바다를 한 번도 본 적 없는 소년에게 돌아갔다. 그 소년은 황제의 애첩 가운데 한 사람을 시중들던 여자 리베르티나의 아들이었다. 그는 다시 배로 돌아갔지만 곧 직무태만으로 고발되었고, 그 배마저 부제독 퍼블리콜라가 총애하던 어린 시종에게 넘어갔다. 그래서 그는 로마에서 멀리 떨어진 가난한 농장으로 가게 되었고 그곳에서 생을 마쳤다. 나는 이 이야기가 사실인지 매우 궁금해져, 악티움 해전의 제독이었던 아그리파를 불러달라고 요청했다. 그가 나타나 이 이야기의 전부가 사실이라고 확인시켜주었다. 다만 그는 그 선장의 공로를 훨씬 더 높이 평가했는데, 선장 본인은 겸손해서 자신의 공적 가운데 상당 부분을 줄여 말하거나 숨기고 있었기 때문이었다.

나는 로마제국 말기에 퍼졌던 사치의 영향으로 인한 부패가 이렇게까지 심하고도 빠르게 퍼진 사실에 놀랐다. 그래서 나는 다른 나라에서 벌어졌던 비슷한 일들도 덜 이상하게 느껴졌다. 그런 나라들에서는 온갖 악습이 훨씬 더 오랫동안 자리 잡아왔고, 공로에 대한 칭찬이든 약탈의 이익이든 모두 최고 지휘관 한 사람이 독차지하고 있었는데, 정작 그는 그 어느 것에도 가장 자격이 없는 인물일지도 모른다는 생각이 들었다.

또한 내가 불러낸 모든 사람은 세상에 살 때와 정확히 같은 모습으로 나타났기 때문에, 나는 지난 100년 동안 우리 인간 종족이 얼마나 타락했는지를 보며 우울한 생각에 잠기게 되었다. 특히 매독과 그로 인한 온갖 결과와 질병들이 영국 사람들의 얼굴 생김새를 완전히 바꾸어놓았고, 몸집을 작게 만들었으며, 신경을 약하게 하고, 힘줄과 근육을 느슨하게 만들었으며, 얼굴은 누렇게 뜨고 살은 흐물흐물하고 썩은 듯하게 만들어버렸다.

나는 마침내 옛날 영국 농민 한 사람을 불러달라고 요청할 정도까지 되었다. 그들은 한때 소박한 생활 방식과 음식, 옷차림, 거래에서의 정직함, 진정한 자유의 정신, 용기, 그리고 조국에 대한 사랑으로 매우 유명했기 때문이다. 산 사람들과 죽은 사람들을 서로 비교해보면서 전혀 마음이 흔들리지 않을 수 없었다. 그 순수하고 타고난 미덕들이, 그들의 손자들에 의해 단지 돈 몇 푼을 위해 팔려버린 것을 보았기 때문이었다. 그들은 선거에서 표를 팔고 선거를 조작하면서 궁정에서 배울 수 있는 온갖 악덕과 부패를 모조리 익히게 되었다.

9장

저자가 말도나다로 돌아가다. 러그내그 왕국으로 항해하다. 저자가 구금되었다가 궁정으로 소환되다. 저자가 국왕 알현 방식을 설명하고, 왕이 신하들에게 큰 관대함을 보이다.

출항하는 날이 되자 나는 글럽더브드립의 총독 각하에게 작별 인사를 하고 두 동행과 함께 말도나다로 돌아왔다. 그곳에서 보름을 기다린 끝에 러그내그로 떠날 배 한 척이 준비되었다. 나와 함께 있던 두 신사와 몇몇 다른 사람들은 매우 관대하고 친절하게도 나에게 식량을 마련해주고 배에 오르는 것까지 배웅해주었다. 이번 항해에는 한 달이 걸렸다. 항해 도중 한 번 매우 거센 폭풍을 만났고, 우리는 무역풍을 잡기 위해 서쪽으로 항로를 돌려야 했다. 그 무역풍은 300킬로미터 이상 계속 이어졌다.

1708년 4월 21일, 우리는 클루메그니그 강으로 들어갔는데, 그곳은 러그내그 남동쪽 끝에 있는 항구 도시였다. 우리는 도시에서 5킬로미터쯤 떨어진 곳에 닻을 내리고, 도선사를 부르기 위해 신호를 보냈다. 30분도 채 지나지 않아 두 명의 도선사가 배에 올라왔다. 그들의 안내를 받아 우리는 항로에 있는 위험한 모래톱과 암초 사이를 지나 넓은 항만으로 들어갔다. 그곳에서는 도시 성벽에서 200미터도 안 되는 거리에서 함대 전체가 안전하게 정박할 수 있었다.

우리 선원들 가운데 몇 사람이 배신 때문이든 부주의 때문이든, 도선사들에게 내가 외국인이며 많은 곳을 여행한 사람이라고 말해버렸다. 그 사실이 세관 관리에게 전해졌고, 나는 상륙하자마자 매우 엄격한 심문을 받게 되었다. 이 관리는 발니바르비 언어로 나에게 말을 걸었다. 이 언어는 무역이 활발한 덕분에 그 도시에서 널리 쓰였고, 특히 선원들과 세관에서 일하는 사람들 사이에서 많이 사용되었다.

나는 그에게 몇 가지 사항에 대해 짧게 설명하며, 가능한 한 내 이야기가 그럴듯하고 일관되게 들리도록 꾸며 말했다. 그러나 나는 내 국적을 숨겨야 한다고 생각해 스스로를 네덜란드인이라고 밝혔다. 내 목적지가 일본이었고, 그 나라에 들어갈 수 있는 유럽인은 네덜란드인뿐이라는 사실을 알고 있었기 때문이었다. 나는 그 관리에게 내가 발니바르비 해안에서 난파되어 바위 위로 떠밀려 갔고, 그곳에서 라퓨타, 즉 하늘을 나는 섬으로 끌어올려졌던 일(그는 그 섬에 대해 이미 여러 번 들어본 적이 있었다)을 말했고, 지금은 일본으로 가는 중이며 거기에서 내 나라로 돌아갈 방법을 찾을 생각이라고 말했다. 관리는 내가 궁정에서 지시를 받을 때까지 구금되어 있어야 한다고 말했다. 그는 즉시 궁정으로 편지를 보낼 것이며 보름 정도 기다리면 답장을 받을 수 있다고 했다.

나는 괜찮은 임시 숙소로 옮겨졌고, 문 앞에는 보초가 세워졌다. 그러나 넓은 정원을 자유롭게 사용할 수 있었고 꽤 인간적으로 대우받았다. 또한 그 기간 동안 모든 생활비는 국왕이 부담했다. 나는 여러 사람들에게 초대를 받았는데, 그 이유는 대부분 호기심 때문이었다. 내가 그들이 한 번도 들어본 적 없는 아주 먼 나라들에서 왔다고 소문이 났기 때문이었다.

나는 같은 배를 타고 온 젊은이 한 명을 통역으로 고용했다. 그는 러그내그 출신이었지만, 몇 년 동안 말도나다에서 살아 두 언어를 모두 완벽하게 구사할 수 있었다. 그의 도움 덕분에 나는 나를 찾아오는 사람들과 대화를 나눌 수 있었다. 하지만 그 대화라는 것은 대부분 그들이 질문하고 내가 대답하는 것뿐이었다.

궁정에서 온 지시는 우리가 예상한 시기에 도착했다. 그 안에는 기병 열 명이 나와 내 수행원을 호위하여 트랄드래그더브 또는 트릴드로그드립으로 데려가라는 영장이 들어 있었다(내 기억으로는 이 두 가지 방식으로 발음되었다). 내 수행

원이라고 해봐야 통역으로 고용한 그 가난한 젊은이 한 명뿐
이었다. 나는 내 일을 도와달라고 그를 설득했고, 내가 간청
한 덕분에 우리 둘 모두 노새 한 마리씩을 타게 되었다. 또한
우리보다 반나절 먼저 전령을 보내 내가 방문한다는 사실을
왕에게 알리고, 내가 은혜롭게 왕의 발받침 앞에서 먼지를
핥는 영광을 누릴 날짜와 시간을 정해달라는 뜻을 전하게 했
다. 이는 궁정에서 쓰는 표현이었는데, 나는 이것이 단순한
형식적 표현이 아니라는 사실을 곧 알게 되었다.

도착한 지 이틀 뒤에 왕을 알현할 때, 나는 배를 바닥에 붙
인 채 앞으로 기어가면서 바닥을 핥으라는 명령을 받았다.
다만 그들은 내가 외국인이라는 점을 고려하여, 바닥을 아주
깨끗이 닦아두어 먼지가 불쾌하지 않도록 해두었다. 이것은
특별한 은혜로, 보통은 가장 신분이 높은 사람들이 입궁을
청할 때만 허락되는 것이었다. 심지어 어떤 때는 입궁하려
는 사람이 궁정에 적대적인 관계가 있을 경우, 일부러 바닥
에 먼지를 뿌려 놓기도 한다. 나는 실제로 한 귀족이 왕좌 가
까이 기어갔지만 입안에 먼지가 가득 차서 한마디도 하지 못
하는 모습을 본 적이 있다. 그렇다고 해결할 방법도 없다. 왕
앞에서 침을 뱉거나 입을 닦는 것은 사형에 해당하는 죄이기
때문이다.

또 하나의 관습이 있었는데, 나는 이것을 도무지 좋게 볼
수 없었다. 만약 왕이 어떤 귀족을 온화하고 자비로운 방식
으로 죽이고 싶을 때, 바닥에 치명적인 성분으로 이루어진
갈색 가루를 뿌리라고 명령한다. 귀족이 바닥을 핥으며 그
가루를 삼키게 되면, 반드시 24시간 안에 죽는다. 그러나 이

왕의 큰 자비와 신하들의 생명을 배려하는 마음을 공정하게 말하자면(이 점에서는 유럽의 군주들도 그를 본받기를 바란다), 그의 명예를 위해 한 가지 덧붙여야 한다. 왕은 이와 같은 처형이 있을 때마다 독이 묻었던 바닥을 반드시 깨끗이 닦도록 엄격한 명령을 내렸다. 만약 시종들이 이를 소홀히 하면 왕의 노여움을 살 위험이 있었다. 나는 실제로 그가 어느 시종을 채찍질하라고 명령하는 것을 들은 적이 있다. 그 시종은 처형 후 바닥을 닦도록 알리는 임무를 맡고 있었는데, 악의적으로 그 일을 빼먹었기 때문이었다. 그 결과 장래가 촉망되던 젊은 귀족 한 사람이 왕을 알현하러 왔다가 불행하게도 독에 중독되어 죽고 말았다. 그때 왕은 그 젊은이를 죽일 의도가 전혀 없었다. 그러나 이 선량한 왕은 그 시종이 다시는 특별한 명령 없이 그런 실수를 하지 않겠다고 약속하자 채찍질을 면해주는 은혜까지 베풀었다.

곁길로 잠깐 샜던 이야기를 다시 본론으로 돌리겠다. 나는 왕좌에서 4미터 거리까지 기어가서 천천히 무릎을 세워 몸을 일으키고 이마를 일곱 번 바닥에 부딪치며 전날 밤에 배워둔 다음 말을 외웠다. "익플링 글로프스롭 스쿠트세룸 블리옵 믈라슈날트 즈윈 트노드발크구프 슬리오파드 구르들룹 아슈트." 이것은 이 나라의 법으로 정해진, 왕 앞에 들어갈 때 반드시 해야 하는 인사말인데 그 뜻은 다음과 같다. "폐하의 천상의 위엄이 태양보다 더 오래, 열한 달 보름만큼 더 오래 지속되기를 바랍니다." 이에 대해 왕이 어떤 말을 했지만 나는 그 말을 이해하지 못했다. 그래도 나는 미리 지시받은 대로 이렇게 대답했다. "플루프트 드린 얄레릭 드울돔 프라

스트라드 미르푸슈." 이 말의 정확한 뜻은 "내 혀는 내 친구의 입안에 있습니다."인데, 이는 통역을 데려오게 해달라는 의미였다. 그러자 앞에서 말했던 그 젊은이가 불러 왔고, 그의 도움을 받아 나는 왕이 한 시간 넘게 묻는 질문에 대답할 수 있었다. 나는 발니바르비어로 말했고, 통역사은 그것을 러그내그어로 왕에게 전달했다.

왕은 나와 함께 있는 것을 매우 기뻐했고, 자신의 블리프마르클럽, 궁정의 최고 시종장에게 명령하여 나와 내 통역을 위해 궁정 안에 숙소를 마련하도록 했다. 또한 매일 식사를 위한 비용과 일반적인 생활비로 사용할 수 있도록 많은 금화가 든 주머니도 지급하게 했다.

나는 이 나라에 석 달 동안 머물렀다. 그것은 전적으로 왕의 명령에 대한 복종 때문이었다. 왕은 나에게 큰 호의를 베풀었고, 매우 명예로운 제안도 여러 번 해주었다. 그러나 나는 남은 생을 아내와 가족과 함께 보내는 것이 더 현명하고 옳은 일이라고 생각했다.

10장

저자가 러그내그 사람들을 칭찬하다. 저자가 스트럴드브러그에 대한 자세한 설명을 듣고, 그 주제에 대해 여러 저명한 인물들과 많은 대화를 나누다.

러그내그 사람들은 예의 바르고 관대한 민족이다. 물론 동

방 국가들에서 흔히 볼 수 있는 약간의 자부심이 전혀 없는 것은 아니지만, 이방인들에게는 매우 친절하게 대한다. 특히 궁정의 후원을 받는 이방인에게는 더욱 그렇다. 나는 많은 사람들과 교류하게 되었고, 그 가운데에는 신분이 높은 사람들도 적지 않았다. 또한 나는 항상 통역을 데리고 다녔기 때문에 우리가 나누는 대화도 꽤 즐거운 편이었다.

어느 날 나는 여러 훌륭한 사람들과 함께 있는 자리에서 한 귀족에게 질문을 받았다. 그는 나에게 이 나라의 '스트럴드브러그', 즉 죽지 않는 사람을 본 적이 있느냐고 물었다. 나는 아직 본 적이 없다고 대답하면서, 죽지 않는다는 이름이 어떻게 인간에게 붙을 수 있는지 설명해달라고 부탁했다. 그러자 그는 이렇게 설명했다. 가끔, 아주 드물게 어떤 아이가 태어날 때 왼쪽 눈썹 바로 위 이마에 붉은색의 둥근 점을 가지고 태어나는 경우가 있는데, 그것이 그 아이가 결코 죽지

않는다는 확실한 표시이다. 그 점은 처음에는 은으로 된 3펜스 동전 정도의 크기인데 시간이 지나면서 점점 커지고 색도 변한다. 열두 살이 되면 녹색이 되고, 스물다섯 살까지 그 상태로 유지되다가 그다음에는 짙은 파란색으로 변하고, 마흔다섯 살이 되면 석탄처럼 검은색이 되며 영국의 실링 동전 정도의 크기가 된다. 그 이후에는 더 이상 변하지 않는다. 스트럴드브러그가 태어나는 건 매우 드문 일이기 때문에, 왕국 전체를 통틀어 남녀를 합쳐도 스트럴드브러그는 1,100명 정도를 넘지 않는다. 그중에서 50명 정도가 수도에 살고 있으며, 세 살쯤 된 어린 소녀 하나도 가장 최근에 태어난 스트럴드브러그라고 했다. 이런 아이들이 태어나는 것은 어떤 특정 가문에만 나타나는 것이 아니라 단순한 우연이며, 스트럴드브러그의 자식들 역시 다른 사람들과 마찬가지로 언젠가는 죽는 평범한 인간이라고 했다.

이 이야기를 듣고 말로 표현할 수 없을 정도로 큰 기쁨에 사로잡혔음을 솔직히 인정한다. 마침 이 이야기를 해준 사람은 발니바르비어를 이해할 수 있었는데, 그 언어는 내가 꽤 잘하는 편이었다. 그래서 나는 조금 지나칠 정도로 격한 표현을 터뜨리지 않을 수 없었다. 나는 거의 황홀한 상태로 이렇게 외쳤다.

"얼마나 행복한 나라입니까! 모든 아이가 최소한 불멸자가 될 가능성을 하나쯤은 가지고 태어나다니! 또한 얼마나 행복한 민족입니까! 옛 시대의 덕을 직접 보여주는 살아 있는 예시를 그렇게 많이 가지고 있으며, 또 모든 옛 시대의 지혜를 가르쳐줄 스승들이 항상 준비되어 있다니! 그러나 그 무엇보다도 가장 행복한 존재는 바로 이 훌륭한 스트럴드브러그들입니다. 그들은 인간이 공통적으로 겪는 죽음이라는 불행에서 태어날 때부터 벗어나 있으며, 끊임없이 죽음을 두려워해야 하는 부담과 우울에서 벗어난 채, 자유롭고 속박되지 않은 마음으로 살아갈 수 있기 때문입니다.”

나는 놀라움을 감추지 못하고 이렇게 말했다. “이렇게 뛰어난 분들을 궁정에서 한 번도 본 적이 없다는 것이 이상합니다. 이마에 있는 검은 점은 너무나 눈에 띄는 특징이라 제가 못 알아볼 리가 없었을 텐데요. 또한 그렇게 현명한 군주이신 폐하께서 이런 지혜롭고 유능한 조언자들을 충분히 곁에 두지 않으셨을 리도 없다고 생각합니다. 아마도 저 존경받는 현자들의 덕성이 너무 엄격해서, 타락하고 방종한 궁정의 풍속과는 맞지 않았던 것일지도 모릅니다. 실제로도 젊은 사람들은 고집이 세고 경솔해서, 어른들의 신중한 조언을 따르지 않는 경우가 많습니다.

하지만 폐하께서 저에게 가까이 나아갈 기회를 허락해주신 이상, 저는 기회가 되는 대로 통역의 도움을 받아 이 문제에 대해 제 의견을 거리낌 없이 충분히 말씀드릴 생각입니다. 폐하께서 제 조언을 받아들이실지 여부와는 별개로, 한 가지는 이미 마음을 정했습니다. 폐하께서 여러 차례 이 나라에 정착할 것을 제안해주셨으니 저는 그 은혜를 감사히 받아들이고, 만약 스트럴드브러그가 저를 받아준다면, 그 뛰어난 존재들과 교류하며 이곳에서 평생을 보내고자 합니다.”

내가 이렇게 말하자 그 신사는(앞서 말했듯이 발니바르비어를 할 줄 알았다) 무지를 불쌍히 여길 때 흔히 나타나는 미소를 지으며 나에게 말했다. 그는 내가 우리와 함께 머물게 된다면 매우 기쁘겠다고 말하면서, 내가 방금 한 말을 이 자리에 있는 사람들에게 설명해도 되겠느냐고 물었다. 나는 허락했고, 그는 내가 한 말을 그들의 언어로 사람들에게 전해주었다. 그러자 그들은 자기들 언어로 한동안 서로 이야기를 나누었는데, 나는 그 말들을 한 마디도 이해할 수 없었다. 또 그들의 표정으로도 내 말이 어떤 인상을 남겼는지 전혀 짐작할 수 없었다.

잠시 침묵이 흐른 뒤, 발니바르비어를 할 줄 아는 그 신사가 다시 나에게 말했다. 그는 자신의 친구들과 나의 친구들(그가 그렇게 표현했다)이 내가 불로불사의 삶이 지닌 큰 행복과 이점에 대해 신중한 의견에 매우 만족해하고 있다고 전했다. 그리고 만약 내가 스트럴드브러그로 태어났다면, 어떤 방식으로 삶을 꾸려나갈 계획을 세웠을지 구체적으로 알고 싶다고 말했다.

나는 이렇게 대답했다.

"이처럼 풍부하고 즐거운 주제에 대해 말하는 것은 매우 쉬운 일입니다. 특히 저에게는 더욱 그렇습니다. 저는 예전부터 내가 만약 왕이 된다면, 장군이 된다면, 혹은 귀족이 된다면 무엇을 할까 하는 상상을 하며 스스로를 즐겁게 하곤 했기 때문입니다. 그리고 바로 지금 말씀하신 이 경우에 대해서도, 만약 제가 영원히 살게 된다면 시간을 어떻게 보내고 어떤 일에 제 삶을 사용할지에 대해 이미 여러 번 전체 계획을 머릿속으로 그려본 적이 있습니다. 만약 제가 스트럴드브러그로 태어나는 행운을 얻었다면, 그리고 삶과 죽음의 차이를 이해하여 제가 얼마나 큰 행운을 타고났는지 깨닫게 되었다면, 우선 어떤 방법과 수단을 가리지 않고 재산을 모으기로 결심했을 것입니다. 그 목표를 위해 절약과 현명한 관리로 노력한다면 200년 정도가 지나면 이 나라에서 가장 부유한 사람이 될 수 있으리라 충분히 기대할 수 있습니다. 둘째로, 아주 어린 시절부터 학문과 예술을 공부하는 데 전념할 것입니다. 그렇게 하면 결국 학문에서 다른 모든 사람을 능가하게 될 것입니다. 마지막으로 공공 영역에서 일어나는 중요한 모든 사건과 행동을 세심하게 기록할 것입니다. 또한 여러 시대에 걸쳐 이어지는 왕들과 국가의 대신들에 대한 인물 평가를 공정하게 작성하고 각 사안에 대해 저의 관찰도 덧붙일 것입니다. 또한 풍습, 언어, 옷차림의 유행, 음식, 오락의 방식이 어떻게 변해왔는지도 정확하게 기록할 것입니다. 이러한 모든 기록을 통해 저는 지식과 지혜가 살아 있는 보물창고가 될 것이며, 틀림없이 나라 전체의 현자이자 조언자 같은 존재가 될 것입니다.

예순 살이 넘은 뒤에는 결혼 생활을 하지 않을 것이며, 후하게 손님을 대접하며 살겠지만 여전히 절약하는 편을 지킬 것입니다. 또한 유망한 젊은이들의 정신을 형성하고 지도하는 일로 스스로를 즐겁게 할 것입니다. 그것은 저의 기억과 경험, 관찰에 근거하고 수많은 사례로 보강하여, 공적 생활과 사적 생활 모두에서 덕이 얼마나 유익한지를 그들에게 납득시키는 방식이 될 것입니다. 그러나 제가 선택하고 항상 가까이 지낼 동료들은 저와 같은 불멸의 형제들일 것입니다. 그들 가운데서 가장 오래된 이들부터 저와 같은 시대에 태어난 이들까지 열두 명을 골라두겠습니다. 만약 그들 가운데 재산이 부족한 이가 있다면, 저의 영지 주변에 편안한 거처를 마련해주고 그들 가운데 몇 사람은 항상 제 식탁에 함께 앉힐 것입니다. 다만 보통 인간들 가운데서도 가장 가치 있는 몇 사람은 섞어두겠습니다.

그러나 긴 세월이 흐르다 보면 저는 그들을 잃는 일에도 거의 아쉬움을 느끼지 않게 될 것이며, 그들의 후손들도 같은 방식으로 대할 것입니다. 마치 사람이 정원에서 해마다 이어지는 카네이션과 튤립을 보며 즐거워하면서도, 지난해 시들어버린 꽃들을 잃은 것을 아쉬워하지 않는 것과 마찬가지로 말입니다. 이 스트럴드브러그들과 저는 세월이 흐르는 동안 서로의 관찰과 기록을 끊임없이 교환할 것입니다. 우리는 부패가 어떤 여러 단계를 거쳐 세상에 스며드는지 주의 깊게 살펴보고, 그 모든 단계마다 인류에게 끊임없이 경고와 가르침을 주어 그것에 맞설 것입니다. 그리고 이것에 더해 우리 자신의 본보기가 지닌 강한 영향력까지 더해진다면, 모든 시대에서 그토록 정당하게 불평의 대상이 되어온 인간 본성의 끊임없는 타락을 아마도 막을 수 있을 것입니다.

여기에 더해 국가와 제국들이 겪는 여러 혁명을 바라보는 즐거움도 누리게 될 것입니다. 땅과 하늘의 변화, 옛날의 거대한 도시가 폐허로 변하고 이름 없던 작은 마을이 왕의 거처가 되는 모습도 보게 될 것입니다. 유명한 강이 점차 얕은 시내로 줄어드는 모습도, 바다가 어느 해안에서는 물러나 육지를 드러내고 다른 해안은 삼켜버리는 일도 보게 될 것입니다. 아직 알려지지 않은 많은 나라가 발견되는 것도, 가장 세련된 문명국이 야만에 짓밟히는 것도, 가장 야만적이던 민족이 문명화되는 것도 보게 될 것입니다. 저는 또한 경도 측정, 무한 동력 장치, 만병통치약, 그리고 수많은 위대한 발명들이 완전한 단계에 이르는 것도 보게 될 것입니다. 또한 우리가 천문학에서 얼마나 놀라운 발견을 하게 되겠습니까! 우리는 오래 살아 우리 자신의 예측이 맞았는지 확인할 수 있고, 혜성의 진행과 귀환을 관찰하며, 태양과 달, 별들의 운동이 어떻게 변하는지도 지켜볼 수 있을 것입니다!"

나는 끝없는 삶과 인간 세상의 행복에 대한 자연스러운 욕망이 쉽게 떠올리게 하는 다른 여러 주제에 대해서도 길게 이야기했다. 내가 말을 마치자 내 연설의 요지가 이전과 마찬가지로 다른 사람들에게 통역되었고, 그들은 자기 나라 말로 한동안 서로 이야기를 나누었다. 그 대화 속에는 나를 두고 웃는 기색도 적지 않았다. 마침내 내 통역을 맡고 있던 그 신사가 나에게 이렇게 말했다.

"다른 사람들의 요청으로 몇 가지 오해를 바로잡아드리려 합니다. 그것은 인간 본성의 보편적인 약점 때문에 생긴 것이니 너무 크게 책임을 물을 일은 아닙니다. 이 스트럴드브러그라는 존재는 이 나라에만 있는 특별한 부류로, 발니바르비나 일본에는 전혀 없습니다. 저는 폐하의 대사로서 그 두 나라에 머문 적이 있는데, 그곳 사람들은 이런 일이 가능하다는 사실 자체를 믿기 어려워했습니다. 그리고 제가 처음 이 이야기를 꺼냈을 때 당신이 놀란 것만 보아도, 그것이 얼마나 생소하고 믿기 어려운 이야기로 받아들여졌는지 알 수 있습니다.

제가 그 두 나라에 머무는 동안 많은 사람들과 교류하면서 알게 된 것은, 인간이라면 누구나 오래 살기를 바라고 원한다는 점입니다. 누구든 이미 한쪽 발을 무덤에 들여놓은 상황이 되면 남은 한쪽 발만큼은 필사적으로 뒤로 빼려 합니다. 가장 나이가 많은 사람조차도 하루라도 더 살 수 있기를 바라며, 죽음을 가장 큰 악으로 여기고 본능적으로 그것을 피하려 합니다. 오직 이 러그내그 섬에서만은, 눈앞에 늘 스트럴드브러그들의 존재가 있기 때문에 그렇게까지 삶에 집착하는 욕망이 강하지 않은 것입니다. 당신이 구상한 삶의 방식은 비합리적이고 부당한 것입니다. 왜냐하면 그것은 젊음과 건강, 활력이 영원히 지속된다는 것을 전제로 하고 있는데, 아무리 욕망이 지나친 사람이라도 그런 것을 진지하게 기대할 만큼 어리석지는 않기 때문입니다.

따라서 문제는 사람이 언제나 젊고 번영과 건강을 누리는 상태로 살기를 선택하느냐가 아니라, 노년이 가져오는 온갖 불리함을 안고 영원한 삶을 어떻게 살아갈 것이냐에 있습니다. 비록 그런 가혹한 조건 아래에서 불멸을 원한다고 공공연히 말하는 사람은 거의 없지만, 앞서 말한 발니바르비와 일본 두 나라에서는 누구나 죽음을 조금이라도 더 늦추고 싶어 했습니다. 아무리 늦게 찾아온다 해도 죽음을 미루려는 것이지요. 그리고 극심한 슬픔이나 고통에 내몰린 경우가 아니라면, 스스로 기꺼이 죽음을 택하는 사람은 거의 없다는 것도 알 수 있었습니다. 당신이 여행했던 나라들뿐만 아니라 당신의 조국에서도 이런 경향이 공통적으로 나타나지 않았습니까?”

이렇게 서두를 마친 뒤, 그는 러그내그에 있는 스트럴드브러그들에 대해 자세히 설명해주었다.

"그들은 보통 서른 살쯤까지는 다른 인간들과 다름없이 살아갑니다. 그러나 그 이후부터는 점차 우울하고 의기소침해지기 시작하며, 이런 성향은 나이가 들수록 계속 심해져 여든 살에 이르게 됩니다. 이것은 그들의 고백을 통해 알게 된 사실입니다. 한 시대에 태어나는 스트럴드브러그가 두세 명뿐이어서 일반적인 관찰을 할 만큼 수가 많지 않기 때문입니다. 그들이 여든 살에 이르면 이 나라에서 보통 인간의 수명이 끝나는 나이라고 여겨지는데, 그때쯤에는 다른 노인들이 지닌 모든 어리석음과 약점을 그대로 갖게 될 뿐 아니라 결코 죽지 않는다는 끔찍한 전망에서 비롯되는 더 많은 결함까지 갖게 됩니다. 그들은 고집이 세고, 성질이 까다롭고, 탐욕스럽고, 음울하며, 허영심이 강하고, 말이 많을 뿐 아니라 우정을 나눌 능력도 없고 자연스러운 애정도 거의 사라집니다. 그들의 애정은 보통 손자 세대 아래로는 결코 내려가지 않습니다. 질투와 이루지 못하는 욕망이 그들에게 가장 지배적인 감정입니다.

그러나 그들의 질투가 특히 향하는 대상은 젊은 사람들의 악덕과 늙은 사람들의 죽음입니다. 젊은이들의 모습을 보며 그들은 자신들이 모든 즐거움의 가능성에서 완전히 배제되었다는 사실을 깨닫게 됩니다. 그리고 장례식을 볼 때마다 다른 사람들이 자신들은 결코 도달할 수 없는 안식의 항구로 떠났다는 사실을 한탄하며 괴로워합니다.

그들은 청년일 때와 중년일 때 배우고 경험한 것 외에는 거의 아무것도 기억하지 못하며, 그마저도 매우 불완전합니다. 어떤 사건의 진실이나 세부 사항에 관해서는 그들의 기억에 의존하기보다는 일반적인 전통이나 전승에 의존하는 편이 더 안전할 정도입니다. 그들 가운데서 가장 덜 불행해 보이는 사람들은 완전히 노망이 들어 기억을 거의 잃어버린 이들입니다. 이런 사람들은 다른 이들에게 많은 악한 성질이 넘쳐나는 것과 달리 그런 성질이 부족하기 때문에, 더 많은 동정과 도움을 받게 됩니다.

만약 어떤 스트럴드브러그가 자기와 같은 사람과 결혼하면, 두 사람 가운데 더 젊은 쪽이 여든 살이 되는 순간, 그 결혼은 이 나라의 관례에 따라 자동으로 혼인관계가 해제됩니다. 법은 아무 잘못 없이 이 세상에 영원히 머물러야 하는 형벌을 받은 사람들에게, 배우자라는 짐까지 더해 고통을 배로 늘리는 것은 합리적이지 않다고 보기 때문입니다. 그들이 여든 살이 되는 순간, 법적으로는 이미 죽은 사람으로 간주됩니다. 그래서 그들의 상속인이 즉시 재산을 물려받고, 다만 그들의 생계를 위해 약간의 생활비만 남겨둡니다. 가난한 사람들은 국가가 부양합니다. 그 이후로 그들은 신뢰나 이익이 따르는 어떤 직책도 맡을 수 없으며, 토지를 살 수도 없고 임대 계약도 할 수 없습니다. 또한 어떠한 민사나 형사 재판에서도 증인이 되는 것이 허락되지 않으며, 심지어 토지 경계 분쟁을 결정하는 경우에도 증언할 수 없습니다.

아흔 살이 되면 그들은 이와 머리카락을 모두 잃습니다. 그 나이가 되면 맛을 구별하는 능력도 사라져서 무엇을 먹거나 마시든 맛이나 식욕 없이 그저 손에 잡히는 대로 먹고 마

십니다. 그들이 원래 앓고 있던 병은 더 심해지지도 나아지지도 않은 채로 계속됩니다. 말을 할 때는 사물의 일반적인 이름이나 사람의 이름조차 잊어버리는데, 심지어 가장 가까운 친구나 친척의 이름도 기억하지 못합니다. 그런 이유로 그들은 책을 읽으며 시간을 보낼 수도 없습니다. 기억력이 문장의 처음에서 끝까지 이어지지 못하기 때문입니다. 이 때문에 그들이 누릴 수 있었을 유일한 즐거움마저 빼앗기게 됩니다. 이 나라의 언어는 끊임없이 변화하기 때문에, 한 시대의 스트럴드브러그는 다른 시대의 스트럴드브러그를 이해하지 못합니다. 또한 200년이 지나면, 몇몇 아주 일반적인 단어들을 제외하고는 주변의 보통 인간들과도 대화를 나눌 수 없게 됩니다. 그래서 결국 그들은 자기 나라 안에서조차 이방인처럼 살아가는 불리한 처지에 놓이게 됩니다.”

이것이 내가 스트럴드브러그에 대해 들은 이야기를 최대한 기억해낸 것이다. 그 후 나는 서로 다른 나이의 스트럴드브러그 대여섯 명을 실제로 보게 되었는데, 그중 가장 젊은 사람도 200살은 넘은 나이였다. 나의 친구들이 여러 차례 그들을 데려와 보여주었다. 그러나 그들은 내가 위대한 여행가이며 온 세상을 다녀본 사람이라는 말을 들었음에도 불구하고, 나에게 아무런 질문도 하지 않고 호기심을 전혀 보이지 않았다. 다만 나에게 ‘슬럼스쿠다스크’, 즉 기념의 표시를 달라고 부탁했을 뿐이었다. 이 말은 사실 구걸을 완곡하게 표현하는 방식이었다. 이 나라에서는 구걸을 엄격히 금지하는 법이 있었기 때문이다. 그들은 국가로부터 생활 보조를 받고 있었지만 실제로 그것은 매우 적은 액수에 불과했기 때문에 그런 식으로 도움을 구하는 것이었다.

스트럴드브러그들은 모든 계층의 사람에게 멸시와 증오의 대상이 된다. 스트럴드브러그가 태어나면 불길한 징조로 여겨지며, 그들의 출생은 매우 자세히 기록된다. 그래서 등록부를 확인하면 나이를 알 수 있다. 다만 그 기록은 1천 년 이상 보존된 적이 없거나, 시간의 흐름이나 사회적 혼란 때문에 이미 사라졌다고 한다. 그래서 보통은 그들에게 어떤 왕이나 유명한 인물을 기억하는지 물어보고, 그다음 역사 기록을 대조하여 나이를 계산한다. 그들이 기억하는 마지막 왕은 반드시 그들이 여든 살이 되기 전에 즉위한 인물일 것이기 때문이다.

그들은 내가 지금까지 본 것 가운데 가장 끔찍한 몰골이었다. 그리고 여자들은 남자들보다 더 흉측했다. 나이가 들면서 나타나는 일반적인 기형들에 더해, 그들은 나이가 많을수록 점점 더 소름 끼치는 모습이 되었는데 말로 표현하기 어려울 정도다. 스트럴드브러그 여섯 명쯤을 함께 보았을 때, 나이 차이가 고작 100~200년 정도밖에 나지 않았는데도, 나는 누가 가장 나이가 많은지 금방 구별할 수 있었다.

독자는 내가 듣고 본 모든 일들을 통해 영원한 삶에 대한 나의 강한 욕망이 크게 줄어들었다는 것을 쉽게 이해할 수 있을 것이다. 나는 이전에 품고 있던 달콤한 상상들이 부끄럽게 느껴졌고, 그런 삶을 계속하느니 차라리 어떤 폭군이 만들어 낸 죽음이라도 기꺼이 받아들이겠다고 생각하게 되었다. 왕은 이 일과 관련하여 나와 내 친구들 사이에 오갔던 모든 대화를 전해 듣고, 매우 유쾌하게 나를 놀렸다. 그는 우

리나라 사람들이 죽음을 두려워하지 않도록 하기 위해 스트럴드브러그 두 사람쯤을 보내줄 수 있으면 좋겠다고 말하기도 했다. 그러나 이 나라의 법률이 그것을 금지하고 있기 때문에, 그런 일은 불가능하다고 했다. 만약 그렇지 않았다면 나는 그들을 내 나라로 데려가는 데 드는 수고와 비용을 기꺼이 감수했을 것이다.

나는 이 나라에서 스트럴드브러그에 대해 정해둔 법들이 매우 타당한 이유 위에 세워져 있으며, 같은 상황에 처한 다른 나라라도 반드시 이런 법을 만들 수밖에 없을 것이라는 데 동의하지 않을 수 없었다. 그렇지 않다면, 탐욕이 노년의 필연적인 결과이기 때문에, 그 불멸의 인간들은 시간이 지나면서 결국 나라 전체의 재산을 소유하게 될 것이며, 시민 권력까지 모두 독점하게 될 것이다. 그러나 그들은 그 권력을 제대로 관리할 능력이 없기 때문에, 결국 그 결과는 국가 전체의 파멸로 이어질 수밖에 없을 것이다.

11장

저자가 러그내그를 떠나 일본으로 항해하다. 그곳에서 네덜란드 배를 타고 암스테르담으로 가고, 다시 암스테르담에서 영국으로 돌아가다.

스트럴드브러그에 대한 이 이야기가 독자에게 어느 정도 흥미가 될 것이라고 생각한다. 그것은 보통 여행기에서 흔히 볼 수 있는 종류의 이야기가 아니었으니 말이다. 적어도 내가 지금까지 읽어본 어떤 여행서에서도 이와 비슷한 내용을 본 기억이 없다. 만약 내가 착각하고 있다면, 나의 변명은 이것뿐이다. 같은 나라를 묘사하는 여행자들은 종종 같은 사실들을 반복해서 언급할 수밖에 없으며, 그것이 이전에 쓴 사람들의 글을 베끼거나 옮겼다는 비난을 받아야 할 이유는 되지 않는다는 것이다.

사실 러그내그와 일본 사이에는 항상 활발한 교역이 이루어지고 있다. 그러니 일본의 저자들 가운데 누군가는 스트럴드브러그에 대해 이미 기록했을 가능성도 충분히 있다. 나는 일본에 머문 기간이 매우 짧았고, 그 나라의 언어도 전혀 알지 못했기 때문에 그에 대해 조사할 수 없었다. 하지만 이 이야기를 통해 네덜란드 사람들이 관심을 가지고 내 부족한 부분을 보완해줄 수 있기를 바란다.

왕은 나에게 궁정에서 어떤 직책을 맡으라고 여러 번 권했지만, 내가 고향으로 돌아가겠다는 결심이 확고함을 알게 되자 마침내 떠나도록 허락해주었다. 그리고 친히 일본 황제에게 보내는 추천서를 써주는 영예를 베풀었다. 또한 그는 큰 금화 444개를 나에게 선물로 주었는데(이 나라 사람들은 짝수를 매우 좋아한다), 여기에 더해 붉은 다이아몬드 하나도 주었다. 나는 그 다이아몬드를 영국에서 1,100파운드에 팔았다.

1709년 5월 6일, 나는 왕과 모든 친구에게 정중하게 작별 인사를 했다. 왕은 매우 친절하게도 나를 섬의 남서쪽에 있는 왕립 항구 글랑구엔스탈드까지 호위하도록 경비병을 붙여주었다.

나는 엿새 만에 일본으로 가는 배를 구할 수 있었고, 열닷새 동안 항해한 끝에 일본에 도착했다. 우리는 일본의 남동쪽 지역에 위치한 자모시라는 작은 항구 도시에 상륙했다. 그 도시는 북쪽으로 이어지는 좁은 해협의 서쪽 끝에 자리 잡고 있었다. 그 해협은 길게 뻗은 만이 이어지며, 그 북서쪽 끝에는 수도인 에도가 자리 잡고 있었다. 나는 상륙하자마자 세관 관리들에게 러그내그 왕이 일본 황제에게 써준 추천서를 보여주었다. 그들은 그 봉인을 아주 잘 알고 있었다. 그 크기는 내 손바닥만큼 컸다. 그 인장은 왕이 땅에서 절름발이 거지를 일으켜 세우는 모습이었다. 도시의 관리들은 내가 가져온 추천서에 대해 듣고 나를 외교 사절처럼 대우했다.

그들은 마차와 하인들을 마련해주었고, 에도까지 가는 동안의 비용도 모두 부담해주었다.

나는 에도에 도착하여 황제를 알현할 수 있었고, 편지를 전달했다. 그 편지는 아주 엄숙한 의식을 거쳐 개봉되었고, 통역관이 그 내용을 황제에게 설명했다. 그러고 나서 그 통역관은 황제의 명령이라며 나에게 이렇게 말했다.

"그대의 요청을 말하시오. 어떤 것이든지 러그내그의 왕, 곧 폐하의 형제와도 같은 그분을 위해 반드시 들어주겠다는 것이 황제의 뜻입니다."

이 통역관은 네덜란드인들과의 일을 담당하는 관리였다. 그는 내 얼굴을 보고 내가 유럽인이라는 것을 금방 알아차렸고, 그래서 황제의 명령을 아주 능숙한 네덜란드어로 다시 말해주었다. 나는 미리 생각해둔 대로, 내가 네덜란드 상인인데 아주 먼 나라에서 난파를 당했으며, 그곳에서 바다와 육지를 거쳐 러그내그까지 여행했고, 그 뒤 일본으로 오는 배를 탔다고 말했다. 또한 동포들이 일본과 자주 무역을 하는 것을 알고 있었기 때문에, 그들 가운데 하나를 만나 유럽으로 돌아갈 기회를 얻을 수 있기를 바라고 있으며, 황제께서 은혜를 베풀어 내가 나가사키까지 안전하게 갈 수 있도록 명령해주시기를 간절히 청했다.

나는 여기에 또 하나의 청원을 덧붙였다. 나의 후원자인 러그내그 왕을 생각해서라도 네덜란드인이라면 해야 하는 의식, 곧 십자가를 발로 밟는 의식을 내가 하지 않도록 특별히 허락해주기를 청했다. 나는 무역할 의도로 이 나라에 온 것이 아니라 단지 불행한 사고로 이곳에 떠밀려 왔다고 덧붙었다. 이 두 번째 청원이 황제에게 전달되자 왕은 조금 놀란 듯한 표정을 지었다. 나의 동포 가운데서 이 문제에 대해 양심의 가책을 느낀 사람은 지금까지 한 번도 없었기 때문에 내가 정말 네덜란드인인지 의심이 들기 시작한다고 말했으며, 오히려 내가 기독교인이 아닌지 의심이 된다고 했다.

그러나 내가 제시한 이유들, 특히 러그내그의 왕을 기쁘게 하려는 뜻을 고려하여, 왕은 자신의 특별한 호의를 보이는 뜻에서 내 요구를 들어주겠다고 했다. 다만 이 일은 아주 교묘하게 처리되어야 하며, 관리들에게 마치 실수로 잊은 것처럼 나를 통과시키도록 명령하겠다고 했다. 이 사실이 네덜란드인 동포들에게 알려지면, 항해 도중 그들이 나의 목을 베어버릴 것이라고 왕이 말했기 때문이다. 나는 통역사를 통해 이처럼 이례적인 은혜에 대해 깊이 감사의 뜻을 전했다. 마침 그때 나가사키로 행군 중인 군대가 있어서 그 부대의 지휘관에게 나를 안전하게 그곳까지 데려가라는 명령이 내려졌다. 또한 십자가를 밟는 의식과 관련된 일에 대해 특별한 지시도 함께 전달되었다.

1709년 6월 9일, 나는 아주 길고 고된 여행 끝에 나가사키에 도착했다. 나는 곧 암스테르담 소속의 450톤짜리 튼튼한 배 앰보이나 호에 타고 있던 네덜란드 선원들과 알게 되었다. 나는 예전에 레이던 대학교에서 공부하며 오랫동안 네덜란드에서 살았기 때문에 네덜란드어를 잘할 수 있었다. 선원들은 내가 마지막으로 어디에서 왔는지 곧 알아차렸고, 내 여행과 그동안의 삶에 대해 몹시 궁금해했다. 나는 가능한 한 짧고 그럴듯한 이야기를 꾸며서 말하며 대부분의 사실은 숨겼다. 나는 네덜란드에 아는 사람들이 많았기 때문에, 내 부모의 이름도 꾸며 낼 수 있었다. 나는 헬데를란트 지방에 사는 평범하고 이름 없는 사람들의 아들인 것처럼 가장했다.

나는 네덜란드로 가는 항해 비용으로 선장(이름은 테오도루스 방그룰트였다)이 원하는 만큼을 지불할 생각이었지만, 내가 외과의라는 사실을 알게 되자 그는 보통 요금의 절반만 받는 것으로 만족했다. 단, 항해 동안 내 직업에 맞는 일을 도와주어야 한다는 조건을 덧붙였다. 배에 오르기 전, 선원들 가운데 몇 사람이 나에게 앞서 말한 십자가를 밟는 의식을 행했는지 여러 번 물었다. 나는 그 질문을 모호한 대답으로 얼버무렸다. 황제와 궁정의 요구를 모든 면에서 만족시켰다고만 말했던 것이다. 그러나 악의적인 어떤 뱃사람 하나가 관리에게 가서 나를 가리키며 내가 아직 십자가를 밟지 않았다고 고자질했다. 하지만 그 관리에게는 나를 그냥 통과시키라는 지시가 이미 내려와 있었기 때문에, 그는 그 고자질한 자의 어깨를 대나무 막대로 스무 번이나 때렸다. 그 이후로는 아무도 나에게 그런 질문을 다시 하지 않았다.

이 항해 동안에는 특별히 언급할 만한 일은 아무것도 일어나지 않았다. 우리는 순풍을 받아 희망봉까지 항해했고, 그곳에서 식수를 보충하기 위해 잠시 머물렀다. 1710년 4월 10일, 우리는 암스테르담에 무사히 도착했다. 항해 중 병으로 세 명을 잃었고, 또 한 명은 기니 해안 근처에서 앞 돛대에서 바다로 떨어져 죽었다. 나는 암스테르담에서 그 도시 소속의 작은 배를 타고 곧 영국으로 향했다.

1710년 4월 16일, 우리는 다운스에 도착했다. 나는 다음 날 아침 상륙하여, 5년 6개월 동안의 긴 부재 끝에 다시 한번 나의 조국을 보게 되었다. 나는 곧바로 레드리프로 갔고, 그 날 오후 2시쯤 그곳에 도착했고 아내와 가족들이 모두 건강한 것을 확인했다.

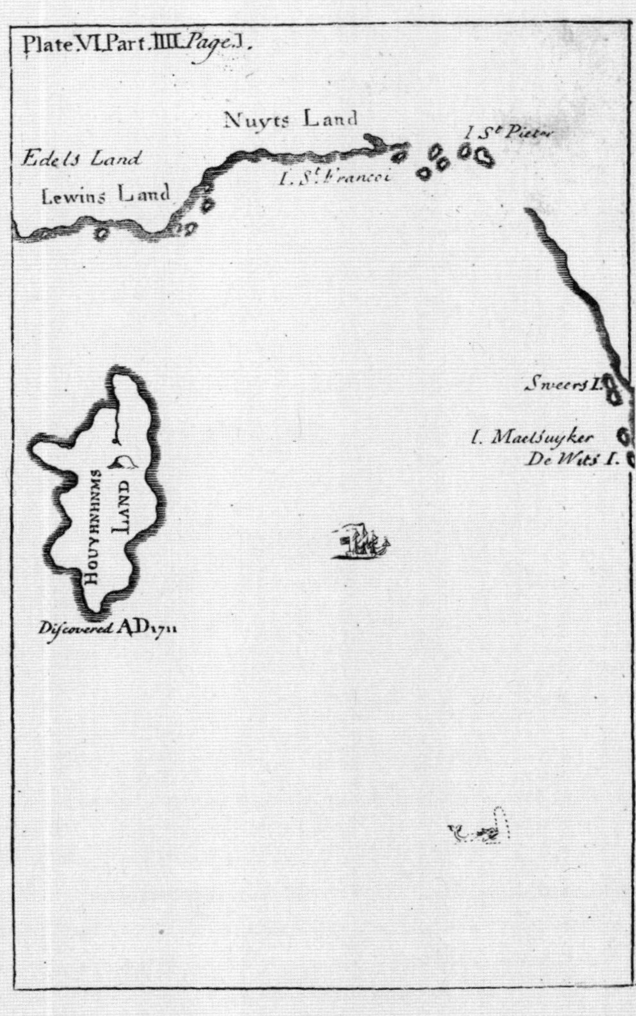

Plate.VI.Part.IIII.Page.1.
Nuyts Land
Edels Land
Lewins Land
I. St. Francoi
I. St. Pieter
Sweers I.
I. Maelsuyker
De Wits I.
HOUYHNHNMS LAND
Discovered A.D.1711

4부

후이늠의 나라로의 항해

4.ͤ PARTIE
VOYAGE
DES HOUYHNHNMS

1장

저자가 선장 자격으로 항해를 떠나다. 그러나 선원들이 반란을 일으켜, 저자를 오랫동안 선실에 가두고, 결국 알 수 없는 땅에 내려놓다. 저자가 그곳 내륙으로 여행을 떠나고, 그곳에서 '야후'라는 기이한 동물을 만나다. 그리고 마침내 두 마리의 후이늠을 만나다.

나는 아내와 아이들과 함께 5개월 동안 집에서 지냈는데, 내가 잘 지내고 있음을 깨닫고 만족하는 법만 알았더라면 참으로 행복한 시간이었을 것이다. 나는 임신한 아내를 남겨둔 채, 350톤짜리 튼튼한 상선 어드벤처 호의 선장이 되라는 유리한 제안을 받아들였다. 나는 항해술을 잘 알고 있었고, 바다에서 외과의로 일하는 것에는 점점 싫증이 나고 있었기 때문이다. 그래도 필요할 때는 그 일을 할 수 있었으므로 로버트 퓨어포이라는 젊고 능숙한 외과의를 배에 태웠다.

우리는 1710년 8월 7일 포츠머스에서 출항했다. 8월 14일, 우리는 테네리페에서 브리스틀의 포콕 선장을 만났는데, 그는 캄페치 만으로 가서 염료목을 베어 올 계획이라고 했다. 8월 16일, 폭풍 때문에 우리는 서로 떨어지게 되었다. 내가 영국으로 돌아온 뒤 들은 바로는, 그의 배가 침몰하여 선실 소년 한 명만 살아남고 모두 죽었다고 한다. 그는 정직하고 훌륭한 항해사였지만 자기 의견을 너무 고집하는 경향이 있었는데, 그것이 결국 파멸의 원인이 되었다. 이런 이유로 망한 사람은 그뿐만이 아니다. 만약 그가 내 충고를 따랐다면 지금쯤 나처럼 가족과 함께 집에서 안전하게 지내고 있었을 것이다.

내 배에도 열사병으로 죽은 사람이 여러 명 있었기 때문에 나는 바베이도스와 리워드 제도에 들렀을 때, 나를 고용한 상인들의 지시에 따라 선원을 보충해야 했다. 그러나 나는 곧 그것을 크게 후회하게 되었다. 나중에 알고 보니 그들 대부분이 해적 출신이었기 때문이다.

내 배에는 선원 50명이 있었고, 나는 남해에서 인디언들과 교역하고, 가능하다면 새로운 항로와 지역을 발견하라는 명령을 받았다. 그런데 내가 데려온 이 악당들이 다른 선원들까지 타락시켰고, 결국 모두가 배를 빼앗고 나를 제압하려는 음모를 꾸몄다. 어느 날 아침 그들은 내 선실로 몰려와 내 손발을 묶어 결박하고, 조금이라도 움직이면 바다에 던져버리겠다고 위협했다. 나는 그들에게 포로가 되었으니 복종하겠다고 말했다. 그러자 그들은 나에게 맹세를 시킨 뒤에 손발은 풀어주었지만 침대 근처에서 한쪽 다리를 쇠사슬로 묶었고, 선실 문 앞에는 총을 장전한 보초를 세워두었다. 내가 탈출을 시도하면 즉시 사살하라는 명령을 내렸다. 그들은 나에게 음식과 물만 주었고, 배의 지휘권은 완전히 자기들이 장악했다. 그들의 계획은 해적이 되어 스페인 선박을 약탈하는 것이었는데 그러려면 우선 더 많은 인원이 필요했다. 그래서 그들은 먼저 배에 실린 상품을 팔고, 그다음 마다가스카르로 가서 선원을 더 모집하기로 했다. 내가 감금된 이후에도 선원 몇 명이 더 죽었기 때문이다. 그들은 몇 주 동안 항해하며 인디언들과 교역했지만, 나는 선실에 완전히 갇힌 채 있었기 때문에 우리가 어떤 항로를 가고 있는지 전혀 알 수 없었다. 나는 그들이 늘 위협하던 대로 언젠가 나를 죽일지도 모른다고 생각하며 지냈다.

1711년 5월 9일, 제임스 웰치라는 사람이 내 선실로 내려와, 선장의 명령으로 나를 육지에 내려놓게 되었다고 말했다. 나는 그에게 따져 물었지만 아무 소용이 없었고, 그는 새 선장이 누구인지조차 말해주지 않았다. 그들은 나를 작은 보트에 태우면서 거의 새것이나 다름없는 가장 좋은 옷 한 벌을 입혀주었고, 속옷이 든 작은 꾸러미 하나는 가져가게 했다. 그러나 무기는 짧은 검 하나만 허락했다. 다행히도 그들이 내 주머니를 뒤지지 않았기 때문에, 나는 가지고 있던 돈과 몇 가지 작은 필수품을 주머니에 넣어둘 수 있었다. 그들은 5킬로미터 정도 노를 저어 간 뒤 어떤 해안가에 나를 내려놓았다. 나는 그들에게 이곳이 어떤 나라냐고 물었지만 모두 나와 마찬가지로 전혀 모른다고 맹세하며, 다만 그들은 화물을 모두 팔고 난 뒤 처음 발견한 육지에 나를 내려놓기로 선장이 결정했다고 말했다. 그들은 곧바로 배를 밀어내며 밀물이 밀려오기 전에 서둘러 움직이라고 충고했고, 그렇게 나에게 작별을 고했다.

이처럼 황량한 상태에서 나는 앞으로 나아갔고, 곧 단단한 땅에 올라 작은 둑 위에 앉아 잠시 쉬며 앞으로 어떻게 해야 할지 생각했다. 조금 기운을 회복한 뒤 나는 내륙으로 올라 갔다. 그리고 처음 만나는 야만인들에게 몸을 맡기고, 팔찌

나 유리 반지 같은 물건들로 목숨을 구해보겠다고 마음먹었다. 이런 것들은 선원들이 이런 항해를 할 때 보통 가지고 다니는 장신구들인데, 나도 몇 개 가지고 있었다.

그 땅은 길게 늘어선 나무들로 나뉘어 있었는데, 인위적으로 심은 것이 아니라 자연스럽게 자란 것들이었다. 풀도 매우 풍부했고, 귀리가 자라는 밭도 여러 군데 있었다. 나는 뒤나 옆에서 갑자기 화살을 맞을까 두려워 매우 조심스럽게 걸어갔다. 그러다 사람들이 다닌 흔적이 있는 길로 들어섰는데, 그곳에는 사람 발자국도 많이 보였고 소 발자국도 있었지만, 무엇보다 말 발자국이 가장 많았다. 마침내 나는 들판에서 동물 여러 마리를 그와 같은 종류의 동물 몇 마리는 나무 위에 앉아 있는 것도 보았다. 그들의 모습은 매우 기괴하고 흉측하여 나를 조금 불안하게 만들었다. 나는 더 자세히 살펴보기 위해 덤불 뒤에 몸을 숨기고 엎드렸다. 그들 중 몇 마리가 내가 숨어 있는 곳 가까이로 다가왔기 때문에 나는 그들의 모습을 똑똑히 관찰할 수 있었다.

그들의 머리와 가슴은 두꺼운 털로 덮여 있었는데, 어떤 것은 곱슬거렸고 어떤 것은 축 늘어져 있었다. 염소처럼 턱수염이 있었고, 등에는 길게 이어진 털이 나 있었으며, 앞다리와 발에도 털이 있었다. 그러나 그 밖의 부분은 거의 털이 없어서 피부가 그대로 드러나 있었는데, 그 색은 갈색을 띤 누런빛이었다. 그들에게는 꼬리가 없었고, 엉덩이에도 털이 전혀 없었는데 다만 항문 주위에만 조금 있었다. 아마도 땅에 앉을 때 몸을 보호하도록 자연이 그렇게 만든 것 같았다. 실제로 그들은 자주 땅에 앉았고, 눕기도 했으며, 때로는 뒷다리로 서 있기도 했다. 그들은 다람쥐처럼 민첩하게 높은 나무를 올라갔다. 앞다리와 뒷다리에 길게 뻗은 발톱이 있었는데, 끝은 날카롭고 갈고리처럼 굽어 있었다. 그들은 놀라울 만큼 민첩하게 도약하고 멀리 뛰어다녔다. 암컷은 수컷만큼 크지 않았다. 머리에는 길고 축 늘어진 털이 있었지만 얼굴에는 털이 없었고, 몸의 다른 부분에는 항문과 생식기 주변을 제외하면 솜털 같은 털만 조금 있었다. 젖은 앞다리 사이에 달려 있었고, 걸을 때는 거의 땅에 닿을 만큼 길게 늘어져 있었다. 암수 모두 털 색깔은 다양해서 갈색, 붉은색, 검은색, 노란색 등이 있었다.

나는 여행을 하며 이렇게 불쾌한 느낌을 주는 동물을 본 적이 없었고, 본능적으로 이렇게 강한 혐오감을 느낀 적도 없었다. 그래서 충분히 보았다고 생각하고, 경멸과 혐오감이

가득한 채 일어나 사람들이 다닌 길을 따라 걸어갔다. 그 길이 어떤 인디언의 오두막으로 나를 이끌어주기를 기대했다. 그런데 얼마 가지 않아 그 짐승 중 하나가 내 앞에 나타나 곧장 나를 향해 다가왔다. 그 흉측한 괴물은 나를 보자 얼굴을 이리저리 일그러뜨리며, 전에 한 번도 본 적 없는 물건을 보는 듯 나를 빤히 바라보았다. 그러더니 더 가까이 다가와 앞발을 들어 올렸는데, 그것이 호기심 때문인지 해칠 생각이었는지는 알 수 없었다. 나는 곧 짧은 검을 뽑아 그 평평한 면으로 힘껏 한 대 쳤다. 칼날로 베지는 않았는데, 내가 그들의 가축을 죽이거나 다치게 했다는 사실이 알려지면 이곳 주민들이 나에게 화를 낼까 두려웠기 때문이다. 그 짐승은 아픔을 느끼자 뒤로 물러나며 크게 울부짖었다. 그러자 이웃 들판에서 적어도 마흔 마리쯤 되는 무리가 몰려와 나를 둘러싸고 소리를 지르며 흉측한 얼굴을 지었다. 나는 곧 나무 기둥 쪽으로 달려가 등을 기대고 서서, 짧은 검을 휘두르며 그들을 가까이 오지 못하게 했다. 이 저주받을 족속들 가운데 몇 마리는 뒤쪽 가지를 붙잡고 나무 위로 올라가더니, 그곳에서 내 머리 위로 배설물을 마구 떨어뜨리기 시작했다. 나는 나무 기둥에 바짝 붙어 서 있었기 때문에 그나마 큰 피해는 피할 수 있었지만, 사방에서 떨어지는 더러운 것들 때문에 거의 질식할 지경이었다.

이처럼 곤란한 상황 속에서, 나는 그들이 갑자기 모두 빠르게 달아나는 것을 보았다. 나는 그제야 나무에서 떨어져 나와 다시 길을 따라 걸어가면서, 도대체 무엇이 그들을 그렇게 겁먹게 했는지 궁금해했다. 왼쪽을 바라보니 들판에서 말 한 마리가 천천히 걸어오고 있었다. 나를 괴롭히던 짐승들이 그 말을 먼저 발견하고 달아난 것이었다. 그 말은 내 가까이 오자 약간 놀란 듯했지만 곧 침착해지더니 내 얼굴을 똑바로 바라보았다. 그 눈빛에는 분명한 놀라움이 담겨 있었다. 그는 내 손과 발을 살펴보며 나를 중심으로 여러 번 천천히 걸어 다녔다. 나는 길을 계속 가려 했지만 그 말이 바로 내 앞을 가로막고 섰다. 그러나 말의 표정은 매우 온순했으며, 나에게 어떤 해도 끼치려는 기색은 전혀 보이지 않았다. 우리는 한동안 서로를 바라보고 서 있었다. 마침내 나는 용기를 내어 그의 목을 쓰다듬어보려고 손을 내밀었다. 낯선 말을 만졌을 때 마부들이 흔히 하는 방식으로 말투와 휘파람 소리도 함께 냈다. 하지만 그 말은 내 호의를 오히려 못마땅하게 여기는 듯했다. 그는 고개를 흔들고 눈썹을 찌푸리며 오른쪽 앞발을 살짝 들어 올려 내 손을 치워버렸다. 그러더니 서너 번 울었는데, 그 울음소리가 내가 알던 말의 울음소리와는 너무도 달라서 나는 그들이 자기들만의 어떤 언어로 말하고 있는 것이 아닐까 하고 생각하기 시작했다.

그러는 동안, 또 다른 말 한 마리가 다가왔다. 그 말은 먼저 와 있던 말에게 매우 격식을 차린 태도로 다가가더니, 서로 앞쪽 오른쪽 발굽을 가볍게 맞부딪쳤다. 그리고 번갈아 가며 몇 번이나 울음소리를 냈는데, 그 소리는 거의 하는 것처럼 또렷하게 들렸다.

그들은 몇 걸음 떨어지더니 마치 중요한 일을 의논하는 사람들처럼 나란히 서서 앞뒤로 걸어 다녔다. 그러나 때때로 나를 바라보며 내가 도망치지 못하도록 감시하는 듯한 눈빛을 보냈다. 나는 짐승에게서 이런 행동과 태도를 보는 것이 너무도 놀라웠다. 그래서 이 나라의 주민들이 만약 이 말들과 비슷한 정도의 이성을 가지고 있다면, 틀림없이 세상에서 가장 지혜로운 사람들이리라 생각했다. 이 생각은 나에게 큰 위안을 주었다. 그래서 나는 어떤 집이나 마을을 발견하거나, 혹은 이 나라 사람을 만나기 전까지는 계속 앞으로 나아가기로 마음먹었다. 두 말은 서로 마음대로 이야기를 나누게 내버려두고 떠나려 했다. 그러나 처음으로 만났던 얼룩무늬 회색 말이 내가 슬그머니 떠나려는 것을 알아차리고는 매우 의미심장한 울음소리로 나를 불렀다. 그 소리가 너무 분명해서 뜻을 알아들은 것 같은 느낌이 들었다. 그래서 나는 다시 돌아와 그 말에게 가까이 다가가 다음 명령을 기다리는 태도로 섰다. 나는 가능한 한 두려움을 숨기려고 애썼다. 그러나 이 일이 어떻게 끝날지 생각하니 점점 마음이 불안해지기 시작했다. 독자라면 쉽게 짐작하겠지만, 나는 지금의 처지가 결코 마음에 들지 않았다.

두 말은 내 가까이 다가와 내 얼굴과 손을 매우 유심히 바라보았다. 회색 말은 오른쪽 앞발로 내 모자를 이리저리 문지르더니 모양을 완전히 흐트러뜨려서 나는 모자를 다시 바로 써야 했다. 그러자 그 말과 그의 동료인 갈색 말은 매우 놀란 듯한 모습을 보였다. 갈색 말은 내 외투 자락을 만져보았는데, 그것이 몸에 딱 붙지 않고 느슨하게 걸려 있다는 것을 알고 두 말 모두 다시 한번 놀라는 기색을 보였다. 그는 내 오른손을 쓰다듬으며 그 촉감과 색깔을 신기하게 여기는 것 같았다. 그러나 발굽과 다리 사이로 내 손을 너무 세게 눌러 쥐는 바람에 나는 비명을 지를 수밖에 없었다. 그러자 두 말은 곧 매우 조심스럽고 부드럽게 나를 만졌다.

그들은 내 신발과 양말에 대해 특히 큰 혼란을 느끼는 것 같았는데, 그것들을 여러 번 만져 보며 서로 울음소리를 내고 여러 가지 몸짓을 했다. 그 모습은 마치 어떤 철학자가 새롭고 어려운 현상을 설명하려고 애쓰는 것과 비슷해 보였다.

전체적으로 이 짐승들의 행동은 너무도 질서 있고 이성적이며, 또 매우 날카롭고 신중해 보였기 때문에 나는 마침내 그들이 어떤 목적을 가지고 스스로 모습을 바꾼 마술사들이라고 생각하게 되었다. 길에서 낯선 사람을 보고 장난삼아 나를 놀리고 있는 것일지도 모른다고 여겼다. 혹은 이 지역에 사는 사람들과는 옷차림과 생김새와 피부색이 전혀 다른 인간을 보고 정말로 놀라고 있는 것일지도 모른다고 생각했다. 이러한 추론에 힘입어 나는 감히 그들에게 다음과 같이 말을 걸었다.

"신사 여러분, 만약 여러분이 내가 충분히 그렇게 믿을 만한 이유가 있는 마술사라면 제 말을 알아들을 수 있을 것입니다. 그러므로 감히 말씀드리건대, 저는 불행 때문에 이 해안에 떠밀려 온 가련한 영국인입니다. 부디 여러분 중 한 분이 진짜 말인 것처럼 제게 등에 타는 것을 허락해주셔서 제가 도움을 받을 수 있는 어떤 집이나 마을까지 데려다주시기를 부탁드립니다. 그 호의에 대한 보답으로 이 칼과 팔찌를 드리겠습니다."

이렇게 말하며 나는 그것들을 주머니에서 꺼내 보였다. 내가 말하는 동안 두 짐승은 조용히 서서 매우 주의 깊게 듣는

듯했다. 내가 말을 마치자 그들은 서로를 향해 여러 번 울음소리를 내며 마치 진지하게 대화를 나누는 것처럼 보였다. 나는 그들의 언어가 감정을 아주 잘 표현하고 있다는 것을 분명히 알아차렸다. 그리고 조금만 노력하면 그 단어를 중국어보다도 훨씬 쉽게 알파벳으로 정리할 수 있을 것 같았다.

나는 그들이 여러 번 반복해서 말하는 '야후'라는 단어를 구별해 들을 수 있었다. 그것이 무슨 뜻인지는 전혀 짐작할 수 없었지만, 두 말이 서로 대화하는 동안 나는 그 단어를 입으로 따라 해보려 했다. 그들이 잠시 말을 멈추자 나는 대담하게 큰 소리로 "야후."라고 발음했고, 동시에 가능한 한 말의 울음소리를 흉내 내보았다. 그러자 두 말은 눈에 띄게 놀라는 모습을 보였다. 회색 말이 그 단어를 두 번 다시 말했는데, 마치 올바른 억양을 가르쳐주려는 것 같았다. 나는 그의 발음을 따라 했고, 비록 완벽하지는 않았지만 할 때마다 조금씩 나아지는 것을 느낄 수 있었다. 그다음 갈색 말이 나에게 다른 단어를 알려줬는데 훨씬 발음하기 어려웠다. 그 단어를 소리 나는 대로 옮겨보자면 '후이늠' 정도로 쓸 수 있을 것이다. 앞의 단어만큼 잘 발음하지는 못했지만 두세 번 더 시도한 끝에 조금 나아졌고, 두 말은 내 능력에 매우 놀라는 것처럼 보였다.

두 말은 잠시 더 대화를 나눈 뒤(나는 그것이 아마 나에 관한 이야기일 것이라고 짐작했다), 서로 앞발을 맞대는 같은 방식으로 인사를 하고 헤어졌다. 그리고 회색 말이 내게 자기 앞에서 걸어가라는 신호를 보냈다. 나는 더 나은 길잡이를 찾기 전까지는 그의 뜻에 따르는 것이 현명하다고 생각했다.

내가 걸음을 늦추려고 하면 그는 '훈훈' 하고 울었다. 나는 그 뜻을 짐작하고, 가능한 한 잘 설명하려 애쓰며 너무 피곤해서 더 빨리 걸을 수 없다는 뜻을 전했다. 그러자 말이 잠시 멈춰 서서 내가 쉴 시간을 주었다.

2장

저자가 한 후이늠의 안내를 받아 그의 집에 가다. 그 집을 묘사하다. 저자가 그곳에서 어떤 대접을 받았는지 설명하다. 후이늠이 먹는 음식을 묘사하다. 저자가 먹을 것이 없어 곤경에 처해 있다가 마침내 도움을 받다. 저자가 이 나라에서 식사하는 방식을 설명하다.

5킬로미터쯤 이동한 뒤, 우리는 땅에 박은 나무 기둥 위에 가로로 엮어 만든 긴 건물에 도착했다. 지붕은 낮고 짚으로 덮여 있었다. 나는 이제 조금 안심이 되었고, 여행자들이 아메리카의 야만인들이나 다른 지역 사람들에게 선물로 주기 위해 흔히 가지고 다니는 장신구들을 꺼냈다. 이 집 사람들도 그것을 보고 나를 친절하게 맞아주기를 기대했기 때문이다. 그 말은 나에게 먼저 들어가라는 신호를 보냈다. 안으로 들어가보니 넓은 방이 있었고, 바닥은 매끈한 진흙으로 되어 있었으며 한쪽 벽을 따라 길게 여물통과 먹이통이 놓여 있었다. 그곳에는 작은 말 세 마리와 암말 두 마리가 있었는데, 먹이를 먹고 있지는 않았고, 그중 몇 마리는 엉덩이를 바닥에 대고 앉아 있었다. 나는 그것이 매우 이상하게 느껴졌고, 나머지 말들이 집안일을 하는 모습을 보고는 더욱 놀랐다. 그들은 겉보기에는 평범한 가축처럼 보였기 때문이었다. 하지만 이것은 오히려 내 처음 생각을 더욱 확신하게 해주었다. 이렇게 짐승들을 길들여 이런 정도로 문명화할 수 있는 사람이라면 틀림없이 세상의 어떤 민족보다도 뛰어난 지혜를 가지고 있을 것이라고 여겼다. 곧이어 회색 말이 안으로 들어왔고, 그 덕분에 다른 말들이 나를 해칠지도 모른다는 걱정은 사라졌다. 그는 여러 번 권위 있는 어조로 울음소리를 냈고, 다른 말들도 그에 응답했다.

이 방 너머에는 집 길이를 따라 이어진 방이 세 개 더 있었는데, 서로 마주 보는 세 개의 문을 지나며 한 줄로 이어져 있었다. 우리는 두 번째 방을 지나 세 번째 방으로 향했다. 여기서는 회색 말이 먼저 들어가며 나에게 따라오라는 신호를 보냈다. 나는 두 번째 방에 머물며 집의 주인과 안주인에게 드릴 선물을 꺼내 준비했다. 그것은 칼 두 자루, 가짜 진주로 만든 팔찌 세 개, 작은 거울 하나, 그리고 구슬 목걸이였다. 회색 말은 서너 번 울음소리를 냈고, 나는 사람의 목소리로 대답이 들리기를 기다렸다. 하지만 들려온 것은 같은 종류의 울음소리뿐이었고, 그중 몇몇은 조금 더 높은 음으로 들릴 뿐이었다.

안으로 들어가기까지 많은 절차를 거쳤기에, 나는 이 집이 분명 상당히 높은 지위에 있는 인물의 집이라고 생각했다. 그러나 그런 신분의 사람이 말들에게만 시중을 받는다는 것은 도무지 이해할 수 없었다. 고통과 불행 때문에 내 정신이 이상해진 것이 아닐까 두려워졌다. 나는 정신을 가다듬고 혼자 남겨진 방을 둘러보았다. 그 방은 첫 번째 방과 비슷했지만 훨씬 더 세련되게 꾸며져 있었다. 여러 번 눈을 비볐지만 여전히 같은 광경이 보였다. 꿈이 아닐까 싶어 팔과 옆구리를 꼬집어보기도 했다. 그러다 나는 이 모든 것이 틀림없이 주술이나 마법 때문일 것이라고 결론지었다.

하지만 더 생각할 틈은 없었다. 회색 말이 문으로 와서 나에게 세 번째 방으로 따라오라는 신호를 보냈기 때문이다. 그곳에는 매우 단정하고 보기 좋은 암말 한 마리와 어린 말 두 마리가 있었는데, 짚으로 만든 돗자리 위에 엉덩이를 대고 앉아 있었다. 그 돗자리는 솜씨 있게 만들어져 매우 깔끔하고 단정했다. 내가 들어가자마자 그 암말은 곧 자리에서 일어나 가까이 다가와 내 손과 얼굴을 자세히 살펴보더니 나를 매우 경멸하는 눈빛으로 바라보았다. 그리고 말에게 돌아서서 '야후'라는 말을 여러 번 반복했는데, 나는 그때까지 그 말의 뜻을 알지 못했지만 발음은 할 수 있는 상태였다.

그러나 나는 곧 그 뜻을 알게 되었고, 그것은 평생 잊지 못할 만큼 나를 치욕스럽게 만들었다. 회색 말은 고개로 나에게 따라오라는 신호를 보내며 길에서처럼 '훈훈' 하고 울었다. 나는 그것이 따라오라는 뜻이라는 것을 알고 그를 따라갔다. 그는 나를 집에서 조금 떨어진 곳에 있는 마당 같은 곳으로 데려갔고, 그곳에는 또 다른 건물이 있었다. 안으로 들어가보니 내가 처음 이 지역에 상륙했을 때 보았던 그 끔찍한 짐승 세 마리가 있었다. 그들은 식물 뿌리와 함께 어떤 동물의 고기를 먹고 있었는데, 나중에 알게 된 바로는 그것은

당나귀와 개였고, 때로는 사고나 병으로 죽은 소이기도 했다. 그들은 모두 목에 튼튼한 나뭇가지로 묶여 들보에 매여 있었고, 앞발의 발톱으로 먹이를 붙잡아 이빨로 찢어 먹고 있었다.

주인인 말은 하인인 붉은 말에게 명령하여, 그중 가장 큰 짐승의 목줄을 풀고 마당으로 끌어내게 했다. 주인과 하인은 그 짐승과 나를 가까이 세우더니 우리의 얼굴을 매우 주의 깊게 비교하며 여러 번 '야후'라는 말을 반복했다. 내가 그 끔찍한 짐승에게서 완전히 인간과 같은 형태를 발견하고 말았을 때는 이루 말할 수 없는 공포와 놀라움에 사로잡혔다. 그 얼굴은 납작하고 넓었으며, 코는 눌려 있고 입술은 두껍고 입은 크게 벌어져 있었다. 그러나 이러한 차이는 야만적인 민족들에게 흔히 나타나는 것으로, 그들이 아기들을 땅바닥에 엎드려 있게 하거나 등에 업고 다니며 얼굴을 어머니의 어깨에 눌리게 두기 때문에 생기는 것이라고 여겨졌다. 그 야후의 앞발은 손톱이 더 길고 손바닥이 거칠고 갈색이며, 손등에 털이 있다는 점을 제외하면 내 손과 거의 차이가 없었다. 발 역시 마찬가지였는데, 나와 거의 비슷한 구조였고, 손과 같은 차이만 있을 뿐이었다. 나는 이 사실을 잘 알 수 있었지만 내가 신발과 양말을 신고 있었기 때문에 그것을 알아차리지 못했다. 몸의 다른 부분들도 털의 많고 적음과 색깔을 제외하면 거의 같았는데, 그것은 이미 앞에서 설명한 바와 같다.

두 말이 가장 이해하지 못하고 당황해하는 점은, 내 몸의 나머지 부분이 야후와 너무도 다르다는 것이었는데, 이는 내가 입고 있는 옷 때문이었다. 그들은 옷이라는 개념 자체를 전혀 알지 못했다. 적갈색 말은 자기 방식대로 발굽과 다리 사이에 끼워 들고 있던 어떤 식물 뿌리를 나에게 내밀었다. 나는 그것을 받아 냄새를 맡아본 뒤, 가능한 한 정중하게 다시 돌려주었다. 그는 다시 야후들이 있는 우리에서 당나귀 고기 한 덩이를 가져왔지만, 나는 그 냄새가 너무 역겨워 혐오감을 느끼며 고개를 돌렸다. 그러자 그는 그것을 야후에게 던져주었고, 그 짐승은 그것을 탐욕스럽게 먹어 치웠다. 그는 이어서 건초 한 줌과 귀리 한 움큼을 보여주었지만, 나는 그것들이 내 음식이 아니라는 뜻으로 고개를 저었다. 사실 이때 나는 내 동족을 만나지 못하면 틀림없이 굶어 죽게 될 것이라고 생각했다. 저 더러운 야후들에 대해서는, 그때까지 나는 인간을 매우 사랑하는 사람이었음에도 불구하고, 감각을 가진 존재 가운데 그토록 혐오스러운 것을 본 적이 없었다. 그들에게 가까이 갈수록 그 혐오감은 더욱 커졌으며, 그 나라에 머무는 동안 내내 그렇게 느꼈다.

주인인 말은 내 행동을 보고 이 점을 알아차렸고, 그 야후를 다시 우리로 돌려보냈다. 그러고 나서 그는 앞발을 입으로 가져갔는데, 나는 그것이 매우 놀라웠다. 그 동작은 매우 자연스럽고 쉽게 이루어졌다. 그는 이어서 내가 무엇을 먹는지를 묻는 듯한 여러 가지 신호를 보냈지만 나는 그가 이해할 수 있을 만한 방식으로 대답할 수 없었다. 설령 그가 내 말을 알아들었다 하더라도 내가 먹을 음식을 어떻게 마련할 수 있을지 도무지 알 수 없었다. 우리가 이렇게 서로 의사를 주고받고 있을 때, 나는 마침 지나가는 소 한 마리를 보았다.

그래서 그 소를 가리키며 젖을 짜고 싶다는 뜻을 표현했다. 효과가 있었다. 그는 나를 다시 집으로 데려가 암말 하인에게 어떤 방을 열라고 명령했다. 그 방에는 질서 정연하고 매우 깨끗하게 정리된 상태로 토기와 나무 그릇에 담긴 우유가 충분히 저장되어 있었다. 그 암말은 나에게 큰 그릇 가득 우유를 주었고, 나는 그것을 아주 맛있게 마셨으며 곧 기운을 되찾았다.

정오 무렵, 나는 집을 향해 다가오는 어떤 탈것을 보았는데, 그것은 썰매처럼 생겼고 야후 네 마리가 끌고 있었다. 그 안에는 신분이 높아 보이는 늙은 말 한 마리가 타고 있었는데, 왼쪽 앞발을 다친 듯 보였고, 내릴 때는 뒷발부터 먼저 내렸다. 그는 우리 집의 말과 함께 식사하러 온 것이었고, 주인은 매우 정중하게 그를 맞이했다. 그들은 가장 좋은 방에서 식사를 했으며, 두 번째 음식으로 우유에 삶은 귀리를 먹었다. 늙은 말은 그것을 따뜻하게 먹었고, 다른 말들은 식힌 상태로 먹었다. 먹이통은 방 한가운데 원형으로 놓여 있었고, 여러 칸으로 나뉘어 있었으며, 그 주위에 짚단 위에 앉아 식사했다. 중앙에는 큰 건초걸이가 있었는데, 각 먹이통 칸에 맞게 나뉘어 있어 말과 암말들이 각자 자기 몫의 건초와 귀리죽을 질서 있고 단정하게 먹을 수 있도록 되어 있었다. 망아지들의 행동은 매우 얌전해 보였고, 주인과 안주인이 손님을 대하는 태도는 매우 명랑하고 공손했다. 회색 말은 나에게 자기 곁에 서 있으라고 했고, 그와 손님 사이에서는 나에 관한 이야기가 많이 오간 듯했다. 나는 그 낯선 말이 나를 자주 바라보고, 또 '야후'라는 말을 여러 번 반복하는 것을 통해 그것을 알 수 있었다.

나는 마침 장갑을 끼고 있었는데, 회색 말은 그것을 보고 내 앞발이 어떻게 된 것인지 이해하지 못해 매우 당황한 듯 보였다. 그는 여러 번 발굽으로 그것을 건드리며 마치 내가 그것을 원래 모습으로 되돌려야 한다는 뜻을 전하는 것 같았다. 나는 곧 장갑을 벗어 주머니에 넣었고, 이로 인해 또다시 대화가 이어졌다. 그들이 내 행동에 만족해하는 것을 느낄 수 있었고, 곧 그로 인한 좋은 결과도 알게 되었다. 나는 몇 가지 단어를 말해보라는 지시를 받았다. 그들이 식사하는 동안 주인은 나에게 귀리, 우유, 불, 물, 그리고 몇 가지 다른 것들의 이름을 가르쳐주었는데, 나는 어릴 때부터 언어를 배우는 데 재능이 있었기 때문에 그것들을 쉽게 따라 말할 수 있었다.

식사가 끝나자 회색 말은 나를 따로 데리고 가서, 내가 먹을 것이 없다는 사실에 대해 걱정하고 있다는 것을 몸짓과 말로 이해시켜주었다. 그들 말로 귀리는 '흘룬'이라고 불렸는데, 나는 그 단어를 두세 번 발음해보았다. 처음에는 그것을 거절했지만, 다시 생각해보니 그것으로 빵 비슷한 것을 만들어 먹으면 우유와 함께 최소한 살아갈 수는 있을 것이었다. 그렇게 해서 다른 나라나 내 동족이 있는 곳으로 도망칠 때까지 버틸 수 있으리라고 생각했다. 그 말은 곧 집안의 하인인 흰 암말에게 명령하여 나에게 나무 쟁반에 담긴 귀리를 충분히 가져오게 했다. 나는 그것을 불에 데운 뒤 껍질이 벗겨지도록 비볐고, 그렇게 해서 곡식과 껍질을 겨우 가려낼 수 있었다.

나는 그것을 두 돌 사이에 놓고 갈아 빻은 뒤 물을 섞어 반죽처럼 만들어 불에 구워 따뜻한 우유와 함께 먹었다. 처음에는 맛이 없었지만, 이것은 유럽의 여러 지역에서는 흔한 음식이었고, 시간이 지나면서 점차 먹을 만해졌다. 나는 평생 여러 번 거친 음식을 먹으며 살아왔기 때문에 인간이 얼마나 쉽게 만족하는지를 이미 경험해본 적이 있었다.

내가 이 섬에 머무는 동안 단 한 시간도 병에 걸린 적이 없었다는 점을 덧붙이지 않을 수 없다. 때로는 야후의 털로 만든 올무를 이용해 토끼나 새를 잡기도 했고, 자주 먹을 수 있는 풀을 모아 삶아서 빵과 함께 샐러드처럼 먹기도 했다. 또 가끔은 별미로 조금의 버터를 만들어 먹고, 남은 유청을 마시기도 했다. 처음에는 소금이 없어 몹시 곤란했지만, 곧 익숙해져 그 부족함에도 적응하게 되었다. 그리고 나는 우리에게서 소금을 자주 사용하는 것이 사치의 결과이며, 처음에는 단지 술을 더 마시게 하는 자극제로 도입된 것이라고 확신하게 되었다. 물론 긴 항해에서 고기를 보존하거나 큰 시장이 멀리 있는 곳에서는 소금이 필요할 것이다. 그러나 우리는 사람을 제외하고는 어떤 동물도 소금을 좋아하지 않는다는 사실을 알 수 있다. 나 자신도 이 나라를 떠난 뒤 한동안은 음식에 들어간 소금 맛을 도저히 견딜 수 없었다.

이것으로 내 식사에 대한 이야기는 충분하다고 생각한다. 다른 여행자들은 마치 자기들이 잘 먹는지 못 먹는지에 독자들이 직접적인 이해관계라도 있는 것처럼 이 문제를 책에서 길게 늘어놓지만 말이다. 그러나 내가 이런 점을 언급한 것은, 이곳에서 내가 3년 동안 생계를 유지할 수 있었다는 사실이 불가능하다고 여겨지지 않도록 하기 위함이었다.

저녁이 가까워지자 주인 말은 내가 묵을 곳을 마련해주었는데, 집에서 5미터쯤 떨어진 곳에 있었고 야후들 우리와는 분리되어 있었다. 나는 그곳에서 짚을 조금 얻어 내 옷을 덮고 매우 깊이 잠들었다. 그러나 곧 더 나은 거처를 얻게 되었는데, 그것은 내가 이후 생활 방식에 대해 더 자세히 이야기할 때 알게 될 것이다.

3장

저자가 그들의 언어를 배우기 위해 노력하다. 저자의 주인인 후이늠이 그를 가르치는 데 도움을 주다. 그들의 언어에 대해 설명하다. 신분 높은 후이늠들이 호기심으로 저자를 보러 오다. 저자가 주인에게 자신의 항해에 대해 간단히 이야기하다.

나의 가장 큰 노력은 그들의 언어를 배우는 것이었다. 내 주인(이제부터 나는 그를 이렇게 부르겠다)과 그의 자식들, 그리고 집안의 모든 하인은 나에게 언어를 매우 가르치고 싶어 했다. 그들은 한 짐승이 이렇게 이성적인 존재의 흔적을 보인다는 것을 기이하게 여겼기 때문이다. 나는 모든 것을 가리키며 그 이름을 물었고, 혼자 있을 때 그것을 일기장에 적어두었다. 그리고 주인의 가족들에게 여러 번 발음해달라고 부탁하여 내 서툰 발음을 고쳤다. 이 과정에서 하인인 적갈색 말이 특히 열심히 나를 도와주었다.

그들은 말을 할 때 코와 목을 통해 발음했으며, 그들의 언어는 내가 유럽에서 아는 어떤 언어보다도 고지(高地) 네덜란드어나 독일어에 가장 가까웠다. 그러나 그것보다 훨씬 더 우아하고 의미가 분명했다. 신성로마제국의 황제 카를 5세도 비슷한 말을 한 적이 있는데, "만약 내가 말과 이야기해야 한다면 고지 네덜란드어로 할 것이다."라고 말했다.

내 주인은 호기심과 조급함이 매우 커서, 여가 시간의 대부분을 나를 가르치는 데 쏟았다. 나중에야 말해준 것인데 그는 내가 분명 야후일 것이라고 확신했지만 나의 학습 능력과 예의, 그리고 청결함에 크게 놀랐다고 했다. 이런 점들이 야후들과는 완전히 반대되는 성질이었기 때문이다. 그를 가장 혼란스럽게 만든 것은 옷이었다. 그는 그것이 내 몸의 일부인지 아닌지를 혼자서 여러 번 생각하곤 했다. 내가 가족들이 잠든 뒤에야 옷을 벗고, 아침에 그들이 깨어나기 전에 다시 입었기 때문이다.

내 주인은 내가 어디에서 왔는지, 내가 보여주는 모든 행동에서 드러나는 이성의 흔적을 어떻게 얻게 되었는지, 그리고 내 이야기를 직접 내 입으로 듣고 싶어 했다. 내가 그들의 말과 문장을 배우고 발음하는 데 빠른 진전이 있었기 때문에 그는 그것이 곧 가능하리라고 기대했다. 나는 더욱 잘 기억하기 위해 배운 단어들을 알파벳순으로 정리하고, 단어와 그 뜻을 함께 적어두었다. 시간이 지나자 나는 감히 내 주인 앞에서도 단어를 기록하기 시작했다. 그러나 내가 무엇을 하고 있는지 설명하는 데는 많은 어려움이 따랐다. 그들에게 책이나 문자에 대해 전혀 개념이 없었기 때문이다.

10주쯤 지나자 나는 내 주인의 질문 대부분을 이해할 수 있게 되었고, 3개월이 지나자 어느 정도 만족할 만한 대답도 할 수 있게 되었다. 그는 내가 어느 나라에서 왔는지, 그리고 어떻게 이성적인 존재를 흉내 낼 수 있게 되었는지 몹시 궁금해했다. 야후들은(그가 보기에 내 머리, 손, 얼굴은 그들과 완전히 닮아 있었다) 약간 교활하고 매우 악의적인 성향을 가지고 있으면서도, 모든 짐승 가운데 가장 가르치기 어려운 존재로 알려져 있었기 때문이다.

나는 내가 먼 곳에서 바다를 건너왔으며, 나와 같은 종류의 많은 사람과 함께 나무 몸통으로 만든 커다란 배를 타고 왔는데 내 동료들이 나를 이 해안에 내려놓고는 버리고 떠났다고 대답했다. 나는 많은 몸짓과 설명을 덧붙여서야 겨우 그를 이해시킬 수 있었다. 그러자 내 주인은 내가 틀렸거나 '사실이 아닌 것'을 말하고 있다고 했다. 그들의 언어에는 '거짓'이나 '허위'를 나타내는 말이 없었기 때문이다. 그는 바다 너머에 어떤 나라가 있다는 것도 있을 수 없고, 짐승들이 나무로 만든 배를 마음대로 움직여 바다를 건넌다는 것도 불가능하다고 했다. 어떤 후이늠도 그런 배를 만들 수 없고, 더구나 야후들에게 그것을 맡길 리도 없다고 확신했다.

그들의 언어에서 후이늠은 곧 말(馬)을 의미하며, 어원적으로는 '자연의 완전함'을 뜻한다. 나는 주인에게, 아직 나의 표현이 부족하지만 가능한 한 빨리 나아지도록 노력하겠으며, 머지않아 놀라운 이야기를 해줄 수 있기를 바란다고 말했다. 그는 기꺼이 자신의 아내와 아이들, 그리고 집안의 하인들에게 틈나는 대로 나를 가르치라고 지시했고, 자신도 매일 두세 시간씩 직접 나를 가르쳤다. 이웃에 사는 신분 높은 여러 말들과 암말들도, 후이늠처럼 말할 수 있고 말과 행동에서 어느 정도 이성의 빛을 보이는 이상한 야후가 있다는 소문을 듣고 자주 집을 찾아왔다. 그들은 나와 대화하는 것을 즐겼고, 많은 질문을 했으며 나는 가능한 만큼 대답해주었다. 이러한 모든 도움 덕분에 나는 큰 진전을 이루어, 이곳에 도착한 지 다섯 달이 지나자 들리는 말을 거의 다 이해할 수 있었고, 나 자신도 어느 정도 말할 수 있게 되었다.

나를 보거나 대화하려는 목적으로 찾아온 후이늠들은 내가 진짜 야후라는 사실을 좀처럼 믿지 못했다. 내가 다른 야후들과는 다르게 몸에 무언가를 덮고 있었기 때문이었다. 그들은 내 머리, 얼굴, 손을 제외하고는 보통의 털이나 피부가 없다는 사실에 크게 놀랐다. 그러나 나는 보름 전에 일어난 한 사건을 계기로 그 비밀을 주인에게 밝히게 되었다.

나는 이미 독자에게 말했듯이, 가족들이 잠자리에 들면 나는 옷을 벗고 그것으로 몸을 덮는 것이 습관이었다. 어느 날 아침 일찍, 주인은 자신의 하인인 붉은 말을 시켜 나를 부르게 했다. 그가 왔을 때 나는 깊이 잠들어 있었고, 옷은 한쪽으로 흘러내려 있었으며 셔츠는 허리 위로 올라가 있었다. 나는 그가 내는 소리에 잠에서 깨어났고, 그가 다소 당황한 상태로 말을 전하는 것을 보았다. 그러고 나서 그는 주인에게 돌아가, 자신이 본 것을 매우 혼란스럽고 겁에 질린 상태로 보고했다. 나는 곧 그 사실을 알아차렸다. 옷을 입고 곧바로 주인에게 가자 그는 나에게 이렇게 물었다.

"내 하인이 보고한 것이 도대체 무슨 뜻인가? 네가 잠잘 때

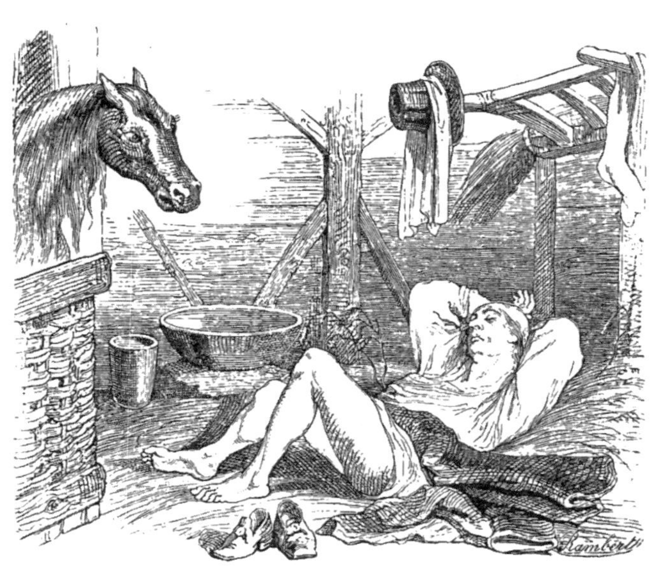

의 모습이 다른 때와 같지 않다고 하던데. 그 하인은 네 몸의 어떤 부분은 희고, 어떤 부분은 누렇고, 또 어떤 부분은 그다지 희지 않으며, 어떤 부분은 갈색이라고 말하였다."

나는 지금까지 그 저주받을 야후들과 나를 최대한 구별하기 위해 옷에 대한 비밀을 숨겨왔다. 그러나 이제 더 이상 그렇게 해 봐야 소용없다는 것을 깨달았다. 게다가 내 옷과 신발도 이미 낡아가고 있었기 때문에, 머지않아 그것들을 대신할 무언가를 마련해야 했고, 아마도 야후나 다른 짐승의 가죽을 이용해야 할 상황이 올 것이었다. 그렇게 되면 이 비밀은 어차피 드러날 수밖에 없었다. 그래서 나는 주인에게 이렇게 말했다.

"제가 온 나라에서는 우리와 같은 존재들이 몸을 가리기 위해 어떤 짐승의 털을 가공하여 만든 것을 입습니다. 이는 단정함을 지키기 위해서이기도 하고, 더위와 추위 같은 기후로부터 몸을 보호하기 위해서이기도 합니다. 원하신다면 제 몸으로 그것을 바로 보여드리겠습니다. 다만 자연이 숨기도록 가르친 부분까지 드러내지 않는 점은 이해해주시기를 바랍니다."

그러자 그는 내 말이 모두 매우 이상하다고 했고, 특히 마지막 부분을 이해할 수 없다고 했다. 자연이 준 것을 왜 숨겨야 하는지 알 수 없으며, 자신이나 가족 누구도 몸의 어느 부분도 부끄러워하지 않는다는 것이었다. 그러나 내가 하고 싶은 대로 해도 좋다고 말했다. 나는 먼저 외투의 단추를 풀고 벗었으며, 조끼도 벗었다. 이어서 신발과 양말, 바지를 벗었다. 마지막으로 셔츠를 허리까지 내리고 아래쪽을 끌어올려 허리에 묶어서 나의 알몸이 드러나지 않도록 가렸다.

내 주인은 이 모든 과정을 큰 호기심과 놀라움을 가지고 지켜보았다. 그는 발로 내 옷을 하나씩 집어 들고 자세히 살펴보았으며, 이어서 내 몸을 매우 부드럽게 쓰다듬고 여러 번 주위를 돌며 관찰했다. 그런 다음 그는 내가 분명 완전한 야후임은 틀림없지만, 피부가 훨씬 더 부드럽고 희며 매끈하고, 몸의 여러 부분에 털이 없으며, 발톱의 모양과 길이가 다르고, 늘 두 뒷발로 걷는 점에서 다른 야후들과 크게 다르다고 말했다. 그는 더 이상 보지 않아도 되겠다고 하며, 내게 옷을 다시 입어도 좋다고 허락했다. 내가 이미 추위에 몸을 떨고 있었기 때문이다.

나는 그가 나를 자주 '야후'라고 부르는 것에 대해 불쾌함을 표현했다. 그것은 내가 극도로 혐오하고 경멸하는 짐승이었기 때문이다. 그래서 나는 더 이상 나를 '야후'라고 부르지 말아달라고 부탁했고, 그의 가족이나 나를 보러 오는 이들에게도 그렇게 하지 말라고 지시해주기를 청했다. 또한 내 몸을 옷으로 덮고 있다는 사실은 주인님 외에는 아무에게도 알리지 말고, 적어도 지금 입고 있는 옷이 남아 있는 동안만이라도 비밀로 해달라고 요청했다. 하인인 붉은 말이 알아차린 부분에 대해서도, 주인이 명령한다면 충분히 숨길 수 있을 것이라고 말했다. 내 주인은 이 모든 부탁을 매우 흔쾌히 받아들였고, 그래서 내 옷이 닳기 시작할 때까지 이 비밀은 유지될 수 있었다. 그때가 되자 나는 여러 가지 방법으로 옷을 대신해야 했는데, 그에 대해서는 나중에 이야기하겠다.

그동안 그는 내가 가능한 한 열심히 그들의 언어를 배우기를 바랐다. 내가 말을 하고 이성을 보이는 능력은, 내 몸이 어떤 형태를 하고 있든 그것보다 훨씬 더 그를 놀라게 했기 때문이다. 그는 내가 약속한 놀라운 이야기를 들을 날을 조급하게 기다리고 있다고 덧붙였다. 그때부터 그는 나를 가르치는 데 이전보다 훨씬 더 많은 노력을 기울였다. 그는 나를 여러 말들 사이에 데려가고, 그들이 나를 정중하게 대하도록 했다. 이렇게 하면 내 기분이 좋아지고, 그러면 더 흥미로운 이야기를 들려줄 것이라고 그는 다른 이들에게 조용히 설명했다. 나는 매일 그를 시중들 때마다, 그가 나를 가르치는 수고에 더해 내 개인적인 일들에 대해 여러 가지 질문을 받았고, 나는 할 수 있는 한 대답했다. 이런 과정을 통해 그는 이미 비록 불완전하긴 했지만 나에 대해 어느 정도 이해하게 되었다.

내가 어떻게 점차 더 체계적인 대화를 할 수 있게 되었는지를 일일이 설명하는 것은 번거로울 것이다. 다만 내가 처음으로 어느 정도 길고 정리된 방식으로 내 이야기를 들려준 내용은 다음과 같다. 나는 이미 그에게 말하려 했던 것처럼 아주 먼 나라에서 왔으며, 나와 같은 종족이 대략 50명 더 함께 있었다고 이야기했다. 우리는 나무로 만든 속이 빈 거대한 배를 타고 바다를 건너 여행했는데, 그 크기는 주인의 집보다도 더 컸다고 말하며 나는 할 수 있는 한 최선을 다해 그 배를 묘사했고, 손수건을 펼쳐 보이며 그것이 바람에 의해 앞으로 나아간다는 것을 설명했다. 또 우리 사이에 다툼이 일어나 내가 이 해안에 버려졌고, 어디로 가야 할지도 모른 채 계속 걸어 다니다가 저 끔찍한 야후들의 박해에서 주인이 나를 구해주었다고 말했다.

그는 나에게 그 배는 누가 만들었으며, 어떻게 해서 내 조국의 후이늠들이 배를 짐승들에게 맡겨 관리하게 했느냐고 물었다.

나는 그가 내 이야기를 더 이어가도 괜찮으며 결코 노여워하지 않겠다는 말과 명예를 약속해준다면, 그동안 여러 번 말하겠다고 했던 놀라운 이야기들을 들려주겠다고 대답했다. 그는 이에 동의했다.

나는 이어서, 그 배는 나와 같은 존재들이 만들었으며 내가 여행했던 모든 나라와 나의 고향에서도 우리 같은 존재들이 유일하게 지배하는 이성적 동물이라고 설명했다. 그리고 내가 이곳에 도착했을 때 후이늠들이 이성적인 존재처럼 행동하는 것을 보고 크게 놀랐다고 말했는데, 이는 그와 그의 친구들이 야후라고 부르는 존재에게서 약간이나마 이성의 흔적을 발견하고 놀랐을 것과 마찬가지라고 했다. 나는 내 모습이 그들과 모든 점에서 닮았다는 것은 인정했지만 그들이 어째서 그렇게 타락하고 야만적인 본성을 지니게 되었는지는 설명할 수 없다고 덧붙였다.

또한 내가 만약 운 좋게 고향으로 돌아가게 된다면, 내가 결심한 대로 이곳에서의 여행담을 이야기할 텐데, 사람들은 내가 '사실이 아닌 것'을 말하고 있으며, 내 머릿속에서 이야기를 지어냈다고 생각할 것이라고 말했다. 그리고 내 주인과 그의 가족, 친구들에게 최대한의 존경을 표하며, 또 주인이 노여워하지 않겠다는 약속을 전제로 말하건대, 내 조국의 사람들은 한 나라의 지배적인 존재가 후이늠이고, 야후가 짐승이라는 것을 좀처럼 사실로 받아들이지 못할 것이라고 덧붙였다.

4장

후이늠들이 생각하는 진실과 거짓의 개념에 대해 설명하다. 저자의 이야기를 주인이 인정하지 않다. 저자가 자신의 신상과 항해 중 겪은 여러 사건에 대해 보다 자세히 설명하다.

나의 주인은 얼굴에 큰 불편함을 드러내며 내 말을 들었다. 이 나라에서는 의심이나 불신이라는 개념이 거의 알려져 있지 않았기 때문에, 주민들은 그런 상황에서 어떻게 처신해야 할지 알지 못했다. 나는 세계 다른 지역의 인간 본성에 대해 주인과 자주 이야기를 나누다가 거짓과 허위에 대해 말할 기회가 있었는데, 그는 매우 예리한 판단력을 지니고 있음에도 불구하고 내가 무슨 뜻으로 말하는지 이해하는 데 큰 어려움을 겪었다.

그의 논리는 이러했다. 말이라는 것은 서로를 이해하고 사실에 대한 정보를 얻기 위해 사용하는 것인데, 만약 누군가 사실이 아닌 것을 말한다면 듣는 사람이 말하는 사람을 제대로 이해했다고 할 수 없고, 정보를 얻기는커녕 오히려 무지한 상태보다 더 나빠지기 때문에 그 목적은 모두 무너진다는 것이다. 즉, 검은 것을 희다고 믿게 만들고, 짧은 것을 길다고 믿게 만든다는 것이다. 이것이 바로 그가 이해하고 있는 거짓말이라는 능력에 대한 전부였는데, 그것은 인간들 사이에서는 완벽하게 이해되고 보편적으로 행해지는 것이었다.

이제 이 곁가지 이야기를 그만두고 본론으로 돌아가자. 나의 조국에서 유일한 지배층이 야후라고 말했을 때, 주인은 그것이 도무지 이해되지 않는다고 하며, 우리에게 후이늠이 있는지, 또 있다면 그들은 어떤 일을 하는지 알고 싶어 했다. 나는 우리에게도 수많은 말이 있으며, 여름에는 들판에서 풀을 뜯고 겨울에는 집 안에 두고 건초와 귀리를 먹이며 기른다고 말했다. 또한 하인들이 말의 털을 윤이 나게 문지르고 갈기를 빗어주며, 발굽을 손질하고 먹이를 주고 잠자리를 마련해준다고 설명했다. 주인은 잘 알겠다며, 내가 지금까지 한 말로 보아 야후들이 아무리 이성을 가진 체한다 하더라도, 나의 조국에서는 후이늠이 주인인 것이 분명하다고 말했다. 또한 후이늠 나라의 야후도 그렇게 다루기 쉬웠으면 좋겠다고 말했다.

나는 더 이야기를 이어가는 것을 용서해달라고 간청했다. 주인이 기대하는 이야기가 틀림없이 그를 몹시 불쾌하게 할 것이라고 확신했기 때문이다. 그러나 그는 좋든 나쁘든 모두 말하라고 명령했고, 나는 따르겠다고 말했다. 나는 조국의 후이늠들, 곧 우리가 말이라고 부르는 동물들이 가장 고귀하고 아름다운 동물이라고 인정했다. 그들은 힘과 속도에서 뛰어나며, 신분이 높은 사람들의 소유가 되면 여행이나 경주, 또는 마차를 끄는 데 쓰인다. 그들은 병이 들거나 발을 다쳐 쓸모없게 되기 전까지는 많은 친절과 보살핌을 받는다. 그러나 그런 상태가 되면 곧 팔려 온갖 고된 노동에 시달리다가

죽고, 죽은 뒤에는 가죽이 벗겨져 값어치에 따라 팔리며, 몸은 개나 맹금류의 먹이가 되도록 버려진다. 하지만 보통의 말들은 그런 행운조차 누리지 못한다. 그들은 농부나 운송업자 같은 평범한 사람들에게 길러지며, 더 고된 노동에 시달리고 먹이도 더 형편없이 제공된다.

나는 가능한 한 우리의 승마 방식과 굴레, 안장, 박차, 채찍의 형태와 용도, 그리고 마구와 바퀴에 대해서도 설명했다. 또한 우리가 자주 다니는 돌이 많은 길에서 발굽이 상하지 않도록 하기 위해, 말의 발바닥에 철이라고 불리는 단단한 물질로 만든 판을 붙인다고 덧붙였다.

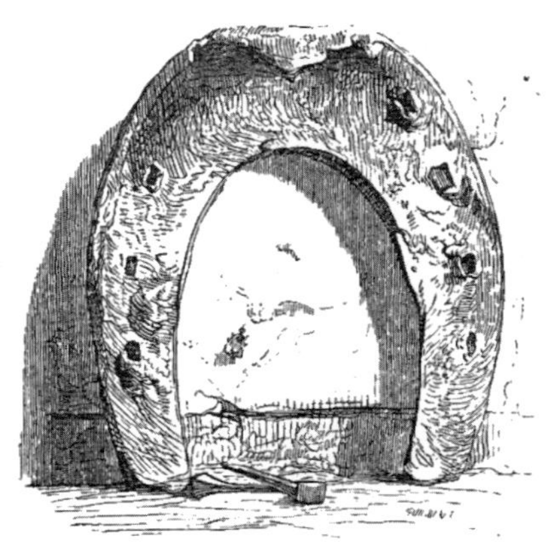

주인은 크게 분노하는 기색을 보이며, 야후가 어떻게 감히 후이늠의 등에 올라탈 수 있느냐고 의아해했다. 그는 자기 집에서 가장 약한 하인이라도 가장 힘센 야후를 떨어뜨릴 수 있고, 등을 대고 누워 굴러버리면 그 짐승을 눌러 죽일 수도 있을 것이라고 확신했다.

나는 우리가 키우는 말들은 서너 살 때부터 우리가 필요로 하는 여러 용도에 맞게 길러진다고 대답했다. 성질이 몹시 사나운 말들은 마차를 끄는 데 쓰이고, 어린 시절에는 나쁜 버릇이 있을 때마다 심하게 매를 맞으며 길들여진다고 했다. 또 일반적인 승마나 운반에 쓰일 수말들은 대개 태어난 지 2년쯤 지나면 거세되어 기질을 누그러뜨리고 더 온순하고 다루기 쉽게 만든다고 설명했다. 그들은 상벌을 느낄 줄은 알지만, 이 나라의 야후와 마찬가지로 이성의 기미는 전혀 없다는 점을 고려해달라고 덧붙였다.

내가 말한 바를 주인이 제대로 이해하도록 설명하기 위해 여러 차례 에둘러 말해야 하는 수고가 따랐다. 그들은 우리보다 욕구와 감정이 적었기 때문에 어휘도 다양하지 않았다. 그러나 우리가 후이늠 종족을 야만적으로 다루는 방식에 대해 그가 느낀 고귀한 분노는 이루 말할 수 없었다. 특히 내가 말들을 번식하지 못하게 하고 더 순종적으로 만들기 위해 거세하는 방법과 그 목적을 설명한 뒤에는 더욱 그러했다.

그는 이렇게 말했다.

"만약 어떤 나라에서 오직 야후들만 이성을 부여받았다면 그들은 틀림없이 지배하는 동물이 되었을 것이다. 이성은 결국 야만성을 이기기 마련이니 말이다."

그러나 우리의 신체 구조, 특히 나의 몸을 살펴본 그는, 같은 크기의 어떤 생물도 일상적인 삶에서 이성을 활용하기에 이처럼 부적절하게 만들어진 경우는 없을 것이라고 생각했다. 그래서 그는 나와 같이 지냈던 야후들 역시 나와 비슷한 모습인지, 아니면 이 나라의 야후들과 더 닮았는지 물었다. 나는 내 또래의 대부분과 비슷한 체형이지만, 젊은이들과 여성들은 훨씬 더 부드럽고 연약하며, 특히 여성들의 피부는 대체로 우유처럼 희다고 대답했다. 주인은 내가 다른 야후보다 훨씬 더 깨끗하고 덜 흉하게 생긴 것은 사실이라고 인정하면서도, 실제로는 오히려 더 불리한 점이 많다고 말했다. 내 손톱은 앞발이나 뒷발 어느 쪽에도 쓸모가 없고, 앞쪽 것은 아예 발이라고 부르기도 어렵다고 했다. 내가 그것으로 걷는 모습을 본 적이 없기 때문이었다. 그것들은 땅을 버티기에는 너무 부드럽고, 보통은 아무것도 신지 않은 채로 다니며, 가끔 신는 것도 뒷발의 것처럼 모양이 같지도 않고 튼튼하지도 않다고 지적했다. 또 내가 안정적으로 걸을 수도 없어서, 만약 뒷발 중 하나라도 미끄러지면 반드시 넘어질 수밖에 없다고 덧붙였다.

주인은 이어서 내 몸의 다른 부분들에 대해서도 흠을 잡기 시작했다. 얼굴이 납작하고, 코가 튀어나왔고, 눈이 정면을 향해 있어 고개를 돌리지 않고는 옆을 볼 수 없다는 점을 지적했다. 또 내가 스스로 먹이를 먹으려면 앞발 중 하나를 입으로 들어 올려야 하므로, 자연이 그 필요에 맞게 관절을 그렇게 만들어놓은 것이라고 말했다. 그는 내 뒷발에 있는 여러 갈라진 부분과 틈이 무엇에 쓰이는지도 알 수 없다고 했으며, 그것들은 돌의 단단함과 날카로움을 견디기에는 너무 부드러워 다른 짐승의 가죽으로 만든 덮개 없이는 사용할 수 없다고 했다. 또한 내 몸 전체에는 더위와 추위를 막아줄 보호 수단이 없어, 내가 그것을 매일 번거롭고 수고롭게 입었다 벗었다 해야 한다고 말했다. 마지막으로 그는 이 나라의 모든 동물이 본능적으로 야후를 혐오한다는 점을 언급하며, 약한 동물들은 그들을 피하고 강한 동물들은 그들을 쫓아낸다고 덧붙였다.

나는 그가 모든 점에서 충분히 납득할 수 있기를 진심으로 바란다고 말했다. 그러나 그의 나라에는 그것과 비슷한 것이 전혀 없었기 때문에, 어떤 몇 가지 주제에 대해서는 내가 제대로 설명할 수 있을지 크게 의문이 든다고 덧붙였다. 나는 최선을 다해 비유를 사용해 설명하려고 노력하겠으며, 적절한 말을 찾지 못한다면 주인의 도움을 겸손히 구하겠다고 말했다. 그러자 그는 기꺼이 그렇게 해주겠다고 약속했다.

나는 이렇게 말했다. "저는 영국이라는 섬에 사는 정직한 부모에게서 태어났으며, 그곳은 당신의 나라에서 가장 강한 하인이라도 태양이 1년 동안 가는 거리만큼이나 멀리 떨어져 있습니다. 저는 외과 의사였는데, 이는 사고나 폭력으로 생긴 상처와 부상을 치료하는 직업입니다. 우리나라는 우리가 '여왕'이라고 부르는 여성 군주가 다스리고 있습니다. 저는 저와 가족을 부양할 재산을 마련하기 위해 부를 얻고자 항해를 떠났습니다. 마지막 항해에서는 제가 배의 선장이었고, 50명의 야후들이 내 아래에 있었습니다. 그들 가운데 많은 이들이 바다에서 죽었기 때문에, 여러 나라에서 뽑은 사람들로 그 빈자리를 채워야 했습니다. 또한 우리 배는 두 번이나 침몰할 위기에 처했는데, 한 번은 큰 폭풍 때문이었고, 또 한 번은 바위에 부딪혔기 때문입니다."

여기서 주인이 말을 끊고 물었다.

"그렇게 큰 손실과 위험을 겪은 뒤에도 어떻게 여러 나라

의 낯선 사람들을 설득해 너와 함께 모험을 떠나게 할 수 있
었느냐?"

나는 이렇게 대답했다.

"그들은 대부분 절박한 처지에 놓인 사람들이었습니다. 가난이나 범죄 때문에 고향을 떠날 수밖에 없었던 자들이었습니다. 어떤 이들은 소송으로 파산했고, 어떤 이들은 술과 창녀, 도박으로 재산을 탕진했습니다. 또 어떤 이들은 반역죄로, 많은 이가 살인, 절도, 독살, 강도, 위증, 위조, 화폐 위조, 강간이나 추행 같은 범죄로 도망쳐 나온 자들이었습니다. 군대를 탈영하거나 적에게 넘어간 이들도 있었고, 탈옥한 사람들도 많았습니다. 이들은 교수형을 당하거나 감옥에서 굶어 죽을까 두려워 누구도 고향으로 돌아갈 수 없었기 때문에, 다른 곳에서 생계를 찾을 수밖에 없었습니다."

이 이야기를 하는 동안, 주인은 여러 번 나의 말을 끊으며 질문을 던졌다. 나는 우리 선원들 대부분이 고향을 떠나야 했던 여러 범죄의 성격을 설명하기 위해 많은 표현을 에둘러 설명해야 했다. 그가 이해할 수 있게 되기까지 며칠에 걸쳐 대화했다. 그는 그런 악덕을 행하는 것이 도대체 어떤 용도나 필요가 있는지 전혀 알지 못했다. 이를 설명하기 위해 나는 권력과 부에 대한 욕망, 그리고 욕정, 방탕, 악의, 질투가 가져오는 끔찍한 결과에 대해 이야기하려고 애썼다. 이 모든 것은 가정을 세우고 예를 들어가며 정의하고 설명할 수밖에 없었다.

그럴 때마다 그는 한 번도 보고 들은 적 없는 일에 충격을 받은 사람처럼, 놀라움과 분노를 담아 눈을 들어 올리곤 했

다. 권력, 정치, 전쟁, 법, 처벌, 그리고 그 밖의 수많은 개념
은 그들의 언어로는 표현할 말 자체가 없었기 때문에, 내가
의미하는 바를 주인에게 이해시키는 일은 거의 극복하기 어
려울 만큼 힘들었다.

그러나 주인은 사색과 대화를 통해 크게 발전된 뛰어난 이
해력을 지니고 있었기에, 마침내 이 세상에서 인간 본성이
어디까지 나아갈 수 있는지에 대해 어느 정도 알게 되었다.
그리고 내가 유럽이라 부르는 그 땅, 특히 나의 고향에 대해
좀 더 구체적으로 설명해달라고 요청했다.

5장

*저자가 주인의 명에 따라 영국의 상태를 설명하다. 유럽의 여러
군주 사이에서 전쟁이 일어나는 원인과 영국의 정치 제도를 설명
하다.*

독자는 내가 주인과 나눈 여러 대화 가운데 다음에 이어지
는 내용이, 2년이 넘는 기간 동안 여러 차례에 걸쳐 나눈 이
야기 중 가장 중요한 부분을 요약한 것임을 알아두기를 바란
다. 주인은 내가 후이늠의 언어에 점점 더 익숙해질수록, 더
충분한 설명을 자주 요구했다. 나는 가능한 한 최선을 다해
유럽 전체의 상황을 설명했고, 무역과 제조업, 예술과 과학
에 대해서도 이야기했다. 여러 주제에 대해 그가 던지는 질
문에 답하는 과정은 끝이 없을 만큼 풍부한 대화의 원천이

되었다.

그러나 여기에서는 우리 사이에 오간 이야기 가운데 내 조국과 관련된 내용의 요지만을 기록하려 한다. 시간의 순서나 다른 사정은 따지지 않고 가능한 한 정리하여 서술하되, 사실에는 엄격히 충실하고자 했다. 다만 한 가지 우려되는 점은, 나의 능력 부족과 더불어 이 야만적인 영어로 번역하는 과정에서 내 주인의 논리와 표현을 충분히 제대로 전달하지 못할 것이라는 점이다.

나는 주인의 명령에 따라, 오렌지 공 치하에서 일어난 혁명과 그 공이 시작하고 그의 후계자인 현재의 여왕이 이어간 프랑스와의 오랜 전쟁에 대해 이야기했다. 이 전쟁에는 기독교 세계의 주요 강국들이 대부분 참여했으며, 지금도 계속되고 있다고 설명했다. 그의 요청에 따라 계산해보았는데, 전쟁이 진행되는 동안 대략 100만 명의 야후가 목숨을 잃었을 것이며, 아마도 100개가 넘는 도시가 함락되고, 그 다섯 배에 달하는 수의 배들이 불타거나 침몰했을 것이라고 말했다.

주인은 한 나라가 다른 나라와 전쟁을 벌이게 되는 보통의 원인이나 동기가 무엇이냐고 물었다.

나는 이렇게 답했다.

"그 이유는 무수히 많지만 그중 몇 가지 주요한 것만 말씀드리겠습니다. 때로는 군주들의 야심 때문입니다. 그들은 자신이 다스릴 영토나 백성이 충분하다고 여기는 법이 없습니다. 또 때로는 대신들의 부패 때문입니다. 그들은 자신의 잘못된 통치에 대해 백성들이 불평하는 것을 잠재우거나 다른 데로 돌리기 위해 군주를 전쟁에 끌어들입니다. 의견의 차이 또한 수많은 사람의 목숨을 앗아갑니다. 예를 들면, 고기가 곧 빵인지, 빵이 곧 고기인지에 대한 문제, 어떤 열매의 즙이 피인지 포도주인지에 대한 문제, 휘파람을 부는 것이 악덕인지 미덕인지에 대한 문제, 기둥에 입을 맞추는 것이 더 나은지 아니면 그것을 불에 던져 넣는 것이 더 나은지에 대한 문제, 옷 색깔은 검정이 좋은지 흰색이 좋은지, 붉은색이나 회색이 좋은지, 또 옷은 길어야 하는지 짧아야 하는지, 좁아야 하는지 넓어야 하는지, 더러워야 하는지 깨끗해야 하는지와 같은 문제들입니다. 이러한 것들 외에도 많은 이유가 있으며, 어떤 전쟁도 의견 차이에서 비롯된 전쟁만큼 격렬하고 피비린내 나며 오래 지속되는 것은 없습니다. 특히 그것이 본질적으로 중요하지 않은 사안일수록 더욱 그렇습니다. 때로는 두 군주 사이의 다툼이, 둘 다 아무런 권리도 주장하지 못하면서 제삼자의 영토를 누가 빼앗을지를 두고 벌어지기도 합니다. 때로는 다른 군주가 먼저 싸움을 걸까 두려워하여 전쟁을 시작하기도 합니다. 어떤 때에는 적이 너무 강하기 때문에 전쟁을 하고, 또 어떤 때에는 적이 너무 약하기 때문에 전쟁을 하기도 합니다. 또한 어떤 경우에는 이웃 나라가 우리 것을 원하거나, 우리가 그들의 것을 원하기 때문에 서로 싸워 결국 어느 한쪽이 다른 쪽의 것을 빼앗게 됩니다. 기근으로 백성이 쇠약해졌거나, 전염병으로 많은 사람이 죽었거나, 내부의 분열로 혼란에 빠진 나라를 침략하는 것도 정당한 전쟁의 이유로 여겨집니다. 우리와 가장 가까운 동맹국이라 하더라도, 그 나라의 어떤 도시가 우리에게 편리한 위치에 있거나, 그 영토가 우리 땅을 더 완전하게 만들어준다면 전쟁을 일으키는 것이 정당하다고 여겨집니다. 또한 어떤 군주가 가난하고 무지한 민족의 나라에 군대를 보내어 그들 가운데 절반을 죽이고 나머지를 노예로 삼아 야만적인 생활에서 벗어나게 한다고 하면서 '문명화'하는 것 역시 합법적인 일로 간주됩니다. 또 한 군주가 침략을 막기 위해 다른 군주의 도움을 요청했을 때, 그 도움을 준 군주가 침략자를 몰아낸 뒤 오히려 그 나라를 차지하고, 원래의 군주를 죽이거나 가두거나 추방하는 일도 매우 군주다운, 명예로운, 그리고 흔한 관행으로 여겨집니다. 혈연이나 혼인에 의한 동맹 또한 군주들 사이에 전쟁의 원인이 되는 경우가 많습니다. 혈연이 가까울수록 오히려 다툼은 더 심해집니다. 가난한 나라는 굶주려 있고, 부유한 나라는 오만합니다. 오만과 굶주림은 언제나 서로 충돌하기 마련입니다.

이러한 이유 때문에 군인이라는 직업은 다른 어떤 직업보다도 가장 명예로운 것으로 여겨집니다. 군인이란 아무런 원한도 없는 자기와 같은 종족을 가능한 한 많이, 냉정하게 죽이도록 고용된 야후이기 때문입니다. 또 유럽에는 스스로 전쟁을 벌일 능력은 없으면서도 더 부유한 나라들에 군대를 하루 얼마의 값으로 빌려주는 가난한 군주들도 있습니다. 그들은 그 대가의 4분의 3을 스스로 취하며, 그것이 주요한 수입원이 됩니다. 이러한 군주들은 유럽의 여러 북쪽 지역에서 찾아볼 수 있습니다."

"네가 전쟁에 관해 들려준 이야기를 들으니, 그것은 너희가 자랑하는 이성이라는 것이 어떤 결과를 낳는지 참으로 훌륭하게 보여주는구나. 다만 다행인 것은 그 위험보다 수치가 더 크다는 점이며, 자연이 너희로 하여금 큰 해악을 끼치지 못하도록 만들어두었다는 것이다. 너희는 입이 얼굴에 납작하게 붙어 있어 서로를 제대로 물기조차 어렵고, 그것도 서로 동의하지 않고서는 불가능하다. 또 발에 달린 발톱은 너무 짧고 약해서, 우리 야후 한 마리면 너희 열두 마리를 몰아낼 수 있을 것이다. 그러니 전투에서 그렇게 많은 수가 죽었다는 네 이야기는 도저히 사실이라고는 믿기 어렵다.”

나는 그의 무지에 고개를 흔들며 웃음을 조금 참아야 했다. 나는 전쟁 기술에 대해 잘 알았기에, 그에게 대포와 장포, 소총, 기병총, 권총, 탄환과 화약, 칼과 총검, 전투와 포위전, 퇴각과 공격, 지뢰전과 대응 지뢰, 포격, 해전, 수천 명이 탄 배가 침몰하는 일, 양쪽에서 2만 명씩 죽는 일, 죽어가는 신음소리, 공중으로 날아가는 사지, 연기와 소음, 혼란, 말발굽에 짓밟혀 죽는 모습, 도주와 추격, 승리, 그리고 개와 늑대와 맹금류의 먹이가 되도록 버려진 시체들로 뒤덮인 들판, 약탈과 탈취, 강간, 방화와 파괴에 이르기까지 자세히 설명했다. 그리고 사랑하는 내 조국 사람들의 용맹함을 알리기 위해, 나는 포위전에서 한 번에 100명의 적을 폭파하는 것을 본 적이 있고, 배 위에서도 그만큼의 적을 한꺼번에 날려버리는 모습을 보았으며, 구경꾼들의 큰 즐거움 속에서 시체들이 산산이 부서져 하늘에서 떨어지는 광경을 목격했다고 말했다. 내가 더 자세히 이야기하려 할 때, 주인은 나에게 말을 멈추라고 명령했다.

“야후의 본성을 이해하는 자라면 그런 비열한 동물이 네가 말한 모든 행위를 저지를 수 있다는 것을 쉽게 믿을 수 있을 것이다. 다만 그들의 힘과 교활함이 악의만큼 크다면 말이다. 그러나 네 이야기를 듣고 보니, 그 종족 전체에 대한 나의 혐오가 더욱 커졌을 뿐 아니라 이전에는 전혀 느껴보지 못한 불안까지 마음속에 생겨났다. 이런 혐오스러운 말들을 계속 듣다 보면 점차 덜 역겨워지게 될까 봐 두렵다. 나는 이 나라의 야후들을 혐오하지만 그들의 추악한 성질을 탓하지는 않는다. 맹금류가 잔혹하다고 해서 비난하지 않고, 날카로운 돌이 내 발굽을 베었다고 해서 그것을 탓하지 않는 것과 같다. 그러나 이성을 가진 존재가 그런 극악한 행동을 저지를 수 있다면, 그 이성이라는 능력이 타락하는 것이 단순한 야만성보다 더 나쁜 결과를 낳는 것은 아닐까 두렵다.”

그래서 주인은 우리가 이성 대신 오히려 타고난 악한 성질을 더욱 키워주는 어떤 능력을 지니고 있을 뿐이라고 확신하는 듯 보였다. 마치 흐린 물에 비친 모습이 실제보다 더 크고 일그러져 보이듯이 말이다. 그는 덧붙여 말했다.

“전쟁에 관해서는 이번뿐 아니라 이전의 대화에서도 이미 너무 많이 들었다. 그런데 지금 나를 조금 당혹스럽게 하는 또 다른 문제가 있다. 너는 너희 선원들 가운데 일부가 법 때문에 파산하여 고향을 떠났다고 말했는데, 나는 이미 그 ‘법’이라는 말의 뜻을 들었다. 그러나 모든 사람을 보호하기 위해 존재하는 법이 어떻게 어떤 사람을 파멸시키는 결과를 낳을 수 있는지 이해할 수 없다. 그러니 너희 나라에서 현재 시행되고 있는 법과 그것을 집행하는 자들이 무엇인지 더 자세히 설명해주기 바란다. 왜냐하면 우리는 스스로를 이성적 존재라고 여기고 있으니, 자연과 이성만으로도 무엇을 해야 하고 무엇을 피해야 하는지 충분히 알 수 있다고 생각하기 때문이다."

　"법이라는 것은 제가 그다지 깊이 관여한 학문은 아닙니다. 제가 겪은 몇 가지 부당한 일들에 대해 변호사들을 고용해보았으나 아무 소용이 없었던 정도에 그칩니다. 그렇지만 제가 할 수 있는 한 최선을 다해 설명드리겠습니다. 우리에게는 어려서부터 언변을 익혀, 필요에 따라 말을 늘어놓으며 흰 것을 검다고, 검은 것을 희다고 증명하는 법을 배우는 사람들이 있습니다. 그리고 이들에게 나머지 모든 사람이 사실상 예속되어 있습니다. 예를 들어, 저의 이웃이 제 소를 갖고 싶어 한다면, 이웃은 변호사를 고용해 그 소가 저에게서 자기에게 넘어가는 것이 마땅하다고 주장하게 합니다. 그러면 저는 저의 권리를 지키기 위해 또 다른 변호사를 고용해야 합니다. 어떤 사람이 자기 자신을 위해 직접 말하는 것은 법의 규칙에 어긋나기 때문입니다. 이 경우, 정당한 주인인 저는 두 가지 큰 불리함에 처하게 됩니다. 첫째, 저의 변호사는 거의 어린 시절부터 거짓을 옹호하는 데 익숙해져 있기 때문에, 정의를 변호하려 할 때는 전혀 익숙하지 않은 일을 하는 셈이 되어 매우 서툴게, 때로는 마지못해 수행하게 됩니다. 둘째, 저의 변호사는 매우 조심스럽게 행동해야 합니다. 그렇지 않으면 판사들에게 꾸중을 듣고, 법의 관행을 약화시키려는 자로 여겨져 동료들에게도 미움을 받게 됩니다. 그래서 제가 저의 소를 지키는 방법은 겨우 두 가지밖에 없습니다. 첫 번째 방법은 상대편 변호사에게 두 배의 수임료를 주어 그를 매수하는 것입니다. 그러면 그는 자신의 의뢰인을 배신하고, 제 편이 정당하다는 쪽으로 슬며시 주장합니다. 두 번째 방법은 제 변호사에게 제 사건을 가능한 한 부당하게 보이도록 만들고, 그 소가 상대편의 것이라고 인정하게 하는 것입니다. 이것을 능숙하게만 처리하면 재판관들의 호의를 틀림없이 얻게 됩니다.

이제 당신께서 아서야 할 것은, 이 재판관들은 재산에 관한 모든 분쟁을 판결하고 형사 사건을 심리하도록 임명된 사람들인데, 가장 교묘한 변호사들 가운데서 선발된다는 점입니다. 이들은 나이가 들었거나 게을러진 자들로, 평생 진실과 공정을 거스르는 쪽으로 편향되어 살아왔기 때문에 사기와 위증, 억압을 편드는 것을 거의 피할 수 없는 상태에 놓여 있습니다. 저는 그들 가운데 어떤 이들이 정당한 쪽의 큰 뇌물을 제시받고도 그것을 거절하는 것을 본 적이 있는데, 이는 자신의 본성이나 직무에 어긋나는 일을 하여 그 직업의 체면을 손상시키기보다는 차라리 그렇게 하는 편을 택했기 때문입니다. 이 변호사들 사이에는, 한 번 이루어진 일은 다시 법적으로도 이루어질 수 있다는 격언이 있습니다. 그래서 그들은 일반적인 정의와 인간의 보편적 이성에 어긋나게 내려졌던 과거의 판결을 빠짐없이 기록하는 데 특별한 주의를 기울입니다. 이러한 것들을 그들은 '선례'라는 이름으로 내세워, 가장 부당한 판단조차 정당화하는 근거로 삼으며, 재판관들 역시 이에 따라 판결을 내리는 데 조금도 주저하지 않습니다.

변론을 할 때, 그들은 사건의 본질에는 일부러 들어가지 않으려 하고, 대신 전혀 중요하지 않은 사소한 사항들에 대해서는 요란하고 격렬하며 장황하게 떠듭니다. 예를 들어, 앞서 말한 사건에서 그들은 제 상대가 저의 소에 대해 어떤 권리나 소유권을 가지고 있는지는 전혀 알려고 하지 않습니다. 대신 그 소가 붉은색인지 검은색인지, 뿔이 긴지 짧은지, 제가 그 소를 방목하는 들판이 둥근지 네모난지, 집에서 젖을 짜는지 밖에서 짜는지, 어떤 병에 잘 걸리는지 같은 것들만 따집니다. 그런 다음 그들은 선례들을 검토하고, 사건을 여러 차례 연기한 끝에, 10년, 20년, 심지어 30년이 지나서야 비로소 결론에 이릅니다.

또한 주목해야 할 것은, 이 집단이 자기들만의 독특한 은어와 전문 용어를 사용한다는 점인데, 이는 다른 어떤 사람도 이해할 수 없습니다. 그들의 모든 법은 이러한 언어로 쓰여 있으며, 그 수를 늘리는 데 특별한 노력을 기울입니다. 그결과, 진실과 거짓, 옳고 그름의 본질 자체가 완전히 혼란에 빠지게 되었고, 저의 조상들이 6대에 걸쳐 물려준 땅이 저의 것인지, 아니면 480킬로미터 떨어진 낯선 사람의 것인지 판결하는 데에도 30년이 걸리게 되지요. 국가에 대한 범죄로 기소된 사람들의 재판에서는 절차가 훨씬 간단하고 훌륭합니다. 재판관은 먼저 권력을 쥔 자들의 의중을 떠본 다음, 법의 모든 형식을 엄격히 지키는 척하면서도 손쉽게 그 피고를 교수형에 처할지 살려둘지를 결정할 수 있습니다."

여기서 주인이 말을 끊고 이렇게 말했다. "네 설명에 따르면 그 변호사들은 분명 놀라운 정신적 능력을 지닌 존재들일텐데, 그런 자들이 오히려 지혜와 지식을 다른 이들에게 가르치는 일을 하도록 장려되지 않는다는 것은 참으로 안타까운 일이다."

이에 나는 이렇게 대답했다. "그들은 자기 직업과 관련된 일을 제외하면, 우리 가운데서 대체로 가장 무지하고 어리석은 부류에 속합니다. 일상적인 대화에서는 가장 경멸받는 존재들이며 모든 지식과 학문을 공공연히 적대합니다. 그리고 그들은 자기 직업에서 그러하듯이, 다른 모든 주제에 있어서도 인간의 보편적 이성을 왜곡하는 데 똑같이 기울어져 있습니다."

6장

앤 여왕 치하의 영국에 대해 계속 설명하다. 유럽 여러 궁정에서 수석 대신의 성격을 묘사하다.

주인은 여전히, 이 변호사라는 종족이 무엇 때문에 서로를 혼란스럽게 하고 괴롭히며 지치게 만들고, 또 서로 결탁하여 부당한 일을 저지르면서까지 자기와 같은 존재들을 해치려 하는지 전혀 이해하지 못했다. 또한 그들이 돈을 받고 그런 일을 한다는 내 말도 이해하지 못했다. 나는 많은 수고를 들여 그에게 돈의 용도와 그것을 만드는 물질과 그 금속의 가치에 대해 설명했다.

"야후가 이 귀중한 물질을 많이 가지게 되면 자기가 원하는 것은 무엇이든 살 수 있습니다. 가장 훌륭한 옷, 가장 훌륭한 집, 넓은 토지, 가장 값비싼 음식과 술, 그리고 가장 아름다운 여성들까지도 마음대로 선택할 수 있습니다. 따라서 돈만 있으면 이 모든 것을 얻을 수 있기 때문에, 우리 야후들은 그것을 써버리든 모아두든, 각자의 성향에 따라 낭비하거나 탐욕스럽게 축적하면서, 아무리 많아도 충분하다고 생각하지 않습니다. 부자는 가난한 사람의 노동의 결실을 누리며, 가난한 사람은 부자 한 사람에 비해 1천 명에 이를 정도로 많습니다. 그래서 우리 대부분은 소수의 사람들이 풍족하게 살 수 있도록, 매일 적은 임금을 받고 비참하게 노동하며 살아가야 합니다.”

나는 이와 같은 점들에 대해 더 많은 세부 사항을 길게 설명했지만 주인은 여전히 이해하지 못했다. 그는 모든 동물은 대지의 산물에 대해 각자의 몫을 가질 권리가 있으며, 특히 다른 존재들을 지배하는 위치에 있는 자들이라면 더욱 그러하다고 생각하고 있었기 때문이다. 그래서 그는 나에게 그 값비싼 음식들이 무엇이며, 우리가 어째서 그것들을 필요로 하게 되었는지 설명해달라고 했다. 이에 나는 생각나는 대로 여러 종류를 열거하고, 그것들을 조리하는 다양한 방법을 설명했는데, 이는 마실 술과 소스, 그리고 수많은 다른 편의를 위해 세계 각지로 배를 보내지 않고서는 이루어질 수 없는 일이었다.

나는 어떤 상류층 여성 야후가 아침 식사를 하거나 그것을 담을 잔 하나를 마련하기 위해서도 이 지구를 적어도 세 바퀴는 돌아야 할 정도라고 말했다. 그러자 주인은 자기 나라 사람들에게 먹을 것을 제대로 제공하지 못하는 나라는 분명 비참한 나라일 것이라고 말했다. 그러나 그가 특히 이상하게 여긴 점은, 내가 말한 것처럼 그렇게 광대한 땅이 있으면서도 담수(淡水)가 전혀 없어서, 사람들이 마실 것을 구하기 위해 바다 건너에서 들여와야 한다는 점이었다.

나는 이렇게 대답했다. "제가 태어난 사랑하는 영국은 그 주민들이 소비할 수 있는 양의 세 배에 이르는 식량을 생산하는 것으로 여겨집니다. 또한 곡물에서 추출하거나 특정 나무의 열매에서 짜낸 훌륭한 음료도 충분히 생산되며, 생활의 다른 편의 역시 같은 정도로 풍부합니다. 그러나 남성들의 사치와 방탕함, 그리고 여성들의 허영을 만족시키기 위해, 우리는 이러한 필수적인 물자들의 대부분을 다른 나라로 내보냅니다. 그리고 그 대가로 질병과 어리석음, 악덕의 재료들을 들여와 우리 스스로 소비합니다. 이로 인해 필연적으로 우리 국민의 많은 수가 생계를 위해 구걸하거나, 강도질과 절도, 사기, 포주 노릇, 아첨, 매수, 위증, 위조, 도박, 거짓말, 비굴한 행동, 협박, 투표 조작, 글쓰기, 점성술, 독살, 매춘, 위선적인 설교, 비방, 자유사상 따위에 종사하게 됩니다."

나는 이 각각의 말들이 의미하는 바를 그가 이해하도록 설명하느라 많은 수고를 들여야 했다.

"그 포도주는 우리에게 물이나 다른 음료가 부족해서 외국에서 들여오는 것이 아니라, 그것이 우리의 정신을 잃게 만들어 즐거움을 주는 일종의 액체이기 때문에 들여오는 것입니다. 그것은 모든 우울한 생각을 잊게 하고, 머릿속에 터무니없는 상상을 불러일으키며, 희망을 부풀리고 두려움을 없애 줍니다. 한동안 이성의 기능을 마비시키고, 결국 깊은 잠에 빠질 때까지 우리의 팔다리를 제대로 쓰지 못하게 만듭니다. 다만 깨어나면 언제나 몸이 아프고 기운이 없어진다는 점은 인정해야 합니다. 그리고 이런 음료는 우리에게 질병을 가져와 우리의 삶을 불편하고 짧게 만듭니다. 이 모든 것 외에도, 우리 대부분은 부자들과 서로에게 생필품이나 편의품을 제공하면서 생계를 유지합니다. 예를 들어, 제가 집에 있을 때 적절한 옷차림을 하고 있다면, 제 몸에는 100명의 장인이 만든 물건이 걸쳐져 있는 셈입니다. 제 집의 건축과 가구에도 그만큼의 사람이 필요하고, 제 아내를 치장하는 데에는 그 다섯 배나 되는 사람들이 관여합니다.”

나는 병든 사람들을 돌보는 일로 생계를 유지하는 또 다른 부류의 사람들에 대해서도 이야기하려고 했다. 이전에 내 선원들 가운데 많은 이들이 질병으로 죽었다고 말한 적이 있었기 때문이다. 그러나 여기에서 주인을 이해시키는 데 매우 큰 어려움을 겪었다. 그는 후이늠이 죽기 며칠 전 쇠약해지고 몸이 무거워지는 것, 또는 어떤 사고로 팔다리를 다치는 것은 쉽게 이해할 수 있었다. 그러나 모든 것을 완전하게 이루는 자연이 우리 몸 안에 고통을 일으키는 것을 허용한다는 것은 도저히 있을 수 없는 일이라고 했다. 그리고 그는 그렇게 이해하기 어려운 악이 생기는 이유가 무엇인지 알고 싶어 했다. 나는 이렇게 말했다.

“우리는 서로 상반된 작용을 하는 온갖 것을 먹습니다. 배가 고프지 않아도 먹고, 목이 마르지 않아도 마십니다. 우리는 밤새도록 독한 술을 마시면서도 아무것도 먹지 않는데, 이는 우리를 나태하게 만들고 몸을 달아오르게 하며 소화를 방해하거나 망쳐버립니다. 또 창녀 같은 암컷 야후들은 특정한 병을 옮기는데, 그들과 관계를 맺은 자들의 뼈를 썩게 만듭니다. 이러한 병과 수많은 다른 질병들은 아버지에게서 아들에게로 전해지기도 하여 많은 사람들이 태어날 때부터 여러 질병을 지닌 채 세상에 나오게 됩니다. 인간의 몸에 생기는 질병들을 하나하나 열거하자면 끝이 없는데, 그 수는 500에서 600가지에 이를 것이며, 신체의 모든 팔다리와 관절, 나아가 겉과 속의 모든 부분마다 각각 고유한 질병이 존재합니다. 이를 치료하기 위해 우리 가운데는 병을 고치는 것을 직업으로 삼거나, 적어도 그렇게 가장하는 사람들이 있습니다. 그리고 저 역시 그 분야에 어느 정도 지식이 있으므로 주인님의 호의에 대한 감사의 뜻으로 그들이 사용하는 모든 비법과 방법을 알려드리겠습니다. 그들의 기본 원리는 모든 질병이 과식에서 비롯된다는 것입니다. 그래서 그들은 몸속의 것을 배출해야 한다고 결론짓는데, 그것은 자연스러운 통로를 통하거나 입을 통해 위로 토해내는 방식으로 이루어집니다. 다음으로 그들은 약초, 광물, 수지, 기름, 조개껍데기, 소금, 즙, 해초, 배설물, 나무껍질, 뱀, 두꺼비, 개구리, 거미, 죽은 사람의 살과 뼈, 새, 짐승, 물고기 등을 이용해 냄새와 맛이 아주 끔찍하고 역겨운 혼합물을 만들어냅니다. 이것을 먹으면 위가 곧바로 혐오감을 느끼고 토하게 되는데, 이를 그들은 구토제라고 부릅니다. 또는 같은 재료에 몇 가지 독성물질을 더하여, 위쪽이나 아래쪽의 구멍으로 약을 넣도록 하는데(이는 의사가 그때그때 마음 내키는 대로 결정합니다), 이 약역시 장에 매우 불쾌하고 해로운 작용을 하여 배를 느슨하게 만들고 모든 것을 아래로 밀어내게 한다. 이것을 그들은 하제(下劑) 또는 관장이라고 부릅니다. 의사들의 주장에 따르면, 자연은 본래 앞쪽의 위쪽 구멍은 음식과 액체를 받아들이는 데, 뒤쪽의 아래 구멍은 배출하는 데 쓰이도록 만들어놓았습니다. 그런데 이 기술자들은 모든 질병이 자연의 위치가 어긋나서 생긴다고 생각하기 때문에, 그것을 바로잡기 위해서는 정반대의 방식으로 몸을 다루어야 한다고 봅니다. 그래서 항문으로 음식과 액체를 넣고, 입으로 배출하게 만드는 식으로, 두 구멍의 기능을 서로 뒤바꾸는 것입니다. 그러나 실제 질병 외에 단지 상상에서 비롯된 병들에도 시달리는데, 이를 위해 의사들은 상상의 치료법까지 만들어냈습니다. 이런 병들에도 각각 이름이 있고, 그에 맞는 약들도 따로 마련되어 있으며, 여성 야후들은 늘 이런 것들에 시달립니다. 이 부류의 또 하나의 뛰어난 점은 예후를 판단하는 능력인데, 그들은 이 점에서 거의 틀리는 법이 없습니다. 실제 질병이 어느 정도 악화되었을 때 그들이 내리는 예측은 대개 죽음을 예고하는데, 회복시키는 능력은 없더라도 죽음에 이르게 하는 것은 언제나 그들의 손에 달려 있기 때문입니다. 그래서 그들이 이미 사형선고와도 같은 판단을 내린 뒤에 뜻밖의 회복 기미가 보일 경우에는 거짓 예언자로 비난받지 않기 위해 때맞춰 약을 써서 자기들의 통찰력을 세상에 입증하는 법을 알고 있습니다. 그들은 또한 서로에게 싫증이 난 남편과 아내, 장자들, 고위 국무 대신들, 그리고 때로는 군주들에게도 특별히 유용한 존재들입니다."

나는 이전에 기회가 있을 때마다 주인과 일반적인 정치 제도의 본질, 특히 전 세계의 경이이자 부러움의 대상이 되는 우리나라의 훌륭한 헌정에 대해 이야기한 적이 있었다. 그런데 여기서 우연히 국무 대신을 언급하자 그는 얼마 후 나에게 그 이름이 구체적으로 어떤 종류의 야후를 가리키는 것인지 설명해보라고 명령했다. 나는 이렇게 말했다.

"제가 말하려던 대상인 수석 대신이란, 기쁨과 슬픔, 사랑과 증오, 연민과 분노로부터 완전히 벗어난 존재입니다. 적어도 그런 감정들을 전혀 드러내지 않으며, 오직 부와 권력, 그리고 작위에 대한 강렬한 욕망만을 이용할 뿐입니다. 그는 자신의 마음을 표현하기 위해서가 아니라 다른 모든 목적을 위해 말을 사용합니다. 진실을 말할 때조차 그것을 거짓으로 받아들이게 하려는 의도가 있고, 거짓을 말할 때는 그것을 진실로 믿게 하려는 의도를 지닙니다. 그가 뒤에서 가장 심하게 헐뜯는 사람이야말로 오히려 가장 확실하게 출세할 길에 놓여 있으며, 그가 다른 사람들 앞에서든 아니면 당신 자신에게든 누군가를 칭찬하기 시작하는 순간, 그 사람은 그날로 몰락하게 됩니다. 사람들이 받을 수 있는 가장 나쁜 징표는 '약속'인데, 특히 그것이 맹세로까지 확증되었을 때는 더욱 그렇습니다. 현명한 사람이라면 그런 일이 있은 뒤에는 물러나 모든 기대를 접게 됩니다. 한 사람이 수석 대신의 자리에 오르는 데는 세 가지 방법이 있습니다. 첫째는 아내나 딸, 혹은 자매를 신중하게 이용하는 방법입니다. 둘째는 전임자를 배신하거나 몰아내는 것이고, 셋째는 공적인 집회에서 궁정의 부패를 맹렬히 비난하는 열정을 보이는 것입니다. 그러나 현명한 군주라면 세 번째 방법을 쓰는 사람을 택하는 편을 더 선호합니다. 그런 열성적인 인물일수록 언제나 주인의 의지와 욕망에 가장 순종적이고 충실하기 때문입니다. 이

러한 대신들은 모든 관직을 마음대로 임명할 수 있는 권한을 쥐고 있기 때문에, 원로원이나 대의회에서 다수를 매수함으로써 권력을 유지합니다. 그리고 마침내 '면책법'이라 불리는 수단을 통해(나는 그 법의 성격을 주인에게 설명했다), 나중에 책임을 추궁당하는 일을 피한 채, 나라의 재물을 약탈한 것을 가득 짊어지고 공직에서 물러납니다. 수석 대신의 궁정은, 그와 같은 직업을 이어갈 사람들을 길러내는 일종의 양성소와 같습니다. 시종, 하인, 문지기들까지도 주인을 흉내 내면서 각자의 영역에서 국무대신이 되어, 오만함과 거짓말, 뇌물 수수라는 세 가지 주요한 자질에서 뛰어나게 되는 법을 배웁니다. 그리하여 그들 역시 높은 신분의 사람들로부터 일정한 궁정적 대우를 받게 되고, 때로는 능숙함과 뻔뻔함을 무기로 삼아 여러 단계를 거쳐 마침내 주인의 후계자가 되기도 합니다. 또한 그는 대개 늙어빠진 여인이나 총애받는 하인에게 좌우되는데, 이들은 모든 은총이 흘러가는 통로와 같아서 사실상 최종적으로 나라를 다스리는 자들이라고 할 수 있습니다."

어느 날에는 대화 도중에 내가 우리나라의 귀족에 대해 언급한 것을 듣고, 주인은 내가 감당하기 어려운 칭찬을 해주었다.

"나는 네가 분명 어떤 귀족 가문에서 태어났을 것이라고 확신한다. 너는 이 나라의 다른 모든 야후보다 체형과 색깔, 그리고 청결함에서 훨씬 뛰어나기 때문이다. 다만 힘과 민첩성에서는 다소 부족해 보이는데, 이는 그 짐승들과는 다른 생활 방식을 택했기 때문일 것이다. 게다가 너는 단순히 말을 할 줄 아는 것뿐만 아니라 어느 정도의 이성까지 지니고 있어서, 내가 아는 모든 존재 가운데서도 하나의 기이한 존재로 여겨질 만하다. 후이늠들 가운데에서도 흰색이나 붉은 빛이 도는 것, 그리고 회색 말들은 갈색이나 얼룩 회색, 검은 말들만큼 완벽한 체형을 지니지 못하며, 타고난 지능이나 그것을 발전시킬 능력에서도 뒤처진다. 그래서 그들은 언제나 하인의 지위에 머물 뿐, 자기 계층을 벗어나 혼인을 시도하는 일은 결코 없는데, 이 나라에서는 그런 일이 괴상하고 부자연스러운 것으로 여겨진다."

나는 주인이 나를 좋게 평가해준 데 대해 깊이 감사의 뜻을 표했지만 동시에 이렇게 말했다.

"저는 낮은 신분에서 태어났습니다. 평범하고 정직한 부모 밑에서 자랐으며, 부모님은 저에게 그저 적당한 교육을 받을 정도의 여건만 마련해줄 수 있었습니다. 또한 우리 사회에서의 귀족이라는 것은 주인께서 생각하는 그것과는 전혀 다른 것입니다. 유럽의 젊은 귀족들은 어린 시절부터 나태함과 사치 속에서 자랍니다. 그리고 나이가 차자마자 방탕한 여성들과 어울리며 기력을 소모하고 혐오스러운 질병에 걸립니다. 그러다가 재산이 거의 바닥나게 되면, 단지 돈을 위해 신분이 낮고 외모도 마음에 들지 않으며 건강하지도 않은 여인과 결혼하게 되는데, 그런 아내를 그들은 증오하고 경멸합니다. 이러한 결혼에서 태어난 아이들은 대개 림프샘 질환에 걸리거나, 구루병을 앓거나, 신체가 기형적인 경우가 많습니다. 그런 가문은 보통 3대를 넘기지 못하고 끊어지기 일쑤인데, 다만 아내가 이웃이나 집안의 하인 가운데서 건강한 남자를 찾아 아이를 낳아 혈통을 유지하려 애쓰지 않는 한 그렇습니다. 또 병약하고 병든 몸, 여윈 얼굴, 누렇게 뜬 피부야말로 진정한 귀족 혈통의 표시로 여겨집니다. 반대로 건강하고 튼튼한 모습은 귀족에게는 오히려 수치로 여겨지기 때문에, 그런 사람을 보면 세상 사람들은 그의 진짜 아버지가 마부나 마차꾼이었을 것이라고 생각합니다. 그들의 정신적 결함 역시 신체적 결함과 나란히 나타나, 우울함과 둔함, 무지, 변덕, 감각적 쾌락에 대한 탐닉, 그리고 오만함이 뒤섞인 상태를 이룹니다. 이 존귀한 집단의 동의 없이는 어떤 법도 제정되거나 폐지되거나 변경될 수 없습니다. 또한 이 귀족들은 우리의 모든 재산에 관한 최종적인 판결권을 가지고 있으며, 그 결정에는 항소도 할 수 없습니다.”

7장

조국에 대한 저자의 깊은 애정이 드러나다. 저자의 설명을 바탕으로 한 영국의 헌정과 통치에 대한 주인의 견해가, 유사한 사례와 비교와 함께 제시되다. 인간 본성에 대한 주인의 고찰이 이어지다.

독자는 내가 왜 우리 종족에 대해 이토록 거리낌 없이 묘사할 수 있었는지 의아하게 여길지도 모른다. 특히 나와 이 나라의 야후들 사이에 뚜렷한 유사성이 있어 이곳의 존재들이 이미 인간에 대해 매우 낮은 평가를 내리고 있는 상황에서 말이다.

그러나 나는 솔직히 고백해야겠다. 이 훌륭한 네 발 달린 존재들의 수많은 덕목을 인간의 타락과 대비하게 되면서, 나의 눈은 크게 열리고 이해 또한 넓어져 인간의 행동과 감정을 전혀 다른 시각으로 바라보게 되었다. 그리고 우리 종족의 명예라는 것이 굳이 지켜야 할 가치가 없다고까지 생각하게 되었다. 더구나 나의 주인처럼 날카로운 판단력을 지닌 존재 앞에서는 그것을 감추는 것 자체가 불가능했다. 주인은 매일 내가 이전에는 전혀 깨닫지 못했던 수많은 결점을 지적해주었는데, 그런 것들은 우리 사회에서는 인간의 약점으로조차 여겨지지 않는 것들이었다. 또한 나는 그의 모범을 통해 모든 거짓과 위선을 완전히 혐오하게 되었고, 진실이란 것이 너무나 사랑스럽게 느껴져, 그것을 위해서라면 모든 것을 희생하겠다고 결심하게 되었다.

나는 독자에게 솔직히 고백하고자 한다. 내가 이처럼 거리낌 없이 사물을 묘사한 데는 앞서 말한 것보다 훨씬 더 강한 동기가 있었다. 나는 이 나라에 온 지 채 1년도 되지 않아 이곳의 주민들에 대해 깊은 사랑과 존경을 품게 되었고, 마침내 인간 사회로 돌아가지 않고 이 훌륭한 후이늠들 사이에서 남은 생을 보내며, 모든 덕을 사유하고 실천하는 삶을 살겠다고 굳게 결심하게 되었다. 그곳에서는 악에 대한 어떤 본보기나 유혹도 접할 일이 없기 때문이다. 그러나 나의 영원한 적인 운명은 그렇게 큰 행복이 내 몫으로 돌아오는 것을 허락하지 않았다. 다만 이제 와서 위안이 되는 것은, 내가 내동족에 대해 말할 때, 이처럼 엄격한 판단력을 지닌 이 앞에서 허용되는 한 최대한 그들의 결점을 완화하여 말하려 애썼다는 점이다. 그리고 각각의 사항에 대해 가능한 한 호의적으로 해석하여 설명하려 했다.

사실 자신이 태어난 고향에 대한 편견과 애착에서 자유로울 수 있는 사람이 과연 누가 있겠는가? 나는 내 주인을 모시며 지냈던 대부분의 기간 동안 그와 나누었던 여러 대화의 요지를 이렇게 전해왔다. 그러나 간결함을 위해 여기 적은 것보다 훨씬 더 많은 내용은 생략했음을 밝혀둔다.

내가 주인의 모든 질문에 대답을 마치고 그의 호기심이 완전히 충족된 듯 보이자, 그는 어느 날 아침 일찍 나를 불러 전에 한 번도 허락한 적 없던 특별한 예우로 나를 일정한 거리에 앉게 하였다. 그는 이렇게 말했다.

"너와 너의 나라에 관한 이야기를 전반적으로 매우 진지하게 숙고해보았다. 내가 보기에 너희는 일종의 동물에 불과한데, 어떤 우연에 의한 것인지 알 수는 없으나 아주 적은 양의 이성을 부여받았다. 그러나 너희는 그 이성을 오직 본래의 타락한 성질을 더욱 악화시키고, 자연이 주지 않은 새로운 악덕을 만들어내는 데만 사용하고 있다. 너희는 자연이 부여한 몇 안 되는 능력마저 스스로 무력화시켰으며, 타고난 욕구를 크게 늘리는 것에는 매우 성공했지만 그것을 스스로의 발명으로 채우려는 헛된 노력 속에서 평생을 허비하고 있는 것처럼 보인다. 그리고 너에 대해서 말하자면, 너는 이 나라의 평범한 야후만큼의 힘도 민첩함도 갖추지 못했으며, 뒷발로도 불안정하게 걷는다. 또한 너는 발톱을 전혀 쓸모없게 만들어버리는 장치를 고안했고, 태양과 비바람을 막아주도록 마련된 턱의 털마저 제거해버렸다. 마지막으로 너는 이 나라의 야후들, 곧 네 형제라 부를 만한 존재들처럼 빠르게 달릴 수도 없고 나무에 오를 수도 없다.

또한 네 나라의 정치 제도와 법이라는 것은 명백히 너희 이성의 심각한 결함에서 비롯된 것이며, 따라서 덕의 결핍에서도 비롯된 것이다. 왜냐하면 이성만으로도 이성적인 존재를 충분히 다스릴 수 있기 때문이다. 그러므로 너희가 스스로를 이성적 존재라고 주장할 아무런 근거도 없다. 이는 네가 너희에 대해 들려준 이야기만 보아도 분명하다. 비록 네가 그들을 두둔하기 위해 많은 사실을 숨기고, 종종 사실이 아닌 것을 말한 점도 내가 분명히 알아차렸지만 말이다.

나는 이 생각이 더욱 확고해졌다. 너의 몸이 힘과 속도, 민첩성에서 오히려 불리한 점, 짧은 발톱, 그리고 자연이 관여하지 않은 몇몇 점들을 제외하면 다른 야후들과 모든 면에서 동일하듯이, 너의 삶과 풍습, 행동에 대한 설명을 통해 너희 정신의 성향 또한 그들과 매우 흡사하다는 것을 알게 되었기 때문이다. 야후들은 다른 어떤 동물 종보다도 자기들끼리 서로를 더 증오하는 것으로 알려져 있는데, 그 이유는 보통 자기들과 같은 모습이 다른 이들에게는 혐오스럽게 보이기 때문이라고 한다. 그들은 그 추한 모습을 다른 개체들에게서는 보지만 자기 자신에게서는 보지 못하기 때문이다. 그래서 나는 너희가 몸을 가리고 사는 것이 서로의 추함을 숨기기 위한 지혜로운 방법일지도 모른다고 생각하기 시작했다. 그렇지 않으면 서로 견디기 어려웠을 테니 말이다.

그러나 이제 보니 내가 틀렸다는 것을 알겠다. 너희 나라의 야후들 사이의 불화 역시, 네가 말해준 것처럼 이곳의 야후들과 같은 원인에서 비롯된 것이기 때문이다. 야후 다섯 마리에게 음식을 던져주면, 그 양이 50마리가 먹고도 남을 만큼 충분함에도 불구하고, 그들은 평화롭게 먹지 않고 서로 싸움을 벌이며, 각자 그것을 모두 자기 혼자 차지하려고 조급해한다. 그래서 들판에서 먹이를 줄 때는 늘 하인이 곁에 서 있어야 하고, 집에서 기르는 것들은 서로 떨어뜨려 묶어두는 것이 보통이다. 또 어떤 암소가 늙거나 사고로 죽었을 때, 후이늠이 그것을 자기 야후들을 위해 확보하기 전에 근처의 야후들이 떼를 지어 몰려와 그것을 차지하려 들며, 그러면 내가 말한 것과 같은 전투가 벌어지고, 양쪽 모두 발톱으로 서로에게 끔찍한 상처를 입힌다. 다만 너희가 만들어낸 것과 같은 편리한 살상 도구가 없기 때문에 서로를 죽이는 일은 드물 뿐이다. 또 어떤 때는 아무런 분명한 이유도 없이 이웃 지역의 야후들끼리 비슷한 싸움이 벌어지기도 한다. 한 지역의 야후들이 다른 지역을 기습할 기회를 노리다가 계획이 실패하면 돌아가서, 적이 없다는 이유로 결국 서로 간에, 네가 말하는 '내전'을 벌이게 된다.

이 나라의 어떤 들판에는 여러 가지 색으로 빛나는 돌들이 있는데, 야후들은 그것을 몹시 좋아한다. 이 돌들이 때때로 땅속에 박혀 있으면 그들은 그것을 파내기 위해 며칠이고 발톱으로 땅을 파며, 마침내 그것을 꺼내어 자기 굴에 쌓아 숨겨둔다. 그러면서도 동료들이 그 보물을 발견할까 봐 끊임없이 주위를 경계한다. 나는 이런 비정상적인 욕망의 이유나, 이 돌들이 야후들에게 어떤 쓸모가 있는지를 전혀 알 수 없었다. 그러나 이제 보니, 그것은 네가 인간에게 있다고 말한 탐욕과 같은 원리에서 비롯된 것일지도 모르겠다. 한번은 실험 삼아 어떤 야후가 묻어둔 이 돌 무더기를 몰래 치워 본 적이 있다. 그러자 그 비열한 짐승은 보물이 사라진 것을 알고 크게 울부짖으며 온 무리를 그 자리로 불러 모았다. 그리고는 비참하게 울부짖다가 다른 것들을 물어뜯고 찢기 시작했으며, 점점 쇠약해져 먹지도 자지도 일하지도 않았다. 그래서 나는 하인에게 몰래 명하여 그 돌들을 다시 같은 구멍에 넣어두게 했다. 그러자 그 야후는 그것을 발견하자마자 곧 기운을 회복하고 기분도 좋아졌다. 다만 더 나은 은신처로 그것을 옮겨 숨기는 데 주의를 기울였고, 그 뒤로는 매우 쓸모 있는 짐승이 되었다.”

또한 주인은 빛나는 돌들이 많이 나는 들판에서는 이웃 야후들이 끊임없이 침입하기 때문에 가장 격렬하고 빈번한 싸움이 벌어진다고 말해주었고 나 역시 그것을 직접 관찰한 바 있다.

"두 야후가 그런 돌을 발견하고 어느 쪽이 그것의 주인이 될지를 두고 다투고 있을 때, 제삼자가 틈을 타 그것을 가로채는 일이 흔하다."

주인은 이것이 우리의 소송과 어느 정도 비슷하다고 주장했는데, 나는 우리의 체면을 위해 굳이 그것을 바로잡지 않았다. 그가 말한 방식의 결말이 오히려 우리 사회의 많은 판결보다 훨씬 공정했기 때문이다. 왜냐하면 그 경우에는 원고와 피고가 다투던 돌 하나만 잃을 뿐이지만, 우리의 재판소에서는 둘 중 어느 한쪽이 아직 무엇인가를 가지고 있는 한 결코 소송을 끝내지 않기 때문이다. 주인은 이야기를 이어가며 이렇게 말했다.

"야후들을 가장 혐오스럽게 만드는 것은 눈에 보이는 것은 무엇이든 가리지 않고 먹어 치우려는 탐욕스러운 식성이다. 풀과 뿌리, 열매는 물론이고, 썩은 짐승의 고기까지도 마구 뒤섞어 먹는다. 게다가 이들의 기질에는 특이한 점이 있는데, 집에서 더 좋은 먹이를 제공받고 있음에도 불구하고 멀리서 약탈하거나 훔쳐서 얻은 것에 더 집착한다는 것이다. 먹이가 충분히 있으면 배가 터질 것 같을 때까지 먹어대다가, 그 뒤에는 자연이 알려준 어떤 뿌리를 찾아 먹어 몸속을 한꺼번에 비워버린다. 또 다른 종류의 뿌리도 있는데, 이것은 즙이 많지만 다소 드물고 찾기 어렵다. 야후들은 이것을 매우 열심히 찾아다니며, 발견하면 큰 즐거움으로 그것을 빨아먹는다. 그런데 이 뿌리는 우리에게 포도주가 그러하듯 그들에게 비슷한 작용을 일으킨다. 그래서 그들은 때로 서로를 껴안다가도, 이내 서로를 찢어버리려 하고, 울부짖고, 이를 드러내며, 지껄이고, 비틀거리며 굴러다니다가, 결국 진흙 속에 쓰러져 잠들어버린다.”

나는 이 나라에서 야후들만이 어떤 질병에 걸리는 유일한 동물이라는 사실을 실제로 관찰했다. 그러나 그 질병의 수는 우리나라의 말들이 겪는 것보다 훨씬 적었고, 어떤 나쁜 대우 때문이 아니라 그 더러운 습성과 탐욕스러운 식성 때문에 생기는 것이었다. 그들의 언어에는 그런 질병들을 가리키는 특별한 이름도 없고, 단지 짐승의 이름에서 따와 일반적으로 ‘야후의 병’이라고 부른다. 그리고 그에 대한 치료법으로는 자기들의 배설물과 오줌을 섞은 것을 억지로 야후의 목구멍으로 밀어 넣는 방법이 처방된다. 나는 이후 이 치료법이 실제로 효과가 있는 것을 여러 번 보았으며, 과식에서 비롯되는 모든 질병에 대한 훌륭한 특효약으로써 공공의 이익을 위해 우리나라 사람들에게도 기꺼이 이를 권하는 바이다.

“학문이나 정치, 예술, 제조업 같은 것에 대해서는, 나는 너희 나라의 야후들과 이곳의 야후들 사이에서 거의 아무런 유사점도 찾을 수 없다. 내가 말하고자 한 것은 단지 그 본성의 유사성에 관한 것이었을 뿐이다. 다만, 호기심 많은 몇몇 후이늠들이 관찰한 바에 따르면, 대부분의 야후 무리에는 한 마리의 우두머리가 있는데(우리의 공원에 있는 사슴 무리에서 보통 가장 우두머리 수사슴이 있는 것과 마찬가지로), 그 우두머리는 다른 어떤 것보다도 몸은 더 기형적이고 성질은 더 사악하다고 한다. 이 우두머리는 대개 자기와 가장 닮은 한 마리를 총애하는데, 그 역할은 주인의 발과 엉덩이를 핥고, 암컷 야후들을 그의 굴로 몰아넣는 것이다. 그 대가로 때때로 당나귀 고기 한 조각을 받는다. 이 총애받는 자는 무리 전체의 미움을 받기 때문에 자신을 보호하기 위해 늘 우두머리 곁을 떠나지 않는다. 그는 보통 더 나쁜 자가 나타나기 전까지 그 자리를 유지하지만, 일단 쫓겨나는 순간, 그 지역의 모든 야후들이 남녀노소 할 것 없이 떼를 지어 몰려와 머리부터 발끝까지 그에게 배설물을 퍼붓는다. 이러한 일이 너희 나라의 궁정이나 총신들, 그리고 국무 대신들에게 얼마나 적용될 수 있는지는 네가 가장 잘 판단할 수 있을 것이다."

나는 인간의 이해력을 보통 사냥개 한 마리의 판단력보다도 못한 것으로 깎아내리는 이 악의적인 암시에 대해 감히 아무런 반박도 하지 못했다. 사냥개는 무리 가운데 가장 뛰어난 개의 울음소리를 구별해 따라갈 줄 아는 분별력을 지니고 있어, 결코 잘못되는 일이 없기 때문이다.

주인은 이어서 내가 인간에 대해 이야기하면서 거의 언급하지 않았거나, 설령 했더라도 매우 피상적으로만 다룬 몇 가지 점들이 야후들에게서 두드러지게 나타난다고 말했다.

"그 짐승들은 다른 동물들과 마찬가지로 암컷을 공동으로 소유하지만 한 가지가 다르다. 암컷 야후는 임신한 상태에서도 수컷을 받아들이며, 수컷들은 서로 싸우는 것만큼이나 암컷들과도 격렬하게 다툰다. 이런 행태는 어떤 다른 감각을 지닌 생물도 결코 이르지 못한, 극도로 비열한 야만성의 수준이다."

또 한 가지 주인이 야후에게서 이상하게 여긴 점은, 그들이 지닌 기묘할 정도로 더럽고 불결한 성향이었다. 다른 모든 동물에게서는 본능적으로 깨끗함을 좋아하는 경향이 보이기 때문이다.

앞서 두 가지 비난에 대해서는, 나는 아무런 변명을 할 말이 없어 기꺼이 침묵으로 넘겼다. 그렇지 않았다면 내 성향상 분명히 우리 종족을 변호했을 것이다. 그러나 마지막 지적에 대해서만큼은, 만약 그 나라에 돼지라는 동물이 있었더라면(불행히도 내게는 그런 경우가 없었지만), 야후가 특별히 더럽다고 비난받는 것을 쉽게 반박할 수 있었을 것이다. 돼지는 야후보다 더 온순한 네발짐승일지도 모르지만, 공정하게 말해 결코 더 깨끗하다고 주장할 수는 없기 때문이다. 그들이 먹이를 먹는 더러운 방식과 진흙 속에서 뒹굴며 자는 습관을 보았다면 주인도 이 점을 인정했을 것이다. 또한 주인은 그의 하인들이 여러 야후들에게서 발견했다고 전해준 또 다른 성질을 언급했는데, 그는 그것을 전혀 이해할 수 없다고 했다.

"어떤 야후는 때때로 구석으로 물러나 누워서 울부짖고 신음하며, 가까이 오는 것은 무엇이든 밀어내려 한다. 그가 젊고 살이 쪄 있으며, 먹을 것과 마실 것도 충분한 상태인데도 그렇다. 하인들로서는 그 야후에게 무슨 문제가 있는지 도무지 알 수 없다. 그들이 발견한 유일한 치료법은 그 야후에게 힘든 노동을 시키는 것이고, 그러면 반드시 제정신으로 돌아왔다."

이에 나는 우리 종족에 대한 애착 때문에 아무 말도 하지 않았다. 그러나 여기에서 나는 분명히 우울증의 근원을 발견할 수 있었는데, 그것은 게으르고 사치스러우며 부유한 사람들에게만 나타나는 것이다. 만약 그런 사람들이 같은 방식으로 다루어진다면, 나는 그들을 치료할 수 있다고 장담할 수 있을 것이다. 또한 주인은 이렇게 말해주었다.

"암컷 야후는 종종 둑이나 덤불 뒤에 숨어서 지나가는 젊은 수컷들을 바라보다가, 나타났다 숨기를 반복하며 여러 가지 익살스러운 몸짓과 표정을 짓는다. 그때 그녀에게서는 몹시 불쾌한 냄새가 나는 것으로 관찰된다. 그리고 수컷이 가까이 다가오면, 천천히 물러나면서 자주 뒤를 돌아보고 겉으로는 두려워하는 척하다가, 결국 수컷이 따라오리라는 것을 알고 있는 적당한 장소로 달아난다. 또 어떤 때에는 낯선 암컷이 무리 속에 들어오면, 같은 암컷 서너 마리가 그녀를 둘러싸고 빤히 쳐다보며 지껄이고, 이를 드러내며 웃고, 온몸의 냄새를 맡는다. 그러고는 경멸과 멸시를 나타내는 듯한 몸짓을 하며 돌아선다."

아마도 주인은 자신이 직접 관찰하거나 다른 이들에게서 들은 바를 바탕으로 이런 추측들을 어느 정도 더 다듬어나갔을 것이다. 그러나 나는 여성에게 음탕함과 요염함, 험담과 비방의 기초가 본능적으로 자리하고 있다는 점을 생각할 때마다 놀라움과 깊은 슬픔을 금할 수 없었다.

나는 매 순간 주인이 우리에게서 흔히 볼 수 있는, 남녀 모두의 그러한 부자연스러운 욕망들을 야후들에게서도 발견했다고 비난할까 봐 내심 두려워하고 있었다. 그러나 보아하니 자연은 그만큼 뛰어난 교사는 아니었던 듯하며, 그러한 세련된 쾌락들은 전적으로 우리 쪽 세계에서 이성과 기술이 만들어낸 산물인 것처럼 보였다.

8장

저자가 야후에 관한 여러 가지 구체적인 사항을 서술하다. 후이늠들의 위대한 덕성이 드러나다. 젊은 후이늠들의 교육과 훈련 방식이 설명되다. 후이늠들의 총회가 소개되다.

나는 인간의 본성을 내 주인보다 훨씬 더 잘 이해해야 마땅했으므로, 그가 말한 야후들의 특징을 나 자신과 내 동족에게 적용하는 일은 어렵지 않았다. 또한 스스로 관찰을 통해 더 많은 사실을 발견할 수 있으리라 생각했다. 그래서 나는 종종 주인에게 근처 야후 무리들 사이로 나가게 해달라고 간청했다. 그는 내가 이 짐승들을 몹시 혐오하고 있어 그들에게 물들 일은 결코 없다고 확신했기 때문에 흔쾌히 허락해주었다. 그리고 나를 보호하기 위해 성실하고 온순한 붉은 말 한 마리를 수행자로 붙여주었다. 그의 보호가 없었다면 나는 감히 그런 시도를 할 수 없었을 것이다. 내가 처음 이곳에 도착했을 때 이 혐오스러운 동물들에게 얼마나 시달렸는지를 독자에게 이야기한 바 있다. 그 뒤에도 나는 단검을 챙기지 않은 채 조금 멀리 나갔다가 서너 차례나 거의 그들의 손아귀에 붙잡힐 뻔한 적이 있었다. 또 나는 그들이 나를 자기들과 같은 종족으로 여기는 것 같다는 느낌을 받았다. 그래서 나는 보호자가 곁에 있을 때면 종종 소매를 걷어 올려 팔과 가슴을 드러내 보이면서 그 생각을 더욱 부추기기도 했다. 그러면 야후들은 감히 가까이 다가올 수 있는 만큼 다가와 원숭이가 흉내 내듯 내 행동을 따라 하면서도 여전히 강한 적의를 드러냈다. 마치 모자와 양말을 씌운 길들인 까마귀가 야생 까마귀들 사이에 끼어들면 늘 쫓겨 다니는 것과 같았다.

야후들은 어릴 때부터 놀라울 만큼 민첩하다. 한번은 세 살쯤 된 어린 수컷 하나를 붙잡아 온갖 다정한 몸짓으로 그것을 진정시키려 한 적이 있다. 하지만 그 작은 짐승은 몹시 울부짖으며 할퀴고 물어뜯는 등 격렬하게 저항했기 때문에 나는 결국 놓아줄 수밖에 없었다. 게다가 그때 놓아준 것이 다행이었는데, 그 소리에 이끌려 여러 마리의 성체 야후들이 우리 주위로 몰려왔기 때문이었다. 다만 새끼가 무사히 도망친 것을 보고, 또 내 곁에 붉은 말이 있었기 때문에 감히 가까이 오지는 못했다. 나는 그 어린 짐승의 살에서 매우 역겨운 냄새가 난다는 것을 알아차렸는데, 족제비와 여우의 냄새가 섞인 듯하면서도 훨씬 더 불쾌했다.

또 한 가지를 덧붙이자면(아마 이것은 생략해도 독자에게 용서받을 수 있겠지만), 내가 그 혐오스러운 짐승을 손에 들고 있는 동안, 그것은 누런 액체 같은 더러운 배설물을 내 옷 위에 쏟아냈다. 다행히 근처에 작은 개울이 있어 나는 그곳에서 가능한 한 깨끗이 씻을 수 있었다. 하지만 충분히 냄새가 빠지기 전까지는 감히 주인 앞에 나아갈 수 없었다.

내가 관찰한 바에 따르면, 야후들은 모든 동물 가운데서도 가장 가르치기 어려운 존재로 보인다. 그들의 능력은 짐을 끌거나 나르는 정도를 넘지 못한다. 나는 이러한 결함이 고집스럽고 반항적인 성향에서 비롯된 것이라고 생각한다. 그들은 교활하고, 악의적이며, 배신적이고, 복수심이 강하기 때문이다. 그들은 힘이 세고 체질도 강인하지만 기질은 비겁하여, 그 결과 오만하면서도 비굴하고 잔인한 모습을 보인다. 또한 관찰에 따르면 남녀를 막론하고 붉은 머리카락을 가진 개체들이 다른 것들보다 더 음탕하고 사악한데, 그럼에도 불구하고 힘과 민첩성에서는 오히려 더 뛰어나다고 한다.

후이늠들은 당장 쓸 야후들은 집에서 멀지 않은 오두막에 두고 기르고 나머지는 들판으로 내보낸다. 그곳에서 야후들은 뿌리를 파내고 여러 종류의 풀을 먹으며, 썩은 고기를 찾아다니거나 때로는 족제비나 '루히무'라는 들쥐를 잡아 탐욕스럽게 먹는다. 자연은 그들에게 경사진 땅의 측면에 발톱으로 깊은 구멍을 파는 법을 가르쳐주었고, 그 안에서 각자 혼자 지낸다. 다만 암컷의 굴은 더 커서, 새끼 두세 마리가 함께 들어갈 수 있다.

그들은 어린 시절부터 개구리처럼 헤엄칠 줄 알며, 물속에 오랫동안 머무를 수 있다. 그곳에서 종종 물고기를 잡아 암컷이 그것을 새끼들에게 가져다주기도 한다. 이와 관련하여 한 가지 기이한 일을 이야기하는 것을 독자가 너그럽게 이해해주기를 바란다.

어느 날 나는 나를 보호하던 붉은 말과 함께 밖에 나가 있었는데, 날씨가 몹시 더웠다. 나는 근처에 있는 강에서 목욕을 하게 해달라고 부탁했고, 그는 이를 허락했다. 나는 곧 옷을 모두 벗고 조용히 물속으로 들어갔다. 그때 둑 뒤에 서 있던 어린 암컷 야후 하나가 이를 지켜보고 있었는데, 말과 나는 그것이 욕정에 사로잡혔다고 추측했다. 그 야후는 전속력으로 달려와 내가 목욕하던 곳에서 다섯 걸음도 채 떨어지지 않은 곳에 물속으로 뛰어들었다. 나는 평생 그렇게 끔찍하게 놀란 적이 없었다. 그때 붉은 말은 조금 떨어진 곳에서 풀을 뜯고 있었기 때문에 아무런 위험도 눈치채지 못했다. 그 암컷 야후는 매우 역겨운 방식으로 나를 껴안았다. 나는 있는 힘껏 소리를 질렀고, 그 소리를 듣고 말이 전속력으로 달려왔다. 그러자 그 야후는 몹시 아쉬워하면서도 나를 놓아주고 반대편 둑으로 뛰어올라, 내가 옷을 입는 동안 내내 그곳에서 나를 바라보며 울부짖었다.

이 일은 주인과 그의 가족에게는 큰 웃음거리가 되었지만 나에게는 몹시 굴욕적인 일이었다. 이제 내가 팔다리와 생김새 모든 면에서 진정한 야후임을 더 이상 부정할 수 없게 되었기 때문이었다. 암컷들이 나를 자기 종족의 하나로 보고 본능적으로 끌린다는 사실이 그것을 증명하고 있었다. 게다가 그 짐승의 털이 붉은색도 아닌(그랬다면 다소 비정상적인 욕망에 대한 변명이 되었을지도 모른다) 검은 자두처럼 새까만 색이었고, 얼굴 또한 같은 종족의 다른 것들처럼 그다지 흉측해 보이지는 않았다. 아마도 나이가 열한 살을 넘지 않았기 때문일 것이다.

나는 이 나라에서 3년을 보냈으므로, 독자들은 아마 다른 여행기 작가들처럼 이곳 주민들의 풍습과 관습에 대해 설명해주기를 기대할 것이다. 실제로 그것은 내가 가장 주력해 알아보려 했던 부분이기도 했다.

이 고귀한 후이늠들은 본성적으로 모든 덕을 지향하는 성향을 타고났으며, 이성적인 존재에게서 악이란 무엇인지에 대한 개념이나 관념 자체를 가지고 있지 않다. 그래서 그들의 가장 중요한 원칙은 이성을 기르고, 오직 이성에 의해 완전히 지배되는 것이다. 그들에게 이성은 우리와 달리 논쟁의 대상이 되는 것이 아니다. 우리는 어떤 문제에 대해 양쪽 입장을 그럴듯하게 논할 수 있지만, 그들에게 이성은 즉각적인 확신을 가져다준다. 이는 이성이 욕망이나 이해관계에 의해 섞이거나 흐려지거나 왜곡되지 않기 때문이다. 나는 '의견'이라는 말의 뜻이나 어떤 문제가 어떻게 논쟁의 대상이 될 수 있는지를 주인에게 이해시키는 데 큰 어려움을 겪었던 기억이 있다. 이성은 우리가 확실히 아는 것에 대해서만 긍정하거나 부정하도록 가르치며, 알지 못하는 것에 대해서는 어느 쪽도 주장할 수 없기 때문이었다. 따라서 논쟁, 말다툼, 다툼, 그리고 불확실하거나 잘못된 주장에 대한 독단적인 태도는 후이늠들 사이에서는 존재하지 않는 악이다. 마찬가지로 내가 자연철학의 여러 체계에 대해 설명했을 때, 주인은 이렇게 말하며 웃었다.

"이성을 가진다고 자처하는 존재가 다른 사람들의 추측을 아는 것에 가치를 두고, 설령 그것이 확실하다 하더라도 아무 쓸모도 없는 일에 대해 지식을 자랑하다니."

이 점에서 그는 플라톤이 전한 소크라테스의 견해와 완전히 일치했는데, 나는 이것이 철학자들 가운데 으뜸인 그*에게 바칠 수 있는 최고의 찬사라고 생각한다. 나는 이후 종종, 이런 교리가 유럽의 도서관들에 얼마나 큰 파괴를 가져올지, 또 학문 세계에서 얼마나 많은 명예의 길이 사라지게 될지를

---

* 소크라테스를 가리킨다.

생각해보곤 했다.

우정과 자애는 후이늠들 사이에서 가장 중요한 두 가지 덕목이다. 그리고 그것은 특정한 대상에 한정되지 않고 그 종족 전체에 두루 미친다. 가장 먼 곳에서 온 낯선 이라 할지라도 가까운 이웃과 똑같이 대우받으며, 어디를 가든지 스스로를 마치 집에 있는 것처럼 느낀다. 그들은 최고의 수준으로 단정함과 예의를 지키지만 형식적인 의례에 대해서는 전혀 알지 못한다. 또한 자기 새끼들에게 특별한 애정을 보이지는 않지만 그들을 양육하는 일은 전적으로 이성의 지시에 따른 것이다. 나는 내 주인이 자신의 자식뿐만 아니라 이웃의 자식에게도 똑같은 애정을 보이는 것을 관찰했다. 그들은 자연이 모든 같은 종족을 사랑하도록 가르친다고 믿으며, 오직 이성만이 더 높은 덕을 지닌 존재에 따라 사람을 구별하게 만든다고 여긴다. 암컷 후이늠들은 수컷과 한 쌍의 자식, 곧 수컷 하나와 암컷 하나를 낳고 나면, 더 이상 짝과 관계를 맺지 않는다. 다만 드물게 사고로 자식을 잃었을 경우에는 다시 관계를 가진다. 또는 어떤 가정의 부인이 더 이상 아이를 낳을 수 없는 상태인데 비슷한 일이 생기면, 다른 한 쌍이 자기 새끼 가운데 하나를 그들에게 주고 자신들은 다시 짝을 이루어 자식을 낳는다. 이러한 신중함은 나라가 인구 과다로 부담을 지지 않도록 하기 위한 것이다. 그러나 하인으로 길러지는 열등한 후이늠들의 경우에는 이 규정이 그처럼 엄격하지 않다. 그들에게는 남녀 각각 세 마리씩 낳는 것이 허용되며, 이들은 귀족의 하인으로 쓰이게 된다.

후이늠들의 결혼에서는 혈통의 색이 불쾌하게 섞이지 않

도록 색의 조합을 매우 신중히 고려한다. 수컷에게는 주로 힘이, 암컷에게는 아름다움이 중시되는데, 이는 사랑 때문이 아니라 종족이 퇴화하는 것을 막기 위한 것이다. 따라서 암 컷이 힘에서 뛰어난 경우에는 균형을 맞추기 위해 외모가 더 뛰어난 짝을 선택하게 된다. 구애나 사랑, 선물, 지참금, 재 산 분배 같은 것은 그들의 생각 속에도 없고, 그것을 표현할 말조차 그들의 언어에는 존재하지 않는다. 젊은 남녀는 부모 와 친구들의 결정에 따라 만나 결합할 뿐이며, 이는 그들이 매일 보아온 일이기 때문에 이성적인 존재가 행해야 할 필수 적인 행동 가운데 하나로 여긴다. 결혼을 어기는 일이나 그 밖의 어떤 부정도 그들 사이에서는 전혀 들어본 적이 없으 며, 부부는 서로 질투하거나 집착하거나 다투거나 불만을 품 는 일 없이 같은 종족의 다른 존재들에게 보이는 것과 같은 우정과 상호적인 선의 속에서 평생을 함께 살아간다.

남녀를 막론하고 젊은이들을 교육하는 그들의 방식은 참 으로 훌륭하여 우리가 본받을 만한 가치가 크다. 그들은 열 여덟 살이 될 때까지 특정한 날을 제외하고는 귀리 한 톨도 맛보지 못하게 하며, 우유 역시 매우 가끔 마실 수 있다. 여 름에는 아침 두 시간, 저녁 두 시간 동안 풀을 뜯게 하는데, 부모들 역시 같은 규칙을 따른다. 그러나 하인들은 그 절반 의 시간만 허락되며, 그들의 먹이 중 상당 부분은 집으로 가 져와, 일을 방해하지 않는 가장 적절한 시간에 먹도록 한다. 절제, 근면, 운동, 청결은 남녀를 막론하고 모든 어린이에게 똑같이 가르치는 덕목이다.

나의 주인은, 우리가 가정 관리와 관련된 몇 가지를 제외하고는 여성들에게 남성과 다른 교육을 시키는 것을 괴상한 일로 여겼다. 그는 그로 인해 우리 사회의 절반이 단지 아이를 낳는 것 외에는 아무 쓸모도 없는 존재가 되어버렸다고 지적했다. 그리고 그런 무용한 존재들에게 아이들을 맡겨 기르게 하는 것은 더욱 큰 야만의 사례라고 말했다.

후이늠들은 젊은이들이 힘과 속도, 그리고 강인함을 기르도록 훈련시키는데, 가파른 언덕을 오르내리며 달리게 하고, 단단하고 돌이 많은 땅을 달리게 하는 운동을 통해 이를 이루게 한다. 그리고 온몸에 땀이 흠뻑 나면, 머리부터 몸 전체를 물속에 잠기도록 연못이나 강으로 뛰어들게 한다. 1년에 네 번, 일정한 지역의 젊은이들이 모여 달리기와 도약, 그밖의 힘과 민첩성을 겨루는 여러 기량을 선보인다. 여기에서 승리한 자는 그를 찬양하는 노래로 보상을 받는다. 이 축제에서는 하인들이 건초와 귀리, 우유를 실은 야후 떼를 들판으로 몰아와 후이늠들의 식사를 마련한다. 그리고 식사가 끝나면 이 짐승들이 집회에 불쾌함을 주지 않도록 즉시 다시 몰아낸다.

4년마다 춘분이 되면 나라 전체를 대표하는 회의가 열리는데, 이는 집에서 30킬로미터 떨어진 평야에서 열려 닷새에서 엿새 동안 계속된다. 이 자리에서는 각 지역의 상태와 상황을 살펴, 건초나 귀리, 소, 혹은 야후가 풍부한지 부족한지를 조사한다. 그리고 부족한 곳이 있으면(이는 매우 드문 일이지만) 만장일치의 동의와 분담을 통해 즉시 보충한다.

또한 회의에서는 자녀 수에 관한 조정도 이루어진다. 예를 들어 어떤 후이늠이 아들만 둘을 데리고 있다면, 딸 둘을 가진 다른 집과 교환한다. 또 어떤 사고로 자식을 잃었는데 그 어미가 더 이상 새끼를 낳을 수 없는 경우에는, 그 손실을 보충하기 위해 어느 가정이 새끼를 낳을 것인지가 그 지역에서 결정된다.

9장

후이늠들의 총회에서 큰 논쟁이 벌어지고, 그것이 어떻게 결정되었는지 서술하다. 후이늠들의 학문을 설명하다. 그들의 건축 양식을 묘사하고, 장례 방식을 소개하다. 그들의 언어적 결함을 지적하다.

이와 같은 총회 가운데 하나가 내가 그곳을 떠나기 석 달 전에 열렸다. 그때 나의 주인은 우리 지역을 대표하여 그 회의에 참석했다. 이 회의에서는 그들의 오래된 논쟁이 다시 다루어졌는데, 사실 그 나라에서 벌어진 유일한 논쟁이기도 했다. 주인은 돌아온 뒤 그 내용을 매우 상세하게 나에게 들려주었다.

논의의 주제는 '야후들을 지구상에서 완전히 없애야 하는가'였다. 찬성 측의 한 대표는 매우 강력하고 설득력 있는 여러 가지 논거를 제시하였다. 그는 야후들은 자연이 만들어낸 가장 더럽고, 해롭고, 흉측한 동물일 뿐만 아니라 가장 다루기 힘들고 길들이기 어려우며, 해악을 끼치고 악의에 찬 존재들이라고 말했다. 또한 그들은 몰래 후이늠들의 암소 젖을 빨아 먹고, 고양이를 죽여 먹으며, 끊임없이 감시하지 않으면 귀리와 풀을 짓밟아 망가뜨리고, 그 밖에도 이루 말할 수 없이 많은 해로운 짓을 저지른다고 주장했다. 그는 또 하나의 널리 퍼진 전승에 대해서도 언급했다. 야후들은 이 나라에 처음부터 존재했던 것이 아니라 오래전 언젠가 두 짐승이 산 위에 함께 나타났다고 한다. 그것들이 태양의 열로 썩은 진흙에서 생겨난 것인지 아니면 바다의 거품과 찌꺼기에서 비롯된 것인지는 아무도 알지 못한다. 그러나 이 야후들은 번식하였고, 그 새끼들은 얼마 지나지 않아 급속히 늘어나 나라 전체를 뒤덮고 해를 끼치게 되었다. 그래서 후이늠들은 이 재앙을 없애기 위해 대대적인 사냥을 벌였고, 마침내 모든 무리를 가두는 데 성공하였다. 그 가운데 늙은 것들은 모두 죽이고, 각 후이늠이 어린 것 두 마리씩을 우리에 넣어 기르며, 그 사나운 본성에도 불구하고 가능한 한 길들여 수레를 끌거나 짐을 나르는 데 사용하게 되었다. 그는 이 전승이 상당한 진실을 담고 있다고 보았으며, 이 짐승들이 이 땅의 토착 생물일 수는 없다고 주장했다. 후이늠뿐만 아니라 다른 모든 동물이 그들에게 보이는 극심한 혐오는, 비록 그들의 사악한 성질로 인해 충분히 설명될 수 있다고 해도, 만약 그들이 본래 이 땅의 종이었다면 그 정도에까지 이르지는 않았을 것이며, 그렇다면 이미 오래전에 멸종되었을 것이라고 했다. 또한 주민들이 야후를 부리는 데 흥미를 느낀 나머지, 훨씬 더 온순하고 다루기 쉬우며 불쾌한 냄새도 없는 당나귀를 기르는 일을 소홀히 한 것은 매우 어리석은 일이라고 덧붙였다. 당나귀는 비록 민첩성에서는 야후보다 못할지라도 힘도 충분히 세고 노동에도 적합하며, 그 울음소리가 듣기 좋지 않다고 해도 야후들의 끔찍한 울부짖음보다는 훨씬 낫다고 했다.

다른 대표들도 같은 취지의 의견을 밝혔다. 그때 나의 주인이 하나의 방안을 제안했는데, 사실 그것은 나의 생각이었다. 그는 앞서 발언한 대표가 언급한 전승에 동의하면서, 처음 이곳에서 발견되었다고 하는 두 야후는 바다를 건너 이곳으로 떠밀려 온 것이라고 주장했다. 그들은 육지에 도착한 뒤 동료들에게 버림받고 산속으로 숨어들었으며, 시간이 지나면서 점점 퇴화하여 본래 그들이 속해 있던 나라의 같은 종보다 훨씬 더 사나운 존재가 되었다는 것이다. 자신이 이러한 주장을 한 이유는, 현재 그가 한 마리의 기이한 야후(나를 가리킨다)를 소유하고 있기 때문이며, 그 존재에 대해서는 대부분이 이미 들어보았고, 많은 이가 실제로 보기도 했다고 말했다. 주인은 이어서 자신이 처음 나를 발견했을 때의 일을 이야기했다. 내 몸이 다른 동물들의 가죽과 털로 만든 인위적인 덮개로 온통 가려져 있었으며, 나만의 언어로 말하다가 그들의 언어도 완전히 익히게 되었다는 점, 그리고 내가 어떻게 그곳에 오게 되었는지에 대한 경위를 설명했다. 또 내가 그 덮개를 벗었을 때는 온몸의 모든 부분에서 정확히 야후와 다름없었고, 다만 피부가 더 희고 털이 적으며 발톱이 더 짧을 뿐이었다고 덧붙였다.

그는 또한 내가 내 나라와 다른 여러 나라에서는 야후들이 이성적인 지배자로서 행동하며, 후이늠들을 종처럼 부린다고 설득하려 했던 일도 전했다. 그리고 내게서 야후의 모든 특성이 보이지만 약간의 이성의 흔적 덕분에 조금 더 문명화된 것처럼 보일 뿐이며, 그 이성의 정도 역시 후이늠들에 비해 열등하고, 이는 그 나라의 야후들이 나보다 열등한 것과 비슷하다고 말했다.

또한 내가 여러 가지 풍습 가운데 하나로, 어린 후이늠들을 거세하여 더 온순하게 만든다는 이야기를 했다고 덧붙였다. 그 수술은 쉽고 안전하며, 개미에게서 근면함을 배우고 제비(그들이 부르는 '리한'이라는 새를 이렇게 번역했다)에게서 집 짓는 법을 배우듯, 짐승에게서 지혜를 배우는 것이 결코 부끄러운 일은 아니라는 점도 언급했다. 그리고 이러한 방법을 이곳의 어린 야후들에게 적용한다면, 그들을 더 다루기 쉽게 하고 유용하게 만들 뿐 아니라 생명을 직접 없애지 않고도 세대가 지나면서 그 종족 전체를 사라지게 할 수 있을 것이라고 주장했다. 그동안 후이늠들이 당나귀 번식을 장려하도록 권해야 하는데, 당나귀는 여러 면에서 더 유용한 동물일 뿐만 아니라 다섯 살이면 이미 일을 할 수 있는 반면, 야후는 열두 살이 되어야 비로소 쓸 수 있기 때문이라고 덧붙였다.

이것이 그때 나의 주인이 총회에서 있었던 일에 대해 들려준 전부였다. 그러나 그는 나 자신과 직접 관련된 한 가지 사항은 일부러 숨겼는데, 나는 곧 그 불행한 결과를 몸소 겪게 되었다. 독자는 적절한 대목에서 그것을 알게 될 것이며, 나는 바로 그 사건을 내 이후 모든 불행의 시작으로 여긴다.

후이늠들에게는 문자가 없기 때문에 그들의 지식은 모두 구전으로 전해진다. 그러나 이처럼 서로 잘 화합하고, 본성적으로 모든 덕을 지향하며, 오직 이성에 의해 다스려지고, 다른 나라와의 교류가 전혀 없는 사람들 사이에서는 중요한 사건 자체가 거의 일어나지 않기 때문에 역사 또한 기억에 큰 부담을 주지 않고 쉽게 보존될 수 있다. 나는 이미 그들이 어떤 질병에도 걸리지 않는다고 말한 바 있으며, 따라서 의사도 필요하지 않다. 다만 그들은 풀에서 얻은 재료로 만든 훌륭한 약을 가지고 있어, 날카로운 돌에 의해 발목이나 발굽에 생긴 상처나 타박상, 그리고 신체 여러 부위에 생긴 다른 상처와 손상을 치료하는 데 사용한다.

그들은 태양과 달의 운행에 따라 한 해를 계산하지만, 그것을 주 단위로 나누지는 않는다. 또한 두 천체의 움직임에 대해 충분히 이해하고 있으며, 일식과 월식의 원리도 알고 있다. 이것이 그들의 천문학이 도달한 최대한의 수준이다.

시(詩)에 있어서 그들은 다른 어떤 인간들보다도 뛰어나다고 인정하지 않을 수 없다. 그들의 비유는 정확하고, 묘사는 세밀하면서도 정교하여 실로 따라 하기 어려울 정도이다. 그들의 시는 이러한 특징을 풍부하게 지니고 있으며, 대개 우정과 자애에 대한 고귀한 사상이나 달리기와 같은 신체적 기량에서 승리한 이들에 대한 찬양을 담고 있다.

그들의 건축물은 비록 매우 소박하고 단순하지만 불편함은 없으며 추위와 더위를 막기에 충분하게 지어져 있다. 그들 나라에는 40년이 되면 뿌리가 약해져 첫 폭풍에 쓰러지는 나무가 있는데, 이 나무는 매우 곧게 자란다. 그들은 날카로운 돌로 이 나무를 말뚝처럼 뾰족하게 다듬어(후이늠들은 철을 사용하는 법을 모른다), 25센티미터 간격으로 땅에 세운 뒤,

그 사이를 귀리 짚이나 때로는 잔가지로 엮는다. 지붕과 문 역시 같은 방식으로 만든다.

후이늠들은 앞다리의 발목과 발굽 사이의 움푹한 부분을, 우리가 손을 쓰듯 사용하며, 그 솜씨는 내가 처음에 상상했던 것보다 훨씬 더 뛰어나다. 우리 집의 흰 암말 한 마리가 그 부분으로 바늘에 실을 꿰는 것을 직접 본 적도 있다. 그들은 같은 방식으로 소의 젖을 짜고, 귀리를 거두며, 손이 필요한 모든 일을 처리한다. 또한 단단한 부싯돌 같은 것을 가지고 있는데, 이를 다른 돌에 갈아 쐐기, 도끼, 망치 대신 사용할 도구로 만든다. 이러한 돌 도구로 건초를 베고, 여러 들판에 자연스럽게 자라는 귀리를 수확한다. 야후들은 이 곡식 단을 수레에 실어 나르고, 하인들은 지붕이 있는 헛간에서 그것을 밟아 낟알을 털어낸 뒤 저장해둔다. 그들은 거친 형태의 토기와 목기를 만들며, 토기는 햇볕에 말려 굳힌다.

후이늠들은 특별한 사고가 없는 한 오직 나이가 들어 죽을 뿐이며, 가능한 한 가장 눈에 띄지 않는 장소에 묻힌다. 그들의 친구나 친척들은 그 죽음을 두고 기쁨이나 슬픔을 표현하지 않으며, 죽어가는 당사자 역시 이 세상을 떠나는 데 대해 아무런 아쉬움도 보이지 않는다. 이는 마치 이웃을 방문했다가 집으로 돌아가는 것과 다르지 않다.

한번은 내 주인이 어떤 중요한 일로 친구와 그의 가족을 집으로 초대했던 일을 기억한다. 약속한 날에 그 친구의 아내와 두 아이가 매우 늦게 도착했는데, 그녀는 두 가지 이유를 들었다. 첫째는 남편에 대한 것이었는데, 그날 아침에 '슈눔'했다는 것이었다. 이 말은 그들의 언어에서 매우 강한 의미를 지니지만 영어로 옮기기 어렵다. 말하자면 '최초의 어머니에게 돌아가다'라는 뜻이다. 둘째로 늦은 이유는, 남편이 아침 늦게 세상을 떠났기 때문에 그의 시신을 어디에 묻는 것이 좋을지 하인들과 한동안 상의하느라 시간이 걸렸다는 것이었다. 나는 그녀가 우리 집에 머무는 동안 다른 사람들과 마찬가지로 매우 태연하고 밝게 행동하는 것을 보았다. 그리고 그녀 역시 석 달 뒤에 세상을 떠났다.

후이늠들은 보통 일흔에서 일흔다섯 살까지 살며, 여든 살까지 사는 경우는 드물다. 죽기 몇 주 전부터 점차 기력이 쇠하는 것을 느끼지만 고통은 전혀 없다. 이 기간에는 평소처럼 자유롭게 돌아다닐 수 없기 때문에 친구들이 자주 찾아온다. 그러나 죽기 약 열흘 전쯤이 되면(그들은 이 시기를 거의 정확히 계산해낸다), 가까운 이웃들이 자신을 찾아왔던 것에 대한 답례로 그들을 방문한다. 이때는 야후들이 끄는 썰매에 실려 이동하는데, 이 썰매는 이러한 경우뿐만 아니라 노쇠했을 때 먼 거리를 이동하거나 사고로 다쳤을 때도 사용된다. 죽음을 앞둔 후이늠들은 이렇게 친구들을 방문하여 작별 인사를 하는데, 마치 나라의 먼 곳으로 떠나 여생을 보내려는 사람처럼 담담하게 이별을 고한다.

후이늠들의 언어에는 '악'을 직접적으로 표현하는 말이 전혀 없으며, 오직 야후들의 추악함이나 나쁜 성질에서 빌려와 그것을 나타낸다. 그래서 하인의 어리석음, 아이의 실수, 발을 베는 돌, 계속되는 궂은 날씨와 같은 것들을 표현할 때도 각각의 말에 '야후'라는 수식어를 덧붙인다. 예를 들어, '흐넘 야후', '후나홀름 야후', '인름드위힐마 야후', 그리고 형편없이 지어진 집은 '인홀름흐넘로흘누 야후'라고 한다.

이 훌륭한 종족의 풍습과 덕성에 대해 더 길게 이야기하고 싶은 마음이 크지만, 가까운 시일 내에 그 주제만을 다룬 책을 따로 출판할 예정이므로 독자들은 그 책을 참고하도록 하고, 이제는 나의 비극적인 결말에 대해 이야기하려 한다.

10장

저자의 절약적인 생활과 후이늠들 사이에서의 행복한 삶을 서술하다. 후이늠들과의 교류를 통해 저자의 덕성이 크게 향상되다. 그들의 대화를 묘사하다. 주인이 저자에게 그 나라를 떠나야 한다는 통지를 내리다. 저자가 슬픔으로 기절했다가 결국 이를 받아들이다. 저자가 동료 하인의 도움으로 카누를 고안하고 완성하여, 모험 삼아 바다로 나아가다.

나는 내 생활을 스스로 매우 만족스럽게 꾸려나가고 있었다. 주인은 집에서 50미터 떨어진 곳에 그들의 방식대로 방 하나를 지어주었는데, 나는 그 벽과 바닥을 진흙으로 바르고, 내가 고안한 갈대 돗자리로 덮었다. 들에서 자라는 삼을 두드려 솜처럼 만든 뒤에 그것으로 거친 천을 만들고, 야후의 털로 만든 올무로 잡은 여러 새의 깃털을 채워 훌륭한 침구를 만들었다. 그 새들은 먹기에도 아주 좋았다. 나는 칼을 이용해 의자 두 개를 만들었고, 힘이 많이 드는 작업은 붉은 말이 도와주었다. 옷이 다 해지자 토끼 가죽과 '누노'라 불리는, 크기가 비슷하고 아름다운 동물의 가죽으로 새 옷을 만들었는데, 그 가죽에는 부드러운 솜털이 덮여 있었다. 그것으로 꽤 쓸 만한 양말도 만들었다. 신발 밑창은 나무를 깎아 만들어 윗부분에 맞추었고, 그것이 닳으면 햇볕에 말린 야후 가죽으로 대신했다. 나는 종종 속이 빈 나무에서 꿀을 얻어 물에 타 마시거나 빵과 함께 먹기도 했다.

어떤 사람도 다음 두 격언의 진실을 나만큼 잘 증명할 수는 없을 것이다. "인간의 욕구는 매우 쉽게 만족된다." 그리고 "필요는 발명의 어머니이다."

나는 몸의 완전한 건강과 마음의 평온을 누리고 있었다. 친구의 배신이나 변덕을 겪을 일도 없었고, 은밀하거나 노골적인 적의 해를 입을 일도 없었다. 어떤 권력자나 그 측근의 환심을 사기 위해 뇌물을 주거나 아첨하거나 비열한 일을 할 필요도 없었다. 사기나 억압으로부터 자신을 지킬 방책도 필요 없었다. 그곳에는 내 몸을 망치는 의사도, 내 재산을 파탄내는 변호사도 없었다. 내 말과 행동을 엿보거나 돈을 받고 허위 고발을 해대는 밀고자도 없었다. 비웃는 자, 헐뜯는 자, 중상모략하는 자, 소매치기, 노상강도, 절도범, 변호사, 포주, 광대, 도박꾼, 정치가, 재치 있는 체하는 자, 음울한 자, 장황하게 떠드는 자, 논쟁꾼, 강간범, 살인자, 강도, 허세 부리는 수집가도 없었다. 당파와 파벌의 지도자나 추종자도 없었고, 유혹이나 본보기로 악을 조장하는 자도 없었다. 감옥도, 도끼도, 교수대도, 채찍도, 형틀도 없었다. 사기 치는 상인이나 기술자도 없었고, 교만, 허영, 허세도 없었다. 멋 부리는 자, 불량배, 술주정뱅이, 떠돌이 창녀, 성병도 없었다. 방탕하고

사치스러운 아내도 없었고, 어리석고 교만한 학자도 없었다. 또한 성가시고 거만하며 다투기 좋아하고 시끄럽고 떠들며 속 빈 자만심에 가득 차 욕설을 일삼는 동료들도 없었다. 악행으로 출세한 악당도, 덕 때문에 몰락한 귀족도 없었다. 그리고 귀족, 악사, 판사, 무용 교사 같은 존재들도 없었다.

나는 주인을 찾아오거나 함께 식사하러 온 여러 후이늠과 만나는 영광을 누렸다. 주인은 나에게 방 안에 머물며 그들의 대화를 듣도록 허락해주었다. 주인과 그의 손님들은 종종 나에게 질문을 던지고 내 대답을 들으려 했다. 나는 때때로 주인을 따라 다른 곳을 방문하기도 했다. 내가 먼저 말을 꺼내는 일은 감히 하지 않았고, 질문을 받을 때만 대답했지만 그러면서도 속으로는 아쉬워했다. 대답하는 것이 그들을 관찰하면서 나 자신을 향상시키는 데 쓸 수 있는 시간을 빼앗는 일이기 때문이었다. 나는 이러한 대화에서 겸손한 청자로 머무르는 것에 더없이 큰 기쁨을 느꼈다. 그 자리에서는 유익한 말만 오갔고, 그들의 대화는 가장 적은 말로 가장 의미 있게 표현되었다.

앞서 말했듯이 그들 사이에는 형식적인 의례는 전혀 없으면서도 최고의 예의가 지켜졌고, 누구도 스스로 즐겁지 않은 말은 하지 않았으며, 동시에 다른 이들을 기쁘게 하지 않는 말도 없었다. 그곳에는 끼어들기나 장황함, 감정적인 격앙, 의견의 충돌 같은 것이 전혀 존재하지 않았다. 그들이 함께 모였을 때 잠깐의 침묵이 대화를 훨씬 풍부하게 만든다고 생각했고, 나는 이것이 사실임을 깨달았다. 짧은 침묵 동안 새로운 생각들이 떠올라 대화를 더욱 생기 있게 만들기 때문이었다. 그들의 대화 주제는 대체로 우정과 자애, 질서와 생활의 절제에 관한 것이며, 때로는 자연의 눈에 보이는 작용이나 옛 전승, 덕의 범위와 한계, 이성의 확고한 법칙, 또는 다음 총회에서 내려야 할 결정들에 관한 것이었다. 또한 시의 다양한 장점들에 대해서도 자주 이야기했다.

나는 자만하지 않고 말할 수 있는데, 나의 존재 또한 종종 그들에게 충분한 대화거리를 제공했다. 내 주인이 나와 내 나라의 이야기를 친구들에게 들려주었기 때문이다. 그들은 그 이야기를 바탕으로 인간에 대해 그다지 유리하지 않은 방식으로 논평하곤 했다. 그들이 한 말을 여기서 되풀이하지는 않겠지만 한 가지는 말할 수 있다. 내 주인은 놀랍게도 나 자신보다도 야후의 본성을 훨씬 더 잘 이해하고 있는 듯 보였다. 그는 우리의 모든 악덕과 어리석음을 하나하나 짚어냈으며, 내가 미처 말하지 않았던 많은 것들까지도 밝혀냈다. 이는 단지 그들 나라의 야후가 약간의 이성을 갖게 된다면 어떤 성질을 드러낼 수 있을지를 가정해보는 것만으로도 충분했다. 그리고 주인은 그와 같은 존재가 얼마나 비열하고 비참한 존재가 될 수밖에 없는지를, 지나칠 만큼 설득력 있게 결론지었다.

기꺼이 고백하건대, 내가 가진 가치 있는 지식의 대부분은 주인에게서 받은 가르침과, 그와 친구들이 하는 대화를 들으며 얻은 것이다. 나는 유럽에서 가장 위대하고 지혜로운 회의에서 직접 연설하는 것보다 후이늠들의 대화를 듣는 편이 훨씬 더 자랑스럽다고 생각한다. 나는 이 나라 사람들의 힘과 아름다움, 그리고 빠른 움직임에 감탄했으며, 이처럼 사랑스러운 존재들에게 깃든 수많은 덕목의 집합은 내 마음에 최고의 경외심을 불러일으켰다. 처음에는 야후들과 다른 동물들이 그들에게 느끼는 것과 같은 본능적인 두려움을 느끼지 못했지만 그것은 예상보다 훨씬 빠르게 점차 생겨났고, 나를 다른 동족과 구별해 대해주는 그들의 호의에 대한 존경 어린 사랑과 감사의 마음과 뒤섞이게 되었다.

나는 가족과 친구들, 그리고 조국 사람들, 나아가 인류 전체를 떠올릴 때마다 그들을 있는 그대로, 모양과 성질에 있어 야후들로 보게 되었다. 다만 조금 더 문명화되어 있고 말하는 능력을 지녔을 뿐이며, 이성은 오직 그들의 악덕을 더욱 정교하게 만들고 늘리는 데 쓰일 뿐이었다. 반면 이 나라의 야후들은 자연이 허락한 범위 안에서만 그러한 악을 지니고 있었다. 연못이나 샘물에 비친 내 모습을 보게 될 때면 나는 공포와 혐오에 사로잡혀 얼굴을 돌려버렸고, 차라리 평범한 야후를 보는 것이 나 자신의 모습을 보는 것보다 더 견딜 만했다.

나는 후이늠들과 교류하며 그들을 기쁘게 바라보는 동안 그들의 걸음걸이와 몸짓을 따라 하게 되었고, 그것이 이제는 습관이 되어버렸다. 그래서 지금도 영국의 내 친구들은 종종 직설적으로 내가 말처럼 걷는다고 말하곤 하는데, 나는 그것을 큰 칭찬으로 받아들인다. 또한 나는 여전히 말할 때 무의식적으로 후이늠들의 억양과 방식을 따라 하는데, 그 때문에 사람들이 나를 비웃어도 전혀 수치심을 느끼지 않는다.

이 모든 행복 속에서, 그리고 내가 이제 평생을 이곳에 정착하게 되었다고 여길 즈음, 어느 날 아침 평소보다 조금 이른 시간에 주인이 나를 불렀다. 나는 그의 얼굴빛에서 어떤 곤혹스러움과 말을 꺼내기 어려워하는 기색을 읽을 수 있었다. 잠시 침묵이 흐른 뒤, 그는 이렇게 말했다.

"내가 지금 하려는 말을 네가 어떻게 받아들일지 알 수 없구나. 지난번 총회에서 야후 문제를 논의할 때, 대표들은 내가 한 야후를 집에 두고 있는 것에 대해 불쾌감을 표했다. 그것도 짐승이라기보다 후이늠에 더 가까운 존재로 대하고 있다는 점에서 말이다. 내가 자주 너와 대화를 나누며, 네 존재에서 어떤 이익이나 즐거움을 얻는 듯 보이는 것도 그들에게는 납득되지 않는 일이었다. 그런 행위는 이성이나 자연에 어긋나는 것이며, 그들 사이에서는 전례가 없는 일이기 때문이다.

그래서 그들은 나에게 두 가지 가운데 하나를 택하라고 권고했다. 하나는 너를 다른 야후들과 마찬가지로 부리는 것이었고, 다른 하나는 네가 온 곳으로 다시 헤엄쳐 돌아가게 하는 것이었다. 그러나 첫 번째 방안은 나의 집이나 다른 이들의 집에서 너를 본 적 있는 모든 후이늠들이 전적으로 반대하였다. 그들은 네가 이성의 싹을 조금이나마 지니고 있으면서도 야후 본래의 사악한 성질을 함께 가지고 있기 때문에, 숲이나 산으로 들어가서 다른 야후들을 유혹하여 밤에 떼를 지어 돌아와 후이늠들의 가축을 해칠지도 모른다고 두려워했다. 야후들은 본래 탐욕스럽고 노동을 싫어하는 성질을 지니고 있기 때문이다."

주인은 이어서 이렇게 덧붙였다.

"이웃에 사는 후이늠들도 날마다 나에게 총회의 결정을 실행하라고 재촉하고 있어 더 이상 이를 미룰 수 없는 상황이다. 네가 다른 나라까지 헤엄쳐 가는 것은 불가능할 것이라 생각한다. 그러니 네가 내게 설명해주었던 것과 같은 종류의 탈것을 스스로 만들어, 바다를 건너갈 방법을 마련해보기를 바란다. 그 일을 하는 데는 나의 하인들뿐 아니라 이웃들의 하인들도 너를 도울 것이다. 나로서는, 네가 살아 있는 동안 내 곁에 두고 싶었다. 너 스스로도 알다시피 너는 후이늠들을 본받으려 노력하면서, 비록 너의 열등한 본성이 허락하는 범위 안에서나마 여러 나쁜 습성과 성향을 고쳐나가고 있었기 때문이다.”

여기서 나는 독자에게 한 가지 덧붙여 설명할 필요가 있다. 이 나라에서 총회의 결정은 ‘흐늘로아인’이라는 말로 표현되는데, 내가 보기에는 ‘권고’ 또는 ‘권유’라는 뜻에 가장 가깝다. 왜냐하면 그들은 이성적인 존재가 강제로 어떤 일을 하게 된다는 개념 자체를 이해하지 못하고, 오직 조언하거나 권고하는 것만을 생각하기 때문이다. 그들에게는 이성에 따르지 않는다는 것은 곧 스스로 이성적인 존재로서의 자격을 포기하는 것과 같기 때문이다.

나는 주인의 말을 듣고 극도의 슬픔과 절망에 사로잡혔다. 그 고통을 도저히 견딜 수 없어 그의 발치에 쓰러져 기절하고 말았다. 정신을 차렸을 때, 그는 내가 죽은 줄 알았다고 말했다. 이 나라 후이늠들은 그런 식의 신체적 쇠약을 겪는 일이 없기 때문이었다. 나는 힘없이 이렇게 대답했다.

“차라리 죽는 것이 더 큰 행복이었을 것입니다. 총회의 권고나 이웃들의 재촉을 탓할 수는 없지만, 제 미약하고 타락

한 판단으로는, 이성이 좀 더 관대한 결정을 내릴 수도 있었으리라 생각합니다. 저는 400미터도 헤엄칠 수 없으며, 아마 가장 가까운 육지조차도 이곳에서 40킬로미터 이상 떨어져 있을 것입니다. 또 이 나라에는 제가 떠날 배를 만드는 데 필요한 재료도 거의 없습니다. 그럼에도 불구하고 주인님께 대한 복종과 감사의 마음으로 시도는 해보겠지만, 그것이 불가능하리라는 것을 잘 알고 있습니다. 그러니 저는 이미 파멸에 처해 있다고 생각합니다. 그러나 확실한 죽음에 대한 전망조차 제게는 가장 큰 불행이 아닙니다. 설령 어떤 기적 같은 일로 살아남는다 해도, 다시 야후들 사이에서 살아가며, 저를 덕의 길로 이끌어줄 본보기가 없는 가운데 예전의 타락으로 되돌아가야 한다면, 제가 그 삶을 어떻게 평온한 마음으로 견딜 수 있겠습니까?"

나는 또한, 현명한 후이늠들의 모든 결정이 얼마나 확고한 이성 위에 세워져 있는지 너무도 잘 알고 있었기 때문에, 비참한 야후에 불과한 내가 무슨 논리로 그것을 흔들 수 있겠는가를 깨닫고 있었다. 그래서 나는 그의 하인들을 시켜 배를 만드는 일을 돕게 하겠다는 제안에 대해 깊이 감사의 뜻을 표하고, 그처럼 어려운 작업을 위해 어느 정도의 시간을 허락해달라고 부탁했다. 그리고 나는 이 비참한 생명을 어떻게든 보존해보겠다고 말하면서, 만약 내가 다시 영국으로 돌아갈 수 있다면 저명한 후이늠들의 덕을 찬양하고 그것을 인류가 본받아야 할 본보기로 제시하여 나의 동족에게 조금이나마 도움이 되기를 바란다는 희망을 덧붙였다.

주인은 짧은 말로 매우 자애로운 답을 해주었다. 그는 내가 배를 완성할 수 있도록 두 달의 시간을 허락했으며, 내 동료 하인(이제는 감히 그렇게 부를 수 있을 것이다)인 붉은 말에게 내 지시에 따르도록 명했다. 이는 내가 주인에게 그의 도움만으로도 충분하며, 그가 나를 친절히 대해준다는 것을 알고 있다고 말했기 때문이었다.

붉은 말과 함께 내가 가장 먼저 한 일은 반란을 일으킨 선원들이 나를 내려놓았던 해안으로 가는 것이었다. 높은 곳에 올라 사방의 바다를 살펴보니 북동쪽 방향으로 작은 섬 하나가 보이는 듯했다. 나는 망원경을 꺼내어 그것을 들여다보았고, 24킬로미터 정도 떨어진 곳에 섬이 있는 것을 분명히 확인할 수 있었다. 그러나 붉은 말의 눈에는 그것이 그저 푸른 구름처럼 보였을 뿐이었다. 그는 자기 나라 밖에 다른 땅이 있다는 개념 자체가 없었기 때문에, 바다에서 먼 물체를 구별하는 데 있어서 우리처럼 익숙하지 않았던 것이다. 섬을 발견한 뒤, 나는 더 이상 다른 선택을 고민하지 않았다. 가능하다면 그곳을 나의 첫 번째 유배지로 삼겠다고 결심하고, 그 이후의 일은 운명에 맡기기로 했다.

나는 집으로 돌아와 붉은 말과 상의한 뒤, 조금 떨어진 숲으로 들어갔다. 그곳에서 나는 칼을 사용하고, 그는 나무 손잡이에 그들 방식대로 정교하게 고정한 날카로운 부싯돌을 사용하여, 지팡이 정도 굵기의 참나무 가지 여러 개와 그보다 더 굵은 목재를 베어냈다. 하지만 제작 과정을 일일이 자세히 설명하여 독자를 번거롭게 하지는 않겠다. 다만 말하자면, 가장 힘든 작업을 맡아준 붉은 말의 도움으로, 나는 6주 만에 일종의 인디언 카누를 완성했다. 그것은 보통 것보다 훨씬 컸으며, 야후 가죽을 이어 꿰매 덮었고, 그 실은 내가 직접 뽑은 삼실을 사용했다. 돛 역시 야후 가죽으로 만들었는데, 나이가 어린 야후의 가죽을 골라 사용했다. 오래된 것은 너무 질기고 두꺼웠기 때문이다. 또한 나는 노 네 개를 준비했다. 토끼와 새 고기를 삶아 비축해두었고, 우유를 담은 그릇 하나와 물을 담은 그릇 하나를 함께 챙겼다.

나는 주인의 집 근처에 있는 큰 연못에서 카누를 시험해보았고, 잘못된 부분은 모두 고쳤다. 틈새마다 야후 기름을 발라 막아 물이 새지 않고 나와 짐을 충분히 견딜 수 있도록 만들었다. 가능한 한 완벽하게 준비가 끝난 뒤에는 붉은 말과 다른 하인의 인솔 아래 야후들에게 그것을 수레에 실어 조심스럽게 바닷가까지 옮기게 했다.

모든 준비가 끝나고 떠날 날이 되자 나는 눈물을 흘리며 깊은 슬픔에 잠긴 채 주인과 안주인, 그리고 온 가족에게 작별 인사를 했다. 그러나 주인은 호기심에서, 어쩌면 약간의 호의에서(이는 절대 나의 허영이 아니다), 내가 카누를 타고 떠나는 모습을 직접 보고 싶어 했고, 몇몇 친구들도 함께 데리고 왔다. 나는 밀물이 들어오기를 한 시간 넘게 기다리다가 마침내 바람이 내가 향하려던 섬 쪽으로 유리하게 불어오는 것을 확인한 뒤, 다시 한번 주인에게 작별을 고했다. 나는 주인의 발굽에 엎드려 입을 맞추려 했으나 그가 나에게 영광을 베풀어 발굽을 부드럽게 들어 내 입에 갖다 대주었다.

이 마지막 장면을 언급한 일로 내가 많은 비난을 받아왔음을 알고 있다. 나를 비판하는 이들은, 그처럼 고귀한 존재가 나처럼 보잘것없는 존재에게 그러한 특별한 호의를 베풀었다는 것을 믿기 어렵다고 여긴다. 또한 일부 여행자들이 자신이 받은 특별한 대우를 과장하여 자랑하는 경향이 있다는 점도 잘 알고 있다. 그러나 이처럼 비판하는 자들이 후이늠들의 고귀하고 예의 바른 성품을 제대로 이해한다면 곧 생각을 바꾸게 될 것이다.

나는 주인과 함께 온 다른 후이늠들에게도 예를 갖추어 인사한 뒤, 카누에 올라 해안에서 밀어내어 바다로 나아갔다.

11장

저자의 위험한 항해를 서술하다. 저자가 그곳에 정착할 희망을 품고 뉴홀랜드에 도착하다. 원주민 중 한 사람에게 화살을 맞아 부상을 입다. 저자가 붙잡혀 강제로 포르투갈 배에 실려 가다. 선장이 큰 호의를 베풀다. 저자가 마침내 영국에 도착하다.

나는 1715년 2월 15일 아침 9시에 이 절망적인 항해를 시작했다. 바람은 매우 순조로웠고 처음에는 노만 사용했다. 그러나 곧 지치게 될 것을 생각하고, 또 바람의 방향이 바뀔 수도 있음을 고려하여 작은 돛을 올리기로 했다. 이렇게 조류의 도움까지 더해져, 나는 대략 한 시간에 7킬로미터 정도 속도로 나아갔다고 짐작한다. 주인과 그의 친구들은 내가 거의 보이지 않을 때까지 해안에 남아 있었고, 언제나 나를 아껴주던 붉은 말이 "흐누이 일라 니하 마이아 야후."라고 외치는 소리를 여러 번 들었는데, 이는 "몸조심하라, 착한 야후여."라는 뜻이었다.

내 계획은 가능하다면 사람이 살지 않는 작은 섬 하나를 찾아내는 것이었다. 그곳이 비록 작더라도 내 노동으로 생필품을 마련할 수 있다면 충분하다고 생각했다. 그런 삶이 유럽에서 가장 세련된 궁정의 재상이 되는 것보다도 훨씬 더 행복할 거라고 생각했기 때문이다. 그만큼 나는 다시 야후들의 사회 속으로 돌아가 그들의 지배 아래 살아간다는 생각을 끔찍하게 여겼다. 내가 바라는 그러한 고독 속에서는 적어도 내 생각을 마음껏 누릴 수 있고, 흉내 낼 수 없는 후이늠들의 덕을 기쁘게 되새기며 살 수 있기 때문이었다. 그리고 그곳에서는 내 종족의 악덕과 타락으로 다시 빠져들 위험도 없을 것이었다.

독자는 아마 내가 선원들의 반란으로 선실에 감금되었던 일과, 우리가 어떤 항로를 따라가고 있는지 전혀 알지 못한 채 몇 주를 지냈던 일을 기억할 것이다. 그리고 내가 작은 배에 실려 해안에 버려졌을 때, 선원들이 욕설까지 섞어가며 자신들도 지금 세계의 어느 곳에 있는지 모른다고 말했던 것도 떠올릴 것이다. 그러나 나는 그때 우리가 희망봉 남쪽 약 10도, 즉 남위 45도 부근에 있다고 믿고 있었다. 이는 그들이 마다가스카르로 향하는 항해 중에 나눈 말을 어렴풋이 엿들어 추측한 것이었다. 비록 이것이 거의 짐작에 불과했지만 나는 동쪽으로 항로를 잡기로 결심했다. 그리하여 뉴홀랜드 남서 해안에 도달하거나 혹은 그 서쪽 어딘가에 내가 바라던 작은 섬을 발견할 수 있기를 희망했다.

바람은 서쪽에서 불어왔고, 저녁 6시쯤 되었을 때 나는 동쪽으로 적어도 86킬로미터는 나아갔다고 짐작했다. 그때 2.4킬로미터 거리 앞에 아주 작은 섬 하나가 보였고, 나는 곧 그곳에 도착했다. 그 섬은 폭풍에 의해 자연스럽게 아치 모양으로 깎인 한 개의 작은 만을 가진 바위 덩어리에 불과했다. 그곳에 카누를 대고 바위 위로 올라가보니 동쪽으로 남에서 북까지 이어진 육지가 분명히 보였다. 나는 그날 밤을 카누에서 보낸 뒤, 다음 날 아침 일찍 다시 항해를 시작했고, 일곱 시간 만에 뉴홀랜드의 남동쪽 끝에 도착했다. 이로써 나는 오래전부터 품고 있던 생각이 옳았음을 확신하게 되었다. 지도와 해도들이 이 나라를 실제보다 최소 3도 이상 동쪽에 잘못 표시하고 있었다. 나는 이 견해를 몇 해 전에 나의 존경하는 친구 허먼 몰 씨에게도 전하며 그 근거를 설명했지만 그는 다른 저자들의 의견을 따랐다.

내가 상륙한 곳에서는 사람의 흔적을 전혀 볼 수 없었고, 나는 무장도 하지 않은 상태였기 때문에 감히 멀리 안쪽으로 들어갈 수 없었다. 해안에서 조개류를 발견해 날것으로 먹었는데, 불을 피웠다가 원주민들에게 들킬까 두려웠기 때문이다. 나는 사흘 동안 굴과 삿갓조개를 먹으며 가져온 식량을 아끼려 했다. 다행히도 맑은 시냇물을 발견하여 큰 도움을 받을 수 있었다.

나흘째 되는 날, 나는 아침 일찍 조금 멀리까지 나아갔다가 450미터도 채 떨어지지 않은 언덕 위에서 20~30명쯤 되는 원주민들을 보게 되었다. 그들은 남자와 여자, 아이들까지 모두 벌거벗은 채였으며, 연기를 보고 알 수 있듯이 불 주위에 모여 있었다. 그들 중 한 사람이 나를 발견하고 다른 이들에게 알렸고, 다섯 명이 여자와 아이들을 불가에 남겨둔 채 나를 향해 다가왔다. 나는 서둘러 해안으로 달려가 카누에 올라타고 밀어내어 바다로 나아갔다. 내가 도망치는 것을 보고 그들이 뒤쫓아 왔고, 내가 충분히 멀리 나가기 전에 화살을 쏘아 내 왼쪽 무릎 안쪽 깊숙이 맞혔다. 그 상처의 흔적은 평생 남을 것이다. 나는 그 화살에 독이 묻어 있을까 두려웠지만 온 힘을 다해 그들의 사정거리 밖으로 노를 저었다. 바다가 잔잔했다. 상처를 빨아내고 내가 할 수 있는 한 최대한으로 치료했다.

이제 나는 어떻게 해야 할지 몰라 난처했다. 같은 곳으로 돌아갈 엄두가 나지 않아 북쪽으로 방향을 잡고 노를 저어야 했다. 바람은 매우 약했지만 북서쪽에서 불어와 나아가는 데 방해가 되었다. 안전하게 상륙할 곳을 찾으며 주위를 살피던 중 북북동쪽에서 돛단배 하나를 발견했고, 시간이 지날수록 점점 또렷이 보였다. 나는 그들을 기다릴지 말지 한동안 망설였으나, 결국 야후라는 종족에 대한 혐오감이 더 크게 작용했다. 그래서 카누의 방향을 돌려 남쪽으로 노와 돛을 함께 사용해 나아갔고, 아침에 출발했던 바로 그 만으로 되돌아왔다. 나는 유럽의 야후들과 함께 사느니 차라리 이 야만인들 사이에서 살아가는 편을 택했다.

나는 카누를 가능한 한 해안 가까이에 끌어 올리고, 이미 말했듯이 맑은 물이 흐르던 작은 시냇가 근처의 바위 뒤에 몸을 숨겼다. 그 배는 이 만에서 2.4킬로미터쯤 되는 곳까지 다가왔고, 담수를 얻기 위해 작은 보트를 내려보냈다. 이곳은 그들에게 잘 알려진 장소였던 듯하다. 그러나 나는 보트가 거의 해안에 닿을 때까지 그것을 알아차리지 못했고, 그때는 이미 다른 은신처를 찾기에는 늦은 뒤였다. 상륙한 선원들은 내 카누를 발견하고 샅샅이 뒤져본 끝에, 그 주인이 멀리 있지 않을 것이라고 쉽게 짐작했다. 무장을 한 네 사람이 모든 틈과 숨을 만한 곳을 뒤지다가 마침내 바위 뒤에 엎드려 있던 나를 발견했다. 그들은 한동안 내가 입고 있는 기묘하고도 괴상한 옷차림을 신기하게 바라보았다. 짐승 가죽으로 만든 겉옷, 나무 밑창의 신발, 털로 된 양말을 보고, 이곳 원주민들이 모두 벌거벗고 다닌다는 점에서 내가 이 땅의 사람이 아님을 알아차렸다. 그중 한 선원이 포르투갈어로 일어나라고 말하며 내가 누구인지 물었다. 나는 그 언어를 아주 잘 이해하고 있었기에 자리에서 일어나 이렇게 말했다.

"나는 후이늠들에게서 추방당한 불쌍한 야후입니다. 부디 저를 떠나게 해주십시오."

그들은 내가 자기들의 언어로 대답하는 것을 듣고 놀랐으며, 내 피부색으로 보아 내가 유럽인임을 알아차렸다. 그러나 내가 말한 '야후'와 '후이늠'이 무엇을 의미하는지는 전혀 이해하지 못했다. 동시에 내가 말할 때 이상한 억양이 말의 울음소리처럼 들렸기 때문에 크게 웃음을 터뜨렸다. 나는 두려움과 혐오 사이에서 온몸을 떨고 있었다. 다시 한번 떠나게 해달라고 부탁하며 카누 쪽으로 조심스럽게 움직이려 했지만 그들은 나를 붙잡고 어느 나라 사람인지, 어디서 왔는지를 비롯해 여러 가지를 물었다. 나는 영국에서 태어났으며, 약 5년 전에 그곳을 떠났고 당시에는 우리나라와 당신들의 나라가 서로 평화로운 상태였기 때문에 나를 적으로 대하지 말라고 말했다. 나는 당신들에게 해를 끼칠 생각이 전혀 없으며 단지 남은 불행한 삶을 보낼 외딴 곳을 찾아 헤매는 가련한 야후일 뿐이라고 대답했다.

그들이 서로 이야기를 나누기 시작했을 때, 나는 그보다 더 부자연스러운 것을 본 적도, 들은 적도 없다고 느꼈다. 그 것은 마치 영국에서 개나 소가 말을 하거나 후이늠의 나라에서 야후가 말하는 것만큼이나 기괴하게 느껴졌다. 반면 정직한 포르투갈 선원들은 나의 이상한 복장과 기묘한 말투에 똑같이 놀랐지만 내 말을 이해하는 데는 전혀 어려움이 없었다. 그들은 매우 친절하게 나를 대하며 이렇게 말했다.

"선장이 분명히 당신을 무료로 리스본까지 데려다줄 것입니다. 거기서 당신의 나라로 돌아갈 수 있을 겁니다. 선원 두명이 배로 돌아가 우리가 본 것을 선장에게 알리고 지시를 받아오겠습니다. 그동안 당신이 도망치지 않겠다는 엄숙한 맹세를 하지 않는다면 우리는 어쩔 수 없이 당신을 묶어둘 수밖에 없습니다."

나는 그들의 제안에 따르는 것이 가장 좋다고 생각했다. 그들은 내 사정을 몹시 궁금해했지만 나는 거의 아무것도 말해주지 않았고, 그들은 모두 내가 겪은 불행 때문에 정신이 온전하지 못하다고 짐작했다. 두 시간이 지나자 물통을 가득 싣고 갔던 보트가 돌아왔고, 선장은 나를 배로 데려오라고 명령했다. 나는 자유를 달라고 무릎을 꿇고 간청했지만 아무 소용도 없었다. 선원들은 나를 밧줄로 묶어 보트에 실었고, 그곳에서 다시 큰 배로 옮긴 뒤 선장의 선실로 데려갔다.

선장의 이름은 페드로 데 멘데스였으며, 매우 정중하고 관대한 사람이었다. 그는 나에게 내 사정을 이야기해보라고 권하며, 무엇을 먹고 마시고 싶은지도 물었다. 또 나를 자기 자신처럼 잘 대해주겠다고 말하는 등, 매우 친절한 말을 많이 건넸다. 나는 그런 예의를 야후에게서 보게 되었다는 사실이 놀라울 따름이었다. 그러나 나는 여전히 침묵을 지키며 무뚝뚝하게 굴었다. 그와 선원들의 냄새만으로도 기절할 것 같았기 때문이었다. 나는 내 카누에 있는 음식만 먹겠다고 했지만 그는 닭고기와 훌륭한 포도주를 가져오게 했고 나를 매우 깨끗한 선실 침대에 눕히도록 했다. 나는 옷을 벗지 않은 채 침대 위에 누워 있다가, 선원들이 식사 중일 것이라 생각한 틈을 타 몰래 빠져나왔다. 그리고 배의 난간으로 가서 바다로 뛰어들어 헤엄쳐 도망치려 했다. 야후들 사이에서 사느니 차라리 목숨을 건지는 편이 낫다고 여겼기 때문이다. 그러나 한 선원이 나를 발견해 막았고, 이 사실을 선장에게 알렸다. 그 결과 나는 선실 안에 쇠사슬로 묶여버렸다.

식사가 끝난 뒤, 페드로 선장은 내게 와서 왜 그런 절망적인 시도를 했는지 이유를 묻고, 자신은 단지 나를 도와주려 했을 뿐이라고 말하며 매우 진심 어린 태도로 나를 설득했다. 그의 말이 너무도 진정성이 있어, 나는 마침내 그를 어느 정도 이성을 지닌 존재로 대하기로 마음을 누그러뜨렸다. 나는 그에게 내 항해에 대해 아주 간략히 이야기해주었다. 선원들이 나를 배신한 일과 그들이 나를 내려놓은 나라, 그리고 그곳에서 보낸 5년간의 생활을 설명했다. 그러나 그는 이 모든 이야기를 마치 꿈이나 환상처럼 여겼고, 나는 이에 크게 기분이 상했다. 나는 이미 야후들에게만 있는 특성인 거짓말이라는 능력을 거의 잊고 있었고, 그들이 지배하는 모든 나라에서 다른 이들의 진실을 의심하는 성향 역시 잊고 있었기 때문이다. 나는 그에게 물었다.

"당신 나라에서는 사실이 아닌 것을 말하는 것이 관습입니까? 나는 이미 거짓이라는 것이 무엇인지 거의 잊어버렸습니다. 만약 내가 후이늠의 나라에서 1천 년을 살았다 해도, 가장 낮은 신분의 하인에게서조차 거짓말을 듣지 못했을 것입니다. 당신이 내 말을 믿든 믿지 않든 나는 전혀 개의치 않습니다. 다만 당신의 호의에 보답하는 의미에서, 당신 본성의 타락을 어느 정도 감안하여, 당신이 제기하는 어떤 의문에도 답해드리겠습니다. 그러면 당신 스스로 진실을 충분히 알 수 있을 것입니다."

선장은 현명한 사람이었기에 내 이야기의 어느 부분에서라도 허점을 잡아내려 여러 차례 시도한 끝에, 마침내 내 진실성에 대해 좀 더 신뢰를 갖기 시작했다. 그러나 그는 이렇게 덧붙였다.

"그대가 그렇게까지 진실에 대한 확고한 신념을 가지고 있다고 한다면, 이 항해 동안 나와 함께 있으면서 자신의 생명을 해치는 어떤 행동도 하지 않겠다는 것을 명예를 걸고 약속해야 하오. 약속하지 않는다면 우리는 리스본에 도착할 때까지 그대를 계속 포로로 둘 수밖에 없소."

나는 선장이 요구한 약속을 했다. 그러나 동시에 이렇게 단언했다.

"야후들 사이로 돌아가느니 차라리 어떤 극심한 고통도 감수하겠습니다."

항해는 특별한 사고 없이 무사히 진행되었다. 나는 선장의 호의에 보답하기 위해 그의 간곡한 요청에 따라 가끔 그와 함께 앉아 대화를 나누었고, 인간에 대한 나의 혐오감을 숨기려 애썼다. 그것이 때때로 드러나곤 했지만 그는 그것을 못 본 척 넘겨주었다. 나는 하루 대부분의 시간을 선실에 틀어박혀 지내며 선원들과 마주치는 일을 피했다. 선장은 여러 번 나에게 그 야만적인 옷을 벗고 자신이 가진 가장 좋은 옷을 입으라고 권했다. 그러나 나는 그것을 받아들일 수 없었다. 야후의 몸에 닿았던 옷을 입는 것 자체가 견딜 수 없었기 때문이다. 나는 그에게 깨끗한 셔츠 두 벌만 빌려달라고 부탁했다. 그것들은 그가 입은 뒤 세탁된 것이므로 나를 그렇게까지 더럽히지는 않을 것이라 생각했기 때문이다. 나는 이 셔츠들을 이틀에 한 번씩 갈아입고, 스스로 빨아 입었다.

우리는 1715년 11월 5일 리스본에 도착했다. 상륙할 때 선장은 군중이 나를 둘러싸는 것을 막기 위해 억지로 자신의 망토를 내게 덮어주었다. 나는 그의 집으로 옮겨졌고, 간곡

히 부탁하여 가장 높은 방으로 올라가되 뒤로 걸어 올라가게
해달라고 했다. 나는 그에게 내가 후이늠들에 대해 이야기한
내용을 절대로 다른 사람들에게 알리지 말아달라고 간청했
다. 그런 이야기가 조금이라도 퍼지면 사람들이 몰려와 나를
구경하려 들 것이고, 심지어 종교재판소에 의해 투옥되거나
화형을 당할 위험까지 있을 것이라고 말했다.

선장은 새로 만든 옷을 받아 입으라고 설득했지만 나는 재
단사가 내 치수를 재는 것조차 허락하지 않았다. 다만 선장
이 나와 체격이 거의 비슷했기 때문에 그의 옷이 대체로 잘
맞았다. 그는 그 밖의 필요한 물품들도 모두 새것으로 마련
해주었고, 나는 그것들을 사용하기 전에 24시간 동안 바람에
말렸다. 선장에게는 아내가 없었고 하인도 세 명뿐이었는데,
그들마저 식사 자리에 참석하는 일은 허락되지 않았다. 그는
매우 친절했고, 뛰어난 이해력까지 갖추고 있었기 때문에 나
는 점차 그의 동행을 견딜 수 있게 되었다. 그는 나에게 점점
영향을 미쳐, 나는 마침내 뒤쪽 창문으로 바깥을 내다볼 용
기를 내게 되었다. 조금씩 다른 방으로 옮겨 가며 거리도 엿
보게 되었지만, 곧 겁이 나서 고개를 다시 들이밀곤 했다.

일주일쯤 지나자 그는 나를 문밖까지 이끌어냈다. 나의 공
포는 점차 줄어들었지만 인간에 대한 혐오와 경멸은 오히려
더 커지는 것 같았다. 결국 나는 그의 동행 아래 거리까지 걸
어 나갈 수 있게 되었지만 코에는 항상 루타 잎이나 때로는
담배를 대어 냄새를 막고 다녔다. 열흘쯤 지나자 페드로 선
장은 내가 가정 형편에 대해 어느 정도 이야기해준 것을 바
탕으로, 명예와 양심의 문제라며 이렇게 권했다.

"당신은 고국으로 돌아가 아내와 자식들과 함께 살아야 하오. 마침 항구에 막 출항 준비를 마친 영국 배가 있으니 필요한 모든 것을 마련해주겠소."

그의 논거와 나의 반박을 일일이 되풀이하는 것은 번거로울 것이다. 다만 그는 이렇게 덧붙였다.

"당신이 바라는 것과 같은 고립된 섬을 찾는 것은 불가능하오. 당신은 당신의 집에서 스스로를 다스리며 원하는 만큼 은둔적인 삶을 살 수는 있을 것이오."

나는 결국 그 제안에 따랐다. 더 나은 방법이 없다고 판단했기 때문이다. 나는 11월 24일 리스본을 떠나 영국 상선을 탔지만 그 배의 선장이 누구인지는 묻지도 않았다. 페드로 선장은 나를 배까지 배웅해주었고, 20파운드를 빌려주었다. 그는 다정하게 작별 인사를 하며 나를 껴안았고, 나는 그것을 가능한 한 견뎌냈다. 이 마지막 항해 동안 나는 선장이나 선원들과 전혀 교류하지 않았다. 병이 난 척하며 줄곧 선실에 틀어박혀 지냈다.

1715년 12월 5일 아침 9시쯤, 우리는 다운스 해역에 닻을 내렸고, 그날 오후 3시경 나는 무사히 로더히스에 있는 집에 도착했다. 아내와 가족들은 나를 보고 크게 놀라면서도 기뻐했다. 그들은 내가 분명 죽었을 것이라고 생각하고 있었다. 그러나 솔직히 고백하자면, 나는 그들을 보자마자 혐오와 역겨움, 그리고 경멸밖에 느끼지 못했다. 내가 그들과 가까운 혈연관계라는 사실을 떠올릴수록 그 감정은 더욱 강해졌다.

비록 불행하게도 후이늠 나라에서 쫓겨난 이후, 나는 억지로 야후들의 모습을 견디고 페드로 선장과 대화를 나눌 수는

있었지만, 내 기억과 상상은 언제나 그 고귀한 후이늠들의 덕성과 사상으로 가득 차 있었다. 그리고 내가 야후 종족과 교합하여 또 다른 야후들의 아버지가 되었다는 사실을 떠올리자 극심한 수치심과 혼란, 그리고 공포에 사로잡혔다. 집에 들어서자마자 아내가 나를 껴안고 입을 맞추었다. 그러나 나는 오랫동안 그 혐오스러운 동물의 접촉에 익숙하지 않았기 때문에, 그 자리에서 거의 한 시간 동안 기절해버렸다.

이 글을 쓰는 지금은 내가 영국에 돌아온 지 5년이 지난 시점이다. 처음 1년 동안은 아내나 아이들이 내 앞에 있는 것조차 견딜 수 없었다. 그들의 냄새는 참을 수 없었고, 같은 방에서 식사하는 것조차 도저히 용납할 수 없었다. 지금까지도 그들은 감히 내 빵에 손을 대거나 같은 컵으로 물을 마시지 못하며, 그들 중 누구와도 아직 손을 맞잡은 적이 없다. 나는 가장 먼저 어린 말 두 마리를 사는 데 돈을 썼고, 그 말들을 좋은 마구간에 두고 있다. 그다음으로 내가 가장 아끼는 존재는 마부인데, 그가 마구간에서 묻혀오는 냄새 덕분에 내 기분이 한결 나아지기 때문이다. 내 말들은 나를 꽤 잘 이해하며, 나는 하루에 적어도 네 시간은 그들과 대화를 나눈다. 그들은 굴레나 안장을 전혀 알지 못하며, 나와도 서로 간에도 매우 화목하고 우호적으로 지낸다.

12장

저자의 진실성이 드러나다. 이 저작을 출판한 의도를 설명하다.

진실에서 벗어난 여행가들에 대해 저자가 비판이 제시하다. 저자가 글을 쓰는 데 있어 어떠한 불순한 의도도 없었음을 스스로 밝히다. 한 가지 반론이 제기되고 이에 대한 답변이 이루어지다. 식민지를 개척하는 방법이 설명되다. 저자의 조국이 칭송되다. 저자가 서술한 여러 나라들에 대한 왕권이 정당화되다. 다른 나라들을 정복하는 데 따르는 어려움을 논의하다. 저자가 독자에게 마지막 작별을 고하고, 앞으로의 자신의 생활 방식을 제시하며, 유익한 충고를 남기고 글을 맺다.

친애하는 독자여, 나는 16년 7개월이 넘는 나의 여행을 충실하게 기록하였다. 이 글에서 나는 수사(修辭)에 공을 들이기보다 진실을 전하는 데 더 힘썼다. 어쩌면 다른 사람들처럼 기묘하고 믿기 어려운 이야기들로 독자를 놀라게 할 수도 있었겠지만, 나는 단순한 사실을 가장 소박한 방식과 문체로 전달하는 길을 택했다. 나의 주된 목적은 독자를 즐겁게 하는 것이 아니라 깨우치게 하는 데 있었기 때문이다.

우리처럼 영국인이나 다른 유럽인들이 거의 방문하지 않는 먼 나라를 여행하는 이들은, 바다와 육지의 기이한 동물들에 대해 얼마든지 허황된 묘사를 만들어낼 수 있다. 그러나 여행자의 참된 목적은 사람들이 더 현명하고 더 나은 존재가 되도록 돕는 데 있어야 하며, 외국에 대해 전하는 이야기 속에서 드러나는 좋은 예와 나쁜 예를 통해 인간의 정신을 향상시키는 데 있어야 한다.

나는 진심으로, 모든 여행자가 자신의 여행기를 출판하기 전에 대법관 앞에서 맹세하도록 하는 법이 제정되기를 바란다. 자신이 인쇄하려는 모든 내용이 자신의 지식에 비추어 절대적으로 진실임을 서약하게 하자는 것이다. 그렇게 된다면 일부 저자들이 대중에게 더 잘 팔리도록 하기 위해 부주의한 독자들에게 터무니없는 거짓을 퍼뜨리는 일로 인해 세상이 더 이상 속지 않게 될 것이다. 나는 젊은 시절 여러 여행기를 큰 즐거움으로 읽었으나, 이후 세계 여러 지역을 직접 돌아다니며 내 경험으로 많은 허구적 이야기를 반박할 수 있게 되자 그러한 종류의 독서에 대해 큰 혐오를 느끼게 되었고, 인간의 믿기 쉬운 성향이 이렇게 뻔뻔스럽게 악용되는 것을 보며 분노마저 느끼게 되었다. 따라서 지인들이 나의 보잘것없는 시도가 조국에 조금이나마 도움이 될 것이라 여겨준 이상, 나는 결코 어기지 않을 원칙 하나를 스스로에게 부과했다. 그것은 오직 진실에 엄격히 충실하겠다는 것이다. 또한 나는 결코 그것에서 벗어나려는 유혹을 느끼지 않을 것이다. 오랫동안 겸손한 청자로서 들었던 나의 고귀한 주인과 그 밖의 훌륭한 후이늠들의 가르침과 모범이 내 마음속에 여전히 살아 있기 때문이다.

운명이 시논*을 비참하게 만들었다 하더라도,
그것이 그를 거짓되고 기만적인 자로 만들 수는 없다.

나는 재능이나 학식, 혹은 그 밖의 특별한 능력 없이도, 단지 좋은 기억력이나 정확한 기록만으로 쓰인 글이 얼마나 적

---

* 로마 서사시 『아이네이스』에 등장하는 인물로, 트로이 목마 계략을 실행하기 위해 트로이인들을 속인 그리스인. 불쌍한 처지를 가장했으나 실제로는 교활한 기만자로 묘사된다.

은 명성을 얻게 되는지 잘 알고 있다. 또한 여행기를 쓰는 작가들이 사전 편찬자들과 마찬가지로, 뒤늦게 등장한 이들의 양과 무게에 눌려 곧 잊히게 된다는 것도 알고 있다. 그리고 앞으로 내 이 책에서 묘사한 나라들을 방문하게 될 여행자들이, 오류를 밝혀내고(만약 있다면) 자신들만의 새로운 발견을 덧붙여 나를 유행에서 밀어내고 그 자리를 차지하여, 세상 사람들이 내가 한때 작가였다는 사실조차 잊게 될 가능성도 매우 크다.

만약 내가 명성을 위해 글을 썼다면 그것은 참으로 큰 굴욕이 되었을 것이다. 그러나 나의 유일한 목적은 공공의 이익이었으므로 나는 결코 실망하지 않는다. 내가 묘사한 고귀한 후이늠들의 덕성을 읽고서 자기 나라에서 이성적이며 지배하는 존재라고 자처하는 인간이 자신의 악덕을 부끄러워하지 않을 수 있겠는가? 야후들이 지배하는 저 먼 나라들에 대해서는 더 말하지 않겠다. 그중에서도 가장 덜 타락한 민족은 브롭딩래그 사람들이며, 그들의 도덕과 정치에 관한 현명한 격언들은 우리가 따를 수 있다면 더없이 행복한 일이 될 것이다. 그러나 더 이상의 설명은 삼가고, 분별 있는 독자가 스스로 판단하고 적용하도록 맡기겠다.

나는 나의 저작이 혹시라도 비난받을 일이 거의 없으리라는 점에서 적지 않게 만족하고 있다. 도대체 어떤 반박이 가능하겠는가? 나는 단지 사실 그대로를 서술했을 뿐이며, 그것도 우리와 무역이나 외교 어느 쪽으로도 아무 이해관계가 없는 먼 나라들에서 일어난 일들에 대해서이다. 나는 일반적인 여행기 작가들이 흔히, 그리고 정당하게 비판받는 모든 결점을 신중히 피하려 애썼다. 또한 나는 어떤 당파에도 전혀 관여하지 않으며, 어떠한 개인이나 집단에 대해서도 감정이나 편견, 악의 없이 글을 썼다. 나의 글은 가장 고귀한 목적, 곧 인류를 계몽하고 교훈을 주기 위한 것이다. 그리고 나는 오랫동안 가장 완전한 존재들인 후이늠들과 교류하면서 얻은 이점 덕분에, 겸손을 해치지 않는 범위에서 어느 정도 우월함을 주장할 수도 있다고 생각한다. 나는 이익이나 명성을 바라지 않고 글을 쓴다. 또한 누군가를 비난하는 듯 보이거나, 혹은 조금이라도 불쾌감을 줄 수 있는 표현은 단 한 마디도 허용하지 않았다. 그러므로 나는 스스로를 정당하게, 전혀 흠잡을 데 없는 작가라고 말할 수 있으리라 생각한다. 반박자, 고찰자, 관찰자, 평론가, 폭로자, 주석가들의 무리라 할지라도, 나를 비판할 어떤 근거도 결코 찾아내지 못할 것이다.

나는 어떤 이들이 내게 이렇게 속삭였음을 인정한다. "영국의 신하로서, 귀국하자마자 국무장관에게 보고서를 제출했어야 한다. 신하가 발견한 모든 땅은 왕실에 속하기 때문이다." 그러나 내가 서술한 나라들을 정복하는 일이, 코르테스가 벌거벗은 아메리카 원주민들을 정복했던 것만큼 쉬울지는 의문이다. 릴리퍼트인들은 함대와 군대를 동원할 비용을 들일 만큼의 가치가 거의 없다고 생각된다. 또한 브롭딩래그인들을 공격하는 것이 과연 현명하거나 안전할지 의심스럽고, 머리 위를 떠다니는 섬까지 감안하면 영국 군대가 그곳에서 편안할 수 있을지도 의문이다. 비록 후이늠들은 전쟁에 대한 준비가 잘 되어 있지 않고, 특히 창이나 포탄에는 전혀 익숙하지 않을 듯하다. 그러나 설령 내가 국무 대신의 위치에 있다 하더라도, 결코 그들을 침략하라고 조언할 수는 없을 것이다. 그들의 신중함, 단결력, 두려움을 모르는 태도, 그리고 조국에 대한 사랑은 군사 기술의 모든 결함을 충분히 보완해줄 것이기 때문이다. 그들 중 2만 마리가 유럽 군대 한가운데로 돌진해 들어와 대열을 무너뜨리고, 수레를 뒤엎으며, 강력한 뒷발질로 병사들의 얼굴을 산산이 짓이긴다고 상상해보라. 그들은 아우구스투스에게 내려진 이 평가를 충분히 받을 만하다. "사방이 안전하니 여기저기 걷어찬다."

그러나 그 고결한 민족을 정복하려는 계획을 세우기보다는 차라리 그들이 유럽에 충분한 수의 주민을 보내어 우리를 교화할 수 있기를 바란다. 명예, 정의, 진실, 절제, 공공 정신, 용기, 순결, 우정, 자비, 그리고 성실함과 같은 가장 기본적인 덕목들을 우리에게 가르쳐주기 위해서 말이다. 이 모든 덕목의 이름은 오늘날에도 우리 대부분의 언어 속에 여전히 남아 있으며, 고대뿐 아니라 현대의 저작들에서도 찾아볼 수 있다. 이 점은 나의 짧은 독서 경험을 통해서도 충분히 확언할 수 있다.

그러나 내가 발견한 땅들로 국왕의 영토를 넓히는 데 소극적이었던 또 다른 이유도 있었다. 솔직히 말하자면, 이런 경우에 있어 군주들의 분배적 정의에 대해 약간의 의문을 품게 되었기 때문이다. 예를 들어보자. 한 무리의 해적들이 폭풍에 휘말려 어디로 가는지도 모른 채 떠밀려 간다. 마침내 돛대 위에 있던 소년 하나가 육지를 발견한다. 그들은 상륙하여 약탈을 일삼고, 순박한 주민들을 만나 그들의 친절한 환대를 받는다. 그러고는 그 나라에 새로운 이름을 붙이고, 자기들의 왕을 위해 공식적으로 그 땅을 점령했다고 선언한다. 썩은 널빤지나 돌 하나를 세워 기념물이라 하고, 원주민 수십 명쯤을 살해한 뒤, 두세 명을 억지로 끌고 표본처럼 데려온다. 본국으로 돌아가면 그 모든 행위에 대해 사면을 받는다. 이렇게 해서 '신의 권리에 의한' 새로운 영토가 시작된다. 이어 곧바로 배가 파견되고, 원주민들은 쫓겨나거나 학살되며, 그들의 왕은 금의 소재를 밝히도록 고문을 당한다. 온갖 비인간적인 행위와 욕망이 공공연히 허용되고, 땅은 주민들의 피로 물든다. 그리고 이러한 끔찍한 학살자들의 무리가, 이처럼 '경건한 원정'에 동원되어, 우상 숭배를 하는 야만인들을 개화시키고 문명화하기 위해 파견된 '근대의 식민지 개척자'라 불리는 것이다.

그러나 이와 같은 묘사가 영국이라는 나라에는 결코 해당되지 않는다는 점을 나는 인정해야겠다. 영국은 식민지를 개척함에 있어 그 지혜와 신중함, 그리고 정의로움으로 온 세계의 모범이 될 만하다. 종교와 학문의 발전을 위해 아낌없이 지원하고, 기독교를 전파할 경건하고 유능한 성직자들을 선발하며, 본국에서 절제된 삶과 건전한 품행을 지닌 사람들만을 신중히 골라 식민지로 이주시킨다. 또한 모든 식민지에 걸쳐 행정과 사법을 담당할 뛰어난 능력과 청렴성을 갖춘 관리들을 임명하여 정의의 공정한 집행에 힘쓰고, 부패와는 전혀 무관한 인물들만을 등용한다. 그리고 무엇보다도, 통치하는 백성의 행복과 국왕의 명예 외에는 다른 목적을 가지지 않는, 가장 경계심 많고 덕망 있는 총독들을 파견함으로써 그 모든 것을 완성한다.

그러나 내가 묘사한 그 나라들은 정복당하거나 노예가 되거나 학살되거나 식민지 개척자들에게 쫓겨나기를 조금도 원하지 않는 듯하다. 또한 금이나 은, 설탕이나 담배와 같은 자원도 풍부하지 않다. 그러므로 나는 그 나라들이 우리의 열정이나 용맹, 혹은 이익의 대상이 되기에는 전혀 적절하지 않다고 겸손히 생각했다. 그럼에도 불구하고, 이 문제에 더 큰 이해관계를 가진 사람들이 다른 의견을 가진다면, 나는 정식으로 요구받는 자리에서 증언할 준비가 되어 있다. 곧, 내가 방문하기 전에는 어떤 유럽인도 그 나라들을 방문한 적이 없었다는 점을 말이다. 물론, 그곳 주민들의 말을 믿는다면 그렇다는 것이다. 다만 후이늠 나라의 한 산에서 오래전에 목격되었다고 전해지는 두 야후에 대해서는 논란이 있을 수 있다. 그 짐승 종족이 거기서 비롯되었다는 견해가 있기 때문이다. 그들이 혹시 영국인이었을 가능성도, 내가 보기에 그 후손들의 얼굴 생김새에서 (비록 많이 일그러져 있긴 하지만) 어느 정도 짐작할 수 있었기에, 완전히 배제할 수는 없다. 그러나 그러한 사실이 영토에 대한 권리를 주장하는 데 얼마나 도움이 될지는, 식민지 법에 정통한 학자들의 판단에 맡기고자 한다.

그러나 내 군주의 이름으로 그 땅을 공식적으로 점유한다는 형식적인 절차는, 단 한 번도 내 생각에 떠오른 적이 없었다. 설령 떠올랐다 하더라도 당시의 내 처지를 고려하면 신중함과 자기 보존의 측면에서 그것을 더 나은 기회로 미루었을지도 모른다.

이렇게 해서 여행자로서 나에게 제기될 수 있는 유일한 반론에 답을 마쳤으니, 나는 이제 친절한 모든 독자에게 마지막 작별 인사를 고하고자 한다. 그리고 레드리프에 있는 나의 작은 정원으로 돌아가 나만의 사색을 즐기려 한다. 그곳에서 나는 후이늠들 사이에서 배운 훌륭한 덕의 교훈들을 실천하고, 내 가족이라는 야후들을, 그들이 가르침을 받아들일 수 있는 한도 내에서 교화할 것이다. 또한 거울에 비친 내 모습을 자주 바라보며, 시간이 흐름에 따라 인간이라는 존재의 모습을 조금이나마 견딜 수 있도록 스스로를 익숙하게 만들고자 한다. 나는 우리나라에서 후이늠들이 겪는 야만적인 대우를 한탄하지만, 그들의 외모가 나의 고귀한 주인과 그의 가족, 친구들, 그리고 후이늠 전체 종족을 닮아 있다는 이유만으로라도 언제나 그들을 존중하려 한다. 비록 그들의 지성이 타락했을지라도 말이다.

지난주부터 나는 아내가 긴 식탁의 가장 먼 끝에 앉아 나와 함께 식사하는 것을 허락하기 시작했다. 그리고 내가 묻는 몇 가지 질문에 대해서도 (아주 간단히나마) 대답하도록 했다. 그러나 여전히 야후의 냄새는 몹시 불쾌하기 때문에, 나는 항상 루, 라벤더, 또는 담뱃잎으로 코를 단단히 막고 있다. 나이가 들어 오래된 습관을 고치기가 쉽지 않다는 것은 사실이지만, 언젠가는 이웃 야후와 함께 있어도 그들의 이빨이나 발톱에 대한 두려움 없이 견딜 수 있게 되기를 완전히 포기하지는 않고 있다.

내가 야후라는 종족 전체와 화해하는 일은 그리 어려운 일이 아닐지도 모른다. 만약 그들이 자연이 허락한 범위의 악덕과 어리석음에만 만족한다면 말이다. 나는 변호사, 소매치기, 대령, 바보, 귀족, 도박꾼, 정치가, 호색한, 의사, 증인, 매수자, 법률대리인, 반역자 따위를 보는 데는 조금도 화가 나지 않는다. 그것은 모두 사물의 당연한 질서에 속하기 때문이다. 그러나 육체와 정신 모두에서 기형과 질병으로 가득한 존재가 오만함까지 지닌 모습을 보게 되면, 나는 도저히 인내심을 유지할 수 없다. 그런 존재와 그런 악덕이 어떻게 함께 어울릴 수 있는지 나는 결코 이해할 수 없을 것이다. 이성적 존재를 장식할 수 있는 모든 덕을 갖춘 현명하고 고결한 후이늠들은 이 악덕을 가리키는 이름조차 그들의 언어에 가지고 있지 않다. 그들의 언어에는 악을 표현하는 말이 거의 없으며, 다만 야후들의 혐오스러운 성질을 설명할 때 쓰는 표현만이 있을 뿐이다. 그들조차도 인간이 지배하는 다른 나라들에서 드러나는 인간 본성을 충분히 이해하지 못했기 때문에, 이러한 '오만'이라는 악덕을 구분해내지 못했던 것이다. 그러나 나는 더 많은 경험을 통해, 야생의 야후들 사이에서도 이 성향의 초기 형태를 분명히 관찰할 수 있었다.

그러나 이성의 지배 아래 살아가는 후이늠들은 자신들이 지닌 훌륭한 성질에 대해 조금도 자부심을 느끼지 않는다. 이는 마치 내가 팔이나 다리가 없는 상태가 아니라는 사실을 자랑하지 않는 것과 같다. 제정신을 가진 사람이라면 누구도 그것을 자랑하지 않을 것이며, 비록 그것이 없다면 몹시 불행해질지라도 마찬가지이다. 내가 이 주제에 대해 이렇게 길게 이야기한 이유가 있다. 그것은 어떤 방식으로든 영국의 야후들과 함께하는 삶을 견딜 수 있게 만들고 싶기 때문

이다. 그러므로 이 어리석은 악덕, 곧 오만함을 조금이라도
지닌 사람들에게 간청하노니, 부디 내 앞에 나타나지 말기를
바란다.

작가 소개

조너선 스위프트 Jonathan Swift

조너선 스위프트는 1667년 11월 30일 아일랜드 더블린에서 태어났다. 어린 시절부터 지적 능력이 뛰어났으며, 트리니티 칼리지 더블린에서 수학하며 고전 문학과 신학을 공부했다. 이후 영국으로 건너가 정치와 종교 문제에 깊이 관여하며 작가이자 성직자로 활동했다. 18세기 초에는 풍자문을 통해 사회와 정치의 부조리를 날카롭게 비판하며 명성을 얻었고, 특히 인간의 이기심과 권력 구조를 통렬하게 드러내는 작품 세계를 구축했다.

1726년 대표작 『걸리버 여행기』를 발표하며 문학사에 큰 족적을 남겼고, 이 작품은 단순한 모험담을 넘어 당대 사회와 인간 본성을 풍자한 걸작으로 평가받는다. 그는 또한 아일랜드의 권리와 민중의 삶을 옹호하는 글을 통해 정치적 영향력도 행사했다. 그러나 말년에는 건강 악화와 정신적 고통에 시달리며 점차 활동이 줄어들었고, 결국 1745년 10월 19일 더블린에서 생을 마감했다. 주요 작품으로는 『걸리버 여행기』를 비롯해 일련의 정치 팸플릿 글을 묶은 『드레이피어의 편지(Drapier's Letters)』, 풍자적 수필인 『겸손한 제안(A Modest Proposal)』 등이 있다.

기획자 소개

김경일(인지심리학자·아주대학교 심리학과 교수)

우리나라의 대표적인 인지심리학자. 현재 아주대학교 심리학과 교수로 재직 중이다. 고려대학교 심리학과와 동 대학원을 졸업한 후 미국 텍사스 주립대학교 심리학과에서 박사 학위를 받았다. 인지심리학 분야의 세계적 석학인 아트 마크먼 교수의 지도하에 인간의 판단, 의사결정, 문제해결 그리고 창의성에 관해 연구했다. 수많은 기관과 기업에서 왕성하게 강연 활동을 하고 있으며, 〈강연배틀쇼 사(史)기꾼들〉〈어쩌다 어른〉〈세바시〉 등 다수의 방송 프로그램에도 출연하고 있다. 유쾌하고 신선한 강의로 수많은 사람을 매혹시키고 있는 그는 세계적으로 유명한 학자들의 논문과 실험을 우리의 삶과 연결시켜 쉽게 전달하는 데 애쓰고 있다.

저서로는『김경일의 지혜로운 인간생활』『적절한 좌절』(공저)『내향인 개인주의자 그리고 회사원』(공저)『마음의 지혜』『적정한 삶』『김경일의 마음 트래킹』등이 있다.

걸리버 여행기

초판 1쇄 인쇄　2026년 4월 20일
초판 1쇄 발행　2026년 5월 1일

기　　　　획　김경일
지　은　이　조너선 스위프트
옮　긴　이　저녁달 편집부
발　행　인　정수동
편　집　주　간　이남경
책　임　편　집　김유진

발　행　처　저녁달
출　판　등　록　2017년 1월 17일 제2017-000009호
주　　　　소　경기도 파주시 문발로 203, 203호
전　　　　화　02-599-0625
팩　　　　스　02-6442-4625
이　메　일　book@mongsangso.com
인　스　타　그　램　@eveningmoon_book
유　튜　브　몽상소

I　S　B　N　979-11-89217-23-5　　04800
I S B N(세트)　979-11-89217-31-0　　04800